HEYNE

Das Buch

Ein geistesgestörter Serientäter richtet ein grauenhaftes Blutbad unter zwei Familien an. Indizien reihen sich an Indizien, ohne daß das FBI eine Verbindung zwischen den beiden Morden entdecken kann - bis Sonderermittler Will Graham sich einschaltet. Seine Fähigkeit, sich in das Denken und Fühlen des Täters zu versetzen, hat schon den Massenmörder Hannibal Lecter hinter Gitter gebracht. Die Ermittler führen Graham auf die Spur eines mißgestalteten, von schrecklichen Sexualphantasien getriebenen Mörders, der immer bei Vollmond zuschlägt. Drei Wochen stehen Graham noch zur Verfügung.

Der Autor

Thomas Harris arbeitete lange Jahre als Kriminalreporter in Mexico und den USA und war später Redakteur bei Associated Press in New York. Alle seine Romane sind im Wilhelm Heyne Verlag erschienen: *Scharzer Sonntag* (01/7779), gefolgt von *Roter Drache* (01/7684), und *Das Schweigen der Lämmer* (01/8294), ein Buch, das wochenlang die Bestsellerliste der *New York Times* anführte. Die Verfilmung wurde 1991 mit fünf Oscars ausgezeichnet.

»...schlicht und einfach der größte Thriller-Autor unserer Zeit«.

Washington Post

THOMAS HARRIS

ROTER DRACHE

Roman

Aus dem Amerikanischen
von Sepp Leeb

WILHELM HEYNE VERLAG
MÜNCHEN

HEYNE ALLGEMEINE REIHE
Nr. 01/12580

Titel der Originalausgabe
RED DRAGON

Umwelthinweis:
Dieses Buch wurde auf
chlor- und säurefreiem Papier gedruckt.

Taschenbuchausgabe 01/2004

Der Wilhelm Heyne Verlag ist ein Verlag der
Ullstein Heyne List GmbH & Co. KG
Printed in Germany 2004
Umschlagillustration: Bildagentur Photonica / Issaque Fujita
Umschlaggestaltung: Hauptmann und Kampa
Werbeagentur, München – Zürich
Druck und Bindung: GGP Media, Pößneck

ISBN: 3-453-87875-2

http://www.heyne.de

Man kann nur sehen, worauf man seine Aufmerksamkeit richtet, und man richtet seine Aufmerksamkeit nur auf Dinge, die bereits einen Platz im Bewußtsein einnehmen.

Alphonse Bertillon

...Denn Gnade hat ein menschlich Herz,
Und Mitleid ein menschlich Antlitz,
Und Liebe, des Menschen göttliche Gestalt,
Und Friede, des Menschen Kleid.

WILLIAM BLAKE, *Gesänge der Unschuld,*
(›Das göttliche Abbild‹)

Grausamkeit hat ein menschlich Herz,
Und Eifersucht ein menschlich Antlitz,
Schrecken, des Menschen göttliche Gestalt,
Geheimhaltung, des Menschen Kleid.

Des Menschen Kleid geschmiedet Eisen,
Des Menschen Form die flammende Esse,
Des Menschen Antlitz ein versiegelt Ofen,
Des Menschen Herz sein gier'ger Schlund.

WILLIAM BLAKE, *Gesänge der Erfahrung,*
(›Ein göttliches Abbild‹)*

* Dieses Gedicht wurde erst nach Blakes Tod mit Abdrucken von Druckplatten von *Gesänge der Erfahrung* gefunden und ist deshalb nur in posthumen Ausgaben erschienen.

1. Kapitel

Will Graham ließ Crawford an dem Gartentisch zwischen dem Haus und dem Meer Platz nehmen und bot ihm ein Glas Eistee an.

Jack Crawford betrachtete das schöne alte Haus, dessen Holz in dem klaren Licht salzversilbert schimmerte. »Ich hätte dich besser in Marathon abfangen sollen, als du nach der Arbeit nach Hause fuhrst«, begann er. »Ich kann mir gut vorstellen, daß du hier nicht darüber sprechen willst.«

»Ehrlich gestanden, möchte ich nirgendwo über die Sache sprechen, Jack. Doch nachdem sich dies nun einmal leider nicht umgehen läßt, bringen wir es besser gleich hinter uns. Komm mir bitte nicht mit irgendwelchen Fotos. Falls du welche mitgebracht hast, läßt du sie bitte in deinem Aktenkoffer. Molly und Willy werden nämlich gleich zurück sein.«

»Wieviel weißt du bereits?«

»Nur, was im *Miami Herald* und in der *Times* stand«, erwiderte Graham. »Zwei Familien, die im Abstand von einem Monat in ihren Häusern ermordet wurden. In Birmingham und Atlanta. Die Umstände waren sehr ähnlich.«

»Nicht nur ähnlich – vollkommen identisch.«

»Wieviele Personen haben sich bisher zu der Tat bekannt?«

»Heute nachmittag waren es achtundsechzig«, erklärte Crawford. »Lauter Irre. Keiner wußte über Einzelheiten Bescheid. Er hat die Spiegel im Haus zerschlagen und dann die Scherben verwendet. Keiner unter den angeblichen Tätern wußte das.«

»Welche Informationen habt ihr der Presse sonst noch vorenthalten?«

»Er ist blond, Rechtshänder und außergewöhnlich stark; hat Schuhnummer elf, versteht mit einer Buline umzugehen und hinterläßt keine Fingerabdrücke. Offensichtlich trägt er bei der Arbeit Handschuhe.«

»Das hast du bei deinem letzten Fernsehauftritt gesagt.«

»Mit Türschlössern hat er dagegen etwas Schwierigkeiten«, fuhr Crawford unbeirrt fort. »Beim letzten Mal ist er mit Hilfe eines Glasschneiders und eines Saughalters in das Haus eingedrungen. Ach ja, und seine Blutgruppe ist AB positiv.«

»Hat ihn denn jemand verletzt?«

»Nicht, daß wir wüßten; darauf konnten wir aufgrund der Untersuchung seines Spermas und seines Speichels schließen.« Crawford ließ seine Blicke über das ruhige Meer schweifen. »Will, ich muß dich etwas fragen. Du hast natürlich in der Zeitung darüber gelesen. Über den zweiten Fall wurde auch im Fernsehen ausführlich berichtet. Hast du eigentlich je in Erwägung gezogen, mich anzurufen?«

»Nein.«

»Warum nicht?«

»Über den ersten Vorfall in Birmingham wurden anfänglich kaum Einzelheiten veröffentlicht. Es hätte alles mögliche sein können – Rache, eine familiäre Auseinandersetzung.«

»Aber nach dem zweiten wußtest du doch, worum es sich dabei handelt?«

»Natürlich. Ein Psychopath. Ich hab' dich nicht angerufen, weil ich nicht wollte. Zudem weiß ich, wer diesen Fall bereits für dich übernommen hat. Ihr habt das beste Labor. Außerdem kannst du auf Leute wie Heimlich in Harvard zurückgreifen, oder auf Bloom an der University of Chicago –«

»Und auf dich, wenn du hier unten nicht diese verdammten Bootsmotoren reparieren müßtest.«

»Ich glaube nicht, daß ich dir in dieser Sache von allzu großem Nutzen sein könnte, Jack. Das ist für mich endgültig aus und vorbei.«

»Tatsächlich? Immerhin hast du doch zwei geschnappt. Die letzten zwei, derer wir uns annehmen mußten, hast du gefaßt.«

»Na und? Ich habe nichts anderes getan, als du und deine Leute auch getan hätten.«

»Das ist nicht ganz richtig, Will. Es ist deine Art zu denken.«

»Na, ich weiß nicht, was daran so Großartiges sein soll.«

»Du hast immerhin einige Schlüsse gezogen, die du uns nie erklärt hast.«

»Aber ihr hattet doch die Beweise vorliegen«, hielt Graham dem entgegen.

»Gewiß. Wir hatten die Beweise vorliegen. Eine ganze Menge sogar – aber erst danach. Doch zuvor hatten wir so wenig, daß wir nicht einmal ausreichend Gründe für einen Haftbefehl vorweisen hätten können.«

»Ihr habt durchaus fähige Leute, die das für euch erledigen werden, Jack. Ich glaube nicht, daß ich eine nennenswerte Verstärkung darstellen würde. Außerdem habe ich mich hierher zurückgezogen, um endlich von all dem loszukommen.«

»Ich weiß. Beim letzten Mal hast du erhebliche Verletzungen davongetragen. Ich muß jedoch sagen, daß du mittlerweile wieder einen blendenden Eindruck machst.«

»Mit mir ist alles wieder in Ordnung. Aber es ist nicht, weil es mich mal erwischt hat – das ist dir schon genauso passiert.«

»Mag sein, aber in dem Maß hat es mich keineswegs erwischt.«

»Trotzdem war das nicht der Grund aufzuhören. Plötzlich wollte ich einfach nicht mehr. Allerdings glaube ich nicht, daß ich das erklären kann.«

»Wenn du den Anblick nicht mehr ertragen könntest, ich könnte es, weiß Gott, verstehen.«

»Auch das ist es nicht. Das Hinsehen-Müssen ist immer schlimm, aber solange sie nur tot sind, schafft man das schon irgendwie. Die Krankenhausbesuche, die Gespräche – das ist wesentlich schlimmer. Man muß das von sich abschütteln und den Verstand weiter gebrauchen. Ich kann mir nicht vorstellen, daß ich jetzt dazu in der Lage wäre. Ich könnte mich dazu bringen hinzusehen, aber ich würde mein Denken ausschalten.«

»Die sind alle tot, Will«, sagte Crawford so behutsam wie möglich.

Jack Crawford hörte den Rhythmus und die Syntax seiner eigenen Sprechweise in Grahams Stimme. Er hatte mehrfach schon die Erfahrung gemacht, daß Graham im Verlauf eines intensiven Gesprächs häufig die Sprechweise seines Gegenübers übernahm. Erst hatte Crawford gedacht, er täte dies absichtlich, als handelte es sich dabei um eine Art Trick, um einen engeren Kontakt mit dem Gesprächspartner herzustellen.

Doch später wurde Crawford bewußt, daß Graham dies unwillkürlich tat und daß er es manchmal sogar zu unterdrücken versuchte, jedoch ohne Erfolg.

Crawford griff in seine Jackentasche, holte zwei Fotos daraus hervor und schob sie mit der Bildseite nach oben über den Tisch.

»Alle tot«, bemerkte er dazu.

Graham starrte Crawford erst einen Moment lang an, bevor er nach den Fotos griff.

Es waren ganz gewöhnliche Schnappschüsse – eine Frau, die, gefolgt von drei Kindern und einer Ente, einen Picknickkorb das Ufer eines Teichs hinauftrug; und eine Familie, die sich um eine Torte gruppiert hatte.

Nach einer halben Minute legte er die Fotos auf den Tisch zurück. Er schob sie behutsam übereinander und ließ seine Blicke dann zum Strand hinunterschweifen, wo der Junge am Boden kauerte und irgend etwas im Sand beobachtete. Die Frau stand daneben und sah ihm dabei zu; eine Hand ruhte auf ihrer Hüfte, und die auslaufenden Wellen umschäumten ihre Fußgelenke. Dann beugte sie sich landwärts, um ihr feuchtes Haar von ihren Schultern zu schütteln.

Ohne seinem Gast die geringste Beachtung zu schenken, betrachtete Graham seine Frau Molly und den Jungen nun ebenso lange, wie er vorher die Fotos angesehen hatte.

Crawford war zufrieden. Mit derselben Sorgfalt, die er auf die Wahl ihres Treffpunkts verwendet hatte, verbot er nun auch seiner Zufriedenheit, sich in seiner Miene widerzuspiegeln. Er glaubte Graham am Haken zu haben. Jetzt galt es nur noch zu warten.

Drei bemerkenswert häßliche Hunde tappten auf sie zu und ließen sich um den Tisch herum zu Boden plumpsen.

»Mein Gott«, entfuhr es Crawford.

»Vermutlich sollen das Hunde sein«, erläuterte Graham. »Ständig setzen die Leute hier junge Hunde aus. Diejenigen, die ganz süß aussehen, kann ich in der Regel weggeben. Die weniger ansehnlichen bleiben uns dann und werden langsam größer.«

»Hunger zu leiden scheinen sie ja zumindest nicht.«

»Molly zieht herrenlose Hunde an wie ein Magnet.«

»Ein schönes Leben hast du hier, Will. Mit Molly und dem Jungen. Wie alt ist er eigentlich?«

»Elf.«

»Ein verdammt gut aussehender Bengel. Er wird sicher mal größer als du.«

Graham nickte. »Sein Vater war es ja auch. Es geht mir wirklich gut hier. Das sage ich mir immer wieder.«

»Ich wollte eigentlich Phyllis mitbringen. Florida. Mich schon mal nach einem schönen Plätzchen umsehen, wenn ich in Pension gehe und endlich mal aufhöre, ein Leben zu führen wie ein Grottenolm. Sie sagt, alle ihre Bekannten leben in Arlington.«

»Ich wollte mich eigentlich schon die ganze Zeit für die Bücher bedanken, die sie mir ins Krankenhaus geschickt hat, aber irgendwie bin ich nie dazu gekommen. Übernimm du das bitte für mich.«

»Ich werd's ihr ausrichten.«

Zwei kleine bunte Vögel ließen sich in der Hoffnung, ein paar Brösel aufpicken zu können, auf dem Tisch nieder. Crawford beobachtete, wie sie eine Weile darauf herumhüpften und schließlich wieder davonflogen.

»Will, dieser Irre scheint so etwas wie mondsüchtig zu sein. Die Jacobis in Birmingham hat er am achtundzwanzigsten Juni, einem Samstag, bei Vollmond ermordet. Die Familie Leeds in Atlanta vorgestern nacht, am sechsundzwanzigsten Juli. Das ist ein Tag vor dem vollen Ablauf einer Mondphase. Wenn wir also Glück haben, bleiben uns etwas mehr als drei Wochen, bevor er das nächste Mal zuschlägt.

Ich kann mir nun beim besten Willen nicht vorstellen, daß du hier unten in den Keys einfach tatenlos zusehen wirst, Will, bis du im *Miami Herald* vom nächsten Mord liest. Ich bin ja nun, weiß Gott, nicht der Papst, um zu sagen, was du zu tun und zu lassen hast, Will, aber eines möchte ich dich doch fragen: Bist du einer Meinung mit mir, was meine Einschätzung der Lage betrifft?«

»Ja.«

»Ich bin der festen Überzeugung, daß wir ihn eher fassen können, wenn du dich bereit erklärst, mit uns zusammenzuarbeiten. Ich bitte dich, Will, hilf uns. Komm nach Atlanta und Birmingham, sieh dir das Ganze aus nächster Nähe an und komm dann nach Washington.«

Graham gab ihm keine Antwort.

Crawford wartete, bis fünf Wellen über den Strand geschwappt waren, um dann aufzustehen und sich seine Anzugjacke über die Schulter zu werfen. »Wir können ja am Abend noch mal darüber sprechen.«

»Bleib doch zum Essen.«

Crawford schüttelte den Kopf. »Ich komme später noch einmal zurück. Sicher warten im Holiday Inn inzwischen einige dringende Nachrichten auf mich; ich werde mich erst noch eine Weile hinters Telefon klemmen müssen. Sag Molly trotzdem herzlichen Dank für die Einladung.«

Crawfords Mietwagen wirbelte eine Wolke aus feinem Staub auf, der sich auf die Büsche zu beiden Seiten der unbefestigten Zufahrt niederließ.

Graham kehrte an den Tisch im Garten zurück. Er hatte Angst, daß er sich genau so an das Ende von Sugarloaf Key erinnern würde – in zwei Teegläsern schmelzende Eiswürfel, Papierservietten, die durch die Brise vom massiven Redwoodtisch flattern, und Molly und Willy unten am Strand.

Sonnenuntergang auf Sugarloaf, die Reiher ruhig und die rote Sonne immer größer werdend.

Ihre Gesichter von der untergehenden Sonne in kräftiges Orange getaucht, die Rücken in violettem Schatten, saßen Will Graham und Molly Foster Graham auf einem vom Meer ausgebleichten, angeschwemmten Baumstamm. Sie ergriff seine Hand.

»Crawford hat mich kurz im Laden aufgesucht«, begann sie, »bevor er hier rausgekommen ist. Er hat sich nach dem Weg erkundigt. Ich habe versucht, dich anzurufen. Zumindest ab und zu solltest du ans Telefon gehen. Wir haben den Wagen gesehen, als wir nach Hause gekommen sind, und sind gleich an den Strand hinuntergegangen.«

»Was hat er dich sonst noch gefragt?«

»Wie es dir geht.«

»Und was hast du gesagt?«

»Es ginge dir blendend, und er solle dich um Himmels willen in Frieden lassen. Was will er von dir?«

»Daß ich mir Beweismaterial ansehe. Ich bin Spezialist für gerichtsmedizinische Untersuchungen, Molly. Du hast doch selbst mein Diplom gesehen.«

»Das einzige, was ich davon gesehen habe, war, wie du damit einen Riß in der Tapete zugekleistert hast.« Sie setzte sich rittlings auf den Baumstamm und sah ihn an. »Wenn du das vermissen würdest, was du früher getan hast, nehme ich doch an, daß du öfter darüber sprechen würdest. Aber das tust du doch nie. Du bist inzwischen so offen und ruhig und optimistisch... ich finde das wunderbar.«

»Wir verbringen doch eine wirklich schöne Zeit miteinander, oder nicht?«

Ihr kurzes Blinzeln verriet ihm, daß er den Sachverhalt wohl mit etwas mehr Begeisterung hätte darstellen können. Doch bevor er dieses Versäumnis wiedergutmachen konnte, fuhr sie fort.

»Was du für Crawford getan hast, war nicht gut für dich. Er hat doch eine Menge anderer Leute, die ihm helfen – vermutlich sogar die ganze bescheuerte Regierung. Warum kann er dann uns nicht in Frieden lassen?«

»Hat Crawford dir das nicht erzählt? Er war in den beiden

Fällen, in denen ich der FBI-Akademie den Rücken gekehrt habe, um mich mal wieder in den Außendienst zu stürzen, mein Supervisor. Und diese zwei Fälle waren die einzigen ihrer Art, die ihm je untergekommen sind, wobei gesagt werden muß, daß Jack schon verdammt lange im Geschäft ist. Und jetzt liegt neuerlich ein solcher Fall vor. Diese Sorte Psychopathen treten sehr selten in Erscheinung. Und Jack weiß, daß ich mit sowas – na ja – Erfahrung habe.«

»Das kann man wohl sagen«, schnaubte Molly aufgebracht. Sein Hemd war aufgeknöpft und gab den Blick auf die schleifenförmige Narbe auf seinem Bauch frei. Sie war einen Finger breit und hob sich leicht von der Hautoberfläche ab, und sie bräunte sich nie wie seine übrige Haut. Sie verlief von seinem linken Hüftknochen über seinen Bauch bis zum linken unteren Teil seines Brustkorbs.

Die Verletzung hatte ihm Dr. Hannibal Lecter mit einem Stanley-Messer beigebracht. Das war ein Jahr, bevor Molly Graham kennengelernt hatte, und es hätte ihn um ein Haar das Leben gekostet. Dr. Lecter, der sich in der Regenbogenpresse als ›Hannibal der Kannibale‹ einen Namen gemacht hatte, war der zweite Psychopath, den Graham gefaßt hatte.

Nach seiner Entlassung aus der Klinik hatte Graham beim Federal Bureau of Investigation seinen Abschied eingereicht. Er zog von Washington nach Florida, wo er auf einer kleinen Booiswerft in Marathon auf den Keys eine Stellung als Mechaniker fand. Bis er Molly kennenlernte und in ihr herrliches altes Haus auf Sugarloaf Key zog, wohnte er in der Nähe der Bootswerft in einem Wohnwagen.

Nun setzte auch er sich rittlings auf den angeschwemmten Baumstamm und faßte Molly an beiden Händen. Ihre Füße hatten sich unter den seinen in den Sand gewühlt.

»Weißt du, Molly, Crawford denkt, ich hätte irgendwie einen besonderen Draht zu diesen Irren. Das ist bei ihm fast eine Art Aberglauben.«

»Hängst du dem denn auch an?«

Graham beobachtete drei Pelikane, die in einer Reihe über das von der Ebbe freigelegte Watt flogen. »Ein intelligenter

Psychopath – vor allem ein Sadist – ist aus verschiedenen Gründen nur sehr schwer zu fassen. Erstens besteht kein erkennbares Motiv, womit bereits ein wichtiger Anhaltspunkt fehlt. Darüber hinaus können einem in solch einem Fall auch die üblichen Polizeiinformanten nicht weiterhelfen. Du machst dir keine Vorstellung, wie viele Festnahmen die Polizei vorwiegend aufgrund von Informationen aus einschlägigen Kreisen vornimmt. Aber das fällt in einem Fall wie diesem von vornherein flach. Es besteht sogar die Möglichkeit, daß nicht einmal der Täter *selbst* weiß, daß er die Tat begangen hat. Demnach muß man auf sämtliche vorhandenen Anhaltspunkte zurückgreifen und versuchen, sich mit ihrer Hilfe in seine Denkweise und Vorstellungswelt hineinzuversetzen. Man versucht, bestimmte Grundmuster herauszuarbeiten.«

»Um sich auf seine Spur zu begeben und ihn aufzuspüren«, fiel Molly ein. »Ich habe Angst um dich. Falls du dich tatsächlich darauf einläßt, diesen Irren – oder wie auch immer du diesen Menschen nennen willst – zu jagen, habe ich einfach Angst, daß dir dabei ähnliches widerfahren wird wie beim letzten Mal.«

»Er wird mich nie zu Gesicht bekommen oder auch nur meinen Namen erfahren, Molly. Ihn zu fassen ist doch Aufgabe der Polizei und nicht meine, falls wir ihm je auf die Schliche kommen sollten. Crawford ist hauptsächlich an meiner anderen Betrachtungsweise interessiert.«

Sie beobachtete, wie die rote Sonne ins Meer tauchte. Darüber erglühten hohe Cirruswolken.

Graham liebte ihre Art, den Kopf zu drehen, ihm in aller Bescheidenheit ihre weniger vorteilhafte Gesichtshälfte zuzuwenden. Er konnte das Schlagen des Pulses an ihrem Hals sehen und glaubte mit einem Mal in aller Deutlichkeit, den Geschmack von Salz auf ihrer Haut zu spüren. Er schluckte, als er hervorstieß: »Was soll ich denn tun?«

»Wozu du dich bereits entschlossen hast. Wenn du hier bliebst und es zu weiteren Morden käme, würde dir dies vielleicht die Freude an diesem Ort vergällen. *High Noon* und dieser ganze Unsinn. Falls es so ist, war deine Frage keine wirkliche.«

»Und wenn ich dich *wirklich* fragen würde – was würdest du antworten?«

»Bleib hier bei mir. Bei mir und Willy. Natürlich würde ich ihn ins Spiel bringen, wenn ich wüßte, es hätte einen Sinn. Aber ich soll mir ja doch nur die Tränen abwischen und dir dann mit dem naßgeweinten Taschentuch hinterherwinken. Und falls irgend etwas schiefgeht, werde ich die Genugtuung haben, daß du das Richtige getan hast. Und davon werde ich mir dann auch verdammt viel kaufen können.«

»Aber ich stünde dabei doch nie in vorderster Front.«

»Ich kenne dich doch. Natürlich tätest du das. Ich bin wohl sehr egoistisch, wie?«

»Darum geht es nicht.«

»Ich weiß. Es ist so anregend und schön hier. Aber oft weiß man dieses Glück erst zu schätzen, wenn es zu spät ist.«

Er nickte.

»Ich will dieses Glück weder so noch so verlieren«, fuhr sie fort.

»Das werden wir auch nicht – weder so noch so.«

Rasch brach die Dunkelheit herein, und dicht über dem Horizont wurde im Südwesten Jupiter sichtbar.

Unter dem aufgehenden, noch fast vollen Mond gingen sie gemeinsam zum Haus zurück. Weit draußen, jenseits des Watts, sprangen Köderfische um ihr Leben.

Nach dem Abendessen kam Crawford zurück. Um weniger förmlich zu wirken, hatte er Jackett und Krawatte abgelegt und die Hemdsärmel hochgekrempelt. Molly fand seine dikken, bleichen Unterarme widerlich. In ihren Augen sah er aus wie ein neunmalkluger Affe. Sie servierte ihm unter dem Ventilator auf der Veranda Kaffee und leistete ihm Gesellschaft, während Graham und Willy die Hunde füttern gingen. Sie saß stumm neben ihm. Motten flatterten kaum hörbar gegen das Fliegengitter.

»Er sieht gut aus, Molly«, brach Crawford das Schweigen.

»Was auf Sie natürlich keineswegs weniger zutrifft – schlank und braungebrannt.«

»Sie werden ihn doch von hier wegholen, ganz egal was ich sagen werde, oder nicht?«

»Ja. Ich kann nicht anders: Mir bleibt keine andere Wahl. Aber ich schwöre Ihnen, bei allem, was mir heilig ist, Molly, daß ich es ihm so einfach machen werde wie nur irgend möglich. Er hat sich sehr verändert. Ich finde es großartig, daß Sie beide geheiratet haben.«

»Es geht zusehends aufwärts mit ihm. Er hat diese Träume nicht mehr so oft. Eine Weile war er ganz versessen auf die Hunde; inzwischen sorgt er nur noch für sie. Jedenfalls redet er nicht mehr ständig über sie. Sie sind doch sein Freund, Jack. Warum können Sie ihn nicht in Frieden lassen?«

»Weil er das Pech hat, der Beste seines Fachs zu sein. Weil er nicht wie andere Leute denkt. Irgendwie hat sich sein Denken nie festgefahren.«

»Er meint, Sie wollen, daß er sich Beweismaterial ansieht.«

»Genau das will ich auch von ihm. Niemand versteht sich darauf besser als er. Aber darüber hinaus verfügt er über Vorstellungskraft, Fantasie und die Fähigkeit, sich in andere hineinzuversetzen, oder wie auch immer Sie es nennen wollen. Allerdings ist er darüber nicht gerade glücklich.«

»Das wären auch Sie nicht, wenn Sie sie hätten. Versprechen Sie mir zumindest eines, Jack. Versprechen Sie mir, daß er nicht in vorderster Front stehen wird. Wenn er sich nochmals auf einen Kampf einlassen müßte, könnte das seinen Tod bedeuten.«

»Er wird nicht kämpfen müssen. So viel kann ich Ihnen jetzt schon versprechen.«

Als Graham die Hunde versorgt hatte, half ihm Molly packen.

2. Kapitel

Langsam fuhr Will Graham an dem Haus vorbei, in dem Charles Leeds mit seiner Familie gelebt hatte und gestorben war. Die Fenster waren dunkel. Nur eine Lampe über der Eingangstür brannte. Zwei Blocks weiter hielt Graham an und ging durch den warmen Sommerabend zu Fuß zurück. In einem Schutzumschlag aus kräftigem Karton trug er den Bericht der Mordkommission von Atlanta bei sich.

Graham hatte darauf bestanden, allein herzukommen. Die Anwesenheit einer zweiten Person im Haus hätte ihn nur abgelenkt; das war zumindest der Grund, den er Crawford genannt hatte. Doch er hatte einen anderen, persönlicheren Grund für seinen Wunsch: Er war sich nicht sicher, wie er reagieren würde. Deshalb wollte er nicht ständig von jemandem beobachtet werden.

Im Leichenschauhaus war alles gutgegangen.

Das zweistöckige Haus lag etwas von der Straße zurückversetzt auf einem Grundstück mit altem Baumbestand. Graham blieb lange unter den Bäumen stehen und betrachtete das Haus. In seinem Innern bemühte er sich um vollkommene Ruhe. Doch in seinen Gedanken schwang im Dunkel beständig ein silbernes Pendel hin und her. Er wartete, bis das Pendel zur Ruhe kam.

Wenn Nachbarn am Haus vorbeifuhren, schauten sie kurz herüber, um jedoch den Blick sofort wieder abzuwenden. Ein Haus, in dem ein Mord geschehen ist, stellt für die Anwohner, ähnlich dem Gesicht eines Verräters, eine ständige Bedrohung dar. Nur Außenstehende und Kinder wagen es, ein solches Gebäude offen anzustarren.

Die Jalousien waren nicht heruntergelassen. Zufrieden nahm Graham das zur Kenntnis. Es bedeutete, daß bisher keine Verwandten das Haus betreten hatten. Verwandte ließen immer die Jalousien herunter.

Ohne seine Taschenlampe anzuknipsen, ging er vorsichtig um das Haus. Zweimal blieb er stehen, um zu lauschen. Die Polizei von Atlanta wußte zwar, daß er hier war, aber auf die

Nachbarn traf das nicht zu. Sie waren sicher entsprechend nervös, und es war nicht auszuschließen, daß sie von einer Schußwaffe Gebrauch machten.

Als er durch ein Fenster auf der Rückseite spähte, konnte er durch das ganze Haus bis zu dem Lichtschein der Lampe über dem Eingang sehen; die Silhouetten der Möbel zeichneten sich deutlich gegen das schwache Licht ab. Die Luft war von schwerem Jasminduft erfüllt. Fast über die gesamte Rückseite des Hauses erstreckte sich eine Holzveranda. An der Verandatür war das Siegel der Polizei von Atlanta angebracht. Graham entfernte es und trat ein.

Die Glasscheibe in der Tür von der Veranda zur Küche, aus der ein Stück herausgeschnitten worden war, war von der Polizei durch eine Sperrholzplatte ersetzt worden. Im Schein der Taschenlampe schloß er sie mit dem Schlüssel auf, den ihm die Polizei zur Verfügung gestellt hatte. Am liebsten hätte er sämtliche Lichter im Haus angeknipst, seine blitzende Dienstmarke angesteckt und alle möglichen offiziellen Geräusche gemacht, um seine Anwesenheit in dem totenstillen Haus zu rechtfertigen, in dem fünf Menschen den Tod gefunden hatten. Doch er tat nichts dergleichen. Er betrat die dunkle Küche und ließ sich am Frühstückstisch nieder.

Zwei Kontrollampen der Einbauküche durchdrangen blau das Dunkel. Es roch nach Möbelpolitur und Äpfeln.

Das Thermostat klickte leise, und die Klimaanlage ging an. Das Geräusch ließ Graham zusammenzucken; er verspürte einen Anflug von Angst. Er stand auf vertrautem Fuß mit der Angst. In diesem Fall würde er sich nicht von ihr einschüchtern lassen. Ihm war nicht ganz wohl in seiner Haut, aber das machte nichts.

Wenn er Angst hatte, konnte er besser sehen und hören. Allerdings konnte er dann nicht so klar und deutlich sprechen, und manchmal machte ihn die Angst auch grob. Doch hier gab es niemanden mehr, mit dem er sprechen, niemanden, den er beleidigen hätte können.

Der Wahnsinn hatte das Haus durch jene Tür auf Schuhen der Größe elf betreten. Während er im Dunkel am Frühstückstisch saß, konnte er diesen Wahnsinn spüren wie ein Bluthund, der an einem Hemd eine Fährte aufnimmt.

Graham hatte fast den ganzen Tag und den frühen Abend damit verbracht, den Bericht der Mordkommission von Atlanta zu studieren. Ihm fiel ein, daß beim Eintreffen der Polizei die Leuchtstoffröhre in der Abzughaube über dem Herd gebrannt hatte. Er stand auf und schaltete sie ein.

An der Wand neben dem Herd hingen zwei bestickte Deckchen. Auf einem stand: ›Liebe geht durch den Magen.‹ Die Inschrift des anderen lautete: ›Eigener Herd ist Goldes wert.‹

Graham sah auf seine Uhr. Dreiundzwanzig Uhr dreißig. Laut Aussagen des Gerichtsmediziners muß der Tod der Opfer zwischen dreiundzwanzig Uhr und ein Uhr früh eingetreten sein.

Zuerst mußte er sich Zutritt zum Haus verschafft haben. Graham ließ sich das durch den Kopf gehen...

Der Irre löst den Haken der Fliegengittertür zur Veranda. Steht im Dunkel auf der Veranda und nimmt etwas aus seiner Tasche. Einen Saugnapf, möglicherweise die Unterseite eines Bleistiftspitzers mit einer speziellen Saugvorrichtung, um ihm auf der Schreibtischplatte besseren Halt zu verleihen.

Gegen die untere Hälfte der Küchentür gekauert, hebt der Irre seinen Kopf, um durch die Glasscheibe in der Tür ins Innere zu spähen. Er streckt seine Zunge heraus und leckt damit die Haftvorrichtung ab, um sie gegen das Glas zu drücken und sie durch das Umlegen des Hebels zum Haften zu bringen. Mit einer Schnur war ein kleiner Glasschneider an der Haftvorrichtung befestigt, damit er eine kreisrunde Öffnung herausschneiden konnte.

Das schwache Quietschen des Glasschneiders und ein leichter Schlag, um das Glas herauszubrechen. Dabei hält er mit einer Hand die Saugvorrichtung fest. Die herausgeschnittene Glasscheibe darf unter keinen Umständen zu Boden fallen. Das herausgelöste Glasstück ist eher eiförmig als rund, da sich beim Herausschneiden die Schnur um den Haltegriff des Saugnapfs gewickelt hat. Als er das herausgeschnittene Stück Glas durch die Öffnung nach draußen zieht, entsteht ein leises knirschendes Geräusch. Er kümmert sich nicht darum, daß er Speichel auf dem Glas hinterläßt, der seine Blutgruppe AB bestimmen läßt.

Seine Hand in dem knapp sitzenden Handschuh schlängelt sich durch die Öffnung, tastet nach dem Türgriff. Lautlos öffnet sich die Tür. Er ist in der Küche. Im Licht der Lampe unter der Abzughaube kann er seinen eigenen Körper in dieser fremden Küche sehen. Es ist angenehm kühl im Haus.

Will Graham aß zwei Di-Gels. Das Knistern des Zellophans störte ihn, als er die Packung in seine Tasche zurücksteckte. Als er dann den Wohnraum durchquerte, hielt er die Taschenlampe gewohnheitsmäßig weit von sich gestreckt. Obwohl er die Grundrißzeichnung des Hauses sorgfältig studiert hatte, öffnete er erst eine falsche Tür, bevor er die Treppe fand. Sie knarrte nicht.

Und nun stand er in der Tür des Schlafzimmers. Auch ohne die Taschenlampe konnte er seine Umgebung schwach erkennen. Eine Digitaluhr auf einem Nachttisch projezierte die Zeit an die Decke, und neben dem Eingang zum Bad brannte ein orangenes Nachtlicht. Der Kupfergeruch von Blut war allgegenwärtig.

Augen, die sich einmal an die Dunkelheit gewöhnt hatten, konnten hier genügend sehen. Der Irre hatte auf jeden Fall Mr. Leeds von seiner Frau unterscheiden können. Das Licht im Raum war hell genug, um auf das Bett zuschreiten zu können, Leeds an den Haaren zu packen und ihm die Kehle durchzuschneiden. Und dann? Zurück zum Wandschalter, ein Gruß an Mrs. Leeds und schließlich der Schuß, der sie bewegungsunfähig machte?

Graham knipste das Licht an, worauf ihm von den Wänden, von der Matratze und vom Boden Blutflecken entgegenbrüllten. Sogar die Luft selbst schien mit Schreien beschmiert. Der Lärm in diesem totenstillen Raum voller dunkler, trocknender Flecken ließ ihn zusammenzucken.

Graham setzte sich auf den Boden, bis in seinem Kopf wieder Ruhe eingekehrt war. Ruhig bleiben, ganz ruhig.

Die Beamten der Mordkommission von Atlanta, welche den Tathergang zu rekonstruieren versuchten, hatte die Anzahl und Vielfalt der Blutflecken vor ein Rätsel gestellt. Sämtliche Opfer waren tot in ihren Betten vorgefunden worden. Dem widersprachen jedoch die Blutflecken, die über den ganzen Raum verteilt waren.

Entsprechend waren sie erst davon ausgegangen, Charles Leeds wäre im Zimmer seiner Tochter angefallen und dann ins Schlafzimmer geschleift worden. Eine genauere Untersuchung der Blutflecke stellte diese Annahme jedoch in Frage.

Bisher war sich die Polizei jedenfalls über das genaue Vorgehen des Mörders in diesem Raum noch nicht im klaren.

Doch Will Graham, dem inzwischen auch der Obduktionsbefund und die Laboranalysen vorlagen, begann allmählich zu begreifen, wie es passiert war.

Der Eindringling schnitt Charles Leeds die Kehle durch, während dieser neben seiner Frau im Bett lag, kehrte dann wieder an die Tür zurück und schaltete das Licht an – auf dem Lichtschalter hatte ein glatter Handschuh Haare und Öl von Mr. Leeds' Kopf zurückgelassen. Als Mrs. Leeds sich darauf aus dem Bett erhob, schoß der Eindringling auf die Frau, um als nächstes zu den Kinderzimmern weiterzugehen.

Mit durchgeschnittener Kehle versuchte Leeds seinen Kindern nun zu Hilfe zu kommen. Die Blutspuren wiesen unmißverständlich auf eine durchtrennte Halsschlagader hin. Der Eindringling stieß ihn jedoch nur beiseite, so daß er zu Boden stürzte und zusammen mit seiner Tochter in deren Zimmer starb.

Einer der zwei Jungen wurde im Bett erschossen. Auch der andere Junge wurde in seinem Bett vorgefunden; doch er hatte Staubflusen im Haar, was die Polizei zu der Annahme verleitete, daß er sich erst unter dem Bett zu verstecken versucht hatte, um dann jedoch darunter hervorgezogen und erschossen zu werden.

Als alle, mit Ausnahme vielleicht von Mrs. Leeds, tot waren, machte er sich daran, die Spiegel zu zerschlagen, passende Scherben auszusuchen und sich weiter Mrs. Leeds' anzunehmen.

Graham hatte die Kopien sämtlicher Autopsiebefunde dabei. In dem von Mrs. Leeds stand, daß die Kugel rechts von ihrem Nabel eingedrungen und in der Wirbelsäule steckengeblieben war; der Tod war jedoch durch Strangulierung eingetreten.

Das erhöhte Auftreten von Serotonin und freien Histaminschichten in der Schußwunde deutete darauf hin, daß die Frau noch mindestens fünf Minuten gelebt haben mußte, nachdem sie angeschossen worden war. Da der Histaminbestandteil jedoch wesentlich höher als der von Serotonin gewesen war, konnte sie nicht länger als fünfzehn Minuten danach noch gelebt haben. Die meisten ihrer anderen Verletzungen waren ihr vermutlich, aber nicht mit Sicherheit, nach dem Eintreten des Todes zugefügt worden.

Falls ihr die anderen Verletzungen erst nach ihrem Tod beigebracht worden waren, stellte sich jedoch die Frage: Was hatte der Mörder während der Zeit getan, bis Mrs. Leeds gestorben war? Er hatte sich natürlich Leeds vom Hals halten müssen und hatte die anderen umgebracht; aber das dürfte kaum mehr als eine Minute in Anspruch genommen haben. Vielleicht hatte er auch noch die Spiegel zerschlagen. Aber was sonst noch?

Die Mordkommission von Atlanta war sehr gründlich vorgegangen. Sie hatten den Tatort ausführlichst abgemessen und fotografiert, den Boden Stück für Stück abgesucht und gestaubsaugt und sogar die Rückstände in den Abflüssen der Waschbecken einer eingehenden Untersuchung unterzogen. Dennoch sah sich Graham noch einmal selbst um.

Anhand der Polizeifotos und der Umrißlinien auf den Matratzen konnte Graham feststellen, wo die Leichen gefunden worden waren. Bestimmte Spuren – im Fall der Schußwunden Nitratrückstände auf den Laken – deuteten darauf hin, daß die Opfer ungefähr in der Stellung aufgefunden worden waren, in der sie gestorben waren.

Unerklärt blieben jedoch nach wie vor die Vielzahl der Blutflecken und die Schleifspuren auf dem Teppich im Flur. Einer der Beamten hatte die Theorie geäußert, ein paar der Opfer könnten versucht haben, sich kriechend vor dem Mörder in Sicherheit zu bringen. Davon war Graham jedoch nicht überzeugt. Seiner Ansicht nach hatte der Mörder sie eindeutig durch die Zimmer geschleift, nachdem sie gestorben waren, um sie dann wieder zurück an die Stelle zu schaffen, wo sie ursprünglich den Tod gefunden hatten.

Was der Eindringling mit Mrs. Leeds getan hatte, war offensichtlich. Doch wie stand es mit den anderen? Er hatte sie nicht wie Mrs. Leeds weiter verstümmelt. Die Kinder wiesen jeweils nur eine Schußwunde am Kopf auf. Charles Leeds war verblutet, wobei noch hinzu kam, daß er wohl auch Blut in die Atemwege bekommen hatte. Sonst wies sein Körper nur noch Spuren einer leichten Einschnürung um die Brust auf, die vermutlich von einem Zeitpunkt nach seinem Tod herrührte. Was also hatte der Mörder mit ihnen angestellt, nachdem sie tot waren?

Aus seinem Dossier nahm Graham die Polizeifotos, die Laboranalysen der einzelnen Blut- und Gewebespuren und die Standard-Vergleichstabellen für die Bahnen von Blutspritzern.

In minuziöser Kleinstarbeit nahm er sich die Räume im Obergeschoß des Hauses noch einmal vor und versuchte dabei, die einzelnen Verletzungen mit den jeweiligen Blutspuren in Zusammenhang zu bringen, rollte somit den Fall noch einmal von hinten auf. Mit Hilfe einer mit einem Raster unterteilten Skizze des Schlafzimmers überprüfte er jeden Spritzer und bestimmte mit Hilfe der Vergleichstabellen die Richtung und die Geschwindigkeit des Blutaustritts. Auf diese Weise hoffte er Aufschluß darüber zu gewinnen, an welchen Stellen die Leichen sich zu den verschiedenen Zeitpunkten befunden hatten.

Da waren zum Beispiel drei Blutspuren, die erst schräg nach oben und dann um eine Ecke des Schlafzimmers verliefen. Oder drei kaum mehr erkennbare Flecken auf dem Teppich direkt unter ihnen. Auf Charles Leeds' Seite war die Wand über dem Kopfteil des Betts stark mit Blut verschmiert, und entlang des Kopfteils verliefen Schleifspuren. Grahams Skizze sah allmählich aus wie ein Bilderrätsel, bei dem sich durch die Verbindung der einzelnen numerierten Punkte ein Bild ergab; allerdings fehlten auf Grahams Blatt noch die Nummern zu den einzelnen Punkten. Er starrte auf das Blatt Papier vor sich, ließ seinen Blick durch den Raum wandern und wieder zurück auf die Skizze, bis sein Kopf zu schmerzen begann.

Er ging ins Bad, wo er seine beiden letzten Bufferin nahm und sie mit einem Schluck Wasser aus seiner unter den Wasserhahn gehaltenen Hand hinunterspülte. Danach spritzte er sich noch etwas Wasser ins Gesicht und trocknete es mit einem Zipfel seines Hemdes ab. Das Wasser ergoß sich auf den Boden. Er hatte vergessen, daß das Abflußrohr entfernt worden war. Ansonsten war das Bad mit Ausnahme des zerbrochenen Spiegels und der Spuren von rotem Fingerabdruckpulver, dem sogenannten Drachenblut, vollkommen unangetastet. Zahnbürsten, Gesichtscremes, Rasierapparat – alles war an seinem Platz.

Das Bad sah aus, als würde es noch immer von einer Familie benutzt. Von einer Handtuchstange hing Mrs. Leeds' Strumpfhose; sie hatte sie dort offensichtlich zum Trocknen aufgehängt. Sie hatte ein Bein – vermutlich hatte es eine Laufmasche gehabt – abgeschnitten, um sie mit einer anderen einbeinigen Strumpfhose im selben Farbton zu tragen. Dieser kleine Hinweis auf Mrs. Leeds' häusliche Sparsamkeit berührte Graham eigenartig; Molly machte es genauso.

Graham stieg durch ein Fenster auf das Verandadach hinaus und hockte sich auf die rauhen Schindeln. Er schlang seine Arme um seine Knie – sein feuchtes Hemd klatschte kalt gegen seinen Rücken – und schnaubte den Geruch des Gemetzels aus seiner Nase.

Die Lichter von Atlanta überzogen den Nachthimmel mit schmutzigem Rostrot, so daß die Sterne kaum zu sehen waren. Auf den Keys war es bestimmt eine klare Nacht. Er hätte mit Molly und Willy nach Sternschnuppen Ausschau halten und auf das Zischen lauschen können, das eine Sternschnuppe von sich geben mußte, wie sie sich alle drei einig geworden waren. Die Delta Aquarid-Meteoritenphase hatte ihren Höhepunkt erreicht, und Willy würde sicher aufbleiben, um sie zu beobachten.

Er schauderte und stieß erneut ein Schnauben aus. Er wollte jetzt nicht an Molly denken. Das wäre ebenso geschmacklos wie ablenkend gewesen.

Was Geschmack betraf, hatte Graham nachhaltige Probleme. Seine Gedanken waren oft nicht geschmackvoll. Sein Denken vermochte keine wirksamen Trennwände aufzubauen. Was er sah und erlebte, geriet mit allem anderen, was er wußte, in Berührung. Und mit einem Teil dieser Kombinationen war nicht gerade einfach zu leben. Aber er war nie im voraus auf sie gefaßt, vermochte sie nicht abzublocken oder zu verdrängen. Aber er hatte mit seinen anerzogenen Wertvorstellungen hinsichtlich dessen, was sich gehörte, seine liebe Not; sie waren schockiert über seine Assoziationen, entsetzt über seine Träume. Bedauerlicherweise gab es in dem von den Knochen seines Schädels umschlossenen Raum für all das, was ihm lieb und teuer war, keine Rückzugspunkte. Seine Assoziationen brachen mit Lichtgeschwindigkeit über ihn herein. Dagegen ließ sich das Tempo seiner Wertvorstellungen eher mit der Gedankenfolge bei aufmerksamem Lesen vergleichen. Jedenfalls konnten sie unmöglich mit seinem Denken Schritt halten, geschweige denn bestimmen, in welchen Bahnen es verlaufen sollte.

Graham betrachtete diese Eigenschaft als grotesk, aber durchaus nützlich – etwa wie einen Stuhl aus lauter Hirschgeweihen. Jedenfalls gab es nichts, was er daran hätte ändern können.

Graham löschte die Lichter im Haus und verließ es durch die Küche. Der Lichtstrahl seiner Taschenlampe glitt über ein Fahrrad und einen Hundekorb. Im Garten stand außerdem eine Hundehütte, und neben der Treppe zur Veranda entdeckte er einen Futternapf.

Alles hatte doch darauf hingedeutet, daß die Familie Leeds im Schlaf überrascht worden war.

Die Taschenlampe zwischen Kinn und Brust geklemmt, notierte Graham sich: *Jack nach dem Hund fragen.*

Dann fuhr er in sein Hotel zurück. Er mußte sich aufs Fahren konzentrieren, obwohl um diese Zeit – es war inzwischen halb fünf Uhr früh – kaum Verkehr herrschte. Er hatte Kopfschmerzen, und er hielt nach einer durchgehend geöffneten Apotheke Ausschau.

In der Peachtree entdeckte er schließlich eine. Der schludrige Wachmann döste neben dem Eingang. Ein Apotheker in einem Jackett, das in seiner Schäbigkeit bestens zu den Schuppen auf seinem Kragen paßte, verkaufte Graham eine frische Packung Bufferin. Das Neonlicht in der Apotheke verursachte Schmerzen. Graham konnte diese jungen Apotheker nicht ausstehen; sie sahen oft aus, als wären sie eben aus einer Mülltonne gekrochen. Außerdem haftete ihnen häufig etwas penetrant Selbstgefälliges an, weshalb Graham sie im Verdacht hatte, daß sie sich im Kreise ihrer Familie ziemlich aufspielten.

»Ist das alles?« wollte der Apotheker wissen, während seine Finger über der Tastatur der Registrierkasse verharrten. »Darf es sonst noch etwas sein?«

Das FBI-Büro von Atlanta hatte ihm in einem sonderbaren Hotel unweit des neuen Peachtree Centers ein Zimmer reserviert. Um auch seine letzten Zweifel auszuräumen, daß er sich nun wirklich in einer Stadt befand, hatte es gläserne Aufzüge, die wie Wolfsmilchblüten geformt waren.

Graham fuhr mit zwei Teilnehmern eines Parteitags nach oben; die beide hatten auf ihren Namensschildern zu allem Überfluß auch noch ein joviales ›Hi!‹ stehen. Sie hielten sich an der Griffstange fest und sahen während der Fahrt in die Hotelhalle hinunter.

»Schau mal, da unten an der Rezeption – das ist doch Wilma und diese andere; die kommen auch gerade nach Hause«, bemerkte der Größere von beiden. »Mann, der würde ich's gern mal ordentlich besorgen.«

»Die gehört gevögelt, bis ihr die Nase blutet«, fiel sein Begleiter an.

Angst und Geilheit – und Wut über die Angst.

»Weißt du eigentlich, warum Frauen Beine haben?«

»Nee, wieso?«

»Damit sie nicht wie Schnecken eine Schleimspur hinterlassen.«

Die Lifttür ging auf.

»Sind wir hier richtig? Ist das schon unser Stockwerk?« Der Größere torkelte gegen den Türrahmen, als er ausstieg.

»Der Blinde, der die Blinden führt«, bemerkte der andere dazu.

In seinem Zimmer legte Graham das Dossier auf die Kommode, um es dann jedoch nach kurzem Überlegen in einer Schublade verschwinden zu lassen, wo er es nicht mehr sehen konnte. Er hatte genug von den Toten mit den weit aufgerissenen Augen. Am liebsten hätte er jetzt Molly angerufen, aber dazu war es noch zu früh.

Für acht Uhr war eine Besprechung im Polizeipräsidium von Atlanta anberaumt. Es war wenig genug, was er ihnen zu sagen hatte.

Er würde zu schlafen versuchen. In seinem Kopf ging es zu wie in einem lebhaften Miethaus – überall Streitereien, und ein Stück den Flur hinunter kam es sogar zu einer Schlägerei. Er fühlte sich leer und hohl, und vor dem Schlafengehen trank er noch zwei Fingerbreit Whisky aus seinem Zahnputzglas. Die Dunkelheit rückte ihm zu dicht auf den Leib, weshalb er aufstand, das Licht im Badezimmer anschaltete und sich wieder ins Bett legte. Er stellte sich vor, Molly wäre im Bad und bürstete sich das Haar.

Zeilen aus den Obduktionsbefunden hallten, von seiner eigenen Stimme vorgetragen, in seinem Kopf wider, obwohl er sie nie laut gelesen hatte. »... die Fäzes waren geformt... eine Spur von Talkum auf dem rechten Unterschenkel. Fraktur der mittleren Augenscheidewand infolge des Eindringens einer Spiegelscherbe...«

Graham versuchte an den Strand von Sugarloaf Key zu denken; er versuchte das Rauschen der Wellen zu hören. Er stellte sich seine Werkbank vor und dachte über die Hemmung der Wasseruhr nach, die er und Willy bauten. Er sang mit angehaltenem Atem ›Whisky River‹ und probierte dann aus, ob er den ›Black Mountain Rag‹ von Anfang bis Ende hinbekommen würde. Mollys Lieblingsstück. Doc Watsons Gitarrenspiel war über jeden Tadel erhaben, aber er verlor jedesmal den Faden, wenn das Fiedelsolo einsetzte. Molly hatte ihm hinter dem Haus den Holzschuhtanz beizubringen versucht, und sie hopste auf und ab... und schließlich schlief er ein.

Eine Stunde später wachte er schweißgebadet auf und sah, wie sich die Silhouette des Kopfkissens neben ihm gegen das aus dem Bad fallende Licht abhob. Und es war Mrs. Leeds, die schmerzverzerrt und zerschunden neben ihm lag, die Augen ausgestochen und Blutrinnsale wie ein Brillengestell über ihre Schläfen und Ohren fließend. Er war nicht in der Lage, seinen Kopf herumzudrehen, um sie anzusehen. Sein Gehirn jaulte wie ein Feueralarm, bis er endlich seine Hand ausstreckte und trockenen Bezugsstoff ertastete.

Dies verschaffte ihm unverzügliche Erleichterung. Er stand mit klopfendem Herzen auf und schlüpfte in ein trokkenes T-Shirt. Das durchgeschwitzte warf er in die Badewanne. Er brachte es nicht über sich, sich in die trockene Seite des Betts zu legen; statt dessen breitete er ein Badetuch über das naßgeschwitzte Laken. Er setzte sich, den Rücken gegen das Kopfteil gestützt, mit einem vierstöckigen Glas Whisky ins Bett. Etwa ein Drittel davon trank er.

Er suchte nach etwas, an das er hätte denken können – irgend etwas. Schließlich fiel ihm die Apotheke ein, in der er das Bufferin gekauft hatte – vielleicht, weil dies das einzige Erlebnis des ganzen Tages gewesen war, das nichts mit dem Tod zu tun hatte.

Dabei fielen ihm auch die alten Drugstores aus seiner Jugend wieder ein. In seiner Jugend hatte diesen Drugstores immer ein Hauch des Verbotenen angehaftet. Jedesmal, wenn er einen betrat, spielte er mit dem Gedanken, sich ein paar Gummis zu kaufen, ob er sie nun brauchte oder nicht. Jedenfalls standen auf den Regalen Dinge herum, auf denen man den Blick besser nicht zu lange ruhen ließ.

In der Apotheke, in der er das Bufferin gekauft hatte, waren die Verhütungsmittel mit ihren ausführlich bebilderten Packungen in einem durchsichtigen Kasten an der Wand hinter der Ladenkasse untergebracht, eingerahmt wie ein Kunstwerk.

Ihm war der altmodische Drugstore seiner Kindheit lieber. Graham ging auf die vierzig zu und begann allmählich das leichte Ziehen und Zerren der Welt, wie sie damals gewesen war, zu spüren; sie war wie ein Anker, den man bei schwerer See hinter sich fieren ließ.

Und dann fiel ihm Smoot ein. Der gute, alte Smoot hatte damals für den Apotheker, dem der Drugstore gehörte, das Geschäft geführt. Smoot, der während der Arbeit trank und die Markise auszufahren vergaß, so daß die Gummisohlen der Turnschuhe im Schaufenster schmolzen. Smoot, der mehrfach die Kaffeemaschine auszuschalten vergaß, so daß die Feuerwehr anrücken mußte. Smoot, der die Kinder anschreiben ließ, wenn er ihnen Eis verkaufte.

Doch seine absolute Glanztat bestand darin, von einem Großhändler fünfzig Kewpie-Puppen zu bestellen, als der Drugstorebesitzer in Urlaub war. Als dieser aus dem Urlaub zurückkam, feuerte er Smoot für eine Woche. Dann veranstalteten sie eine große Kewpie-Puppen-Verkaufsaktion. Die fünfzig Puppen wurden in einem Halbkreis so im Schaufenster aufgestellt, daß sie jeden anstarrten, der einen Blick ins Schaufenster warf.

Sie hatten riesige kornblumenblaue Augen und stellten eine recht ungewöhnliche Schaufensterdekoration dar. Entsprechend lange hatte Graham sie sich damals auch angesehen. Ihm war klar, daß es sich dabei nur um Puppen handelte, aber dennoch hatte er das Gefühl, Mittelpunkt ihrer Aufmerksamkeit zu sein. So viele von ihnen, und alle starrten sie ihn an. Entsprechend blieben nicht wenige Leute vor dem Schaufenster stehen. Lauter Gipspuppen, alle mit demselben dämlichen Gesichtsausdruck, und doch hatte ihm ihr konzentriertes Starren ein leichtes Kitzeln in der Magengrube verursacht.

Graham begann sich langsam etwas zu entspannen. Die

starrenden Puppen. Er nahm einen Schluck Whisky, verschluckte sich und hustete die Flüssigkeit auf seine Brust. Er tastete nach der Nachttischlampe und holte das Dossier aus der Kommode. Dann entnahm er ihm die Obduktionsbefunde der drei Leeds-Kinder und seine Koordinatenskizze vom Schlafzimmer und breitete die Unterlagen auf dem Bett aus.

Da waren die drei Blutstreifen, die um die Ecke verliefen, und die entsprechenden Spuren auf dem Teppich. Hier standen die Körpermaße der drei Kinder. Bruder, Schwester, großer Bruder. Paßt. Paßt. Paßt.

Sie waren nebeneinander an der Wand gesessen. Mit Blickrichtung zum Bett. Als Publikum. Als totes Publikum. Und Leeds. Er war um die Brust am Kopfteil des Betts festgebunden gewesen. Als wäre er im Bett gesessen. Davon hatten also die Fesselspuren um seinen Brustkorb hergerührt – und der Blutfleck über dem Kopfteil.

Doch was hatten sie beobachtet? Nichts; sie waren alle tot. Doch ihre Augen standen offen. Sie wurden Zeugen einer kleinen Vorführung mit dem Irren und der Leiche von Mrs. Leeds in den Hauptrollen, Schauplatz war das Bett. Auf ein Publikum war es dem Täter also angekommen; er wollte in ihre Gesichter blicken, wenn er von Mrs. Leeds aufsah.

Graham fragte sich, ob er wohl eine Kerze angezündet hatte. Ihr flackernder Schein hätte den toten Gesichtern den Anschein von Lebendigkeit verliehen. Am Tatort war keine Kerze gefunden worden. Vielleicht würde er beim nächsten Mal daran denken, eine mitzubringen...

Die erste, zaghafte Verbindung zum Täter war hergestellt; sie juckte und brannte wie ein Blutegel, der sich an ihm festgesaugt hatte. Grahams Fingernägel gruben sich in das Laken, während er sich das Gehirn zermarterte.

Warum hast du sie wieder an ihren alten Platz zurückgebracht? Warum hast du sie nicht dort gelassen, wo sie waren? Es muß etwas geben, von dem du nicht willst, daß ich es über dich weiß. Oder ist es einfach nur etwas, dessen du dich schämst? Oder han-

delt es sich dabei um etwas, das ich auf keinen Fall erfahren darf, wenn ich dir nicht auf die Schliche kommen soll?

Hast du ihnen die Augen geöffnet?

Mrs. Leeds sah doch sehr gut aus, oder nicht? Du hast das Licht angeknipst, nachdem du ihm die Kehle durchgeschnitten hattest, damit Mrs. Leeds ihn zusammenbrechen sehen konnte. War es nicht so? Es muß ganz schön frustrierend gewesen sein, diese verdammten Handschuhe tragen zu müssen, als du sie berührt hast, nicht wahr?

An ihrem Bein waren Puderspuren gefunden worden.

Im Bad gab es jedoch keinen Puder.

Es schien, als spräche jemand anderer diese beiden Fakten in neutralem Tonfall aus.

Du hast doch deine Handschuhe abgestreift, nicht wahr? Der Puder kam von einem Gummihandschuh, als du ihn dir abgestreift hast, um sie zu betatschen. SO WAR ES DOCH, DU VERDAMMTES SCHWEIN! *Du hast sie mit deinen bloßen Händen berührt, und dann hast du dir die Handschuhe wieder angezogen und sie von oben bis unten abgewischt. Doch während du die Handschuhe abgestreift hattest* – HAST DU IHNEN DA DIE AUGEN GEÖFFNET?

Beim fünften Läuten nahm Jack Crawford den Hörer ab. Er war es gewohnt, nachts vom Telefon aus dem Schlaf gerissen zu werden, und war sofort hellwach.

»Jack, hier spricht Will.«

»Ja, was gibt's?«

»Arbeitet Price eigentlich immer noch für die Fingerabdruckabteilung?«

»Ja. Allerdings ist er kaum mehr unterwegs. Er arbeitet vorwiegend am Einzelabdruckindex.«

»Ich finde, er sollte unbedingt nach Atlanta kommen.«

»Wieso? Du hast doch selbst gesagt, der Mann, den sie hier haben, wäre ganz gut.«

»Das ist er durchaus – aber nicht so gut wie Price.«

»Was soll er denn machen? Was soll er sich vornehmen?«

»Mrs. Leeds' Finger- und Zehennägel. Sie sind lackiert und bilden damit eine glatte Oberfläche. Und dann noch die Hornhäute der Augen des Mannes und der Kinder. Ich glaube, er hat seine Handschuhe abgenommen, Jack.«

»Dann wird Price sich aber beeilen müssen«, erwiderte Crawford. »Heute nachmittag soll nämlich das Begräbnis stattfinden.«

3. Kapitel

»Ich bin fest davon überzeugt, daß er sie einfach anfassen mußte«, erklärte Graham anstatt einer Begrüßung.

Crawford reichte ihm eine Coke aus dem Getränkeautomaten in der Empfangshalle des Polizeipräsidiums von Atlanta. Es war zehn vor acht.

»Sicher hat er sie hin und her bewegt«, pflichtete ihm Crawford bei. »Wir haben Griffspuren an den Handgelenken und unter den Knien gefunden. Allerdings rührten alle Abdrücke von undurchlässigen Handschuhen her. Aber keine Sorge, Price ist hier. Dieser alte Griesgram. Im Augenblick ist er gerade unterwegs zum Bestattungsinstitut. Zwar wurden die Leichen schon gestern abend freigegeben, aber sie haben sie im Bestattungsinstitut bisher noch nicht angerührt. Du siehst ja ganz übernächtigt aus. Hast du denn nicht geschlafen?«

»Höchstens eine Stunde. Ich bin fest davon überzeugt, daß er sie einfach mit bloßen Händen berühren mußte.«

»Ich hoffe natürlich, daß du recht hast, auch wenn unsere Leute vom Labor schwören, daß er die ganze Zeit Gummihandschuhe getragen hat«, entgegnete Crawford. »Die Spiegelscherben wiesen alle die entsprechenden glatten Abdrücke auf. Der Zeigefinger auf der Rückseite des Stücks, das er zwischen die Schamlippen geschoben hat, ein verwischter Daumenabdruck auf der Vorderseite.«

»Er hat die Scherbe extra poliert, nachdem er sie ihr reingesteckt hatte – vermutlich, um sein Gesicht darin sehen zu können.«

»Die Scherbe in ihrem Mund war blutverschmiert. Dasselbe trifft auf die in den Augen zu. Er hat die Handschuhe nie abgenommen.«

»Mrs. Leeds war eine gutaussehende Frau«, beharrte Graham. »Du hast doch die Fotos aus dem Familienalbum gesehen, oder nicht? Würdest du in einer intimen Situation etwa nicht ihre Haut berühren wollen?«

»*Intim?*« In Crawfords Stimme schwang unverhohlener Abscheu mit, und plötzlich war er vollauf beschäftigt, in seinen Hosentaschen nach Kleingeld zu wühlen.

»Intim – ganz richtig. Sie waren doch ganz allein. Alle anderen waren tot. Er hätte ihre Augen ganz nach Belieben öffnen oder schließen können.«

»Ganz nach Belieben«, echote Crawford. »Die Leute von der Spurensicherung haben selbstverständlich ihre Haut nach Fingerabdrücken abgesucht. Nichts. Lediglich einen Handabdruck von ihrem Hals haben sie.«

»In dem Bericht steht zum Beispiel nichts davon, daß sie sich ihre Fingernägel vorgenommen haben.«

»Ich nehme an, mögliche Abdrücke auf ihren Fingernägeln wurden verwischt, als sie nach Kratzspuren untersucht wurden. Die Hautreste darunter stammten allerdings von ihren Handflächen, wo sie sich aufgekratzt hatte. Ihn hat sie nie gekratzt.«

»Sie hatte auch hübsche Füße«, gab Graham zu bedenken.

»Mhm. Gehen wir schon mal nach oben«, schlug Crawford vor. »Die anderen dürften inzwischen auch schon eingetroffen sein.«

Jimmy Price hatte eine Riesenausrüstung dabei – zwei schwere Koffer sowie seine Kameratasche und ein Stativ. Entsprechend machte er damit einigen Radau, als er sich durch den Haupteingang des Lombard-Bestattungsinstituts in Atlanta zwängte. Er war ein gebrechlicher alter Mann, dessen Laune auch die lange Taxifahrt im morgendlichen Berufsverkehr vom Flughafen in die Stadt nicht gerade zu heben vermocht hatte.

Ein offiziell wirkender junger Schnösel mit makellosem Haarschnitt führte ihn in ein in Apricot und Beige gehaltenes Büro. Bis auf eine Reliefdarstellung der *Betenden Hände* war der Schreibtisch vollkommen leer.

Price untersuchte gerade die Fingerspitzen der betenden Hände, als Mr. Lombard persönlich hereinkam. Lombard überprüfte Prices Beglaubigungsschreiben mit größter Sorgfalt.

»Ihr Büro oder Ihre Agentur in Atlanta, oder wie ich es nennen soll, hat sich natürlich mit mir in Verbindung gesetzt, Mr. Price. Aber nachdem wir gestern abend die Polizei rufen mußten, um uns diesen penetranten Menschen vom Hals zu schaffen, der doch tatsächlich ein paar Aufnahmen für den *National Tattler* machen wollte, werden Sie sicher verstehen, wenn ich diesbezüglich etwas mißtrauisch geworden bin. Außerdem wurden die Leichen erst heute früh ein Uhr freigegeben, Mr. Price, und die Bestattung soll um siebzehn Uhr stattfinden. Die Sache duldet nicht mehr den geringsten Aufschub.«

»Es wird nicht lange dauern«, beruhigte ihn Price. »Ich bräuchte allerdings einen halbwegs intelligenten Assistenten, falls Sie einen solchen haben. Haben Sie die Leichen schon angefaßt, Mr. Lombard?«

»Nein.«

»Dann finden Sie bitte heraus, wer das getan hat. Ich brauche die Fingerabdrücke der betreffenden Personen.«

Die morgendliche Besprechung der Beamten, die den Fall Leeds bearbeiteten, drehte sich überwiegend um Zähne.

Der Leiter der Mordkommission von Atlanta, R. J. (Buddy) Springfield, ein untersetzter Mann in Hemdsärmeln, stand mit Dr. Dominic Princi am Eingang, als die dreiundzwanzig Kriminalbeamten den Raum betraten.

»Also los, Jungs, alle mal schön gegrinst«, forderte Springfield seine Männer auf. »Zeigt Dr. Princi eure Zähnchen. So ist es brav – daß auch alle zu sehen sind. Hören Sie mal, Sparks, soll das Ihre Zunge sein, oder sind Sie gerade dabei, ein Eichhörnchen zu verschlucken? Rührt euch.«

An das Schwarze Brett des Bereitschaftsraums war die Vorderansicht eines menschlichen Gebisses geheftet. Während die anderen Beamten sich hinter ihren Schulbänken niederließen, nahmen Graham und Crawford im hinteren Teil des Raums Platz.

Neben ihnen saßen der Kommissar für öffentliche Sicherheit, Gilbert Lewis, und sein Pressesprecher. Lewis wurde in einer Stunde in einer Pressekonferenz erwartet.

Springfield ergriff das Wort.

»Also gut, Leute, kommen wir gleich zur Sache. Wie Sie nach dem morgendlichen Studium der eingehenden Berichte bereits alle selbst gesehen haben werden, haben wir null Fortschritte gemacht.

Die Befragung der Anwohner wird auf einen Umkreis von vier zusätzlichen Häuserblocks um den Tatort ausgedehnt. Bei R & I haben sie uns zwei ihrer Angestellten zur Verfügung gestellt, um Flugreservierungen und Mietwagenbuchungen in Birmingham und Atlanta zu vergleichen.

Auch die für die Überprüfung von Hotels und Flughäfen zuständigen Leute werden wie gehabt weitermachen. Jawohl, weitermachen. Knöpfen Sie sich jedes Zimmermädchen und jeden Hoteldiener vor sowie das Personal an der Rezeption. Der Täter muß sich irgendwo von dem Blut gesäubert haben, und vielleicht hat er dabei Spuren hinterlassen. Falls Sie auf jemanden stoßen, dem diesbezüglich etwas aufgefallen ist, sorgen Sie dafür, daß der Gast, der das betreffende Zimmer gerade bewohnt, sofort ein anderes bekommt, und dann lassen Sie das Zimmer absperren. Außerdem setzen Sie sich unverzüglich mit der Wäscherei in Verbindung. Ist das klar? Außerdem haben wir Ihnen diesmal zur Abwechslung mal was vorzuzeigen. Dr. Princi?«

Dr. Dominic Princi, Chef der gerichtsmedizinischen Untersuchungsstelle von Fulton County, trat vor und postierte sich unter der Darstellung des Gebisses. Er hielt einen Gebißabdruck aus Gips hoch.

»Meine Herren, so sehen die Zähne des Täters aus. Anhand von Beißspuren, die wir an Mrs. Leeds entdeckt haben, sowie anhand eines Stücks Käse im Kühlschrank der Leeds', von dem der Täter ein Stück abgebissen hat, konnte das Smithsonian Institute in Washington das Gebiß des Mörders rekonstruieren.«

Princi deutet erst auf den Gipsabdruck in seiner Hand und dann auf die vergrößerte Darstellung des Gebisses. »Wie Sie sehen, hat der Täter leicht schiefe seitliche Schneidezähne. Hier und hier. Sie stehen nicht in einer Reihe. Außerdem ist von einem inneren Schneidezahn eine Ecke abgebrochen. Der Schneidezahn daneben weist eine Einkerbung auf, ähnlich einer sogenannten ›Schneiderkerbe‹ – eine Abnutzungserscheinung, die vom häufigen Durchbeißen von Faden herrührt.«

»Dieser sägezähnige Hundesohn«, knurrte jemand.

»Woher wissen Sie, daß der Mörder von dem Stück Käse abgebissen hat, Doc?« wollte ein großgewachsener Kriminalbeamter in der vordersten Reihe wissen.

Princi ließ sich zwar nicht gerne ›Doc‹ nennen, schaute diesmal aber darüber hinweg. »Speichelspuren auf dem Käse und von den Bißwunden paßten zu seiner Blutgruppe, während die Zähne der Opfer nicht mit der Blutgruppe übereinstimmten.«

»Wunderbar, Herr Doktor«, schaltete sich Springfield wieder ein. »Wir werden Abbildungen von dem Gebiß ausgeben, damit sie unsere Leute herumzeigen können.«

»Was halten Sie davon, sie an die Presse weiterzuleiten?« warf Simpkins, der Pressesprecher, ein. »So eine Art Umfrage: Wer hat diese Zähne gesehen?«

»Ich wüßte nicht, was dagegen sprechen könnte«, erklärte Springfield. »Was denken Sie, Herr Kommissar?«

Lewis nickte.

Doch damit gab Simpkins sich noch keineswegs zufrieden. »Dr. Princi, die Presse wird sicher wissen wollen, weshalb es vier Tage gedauert hat, bis diese Gebißrekonstruktion endlich vorgelegen hat. Und warum dies nur in Washington möglich war.«

Special Agent Crawford versank in die Betrachtung des Druckknopfs seines Kugelschreibers.

Princi errötete leicht, antwortete jedoch vollkommen ruhig: »Bißspuren auf menschlicher Haut verzerren sich, wenn der Körper bewegt wird, Mr. Simpson –«

»Simpkins.«

»Na gut, dann eben Simpkins. Zudem wäre die Rekonstruktion anhand der Bißspuren auf der Haut des Opfers nicht möglich gewesen. Deshalb war besagtes Stück Käse von so großer Bedeutung. Käse ist zwar relativ fest, aber trotzdem ist es nicht ganz einfach, davon einen Abguß herzustellen. Man muß ihn erst einölen, um von der Abdruckmasse jede Feuchtigkeit fernzuhalten. Außerdem steht einem hierfür in der Regel nur ein Versuch zur Verfügung. Die Leute vom Smithsonian Institute haben so etwas schon mehrfach für den FBI gemacht. Sie sind für solche Gebißrekonstruktionen besser ausgerüstet und verfügen auch über die entsprechenden Fachkräfte, die wir nicht haben. Wäre Ihre Frage hiermit beantwortet?«

»Wäre demnach die Feststellung gerechtfertigt, daß diese Verzögerung nicht auf unsere Kosten geht, sondern auf die des FBI-Labors?«

Princi platzte langsam der Kragen. »Gerechtfertigt wäre eher die Feststellung, Mr. Simpkins, daß ein FBI-Mann, Special Agent Crawford, besagtes Stück Käse erst vor zwei Tagen im Kühlschrank der Leeds' gefunden hat – nachdem Ihre Leute das Haus bereits gründlich durchsucht hatten. Er hat die Laboruntersuchung auf mein Betreiben hin veranlaßt. Es wäre demnach also auch gerechtfertigt zu sagen, daß ich froh bin, daß es nicht einer von Ihnen war, der ein Stück von diesem Käse abgebissen hat.«

An dieser Stelle schaltete sich Kommissar Lewis ein; seine dröhnende Stimme hallte von den Wänden des Bereitschaftsraums wider. »Kein Mensch stellt Ihre Kompetenz in Frage, Dr. Princi. Was uns gerade noch fehlen würde, Simpkins, wäre, aus dem Ganzen einen bescheuerten Konkurrenzkampf mit dem FBI zu machen. Fahren Sie also fort.«

»Wir verfolgen schließlich alle dasselbe Ziel«, flocht

Springfield ein. »Jack, haben Sie dem noch etwas hinzuzufügen?«

Crawford trat vor die Versammlung. Die Gesichter, die sich ihm nun zuwandten, waren nicht unbedingt freundlich. Dagegen galt es etwas zu unternehmen.

»Ich sollte diesbezüglich vielleicht erst mal gewisse Ressentiments ausräumen. Noch vor einigen Jahren herrschte eine äußerst ungute Rivalität zwischen dem FBI und der örtlichen Polizeibehörde. Beide Seiten versuchten, die andere auszustechen, indem sie wichtige Informationen zurückhielten. Diese Lücke im Fahndungsnetz konnten sich nun freilich nicht wenige Straftäter zunutze machen, um sich unserem Zugriff zu entziehen. Doch hat der FBI von derlei Praktiken in der Zwischenzeit Abstand genommen, und in eben dem Maße gilt das auch für mich. Was meine Person betrifft, ist es mir vollkommen egal, wer die Lorbeeren einheimst. Ebenso gilt das für den Ermittlungsbeamten Graham. Das ist übrigens der Herr, der dort hinten sitzt, falls einige von Ihnen sich über seine Anwesenheit gewundert haben sollten. Falls der Mann, der das getan hat, von einem Lastwagen überfahren werden sollte, wäre mir das nur recht, solange er dadurch unschädlich gemacht würde. Und ich will doch meinen, daß es Ihnen in diesem Punkt genauso geht.«

Crawford ließ seine Blicke über die Gesichter der Detektive wandern und hoffte, sie mit seiner kurzen Ansprache einigermaßen besänftigt zu haben. Er konnte nur hoffen, daß sie keine Anhaltspunkte zurückhielten.

»Hat Investigator Graham derlei Fälle schon öfters behandelt?« wollte nun Lewis wissen.

»Jawohl, Sir.«

»Haben Sie dem bisher Gesagten noch etwas hinzuzufügen, Mr. Graham? Irgendwelche Vorschläge?«

Crawford sah Graham fragend an.

»Würden Sie bitte nach vorn kommen?« schlug Springfield vor.

Graham hätte lieber erst unter vier Augen mit Springfield

gesprochen. Er wollte nicht nach vorn gehen. Trotzdem tat er es.

Zerzaust und braungebrannt sah Graham nicht gerade wie der typische FBI-Agent aus. Springfield fand, daß er eher den Anschein eines Anstreichers erweckte, der für eine Zeugenaussage vor Gericht in seinen besten Anzug geschlüpft war.

Die Beamten rutschten unruhig auf ihren Stühlen herum.

Als Graham vor sie trat, stachen seine stahlblauen Augen auffällig aus seinem braunen Gesicht hervor.

»Nur ganz kurz ein paar Dinge«, begann er. »Wir können nicht davon ausgehen, daß er bereits in psychiatrischer Behandlung war oder wegen eines Sexualdelikts vorbestraft ist. Im Gegenteil, die Wahrscheinlichkeit ist sehr hoch, daß er über keinerlei Vorstrafen verfügt. Sollte dem dennoch so sein, dann eher wegen Einbruchs als wegen eines Sexualdelikts.

Möglicherweise könnte er auf ein ganzes Register von Bißverletzungen im Zusammenhang mit leichten Körperverletzungen zurückblicken – Schlägereien oder Kindesmißhandlungen. In dieser Hinsicht könnten uns am ehesten Notaufnahmen von Krankenhäusern oder das Jugendamt weiterhelfen.

Jeder schlimme Biß, an den sich jemand aus diesem Personenkreis erinnern kann, wäre es möglicherweise wert, weiter überprüft zu werden, wobei unerheblich ist, wer gebissen wurde oder unter welchen Umständen es zu der Bißverletzung kam. Das wäre vorläufig alles.«

Der große Kriminalbeamte in der vordersten Reihe hob die Hand und begann auch schon im selben Atemzug zu sprechen.

»Aber bisher hat er doch nur Frauen gebissen, oder?«

»Zumindest, soweit wir wissen. Allerdings beißt er ordentlich zu. Sechs starke Bisse im Fall von Mrs. Leeds, acht bei Mrs. Jacobi. Das liegt weit über dem Durchschnitt.«

»Bei wie vielen Bissen liegt der Durchschnitt?«

»Bei einem Sexualmord bei etwa drei. Er beißt also gern zu.«

»Bei Frauen.«

»Bei den meisten Sexualdelikten weisen die Bißspuren einen dunkel verfärbten Fleck in der Mitte auf, der von heftigem Saugen herrührt. In diesem Fall fehlen jedoch die Saugspuren. Darauf hat Dr. Princi bereits in seinem Obduktionsbefund hingewiesen, und ich konnte mich im Leichenschauhaus auch selbst davon überzeugen. Keine Saugspuren. In seinem Fall könnten die Bisse also sowohl Ausdruck eines bestimmten Kampfverhaltens sein wie eine sexuelle Eigenart.«

»Ziemlich fadenscheinig«, brummte der Beamte.

»Trotzdem wäre es eine Überprüfung wert«, beharrte Graham. »Jeder Biß wäre eine gründliche Überprüfung wert. In vielen Fällen machen die Betroffenen außerdem falsche Aussagen. Die Eltern eines gebissenen Kindes behaupten oft, es wäre ein Tier gewesen und lassen das Kind gegen Tollwut impfen, um damit den Ausrutscher eines Familienmitglieds zu vertuschen – aber das kennen Sie ja alle selbst zur Genüge. Jedenfalls könnte es sich durchaus lohnen, in den Krankenhäusern nachzufragen, wer gegen Tollwut geimpft wurde.

Das wäre alles.« Grahams Oberschenkelmuskulatur durchlief ein leises Zittern der Erschöpfung, als er wieder Platz nahm.

»Die Sache ist eine Überprüfung wert«, erklärte Springfield. »Wir werden dem unverzüglich nachgehen. Die Leute von der Einbruchsabteilung nehmen sich weiterhin die Nachbarschaft vor. Sie versuchen in Erfahrung zu bringen, ob ein Fremder mit dem Hund der Leeds' gesehen worden ist. Die Jungs von der Sitte und der Drogenfahndung nehmen sich nach Dienstschluß die einschlägigen Bars vor. Marcus und Whitman – Augen auf beim Begräbnis. Haben Sie schon Fotos von Verwandten und Bekannten, anhand deren Sie die Betreffenden bei der Trauerfeier identifizieren können? Gut. Wie steht es mit dem Fotografen? Alles klar. Leiten Sie die Teilnehmerliste der Trauerfeier an R & I weiter. Die aus Birmingham liegt ihnen bereits vor. Die restlichen Aufgabenbereiche finden Sie am Schwarzen Brett. Und jetzt an die Arbeit.«

»Noch etwas«, schaltete sich Kommissar Lewis ein. Die Beamten sanken wieder auf ihre Stühle zurück. »Mir ist zu Ohren gekommen, daß der Mörder von Beamten dieser Dienststelle als ›Zahnschwuchtel‹ bezeichnet wird. Mir persönlich ist es gleichgültig, wie Sie ihn unter sich nennen, zumal mir durchaus bewußt ist, daß Sie ihn ja irgendwie nennen müssen. Allerdings möchte ich lieber nicht hören, daß einer von Ihnen ihn in der Öffentlichkeit als Zahnschwuchtel bezeichnet. Ebensowenig möchte ich, daß Sie diese Bezeichnung im internen Schriftverkehr gebrauchen.

Das wäre alles.«

Crawford und Graham folgten Springfield in sein Büro. Der Leiter der Mordkommission versorgte sie mit Kaffee, während Crawford mit der Telefonzentrale sprach und sich die für ihn eingegangenen Anrufe notierte.

»Leider hatte ich nicht Gelegenheit, gestern schon mit Ihnen zu sprechen, als Sie hier eingetroffen sind«, wandte Springfield sich an Graham. »Bei uns ist zur Zeit der Teufel los. Ihr Vorname war doch Will, ist das richtig? Haben sich meine Jungs anständig um Sie gekümmert?«

»Ja, ich kann mich nicht beklagen.«

»Bisher stehen wir ganz schön dumm da, und das ist uns nur zu deutlich bewußt«, fuhr Springfield fort. »Aber wir haben zumindest aufgrund seiner Fußabdrücke in einem Blumenbeet ein paar Rückschlüsse ziehen können, die sich auf seine Schuhnummer und seine Größe beziehen. Aber damit hat es sich dann auch schon. Der linke Abdruck ist etwas tiefer. Möglicherweise hat er etwas getragen. Eine reine Fleißarbeit. Immerhin konnten wir vor ein paar Jahren aufgrund einer solchen Fußabdruckanalyse einen Einbrecher fassen; sie ergab nämlich, daß der Betreffende an der Parkinsonschen Krankheit litt. Princi hat das herausgefunden. Diesmal hatten wir allerdings kein Glück.«

»Jedenfalls haben Sie hervorragende Leute«, bemerkte Graham.

»Das kann man wohl sagen. Nur handelt es sich bei diesem Fall um einen Tatbestand etwas außerhalb der Reihe. Übrigens Gott sei Dank, kann ich dazu nur sagen. Um das ein für allemal klarzustellen: Arbeiten Sie eigentlich ständig zusammen – ich meine Sie und Jack und Dr. Bloom –, oder trifft das nur für solche ungewöhnlichen Fälle zu?«

»Nur in solchen ungewöhnlichen Fällen.«

»Toller Grund für ein Wiedersehen. Der Kommissar hat mir übrigens erzählt, Sie wären es gewesen, der vor drei Jahren Lecter gefaßt hat.«

»Wir haben mit der gesamten Polizei von Maryland zusammengearbeitet«, erwiderte Graham. »Festgenommen wurde er von ein paar State Troopern.«

Springfield mochte ja ziemlich direkt sein, aber unsensibel war er deswegen keineswegs. Er spürte, wie Graham unbehaglich wurde. Er schwenkte mit seinem Stuhl ein Stück herum und griff nach einem Stapel Unterlagen.

»Sie haben sich doch nach dem Hund erkundigt. Hier ist die Akte. Gestern abend hat ein Tierarzt von hier Leeds' Bruder angerufen. Er hatte den Hund. Leeds und sein ältester Sohn hatten ihn an dem Nachmittag, bevor sie getötet wurden, zu besagtem Tierarzt gebracht. Er hatte eine Stichwunde im Bauch. Er wurde operiert und befindet sich bereits wieder auf dem Wege der Besserung. Der Tierarzt dachte erst, der Hund wäre angeschossen worden; allerdings konnte er keine Kugel finden. Deshalb geht er davon aus, daß dem armen Vieh die Verletzung mit einem Eiszerkleinerer oder einer Ahle beigebracht wurde. Wir hören uns bei den Nachbarn um, ob ihnen jemand aufgefallen ist, der sich an dem Hund zu schaffen gemacht hat; außerdem rufen wir heute noch sämtliche Tierärzte an, um uns nach möglichen anderen Fällen von Tiermißhandlungen zu erkundigen.«

»Trug der Hund ein Halsband mit dem Namen Leeds darauf?«

»Nein.«

»Hatten die Jacobis in Birmingham einen Hund?« wollte Graham weiter wissen.

»Das sollte sich eigentlich feststellen lassen, wenn Sie sich einen Moment gedulden.« Springfield wählte eine dreistellige Nummer. »Lieutenant Flatt ist unser Kontaktmann in Birmingham... ja, Flatt. Hatten die Jacobis einen Hund? Mhm... mhm. Einen Augenblick.« Er legte seine Hand auf den Hörer. »Keinen Hund. Aber sie haben im Bad im Erdgeschoß eine Kiste mit Katzenstreu gefunden. Von der dazugehörigen Katze fehlt allerdings jede Spur. Die Nachbarn halten nach ihr Ausschau.«

»Könnten Sie die Kollegen in Birmingham ersuchen, sich noch einmal genauestens auf dem Grundstück und in der näheren Umgebung des Hauses umzusehen. Falls die Katze verletzt war, haben die Kinder sie vielleicht erst gefunden, als sie schon tot war, und sie dann begraben. Sie wissen ja, wie das bei Katzen ist. Sie verkriechen sich zum Sterben. Hunde dagegen kommen gleich angelaufen. Und könnten Sie außerdem noch anfragen lassen, ob die Katze ein Halsband trug?«

»Sagen Sie ihnen auch: Falls sie eine Methan-Sonde brauchen, können wir ihnen eine schicken«, schaltete sich Crawford ein. »Dann müssen sie nicht den ganzen Garten umgraben.«

Springfield leitete die Bitte weiter. Kaum hatte er aufgehängt, läutete das Telefon bereits wieder. Der Anruf war für Jack Crawford. Von Jimmy Price im Lombard Bestattungsinstitut. Crawford nahm den Hörer eines Anschlußapparats ab und drückte auf den Durchstellknopf.

»Jack, ich habe einen Teilabdruck, bei dem es sich vermutlich um einen Daumen und ein Stück der Handfläche handelt.«

»Jimmy, du bist ein Goldschatz.«

»Ich weiß. Der Teilabdruck des Daumens ist leider schon etws verwischt. Mal sehen, was sich damit anfangen läßt, sobald ich wieder zurück bin. Er stammt vom linken Auge des älteren Jungen. Sowas habe ich noch nie gemacht. Ich hätte den Abdruck auch nie gesehen, wenn er sich nicht wegen einer Augapfelblutung, die auf die Schußverletzung zurückzuführen ist, ziemlich deutlich abgezeichnet hätte.«

»Kannst du damit eine Identifizierung vornehmen?«

»Vollkommen auszuschließen ist es zumindest nicht, Jack, falls er im Einzelabdruck-Index enthalten ist. Aber du weißt ja selbst, wie hoch die Chancen stehen, daß das der Fall ist. Den Handflächenabdruck habe ich von Mrs. Leeds' linkem großem Zehennagel. Der taugt nur für einen Vergleich. Lombard und sein Assistent haben das Ganze bezeugt. Lombard ist als Notar zugelassen. Ich habe außerdem Fotos *in situ* gemacht. Wird das genügen?«

»Kommen dafür nicht die Fingerabdrücke irgendwelcher Angestellter des Bestattungsinstituts in Frage?«

»Ich habe ihnen allen, Lombard eingeschlossen, die Fingerabdrücke abgenommen, auch wenn sie behaupteten, sie nicht angerührt zu haben. Jetzt fluchen sie kräftig und schrubben sich die Pfoten. Am liebsten würde ich unverzüglich nach Hause zurückkehren, Jack. Ich möchte die genaue Ausarbeitung des Materials lieber zu Hause vornehmen. Wer weiß, was die hier alles im Wasser haben – am Ende sogar noch Schildkröten?

Ich könnte in einer Stunde eine Maschine nach Washington erwischen und dir die Unterlagen bis zum frühen Nachmittag per Fernschreiber runterschicken.«

Crawford überlegte kurz. »Gut, Jimmy, aber drück mal kräftig auf die Tube. Kopien bitte an die Polizeihauptquartiere von Atlanta und Birmingham sowie die zuständigen FBI-Stellen.«

»Wird gemacht. Da wäre allerdings noch etwas klarzustellen.«

Crawford rollte die Augen zur Decke. »Laß mich bloß mit deinen blöden Tagessätzen in Frieden.«

»Ich muß schließlich auch von was leben.«

»Du kannst unbesorgt sein, Jimmy, mein Junge; heute soll mir für dich nichts zu teuer sein.«

Graham starrte aus dem Fenster, während Crawford sie über Prices Entdeckungen unterrichtete.

»Das ist wahrhaftig erstaunlich«, war alles, was Springfield dazu einfiel.

Grahams Miene war bar jeden Ausdrucks; verschlossen

wie das Gesicht eines Lebenslänglichen, dachte Springfield unwillkürlich. Er ließ Graham keine Sekunde aus den Augen, als dieser aufstand und den Raum verließ.

Die Pressekonferenz des Kommissars für öffentliche Sicherheit löste sich gerade auf, als Crawford und Graham aus Springfields Büro kamen. Die Zeitungsreporter setzten zum Spurt auf die Telefonzellen an. Die Fernsehleute drehten ›Einschübe‹, bei denen ein Sprecher sich allein vor der Kamera postierte und dann ein paar der vernünftigsten Fragen stellte, die er im Zuge der Pressekonferenz aufgeschnappt hatte, um schließlich sein Mikrofon einem nicht vorhandenen Interviewpartner entgegenzurecken, dessen Antwort nachträglich aus einem Film des Kommissars dazwischengeschnitten werden würde.

Crawford und Graham stiegen eben die Eingangstreppe hinunter, als ein kleiner Mann an ihnen vorbeischoß, herumwirbelte und ein Foto von ihnen machte.

»Will Graham!« rief er aus, als sein Gesicht hinter seiner Kamera hochschnellte. »Können Sie sich noch an mich erinnern – Freddy Lounds? Ich habe für den *Tattler* über den Fall Lecter berichtet. Anschließend habe ich das Buch geschrieben.«

»Ich weiß«, erwiderte Graham und schritt mit Crawford weiter die Treppe hinunter, während Lounds ihnen halb zugewandt vorauseilte.

»Wann hat man Sie hinzugezogen, Will? Haben Sie schon Anhaltspunkte?«

»Mit Ihnen rede ich nicht, Lounds.«

»Bestehen irgendwelche Übereinstimmungen zwischen diesem Kerl und Lecter? Macht er sie auch –«

»Lounds!« Grahams Stimme haftete etwas unverkennbar Bedrohliches an, so daß Crawford sich beeilte, sich zwischen ihn und den Reporter zu schieben. »Sie schreiben nichts als verlogene Scheiße, Lounds, und der *National Tattler* taugt bestenfalls dazu, sich den Arsch abzuwischen. Ich warne Sie also: Kommen Sie mir nicht zu nahe.«

Crawford packte Graham am Arm. »Hauen Sie ab, Lounds. *Los!* Will, gehen wir doch erst mal frühstücken. Komm.« Mit raschen Schritten bogen sie um die nächste Straßenecke.

»Entschuldige bitte, Jack, aber ich kann diese Ratte auf den Tod nicht ausstehen. Als ich im Krankenhaus lag, kam er an und –«

»Ich weiß«, sagte Crawford. »Eigentlich hätte ich dich wirklich nicht zurückhalten sollen.« Crawford erinnerte sich nur zu deutlich an das Foto im *National Tattler*. Nach Abschluß des Falles Lecter hatte Lounds sich in Grahams Krankenzimmer geschlichen, gerade als dieser schlief. Er schlug die Bettdecke zurück und machte ein Foto von Grahams provisorischer Kolostomie, das dann die Zeitung mit einem schwarzen Balken über Grahams Geschlechtsteil veröffentlichte. Die Bildunterschrift lautete: »Das ist aus dem tollkühnen Polizisten geworden.«

In der Cafeteria war es hell und sauber. Grahams Hände zitterten, und aus seiner Tasse schwappte etwas Kaffee in den Unterteller.

Er bemerkte, wie der Rauch von Crawfords Zigarette ein Paar am nächsten Tisch störte. Die beiden aßen in säuerlichem Schweigen, und ihre allgegenwärtige Frustration hing mit dem Zigarettenqualm in der Luft.

An einem Tisch neben der Tür stritten zwei Frauen, offensichtlich Mutter und Tochter. Sie sprachen sehr leise, aber ihre Wut verschaffte sich dafür in ihren häßlich verzerrten Mienen Ausdruck. Graham konnte ihre Verbitterung in Gesicht und Nacken spüren.

Crawford beklagte sich, daß er am nächsten Morgen in Washington vor Gericht als Zeuge auftreten mußte. Er befürchtete, daß er wegen der Gerichtsverhandlung mehrere Tage in Washington würde bleiben müssen. Als er sich eine frische Zigarette anzündete, spähte er über ihre Glut hinweg auf Grahams Hände und seine Gesichtsfarbe.

»In Atlanta und Birmingham können sie den Daumenabdruck mit ihren Sexualtäterkarteien vergleichen«, fuhr Crawford fort. »Dasselbe werden wir machen. Es wäre nicht das erste Mal, daß Price mit einem einzigen Abdruck fündig wird. Er wird den Daumenabdruck in den FINDER eingeben – wir haben auf diesem Gebiet einige Fortschritte gemacht, seit du bei uns aufgehört hast.«

FINDER, das automatische Fingerabdruckverarbeitungsprogramm des FBI, war möglicherweise imstande, den Daumenabdruck mit den Fingerabdrücken irgendeines anderen Falls in Verbindung zu bringen, der vordergründig überhaupt nichts mit diesem zu tun hatte.

»Falls wir den Kerl schnappen sollten, werden dieser Abdruck und seine Zähne genügen, um ihm die Tat anzulasten«, fuhr Crawford fort. »Darüber hinaus ist folgendes zu tun: Wir müssen uns weiter Gedanken machen, was er sein *könnte*. Wir werden dabei ein ziemlich weites Feld abgrasen müssen. Nur mal angenommen, wir hätten eine dringend verdächtige Person festgenommen. Du kommst also an und siehst dir den Kerl an. Was hätte er wohl an sich, das dich nicht überraschen würde?«

»Keine Ahnung, Jack. Verdammt noch mal, er hat bis jetzt jedenfalls noch keine erkennbare Gestalt für mich angenommen. Wir könnten eine Menge Zeit damit verbringen, nach Leuten zu suchen, die wir erfunden haben. Hast du schon mit Bloom gesprochen?«

»Ja, ich habe gestern abend mit ihm telefoniert. Bloom bezweifelt, daß er selbstmörderische Tendenzen aufweist, und eine ähnliche Auffassung vertritt auch Heimlich. Bloom war lediglich am ersten Tag nach der Tat ein paar Stunden hier, aber er und Heimlich haben die vollständige Akte vorliegen. Bloom hält diese Woche eine Reihe von Rigorosa für seine Doktoranden ab. Er läßt dich schön grüßen. Hast du eigentlich seine Nummer in Chicago?«

»Ja.«

Graham mochte Dr. Alan Bloom, einen kleinen, rundlichen Mann mit traurigen Augen, einen hervorragenden Gerichtspsychiater, der vielleicht sogar der Beste seines Fachs war. Graham rechnete es Dr. Bloom hoch an, daß er nie irgendeine Form von beruflichem Interesse an ihm gezeigt hatte, was bei Psychiatern keineswegs eine Selbstverständlichkeit war.

»Bloom meint, es würde ihn nicht im geringsten überraschen, wenn wir irgendwann von unserer Zahnschwuchtel hören würden. Er hält es keineswegs für ausgeschlossen, daß er uns eines Tages einen Brief schreibt«, fuhr Crawford fort.

»Du meinst wohl, an die Wand eines Schlafzimmers.«

»Bloom ist der Ansicht, daß er möglicherweise in irgendeiner Form entstellt oder verkrüppelt ist oder sich das zumindest einbildet. Allerdings hat er mir geraten, dem keine weitere Bedeutung beizumessen. ›Ich möchte Ihnen keinesfalls ein Phantom entwerfen, Jack, dem Sie dann hinterherjagen‹, war, was er mir dazu gesagt hat. ›Das würde Sie nur ablenken und Ihre Bemühungen zerstreuen.‹ Darauf hinzuweisen, hätte er während der Ausbildung gelernt, hat er dazu schließlich noch bemerkt.«

»Damit hat er durchaus recht«, nickte Graham.

»Irgend etwas muß dir doch über diesen Kerl schon klar geworden sein, Will; sonst wärst du doch nicht auf diese Sache mit den Fingerabdrücken gekommen«, begann Crawford zu bohren.

»Das war doch lediglich wegen der Blutspuren an den Wänden, Jack. Versuche bitte nicht, mir deshalb schon wieder außergewöhnliche Fähigkeiten anzudichten. Erwarte dir also um Himmels willen nicht zu viel von mir, ja?«

»Wir werden ihn schon schnappen. Du weißt doch bereits, daß wir ihn schnappen werden, oder etwa nicht?«

»Ja, dessen bin ich mir allerdings sicher. Und zwar so oder so.«

»Und an welche Möglichkeiten hast du dabei genauer gedacht?«

»Indem wir zum Beispiel auf Spuren stoßen, die wir bisher übersehen haben.«

»Oder?«

»Oder er tut es immer wieder, bis er eines Nachts zu viel

Lärm macht, so daß der Familienvater noch rechtzeitig seine Kanone holen kann.«

»Und eine dritte Möglichkeit gibt es nicht?«

»Denkst du etwa, ich würde ihn inmitten einer Menschenmenge erkennen? Nein, das mag vielleicht Ezio Pinzas Bier sein, aber nicht meines. Dieser Irre wird so lange weitermachen, bis wir entweder einen glänzenden Einfall oder verdammt viel Glück haben. Jedenfalls wird er nicht von allein Schluß machen.«

»Warum?«

»Weil ihm die Sache wirklich Spaß macht.«

»Siehst du, du weißt also doch schon etwas über ihn«, triumphierte Crawford.

Graham sagte nichts mehr, bis sie das Lokal verlassen hatten. »Wart erst mal ab bis zum nächsten Vollmond«, erklärte er dann. »Vielleicht erzählst du mir dann ja noch mal, wieviel ich über ihn weiß.«

Graham ging in sein Hotel zurück, um zweieinhalb Stunden zu schlafen. Mittags stand er auf, duschte und bestellte eine Kanne Kaffee und einen Sandwich aufs Zimmer. Es war an der Zeit, sich in aller Gründlichkeit dem Studium der Jacobi-Akte aus Birmingham zu widmen. Er putzte mit der Hotelseife seine Lesebrille und ließ sich mit den Unterlagen am Fenster nieder. Während der ersten paar Minuten sah er noch bei jedem Geräusch auf – wenn auf dem Flur Schritte zu hören waren oder das schwache, gedämpfte Zuschlagen der Lifttür. Doch dann gab es für ihn nur noch die vor ihm liegende Akte.

Der Zimmerkellner mit dem Frühstück klopfte und wartete, klopfte und wartete. Als sich daraufhin noch immer nichts rührte, ließ er das Mittagessen vor der Tür stehen und unterschrieb die Rechnung selbst.

4. Kapitel

Hoyt Lewis, Stromzählerableser der Georgia Power Company, parkte seinen Kombi unter einem großen Baum in der Durchfahrt und griff nach der Blechschachtel mit seinem Mittagessen. Seit er sich seine Brote selbst schmieren mußte, machte es ihm keinen Spaß mehr, sie auszupacken. Keine Briefchen mehr mit ein paar netten Worten, keine kleinen Überraschungen.

Er hatte seinen Sandwich etwa zur Hälfte gegessen, als ihn eine laute Stimme dicht neben ihm zusammenzucken ließ.

»Sicher habe ich diesen Monat für tausend Dollar Strom verbraucht, was?«

Lewis drehte sich herum und sah in der Fensteröffnung seines Kombi das rote Gesicht von H. G. Parsons. Parsons trug Bermuda-Shorts und hielt einen Besen in der Hand.

»Ich hab' leider nicht verstanden, was Sie gesagt haben.«

»Sie werden sicher behaupten, daß ich diesen Monat für tausend Dollar Strom verbraucht habe. Haben Sie mich jetzt verstanden?«

»Ich weiß nicht, wieviel Strom Sie verbraucht haben, weil ich nämlich Ihren Zähler noch nicht abgelesen habe, Mr. Parsons. Und wenn ich ihn abgelesen habe, trage ich den Zählerstand hier ein.« Lewis deutete auf eine Verbraucherliste, die auf dem Armaturenbrett lag.

Parsons war erbittert über die Höhe der Zahlungsforderungen. Er hatte bereits bei der Elektrizitätsgesellschaft Beschwerde eingereicht.

»Ich führe genauestens über meinen Stromverbrauch Buch«, brachte Parsons weiter vor. »Und wenn das nicht bald anders wird, gehe ich damit vor Gericht.«

»Wenn Sie wollen, können wir Ihren Zähler doch gemeinsam ablesen. Kommen Sie am besten gleich mit –«

»Ich weiß, wie man einen Zähler abliest. Und Sie könnten es vermutlich auch, wenn es nicht so viel Mühe machen würde.«

»Jetzt aber mal halblang, Parsons.« Lewis stieg aus. »Allmählich reicht's mir. Letztes Jahr haben Sie einen Magneten an ihrem Zähler befestigt. Ihre Frau hat gesagt, Sie lägen im Krankenhaus; deshalb habe ich ihn einfach abgenommen und nichts weiter gesagt. Als Sie dann allerdings letzten Winter Sirup in den Zähler gegossen haben, habe ich das gemeldet. So viel ich weiß, haben Sie auch brav gezahlt, als wir Ihnen deshalb eine Nachzahlung geschickt haben.

Ihre Stromrechnung ist drastisch in die Höhe gegangen, seit Sie diese neuen Leitungen selbst verlegt haben. Ich habe Ihnen sicher schon an die hunderttausendmal gesagt: Irgendeine Schaltung im Haus frißt Unmengen von Strom. Haben Sie daraufhin etwa einen Elektriker kommen lassen, um den Schaden zu beheben? Nein. Statt dessen rufen Sie bei uns im Büro an und beschweren sich über mich. Langsam reicht's mir wirklich.« Lewis hatte sich inzwischen richtig in Rage geredet.

»Ich werde dieser Sache auf den Grund gehen«, ließ Parsons nicht locker. Doch trat er vorsichtshalber bereits den Rückzug in seinen eigenen Garten an. »Die werden Ihnen schon auf die Finger klopfen, Mr. Lewis. Ich habe nämlich gesehen, daß sie schon vor Ihnen jemanden losgeschickt haben, um die Zähler abzulesen«, stichelte er über seinen schützenden Gartenzaun hinweg weiter gegen den Stromableser. »Warten Sie nur, bald werden Sie wieder wie jeder andere auch arbeiten gehen müssen.«

Lewis ließ den Motor an und stieß rückwärts aus der Durchfahrt. Jetzt würde er sich eine andere Stelle suchen müssen, um seinen Sandwich zu Ende zu essen. Schade, dieser große Baum mit seinem kühlen Schatten war schon seit Jahren sein bevorzugtes Plätzchen für seine Mittagspause gewesen.

Er stand direkt hinter dem Haus von Charles Leeds.

Um halb sechs Uhr abends fuhr Hoyt Lewis in seinem eigenen Wagen zum Cloud Nine, wo er sich mit ein paar Bieren zu trösten versuchte.

Als er seine Frau anrief, von der er seit einiger Zeit getrennt lebte, fiel ihm nichts Besseres ein als: »Schade, daß du mir nicht mehr wie früher das Mittagessen machst.«

»Das hättest du dir früher überlegen können, Mr. Neunmalklug«, war ihre Antwort darauf. Und dann hatte sie auch schon aufgehängt.

Danach spielte er mit ein paar Kollegen von Georgia Power eine eher lustlose Partie Shuffleboard und ließ dabei hin und wieder seinen Blick über die anderen Gäste wandern. Seit neuestem tauchten immer mehr von diesen Flughafenangestellten im Cloud Nine auf. Alle hatten sie dieselben kleinen Schnurrbärte und dieselben blöden Collegeringe am kleinen Finger. Und demnächst würden sie das Cloud Nine auch noch, ganz nach englischem Muster, mit so einem idiotischen Dartboard herausstaffieren. Es war eben auf nichts mehr Verlaß.

»Hey, Hoyt, was dagegen, wenn ich dir auf ein Bier Gesellschaft leiste?« Es war sein Innendienstleiter Billy Meeks.

»Das trifft sich gut, Billy. Ich wollte sowieso mal mit dir reden.«

»Wo drückt dich der Schuh?«

»Du weißt doch von diesem alten Querulanten Parsons, der ständig anruft und sich über mich beschwert?«

»Allerdings. Erst letzte Woche hat er wieder angerufen«, entgegnete Meeks. »Was ist denn mit ihm?«

»Er hat heute gesagt, daß jemand anderer meine Tour übernommen hat, als wäre in der Firma jemand der Auffassung, ich würde die Zähler nicht korrekt ablesen. Du glaubst doch nicht etwa auch, ich würde irgendwelche krummen Touren machen?«

»Natürlich nicht.«

»Ganz bestimmt nicht? Ich meine, wenn ich schon auf irgend jemandes Abschußliste stehe, dann wäre es mir lieber, wenn der Betreffende mir das sagen würde, anstatt lange hinter mir herzuspionieren.«

»Wenn du auf meiner Abschußliste stündest – glaubst du im Ernst, ich würde dir das nicht sagen?«

»Eigentlich nicht.«

»Na, siehst du. Außerdem – wenn irgend jemand deine Tour schon vorher ablesen würde, wüßte ich davon. Wir im Innendienst wüßten doch über eine solche Maßnahme Bescheid, Hoyt. Du kannst also beruhigt sein – kein Mensch spioniert hinter dir her. Laß diesen alten Querulanten von Parsons doch reden, soviel er will; schenk seinem Geschwafel einfach keine Beachtung. Als er mich letzte Woche angerufen hat, hat er gesagt: ›Herzlichen Glückwunsch, daß Sie diesem Hoyt Lewis endlich auf den Zahn fühlen.‹ Aber ich habe ihn einfach reden lassen.«

»Eigentlich sollte man diesem Vogel die Polizei auf den Hals hetzen wegen seines Zählers«, knurrte Lewis. »Dem gehört wirklich mal kräftig in den Arsch getreten. Hat er mir doch heute tatsächlich die Mittagspause vermiest mit seinem ewigen Gequengle.«

»Ich kenne die Stelle – ein schönes Plätzchen. Ich habe dort auch immer Mittagspause gemacht, wenn ich früher diese Tour hatte.« Meeks Miene nahm unvermittelt einen verträumten Ausdruck an. »Mann, ich kann dir sagen, dabei habe ich ein paarmal diese Mrs. Leeds gesehen – eigentlich gehört es sich ja nicht, sowas zu sagen, nachdem sie auf so schreckliche Weise ums Leben gekommen ist –, aber ich hab' sie ein paarmal im Garten gesehen, wie sie sich dort im Bikini gesonnt hat. Ich kann dir sagen, die hatte vielleicht eine schnuckelige Figur. Wirklich jammerschade um diese Leute. Sie war wirklich eine verdammt nette Frau.«

»Haben sie in der Sache eigentlich schon jemanden gefaßt?«

»Nee.«

»Warum mußte der sich auch ausgerechnet die Leeds aussuchen, wo doch der alte Parsons gleich nebenan gewohnt hätte«, sinnierte Lewis mit einem verschmitzten Grinsen.

»Eines kann ich dir jedenfalls sagen: Ich lasse meine bessere Hälfte nicht mehr im Badeanzug im Garten rumliegen. Sie meint natürlich: ›So ein Blödsinn, Billy; wer soll mich denn hier schon sehen?‹ Aber ich meine, wer weiß denn schon, von wo plötzlich irgend so ein Irrer über die Hecke gesprungen kommt, um weiß Gott was mit ihr anzustellen. Haben die von der Polizei eigentlich schon mit dir darüber gesprochen? Haben sie dich auch gefragt, ob du irgendwas Verdächtiges bemerkt hast?«

»Ja. Soviel ich weiß, haben sie sich jeden vorgenommen, der dort draußen eine Tour hat. Postboten, Müllmänner und so weiter. Ich hatte allerdings bis heute die ganze letzte Woche die Laurelwood-Tour auf der anderen Seite des Betty Jane Drive.« Lewis puhlte am Etikett seiner Bierflasche. »Parsons hat dich also letzte Woche angerufen, sagst du?«

»Ja.«

»Dann muß er tatsächlich jemanden seinen Zähler ablesen gesehen haben. Wenn er sich das Ganze nur aus den Fingern gesogen hätte, um mir heute einen kleinen Schreck einzujagen, hätte er deshalb sicher nicht extra angerufen. Ihr habt, wie du selbst sagst, niemanden losgeschickt, und ich kann es nicht gewesen sein.«

»Vielleicht war es ja auch jemand von der Telefongesellschaft.«

»Vielleicht.«

»Andererseits haben wir dort draußen keine gemeinsamen Leitungsmasten.«

»Glaubst du, ich sollte vielleicht mal bei der Polizei anrufen?«

»Könnte zumindest nicht schaden«, meinte Meeks.

»Ganz sicher nicht, und Parsons wird in Zukunft vielleicht auch etwas leiser treten, wenn ihm der starke Arm des Gesetzes einen kleinen Besuch abstattet. Selbst wenn sie nichts gegen ihn vorliegen haben, wird er schon vor Angst in die Hosen machen, bloß wenn er sie bei sich vorfahren sieht.«

5. Kapitel

Am späten Nachmittag fuhr Graham wieder zum Haus der Leeds' hinaus. Er betrat es durch die Eingangstür und versuchte, nicht auf die Ruine zu achten, die der Mörder hinterlassen hatte. Bisher hatte er nur Aktenunterlagen, den Schauplatz eines Mordes und totes Fleisch zu Gesicht bekommen – alles Requisiten eines grausigen Nachspiels. Er wußte eine Menge darüber, wie sie gestorben waren. Wie sie gelebt hatten, sollte ihn heute beschäftigen.

Eine gründliche Bestandsaufnahme also. In der Garage standen ein gutes Wasserskiboot, oft benutzt und bestens gepflegt, und ein Kombi. In einer Ecke lehnten ein Satz Golfschläger und ein Geländemotorrad. Der Inhalt des umfangreichen Werkzeugkastens an der Wand war kaum benutzt. Erwachsenenspielzeug.

Graham nahm ein Siebenereisen aus dem Golfsack und holte zu einem etwas ungelenken Schwung damit aus. Der Sack puffte ihm einen Anflug von Ledergeruch entgegen, als er ihn gegen die Wand zurücklehnte. Charles Leeds' Sachen.

Weiter auf Charles Leeds' Spuren durchstreifte Graham nun das Haus. Seine Jagdstiche hingen im Herrenzimmer. Seine Reihe der Großen Bücher fein säuberlich aufgereiht. Sewanee-Jahresschriften. H. Alan Smith und Perelman und Max Shulman im Bücherregal. Vonnegut und Evelyn Waugh. C. S. Forresters *Beat to Quarters* lag aufgeschlagen auf einem Tisch.

Im Wandschrank eine gute Tontaubenbüchse, eine Nikon-Kamera, eine Bolex Superacht-Filmkamera und ein Projektor.

Graham, dessen gesamter Besitz mehr oder weniger aus einer einfachen Angelausrüstung, einem klapprigen Volkswagen aus dritter Hand und zwei Kassetten Montrachet bestand, verspürte einen Anflug von Feindseligkeit gegen diese Erwachsenenspielsachen, wobei ihm nicht recht klar war weshalb.

Wer war Leeds gewesen? Ein erfolgreicher Steuerberater,

ein ehemaliges Mitglied des Footballteams von Sewanee, ein sehniger, sportlicher Typ, der gern viel lachte, und ein Mann, der sich selbst mit durchgeschnittener Kehle noch verzweifelt zu wehren versucht hatte.

Aus einer seltsamen Verpflichtung ihm gegenüber heraus, folgte Graham ihm durch das ganze Haus. Sich erst ein Bild über ihn zu machen, war eine Art, ihn um Erlaubnis zu bitten, sich seiner Frau zuwenden zu dürfen.

Graham spürte, daß sie es gewesen war, die das Monster angelockt hatte – so gewiß, wie die zirpende Grille den Tod durch die rotäugige Fliege heraufbeschwört.

Nun also zu Mrs. Leeds.

Sie hatte im Obergeschoß ein kleines Ankleidezimmer. Graham schaffte es, dorthin zu gelangen, ohne sich vorher im Schlafzimmer umzusehen. Der Raum war in warmem Gelb gehalten und wirkte bis auf den zerschlagenen Spiegel über dem Schminktisch unangetastet. Vor dem Kleiderschrank lagen ein Paar L. L. Bean-Mokassins auf dem Boden, als hätte sie sie eben erst abgestreift. Ihr Morgenmantel schien unachtsam an den Kleiderhaken gehängt worden zu sein, und der Kleiderschrank enthüllte die gemäßigte Unordnung einer Frau, die in einer Vielzahl von Schränken Ordnung zu halten hat.

Mrs. Leeds' Tagebuch befand sich in einer mit pflaumenfarbenem Samt ausgekleideten Schachtel auf dem Schminktisch. Der Schlüssel war zusammen mit einem Kontrollabschnitt der Spurensicherung mit Klebstreifen am Deckel befestigt.

Graham ließ sich auf einen gedrechselten, weißen Stuhl nieder und schlug das Tagebuch aufs Geratewohl auf:

Dienstag, 23. Dezember, zu Hause bei Mama. Die Kinder schlafen noch. Als Mama die Veranda verglasen ließ, fand ich es schrecklich, wie dadurch das Aussehen des Hauses verändert wurde, aber jetzt finde ich es sehr schön, hier in der Wärme zu sitzen und auf den Schnee hinauszuschauen. Wie viele Weihnachten wird sie wohl noch mit einem Haus voller Enkelkinder erleben können? Hoffentlich sehr viele.

Gestern hatten wir eine anstrengende Fahrt von Atlanta hierher; nach Raleigh hat es zu schneien begonnen. Wir kamen nur schleppend voran. Ich war außerdem von den Reisevorbereitungen ziemlich geschafft. Außerhalb von Chapel Hill hat Charlie angehalten. Er ist ausgestiegen und hat von einem Zweig ein paar Eiszapfen abgebrochen, um mir einen Martini zu machen. Er kam auf seinen langen Beinen durch den tiefen Schnee zum Wagen zurückgestapft, und als ich ihn so sah – Schnee im Haar und in den Brauen –, wurde mir mit einem Mal wieder bewußt, daß ich ihn liebe. Es war ein Gefühl, als bräche etwas unter leichten Schmerzen und als breitete sich dann etwas Warmes in mir aus.

Ich hoffe, der Anorak paßt ihm. Wenn er mir nur nicht diesen protzigen Ring gekauft hat. Ich könnte Madelyn jetzt noch in ihren fetten Zellulitishintern treten, daß sie mit ihrem angeben mußte und Charlie keine Ruhe damit ließ. Diese vier lächerlich großen Diamanten von der Farbe von schmutzigem Eis. Eiszapfeneis ist so klar. Die Sonne schien durchs Wagenfenster herein und auf den Eiszapfen; er ragte ein Stück aus meinem Glas und bildete an der Bruchstelle eine Art Prisma, das einen roten und grünen Lichtfleck auf meine Hand warf, in der ich das Glas hielt. Ich konnte die Farben förmlich auf der Haut spüren.

Er fragte mich, was ich mir zu Weihnachten wünschte, worauf ich meine Hände um sein Ohr gelegt und ganz leise geflüstert habe: Deinen großen Schwanz, du Doofie, so weit er nur reingeht.

Die kahle Stelle an seinem Hinterkopf wurde rot. Er hat immer Angst, daß die Kinder etwas hören könnten. Männer haben einfach kein Vertrauen in Flüstern.

Die Seite war mit Asche von der Zigarre eines Kriminalbeamten besprenkelt.

In dem langsam schwächer werdenden Licht las Graham weiter – von der Mandeloperation der Tochter bis zu den bangen Tagen im Juni, nachdem Mrs. Leeds einen kleinen Knoten in ihrer Brust entdeckt hatte. *(Gütiger Gott, die Kinder sind doch noch so klein.)*

Drei Seiten später hatte sich der Knoten als kleine, gutartige Zyste entpuppt, die sich problemlos hatte entfernen lassen.

Heute nachmittag hat mich Dr. Janovich entlassen. Wir sind vom Krankenhaus direkt zum Ententeich gefahren. Wir waren schon so lange nicht mehr dort gewesen. Für so viele Dinge haben wir plötzlich keine Zeit mehr. Charlie hatte zwei Flaschen Champagner und einen Kübel mit Eis dabei. Wir tranken sie und fütterten die Enten, während die Sonne unterging. Eine Weile stand er mit dem Rücken zu mir am Wasser, und ich glaube, er hat ein wenig geweint.

Susan hat gesagt, sie hätte Angst gehabt, wir könnten mit noch einem Bruder für sie nach Hause kommen. Nach Hause!

Graham hörte im Schlafzimmer das Telefon klingeln. Ein Klicken, gefolgt vom leisen Summen des Anrufbeantworters. »Hallo, hier spricht Valerie Leeds. Leider kann ich im Moment nicht ans Telefon kommen, aber wenn Sie bitte nach dem Pfeifton Ihren Namen und Ihre Nummer auf Band sprechen würden, werden wir Sie zurückrufen. Besten Dank.«

Fast erwartete Graham, nach dem Pfeifton Crawfords Stimme zu hören, aber statt dessen ertönte nur das Freizeichen. Der Anrufer hatte aufgehängt.

Er hatte ihre Stimme gehört; nun wollte er sie auch sehen. Er ging ins Herrenzimmer hinunter.

In seiner Hosentasche hatte er eine Spule Superachtfilm, die Charles Leeds gehörte. Drei Wochen vor seinem Tod hatte Leeds den Film in einen Drugstore zum Entwickeln gebracht; er sollte ihn nicht mehr abholen. Die Polizei stieß in Leeds Brieftasche auf den Abholschein und löste den entwickelten Film damit in der Drogerie aus. Die Kriminalbeamten sahen sich den Film zusammen mit einer Reihe gleichzeitig entwikkelter Familienschnappschüsse an, ohne dabei auf irgend etwas Interessantes zu stoßen.

Graham wollte die Leeds so sehen, wie sie gewesen waren, als sie noch am Leben waren. Bei der Polizei hatten ihm die Beamten ihren Projektor angeboten. Doch Graham wollte sich den Film lieber im Haus ansehen. Widerwillig gaben sie ihm die Spule mit.

Graham holte Leinwand und Projektor aus dem Schrank

im Herrenzimmer und setzte sich dann in Charles Leeds' bequemen Ledersessel, nachdem er alles aufgebaut hatte. Er spürte unter seiner Handfläche etwas Klebriges auf der Armlehne – Spuren der Schokoladenfinger eines Kindes. Als Graham an seiner Hand roch, strömte sie einen leicht süßlichen Geruch aus.

Es war ein netter, kleiner Familienfilm ohne Ton, eindeutig etwas einfallsreicher als die meisten ähnlichen Machwerke. Er begann mit einer Einstellung auf einen schlafenden Hund, einen weiß-grauen Bobtail. Das Geräusch der Filmkamera ließ den Hund kurz aufschauen, um jedoch gleich wieder weiterzuschlafen. Ein ruckartiger Schnitt auf den immer noch schlafenden Hund, bis dieser die Ohren spitzte, sich aufrichtete und zu bellen begann. Dann folgte ihm die Kamera, als er in die Küche rannte und erwartungsvoll vor der Tür stehenblieb. Er schüttelte sich leicht und wedelte aufgeregt mit seinem Stummelschwanz.

Graham biß sich auf die Unterlippe und wartete ebenfalls. Auf der Leinwand ging nun die Tür auf, und Mrs. Leeds betrat mit einer Tüte mit Lebensmitteln die Küche. Sie lachte überrascht auf und berührte mit ihrer freien Hand ihr leicht zerzaustes Haar. Ihre Lippen bewegten sich, als sie aus dem Bild ging, und dann kamen ihr mit kleineren Einkaufstüten die Kinder hinterher. Das Mädchen war sechs, die Jungen acht und zehn.

Der kleinere Junge, offensichtlich bereits an solche Filmauftritte gewöhnt, deutete auf seine Ohren und wackelte mit ihnen. Der Kamerastandpunkt war ziemlich hoch. Laut Obduktionsbefund war Leeds einszweiundneunzig groß gewesen.

Graham ging davon aus, daß dieser Teil des Films zu Beginn des Frühlings gedreht worden sein mußte. Die Kinder trugen Windjacken, und Mrs. Leeds wirkte relativ blaß. Im Leichenschauhaus hatte sie eine gesunde Bräune mit weißen Bikinistreifen gehabt.

Darauf folgten kurze Einstellungen von den Jungen, die im Keller Tischtennis spielten, und Susan, das Mädchen, packte in ihrem Zimmer, die Zunge vor angestrengter Konzentration herausgestreckt, ein Geschenk ein. Mit ihrer rosigen Kinderhand strich sie sich wie ihre Mutter beim Betreten der Küche eine Haarsträhne aus dem Gesicht.

In der nächsten Szene hockte Susan wie ein Frosch in einem Schaumbad; sie trug eine viel zu große Badehaube. Der Aufnahmestandpunkt war diesmal wesentlich tiefer; außerdem haperte es mit der Entfernungseinstellung etwas – eindeutig das Werk eines der beiden Brüder. Die Szene endete damit, daß sie tonlos auf die Kamera einschrie und ihre sechsjährige Brust bedeckte, während ihr die Badehaube über die Augen rutschte.

Um seinen Söhnen in nichts nachzustehen, hatte auch Leeds seine Frau unter der Dusche überrascht. Der Duschvorhang bauschte und wölbte sich wie der Vorhang vor einer Schulaufführung. Mrs. Leeds' Arm erschien hinter dem Duschvorhang. Sie hielt einen großen Badeschwamm in der Hand, und die Szene endete mit einer in Seifenschaum verschwimmenden Linse.

Der Film endete mit einer Aufnahme von Norman Vincent Peale, der gerade im Fernsehen sprach, und dann schwenkte die Kamera auf Charles Leeds, der in dem Sessel, in dem Graham gerade saß, friedlich vor sich hin schnarchte.

Graham starrte auf den blendend weißen Lichtfleck auf der Leinwand. Die Leeds waren ihm sympathisch. Er bedauerte es, im Leichenschauhaus gewesen zu sein. Er dachte, der Irre, der ihnen einen Besuch abgestattet hatte, hätte sie auch sympathisch finden können. Aber vermutlich waren sie ihm lieber so, wie sie jetzt waren.

Grahams Kopf fühlte sich vollgestopft und blöde an. Er schwamm im Swimming-pool des Hotels auf und ab, bis seine Beine sich zunehmend bleierner anfühlten, und als er schließlich aus dem Wasser stieg, dachte er an zwei Dinge gleichzeitig – an einen Martini und den Geschmack von Mollys Mund.

Er machte sich den Martini in einem Plastikglas und rief Molly an.

»Hallo, Süße.«

»Hey, Baby! Wo bist du?«

»In diesem idiotischen Hotel in Atlanta.«

»Und genießt du es, mal wieder allein zu sein?«

»Nicht, daß ich wüßte. Du fehlst mir.«

»Du mir auch.«

»Mein Bett ist so fürchterlich leer ohne dich.«

»Meines auch.«

»Was gibt's bei dir Neues?«

»Ach, ich hatte heute eine kleine Auseinandersetzung mit Mrs. Holper. Sie wollte ein Kleid zurückgeben, weil es einen riesigen Whiskyfleck am Po hatte. Ganz offensichtlich hatte sie es anläßlich dieser Jaycee-Feier getragen.«

»Und was hast *du* darauf gesagt?«

»Daß ich ihr das Kleid nicht in dem Zustand verkauft hätte.«

»Und was hat *sie* dann gesagt?«

»Daß sie bisher noch nie Probleme gehabt hätte, wenn sie ein Kleid zurückgeben wollte, was unter anderem einer der Gründe wäre, weshalb sie bevorzugt bei mir einkaufen würde.«

»Und was hast *du* darauf wieder gesagt?«

»Ach, ich habe gesagt, ich wäre etwas in Sorge, weil Will neuerdings nur Stuß am Telefon redet.«

»Ach so.«

»Willy geht es blendend. Er hat ein paar Schildkröteneier geborgen, die die Hunde ausgegraben haben. Aber erzähl doch, was du so treibst.«

»Mich durch Berge von Akten wühlen und abscheulichen Plastikfraß in mich hineinstopfen.«

»Und kräftig nachdenken, wie ich wohl meinen will.«

»Ja.«

»Kann ich dir mit irgend etwas behilflich sein?«

»Ich habe einfach noch keinen brauchbaren Anhaltspunkt, Molly. Mir stehen nicht genügend Informationen zur Verfügung. Das heißt, mir liegen natürlich unzählige Daten vor, aber ich kann noch nichts Rechtes mit ihnen anfangen.«

»Wirst du noch länger in Atlanta bleiben? Versteh mich nicht falsch – ich möchte dich nicht drängen, nach Hause zu kommen. Ich wollte es nur wissen.«

»Das kann ich im Augenblick noch nicht sagen. Ein paar Tage werde ich jedenfalls bestimmt noch hierbleiben müssen. Du fehlst mir sehr.«

»Möchtest du ein bißchen übers Vögeln reden?«

»Ich glaube nicht, daß ich das aushalten würde. Vielleicht sollten wir das lieber bleiben lassen.«

»Was bleiben lassen?«

»Übers Vögeln zu reden.«

»Na gut. Aber du hast doch nichts dagegen, wenn ich daran denke, oder?«

»Keineswegs.«

»Wir haben einen neuen Hund.«

»Bitte nicht.«

»Sieht aus wie eine Kreuzung aus Basset und Pekinese.«

»Großartig.«

»Er hat Riesenhoden.«

»Was du nicht sagst.«

»Sie streifen fast den Boden. Beim Laufen muß er sie richtig einziehen.«

»Das soll er mir erst mal vormachen.«

»Doch, bestimmt. Er zieht sie tatsächlich ein. Woher willst du überhaupt wissen, ob er das kann oder nicht?«

»Ich weiß es eben.«

»Kannst du denn deine einziehen?«

»Dachte ich mir's doch, daß es darauf hinausführen würde.«

»Und?«

»Wenn du es unbedingt wissen willst – ich hab' sie einmal eingezogen.«

»Und wann war das?«

»In meiner Jugend. Als ich mal über einen Stacheldrahtzaun springen mußte.«

»Wieso das?«

»Weil ich eine Wassermelone im Arm hielt, die ich nicht selbst angebaut hatte.«

»Du hast die Flucht ergriffen? Vor wem?«

»Vor dem Besitzer besagter Melone. Durch seine Hunde alarmiert, kam er in seiner Reizunterwäsche aus dem Haus gestürzt und hat mit einer Knarre durch die Luft gefuchtelt. Zum Glück ist er über das Bohnenspalier gestolpert, so daß ich einen gewissen Vorsprung hatte.«

»Hat er auf dich geschossen?«

»Damals dachte ich das eigentlich schon. Aber dieses Krachen könnte natürlich auch aus meinem Hintern gekommen sein. Das ist ein Punkt, hinsichtlich dessen ich mir nie so recht klargeworden bin.«

»Und bist du über den Zaun gekommen?«

»Problemlos.«

»Daß sich deine kriminelle Veranlagung schon in diesem zarten Alter bemerkbar gemacht hat?«

»Ich habe keine kriminelle Veranlagung.«

»Natürlich nicht. Ich habe übrigens vor, die Küche frisch zu streichen. Welche Farbe würdest du vorschlagen? Will? Welche Farbe fändest du gut? Bist du noch da, Will?«

»Ja, äh, gelb. Streich sie doch gelb.«

»Gelb ist keine vorteilhafte Farbe für mich. Ich sehe dann beim Frühstück immer grün aus.«

»Dann blau.«

»Blau ist so kalt.«

»Na, dann streich sie meinetwegen Babyscheißebraun... nein, hör zu, ich werde sicher bald nach Hause kommen, und dann gehen wir gemeinsam in den Farbenladen und kaufen neue Rollen und Zeug, ja? Und vielleicht auch ein paar neue Pinsel.«

»Genau, kaufen wir ein paar Pinsel. Aber was reden wir hier eigentlich. Ich liebe dich, Will, und du fehlst mir, aber ich finde, daß es richtig war, nach Atlanta zu fahren. Schließlich weiß ich, daß es auch dir nicht leicht gefallen ist. Ich bin hier und werde auf dich warten, bis du nach Hause zurückkommst. Und ich werde auch überall hinkommen, wenn du mich brauchen solltest. Ich bin jederzeit für dich da. Das ist es, was ich dir sagen wollte.«

»Ach, Molly, du bist ein Engel. Aber du solltest dich jetzt schlafen legen.«

»Gut.«

»Schlaf schön.«

Mit im Nacken verschränkten Händen lag Graham da und beschwor in seiner Erinnerung die verschiedenen Abendessen mit Molly herauf. Krabben und Sancerre, die salzige Brise vom Meer mit dem Wein vermischt.

Aber ihm haftete nun mal die Unart an, sich über geführte Gespräche nachträglich den Kopf zu zerbrechen. Und genau damit begann er auch jetzt. Er hatte sie nach ihrer harmlosen Bemerkung über seine ›kriminelle Veranlagung‹ schroff angefahren. So was Dummes.

Graham fand Mollys Interesse an ihm größtenteils vollkommen unerklärlich.

Er rief bei der Mordkommission an und hinterließ eine Nachricht für Springfield, daß er am nächsten Morgen an den Routinenachforschungen teilnehmen wollte. Sonst gab es im Augenblick schließlich nichts zu tun.

Der Gin erleichterte ihm das Einschlafen.

6. Kapitel

Kopien sämtlicher Gesprächsnotizen zu Anrufen im Fall Leeds wurden auf Buddy Springfields Schreibtisch abgelegt. Als der Leiter der Mordkommission am Dienstagmorgen gegen sieben Uhr in sein Büro kam, hatten sich ganze dreiundsechzig davon angehäuft. Die oberste war mit einem roten Fähnchen gekennzeichnet.

Sie besagte, daß die Polizei von Birmingham hinter der Garage der Jacobis eine in einem Schuhkarton begrabene Katze entdeckt hatte. Das Tier hatte eine Blume zwischen den Pfoten und war in ein Geschirrtuch gewickelt. Auf den Deckel des Schuhkartons war in kindlicher Handschrift der Name der Katze gekritzelt. Sie hatte kein Halsband um. Der Karton war mit einem Stück Bindfaden verschnürt.

Ein Birminghamer Gerichtsarzt stellte fest, daß die Katze erdrosselt worden war. Er hatte das Tier am ganzen Körper rasiert, ohne eine Einstichwunde zu finden.

Springfield tippte mit dem Bügel seiner Brille gegen seine Zähne.

Sie waren auf ein lockeres Stück Erde gestoßen und hatten an der Stelle zu graben begonnen. Es war also auch ohne eine Methansonde gegangen. Trotzdem hatte Graham recht gehabt.

Der Chef der Mordkommission befeuchtete seinen Daumen und blätterte den restlichen Stapel Kopien durch. In den meisten Fällen handelte es sich um Hinweise auf verdächtige Fahrzeuge, die während der letzten Woche in der Nähe des Tatorts gesehen worden waren, wobei die Wagen ausnahmslos nur äußerst vage nach Modell und Farbe beschrieben waren. Vier Familien in Atlanta hatten anonyme Drohanrufe erhalten. »Ich schlachte Sie genauso ab wie die Leeds.«

Hoyt Lewis' Hinweis befand sich in der Mitte des Stapels.

Springfield rief den Nachtschichtleiter an.

»Was ist mit dem Hinweis dieses Stromzählerablesers auf diesen Parsons? Nummer achtundvierzig.«

»Wir haben uns bereits gestern abend mit dem Elektrizitätswerk in Verbindung gesetzt, ob sie zum in Frage kommenden Zeitpunkt einen ihrer Leute zu Reparaturarbeiten dorthin geschickt hatten«, teilte ihm der Schichtleiter mit. »Sie wollten uns heute morgen unverzüglich Bescheid geben.«

»Dann haken Sie am besten gleich noch mal bei denen nach«, trug ihm Springfield auf. »Setzen Sie sich außerdem mit dem Stadtbauamt und den Wasserwerken in Verbindung, ob in dieser Durchfahrt irgendwelche Arbeiten ausgeführt worden sind, und versuchen Sie mich dann in meinem Wagen zu erreichen.«

Dann rief er Will Graham an. »Will? Ich hole Sie in zehn Minuten vor Ihrem Hotel ab. Dann machen wir eine kleine Spazierfahrt.«

Um sieben Uhr fünfundvierzig parkte Springfield unweit von besagter Durchfahrt. Er und Graham schritten nebeneinander die in den Kies gedrückten Reifenspuren des Kombi ab. Selbst so früh am Morgen brannte die Sonne schon unangenehm heiß vom Himmel herab.

»Ich an Ihrer Stelle würde mir schleunigst einen Hut besorgen«, riet Springfield Graham. Er selbst hatte sich einen flotten Strohhut tief in die Stirn gedrückt.

Der Drahtzaun an der Rückseite des Gartens der Leeds' war von Schlingpflanzen überwuchert. Sie blieben vor dem Leitungsmasten mit dem Stromzähler stehen.

»Wenn er sich dem Haus von hier genähert hat, konnte er die gesamte Rückseite überblicken«, bemerkte Springfield.

Schon nach fünf Tagen begann das Grundstück der Leeds' einen leicht verwahrlosten Eindruck zu machen. Der Rasen war ungleichmäßig hoch, und an manchen Stellen sprossen bereits die wilden Zwiebeln. Auf der Fläche hinter dem Haus lagen mehrere abgefallene Zweige herum. Graham hätte sich am liebsten gebückt, um sie aufzuheben. Das Haus schien noch in tiefem Schlaf zu liegen; die langen Morgenschatten der umstehenden Bäume waren auf das Dach der Veranda geworfen. Während Graham mit Springfield in der Durchfahrt stand, konnte er sich selbst dabei sehen, wie er durch das Küchenfenster spähte und dann die Tür zur Veranda öffnete. Seltsamerweise schien ihm jetzt, bei Tageslicht, seine Rekonstruktion, wie der Mörder sich Zutritt zum Haus verschafft hatte, zu entgleiten. Er beobachtete, wie eine Kinderschaukel in der leichten Brise träge hin und her schwang.

»Der Kerl dort sieht doch ganz nach Parsons aus«, sagte Springfield unvermutet.

Er deutete auf einen Mann, der bereits am frühen Morgen ein Blumenbeet harkte. Springfield und Graham gingen zwei Häuser weiter zu H. G. Parsons' rückwärtigem Gartentor und blieben neben seinen Abfalltonnen stehen, deren Deckel mit einer Kette am Zaun befestigt waren.

Springfield maß mit einem Maßband die Höhe von Parsons' Stromzähler ab.

Er hatte ausführliche Unterlagen über sämtliche Nachbarn der Leeds' dabei. In denen von Parsons stand, daß er auf den Wunsch seines Vorgesetzten frühzeitig seinen Dienst bei der Post quittiert hatte. Nach Angaben des Vorgesetzten hatte Parsons eine ›zunehmende Geistesabwesenheit‹ an den Tag gelegt.

Springfields Aufzeichnungen enthielten auch allerlei Klatsch. Laut Aussagen der Nachbarn wohnte Parsons' Frau, solange es ihr möglich war, bei ihrer Schwester in Macon, und sein Sohn rief ihn überhaupt nicht mehr an.

»Mr. Parsons«, rief Springfield nun nach ihm. »Mr. Parsons.«

Parsons lehnte seinen Rechen gegen die Hauswand und trat an den Zaun. Er trug Sandalen und weiße Socken. Die Zehenspitzen waren von Erde und Gras braun und grün verfärbt. Sein Gesicht erstrahlte in leuchtendem Rosa.

Arteriosklerose, dachte Graham.

»Ja?«

»Hätten Sie vielleicht einen Augenblick für uns Zeit, Mr. Parsons«, fragte ihn Springfield mit ausgesuchter Höflichkeit. »Vielleicht könnten Sie uns in einer bestimmten Sache weiterhelfen.«

»Sind Sie etwa vom Elektrizitätswerk?«

»Nein, ich bin Buddy Springfield von der Mordkommission.«

»Ach so, dann ist es also wegen des Mordes. Ich habe doch Ihren Kollegen bereits gesagt, daß meine Frau und ich in Macon waren, als es –«

»Ich weiß, Mr. Parsons. Wir wollten sie wegen Ihres Stromzählers fragen. Hat –«

»Falls dieser... Zählerableser gesagt hat, ich hätte irgend etwas Unrechtmäßiges getan, dann –«

»Nein, nein, Mr. Parsons, nicht, was Sie denken. Haben

Sie vielmehr letzte Woche einen Fremden Ihren Zähler ablesen sehen?«

»Nein.«

»Sind Sie sicher? Meines Wissens haben Sie Hoyt Lewis gegenüber doch geäußert, jemand anderer hätte den Zähler bereits vor ihm abgelesen.«

»Das stimmt. Und langsam wird es auch Zeit, daß die beim Elektrizitätswerk etwas in dieser Sache unternehmen. Ich habe vor, demnächst schriftlich Beschwerde einzulegen.«

»Selbstverständlich, Sir. Man wird der Sache dann bestimmt auf den Grund gehen. Aber wen haben Sie nun eigentlich Ihren Zähler ablesen sehen?«

»Jedenfalls keinen Fremden. Es war jemand von Georgia Power.«

»Woher wissen Sie das?«

»Na, weil er wie ein Zählerableser aussah.«

»Was hatte der Mann an?«

»Na, was die alle anhaben, denke ich. Was haben die nur gleich wieder an? So einen braunen Overall und eine Mütze, glaube ich.«

»Haben Sie sein Gesicht gesehen?«

»Daran kann ich mich nicht mehr erinnern. Ich habe gerade aus dem Küchenfenster geschaut, als ich ihn sah. Ich wollte mit ihm reden, aber bis ich in meinen Morgenmantel geschlüpft war und das Haus verlassen hatte, war er schon wieder weg.«

»Hatte er einen Kombi?«

»Ich kann mich nicht erinnern, seinen Wagen gesehen zu haben. Was soll das Ganze eigentlich? Weshalb wollen Sie das alles wissen?«

»Wir überprüfen jeden, der sich in der letzten Woche hier in der Gegend aufgehalten hat. Die Sache ist sehr wichtig, Mr. Parsons. Vielleicht können Sie sich ja doch noch an etwas erinnern.«

»Demnach dreht es sich also um den Mord. Sie haben doch noch niemanden festgenommen, oder?«

»Nein.«

»Ich habe gestern abend die Straße beobachtet, und dabei sind *fünfzehn* Minuten verstrichen, ohne daß auch nur ein einziger Streifenwagen vorbeigekommen wäre. Einfach schrecklich, was den Leeds zugestoßen ist. Meine Frau war völlig außer sich. Mich würde nur interessieren, wer jetzt deren Haus kauft. Neulich habe ich schon ein paar Neger gesehen, die es sich angesehen haben. Wissen Sie, manchmal mußte ich mit Leeds ja ein ernstes Wörtchen wegen der Kinder reden, aber ansonsten waren die ganz in Ordnung. Natürlich hat er nichts von dem getan, was ich ihm wegen seines Rasens vorgeschlagen habe. Das Landwirtschaftsamt hat ein paar *ausgezeichnete* Broschüren über die Unkrautbekämpfung in Rasenflächen herausgegeben. Schließlich habe ich sie ihm nur noch in den Briefkasten gesteckt. Ehrlich gesagt, wenn er den Rasen gemäht hat, hat man von den wilden Zwiebeln fast einen Erstickungsanfall bekommen.«

»Wann genau haben Sie diesen vermeintlichen Zählerableser in der Durchfahrt gesehen, Mr. Parsons?« brachte ihn Springfield zum Thema zurück.

»Lassen Sie mich mal überlegen –«

»Können Sie sich noch an die Tageszeit erinnern? War es morgens? Mittags? Am Nachmittag?«

»Die einzelnen Tageszeiten weiß ich selbst; Sie brauchen sie mir keineswegs aufzuzählen. Vielleicht nachmittags. Ich kann mich nicht mehr erinnern.«

Springfield massierte sich den Nacken. »Entschuldigen Sie, Mr. Parsons, aber könnten wir vielleicht in Ihre Küche gehen, damit Sie uns dort zeigen, wo Sie den Mann gesehen haben?«

»Erst, wenn Sie mir Ihre Ausweise gezeigt haben. Sie beide.«

Im Haus Stille, glänzende Oberflächen und abgestandene Luft. Ordentlich. Die verzweifelte Ordnung eines alternden Paares, dem das Leben langsam vor den Augen zu verschwimmen beginnt.

Graham wünschte sich, er wäre draußen geblieben. Er hätte wetten können, daß die Schubladen poliertes Tafelsilber mit Eiresten zwischen den Zinken der Gabeln enthielten.

Fühlen wir dem alten Knacker mal lieber auf den Zahn.

Vom Küchenfenster über der Spüle hatte man einen guten Blick auf den Garten.

»So. Sind Sie jetzt endlich zufrieden?« brummte Parsons. »Wie Sie sehen, kann man von hier aus dem Haus schauen, meine Herren. Ich habe nicht mit diesem Mann gesprochen, und ich weiß auch nicht mehr, wie er aussah. Wenn das alles ist – ich habe noch zu tun.«

Nun meldete sich zum erstenmal Graham zu Wort. »Sie sagten doch vorhin, Sie hätten Ihren Morgenmantel geholt, und als Sie dann aus dem Haus traten, war er schon weg. Sie waren demnach also unbekleidet?«

»Ja.«

»Und das mitten am Nachmittag? Oder fühlten Sie sich an jenem Tag nicht gut, Mr. Parsons?«

»Was ich in meinem eigenen Haus mache, wird wohl noch meine Sache sein. Wenn ich will, kann ich hier auch in einem Känguruhkostüm rumlaufen. Warum suchen Sie eigentlich nicht lieber nach dem Mörder? Etwa, weil es hier drinnen so angenehm kühl ist?«

»Soviel ich weiß, sind Sie bereits in Pension, Mr. Parsons. Demnach ist es also auch egal, ob Sie nun den ganzen Tag ohne Kleider herumlaufen oder nicht. Es gibt also öfters Tage, an denen Sie sich überhaupt nicht ankleiden, wenn ich Sie recht verstanden habe?«

An Parsons' Schläfen traten die Adern hervor. »Nur weil ich in Pension bin, heißt das noch lange nicht, daß ich mich nicht anziehe und den ganzen Tag auf der faulen Haut liege. Mir war einfach nur heiß, und deshalb bin ich ins Haus gegangen und habe eine Dusche genommen. Ich habe gearbeitet – Mulch gestreut –, und ich hatte schon am Nachmittag mein Tagespensum erledigt, was man von Ihnen heute wohl kaum behaupten wird können.«

»Sie haben was gestreut?«

»Mulch.«

»Aha, und wann haben Sie Mulch gestreut?«

»Am Freitag. Letzten Freitag. Sie haben das Zeug morgens geliefert – einen ganzen Lastwagen voll, und bis ... bis zum Nachmittag hatte ich alles ausgestreut. Sie können im Garten-Center nachfragen, wieviel das war.«

»Und dabei ist Ihnen heiß geworden, und Sie sind ins Haus und haben geduscht. Was haben Sie dann in der Küche gemacht?«

»Mir ein Glas Eistee gemacht.«

»Sie haben sich dafür also etwas Eis geholt? Aber der Kühlschrank ist doch dort drüben, ziemlich weit weg vom Fenster.«

Sichtlich verwirrt und ratlos, sah Parsons vom Fenster zum Kühlschrank. Seine Augen waren stumpf wie die eines Fisches auf dem Markt, wenn der Tag sich seinem Ende zuneigte. Doch dann leuchteten sie plötzlich triumphierend auf. Er trat an den Küchenschrank neben der Spüle.

»Hier stand ich, um mir etwas Sweet 'N Low zu holen, als ich ihn gesehen habe. Genau so war es. Und wenn Sie jetzt vielleicht endlich genug herumgeschnüffelt haben sollten ...«

»Ich glaube, er hat Hoyt Lewis gesehen«, wandte Graham sich an Springfield.

»Das glaube ich auch«, pflichtete ihm Springfield bei.

»Es war *nicht* Hoyt Lewis«, protestierte Parsons. »Er war es auf gar keinen Fall.«

»Woher wollen Sie das wissen?« fragte ihn Springfield. »Es könnte doch Hoyt Lewis gewesen sein, und Sie *dachten* nur –«

»Lewis ist ziemlich braun von der Sonne. Er hat fettiges, zurückgekämmtes Haar und diese lächerlichen Koteletten.« Parsons Stimme wurde zunehmend lauter, und er sprach inzwischen so schnell, daß er kaum noch zu verstehen war. »Daran habe ich erkannt, daß es nicht Lewis war. Dieser Bursche war wesentlich blasser, und er hatte blondes Haar. Er hat den Kopf nach vorn geneigt, um sich den Zählerstand zu notieren, und bei dieser Gelegenheit konnte ich unter der Mütze sein Haar erkennen. Es war blond und am Nacken schnurgerade ausrasiert.«

Springfield stand vollkommen reglos da, und er klang immer noch skeptisch, als er fragte: »Und was war mit seinem Gesicht?«

»Ich weiß nicht. Vielleicht hatte er einen Schnurrbart.«

»Wie Lewis?«

»Lewis hat keinen Schnurrbart.«

»Ach so«, hob Springfield den Kopf. »Befand sich der Zähler etwa in Augenhöhe, oder mußte er zu ihm aufschauen?«

»Ich würde sagen, eher in Augenhöhe.«

»Würden Sie den Mann wiedererkennen, wenn Sie ihm gegenüberstünden?«

»Nein.«

»Wie alt war er ungefähr?«

»Nicht alt. Ich weiß nicht.«

»Haben Sie zufällig den Hund der Leeds' in seiner Nähe gesehen?«

»Nein.«

»Hören Sie, Mr. Parsons, ich sehe nun, daß ich mich doch getäuscht habe«, erklärte Springfield. »Sie sind uns nämlich eine große Hilfe. Wenn Sie nichts dagegen haben, würde ich gern einen unserer Zeichner schicken; vielleicht könnten Sie sich ja ein Stündchen mit ihm zusammensetzen und ihm möglicherweise doch eine ungefähre Beschreibung von dem Mann geben. Es war also mit Sicherheit nicht Lewis.«

»Ich will aber nicht, daß mein Name in die Zeitung kommt.«

»Selbstverständlich nicht.«

Parsons begleitete sie nach draußen.

»Ihr Garten ist wirklich bestens in Schuß, Mr. Parsons«, bemerkte Springfield anerkennend. »Der ist ja regelrecht preisverdächtig.«

Parsons erwiderte nichts. In seinem rot angelaufenen Gesicht arbeitete es, und seine Augen schimmerten feucht. Er stand in seinen weiten Shorts und seinen Sandalen nur da und starrte Graham und Springfield an. Kaum waren sie gegangen, griff er nach dem Rechen und begann damit wie wild auf das Beet einzuharken, ohne dabei auf die Blumen zu achten, und der Mulch flog dabei auf den wie ein Teppich gepflegten Rasen hinaus.

Im Wagen setzte sich Springfield über Funk mit der Zentrale in Verbindung. Weder die Stadtwerke noch sonstige Dienstleistungsbetriebe hatten eine Erklärung für die Anwesenheit eines Zählerablesers am Tag vor den Morden. Springfield gab Parsons' Beschreibung des Mannes durch und erteilte die entsprechenden Anweisungen für den Polizeizeichner. »Sagen Sie ihm, er soll erst den Leitungsmasten und den Zähler zeichnen und dann weitermachen. Der Zeuge ist nicht gerade einfach.«

»Unser Zeichner macht nicht gerne Hausbesuche«, erklärte Springfield Graham darauf, während er seinen Ford durch den dichten Verkehr steuerte. »Er zieht es vor, sich bei der Arbeit von den Sekretärinnen zusehen zu lassen, während der Zeuge, von einem Bein aufs andere tretend, ihm über die Schulter schaut. Ein Polizeirevier ist nicht gerade der ideale Ort, um jemanden zu befragen, den man nicht einzuschüchtern braucht. Sobald wir das Porträt haben, werden wir damit in der Nachbarschaft hausieren gehen.«

»Ich habe das untrügliche Gefühl, als hätten wir eine ganz schwache Witterung aufgenommen, Will. Sehr schwach, aber doch eine Spur. Finden Sie nicht auch? War ja wirklich nicht gerade einfach, dem armen alten Teufel die Würmer aus der Nase zu ziehen, aber jetzt wollen wir doch mal sehen, was sich damit anfangen läßt.«

»Falls dieser dubiose Zählerableser in der Durchfahrt der Gesuchte ist, dann wären wir auf jeden Fall ein gutes Stück weitergekommen«, erklärte Graham.

»Und ob. Das heißt nämlich, daß dieser Kerl nicht nur irgendwo aus dem Bus steigt und einfach aufs Geratewohl losmarschiert. Er geht streng nach Plan vor. Er ist über Nacht in der Stadt geblieben. Er weiß also schon ein paar Tage zuvor, wo er zuschlagen wird. Er geht nach einem bestimmten Schema vor. Erst die Lage auskundschaften, das Haustier aus dem Weg räumen und dann die Familie umbringen. Das nenne ich mir ein sauberes Schema.« Springfield hielt kurz inne. »Das dürfte doch wohl in Ihr Gebiet fallen, oder nicht?«

»Allerdings. Wenn so was in irgend jemandes Gebiet fällt, dann wahrscheinlich in meines.«

»Ich weiß, daß Sie schon mehrfach mit so etwas zu tun hatten. Sie haben neulich ziemlich ausweichend reagiert, als ich Sie auf Lecter angesprochen habe, aber ich fürchte, dieses Thema nun doch wieder anschneiden zu müssen.«

»Wenn Sie meinen.«

»Er hat doch neun Menschen umgebracht – insgesamt?«

»Neun, von denen wir wissen. Zwei weitere haben überlebt.«

»Was ist aus ihnen geworden?«

»Einer hängt in einem Krankenhaus in Baltimore an einer künstlichen Lunge, und der andere befindet sich in einer Nervenheilanstalt in Denver.«

»Was hat ihn dazu veranlaßt? Worin bestand seine Verrücktheit?«

Graham sah durch das Seitenfenster auf die Passanten auf dem Gehsteig hinaus. Seine Stimme klang mechanisch, als diktierte er einen Brief.

»Er hat es getan, weil es ihm Spaß gemacht hat beziehungsweise immer noch Spaß macht. Dr. Lecter ist nicht auf eine gängige Art verrückt, wie man sich das gemeinhin vorstellt. Er hat diese entsetzlichen Dinge getan, weil sie ihm Spaß gemacht haben. Aber wenn er will, kann er sich wie ein völlig normaler Mensch verhalten.«

»Wie haben die Psychologen seinen Defekt bezeichnet – was hat mit ihm nicht gestimmt?«

»Sie sagen, er wäre ein Soziopath, weil sie nicht wissen, wie sie ihn sonst nennen sollten. Er weist natürlich auch einige Verhaltensmuster auf, wegen der man ihn als Soziopathen einstufen kann. Zum Beispiel kennt er keinerlei Reue oder Schuldgefühle. Und dann trifft auf ihn das erste und wichtigste Anzeichen für eine solche Störung zu: Er hat als Kind ein ausgeprägt sadistisches Verhalten Tieren gegenüber an den Tag gelegt.«

Springfield brummte etwas Unverständliches.

»Aber sonst läßt sich keines der anderen Anzeichen an ihm feststellen«, fuhr Graham fort. »Er führte zum Beispiel einen völlig normalen Lebenswandel, kam nie mit dem Gesetz in Konflikt. Er war nicht wie die meisten Soziopathen in kleinen Dingen unnachgiebig und ausbeuterisch. Er ist auch nicht unsensibel. Sie wissen einfach nicht, wie sie ihn einordnen sollen. Seine Elektroenzephalogramme weisen ein paar eigenartige Kurven auf, aus denen bisher allerdings noch niemand so recht klug geworden ist.«

»Als was würden Sie ihn denn bezeichnen?« fragte Springfield.

Graham zögerte.

»Ich meine, nur für sich selbst – was ist er für Sie?«

»Er ist ein Monster. Für mich ist dieser Mensch wie eines dieser erbarmungswürdigen Wesen, wie sie zuweilen in Kliniken das Licht der Welt erblicken. Sie ernähren es und halten es warm, aber sie schließen es nicht an die Geräte an, so daß es schließlich stirbt. Genauso ein Wesen ist Lecter, wenn er äußerlich auch völlig normal aussieht und ihm kein Mensch seine schreckliche Veranlagung ansehen könnte.«

»Ich habe ein paar Freunde bei der Mordkommission in Baltimore, die ich gefragt habe, wie Sie Lecter auf die Schliche gekommen sind. Sie haben gesagt, das wüßten sie nicht. Wie haben Sie das gemacht? Was war das erste Anzeichen, die erste heiße Spur?«

»Eigentlich war es ein Zufall«, begann Graham. »Das sechste Opfer wurde in seiner Werkstatt getötet. Er bewahrte dort neben seinem Werkzeug auch seine Jagdausrüstung auf. Er war an die Werkzeugwand gefesselt, und er war wirklich übel zugerichtet, von Schnitt- und Stichwunden übersät; und sogar ein paar Pfeile hatte er auf ihn abgeschossen. Die Verletzungen erinnerten mich an irgend etwas, aber mir fiel nicht ein, woran.«

»Und Sie mußten also die nächsten Opfer abwarten?«

»Ja. Lecter war ganz schön in Fahrt – die nächsten drei hat er binnen neun Tagen erledigt. Dieses sechste Opfer hatte nun allerdings zwei alte Narben am Oberschenkel. Eine Nachfrage im örtlichen Krankenhaus ergab, daß er vor fünf Jahren bei der Jagd mit Pfeil und Bogen von einem in einem Baum angebrachten Ausguck gefallen war und sich dabei einen Pfeil durch den Oberschenkel gerammt hatte.

In den Klinikunterlagen war als behandelnder Arzt ein fest in der Klinik angestellter Chirurg angegeben, doch hatte Lecter den Verletzten als erster behandelt, da er damals gerade zufällig in der Notaufnahme Dienst hatte. Sein Name stand auf dem Einlieferungsschein. Der Unfall lag zwar schon geraume Zeit zurück, aber ich dachte, daß Lecter sich vielleicht doch an etwas Ungewöhnliches an der Pfeilwunde erinnern könne. Da wir damals auch den unbedeutendsten Anhaltspunkten nachgingen, suchte ich ihn in seiner Praxis auf.

Er praktizierte inzwischen als Psychiater. Seine Praxis konnte sich sehen lassen – eingerichtet mit teuren Antiquitäten. Er erklärte mir, daß er sich nur noch ganz schwach an diese Pfeilverletzung erinnern könnte und daß einer seiner Jagdgefährten den Verletzten eingeliefert hätte; aber das war auch schon alles.

Trotzdem war mir irgend etwas unangenehm aufgestoßen. Ich dachte damals, es wäre etwas in seiner Praxis gewesen oder etwas, das Lecter gesagt hatte. Crawford und ich machten uns also daran, Lecter etwas auf den Zahn zu fühlen. Wie sich herausstellte, war er nicht vorbestraft. Ich hätte mich gern eine Weile ungestört in seiner Praxis umgesehen, aber wir hatten nichts vorliegen, um einen Hausdurchsuchungsbefehl erwirken zu können. Also habe ich ihm neuerlich einen Besuch abgestattet.

Es war an einem Sonntag; er hielt auch sonntags Sprechstunde. Bis auf ein paar Patienten in seinem Wartezimmer war das Gebäude völlig menschenleer. Er ließ mich sofort vor, worauf wir uns eine Weile unterhielten. Er erklärte sich in aller Zuvorkommenheit bereit, mich in meinen Bemühungen zu unterstützen, und dann fiel mein Blick auf ein paar sehr alte medizinische Bücher auf einem Regal über seinem Kopf. Und ich wußte, daß er es war.

Als ich dann wieder ihn ansah, hat sich vielleicht mein Gesichtsausdruck verändert – ich weiß es nicht. Ich wußte es. Und *er wußte*, daß ich es wußte. Trotzdem hatte ich noch nicht die geringste Ahnung, wie ich zu dieser Überzeugung gelangt war. Deshalb war ich auch noch unsicher. Ich wollte noch darüber nachdenken. Also brachte ich irgendeine fadenscheinige Entschuldigung vor und verließ die Praxis. Draußen auf dem Flur war ein öffentlicher Fernsprecher. Ich wollte ihn nicht unnötig in Alarmbereitschaft versetzen, bevor keine Unterstützung angerückt war. Ich sprach gerade mit der Zentrale, als er auf Socken aus einem Lieferanteneingang hinter mir geschlichen kam. Ich habe ihn nicht kommen gehört. Nur seinen Atem habe ich plötzlich gespürt, und dann ... na ja, und den Rest wissen Sie ja vermutlich selbst.«

»Aber woher haben Sie es dann plötzlich gewußt?«

»Darauf bin ich, glaube ich, erst eine Woche später oder so im Krankenhaus gekommen. Es war der *Wundenmann* – eine Illustration, die in einer Menge alter medizinischer Lehrbücher abgedruckt war, wie sie auch Lecter in seinem Regal stehen hatte. Darauf sind an einer einzigen Figur alle möglichen Kriegsverletzungen abgebildet. Ich kannte die Abbildung von einem Pathologieseminar an der Universität. Und die Stellung und die Verletzungen des sechsten Opfers wiesen eine auffallende Ähnlichkeit mit diesem *Wundenmann* auf.«

»Und das war alles?«

»Ja. Es war reiner Zufall, daß ich diese Abbildung kannte. Im Grunde genommen war es also nur Glück.«

»Das nenne ich eine saubere Art Glück.«

»Wenn Sie mir nicht glauben, warum zum Teufel haben Sie mich dann danach gefragt?«

»Was haben Sie eben gesagt?«

»Ist ja gut, ich habe es ja auch nicht so gemeint. Jedenfalls war es so.«

»Gut«, entgegnete Springfield. »Nichts für ungut und vielen Dank, daß Sie mir's gesagt haben. Über diese Dinge möchte ich nämlich lieber Bescheid wissen.«

Parsons' Beschreibung des Mannes in der Durchfahrt und die Informationen über die Katze und den Hund waren mögliche Anhaltspunkte auf die Vorgehensweise des Mörders. Sie legten die Vermutung nahe, daß der Täter erst als Zählerableser verkleidet das Terrain sondierte und offensichtlich das Bedürfnis verspürte, erst den Haustieren der Opfer etwas zuleide zu tun, bevor er sich an die Ermordung der Familie machte.

Damit sah sich die Polizei vor die Frage gestellt, ob sie diese Theorie publik machen sollte oder nicht.

War die Öffentlichkeit über die Vorzeichen einer neuen Tat in Kenntnis gesetzt, würden bei der Polizei vielleicht vor der nächsten Tat warnende Hinweise eingehen. Andererseits war jedoch anzunehmen, daß auch der Täter von diesen Warnungen Notiz nahm.

Unter Umständen würde er also sein Vorgehen ändern.

Bei der Polizei wurde deshalb ziemlich einhellig die Meinung vertreten, diese geringfügigen Anhaltspunkte geheimzuhalten, und lediglich an sämtliche Tierärzte und Tierasyle im Südosten ein Rundschreiben zu verschicken, worin sie aufgefordert werden sollten, jeden Fall von Haustiermißhandlung unverzüglich zu melden.

Damit war jedoch keineswegs die Öffentlichkeit auf die bestmögliche Weise vor weiteren Übergriffen gewarnt. Es war also eine moralische Frage, hinsichtlich deren Lösung der Polizei nicht recht wohl zumute war.

Man konsultierte deshalb Dr. Alan Bloom in Chicago, der meinte, der Mörder würde vermutlich nur seine Vorgehensweise ändern, sobald er in der Zeitung eine entsprechende Warnung las. Dr. Bloom äußerte allerdings Zweifel, daß der Täter ungeachtet der damit verbundenen Risiken darauf verzichten würde können, sich an den Haustieren seiner künftigen Opfer zu vergreifen. Außerdem machte der Psychiater die Polizei darauf aufmerksam, daß sie sich keineswegs in dem Glauben wiegen dürfe, ihr stünden noch fünfundzwanzig Tage Vorbereitungszeit zur Verfügung – der gesamte Zeitraum bis zum nächsten Vollmond am 25. August.

Am Morgen des 31. Juli, drei Stunden, nachdem Parsons seine Beschreibung des Täters abgegeben hatte, gelangte man schließlich in einer telefonischen Besprechung zwischen der Polizei von Birmingham und Atlanta sowie Crawford in Washington zu einer Entscheidung: Das Rundschreiben an die Tierärzte sollte unverzüglich herausgehen, und nachdem die Polizei drei Tage lang mit der Porträtskizze des Täters die nähere Umgebung des Tatorts abgeklappert hatte, sollten die neuen Erkenntnisse an die Medien weitergeleitet werden.

Während dieser drei Tage gingen nun Graham und die Beamten der Mordkommission von Atlanta mit dem Phantombild des Täters bei den Nachbarn der Leeds' Klinken putzen. Das Phantombild gab eigentlich nur die Andeutung eines Gesichts wieder, aber sie hofften doch, jemanden ausfindig zu machen, der sein Aussehen etwas spezifizieren hätte können.

Grahams Kopie der Skizze war vom Schweiß seiner Hände an den Rändern schon erheblich aufgeweicht. Oft war es nicht gerade einfach, die Bewohner eines Hauses dazu zu bewegen, ihm zu öffnen. Nachts lag er, sein Hitzeausschlag durch Puder kaum gemildert, in seinem Hotelbett lange wach, um das Problem in seinen Gedanken wie eine Holographie zu umkreisen. Er bemühte sich um das Gefühl, das einer Idee vorausgeht. Vergeblich.

In der Zwischenzeit waren in Atlanta vier Fälle von leichten Verletzungen sowie ein Todesfall zu verzeichnen, die darauf zurückzuführen waren, daß Hausbewohner spät heimkehrende Mitbewohner beschossen. Die Hinweise auf verdächtige Personen und ähnliche nutzlose Tips stiegen rapide an und füllten in den Polizeirevieren die Körbe für eingehende Meldungen. Die Verzweiflung ging um wie eine Grippewelle.

Gegen Abend des dritten Tages kehrte Crawford aus Washington zurück. Er schneite in Grahams Hotelzimmer, als dieser gerade seine durchgeschwitzten Socken von den Füßen streifte.

»Und? War es interessant?« erkundigte er sich.

»Greif dir erst mal morgen selbst so ein Phantombild«, brummte Graham. »Dann wirst du schon sehen.«

»Nur wird das Ganze heute abend bereits in den Nachrichten gesendet werden. Warst du den ganzen Tag zu Fuß unterwegs?«

»Ich kann doch nicht durch ihre Gärten fahren.«

»Ehrlich gestanden, habe ich mir von diesen Phantombildern von Anfang an nichts erwartet.«

»Kannst du mir vielleicht sagen, was ich sonst hätte tun sollen?«

»Alles in deiner Macht Stehende – nicht mehr und nicht weniger.« Crawford schickte sich zum Gehen an. »Zuweilen war harte Arbeit ein richtiges Betäubungsmittel für mich – vor allem, nachdem ich zu trinken aufgehört habe. Und für dich ist es doch ganz ähnlich, möchte ich meinen.«

Graham war wütend, obwohl ihm klar war, daß Crawford natürlich recht hatte.

Graham tendierte stark dazu, anfallende Aufgaben auf die lange Bank zu schieben – eine Eigenschaft, deren er sich sehr wohl bewußt war. Früher, in der Schule, hatte er dieses Manko durch Schnelligkeit wettgemacht. Nur war er jetzt nicht mehr in der Schule.

Es gab durchaus noch etwas anderes, das er hätte tun können, und er hatte das schon seit Tagen gewußt. Er konnte damit warten, bis er in den letzten Tagen vor Vollmond aus Verzweiflung dazu getrieben wurde, oder er konnte jetzt damit beginnen, wo es vielleicht noch einen Sinn hatte.

Dazu wollte er jedoch erst die Meinung einer bestimmten Person hören. Nach den zufriedenen, durch nichts getrübten Jahren auf den Keys mußte er sich jedoch erst mühsam wieder in die hierfür erforderliche Gemütsverfassung bringen.

Die Gründe ratterten durch seinen Kopf wie das Klicken des Zahnrads unter einem Achterbahnwägelchen, das die Rampe zum Start hinaufgezogen wurde. Und oben angekommen, ohne zu wissen, daß er seine Hände gegen seinen Bauch preßte, stieß Graham laut hervor:

»Ich muß Lecter sehen.«

7. Kapitel

Dr. Frederick Chilton, Chefarzt des Chesapeake State Hospital für geistesgestörte Straftäter, kam hinter seinem Schreibtisch hervor, um Will Graham die Hand zu schütteln.

»Dr. Bloom hat mich gestern angerufen, Mr. Graham – oder ist es Dr. Graham?«

»Nein, ich bin kein Doktor.«

»Es hat mich außerordentlich gefreut, wieder mal von Dr. Bloom zu hören. Wir kennen uns schon eine Ewigkeit. Nehmen Sie doch Platz.«

»Wir sind Ihnen für Ihre bereitwillige Mitarbeit zu größtem Dank verpflichtet, Dr. Chilton.«

»Ach, wissen Sie, manchmal fühle ich mich eher wie Lecters Sekretär als wie sein Arzt und Bewacher«, erklärte Chilton. »Allein der Umfang seiner Post ist ein Ärgernis. Bedauerlicherweise kann ich mich des Eindrucks nicht erwehren, daß es unter manchen Forschern geradezu als schick gilt, mit ihm zu korrespondieren – ich habe seine Briefe in nicht nur einem psychologischen Institut *gerahmt* an der Wand gesehen –, und eine Weile schien es, als wollte jeder Doktorand der Psychologie mit ihm sprechen. Aber mit *Ihnen* und Dr. Bloom arbeite ich selbstverständlich nur zu gern zusammen.«

»Ich muß Dr. Lecter in möglichst großer Abgeschiedenheit sehen«, erklärte Graham. »Außerdem könnte es sich als nötig erweisen, daß ich ihn ein zweites Mal sehe oder mit ihm telefonieren muß.«

Chilton nickte. »Zuallererst: Dr. Lecter darf seine Zelle unter keinen Umständen verlassen. Das ist der einzige Ort, an dem wir ihn sich frei bewegen lassen können. Eine Wand seiner Zelle besteht aus einer doppelten Gitterwand, die sich auf den Korridor öffnet. Wenn Sie wollen, kann ich Ihnen dort einen Stuhl und ein paar Wandschirme aufstellen lassen.

Des weiteren muß ich Sie darum bitten, ihm keinerlei Gegenstände zu reichen, mit Ausnahme von Papier, allerdings ohne irgendwelche Arten von Klammern. Keine Spiralblöcke, Bleistifte oder Kugelschreiber. Er hat seine eigenen Filzstifte.«

»Möglicherweise werde ich ihm einiges Material zeigen müssen, das ihn stimulieren könnte«, erklärte Graham.

»Sie können ihm zeigen, was Sie wollen, solange es sich nur auf weichem Papier befindet. Dokumente können Sie ihm durch die Klappe für das Essen schieben. Reichen Sie ihm jedoch nichts durch das Gitter, und nehmen Sie auch nichts an sich, das er Ihnen möglicherweise durch das Gitter reicht. Er darf die Papiere nur durch die Schiebetür fürs Essen zurückgeben. Darauf muß ich bestehen. Dr. Bloom und Mr. Crawford haben mir versichert, daß Sie sich an die Vorschriften halten würden.«

»Dessen können Sie gewiß sein«, nickte Graham und schickte sich an aufzustehen.

»Ich weiß, daß Sie es kaum erwarten können, die Sache in Angriff zu nehmen, Mr. Graham. Trotzdem möchte ich Ihnen erst noch etwas sagen. Es wird Sie bestimmt interessieren.

Es mag vielleicht reichlich übertrieben scheinen, ausgerechnet *Sie* vor Lecter zu warnen. Er gibt sich wirklich absolut entwaffnend. Das erste Jahr nach seiner Einlieferung war seine Führung absolut vorbildlich und er nahm auch mit scheinbar großem Eifer an den ihm angebotenen Therapieformen teil. Infolgedessen – das war noch unter meinem Vorgänger – wurden die Sicherheitsvorkehrungen um seine Person geringfügig gemildert.

Am Nachmittag des 8. Juli 1976 hat er daraufhin über Schmerzen in der Brust geklagt. Im Behandlungszimmer wurden ihm die Fesseln abgenommen, um das Elektrokardiogramm leichter durchführen zu können. Einer der Wärter verließ den Raum, um eine Zigarette zu rauchen; der andere wandte sich für einen Augenblick von ihm ab. Die Krankenschwester war zum Glück sehr schnell und kräftig. Auf diese Weise konnte sie zumindest eines ihrer beiden Augen retten.

Sehen Sie sich das mal an.« Chilton holte ein EKG aus der

Schublade und rollte es auf dem Schreibtisch aus. Er folgte der gezackten Linie mit seinem Zeigefinger. »Hier liegt er auf der Untersuchungsbank. Puls zweiundsiebzig. Hier packt er den Kopf der Schwester und zieht ihn zu sich herunter. Hier wird er von dem Wärter überwältigt. Er hat sich übrigens nicht gewehrt, aber der Wärter hat ihm die Schulter ausgekugelt. Sehen Sie, was daran seltsam ist? Sein Puls stieg nie über fünfundachtzig an – auch nicht, als er ihr die Zunge herausriß.«

Grahams Miene blieb für Chilton undurchdringlich. Der Arzt ließ sich in seinen Sessel zurücksinken und spreizte seine Finger unter seinem Kinn gegeneinander. Seine Hände waren trocken und gepflegt.

»Als Lecter eingeliefert wurde, dachten wir erst, uns böte sich hiermit eine einzigartige Gelegenheit, einen Soziopathen reinster Ausprägung studieren zu können«, fuhr Chilton nach einer Weile fort. »Leider bekommt man ja nur äußerst selten ein lebendes Exemplar dieser Spezies herein. Lecter ist außergewöhnlich intelligent, extrem aufnahmefähig; er ist Arzt und Psychiater und blickt auf eine langjährige berufliche Praxis zurück – und zugleich ist er ein Massenmörder. Er schien durchaus kooperationsbereit, so daß wir erst dachten, er könnte uns zu wichtigen neuen Erkenntnissen über diese Art von Abweichung verhelfen. Wir sahen uns schon in Beaumonts Position, die menschliche Verdauung durch die Öffnung im Bauch des Heiligen Martin studieren zu können.

Doch weit gefehlt. Ich glaube nicht, daß wir dem Verständnis dieses Menschen seit dem Tag seiner Einlieferung auch nur einen winzigen Schritt nähergekommen sind. Haben Sie sich je über einen längeren Zeitraum hinweg mit Lecter unterhalten?«

»Nein. Ich habe ihn nur gesehen, als... Ich habe ihn hauptsächlich vor Gericht erlebt. Und Dr. Bloom hat mir seine Veröffentlichungen in den verschiedenen Fachzeitschriften zugeschickt.«

»Nun, dagegen weiß er bestens über Sie Bescheid«, erklärte Chilton. »Er hat sich ausgiebig mit Ihnen beschäftigt.«

»Haben Sie ihn denn behandelt?«

»Ja. Wir hatten insgesamt zwölf Sitzungen. Er ist absolut undurchdringlich – einfach zu gewitzt, als daß die Tests etwas über ihn aussagen könnten. Edwards, Fabré und selbst Dr. Bloom haben sich schon an ihm die Zähne ausgebissen. Ihre Aufzeichnungen liegen mir vor. Er war auch für sie ein Rätsel. Natürlich ist es unmöglich festzustellen, was er nun genau zurückhält oder ob er mehr weiß, als er sagt. Seit seiner Einlieferung hat er übrigens einige brillante Artikel in führenden psychologischen Fachzeitschriften veröffentlicht, die sich jedoch ausschließlich mit Problemen befassen, die er nicht hat. Ich glaube, er befürchtet, daß sich kein Mensch mehr für ihn interessiert, falls sein Fall ›gelöst‹ werden sollte, und daß er dann für den Rest seines Lebens in irgendeine drittklassige Anstalt gesteckt wird.«

Chilton machte eine Pause. Er hatte ausreichend Erfahrung darin, seine Patienten bei Therapiesitzungen aus den Augenwinkeln heraus zu beobachten. Er glaubte, nun auch Graham auf diese Weise unbemerkt studieren zu können.

»Jedenfalls sind wir hier in der Klinik inzwischen zu der einhelligen Meinung gelangt, daß der einzige Mensch, der bisher ein gewisses Verständnis für das Vorgehen und die Handlungen von Hannibal Lecter bewiesen hat, Sie sind, Mr. Graham. Können Sie mir irgend etwas über ihn sagen?«

»Nein.«

»Einige Mitglieder unseres Ärztestabs würden vor allem eines gern wissen: Als Sie sich mit Dr. Lecters Morden, sozusagen mit seinem ›Stil‹ beschäftigten, waren Sie dann imstande, in gewisser Weise seine Fantasien zu rekonstruieren? Und hat Sie dies in die Lage versetzt, ihn zu überführen?«

Graham gab keine Antwort.

»Uns liegen so gut wie keine Untersuchungen zu dieser Art von psychischer Störung vor. Meines Wissens gibt es dazu nur einen einzigen Artikel in der *Zeitschrift für abnormale Psychologie*. Wären Sie möglicherweise bereit, mit einigen unserer Ärzte zu sprechen – nein, nein, selbstverständlich nicht bei dieser Gelegenheit –, Dr. Bloom hat mir diesbezüglich strengste Zurückhaltung auferlegt. Er hat ausdrücklich darauf hingewiesen, Sie in Frieden zu lassen. Aber vielleicht bei Ihrem nächsten Besuch.«

Dr. Chilton war sicher schon mit einigen Fällen von Feindseligkeit konfrontiert worden. Und auch jetzt konnte er seiner Sammlung ein weiteres Exemplar hinzufügen.

Graham stand auf. »Vielen Dank, Doktor. Wenn ich jetzt vielleicht Lecter sehen könnte.«

Die Stahltür des Hochsicherheitstrakts schloß sich hinter Graham. Er hörte den Riegel einschnappen.

Graham wußte, daß Lecter fast den ganzen Vormittag schlief. Er sah den Korridor hinunter. Von seinem Standort aus konnte er nicht in Lecters Zelle sehen, aber er konnte erkennen, daß das Licht hinter den Gitterstäben gedämpft war.

Graham wollte Dr. Lecter schlafen sehen. Er versuchte Zeit zu gewinnen, um sich innerlich auf diese Gegenüberstellung vorzubereiten. Falls er etwas von Lecters Wahnsinn in seinem Denken bemerken sollte, wollte er es möglichst rasch unter Kontrolle bringen.

Um seine Schritte zu überdecken, folgte er einem Pfleger, der einen Wagen mit frischer Bettwäsche den Korridor hinunterschob. Sich Dr. Lecter unbemerkt zu nähern war kein einfaches Unterfangen.

Auf halbem Weg blieb Graham stehen. Gitterstäbe bildeten die Vorderseite der Zelle. Hinter dem Gitter, außer Reichweite, war über die gesamte Wandfläche vom Boden bis zur Decke ein kräftiges Nylonnetz gespannt. Graham konnte einen Tisch und einen Stuhl erkennen, die fest am Boden verschraubt waren. Der Tisch war mit Taschenbüchern und Korrespondenz übersät. Er trat ans Gitter, legte seine Hände um zwei Stäbe, um sie jedoch unverzüglich wieder zurückzuziehen.

Dr. Hannibal Lecter lag schlafend auf seiner Pritsche; den Kopf hatte er mit einem Kissen gegen die Wand gestützt.

Aufgeschlagen auf seiner Brust lag Alexandre Dumas' *Le Grand Dictionnaire de Cuisine.*

Graham hatte vielleicht fünf Sekunden durch die Gitterstäbe auf Lecter gestarrt, als dieser die Augen aufschlug und sagte: »Genau dasselbe schreckliche Rasierwasser, nach dem Sie auch vor Gericht immer gerochen haben.«

»Ich bekomme es nun mal jedes Weihnachten geschenkt.«

Dr. Lecter hatte rotbraune Augen, und sie reflektierten das Licht in winzigen rötlichen Punkten. Graham spürte, wie sich jedes Härchen in seinem Nacken einzeln aufstellte. Er legte seine Hand an seinen Hals.

»Ach ja, Weihnachten«, erklärte Lecter nachdenklich. »Haben Sie meine Karte bekommen?«

»Ja. Vielen Dank.«

Dr. Lecters Weihnachtsgrüße waren vom FBI-Labor in Washington an Graham weitergeleitet worden. Er hatte sie nach draußen getragen, um sie hinter dem Haus zu verbrennen. Dann hatte er sich die Hände gewaschen, bevor er Molly wieder anfaßte.

Lecter stand auf und trat an seinen Tisch. Er war ein zierlicher, geschmeidiger Mann. Sehr gepflegt. »Warum nehmen Sie nicht Platz, Will? Wenn ich mich nicht täusche, gibt es in einem Schrank am Ende des Gangs ein paar Klappstühle. Zumindest klingt es so, als kämen sie von dort.«

»Der Wärter wird mir einen bringen.«

Lecter blieb stehen, bis Graham sich draußen auf dem Flur gesetzt hatte. »Und wie geht es Officer Stewart?« erkundigte er sich dann.

»Soviel ich weiß, gut.« Officer Stewart hatte seinen Dienst bei der Polizei quittiert, nachdem er Dr. Lecters Keller gesehen hatte. Er leitete inzwischen ein Motel. Doch sagte Graham Lecter davon nichts. Er konnte sich nicht vorstellen, daß Stewart sonderlich darauf erpicht sein würde, von Lecter Post zu bekommen.

»Zu schade, daß er seine emotionalen Probleme nicht in den Griff bekommen konnte. Ich fand, er war ein sehr vielversprechender junger Polizeibeamter. Haben Sie eigentlich manchmal Probleme, Will?«

»Nein.«

»Natürlich nicht.«

Graham hatte das Gefühl, als durchdrängen Lecters Blicke seinen Kopf bis zur Schädelbasis. Sein Interesse fühlte sich an wie eine Fliege, die dort herumkrabbelte.

»Freut mich, Sie mal wieder zu sehen. Wie lange ist das nun schon her – drei Jahre? Alle meine Besucher zeigen lediglich ein berufliches Interesse an meiner Person. Zweitklassige klinische Psychiater und aufstrebende *Möchtegern*-Doktoren der Psychologie von irgendwelchen lausigen Provinzuniversitäten. Bleistiftlecker, die sich mit lächerlichen Artikeln in meist ebenso lächerlichen Journalen ihre Anstellung erhalten wollen.«

»Dr. Bloom hat mir Ihren Artikel über Suchtverhalten in der *Zeitschrift für klinische Psychologie* zugeschickt.«

»Und?«

»Höchst interessant, selbst für einen Laien.«

»Einen Laien... Laien – Laien. Bemerkenswerter Begriff.« Lecter schien mit einem Mal nachdenklich. »Da hat man es ständig mit irgendwelchen fürchterlich gelehrten Burschen zu tun, Experten, die ihre Forschungen mit Unterstützung von seiten der Regierung betreiben. Und Sie – Sie bezeichnen sich als einen Laien. Aber schließlich waren Sie es doch, der mich gefaßt hat, Will, oder nicht? Wissen Sie eigentlich, wie Sie das gemacht haben?«

»Sie haben doch sicher das Verhandlungsprotokoll gelesen. Dort steht alles schwarz auf weiß.«

»Keineswegs. Wissen Sie, wie Sie es gemacht haben, Will?«

»Das steht alles im Protokoll. Außerdem steht das doch jetzt nicht mehr zur Debatte.«

»Das ist richtig; für *mich* steht es nicht mehr zur Debatte.«

»Ich möchte, daß Sie mir helfen, Dr. Lecter.«

»Das dachte ich mir fast.«

»Es dreht sich um diese Morde in Atlanta und Birmingham.«

»Ja.«

»Sie haben sicher davon gelesen.«

»Ja, ich habe in den Zeitungen davon gelesen. Allerdings konnte ich mir die Artikel nicht ausschneiden. Sie müssen wissen, daß ich hier keine Schere haben darf.« Als Lecter lachte, kamen seine kleinen, weißen Zähne zum Vorschein. »Sie wollen sicher wissen, nach welchen Gesichtspunkten er sie aussucht.«

»Ich dachte zumindest, daß Sie diesbezüglich ein paar Ideen haben könnten, und ich wäre Ihnen sehr dankbar, wenn Sie mir dazu etwas sagen könnten.«

»Weshalb sollte ich das?«

Mit dieser Frage hatte Graham gerechnet. Einem Dr. Lecter fiel sicher nicht so schnell ein plausibler Beweggrund ein, einem Massenmörder das Handwerk zu legen.

»Es gibt gewisse Dinge, die Sie nicht haben dürfen«, erwiderte Graham. »Forschungsunterlagen auf Mikrofilm zum Beispiel. Ich könnte diesbezüglich ein gutes Wort für Sie einlegen.«

»Bei Chilton? Sie müssen ihn doch sicher gesehen haben, als Sie hier reinkamen. Grauenhaft, finden Sie nicht auch? Fummelt einem am Kopf herum wie ein Pennäler an seinem ersten BH-Verschluß. Sicher hat er Sie auch aus dem Augenwinkel zu beobachten versucht. Das ist Ihnen doch wohl nicht entgangen, oder? Sie werden es vielleicht nicht glauben, aber er hat doch tatsächlich versucht, mich einem thematischen Apperzeptionstest zu unterziehen. Und dann saß er wie eine Cheshire-Katze vor mir und hat gewartet, daß wir zu Karte Mf 13 kämen. Lächerlich. Sie müssen entschuldigen – ich habe ganz vergessen, daß Sie nicht zum erlauchten Kreis der Gesalbten zählen. Dabei handelt es sich um eine Karte mit einer Frau im Bett und einem Mann im Vordergrund. Ich hätte versuchen sollen, eine sexuelle Deutung der Abbildung zu vermeiden. Ich habe nur gelacht. Er ist rot angelaufen und hat jedermann erzählt, ich hätte mich mit einem Ganser-Syndrom vor dem Gefängnis gedrückt – aber was rede ich denn; das ist doch alles belanglos.«

»Sie hätten dann Zutritt zur AMA-Mikrofilmbibliothek.«

»Ich glaube nicht, daß Sie mir die Sachen besorgen könnten, die ich wirklich haben möchte.«

»Lassen Sie's doch auf einen Versuch ankommen.«

»Außerdem habe ich auch so genügend zu lesen.«

»Sie könnten Einsicht in die Unterlagen zu diesem Fall nehmen. Und dann wäre da noch ein Grund.«

»Und der wäre?«

»Ich dachte, es könnte Sie vielleicht interessieren herauszufinden, ob Sie nicht vielleicht cleverer sind als die Person, nach der ich suche.«

»Demnach halten Sie sich also für schlauer als mich, da Sie mich gefaßt haben.«

»Keineswegs. Ich weiß sehr wohl, daß ich nicht schlauer bin als Sie.«

»Und wie sind Sie mir dann auf die Schliche gekommen, Will?«

»Sie waren sozusagen etwas benachteiligt.«

»In welcher Hinsicht?«

»Durch Ihre Besessenheit. Außerdem sind Sie wahnsinnig.«

»Sie sind sehr braun, Will.«

Darauf erwiderte Graham nichts.

»Ihre Hände wirken derb. Sie sehen nicht mehr wie die Hände eines Polizisten aus. Dieses Rasierwasser kann Ihnen doch nur ein Kind geschenkt haben. Auf der Flasche ist doch ein Schiff abgebildet, wenn ich mich nicht täusche?« Dr. Lecter hielt seinen Kopf selten gerade. Er neigte ihn, wenn er eine Frage stellte, leicht zur Seite, als wollte er einem einen Löffelbohrer der Neugierde ins Gesicht drehen. Nach längerem Schweigen fuhr Lecter fort: »Ich glaube nicht, daß Sie bei mir mit Appellen an meine intellektuelle Eitelkeit Erfolg haben werden.«

»Ich habe mir nie eingebildet, Sie überreden zu können. Ich bin von vornherein davon ausgegangen, daß Sie es entweder tun würden oder nicht. Außerdem arbeitet Dr. Bloom bereits an dem Fall; er ist der beste –«

»Haben Sie die Unterlagen dabei?«

»Ja.«

»Auch Fotos?«

»Ja.«

»Überlassen Sie sie mir für eine Weile; dann werde ich es mir überlegen.«

»Nein.«

»Träumen Sie viel, Will?«

»Wiedersehen, Dr. Lecter.«

»Sie haben mir doch noch gar nicht damit gedroht, mir meine Bücher wegzunehmen.«

Graham entfernte sich wortlos.

»Geben Sie die Unterlagen schon her. Ich werde Ihnen sagen, was ich denke.«

Graham mußte die Akte mühsam in den Durchreichschlitz zwängen. Lecter zog sie nach drinnen.

»Am Anfang finden Sie eine Zusammenfassung. Am besten lesen Sie die jetzt gleich mal«, erklärte Graham.

»Hätten Sie was dagegen, mich das ungestört machen zu lassen? Kommen Sie in einer Stunde wieder.«

Graham wartete auf einer durchgesessenen Plastikcouch in einem unwirtlichen Wartezimmer. Ab und zu kam ein Wärter herein, um sich Kaffee zu holen. Er sprach mit keinem von ihnen. Er starrte nur auf verschiedene kleine Gegenstände im Raum und war froh, daß sie sich in seinem Blickfeld nicht bewegten. Zweimal mußte er auf die Toilette. Er war wie betäubt.

Ein Gefangenenwärter ließ ihn wieder in den Hochsicherheitstrakt.

Seine Augen von angestrengtem Nachdenken mit einem matten Film überzogen, saß Lecter an seinem Tisch. Graham war klar, daß er sich die längste Zeit mit den Fotos beschäftigt hatte.

»Ein außerordentlich schüchterner Bursche, Will. Ich würde nur zu gern seine Bekanntschaft machen... Haben Sie schon die Möglichkeit in Erwägung gezogen, daß sein Äußeres in irgendeiner Weise entstellt ist; oder daß er sich einbildet, entstellt zu sein?«

»Wegen der Spiegel?«

»Ja. Wie Sie wissen, hat er alle Spiegel in den beiden Häusern zerschlagen; das tat er jedoch nicht nur wegen der paar Scherben, die er dann benötigte. Er benutzt die Spiegelscherben auch nicht nur wegen der Verletzungen, die er ihnen dadurch beibringt; er bringt sie so an, daß er sich darin sehen kann. Mit ihren Augen sozusagen. Mit denen von Mrs. Jacobi und ... wie hieß die andere Frau gleich noch mal?«

»Mrs. Leeds.«

»Genau.«

»Das ist allerdings interessant«, nickte Graham nachdenklich.

»Machen Sie mir doch nichts vor. Daran haben Sie auch schon gedacht.«

»Stimmt, daran hatte ich auch schon gedacht.«

»Sie sind doch nur hergekommen, um mich anzusehen, um die alte Fährte wieder aufzunehmen, oder etwa nicht? Warum beschnüffeln Sie sich nicht einfach selbst?«

»Ich wollte Ihre Meinung dazu hören.«

»Eine solche habe ich im Augenblick noch nicht.«

»Falls Sie sich doch noch eine bilden sollten, hätte ich sie gern gehört.«

»Kann ich die Unterlagen behalten?«

»Darüber bin ich mir noch nicht im klaren«, erwiderte Graham.

»Weshalb enthalten sie keine Beschreibung der näheren Umgebung des Tatorts? Hier haben wir Frontalansichten der Häuser, Grundrisse, Aufrißzeichnungen der Räume, in denen die Morde geschahen, aber von der Umgebung der Häuser so gut wie nichts. Wie sahen die Gärten aus?«

»Ziemlich weitläufig, eingezäunt, zum Teil auch von Hekken eingefaßt. Warum fragen Sie?«

»Weil dieser Pilger, mein lieber Will, falls er sich tatsächlich so sehr vom Mond angezogen fühlt, wie es den Anschein erweckt, vielleicht vors Haus treten möchte, um ihn sich anzusehen. Bevor er sich gesäubert hat, wie Sie sicher verstehen werden. Haben Sie schon mal Blut bei Mondlicht gesehen, Will? Es wirkt dann fast schwarz, wenn es auch seinen charakteristischen Schimmer beibehält. Und wenn man dabei nackt ist, würde ich es doch wohl für angeraten erscheinen lassen, sich vorher zu vergewissern, ob hierfür auch die nötige Abgeschiedenheit gegeben ist. Man muß doch schließlich auf die Nachbarn Rücksicht nehmen, hmmmmm?«

»Glauben Sie, der Garten könnte bei der Auswahl der Opfer eine gewisse Rolle spielen?«

»Auf jeden Fall. Und es wird natürlich weitere Opfer geben. Lassen Sie mir die Unterlagen hier, Will. Ich werde sie noch genauer studieren. Und falls Sie noch weitere Informationen bekommen sollten, würde ich die auch gern sehen. Sie können mich übrigens auch telefonisch erreichen. In den seltenen Fällen, in denen mein Anwalt anruft, bringen sie mir ein Telefon in die Zelle. Sie stellen ihn über die Hausleitung durch, und natürlich hören sie alle unsere Gespräche mit. Würden Sie mir vielleicht Ihre Privatnummer geben?«

»Nein.«

»Wissen Sie überhaupt, wie Sie mich gefaßt haben, Will?«

»Wiedersehen, Dr. Lecter. Sie können mir unter der auf der Akte angegebenen Nummer jederzeit eine Nachricht hinterlassen.« Damit entfernte Graham sich.

»Wissen Sie, wie Sie mich gefaßt haben?«

Graham befand sich inzwischen außerhalb Lecters Blickfeld; er ging rascher auf die Stahltür zu.

»Der Grund, weshalb Sie mich gefaßt haben, ist ganz einfach der, daß wir uns *sehr ähnlich* sind«, war das letzte, was Graham hörte, bevor sich die schwere Tür hinter ihm schloß.

Er war vollkommen gefühllos, wenn man davon absah, daß er sich davor fürchtete, daß seine Taubheit von ihm wich. Während er mit gesenktem Kopf dahinschritt und mit niemandem ein Wort sprach, konnte er das Pochen seines Bluts wie das hohle Flattern von Flügeln hören. Die Entfernung nach draußen erschien ihm ungewöhnlich kurz. Dies war nur ein normales Gebäude; zwischen Lecter und der Außenwelt lagen lediglich fünf Türen. Er hatte das absurde Gefühl, als wäre Lecter mit ihm nach draußen gekommen. Vor dem Eingang blieb er stehen und sah sich um, als müßte er sich vergewissern, daß er allein war.

Von einem auf der anderen Straßenseite geparkten Wagen, sein Teleobjektiv auf dem heruntergekurbelten Seitenfenster aufgestützt, hatte Freddy Lounds Graham ausschnittfüllend im Sucher, als dieser in der Tür stand, über die in steinernen Lettern folgende Inschrift gemeißelt war: ›Chesapeake State Hospital für geistesgestörte Straftäter‹.

Der *National Tattler* veröffentlichte eine Ausschnittvergrößerung der Aufnahme, auf der nur Grahams Gesicht und die zwei letzten Worte der steinernen Inschrift zu sehen waren.

8. Kapitel

Nachdem Graham ihn verlassen hatte, lag Dr. Hannibal Lecter im gedämpften Licht seiner Zellenbeleuchtung auf seiner Pritsche. Mehrere Stunden waren verstrichen.

Eine Weile beschäftigte er sich mit Wahrnehmungen seines Tastsinns – die Oberflächenstruktur seines Kopfkissenbezugs gegen seine im Nacken verschränkten Hände, die glatte Haut der Innenseite seiner Arme an seinen Wangen.

Dann wandte er seine Aufmerksamkeit den verschiedenen Gerüchen zu. Einige davon waren real, andere nicht. Sie hatten Clorox in die Abflüsse geschüttet; Sperma. Am Ende des Korridors brachten die Wärter gerade mit Chili gewürztes Essen; durchgeschwitzter Khaki-Stoff. Graham wollte ihm also seine Privatnummer nicht geben; der bittere, grüne Geruch von frisch geschnittenen Kornraden.

Lecter setzte sich auf. Graham hätte sich durchaus etwas besser benehmen können. Seinen Gedanken haftete der warme Messinggeruch einer elektrischen Uhr an.

Lecter blinzelte mehrmals; seine Augenbrauen hoben sich.

Er drehte am Dimmer das Licht heller und schrieb eine Nachricht an Chilton, in der er um ein Telefon bat, um seinen Anwalt anrufen zu können.

Lecter war laut Gesetz dazu berechtigt, sich ungestört mit seinem Anwalt zu besprechen – ein Recht, von dem er bisher kaum Gebrauch gemacht hatte. Und da Chilton ihm unter keinen Umständen gestatten würde, zu einem Telefon zu gehen, würde man das Telefon zu ihm bringen.

Das übernahmen zwei Wärter, die dafür ein Verlängerungskabel von der Anschlußbuchse an ihrem Schreibtisch ausrollen mußten. Einer von den beiden hatte die Schlüssel. Der andere hielt eine Gaspistole in der Hand.

»Treten Sie nach hinten, Dr. Lecter, mit dem Gesicht zur Wand. Sollten Sie sich umdrehen oder dem Gitter zu nähern versuchen, bevor Sie das Türschloß einschnappen gehört haben, bekommen Sie eine Ladung Gas ins Gesicht. Verstanden?«

»Allerdings«, entgegnete Lecter. »Besten Dank, daß Sie mir das Telefon gebracht haben.«

Er mußte seine Hand zum Wählen durch das Nylonnetz strecken. Die Auskunft gab ihm die Nummern des psychiatrischen Instituts der University of Chicago und von Dr. Blooms Büro. Er rief die Zentrale des psychiatrischen Instituts an.

»Könnte ich bitte Dr. Alan Bloom sprechen.«

»Ich bin nicht sicher, ob er heute in seinem Büro ist, aber ich verbinde Sie.«

»Einen Moment noch bitte. Eigentlich sollte ich den Namen seiner Sekretärin wissen, und es ist mir schrecklich peinlich, ihr zu sagen, daß ich ihn vergessen habe.«

»Linda King. Einen Augenblick bitte.«

»Besten Dank.«

Das Telefon läutete achtmal an, bevor jemand den Hörer abnahm.

»Hier Linda Kings Nummer.«

»Hallo, Linda, sind Sie's?«

»Linda arbeitet samstags nicht.«

Damit hatte Dr. Lecter gerechnet. »Vielleicht könnten ja auch Sie mir weiterhelfen. Mein Name ist Bob Greer vom Verlag Blaine und Edwards. Dr. Bloom hat mich gebeten, ein Exemplar des Overholser-Buchs *Der Psychiater und das Recht* an Will Graham zu schicken; Linda sollte mir seine Adresse und Telefonnummer zukommen lassen, aber bisher war das leider nicht der Fall.«

»Ich bin nur eine wissenschaftliche Hilfskraft; Linda wird Montag morgen wieder –«

»Ich muß den Schmöker in fünf Minuten mit dem Paketdienst rausgeben, und ich möchte deswegen Dr. Bloom möglichst nicht zu Hause belästigen müssen, weil er Linda doch eigens aufgetragen hat, mir die Adresse zu schicken, und ich möchte nicht, daß sie deshalb Schwierigkeiten bekommt. Sie müßte doch gleich neben Ihnen in ihrem Rolodex sein. Seien Sie doch so gut und suchen Sie mir die Adresse raus.«

»Linda hat keinen Rolodex.«

»Na, dann eben ein ganz gewöhnliches Adreßbuch: Sie werden doch wissen, wo sie ihre Adressen notiert hat.«

»Ja, jetzt sehe ich es.«

»Na, sehen Sie, und jetzt schlagen Sie mir den Burschen schnell nach, und ich werde Sie nicht mehr länger belästigen.«

»Wie war der Name gleich wieder?«

»Graham. Will Graham.«

»Einen Moment – aha, seine Privatnummer ist 305 JL5-7002.«

»Ich soll das Buch an seine Privatadresse schicken.«

»Seine Privatadresse steht hier nicht.«

»Was steht denn dann da?«

»Federal Bureau of Investigation, Tenth and Pennsylvania, Washington, D.C. Ach, und Postfach 3680, Marathon, Florida.«

»Wunderbar. Sie sind ein Engel.«

»Bitte, gern geschehen.«

Lecter fühlte sich gleich viel besser. Nun würde er Graham hin und wieder mit einem Anruf überraschen, und wenn der

Kerl sich nicht zu benehmen lernte, würde er ihm von einem Krankenhausbedarfversandhaus zur Erinnerung an alte Zeiten einen Kolostomiebeutel zuschicken lassen müssen.

9. Kapitel

Siebenhundert Meilen weiter südwestlich wartete Francis Dolarhyde in der Kantine des Gateway Filmentwicklungslabors in St. Louis auf einen Hamburger. Die Gerichte in der Warmhaltevitrine wirkten nicht mehr gerade sehr frisch. Er stand neben der Registrierkasse und nippte an seinem Pappbecher mit Kaffee.

Eine rothaarige junge Frau in einem Laborkittel betrat die Cafeteria und studierte den Süßigkeitenautomaten. Sie spähte mehrere Male in Richtung Dolarhydes Rücken und spitzte nachdenklich die Lippen. Schließlich trat sie auf ihn zu und sprach ihn an.

»Mr. D.?«

Dolarhyde drehte sich nach ihr um. Außerhalb der Dunkelkammer trug er immer eine rote Brille. Die Frau wandte ihren Blick nicht vom Bügel der Brille ab.

»Würden Sie sich bitte kurz zu mir setzen? Ich möchte Ihnen etwas sagen.«

»Was wollen Sie mir denn sagen, Eileen?«

»Daß es mir schrecklich leid tut. Bob war nur vollkommen betrunken und hat einfach Unsinn geredet, wissen Sie. Er hat das doch nicht wirklich so gemeint. Bitte, setzen wir uns doch einen Moment. Nur ganz kurz. Würden Sie mir den Gefallen tun?«

»Mmmmm-hmmmm.« Dolarhyde sagte nie ›sicher‹, da er mit dem Zischlaut /s/ etwas Schwierigkeiten hatte.

Sie nahmen an einem der Tische Platz. Die Frau spielte nervös an einer Serviette herum.

»Wir haben uns doch auf der Party alle bestens unterhalten, und wir haben uns wirklich gefreut, daß Sie gekommen sind«, begann sie. »Doch, wir haben uns ehrlich gefreut, und wir waren auch ein wenig überrascht. Und Sie wissen ja, wie Bob ist – ständig imitiert er irgendwelche Stimmen; er sollte wirklich zum Rundfunk gehen. Er hat ein paar verschiedene Akzente nachgemacht, Witze erzählt – das übliche eben. Er kann übrigens wie ein richtiger Schwarzer sprechen. Und als er dann diese andere Stimme nachgemacht hat, dann war das nicht gegen Sie gerichtet. Er war zu dem Zeitpunkt bereits viel zu betrunken, um überhaupt noch zu wissen, wer noch alles da war.«

»Alle haben gelacht, und dann... hat man plötzlich nicht mehr gelacht.« Dolarhyde vermied es, wegen der Zischlaute /s/ ›sie‹ zu sagen.

»Aber an diesem Punkt ist Bob doch erst bewußt geworden, was er getan hatte.«

»Er hat trotzdem weitergemacht.«

»Ich weiß.« Sie schaffte es, von ihrer Serviette zu seiner roten Brille aufzuschauen, ohne unterwegs irgendwo hängenzubleiben. »Ich habe ihm deshalb ja auch Vorhaltungen gemacht. Er hat gesagt, er hätte sich nichts weiter dabei gedacht; er wäre eben mordsmäßig in Fahrt gewesen, und außerdem hätte er das Ganze eben auf diese Weise zu überspielen versucht. Sie haben sicher selbst gesehen, wie rot er geworden ist.«

»Er hat mich aufgefordert, mit ihm... ein Duett aufzuführen.«

»Aber er hat Sie doch in den Arm zu nehmen versucht. Er wollte das Ganze doch nur von der spaßigen Seite nehmen, Mr. D.«

»Das habe ich doch auch getan, Eileen.«

»Bob ist das Ganze schrecklich peinlich.«

»Nun, das möchte ich auf keinen Fall. Bestellen Sie ihm bitte, daß ich das nicht möchte. Und hier in der Firma wird sich deshalb auch nicht viel ändern. Mein Gott, wenn ich Bobs Talent hätte, würde ich auch ständig meine Spä... Witze machen.« Dolarhyde vermied, so gut es ging, Worte mit Eszett. »Das wird sich schon wieder einrenken, und übermitteln Sie ihm Grü... richten Sie ihm aus – ich bin nicht nachtragend.«

»Danke, Mr. D., Sie müssen wissen, daß Bob trotz seiner ständigen Clownereien ein höchst sensibler Mensch ist.«

»Das kann ich mir denken. Und auch zärtlich, nehme ich an.« Dolarhydes Stimme war durch seine vorgehaltene Hand gedämpft. Im Sitzen preßte er immer den Knöchel seines Zeigefingers unter seine Nase.

»Wie bitte?«

»Ich meinte, Sie pas... Sie sind genau die Richtige für ihn, Eileen.«

»Das glaube ich auch, doch. Er trinkt sonst nicht – nur hin und wieder am Wochenende. Er fängt dann an, sich langsam zu entspannen, und dann belästigt uns seine Frau mit ihren Anrufen. Er schneidet Gesichter, wenn ich mit ihr spreche, aber ich spüre, daß er danach immer ganz schön aufgewühlt ist. So was merkt eine Frau eben.« Sie berührte Dolarhyde kurz am Handgelenk, und trotz seiner rot getönten Brille entging ihr nicht die Wirkung, die diese Berührung in seinen Augen hinterließ. »Nehmen Sie das Ganze also bitte nicht zu schwer, Mr. D. Und glauben Sie mir, ich bin wirklich froh, daß wir uns mal ausgesprochen haben.«

»Ich auch, Eileen.«

Dolarhyde sah ihr hinterher, als sie wieder ging. Sie hatte einen Knutschfleck in der Kniekehle. Er war, völlig zu Recht, der Auffassung, daß Eileen nicht sonderlich angetan von ihm war. Eigentlich war das niemand.

In der großen Dunkelkammer war es kühl, und es roch nach Chemikalien. Francis Dolarhyde kontrollierte die Entwicklerflüssigkeit im Tank A. Hunderte von Metern Schmalfilm aus allen Teilen der USA bewegten sich stündlich durch diesen Tank. Temperatur und Sättigungsgrad der Lösung waren von vorrangiger Bedeutung für den Entwicklungsprozeß. Neben allen anderen Arbeitsgängen, bis ein Film den Trockner passiert hatte, fiel dies in seinen Verantwortungsbereich. Unzählige Male nahm er Tag für Tag stichprobenweise einzelne Filme aus dem Tank und kontrollierte sie Bild für Bild. In der Dunkelkammer herrschte Stille. Dolarhyde unterband jede Unterhaltung unter seinen Mitarbeitern und verständigte sich vorwiegend durch Handzeichen mit ihnen.

Nach Feierabend blieb er allein in der Dunkelkammer zurück, um ein paar seiner eigenen Filme zu entwickeln.

Gegen zweiundzwanzig Uhr kehrte Dolarhyde nach Hause zurück. Er wohnte in dem großen Haus, das seine Großeltern ihm vermacht hatten. Es stand am Ende einer gekiesten Auffahrt, die nördlich von St. Charles, Missouri, auf der St. Louis gegenüberliegenden Seite des Missouri durch einen großen Obstgarten verlief. Der Besitzer des Gartens kümmerte sich nicht um dessen Instandhaltung. Unter den grünen Bäumen standen auch zahlreiche kahle und abgestorbene. Und nun – es war Ende Juli – hing der Geruch verfaulender Äpfel in der Luft. Tagsüber gab es hier viele Bienen. Der nächste Nachbar wohnte fast einen Kilometer weit entfernt.

Jedes Mal, wenn Dolarhyde nach Hause kam, inspizierte er erst das Haus; vor ein paar Jahren hatte jemand einen, allerdings unverrichteter Dinge wieder abgebrochenen, Einbruchsversuch unternommen. Er machte einen Rundgang durch das Haus und knipste in jedem Zimmer das Licht an. Ein Besucher hätte nicht den Eindruck gewonnen, daß Dolarhyde das Haus allein bewohnte. In den Schränken hingen noch die Kleider seiner Großeltern, und auf dem Schminktisch seiner Großmutter lagen mehrere Bürsten mit Haaren zwischen den Borsten. Aus einem Glas auf dem Nachttisch bleckten einem die Zähne ihres Gebisses entgegen. Das Wasser darin war längst verdunstet. Seine Großmutter war seit zehn Jahren tot.

(Der Leiter des Bestattungsinstitutes hatte ihn gebeten: »Mr. Dolarhyde, würden Sie mir bitte noch das Gebiß Ihrer Großmutter bringen?« Doch er hatte nur erwidert: »Machen Sie ruhig schon mal den Sargdeckel zu.«)

Nachdem er sich vergewissert hatte, daß er allein im Haus war, ging Dolarhyde nach oben, um ausgiebig zu duschen und sich die Haare zu waschen.

Dann zog er einen Kimono aus synthetischem Material an, das sich wie Seide anfühlte, und legte sich auf das schmale Bett in dem Zimmer, das er seit seiner Kindheit bewohnte. Er stülpte sich die altmodische Trockenhaube seiner Großmutter über und schaltete sie ein. Während er nun unter der Trockenhaube saß, blätterte er in einer neuen Modezeitschrift. Der Haß und die Brutalität, die aus manchen der hochmodischen Fotos sprachen, waren bemerkenswert.

Als er beim Betrachten der Modefotos eine wachsende Erregung verspürte, drehte er den Metallschirm seiner Leselampe so herum, daß das Licht auf einen Druck an der Wand über dem Fußende des Bettes fiel. Es handelte sich dabei um William Blakes *Der große rote Drache und die mit der Sonne bekleidete Frau*.

Er war wie betäubt gewesen, als er das Bild zum erstenmal gesehen hatte. Nie zuvor hatte er etwas gesehen, das seinem bildlichen Denken so nahe gekommen war. Er hatte das Gefühl, als hätte Blake durch sein Ohr einen Blick in das Innere seines Kopfes geworfen und dort den roten Drachen erspäht. Wochenlang hatte Dolarhyde sich Sorgen gemacht, seine Gedanken könnten durch seine Ohren nach außen strahlen, könnten in der Dunkelkammer sichtbar werden und die Filme verschleiern. Deshalb steckte er sich Watte in die Ohren. Aus Angst, die Watte könnte Feuer fangen, ging er zu Drahtwolle über. Davon begannen seine Ohren zu bluten. Schließlich schnitt er aus einem Bügelbrettbezug kleine Asbeststücke heraus und rollte sie zu kleinen Kügelchen zusammen, die in seine Ohren paßten.

Der rote Drachen war alles, was er lange Zeit hatte. Doch mittlerweile war das nicht mehr so. Er spürte die ersten Anzeichen einer Erektion.

Er hatte eigentlich vorgehabt, sich Zeit zu lassen, aber nun konnte er es nicht mehr erwarten.

Dolarhyde zog die schweren Vorhänge vor den Fenstern im Wohnzimmer im Erdgeschoß zu und baute Leinwand und Projektor auf. Sein Großvater hatte gegen den Widerstand seiner Großmutter einen bequemen, beliebig verstellbaren

Fernsehsessel im Wohnzimmer aufgestellt. (Worauf sie es sich nicht nehmen hatte lassen, zumindest über die Kopfstütze ein Spitzendeckchen zu legen.) Doch Dolarhyde war inzwischen nur froh darüber. Der Sessel war sehr bequem. Er legte ein Handtuch über die Armlehne.

Dann knipste er die Lampen aus. Und als er sich dann in dem verdunkelten Raum in den Sessel zurücklehnte, hätte er sich überall befinden können. An der Decke hatte er eine Lichtorgel angebracht, die sich langsam drehte und dabei unzählige verschiedenfarbige Lichtpunkte über die Wände, den Fußboden und seine Haut wandern ließ. Er hätte sich genausogut in der Kanzel eines Raumschiffes befinden können, nur durch eine Glaskuppel vom Universum und den Sternen ringsum getrennt. Wenn er die Augen schloß, glaubte er, die Lichtpunkte über seine Haut kriechen zu spüren, und wenn er sie wieder aufschlug, stellte er sie sich als die Lichter von Städten über oder unter ihm vor. Es gab kein Oben und Unten mehr. Mit zunehmender Erwärmung begann die Lichtorgel sich schneller zu drehen, und die Lichtpunkte schwärmten über ihn hinweg, flossen in eckigen Strömen über die Möbel und stürzten in Meteorkaskaden über die Wände. Er hätte ein Komet sein können, der durch den Andromeda-Nebel schoß.

Nur eine Stelle im Raum wurde nicht von den Lichtpunkten berührt. Er hatte ein Stück Pappe so an der Lichtmaschine angebracht, daß sein Schatten genau auf die Filmleinwand fiel.

Ein anderes Mal würde er vielleicht vorher etwas rauchen, um die Wirkung noch zu steigern, aber diesmal hielt er das nicht für nötig.

Er drückte auf den Startknopf des Projektors neben sich. Ein weißes Rechteck sprang auf die Leinwand, die nach kurzer Zeit grau und streifig wurde, als der Vorspann durchlief. Und dann spitzte der grau-weiße Bobtail seine Ohren und rannte zur Küchentür, wo er freudig mit seinem Stummelschwanz wedelte. Ein Schnitt auf den Hund, wie er eine Straße entlanglief und immer wieder den Kopf herumdrehte, um nach etwas an seiner rechten Flanke zu schnappen.

Nun kam Mrs. Leeds mit den Einkäufen in die Küche. Sie lachte und fuhr sich mit der Hand durchs Haar. Die Kinder kamen ihr hinterher.

Dann ein Schnitt auf eine schlecht ausgeleuchtete Szene in Dolarhydes Zimmer im Obergeschoß. Er steht nackt vor dem Druck des *Großen roten Drachen und der mit der Sonne bekleideten Frau*. Er trägt seine ›Kampfbrille‹, eine eng anliegende, mit Gummiband befestigte Sportbrille. Er hat eine Erektion, der er von Hand nachhilft.

Das Bild wird immer unschärfer, je näher er in stilisierten Bewegungen auf die Kamera zukommt, bis nur noch sein Gesicht den Bildausschnitt füllt und seine Hand sich nach der Schärfeeinstellung ausstreckt. Das Bild gerät ins Zittern und wird plötzlich für eine Großaufnahme seines Mundes scharf; seine entstellte Oberlippe ist zurückgestülpt, die Zunge zwängt sich zwischen den Zähnen vor, und in einer oberen Ecke ist gerade noch ein Auge zu erkennen. Der Mund füllt die Leinwand schließlich ganz aus, die weit aufgerissenen Lippen geben den Blick auf die zackigen Zähne frei, und dann tritt plötzliches Dunkel ein, als sein Mund sich um das Objektiv schließt.

Die mit der nächsten Einstellung verbundenen Schwierigkeiten waren offensichtlich.

Ein bebendes, verschwommenes Etwas in grellem Scheinwerferlicht wurde zu einem Bett, in dem Charles Leeds verzweifelt mit den Armen um sich schlug und Mrs. Leeds sich, die Augen mit der Hand gegen das blendende Licht abschirmend, aufsetzte, um sich dann ihrem Mann zuzuwenden und ihre Hände auf ihn zu legen. Gleichzeitig rollte sie sich an den Rand des Bettes, um sich, bei dem Versuch aufzustehen, mit den Beinen in den Laken zu verheddern. Die Kamera zuckte zur Decke hoch, so daß die Deckenkanten wie Notenlinien über die Leinwand ruckten, bis das Bild sich wieder stabilisierte. Mrs. Leeds lag nun rücklings auf dem Bett, und auf ihrem Nachthemd breitete sich ein dunkler Fleck aus, während Leeds mit verzweifelt aufgerissenen Augen die Hände an den Hals preßte. Die Leinwand wurde für eine Weile schwarz, und dann folgte das kurze Zucken einer Schnittstelle.

Die Kamera bewegte sich nun nicht mehr; sie war auf einem Stativ befestigt. Inzwischen waren sie alle tot. Und auf ihren Plätzen. Zwei Kinder saßen gegen die Wand gegenüber dem Bett gelehnt; eines saß in der Ecke gegenüber und sah in die Kamera. Mr. und Mrs. Leeds lagen unter den Laken im Bett. Mr. Leeds saß gegen das Kopfteil gelehnt, und das Laken verdeckte das Seil um seine Brust. Sein Kopf war zur Seite gesackt.

Mit den exakten Bewegungen einer balinesischen Tänzerin kam nun von links Dolarhyde ins Bild. Blutverschmiert und bis auf seine Brille und die Handschuhe splitternackt, tanzte und gestikulierte er zwischen den Toten herum. Auf diese Weise näherte er sich der hinteren Seite des Bettes, wo Mrs. Leeds lag, ergriff eine Ecke des Lakens und riß es dann ruckartig vom Bett, um wie ein Matador nach einer eleganten Veronica in Pose zu verharren.

Während Dolarhyde nun den Film im Wohnzimmer des Hauses seiner Großeltern ansah, bedeckte sich sein Körper zunehmend mit einem glänzenden Schweißfilm. Seine dicke Zunge zuckte beständig zwischen den Lippen hervor, so daß die Narbe an seiner Oberlippe vor Feuchtigkeit glänzte, und er stöhnte, während er dabei Hand an sich legte.

Selbst auf dem Höhepunkt seiner Lust mußte er zu seinem Bedauern feststellen, daß ihm in der folgenden Szene des Films alle Anmut und Eleganz der Bewegungen abhanden gekommen waren, als er, der Kamera achtlos das Gesäß zugewandt, in wilder Gier drauflos rammelte. Plötzlich waren da keine dramatischen Pausen mehr, kein Sinn für Steigerungen und Höhepunkte, nur noch viehische Raserei.

Trotzdem war es herrlich. Den Film anzusehen, war herrlich. Doch nicht ganz so berauschend wie der Akt selbst.

Die zwei wesentlichsten Schwachpunkte bestanden nach Dolarhydes Auffassung darin, daß im Film nicht der jeweilige Tod der einzelnen Familienmitglieder zu sehen war und daß gegen Ende zu seine schauspielerische Leistung mehr und mehr zu wünschen übrig ließ. Es schien, als hätte er plötzlich alle guten Vorsätze über Bord geschleudert. So hätte das der Rote Drache jedenfalls nicht gemacht.

Nun ja, er würde schließlich noch viele solcher Filme drehen, und mit wachsender Erfahrung würde es ihm vielleicht auch gelingen, selbst in den Momenten äußerster Lust eine gewisse ästhetische Distanz zu bewahren.

Jedenfalls durfte er nicht aufgeben. Dies war seine Lebensaufgabe. Ein Werk, das ihn überdauern würde.

Vor allem durfte er keine Zeit verlieren. Es galt, seine nächsten Mitdarsteller auszuwählen. Er hatte bereits mehrere Filme von Vierter-Juli-Familienausflügen kopiert. Wenn gegen Ende des Sommers die Ferienfilme eingeschickt wurden, hatten sie in der Entwicklungsanstalt Hochbetrieb. Ein ähnlicher Ansturm setzte nach Thanksgiving ein.

Tag für Tag gingen die Aufträge unzähliger Familien bei ihm ein.

10. Kapitel

Die Maschine von Washington nach Birmingham war zur Hälfte leer. Graham saß an einem Fensterplatz mit niemandem neben sich.

Er lehnte den labbrigen Sandwich, den ihm die Stewardeß anbot, ab und breitete statt dessen die Jacobi-Akte auf dem Klapptisch aus. Auf einem Blatt hatte er die Übereinstimmungen zwischen den Familien Jacobi und Leeds aufgeführt.

Beide Paare waren Ende dreißig, beide hatten Kinder – zwei Jungen und ein Mädchen. Edward Jacobi hatte noch einen weiteren Sohn aus erster Ehe, der jedoch im College war, als die Familie ermordet wurde.

In jedem Fall hatten beide Elternteile einen College-Abschluß, und beide Familien wohnten in ruhigen Wohngegenden in zweistöckigen Häusern. Mrs. Jacobi und Mrs. Leeds waren attraktive Frauen. Die Familien hatten zum Teil bei denselben Instituten Kreditkarten und dieselben Zeitschriften abonniert.

Hier hörten die Ähnlichkeiten allerdings auch schon auf. Charles Leeds war Steuerberater, während Edward Jacobi Ingenieur und Metallurg war. Die Familie aus Atlanta waren Presbyterianer, die Jacobis Katholiken. Die Leeds' hatten zeit ihres Lebens in Atlanta gewohnt, während die Jacobis erst drei Monate zuvor von Detroit nach Birmingham gezogen waren.

Das Wort ›willkürlich‹ hallte wie ein tropfender Wasserhahn in Grahams Kopf wider. ›Willkürliche Auswahl der Opfer‹, ›kein erkennbares Motiv‹ – Zeitungsberichte bedienten sich solcher Redewendungen, und Kriminalbeamte stießen sie voller Wut und Frustration zwischen den Zähnen hervor.

›Willkürlich‹ wurde der Sache jedoch nicht gerecht. Graham wußte, daß Massen- und Serienmörder ihre Opfer keineswegs willkürlich aussuchten.

Der Mann, der die Familien Jacobi und Leeds ausgelöscht hatte, hatte irgend etwas an ihnen anziehend gefunden, wodurch er zu der Tat getrieben worden war. Er könnte sie zum Beispiel sehr gut gekannt haben – was Graham hoffte –, oder aber er hatte sie überhaupt nicht gekannt. Allerdings war sich Graham sicher, daß der Mörder sie zu Gesicht bekommen haben mußte, bevor er sich entschlossen hatte, sie zu ermorden. Er hatte sie ausgesucht, weil *irgend etwas* an ihnen ihn angesprochen hatte, wobei das Hauptgewicht dieser Anziehung aller Wahrscheinlichkeit nach bei den Frauen zu suchen war. Doch was war dieses gewisse Etwas, das diesen Familien zum Verhängnis geworden war?

Die zwei Verbrechen wiesen gewisse Unterschiede auf.

Edward Jacobi wurde zum Beispiel erschossen, als er mit einer Taschenlampe die Treppe herunterkam, nachdem er vermutlich durch ein Geräusch im Haus geweckt worden war.

Mrs. Jacobi und ihre Kinder waren durch Kopfschüsse getötet worden, während Mrs. Leeds an den Folgen eines Bauchschusses gestorben war. Sämtliche Schüsse waren aus einer Neun-Millimeter-Automatik abgegeben worden. In den Einschußwunden wurden Spuren von Stahlwolle gefunden, die von einem selbstgebauten Schalldämpfer herrührten. Die Patronenhülsen wiesen keine Fingerabdrücke auf.

Das Messer war nur an Charles Leeds zum Einsatz gekommen. Dr. Princi vertrat die Anschauung, daß es eine extrem dünne und scharfe Klinge hatte.

In beiden Fällen hatte sich der Täter auch auf unterschiedliche Weise Zutritt zum Haus verschafft. Bei den Jacobis hatte er eine Gartentür aufgestemmt; bei den Leeds hatte er auf einen Glasschneider zurückgegriffen.

Auf den Fotos aus Birmingham war nicht so viel Blut wie im Fall der Leeds' zu sehen, wenn auch dort die Blutflecken an den Schlafzimmerwänden in einem knappen Meter Höhe nicht fehlten. Demnach hatte der Mörder auch in Birmingham ein Publikum gehabt. Die Polizei von Birmingham hatte die Leichen, einschließlich der Fingernägel, nach Fingerabdrücken abgesucht, ohne jedoch solche zu entdecken. Da die Leichen in Birmingham bereits einen heißen Sommermonat lang begraben waren, würde sich nachträglich ein Fingerabdruck, wie im Fall des einen Leeds-Jungen, nicht mehr feststellen lassen.

In beiden Fällen hatte die Polizei dieselben blonden Haare, denselben Speichel, dasselbe Sperma festgestellt.

Graham lehnte Fotos der zwei lächelnden Familien gegen die Rückseite des Vordersitzes und starrte sie in der leise summenden Stille des Flugzeugs lange eindringlich an.

Was konnte den Mörder ausgerechnet zu *ihnen* hingezogen haben? Graham war fest entschlossen, an das Vorhandensein eines gemeinsamen Faktors zu glauben – und daß er bald auf ihn stoßen würde.

Ansonsten würde er sich noch in einer ganzen Reihe von Häusern die grausige Hinterlassenschaft der Zahnschwuchtel ansehen müssen.

Graham hatte sich die entsprechenden Adressen bereits nach Atlanta schicken lassen und teilte der Polizei von Birmingham gleich am Flughafen telefonisch seine Ankunft mit. Der Mietwagen, den er sich am Flughafen nahm, spuckte aus den Lüftungsschlitzen Wasser auf seine Hände und Arme.

Sein erstes Ziel war das Maklerbüro Geehan in der Dennison Avenue.

Geehan, groß und kahlköpfig, eilte über türkisgrüne Auslegware auf Graham zu, um ihn zu begrüßen. Sein Lächeln verflog jedoch abrupt, als Graham sich auswies und um den Schlüssel für das Haus der Jacobis bat.

»Werden sich dort heute auch Polizisten in Uniform herumtreiben?« wollte er, eine Hand auf seiner Schädelplatte, wissen.

»Das weiß ich nicht.«

»Ich kann nur hoffen, daß dem nicht so ist. Für heute nachmittag haben sich nämlich zwei Interessenten angemeldet. Es ist ein schönes Haus. Wenn die Leute es erst mal gesehen haben, vergessen sie das andere. Letzten Donnerstag waren Leute aus Duluth hier, ein wohlhabendes Rentnerehepaar, das sich unbedingt im sonnigen Süden niederlassen will. Wir waren schon ziemlich weit vorangeschritten – das heißt, wir waren gerade bei den Zahlungsbedingungen, und die hätten ein Drittel der Kaufsumme an Eigenkapital aufbringen können –, als dieser blöde Streifenwagen vorgefahren kam und die Polizei hereinschneite. Die beiden alten Leute haben ihnen ein paar Fragen gestellt, und ich kann Ihnen sagen, die Antworten hätten Sie mal hören sollen. Die Herren von der Polizei haben ihnen alles in den leuchtendsten Farben geschildert – wer wo gelegen hatte. Ich hätte diese Idioten eigenhändig erwürgen können. Und ich konnte mir dann natürlich anhören: Auf Wiedersehen, Mr. Geehan, und herzlichen Dank für Ihre Bemühungen. Ich versuchte den Leuten noch zu erklären, daß davon doch nicht mehr das geringste zu sehen wäre, aber sie hören mir gar nicht mehr zu. Da gehen sie, auf ihren schon etwas wackligen Beinen, schnurstracks nach draußen und steigen in ihren Sedan de Ville.«

»Haben sich das Haus schon alleinstehende Männer angesehen?«

»An mich hat sich jedenfalls noch niemand gewandt. Das Haus wird zwar über mehrere Agenturen angeboten, aber ich kann mir trotzdem nicht vorstellen, daß das der Fall war. Die Polizei ließ uns übrigens erst vor kurzem mit den Renovierungsarbeiten beginnen, so daß wir erst letzten Dienstag damit fertig wurden. Die Wände mußten zweimal, an manchen Stellen sogar dreimal überstrichen werden. Die Ausbesserungsarbeiten an der Fassade sind noch immer nicht abgeschlossen. Das Haus wird sich jedenfalls sehen lassen können.«

»Wie können Sie es überhaupt verkaufen, bevor die Besitzverhältnisse geregelt sind?«

»Mit dem endgültigen Abschluß muß ich natürlich warten, bis das geklärt ist, aber ich kann ja schon mal die nötigen Vorbereitungen treffen. Die angehenden Besitzer könnten zum Beispiel schon aufgrund einer gegenseitigen Einverständniserklärung einziehen. Ich muß doch schließlich etwas tun. Die Finanzierung bleibt leider nicht auf Eis liegen, sondern kostet mich Tag für Tag mein liebes Geld.«

»Wer ist Mr. Jacobis Nachlaßverwalter?«

»Byron Metcalf von Metcalf und Barnes. Wie lange, denken Sie, werden Sie dort draußen brauchen?«

»Das kann ich jetzt noch nicht sagen. Bis ich fertig bin.«

»Sie können mir den Schlüssel mit der Post zuschicken, wenn Sie wollen. Dann brauchen Sie nicht extra noch mal vorbeizukommen.«

Graham hatte das Gefühl, einer erkalteten Fährte zu folgen, als er zum Haus der Jacobis hinausfuhr. Es lag in einem neu erschlossenen Wohngebiet am Stadtrand. Einmal hielt er am Seitenstreifen des Highway an, um seine Karte zu Rate zu ziehen, bevor er auf eine asphaltierte Nebenstraße abbog.

Mehr als ein Monat war verstrichen, seit die Jacobis getötet worden waren. Was hatte er damals gerade getan? Er hatte zwei Dieselmotoren in einen Zwanzig-Meter-Rumpf eingebaut und Ariaga, der den Kran bediente, signalisiert, noch einen Zentimeter tiefer zu gehen. Am späten Nachmittag war Molly vorbeigekommen, und sie hatten es sich mit Ariaga unter dem Sonnendach im Führerhaus des halbfertigen Boots bequem gemacht; sie verzehrten die Riesenkrabben, die Molly mitgebracht hatte, und tranken dazu eiskaltes Dos Equis-Bier. Ariaga erklärte ihnen, wie man Langusten am besten putzte, indem er ihren Schwanz in das Sägemehl auf Deck zeichnete, und das vom Wasser reflektierte Sonnenlicht spielte über die Bäuche der über ihnen kreisenden Möwen.

Statt dessen spritzte nun Wasser aus der Klimaanlage des Mietwagens gegen Grahams Hemdbrust, und er befand sich in Birmingham, wo es weder Krabben noch Möwen gab. Der Wagen glitt an baumbestandenen Wiesen vorbei, auf denen Ziege und Pferde weideten. Entlang der linken Straßenseite erstreckte sich Stonebridge, ein altes, exklusives Wohnviertel mit wenig wirklich schönen Häusern und um so mehr neureichen Protzbauten.

Er sah das Verkaufsschild schon hundert Meter zuvor, da das Haus der Jacobis das einzige war, das auf der rechten Straßenseite stand. Der Kies war klebrig vom Saft der Pecan-Bäume an der Einfahrt und prasselte laut gegen die Innenseite der Kotflügel des Wagens. Auf einer Leiter brachte ein Zimmermann Fensterläden an. Der Mann hob grüßend die Hand, als Graham um das Haus ging.

Eine mit Steinplatten gepflasterte Terrasse an der Seite des Hauses wurde von einer mächtigen, alten Eiche überschattet. Nachts würde der Baum auch das Licht der Außenbeleuchtung von diesem Teil des Hauses fernhalten; entsprechend hatte sich der Mörder auch hier durch die Glasschiebetür Zutritt zum Haus verschafft. Die Türen waren inzwischen ausgewechselt worden; die blitzenden Aluminiumrahmen waren noch mit den Aufklebern des Herstellers versehen. Außerdem war die neue Schiebetür durch ein Stahlgitter gesichert. Auch die Kellertür war ausgewechselt worden; sie war aus Stahl und mit einem Sicherheitsschloß versehen. Auf der Terrasse standen mehrere Kisten mit den Bestandteilen eines Whirlpools herum.

Graham ging nach drinnen. Kahle Fußböden und abgestandene Luft. Seine Schritte hallten in den leeren Räumen wider.

Die neuen Spiegel in den Bädern hatten nie die Gesichter der Jacobis oder des Mörders reflektiert. Jeder wies einen matten, weißlichen Fleck auf, wo sich das Preisschild befunden hatte. In einer Ecke des Schlafzimmers lag eine zusammengefaltete Decke. Graham blieb so lange darauf sitzen, bis die Sonne, die durch die vorhanglosen Fenster hereinfiel, auf dem Boden eine Diele weitergewandert war.

Es war alles weg. Nichts mehr da.

Wenn er unmittelbar nach der Ermordung der Jacobis hierher gekommen wäre, ob dann die Leeds' wohl noch am Leben wären? Graham überlegte sich, wie schwer diese Verantwortung zu tragen sei.

Sie verflüchtigte sich nicht, als er das Haus verlassen hatte und wieder unter freiem Himmel stand.

Graham stellte sich, die Schultern hochgezogen, die Hände in den Hosentaschen, in den Schatten eines Pecan-Baums und schaute die lange Zufahrt zum Haus der Jacobis zur Straße hinunter.

Wie hatte der Mörder sich dem Haus genähert? Auf jeden Fall mit dem Auto. Wo hatte er geparkt? Die gekieste Zufahrt war für einen mitternächtlichen Besuch eindeutig zu laut, fand Graham – eine Meinung, welche die Polizei von Birmingham nicht mit ihm teilte.

Er ging die Zufahrt zur Straße hinunter, die, so weit er sehen konnte, auf beiden Seiten von einem Straßengraben gesäumt war. Der Graben war jedoch so flach, daß es, wenn der Boden hart und trocken war, durchaus möglich gewesen wäre, ihn mit dem Wagen zu überqueren und ihn dann in dem Buschwerk zu verbergen, das auf der Straßenseite wuchs, wo das Haus der Jacobis stand.

Genau gegenüber vom Haus der Jacobis befand sich die einzige Abzweigung nach Stonebridge. Auf dem Ortsschild stand auch, daß Stonebridge über einen privaten Streifendienst verfügte. Ein fremdes Fahrzeug wäre hier also mit Sicherheit aufgefallen; ebenso ein Mann, der sich hier nachts zu Fuß herumtrieb. Daß er in Stonebridge seinen Wagen abgestellt hatte, kam also nicht in Frage.

Graham ging wieder ins Haus und stellte zu seiner Überraschung fest, daß das Telefon nicht abgemeldet war. Er rief beim Wetteramt an und erfuhr dort, daß am Tag vor der Ermordung der Jacobis 75 Millimeter Niederschläge gemessen worden waren. Die Gräben wären demnach nicht passierbar gewesen. Der Mörder hatte sein Auto also nicht in den Büschen neben der Straße versteckt.

Als Graham an dem weiß gestrichenen Zaun entlang in den hinteren Teil des Gartens ging, begleitete ihn auf der angrenzenden Weide ein Pferd. Er gab dem Tier ein Keks und ließ es dann an der Ecke zurück, als er hinter dem Geräteschuppen weiter an der Rückseite des Grundstücks entlangschritt.

Vor dem Loch im Boden, wo die Jacobi-Kinder ihre Katze begraben hatten, blieb er stehen. Als er in Atlanta mit Springfield darüber gesprochen hatte, hatte er sich den Schuppen weiß gestrichen vorgestellt. In Wirklichkeit war er jedoch dunkelgrün.

Die Kinder hatten die Katze in ein Geschirrtuch gewickelt und sie mit einer Blume zwischen den Pfoten in einem Schuhkarton begraben.

Ein Haustierbegräbnis war für Kinder immer eine todernste Sache. Aus Scham, mit ihnen zu beten, ziehen die Eltern sich ins Haus zurück. Die Kinder, einander ansehend, entdecken neue Nerven an der Stelle, die der Verlust herausgerissen hat. Eines senkt den Kopf, die anderen folgen seinem Beispiel, wobei die Schaufel sie alle überragt. Danach eine Diskussion, ob die Katze bei Gott und Jesus im Himmel ist. Außerdem sind sie noch eine ganze Weile danach merkwürdig still.

Mit einem Mal durchströmte Graham unverbrüchliche Gewißheit, während er vor dem Loch im Boden stand und die

Sonne auf seinen Nacken herabbrannte. So gewiß, wie der Mörder die Katze getötet hatte, hatte er auch die Kinder beobachtet, wie sie das Tier begruben. Dieses Schauspiel dürfte er sich unter keinen Umständen entgehen haben lassen.

Sicher wäre er nicht zweimal zu dem Haus hinausgefahren, um das eine Mal nur die Katze umzubringen und das andere Mal die Jacobis. Er kam hierher, um die Katze zu töten und dann zu warten, bis die Kinder sie fanden.

Es gab keine Möglichkeit festzustellen, wo genau die Kinder die Katze gefunden hatten. Die Polizei hatte niemanden ausfindig machen können, der nach zwölf Uhr mittags, etwa zehn Stunden vor ihrer Ermordung, noch mit den Jacobis gesprochen hatte.

Wie war der Mörder hierher gekommen, und wo hatte er gewartet?

Hinter dem Zaun begann sofort dichtes Buschwerk, das einen dreißig Meter breiten Streifen bis zum Waldrand ausfüllte. Graham fischte seinen zerknitterten Stadtplan aus der Hosentasche und entfaltete ihn über dem Zaun. Darauf war ein durchgehender Waldstreifen eingezeichnet, der in einer Breite von etwa einem halben Kilometer hinter dem Grundstück der Jacobis verlief. Dahinter erstreckte sich, parallel zu der Straße, die vor dem Haus der Jacobis entlanglief, eine zweite Straße, die den Wald von Süden her begrenzte.

Graham fuhr vom Haus zum Highway zurück und maß die Entfernung auf dem Kilometerzähler. Nachdem er auf dem Highway ein Stück in Richtung Süden gefahren war, bog er in die Straße ein, die direkt am Wald hinter dem Haus der Jacobis entlanglief.

Diese Straße endete in einer Wohnsiedlung für sozial Schwache, die so neu war, daß sie auf Grahams Stadtplan nicht eingezeichnet war. Er stellte den Wagen auf einer Parkfläche ab. Die meisten Autos, die hier geparkt waren, waren alt und ungepflegt. Zwei waren aufgebockt.

Vor einem einzelnen Basketballkorb ohne Netz spielten ein paar schwarze Kinder auf einem Platz aus festgestampfter Erde Basketball. Graham ließ sich auf dem vorderen Kotflügel seines Wagens nieder, um ihnen eine Weile zuzusehen.

Eigentlich hätte er gern sein Jackett ausgezogen, aber die .44 Special und die Kamera an seinem Gürtel hätten nur unerwünschte Aufmerksamkeit auf sich gezogen. Es war ihm immer peinlich, wenn die Leute auf seine Pistole starrten.

Die Mannschaft, die mit Hemden spielte, bestand aus acht Spielern; ihre Gegner – sie spielten mit nacktem Oberkörper – waren sogar zu elft. Einen Schiedsrichter gab es nicht.

Ein kleiner Nackter, etwas unfair abgedrängt, stapfte wütend nach Hause davon, um wenig später, mit einem Keks gestärkt, wieder zurückzukehren und sich neuerlich ins Getümmel zu stürzen.

Das aufgeregte Geschrei und das Aufschlagen des Balls hob Grahams Stimmung merklich.

Ein Korb, ein Basketball. Dabei wurde ihm neuerlich bewußt, wie viele *Dinge* die Leeds' besessen hatten. Und laut Aussagen der Polizei von Birmingham traf das auch auf die Jacobis zu. Boote, Sport- und Campingausrüstungen, Kameras, Jagdgewehre und Angeln. Das war noch etwas, was den beiden Familien gemeinsam war.

Und mit dem Gedanken an die Leeds' und Jacobis, wie sie noch am Leben gewesen waren, kam auch der Gedanke, wie sie nachher ausgesehen hatten; und Graham konnte plötzlich den Basketball spielenden Kindern nicht mehr zusehen. Er holte tief Luft und ging über die Straße auf das dunkle Gehölz zu.

Das Unterholz, am Rande des Kiefernbestands noch sehr dicht, lichtete sich, je tiefer Graham in den Schatten der Bäume eindrang, so daß er nach kurzem in der Kühle des Waldes gut vorankam. Die Luft war angenehm frisch und still. In den Bäumen vor ihm kündigten ein paar Eichelhäher sein Kommen an.

Das Gelände senkte sich zu einem ausgetrockneten Bachbett, an dessen Rand ein paar Zypressen wuchsen. In dem trockenen, roten Lehmboden hatten sich die Spuren von

Waschbären und Mäusen abgedrückt. Dazwischen befanden sich hin und wieder auch ein paar menschliche Fußabdrücke, die meistens von Kindern stammten. Da ihre Konturen ausnahmslos ziemlich verwaschen wirkten, waren sie einige Regenfälle alt.

Hinter dem Bachbett stieg das Gelände wieder leicht an; der Untergrund ging in sandigen Lehm über, auf dem zahlreiche Farne unter den Kiefern wuchsen. Graham stieg die Böschung hoch, bis er zwischen den Bäumen wieder Licht durchdringen sah.

Ein paar Meter weiter konnte er zwischen den Baumstämmen das obere Stockwerk des Jacobi-Hauses erkennen.

Dann mußte er sich erneut durch das dichte Unterholz vorkämpfen, das sich etwa mannshoch zwischen dem Waldrand und dem Gartenzaun der Jacobis erstreckte. Als Graham den Zaun erreicht hatte, blieb er stehen und sah in den Garten.

Der Mörder könnte seinen Wagen auf dem Parkplatz der Wohnsiedlung abgestellt haben und dann durch das Gehölz hierher gegangen sein. Er könnte die Katze in das Unterholz gelockt haben, um sie dort zu erwürgen, und dann den schlaffen Körper des toten Tiers in seiner Hand haltend, geduckt zum Zaun zurückzuschleichen. Graham konnte ganz deutlich vor sich sehen, wie die Katze reglos, ohne die Beine zur Landung zu spreizen, durch die Luft segelte und mit einem dumpfen Klatschen auf dem Rasen aufschlug.

Das hatte der Mörder mit Sicherheit bei Tageslicht getan. Nachts hätten die Kinder die Katze nicht gefunden und begraben.

Und er hatte gewartet, um zu sehen, wie sie das tote Tier entdeckten. Hatte er den ganzen Tag in der Hitze zwischen den Büschen ausgeharrt? Am Zaun wäre er durch die Latten zu sehen gewesen. Um von weiter hinten im Unterholz den Garten einsehen zu können, hätte er zwischen den Büschen stehen bleiben müssen, womit er Gefahr gelaufen wäre, vom Haus aus gesehen zu werden. Mit Sicherheit hatte er sich also in den kühlen Schatten unter den Bäumen zurückgezogen. Genau das tat nun auch Graham.

Die Polizei von Birmingham hatte natürlich das Gelände hinter dem Haus gründlich abgesucht. Graham konnte sehen, wo sich die Beamten durch das Unterholz vorgearbeitet hatten. Aber das war gewesen, bevor sie die Katze entdeckt hatten. Die Polizei hatte damals nach Spuren – verlorenen Gegenständen, Fußabdrücken und so weiter – gesucht, nicht nach einem Beobachtungsposten.

Er drang ein paar Meter in den Wald hinter dem Jacobi-Haus ein und ging dann in dem lichtbesprenkelten Schatten an der Baumgrenze entlang. Er befand sich dort bereits auf etwas erhöhtem Gelände, wo man einigermaßen in den Garten der Jacobis sehen konnte.

Er hatte schon mehr als eine Stunde den Wald durchstreift, als ihm ein kurzes Aufblitzen vom Boden in die Augen stach. Er mußte erst noch eine Weile suchen, bis er die Stelle wiederfand. Es war der Aufreißring einer Limonadendose, der unter dem Laub einer Ulme lag, einem der wenigen Laubbäume unter all den Kiefern.

Er hatte den Ring aus etwa zweieinhalb Metern Entfernung entdeckt, doch er näherte sich ihm fünf Minuten lang auch nicht einen Zentimeter; statt dessen ließ er seine Blicke aufmerksam über den Boden in der Nähe der Ulme gleiten. Dann ging er in die Hocke und fegte mit den Händen das Laub vor sich beiseite, um auf diesem freigelegten Pfad auf den Baumstamm zuzuwatscheln und so zu vermeiden, daß er etwaige Fußabdrücke zerstörte. Als er den Baumstamm erreicht hatte, säuberte er die gesamte Fläche um den Stamm von Laub. Keine Fußabdrücke hatten sich durch den Teppich aus abgefallenen Blättern in den Untergrund abgedrückt.

Neben dem Dosenring fand er außerdem das vertrocknete Kerngehäuse eines Apfels, das von Ameisen sauber abgenagt war. Die Kerne hatten Vögel herausgepickt. Darauf sah er sich für weitere zehn Minuten genauestens den Boden an, um sich schließlich mit dem Rücken gegen den Baumstamm zu setzen und seine schmerzenden Beine auszustrecken.

Ein Schwarm Mücken schwebte durch ein Band aus Sonnenlicht. Über die Unterseite eines Blatts wellte sich eine Raupe.

Auf dem Ast genau über seinem Kopf hing ein Stück getrockneten, roten Bachschlamms aus dem Teil zwischen Sohle und Absatz eines Schuhs.

Graham hängte sein Jackett an einen Zweig und kletterte vorsichtig auf der anderen Seite des Baums den Stamm hoch, wobei er immer wieder nach den Ästen über dem Stück getrockneten Schlamms Ausschau hielt. In zehn Metern Höhe hatte er in etwa hundertfünfzig Metern Entfernung das Haus der Jacobis ganz deutlich im Blickfeld. Von dieser hohen Warte wirkte das Haus verändert, da nun das Dach mit seiner dunkleren Farbe verstärkt zur Geltung kam. Von hier konnte man den Garten und den schmalen Streifen hinter dem Schuppen ungehindert einsehen. Mit einem guten Feldstecher hätte man aus dieser Entfernung problemlos den Gesichtsausdruck einer Person studieren können, die sich im Garten aufhielt.

In der Ferne konnte Graham das leise, stete Rauschen des Verkehrs hören; irgendwo bellte ein Hund. Und dann setzte das nervtötende Zirpen mehrerer Zikaden ein, das jedes andere Geräusch übertönte.

Direkt über Graham stand ein kräftiger Ast im rechten Winkel zum Jacobi-Haus vom Stamm ab. Er kletterte noch ein Stück höher, bis er ihn aus nächster Nähe in Augenschein nehmen konnte.

Unmittelbar an seiner Wange war eine Limonadendose zwischen Ast und Stamm geklemmt.

»Großartig« flüsterte Graham der Rinde zu. »Großer Gott, ja. So ist es brav, mein Döschen.«

Natürlich konnte die Dose auch ein Kind an dieser Stelle zurückgelassen haben.

Er kletterte, was angesichts der dünner werdenden Äste ncht mehr ganz ungefährlich war, so weit nach oben, bis er auf den kräftigen Ast hinabsehen konnte.

Auf der Oberseite des Astes war an einer Stelle die Rinde

entfernt, so daß darunter ein etwa spielkartengroßes Stück frischen, grünen Holzes zum Vorschein kam. In der Mitte des Rechtecks war bis in das weiße Holz darunter dieses Zeichen geritzt:

Die Arbeit war sehr sorgfältig und offensichtlich mit einem extrem scharfen Messer ausgeführt worden – und mit Sicherheit nicht von einem Kind.

Sorgsam die verschiedenen Aufnahmestandpunkte auswählend, fotografierte Graham das Zeichen mehrmals.

Von dem Ast war die Sicht auf das Haus hervorragend, wobei sie von Menschenhand noch zusätzlich verbessert worden war. Über Grahams Kopf stand das kurze Stück eines gekappten Zweigs ab, der offensichtlich die Sicht behindert hatte. Die Fasern waren zusammengepreßt und das Ende der Schnittstelle leicht abgeflacht.

Graham hielt nach dem abgetrennten Zweig Ausschau. Wenn er auf dem Boden gelegen hätte, hätte er ihn bemerkt. Da, er hing, braun verwelktes Blattwerk inmitten saftig grünen Laubs, ein Stück unter ihm von einem Ast.

Im Labor würde sie beide Seiten des Schnitts benötigen, um den Winkel der beiden Schnittflächen zu berechnen. Das bedeutete, daß er noch einmal mit einer Säge würde zurückkommen müssen. Er machte auch mehrere Fotos von dem abgekappten Zweig. Währenddessen murmelte er vor sich hin.

Nachdem du also die Katze umgebracht und in den Garten geworfen hast, Freundchen, bist du hier hochgeklettert und hast gewartet. Du hast die Kinder beobachtet und hast dir währenddessen die Zeit mit Tagträumereien und Schnitzereien vertrieben. Bei Einbruch der Dunkelheit hast du dann ihre Silhouetten die hell erleuchteten Fenster passieren sehen, bis sie schließlich die Rolläden runterließen und die Lichter eines nach dem anderen ausgingen. Und nach einer Weile bist du vom Baum geklettert und in das Haus eingedrungen. So war es doch, oder nicht? Mit einer Taschenlampe zwischen den Zähnen und bei Vollmond war es doch sicher kein allzu großes Problem, den Baum hinunterzuklettern.

Dagegen hatte Graham genau damit einige Mühe. Er steckte einen Zweig in die Öffnung der Limonadendose, hob sie damit vorsichtig aus der Astgabel und kletterte, den Zweig zwischen den Zähnen, wenn er beide Hände benötigte, nach unten.

Wieder zurück auf dem Parkplatz der Wohnsiedlung, stellte Graham fest, daß jemand mit dem Finger ›Levon ist doof‹ in die Staubschicht an der Seite seines Wagens geschrieben hatte. Die Höhe, in der die Schrift angebracht war, deutete daraufhin, daß selbst die Schreibkenntnisse der jüngsten Bewohner der Siedlung nichts zu wünschen übrig ließen.

Er fragte sich, ob sich einer von ihnen wohl auch auf dem Wagen des Mörders verewigt hatte.

Graham saß erst noch ein paar Minuten im Wagen und sah zu den Fensterreihen hoch. In den Blöcken waren mindestens hundert Wohnungen untergebracht. Es war nicht ausgeschlossen, daß sich jemand an einen fremden Weißen erinnerte, der sich spät nachts auf dem Parkplatz herumgetrieben hatte. Obwohl seitdem mehr als ein Monat verstrichen war, fand Graham die Sache einen Versuch wert. Um jeden Anwohner, und dies vor allem in möglichst kurzer Zeit, befragen zu können, war er auf die Unterstützung der Polizei von Birmingham angewiesen.

Er kämpfte gegen die Versuchung an, die Limonadendose unverzüglich an Jimmy Price in Washington zu schicken. Doch da er auf die Unterstützung der Polizei von Birmingham angewiesen war, schien es ihm angeraten, die Dose ihren Spezialisten zu überlassen. Sie wegen Fingerabdrücken einzustäuben, war weiter keine Schwierigkeit. Etwas anders verhielt es sich dagegen schon mit der Suche nach Fingerabdrücken, die sich infolge säurehaltiger Schweißrückstände in das Metall der Dose geätzt hatten. Aber das konnte Price immer noch versuchen, nachdem sie in Birmingham die Dose auf die übliche Art nach Fingerabdrücken untersucht hatten, solange sie dabei von niemandem mit bloßen Fingern berührt wurde. Es war besser, sie vorerst der Polizei auszuhändigen. Zugleich war ihm klar, daß sich die Dokumentenabteilung des FBI wie ein tollwütiger Marder auf die Schnitzerei in dem Ast stürzen würde. Er würde sich jedenfalls nichts vergeben, wenn er die Aufnahmen davon allen zukommen ließ.

Er rief die Mordkommission von Birmingham vom Haus der Jacobis aus an. Die Beamten trafen genau zu dem Zeitpunkt ein, als Geehan, der Makler, potentielle Käufer ins Haus führte.

11. Kapitel

Eileen las im *National Tattler* gerade einen Artikel mit der Überschrift ›Schmutz im Brot!‹, als Dolarhyde in die Kantine kam. Sie hatte nur die Füllung ihres Thunfischsalat-Sandwichs gegessen.

Hinter der roten Brille zuckten Dolarhydes Augen im Zickzack über die Titelseite des *Tattler*. Neben ›Schmutz im Brot!‹ lauteten die Schlagzeilen ›Elvis in geheimem Liebesnest – exklusive Fotos!!‹, ›Durchbruch für Krebsopfer!‹ und ganz oben schließlich ›Hannibal der Kannibale unterstützt Polizei bei den Ermittlungen in den ‚Zahnschwuchtelmorden'‹.

Er stand gedankenversunken am Fenster und rührte in seinem Kaffee, bis er Eileen aufstehen hörte. Sie warf ihr Tablett in den Abfallbehälter und wollte ihm eben auch den *Tattler* folgen lassen, als Dolarhyde ihr auf die Schulter tippte.

»Könnte ich vielleicht Ihre Zeitung haben, Eileen?«

»Aber sicher, Mr. D. Ich kaufe sie mir sowieso nur wegen des Horoskops.«

Dolarhyde las sie hinter verschlossener Tür in seinem Büro. Auf der zweiten und dritten Seite war Freddy Lounds gleich mit zwei Artikeln vertreten. Einer davon war eine atemberaubende Rekonstruktion der Morde an den Jacobis und den Leeds'. Da die Polizei hinsichtlich der Weitergabe von Einzelheiten nicht gerade großzügig verfahren war, konnte Lounds nur in wilden Spekulationen schwelgen.

Dolarhyde fand sie ziemlich hanebüchen.

Wesentlich interessanter war dagegen der Begleitartikel zur Schlagzeile auf der Titelseite:

Geistesgestörter Strafgefangener wird von dem Polizisten, den er umzubringen versucht hat, zu den jüngsten Massenmorden konsultiert.

Von unserem Redaktionsmitglied
Freddy Lounds

CHESAPEAKE, MD. – Da die Kopfjäger des FBI in ihren Ermittlungen nach der ›Zahnschwuchtel‹, dem psychopathischen Schlächter ganzer Familien aus Birmingham und Atlanta, bisher keine Fortschritte verzeichnen konnten, sind sie in ihrer Not an den gefährlichsten Killer, der sich je in Gefangenschaft befand, mit der Bitte herangetreten, sie in ihren Bemühungen zu unterstützen.

Dr. Hannibal Lecter, über dessen unsägliche Praktiken vor drei Jahren an dieser Stelle ausführlich berichtet wurde, wurde diese Woche in seiner Zelle im Hochsicherheitstrakt des Gefängnisses von Chesapeake von FBI-Staragent William (Will) Graham aufgesucht.

Graham wäre aufgrund von Verletzungen, die Lecter ihm im Zuge seiner Festnahme beigebracht hatte, fast ums Leben gekommen.

Nun hat er sich überreden lassen, aus seinem frühzeitigen Ruhestand zurückzukehren, um die Ermittlungen gegen die ›Zahnschwuchtel‹ zu leiten.

Worum ging es bei diesem Treffen zweier Todfeinde? Was wollte Graham von Lecter?

»Gleich und gleich gesellt sich gern«, äußerte sich ein hoher FBI-Beamter dem Verfasser dieses Berichts gegenüber. Er spielte damit auf Lecter an, der als ›Hannibal der Kannibale‹ zu trauriger Berühmtheit gelangte und nicht nur ein Massenmörder, sondern auch ein weithin anerkannter Psychiater ist.

Oder sollte er damit etwa Graham gemeint haben???

Wie aus sicherer Quelle verlautet, hat Graham, ehemaliger gerichtsmedizinischer Dozent an der FBI-Akademie in Quantico, Va., sich über einen Zeitraum von vier Wochen in einer Nervenheilanstalt aufgehalten...

Maßgebliche FBI-Stellen weigerten sich, ihre Gründe zu nennen, einen Mann mit einer Vorgeschichte psychischer Labilität an die Spitze der Ermittlungen nach einen verzweifelt gesuchten Massenmörder zu stellen.

Über die Natur von Grahams psychischen Problemen herrscht keine Klarheit, aber ein früherer Angestellter besagter Nervenheilanstalt sprach von ›heftigen Depressionen‹.

Garmon Evans, ein ehemaliger Wärter im Bethesda Naval Hospital, erklärte, Graham wäre in die psychiatrische Abteilung der Klinik eingeliefert worden, nachdem er kurz zuvor Garrett Jacob Hobbs, den ›Würger von Minnesota‹, getötet hatte. Graham hat Hobbs 1975 erschossen und damit dessen achtmonatigem Schreckensregiment über Minneapolis ein Ende bereitet.

Laut Aussagen Evans' war Graham während der ersten Wochen seines Klinikaufenthalts extrem zurückgezogen; außerdem weigerte er sich lange, Nahrung zu sich zu nehmen oder zu sprechen.

Graham war nie FBI-Agent. Mit der Materie vertraute Beobachter führen dies auf die strikte Personalpolitik des FBI zurück, innerhalb derer auf jegliche Formen psychischer Labilität strenges Augenmerk gerichtet wird.

FBI-Quellen ließen dazu nur verlauten, daß Graham ursprünglich für das FBI-Labor tätig war und dann aufgrund seiner herausragenden Leistungen sowohl im Labor wie im Außendienst, wo er gelegentlich als ›Sonderermittler‹ zum Einsatz kam, mit einer Lehrtätigkeit an der FBI-Akademie betraut wurde.

Der *Tattler* brachte in Erfahrung, daß Graham davor Angehöriger der Mordkommission der Polizei von New Orleans war – eine Stellung, die er jedoch aufgab, um an der George Washington University ein gerichtsmedizinisches Studium zu absolvieren.

Ein ehemaliger Kollege von der Mordkommission in New Orleans äußerte sich dazu wie folgt: »Nun, in gewisser Weise ist er natürlich in Pension gegangen, aber den Leuten vom FBI scheint doch etwas wohler bei dem Gedanken zu sein, notfalls auf Graham zurückgreifen zu können. Das ist etwa so, wie wenn man eine Königsviper unterm Haus hat. Sie bekommen sie zwar nur gelegentlich zu sehen, aber es ist doch recht beruhigend zu wissen, daß sie die Mokassinschlangen wegfrißt.«

Dr. Lecter ist zu lebenslanger Haft verurteilt. Sollte er je für geistig zurechnungsfähig erklärt werden, hätte er sich vor Gericht wegen neunfachen Mordes zu verantworten.

Lecters Anwalt hat uns mitgeteilt, daß der Massenmörder seine Zeit damit verbringt, wissenschaftlich anerkannte Artikel für verschiedene Fachzeitschriften zu verfassen und brieflich mit einer Reihe von Kapazitäten auf psychiatrischem Gebiet ›einen regen Gedankenaustausch‹ zu pflegen.

Dolarhyde brach seine Lektüre ab und wandte sich statt dessen den Fotos zu. Dem Artikel waren zwei beigefügt. Auf einem davon war Dr. Lecter abgebildet, mit Handschellen an den Türgriff eines Polizeiautos gekettet. Das andere zeigte Will Graham beim Verlassen des Chesapeake State Hospital. Am Ende des Artikels befand sich außerdem ein kleines Foto von Freddy Lounds.

Dolarhyde sah sich die Fotos lange an. Er strich mehrere Male ganz vorsichtig mit der Fingerspitze darüber, so daß er ganz genau die leicht angerauhte Oberfläche des groben Zeitungspapiers spürte. Die Druckerschwärze hinterließ einen schwarzen Abdruck auf seiner Fingerspitze. Er befeuchtete die Stelle mit der Zungenspitze und säuberte sie mit einem Kleenex. Dann schnitt er den Artikel aus und steckte ihn in seine Hosentasche.

Auf dem Heimweg von der Entwicklungsanstalt kaufte Dolarhyde sich ein Nasenspray und schnellösliches Toilettenpapier, wie man es vorwiegend auf Booten oder beim Camping verwendete.

Trotz seines Heuschnupfens fühlte er sich großartig; wie viele Personen, die sich einer größeren Nasenoperation unterziehen mußten, hatte Dolarhyde keine Haare in den Nasenhöhlen und wurde deshalb von heftigem Heuschnupfen geplagt. Und ebenso von häufigen Infektionen der oberen Atemwege.

Als er auf der Brücke über den Missouri wegen eines Unfalls, in den auch ein riesiger Sattelschlepper verwickelt war, zehn Minuten im Stau stehen mußte, wartete er geduldig. Im Innern seines schwarzen Kombi, der mit Teppichen ausgelegt war, herrschte kühle Stille. Aus dem Kassettengerät kam Händels Wassermusik.

Seine Finger spielten im Takt der Musik mit dem Lenkrad und betupften gelegentliche seine Nase.

In der Spur neben ihm standen zwei Frauen in einem Cabrio. Sie trugen Shorts und über der Taille geknotete Blusen. Aus der Höhe seines Kombis sah Dolarhyde in das Cabrio hinab. Sie schienen gelangweilt und entnervt, ständig in die untergehende Sonne blinzeln zu müssen. Die Frau auf dem Beifahrersitz hatte ihren Kopf auf die Rückenlehne sinken lassen und die Füße auf das Armaturenbrett gelegt. In dieser Stellung bildeten sich zwei Falten quer über ihrem Bauch. An der Innenseite ihres linken Oberschenkels entdeckte Dolarhyde einen Knutschfleck. Als die Frau sich seiner Blicke bewußt wurde, setzte sie sich wieder auf und überkreuzte die Beine. In ihrem Gesicht machte sich erschöpfter Überdruß breit.

Dann sagte sie etwas zu der Frau am Steuer, worauf beide unverwandt nach vorn starrten. Dolarhyde wußte, daß sie über ihn sprachen. Er war *ungeheuer* froh, daß er deswegen nicht wütend wurde. Es gab nur noch wenige Dinge, die ihn in Wut versetzen konnten. Ihm war klar, daß er mehr und mehr eine abgeklärte Würde entwickelte, die ihm gut anstand.

Die Musik war sehr schön.

Die Schlange vor Dolarhyde begann sich langsam in Bewegung zu setzen. Die Fahrbahn neben ihm war noch immer blockiert. Er freute sich darauf, nach Hause zu kommen. Im Rhythmus der Musik klopfte er mit der einen Hand auf das Lenkrad, mit der andern kurbelte er das Fenster herunter.

Er rotzte einmal kräftig und spuckte der Frau unter ihm einen grünlichen Schleimbatzen direkt neben dem Nabel auf den nackten Bauch. Schrill gellten ihre wütenden Flüche durch Händels Wassermusik, als er losfuhr.

Dolarhydes riesiges Hauptbuch war mindestens hundert Jahre alt. In schwarzes Leder mit Messingecken gebunden, war es so schwer, daß er es in der verschlossenen Kammer am Ende des Flurs auf einem massiven Schreibmaschinentisch abgelegt hatte. Als er es bei dem Konkursverkauf einer alteingesessenen Druckerei in St. Louis gesehen hatte, war ihm klar, daß er es unter allen Umständen erwerben mußte.

Frisch gebadet und mit seinem Kimono bekleidet, schloß er nun die Kammer auf und rollte das Buch heraus. Nachdem er es exakt unter dem Druck des Großen roten Drachen plaziert hatte, ließ er sich davor in einen Sessel nieder und schlug es auf. Der Geruch von stockfleckigem Papier stieg ihm in die Nase.

Über die erste Seite hatte er selbst in großen, kunstvoll ausgeführten Lettern die Worte aus der Geheimen Offenbarung geschrieben: »Und es kam ein großer, roter Drache...«

Der erste Gegenstand in dem Buch war der einzige, der nicht sauber eingeklebt war. Lose zwischen den Seiten lag ein vergilbtes Foto von Dolarhyde als kleinem Kind, wie er mit seiner Großmutter auf der Eingangstreppe des großen Hauses stand. Er hielt sich darauf an Großmutters Rockzipfel fest. Und die Großmutter posierte sehr aufrecht und mit über der Brust verschränkten Armen für den Fotografen.

Dolarhyde blätterte weiter, als hätte er das Foto versehentlich zwischen den Seiten liegen gelassen.

Das Buch enthielt zahlreiche Zeitungsausschnitte, von denen die ältesten das Verschwinden älterer Frauen aus St.

Louis und Toledo zum Inhalt hatten. Den Platz zwischen den Zeitungsausschnitten hatte Dolarhyde in kunstvoller Handschrift, nicht unähnlich der Blakes, in schwarzer Tinte selbst beschriftet.

An den Rändern waren herausgebissene Stücke menschlicher Kopfhaut befestigt, die wie in Gottes Sammelalbum gepreßte Kometenschweife von verschiedenfarbigem Haar hinter sich herzogen.

Auch die Zeitungsberichte über die Jacobis fehlten nicht; sie waren mit Filmkassetten und Dias, die in Zellophantüten an den Seitenrand geklebt waren, ergänzt.

Ähnlich waren auch die Vorkommnisse um die Familie Leeds dokumentiert.

Die Bezeichnung ›Zahnschwuchtel‹ war erst seit Atlanta in der Presse aufgetaucht; sie war in allen Zeitungsausschnitten über die Morde an den Leeds durchgestrichen.

Auf die gleiche Weise verfuhr Dolarhyde nun mit dem Ausschnitt aus dem *Tattler*, indem er jedes ›Zahnschwuchtel‹ mit mehreren wütenden Strichen unkenntlich machte.

Er schlug eine neue, leere Seite auf und schnitt den Artikel aus dem *Tattler* paßgerecht zu. Sollte er Grahams Foto mit einkleben? Die Worte ›Geistesgestörte Straftäter‹, die über Grahams Kopf in Stein gemeißelt waren, störten Dolarhyde. Ihm war der Anblick von Gefängnissen jeder Art verhaßt. Grahams Gesicht blieb ihm verschlossen. Er legte es bis auf weiteres beiseite.

Aber Lecter... Das war kein gutes Foto von dem Doktor. Dolarhyde hatte ein besseres von ihm, das er nun aus einer Schachtel in seinem Schrank holte. Es stammte aus der Zeit von Lecters Verurteilung und brachte den Ausdruck seiner Augen hervorragend zur Geltung. Dennoch war er auch mit dieser Aufnahme nicht zufrieden. In Dolarhydes Augen wäre die Lecters Person angemessene Darstellungsweise das düstere Porträt eines Renaissance-Fürsten gewesen. Denn allein Lecter verfügte unter allen Menschen möglicherweise über das Einfühlungsvermögen und die Erfahrung, die Majestät und Großartigkeit, um Dolarhydes Genialität zu begreifen.

Dolarhyde spürte, daß Lecter sich der Unwirklichkeit der Menschen bewußt war, die sterben mußten, um einem bei der Verwirklichung seiner Ideen zu helfen – er verstand bestimmt, daß sie nicht Fleisch waren, sondern Licht und Luft und Farbe und rasche Geräusche, die allesamt ein Ende nahmen, sobald man sie einer Veränderung unterzog. Wie zerplatzende Luftballons. Und daß ihre Bedeutung in ihrer Veränderbarkeit lag und nicht in dem Leben, um das sie flehten, das sie mit allen Mitteln zu retten versuchten.

Dolarhyde ertrug die Schreie, wie ein Bildhauer den Staub des bearbeiteten Steins zu ertragen hat.

Lecter würde verstehen können, daß Blut und Atem nichts als Elemente waren, die einer Veränderung unterworfen wurden, um sein übermenschliches Strahlen zu nähren. Genauso, wie die Quelle jeden Lichts verbrennen muß.

Nur zu gern hätte er Lecters Bekanntschaft gemacht, mit ihm gesprochen, und sich mit ihm an ihrer gemeinsamen Vision erfreut; nur zu gern hätte er sich von ihm bestätigen lassen, wie Johannes der Täufer den Einen bestätigt hatte, dessen Schuhriemen zu lösen er nicht würdig gewesen war, um dann auf ihm zu hocken wie der Drache auf 666 in Blakes Offenbarungsserie und seinen Tod zu filmen, wie er im Sterben eins wurde mit der Kraft des Drachen.

Dolarhyde streifte sich ein neues Paar Gummihandschuhe über und trat an seinen Schreibtisch. Er rollte ein Stück von dem Toilettenpapier ab, das er auf dem Heimweg gekauft hatte, und warf es in den Abfallkorb. Dann riß er noch einmal einen sieben Blatt langen Streifen ab.

Darauf schrieb er nun mit der linken Hand in sauberen Druckbuchstaben einen Brief an Lecter.

Die Sprachgewandtheit einer Person sagt nicht wirklich etwas über ihre Fähigkeit aus, sich schriftlich auszudrücken. Dolarhydes Sprechweise war durch reale und eingebildete Behinderungen auffällig entstellt und gewunden, und der Unterschied zwischen seiner schriftlichen und mündlichen Ausdrucksfähigkeit war verblüffend. Dennoch fand er, daß er die wichtigsten Dinge, die er empfand, auch beim Schreiben nicht adäquat auszudrücken vermochte.

Er wollte eine Antwort von Lecter. Er brauchte eine persönliche Reaktion von seiten Dr. Lecters, bevor er ihm die wirklich entscheidenden Dinge mitzuteilen vermochte.

Wie sollte er das bewerkstelligen? Er stöberte in seiner Schachtel mit Zeitungsausschnitten über Lecter und las sie alle noch einmal durch.

Schließlich kam er auf eine ganz einfache Möglichkeit, und er schrieb wieder weiter.

Als er den Brief am Ende noch einmal durchlas, erschienen ihm seine Worte zu kleinmütig und schüchtern. Er hatte mit den Worten ›ein glühender Verehrer‹ unterschrieben.

Diese Unterschrift ließ er sich noch einmal mehrere Minuten durch den Kopf gehen.

Doch, ›ein glühender Verehrer‹ war durchaus angemessen. Sein Kinn hob sich gebieterisch ein klein wenig.

Er steckte seinen behandschuhten Daumen in den Mund, nahm sein Gebiß heraus und legte es auf die Schreibtischunterlage.

Die obere Platte war etwas ungewöhnlich. An den Zähnen war nichts weiter Auffälliges; sie waren wohlgeformt und weiß. Doch die Gaumenplatte aus rosa Acryl war extrem unregelmäßig geformt, um sich den Klüften und Spalten seines Zahnfleisches anpassen zu können. An der Platte war außerdem eine Weichplastik-Prothese befestigt, mit einem Obturator an ihrem Ende, der ihm erlaubte, beim Sprechen die Gaumenspalten zu schließen.

Er nahm einen kleinen Behälter von seinem Schreibtisch, in dem sich ein zweites Gebiß befand. Die Gaumenplatte war die gleiche, nur fehlte ihr die Prothese. Die schiefen Zähne wiesen dunkle Verfärbungen auf und strömten einen leicht unangenehmen Geruch aus.

Das Gebiß war mit dem der Großmutter identisch, das sich in dem Glas auf dem Nachttisch in ihrem Schlafzimmer befand.

Dolarhydes Nasenlöcher weiteten sich etwas von dem Geruch. Er öffnete sein eingesunkenes Lächeln und steckte sich das Gebiß in den Mund, um es unverzüglich mit der Zunge zu befeuchten.

Er faltete den Brief über der Unterschrift und biß dann kräftig darauf. Als er den Brief noch einmal entfaltete, war die Unterschrift von ovalen Gebißspuren umrahmt – sein Siegel, ein Imprimatur mit altem Blut.

12. Kapitel

Der Anwalt Byron Metcalf nahm um fünf Uhr abends seine Krawatte ab, mixte sich einen Drink und machte es sich, die Beine auf dem Schreibtisch, bequem.

»Wollen Sie auch bestimmt nichts zu trinken?«

»Danke, ein andermal vielleicht.« Graham, der die Kletten von seinen Manschetten zupfte, war dankbar für die vollklimatisierte Kühle.

»Ich kannte die Jacobis nicht sehr gut«, erklärte Metcalf. »Sie waren erst vor drei Monaten nach Birmingham gezogen. Meine Frau und ich waren nur ein paarmal auf einen kurzen Drink bei ihnen. Ed Jacobi hat mich, kurz nachdem er hierher versetzt wurde, aufgesucht, um ein neues Testament aufzusetzen; deshalb habe ich ihn überhaupt kennengelernt.«

»Sie sind doch sein Nachlaßverwalter.«

»Ja. Dazu war eigentlich seine Frau eingesetzt, und ich erst für den Fall, daß sie ebenfalls ableben oder auf andere Weise ihren Pflichten als Nachlaßverwalterin nicht nachzukommen imstande sein sollte. Er hatte noch einen Bruder in Philadelphia, dem er aber, wie ich annehme, nicht sehr nahestand.«

»Sie waren früher Staatsanwalt.«

»Ja, von 1968 bis 72. 72 wäre ich dann um ein Haar zum Oberstaatsanwalt befördert worden, obwohl ich es inzwischen keineswegs mehr bedauere, daß es damals nicht mit der Beförderung geklappt hat.«

»Was halten Sie eigentlich von dieser Geschichte, Mr. Metcalf?«

»Mein erster Gedanke galt eigentlich Joseph Yablonski – Sie kennen doch den Gewerkschaftsführer?«

Graham nickte.

»Ein Verbrechen mit einem Motiv – in diesem Fall Machtstreben –, getarnt als die Greueltat eines Wahnsinnigen. Jerry Estridge von der Staatsanwaltschaft und ich haben uns daraufhin Ed Jacobis Hinterlassenschaft genauestens vorgenommen.

Allerdings ohne Ergebnis. Es gab niemanden, der von Ed Jacobis Tod groß hätte profitieren können. Er verdiente zwar sehr gut und hatte außerdem aufgrund einiger Patente nicht unerhebliche Nebeneinkünfte, aber er hat sein ganzes Geld fast auf der Stelle wieder ausgegeben. Den Besitz sollte seine Frau erben; die Kinder und ihre Nachkommen sollten etwas Land in Kalifornien bekommen. Für den überlebenden Sohn aus erster Ehe hatte er ein kleines Kapitalvermögen angelegt. Damit wird für die nächsten drei Jahre sein Universitätsstudium finanziell abgesichert sein, wenn ich auch bezweifle, daß der Junge bis dahin einem Abschluß auch nur einen Schritt näher gekommen sein wird.«

»Niles Jacobi.«

»Ja. Der Junge hat Ed große Sorgen gemacht. Er hat bei seiner Mutter in Kalifornien gelebt. Hat bereits wegen Diebstahls in Chino eingesessen. Ich nehme an, seine Mutter ist ein ziemliches Flittchen. Letztes Jahr hat Ed ihn dann besucht und nach Birmingham gebracht, um ihn hier ins Bardwell Community College zu stecken. Er versuchte ihm ein geregeltes Familienleben zu bieten, aber der Bengel hat nur den anderen Kindern und damit auch dem Rest der Familie das Leben schwergemacht. Eine Weile hat Mrs. Jacobi sich das bieten lassen, bis sie ihn schließlich ins Internat gesteckt haben.«

»Wo war er?«

»Meinen Sie, am Abend des achtundzwanzigsten Juni?« Über Metcalfs Augen lag ein leichter Schleier, als er Graham ansah. »Das hat sich die Polizei auch gefragt – und ich natürlich ebenfalls. Er war im Kino und ist danach wieder ins Internat zurück. Sein Alibi wurde von verschiedenen Seiten bestätigt. Außerdem hat er Blutgruppe null. Mr. Graham, ich muß in einer halben Stunde meine Frau abholen. Wenn Sie wollen, können wir uns morgen gern weiter unterhalten. Sagen Sie mir ruhig, wie ich Ihnen helfen kann.«

»Ich hätte gern den persönlichen Besitz der Jacobis gesehen. Tagebücher, Fotoalben und dergleichen mehr.«

»Davon gibt es nicht allzuviel – sie haben fast alles bei einem Brand in Detroit verloren, bevor sie hierher gezogen sind. Nicht, daß an der Sache etwas faul gewesen wäre; Ed hat im Keller etwas geschweißt, und dabei haben sich von den Funken ein paar Lackdosen entzündet, die er dort unten gelagert hatte. Und wuuusch, hat das ganze Haus in Flammen gestanden.

Ich habe allerdings etwas persönliche Korrespondenz in den Schließfächern mit dem Schmuck und sonstigen Wertsachen. An irgendwelche Tagebücher kann ich mich nicht erinnern. Alles andere befindet sich im Lager. Vielleicht hat Niles noch ein paar Fotos, auch wenn ich das bezweifle. Wissen Sie was – ich habe morgen um halb zehn einen Termin bei Gericht, aber ich könnte Sie vorher in die Bank bringen, damit Sie sich die Sachen ansehen können, und hole Sie nachher wieder ab.«

»Gut«, nickte Graham. »Und noch eine Bitte hätte ich. Könnten Sie mir Kopien von allem besorgen, was mit dem Nachlaß zu tun hat? Hypotheken, Anfechtungen des Testaments, Korrespondenz zu diesem Thema. Ich hätte gern in alle Dokumente zu diesem Thema Einsicht.«

»Darum hat mich bereits die Staatsanwaltschaft von Atlanta gebeten. Sie wollen die Sache mit der Hinterlassenschaft der Leeds' in Atlanta vergleichen, soviel ich weiß.«

»Trotzdem hätte ich gern auch selbst die Kopien dieser Unterlagen«, beharrte Graham.

»Natürlich, wenn Sie meinen. Aber Sie glauben doch nicht wirklich, daß bei der Sache Geld eine Rolle gespielt hat?«

»Nein. Ich hoffe nur, daß irgendwo ein Name auftaucht,

der sowohl in Birmingham wie in Atlanta eine Rolle gespielt hat.«

»Das allerdings.«

Das Internat des Bardwell Community College bestand aus vier kleinen Gebäuden, die um ein von Abfall übersätes Rechteck aus gestampfter Erde angeordnet waren. Als Graham dort eintraf, war gerade ein erbitterter Wettstreit zwischen zwei Stereoanlagen in Gang.

Auf zwei gegenüberliegenden Balkonen waren jeweils riesige Lautsprecherboxen aufgestellt, um Kiss gegen die 1812 Overture antreten zu lassen. Ein mit Wasser gefüllter Ballon segelte durch die Luft und zerplatzte keine drei Meter von Graham entfernt auf dem Boden.

Er duckte sich unter einer Wäscheleine hindurch, stieg über ein Fahrrad und betrat den Aufenthaltsraum der Gruppe von Niles Jacobi. Die Tür zu Jacobis Schlafzimmer war angelehnt, und durch den schmalen Spalt drang laute Musik. Graham klopfte.

Keine Antwort.

Er drückte die Tür auf. Ein großer Junge mit einem fleckigen Gesicht hockte auf einem von zwei Einzelbetten und nuckelte an einer gut einen Meter langen Friedenspfeife. Auf dem anderen Bett lag ein Mädchen in Latzhosen.

Der Kopf des Jungen zuckte zu Graham herum und sah ihn verdutzt an.

»Ich suche Niles Jacobi.«

Der Junge schien wie betäubt. Graham schaltete die Stereoanlage aus.

»Ich suche Niles Jacobi.«

»Das ist nur für mein Asthma; ich muß das Zeug inhalieren. Können Sie eigentlich nicht klopfen?«

»Wo ist Niles Jacobi?«

»Woher soll ich das wissen. Was wollen Sie überhaupt von ihm?«

Graham zückte seine Dienstmarke. »Und jetzt strengt mal euer Gedächtnis ein bißchen an.«

»Scheiße, das hat uns gerade noch gefehlt«, stöhnte das Mädchen.

»So was Blödes, die Drogenfahndung.« Und wieder an Graham gewandt. »Hören Sie, Mann, das ist doch die Sache nicht wert. Könnten wir da nicht mal in Ruhe drüber reden?«

»Gut, dann unterhalten wir uns mal darüber, wo Jacobi steckt.«

»Ich schau mal, ob ich ihn irgendwo finden kann«, erbot sich das Mädchen.

Graham wartete, während sie in den anderen Zimmern nach ihm fragte. Die Stationen ihrer Suche wurden von einem wiederholten Rauschen verschiedener Toilettenspülungen angezeigt.

Weniges in dem Raum deutete auf Niles Jacobi hin – auf einer Kommode lag ein Foto der Familie Jacobi. Das war auch schon alles. Graham nahm ein Glas mit schmelzendem Eis davon herunter und wischte den Feuchtigkeitsrand, den es darauf hinterlassen hatte, mit dem Ärmel ab.

Das Mädchen kehrte zurück. »Versuchen Sie's doch im Hateful Snake«, schlug sie vor.

Das Hateful Snake war eine Bar in einem ehemaligen Laden, dessen Schaufenster grün übermalt waren. Die Fahrzeuge, die davor geparkt waren, stellten eine eigenartige Mischung dar aus riesigen Sattelschleppern ohne Anhänger, Kombis, einem lila Cabrio, alten Dodges und Chevrolets mit mächtig aufgebocktem hinterem Fahrgestell, das sie wie Dragster aussehen ließ, und vier stattlichen Harley-Davidsons.

Aus der Klimaanlage, die direkt über der Eingangstür angebracht war, tropfte es beharrlich auf den Gehsteig.

Graham wich dem Getröpfle aus und trat ein.

Das Lokal war gerammelt voll und roch nach Desinfektionsmittel und schalem Bier. Die Barkeeperin, eine kräftige Frau in einem Overall, reichte Graham sein Coke über mehrere Kopfe hinweg. Sie war die einzige Frau in dem ganzen Laden.

Niles Jacobi, dunkel und bleistiftdünn, stand an der Musikbox. Zwar steckte er Geld in den Schlitz, aber auf die Knöpfe drückte der Kerl neben ihm.

Jacobi sah aus wie ein aufmüpfiger Schuljunge, was jedoch auf seinen Begleiter, der die Stücke aussuchte, nicht zutraf.

Jacobis Kumpel war eine eigenartige Mischung; auf einem sehnigen, muskulösen Körper saß ein Kopf mit einem jungenhaften Gesicht. Er war bekleidet mit einem T-Shirt und Jeans, die über dem Inhalt seiner Taschen weiß abgewetzt waren. Seine Arme strotzten vor Muskeln, und er hatte häßliche, große Hände. Eine professionell ausgeführte Tätowierung auf seinem linken Unterarm wies ihn als ›zum Ficken geboren‹ aus. Auf seinen anderen Arm war in ungelenker Knastmanier ›Randy‹ tätowiert. Sein kurzer Gefängnishaarschnitt war unregelmäßig länger geworden. Als er seinen Finger nach einem erleuchteten Druckknopf der Musikbox ausstreckte, fiel Graham ein kleiner rasierter Fleck auf seinem Unterarm auf.

Grahams Magen durchfuhr ein kurzer, eisiger Schauder.

Er folgte Niles Jacobi und ›Randy‹ durch das dichte Gedränge im Lokal nach hinten, wo sich die beiden an einen Tisch setzten.

Graham blieb einen halben Meter vor ihnen stehen.

»Niles, mein Name ist Will Graham. Ich hätte Sie gern mal kurz gesprochen.«

Randy sah mit einem breiten, falschen Lächeln auf. Einer seiner Schneidezähne war abgestorben. »Kenne ich Sie?«

»Nein. Niles, ich möchte mit Ihnen sprechen.«

Niles hob fragend eine Augenbraue. Graham fragte sich, was wohl in Chino aus ihm geworden war.

»Wir haben gerade was Wichtiges zu besprechen«, schaltete sich Randy wieder ein. »Verpissen Sie sich.«

Graham betrachtete nachdenklich die gezeichneten muskulösen Unterarme, das kleine Stück Heftpflaster in der Armbeuge, den kleinen ausrasierten Fleck, wo Randy die Schneide seines Messers getestet hatte. Das Abzeichen eines Messerstechers.

Ich habe Angst vor Randy. Zeig dem Kerl ordentlich die Zähne oder tritt den Rückzug an.

»Haben Sie nicht gehört?« zischte Randy. »Sie sollen sich verpissen.«

Graham knöpfte seine Jacke auf und legte seine Dienstmarke auf den Tisch.

»Sie bleiben vorerst mal schön still sitzen, Randy. Sollten Sie aufzustehen versuchen, werden Sie gleich einen zweiten Nabel bekommen.«

»Entschuldigung, Sir.« Die übliche falsche Knastvogelhöflichkeit.

»Randy, ich wäre Ihnen sehr dankbar, wenn Sie mir einen kleinen Gefallen tun könnten. Greifen Sie gleich mal in Ihre linke Gesäßtasche – aber nur mit zwei Fingern. Dort werden Sie ein Messer mit einer zwölf Zentimeter langen Klinge vorfinden, an der ein kleiner Schleifstein befestigt ist. Und dann legen Sie das Messer bitte auf den Tisch... Danke.«

Graham ließ das Messer in seiner Jackentasche verschwinden; es fühlte sich schmierig an.

»Und nun zu Ihrer anderen Gesäßtasche. Dort steckt Ihr Geldbeutel. Holen Sie ihn ebenfalls raus. Sie haben doch heute Blut gespendet, nicht wahr?«

»Na und?«

»Nehmen Sie den Kontrollabschnitt raus, den Sie vorweisen müssen, wenn Sie nächstes Mal wieder Blut spenden. Legen Sie ihn auf den Tisch.«

Randy hatte Blutgruppe null. Er konnte also von der Liste gestrichen werden.

»Wann sind Sie aus dem Gefängnis entlassen worden?«

»Vor drei Wochen.«

»Wer ist Ihr Bewährungshelfer?«

»Ich bin nicht auf Bewährung raus.«

»Das halte ich für eher unwahrscheinlich.« Graham wollte es Randy ordentlich zeigen. Er hätte ihm den Besitz eines Messers anlasten können, dessen Klinge die zulässige Länge überschritt. Außerdem verstieß es gegen die Bewährungsbestimmungen, sich in einem Lokal aufzuhalten, in dem Alkohol ausgeschenkt wurde. Graham war sich bewußt, daß er auf Randy sauer war, weil er ihm Angst eingejagt hatte.

»Randy.«

»Ja.«

»Verschwinden Sie.«

»Ich weiß nicht, was ich Ihnen groß erzählen könnte; ich kannte meine Familie nicht sonderlich gut.« Niles Jacobi saß neben Graham auf dem Vordersitz des Mietwagens. Sie fuhren zur Schule zurück. »Er hat Mutter verlassen, als ich drei war, und danach habe ich ihn nicht mehr gesehen. Mutter wollte das nicht.«

»Aber er ist Sie doch letztes Frühjahr besuchen gekommen?«

»Ja.«

»In Chino.«

»Ach, darüber wissen Sie also auch Bescheid.«

»Ich wollte nur keine Mißverständnisse aufkommen lassen. Und was war damals?«

»Na ja, da saß er also im Besuchsraum und gab sich Mühe, nur ja nichts nach links oder rechts zu schauen – die meisten Leute führen sich dort auf, als wären sie im Zoo. Mutter hat mir viel von ihm erzählt, aber so einen üblen Eindruck hat er eigentlich gar nicht gemacht. Er war nichts weiter als irgend so 'n stinknormaler Typ in 'ner schicken Sportjacke.«

»Was hat er gesagt?«

»Na ja, ich dachte, er würde gleich ordentlich loslegen und mir die Leviten lesen oder vor Schuldgefühlen halb zerfließen – das sind nämlich die üblichen Reaktionen im Besuchsraum. Aber er hat mich nur gefragt, ob ich mir vorstellen könnte, noch mal auf die Schule zu gehen. Er meinte, er würde für mich bürgen, falls ich wieder zur Schule ginge. Er wollte es auf einen Versuch ankommen lassen. ›Ein bißchen mußt du dir auch *selbst* helfen. Versuch's zumindest mal. Ich werde dann dafür sorgen, daß du wieder auf die Schule kannst.‹ So in dem Stil hat er eine Weile geredet.«

»Wie lange hat es dann gedauert, bis sie entlassen wurden?«

»Zwei Wochen.«

»Niles, haben Sie mit anderen Häftlingen je über Ihre Familie gesprochen, als Sie in Chino waren? Zu ihrem Zellennachbarn oder sonst jemandem?«

Niles Jacobi warf Graham einen kurzen Blick zu. »Ach so, jetzt verstehe ich. Nein. Jedenfalls nicht über meinen Vater. Ich hatte doch schon Jahre nicht mehr an ihn gedacht, geschweige denn ihn gesehen. Wieso hätte ich also über ihn reden sollen?«

»Und wie steht es mit hier? Haben Sie mal einen Ihrer Freunde mit nach Hause zu Ihren Eltern genommen?«

»Was heißt hier Eltern? Er war zwar mein Vater, aber sie nicht meine Mutter.«

»Haben Sie je jemanden mit dorthin genommen? Schulkameraden oder...«

»Oder zwielichtige Gestalten, Inspektor Graham?«

»Ganz recht.«

»Nein.«

»Kein einziges Mal?«

»Nie.«

»Hat Ihr Vater je von einer Drohung oder etwas Ähnlichem gesprochen; war er während der Monate, bevor es passiert ist, wegen irgend etwas besorgt?«

»Das letzte Mal, als ich mit ihm gesprochen habe, war er ziemlich in Sorge – allerdings nur wegen meiner schulischen Leistungen. Ich hatte ziemlich oft den Unterricht geschwänzt. Er hat mir deswegen zwei Wecker geschenkt. Aber sonst könnte ich nicht sagen, ob er sich wegen irgendwas Sorgen gemacht hat.«

»Haben Sie irgendwelche persönlichen Dinge von ihm – Briefe, Fotos, oder sonst etwas?«

»Nein.«

»Sie haben ein Foto der Familie. Es liegt in Ihrem Zimmer auf der Kommode. Neben dieser Friedenspfeife.«

»Die gehört nicht mir. Ich würde dieses Drecksding nie in den Mund nehmen.«

»Ich brauche das Foto. Ich lasse eine Kopie davon anfertigen und schicke es Ihnen wieder zurück. Was haben Sie sonst noch?«

Jacobi schüttelte eine Zigarette aus seiner Packung und tastete seine Taschen nach Streichhölzern ab. »Sonst habe ich nichts. Ich weiß auch nicht, warum sie mir ausgerechnet dieses Foto gegeben haben. Mein Vater, wie er *Mrs.* Jacobi anlächelt und diese drei kleinen Pimpfe. Das können Sie ruhig haben. Mich hat er jedenfalls nie so angesehen.«

Graham mußte mehr über die Jacobis wissen. Ihre neuen Bekannten in Birmingham konnten ihm dabei jedoch wenig weiterhelfen.

Byron Metcalf zeigte ihm den Inhalt der Schließfächer. Graham las den dünnen Stapel Briefe, meistens geschäftlicher Natur, und sah sich den Schmuck und das Tafelsilber an.

Drei drückend heiße Tage lang war er in dem Lagerhaus beschäftigt, in dem der Besitz der Jacobis untergebracht war. Abends nach Büroschluß wurde Graham dabei von Metcalf unterstützt. Jede Kiste auf jeder Palette wurde geöffnet und ihr Inhalt untersucht. Anhand von Polizeifotos konnte Graham rekonstruieren, welchen Platz die einzelnen Gegenstände im Haus eingenommen hatten.

Die meisten Möbel waren neu, gekauft mit der Versicherungssumme von dem Brand in Detroit. Die Jacobis hatten kaum Zeit gehabt, ihre Spuren auf ihrem Hab und Gut zu hinterlassen.

Ein Gegenstand, ein Nachttisch, der noch Spuren von Fingerabdruckpulver aufwies, zog Grahams Aufmerksamkeit auf sich. In der Mitte der Deckplatte befand sich ein grüner Wachstropfen.

Zum zweiten Mal stellte er sich die Frage, ob der Killer eine Schwäche für Kerzenlicht hatte.

Das in die Birminghamer Spurensicherung gesetzte Vertrauen war gerechtfertigt gewesen.

Ebenso wie Jimmy Price in Washington konnte auch sie auf

der Limonadendose aus der Astgabel des Baums hinter dem Jacobi-Haus den verwischten Abdruck einer Nasenspitze bergen.

Inzwischen war auch der Bericht des Ballistik-Labors des FBI über den abgeschnittenen Zweig eingetroffen. Das hierfür verwendete Instrument hatte über zwei dicke, leicht abgeflachte Schneideflächen verfügt; demnach hatte es sich dabei also um einen Bolzenschneider gehandelt.

Die Dokumentenabteilung hatte das in die Rinde geritzte Zeichen an das Institut für Ostasiatische Studien in Langley weitergeleitet.

Graham hatte sich auf eine Umzugskiste niedergelassen, um den langen Bericht zu studieren. Laut Angaben des Instituts für Ostasiatische Studien handelte es sich dabei um ein chinesisches Zeichen, das unter anderem bedeutete: ›Du hast es getroffen‹ oder ›Du hast den Nagel auf den Kopf getroffen‹ – eine Redewendung, die manchmal beim Glücksspiel verwendet wurde. Das Zeichen hatte durchwegs positive Konnotationen und wurde in Zusammenhang mit Glück-haben gesehen. Die Sinologen wiesen außerdem darauf hin, daß dieses Zeichen auch auf einem Ma-Jongg-Stein zu finden ist. Es bezeichnet den Roten Drachen.

13. Kapitel

Im FBI-Hauptquartier in Washington telefonierte Crawford gerade mit Graham auf dem Flughafen von Birmingham, als seine Sekretärin zur Tür hereinsah und mit einem kurzen Winken seine Aufmerksamkeit auf sich lenkte.

»Dr. Chilton vom Chesapeake Hospital auf Anschluß 2706. Er sagt, es wäre dringend.«

Crawford nickte. »Bleib bitte dran, Will.« Er drückte auf den Durchstellknopf. »Crawford.«

»Hier Frederick Chilton. Mr. Crawford, im –«

»Ja, Herr Doktor.«

»Ich habe hier eine Nachricht – oder genauer gesagt zwei Teile einer Nachricht –, die von dem Mann zu stammen scheint, der diese Familien in Atlanta und –«

»Woher haben Sie sie?«

»Aus Hannibal Lecters Zelle. Die Nachricht ist auf Toilettenpapier geschrieben; außerdem weist sie einen vollständigen Gebißabdruck auf.«

»Könnten Sie mir den Inhalt vorlesen, ohne das Papier weiter zu berühren?«

Angestrengt darum bemüht, ruhig zu erscheinen, begann Chilton zu lesen:

Mein verehrter Dr. Lecter,

ich wollte Ihnen mitteilen, daß ich hoch erfreut über das Interesse bin, das Sie an mir bekundet haben. Und als ich von den zahlreichen Koryphäen auf wissenschaftlichem Gebiet hörte, mit denen Sie korrespondieren, war mein erster Gedanke: Wie kann ich es wagen? Aber natürlich kann ich es wagen. Ich glaube nicht, daß Sie ihnen verraten würden, wer ich bin, selbst wenn Sie es wüßten. Abgesehen davon ist es vollkommen belanglos, welchen speziellen Körper ich gerade bewohne.

Von Bedeutung ist nur, was ich *werde*. Mir ist klar, daß nur Sie allein das verstehen können. Ich habe verschiedene Dinge, die ich Ihnen nur zu gern zeigen würde. Eines Tages vielleicht, wenn die Umstände es zulassen. Ich hoffe, wir können weiter miteinander...

»Mr. Crawford, an dieser Stelle ist ein Stück Papier herausgerissen. Und dann geht es wie folgt weiter:

Ich zähle schon seit *Jahren* zu Ihren Bewunderern und habe eine komplette Sammlung aller Zeitungsberichte über Sie, die ich allerdings eher als höchst unfaire Kritiken Ihrer Person betrachte. Nicht minder unfair als die meiner Person. Die Herren von der Presse scheinen es zu lieben, mit geringschätzigen Spitznamen um sich zu werfen. Die *Zahn-*

schwuchtel. Können Sie sich etwas Unangemesseneres vorstellen? Ich würde diese Titulation als unauslöschliche Beleidigung betrachten, wenn ich nicht wüßte, daß Sie dieselben entstellenden Darstellungen Ihrer Person in der Presse über sich ergehen lassen mußten.

Sonderermittler Graham interessiert mich. Für einen Schnüffler sieht er doch reichlich eigenartig aus, finden Sie nicht auch? Nicht gerade gut aussehend, aber sehr energisch und zielstrebig.

Sie hätten im klarmachen sollen, sich lieber nicht einzumischen.

Verzeihen Sie das etwas ungewöhnliche Briefpapier. Ich habe mich dafür entschieden, da es sich sehr rasch auflösen wird, falls Sie gezwungen sein sollten, es zu verschlukken.

»Hier fehlt wieder ein Stück, Mr. Crawford. Ich lese an der Anschlußstelle weiter:

Falls ich von Ihnen hören sollte, werde ich Ihnen das nächste Mal vielleicht etwas Feuchtes schicken. Bis dahin verbleibe ich als Ihr

glühender Verehrer

Nachdem Chilton zu lesen aufgehört hatte, trat erst einmal kurzes Schweigen ein. »Sind Sie noch dran?«

»Ja. Weiß Lecter, daß Sie den Brief haben?«

»Noch nicht. Er wurde heute morgen in eine andere Zelle verlegt, damit seine saubergemacht werden konnte. Anstatt ein Putztuch zu benutzen, hat ein Raumpfleger lagenweise Toilettenpapier verwendet, um das Waschbecken auszuwischen. Dabei stieß er auf diesen Brief, der in die Klorolle eingerollt war, und hat ihn unverzüglich zu mir gebracht. Das Personal ist angewiesen, mir alle versteckten Gegenstände auf der Stelle zu überbringen.«

»Wo ist Lecter jetzt?«

»Nach wie vor in der anderen Zelle.«

»Kann er von dort in seine Zelle sehen?«

»Lassen Sie mich mal kurz überlegen... nein, das kann er nicht.«

»Würden Sie bitte einen Moment dranbleiben, Herr Doktor.« Darauf schaltete Crawford sich wieder in das Gespräch mit Graham ein.

»Will... ein versteckter Brief in Lecters Zelle, möglicherweise von der Zahnschwuchtel. Hört sich an wie ein Fanbrief. Er buhlt um Lecters Anerkennung; außerdem interessiert er sich für dich. Er hat ihm verschiedene Fragen gestellt.«

»Wie sollte Lecter die beantworten?«

»Das kann ich im Moment noch nicht sagen. Ein Teil ist herausgerissen. Sieht ganz so aus, als könnten die beiden in Briefkontakt treten, solange Lecter nicht spitzkriegt, daß wir Bescheid wissen. Ich möchte den Brief im Labor untersuchen lassen; außerdem würde ich gern Lecters Zelle unter die Lupe nehmen lassen, was natürlich mit gewissen Risiken verbunden ist. Falls Lecter Lunte riecht – wer weiß, wie er dann diesem Dreckskerl eine Warnung zukommen lassen würde. Wir sind auf diese Verbindung angewiesen, aber wir brauchen auch den Brief.«

Crawford erzählte Graham, daß Lecter vorübergehend in eine andere Zelle verlegt worden war und wo man den Brief entdeckt hatte. »Von hier sind es achtzig Meilen nach Chesapeake raus. Ich kann also nicht so lange warten, bis du hier eingetroffen bist. Oder was denkst du?«

»Zehn Tote in einem Monat – angesichts dessen dürfen wir keine Zeit verlieren. Ich würde sagen, sieh zu, daß du schleunigst nach Chesapeake kommst.«

»Gut«, erklärte Crawford.

»Dann also bis in zwei Stunden.«

Crawford rief nach seiner Sekretärin. »Sarah, fordern Sie einen Hubschrauber an. Ich brauche den erstbesten, der gerade bereitsteht – und zwar ganz gleich, wem er gehört – uns, dem DCPD oder den Marines. Ich bin in fünf Minuten auf dem Dach. Rufen Sie die Dokumentenabteilung an und sagen Sie ihnen, sie sollen dort oben einen Dokumentenbehälter bereithalten. Verständigen Sie Herbert, er soll ein Durchsuchungsteam zusammentrommeln. Auf dem Dach. In fünf Minuten.«

Er schaltete sich wieder zu Chilton.

»Dr. Chilton, wir müssen Lecters Zelle durchsuchen, ohne daß er etwas davon merkt. Wir sind dazu auf Ihre Unterstützung angewiesen. Haben Sie sonst schon jemandem davon erzählt?«

»Nein.«

»Wo ist der Raumpfleger, der den Brief entdeckt hat?«

»Hier in meinem Büro.«

»Sorgen Sie bitte dafür, daß er vorerst dort bleibt und zu niemandem darüber spricht. Wie lange ist Lecter schon aus seiner Zelle ausquartiert worden?«

»Etwa eine halbe Stunde.«

»Ist das ungewöhnlich lange?«

»Nein, bis jetzt noch nicht. Aber normalerweise dauert das Saubermachen nur eine halbe Stunde. Deshalb dürfte er sicher bald mißtrauisch werden.«

»Gut, würden Sie dann bitte folgendes veranlassen: Der Hausmeister, oder wer auch immer dafür zuständig ist, soll unverzüglich den Haupthahn für die Wasserversorgung in Lecters Trakt abdrehen, und dann soll er mit seinem Werkzeug an Lecters Zelle vorbei den Flur runterhasten. Er muß in Eile sein, stocksauer und auf jeden Fall zu beschäftigt, um irgendwelche Fragen zu beantworten – Sie verstehen doch, worauf ich hinauswill? Sagen Sie dem Mann, ich werde ihm das Ganze später erklären. Bestellen Sie außerdem für heute die Müllabfuhr ab, falls sie nicht schon da war. Und rühren Sie den Brief nicht an, ja? Wir sind schon unterwegs.«

Dann rief Crawford den Leiter der Abteilung für wissenschaftliche Analysen an. »Brian, ich lasse gleich einen Brief einfliegen, der vermutlich von der Zahnschwuchtel stammt. Dringlichkeitsstufe eins. Er muß binnen einer Stunde wieder dort zurück sein, wo wir ihn herhaben. Er wird an die Abteilungen für Haare und Fasern, Fingerabdrücke und Dokumente gehen und dann an Sie; klären Sie das mit denen schon mal ab... Ja, das erledige ich persönlich. Ich werde ihn selbst abliefern.«

Im Lift war es warm – die zulässigen achtundzwanzig Grad –, als Crawford, das Haar vom Luftzug der Hubschraubermotoren kräftig zerzaust, mit dem Brief vom Dach herunterkam. Bis er die Abteilung für Haare und Fasern des Labors erreicht hatte, wischte er sich bereits den Schweiß aus der Stirn.

Haare und Fasern war eine kleine Abteilung, ruhig und beschäftigt. Im Hauptraum stapelten sich Behälter mit Beweismaterial, das von Polizeistationen aus dem ganzen Land zur Untersuchung eingeschickt wurde – Unmengen von Klebstreifen, mit denen Münder verschlossen und Handgelenke zusammengebunden worden waren, zerrissene und fleckige Kleidungsstücke, Totenbettlaken.

Crawford entdeckte Beverly Katz durch das Fenster des Untersuchungsraums, als er sich zwischen den Stapeln von Schachteln hindurchschlängelte. Über einem mit weißem Papier ausgelegten Tisch hatte sie an einem Kleiderbügel einen Kinderoverall vor sich hängen. Unter der hellen Beleuchtung in dem zugfreien Raum schabte sie den Overall mit einem Metallspachtel sorgfältig ab; einmal quer, einmal längs. Etwas Erde und Sand rieselte auf das Papier nieder. Gleichzeitig schwebte in der vollkommen reglosen Luft – langsamer als der Sand, aber schneller als die Schuppen – ein eng eingerolltes Haar nach unten. Beverly neigte ihren Kopf zur Seite und begutachtete es mit ihrem hellen Rotkehlchenauge.

Crawford konnte sehen, wie sich ihre Lippen bewegten. Er wußte, was sie sagte.

»Hab' ich dich.«

Das war es, was sie immer sagte.

Als Crawford gegen das Glas klopfte, kam sie unverzüglich nach draußen und streifte ihre weißen Handschuhe ab.

»Auf Fingerabdrücke ist er noch nicht untersucht worden?«

»Nein.«

»Ich habe im anderen Untersuchungsraum alles vorbereitet.« Während Crawford den Dokumentenbehälter öffnete, schlüpfte sie in ein frisches Paar Handschuhe.

Die zwei Teile des Briefs waren sorgsam zwischen zwei Lagen durchsichtigen Plastikfilm eingebettet. Beim Anblick der Gebißabdrücke sah Beverly Katz zu Crawford auf, ohne für eine Frage Zeit zu verschwenden.

Crawford nickte: Die Abdrücke stimmten mit dem rekonstruierten Gebiß des Mörders überein, das er mit nach Chesapeake genommen hatte.

Durch das Fenster beobachtete Crawford, wie sie den Brief an einer dünnen Stange über weißem Papier aufhängte. Sie sah ihn sich mit einem starken Vergrößerungsglas an und befächelte ihn dann behutsam. Daraufhin klopfte sie mit dem Spachtel gegen die Aufhängung und studierte das Papier darunter mit dem Vergrößerungsglas.

Crawford sah auf seine Uhr.

Beverly Katz hängte den Brief nun mit der unteren Seite nach oben über eine andere Stange. Mit einer Pinzette entfernte sie einen fast haarfeinen Gegenstand von seiner Oberfläche. Nachdem sie die Rißstellen des Briefs unter extrem starker Vergrößerung fotografiert hatte, plazierte sie den Brief wieder zwischen den beiden Plastiklagen, um ihn dann zusammen mit einem Paar weißer Handschuhe in den Dokumentenbehälter zu legen. Die weißen Handschuhe – das Zeichen für ›Nicht berühren!‹ – würden das Beweismaterial begleiten, bis es auf Fingerabdrücke untersucht war.

»Das wär's«, erklärte sie schließlich und reichte Crawford den Behälter. »Ein Haar, vielleicht einen knappen Millimeter lang. Ein paar blaue Körnchen. Mal sehen, was sich damit machen läßt. Was haben Sie sonst noch?«

Crawford überreichte ihr drei beschriftete Umschläge. »Haar aus Lecters Kamm. Barthaare aus dem elektrischen Rasierapparat, den er benutzen darf. Und das hier sind Haare des Raumpflegers. Aber ich muß jetzt weiter.«

»Bis dann also«, verabschiedete ihn Beverly Katz. »*Ihr* Haar wäre mir viel lieber.«

Der Anblick des porösen Toilettenpapiers ließ Jimmy Price in der Abteilung für latente Fingerabdrücke zusammenzucken. Angestrengt blinzelte er über die Schulter seines Technikers, der den Helium-Kadmium-Laser bediente, mit dessen Hilfe sie einen Fingerabdruck zu finden und zum Fluoreszieren zu bringen versuchten. Matt leuchtende Flecken erschienen auf dem Papier, Schweißrückstände, nichts.

Crawford wollte sich eben mit einer Frage an Price wenden, besann sich jedoch eines Besseren und wartete statt dessen, während sich das bläuliche Licht in seiner Brille spiegelte.

»Wir wissen, daß den Brief auf jeden Fall drei Personen ohne Handschuhe angefaßt haben müssen, oder nicht?« sagte Price.

»Ja, der Raumpfleger, Lecter und Chilton.«

»Der Kerl, der die Waschbecken geputzt hat, hatte sich vermutlich das Öl von den Fingern gewaschen. Aber die anderen – einfach schrecklich, dieses Zeug.« Price hielt das Papier gegen das Licht; die Pinzette in seiner altersfleckigen Hand zitterte nicht. »Ich könnte den Brief mal anräuchern, Jack, aber ich kann nicht dafür garantieren, daß die Jodflecken in der kurzen Zeit, die uns zur Verfügung steht, wieder verschwunden sind.«

»Und wie wär's mit Ninhydrin? Die Wirkung durch eine leichte Erwärmung verstärkt?« Normalerweise hätte Crawford sich nie angemaßt, Price mit praktischen Ratschlägen zu kommen, aber im Moment griff er nach jedem rettenden Strohhalm. Deshalb erwartete er auch eine entsprechend mürrische Antwort des Fingerabdruckspezialisten, aber der klang eher niedergeschlagen und bedauernd, als er entgegnete:

»Nein. Wir könnten ihn nachher nicht mehr waschen. Tut mir leid, Jack, aber in diesem Fall kann ich nicht mit einem Fingerabdruck dienen. Das ist einfach unmöglich.«

»Scheiße«, entfuhr es Crawford.

Als Price sich abwandte, legte Crawford ihm seine Hände auf die knochige Schulter. »Was soll's, Jimmy; wenn auf dem verdammten Ding einer drauf gewesen wäre, hättest du ihn gefunden.«

Price gab ihm keine Antwort. Er packte ein Paar Handabdrücke aus, die in einer anderen Sache eingeschickt worden waren. Trockeneis dampfte aus seinem Abfalleimer. Crawford ließ die weißen Handschuhe in den Dampf plumpsen.

Mit vor Enttäuschung knurrendem Magen eilte Crawford in die Dokumentenabteilung, wo Lloyd Bowman auf ihn wartete. Bowman war aus einer Gerichtsverhandlung gerufen worden, und die abrupte Unterbrechung seiner Konzentration ließ ihn blinzeln wie einen Mann, der eben erst aus tiefem Schlaf gerissen worden war.

»Gratuliere zu Ihrer neuen Frisur«, begrüßte ihn Bowman, während er den Brief bereits behutsam, aber flink auf seiner Arbeitsunterlage ausbreitete. »Wie lange habe ich Zeit?«

»Höchstens zwanzig Minuten.«

Die zwei Briefabschnitte schienen unter Bowmans Lampen zu leuchten zu beginnen. Durch ein zackiges, längliches Loch im oberen Teil kam das Dunkelgrün der Arbeitsplatte zum Vorschein.

»Die Hauptsache – der entscheidende Punkt ist, wie Lecter antworten sollte«, erklärte Crawford, als Bowman zu lesen aufgehört hatte.

»Die Anweisungen, wie er antworten sollte, waren vermutlich in dem herausgerissenen Teil enthalten.« Bowman war beim Sprechen voll konzentriert mit seinen Scheinwerfern, Filtern und Kopierkameras beschäftigt. »Hier, im oberen Teil, schreibt er: ›Ich hoffe, wir können miteinander...‹ Und dann fehlt ein Stück. Lecter hat das Ganze mit Filzstift durchgestrichen, an den Rändern umgeknickt und dann herausgerissen.«

»Er hat in seiner Zelle keine Schere oder etwas Ähnliches.«

Bowman fotografierte die Zahnabdrücke und die Rückseite des Briefs unter extrem schräg einfallendem Licht, so daß sein Schatten von einer Wand zur anderen zuckte, als er den Scheinwerfer einmal dreihundertsechzig Grad um das

Stück Papier herumschwenkte: Seine Hände vollführten dabei in der Luft groteske Faltbewegungen.

»So, und jetzt werden wir dich ein bißchen zusammenquetschen.« Damit plazierte Bowman den Brief zwischen zwei Glasplatten, um die zackigen Ränder des Lochs plattzudrücken. Die Ränder waren mit roter Tinte verschmiert. Ganz leise sang er etwas vor sich hin. Erst beim dritten Mal verstand Crawford schließlich, was er sagte. »Wäre doch gelacht, wenn wir das nicht rausbekämen.«

Bowman klappte verschiedene Filter vor seine kleine Videokamera und stellte sie auf den Brief scharf. Dann verdunkelte er den Raum, bis nur noch das matte rote Glimmen einer Lampe und das bläulich grüne Flackern des Bildschirms zu sehen waren.

Die Worte ›Ich hoffe, wir können miteinander‹ und das zackige Loch erschienen stark vergrößert auf dem Bildschirm. Von der roten Tusche war plötzlich nichts mehr zu sehen; statt dessen wurden an den Rändern Buchstabenfragmente sichtbar.

»Anilinfarben in Bunttuschen werden bei Infrarotbeleuchtung transparent«, erläuterte Bowman dazu. »Hier und hier könnte es sich um die Spitzen von zwei Ts handeln. Und das hier könnte der Rest eines M oder N – oder auch eines R sein.« Bowman fotografierte den Bildschirm und knipste wieder das Licht an. »Jack, es gibt nur zwei Möglichkeiten für Lecter, mit diesem Burschen Kontakt aufzunehmen – per Telefon oder über eine Zeitungsannonce. Wäre Lecter telefonisch rasch zu erreichen?«

»Er darf zwar Anrufe entgegennehmen, aber das dauert immer seine Zeit; sie werden erst von der Zentrale an ihn durchgestellt.«

»Demnach wäre die einzige sichere Lösung eine Zeitungsannonce.«

»Wir wissen, daß dieser reizende Mensch den *Tattler* liest. Dieser Artikel über Graham und Lecter stand im *Tattler*. Sonst weiß ich von keiner Zeitung, die darüber berichtet hat.«

»Drei Ts und ein R – wie in *Tattler.* Unter Vermischtes vielleicht? Ich jedenfalls würde dort mal nachsehen.«

Crawford fragte erst bei der FBI-Bibliothek an und gab dann seine Anweisungen telefonisch an die Außendienststelle in Chicago durch.

Bowman reichte Crawford den Dokumentenbehälter, als er fertig war.

»Der *Tattler* kommt heute abend raus«, sagte Crawford. »Er wird montags und donnerstags in Chicago gedruckt. Wir bekommen die Fahnen des Anzeigenteils unverzüglich zugestellt.«

»Ein paar Kleinigkeiten werde ich vielleicht bei der genaueren Auswertung auch noch herausfinden«, versicherte ihm Bowman. »Großartiges dürfen Sie davon allerdings nicht erwarten.«

»Leiten Sie es sofort nach Chicago weiter, sobald Sie auf etwas Brauchbares gestoßen sind.« Crawford war bereits auf dem Weg zum Ausgang. »Und geben Sie mir Bescheid, sobald ich von der Anstalt zurück bin.«

14. Kapitel

An der Sperre von Washingtons Metro Central spuckte die automatische Fahrscheinkontrolle Graham seine Fahrkarte wieder zurück, und er trat mit seiner Umhängetasche in den heißen Nachmittag hinaus.

Über dem Hitzeflimmern der Tenth Street wirkte das J. Edgar Hoover Building wie ein riesiger Betonkäfig. Der FBI war erst in dieses neue Hauptquartier umgezogen, als Graham seinen Dienst quittiert hatte. Er hatte nie hier gearbeitet.

Crawford holte ihn in der Empfangshalle ab, um Graham eine Zutrittsgenehmigung für das Gebäude zu besorgen. Graham wirkte müde und schien das Ende der Formalitäten kaum erwarten zu können. Crawford fragte sich, wie ihm wohl zumute war, seit er wußte, daß der Mörder sich für ihn interessierte.

Graham bekam ein magnetisch kodiertes Namensschild ähnlich dem ausgestellt, wie es Crawford an seiner Weste trug. Er schob es in den Schlitz der Sperre und betrat einen von unzähligen langen, weißen Korridoren. Seine Umhängetasche trug Crawford.

»Ich habe ganz vergessen, Sarah zu sagen, sie soll dich mit einem Wagen abholen lassen.«

»So war ich vermutlich sogar schneller hier. Konntet ihr den Brief wieder unbemerkt in Lecters Zelle schmuggeln?«

Crawford nickte. »Gerade noch rechtzeitig. Wir haben auf dem Boden im Korridor eine kleine Überschwemmung simuliert, deren Ursache angeblich ein Wasserrohrbruch war. Wir ließen einen unserer Leute als Klempner verkleidet die ganze Sauerei aufwischen, als Lecter in seine Zelle zurückgebracht wurde. Der Mann glaubt, daß Lecter nicht Lunte gerochen hat.«

»Im Flugzeug habe ich mich die ganze Zeit gefragt, ob er den Brief nicht vielleicht selbst geschrieben hat.«

»Diese Möglichkeit hatte ich auch in Erwägung gezogen, bis ich ihn mir aus der Nähe angesehen hatte. Die Gebißspuren auf dem Papier stimmen mit denen an den ermordeten Frauen überein. Außerdem ist er mit Kugelschreiber geschrieben, und Lecter hat nur Filzstifte. Der Verfasser des Briefs hat den *Tattler* gelesen, und Lecter hatte keinen *Tattler* in seiner Zelle. Rankin und Willingham haben die Zelle durchsucht. Sie haben hervorragende Arbeit geleistet, konnten aber nichts Auffälliges entdecken. Bevor sie angefangen haben, haben sie erst alles mit einer Polaroidkamera fotografiert, damit nachher auch alles wieder an seinem Platz stand. Und dann hat der Raumpfleger wie gewohnt in der Zelle saubergemacht.«

»Und was glaubst du?«

»Was die Aussicht auf eine mögliche Identifizierung des Schreibers betrifft, bringt uns der Brief keinen Schritt weiter«, erwiderte Crawford. »Wir müssen uns also den Kontakt zwischen den beiden irgendwie zunutze machen; allerdings will ich verdammt sein, wenn ich schon wüßte, wie. Ich erwarte übrigens in wenigen Minuten die vollständigen Laborberichte.«

»Hast du den Post- und Telefonverkehr in der Anstalt überwachen lassen?«

»Jedes Telefonat Lecters wird automatisch aufgezeichnet; außerdem werden wir festzustellen versuchen, von wo der Anruf erfolgt. Samstagnachmittag hat er einmal telefoniert. Zu Chilton hat er gesagt, er wollte seinen Anwalt anrufen. Es war eine von diesen bescheuerten WATS-Leitungen, weshalb wir nichts machen konnten.«

»Was hat denn sein Anwalt gesagt?«

»Nichts. Allerdings wird Lecter künftig über eine geleaste Leitung telefonieren, so daß so was nicht noch mal passieren kann. Außerdem öffnen wir seine ein- wie ausgehende Post. Zumindest hatten wir, was die hierfür nötigen Genehmigungen betrifft, keine Probleme.«

Crawford drückte seinen Oberkörper gegen eine Tür und schob das Schild an seiner Weste in den Abtastschlitz für den Türöffnungsmechanismus. »Mein neues Büro. Komm doch herein. Der Innenarchitekt hatte noch etwas Farbe von einem Schlachtschiff übrig. Hier ist der Brief. Die Kopie ist übrigens genau gleich groß.«

Graham las ihn zweimal durch. Der Anblick der krakeligen Striche, die sich zu seinem Namen zusammmenfügten, rief ein leises Sirren in seinem Kopf hervor.

»Die Bibliothek hat uns bestätigt, daß der *Tattler* die einzige Zeitung ist, die einen Bericht über Lecter und dich brachte«, sagte Crawford, während er sich ein Glas Wasser einschenkte und ein Alka-Seltzer hineingab. »Möchtest du auch eines? Würde dir bestimmt gut tun. Der *Tattler* mit dem Artikel wurde letzte Woche Montagabend gedruckt. Am Dienstag war er dann an jedem Zeitungskiosk des Landes erhältlich – mit Ausnahme einiger Gebiete wie Alaska oder Maine, wo er erst am Mittwoch zur Verbreitung gelangte. Unser Freund hat sich jedenfalls auch eine Ausgabe besorgt, aber auf keinen Fall vor Dienstag. Er liest den Artikel und schreibt an Lecter. Rankin und Willingham durchsuchen noch immer die Anstaltsabfälle nach dem Kuvert. Keine schöne Arbeit. In Chesapeake sondern sie nämlich das Papier nicht von den Windeln ab.«

»Lecter bekommt den Brief also frühestens am Mittwoch. Er reißt den Teil heraus, der sich damit befaßt, wie er antworten soll, und streicht eine andere Stelle durch, um sie unleserlich zu machen – wobei ich allerdings nicht recht verstehe, warum er die nicht auch rausgerissen hat.«

»Sie befindet sich mitten in einem Abschnitt voller Komplimente«, warf Graham ein. »Die zu vernichten, hat er offensichtlich nicht übers Herz gebracht. Und das ist auch der Grund, warum er den ganzen Schrieb nicht vernichtet hat.« Er rieb sich mit den Knöcheln die Schläfen.

»Bowman glaubt, daß Lecter der Zahnschwuchtel über den *Tattler* zu antworten versuchen wird. Er geht davon aus, daß ihm sein ›glühender Verehrer‹ das in dem Brief vorgeschlagen hat. Glaubst du eigentlich wirklich, daß er darauf antworten wird?«

»Natürlich. Zumal er doch nichts lieber tut, als Briefe zu schreiben. Er hat doch überall im Land seine Brieffreunde sitzen.«

»Falls Lecter seinem Freund vermittels des *Tattler* eine Nachricht zukommen lassen will, dann dürfte die Zeit doch wohl kaum gereicht haben, noch in der heute abend erscheinenden Ausgabe eine Annonce unterzubringen, selbst wenn er sie schon am selben Tag, als er den Brief erhalten hat, per Eilboten losgeschickt hätte. Übrigens nimmt sich Chester, von unserer Außenstelle in Chicago, in der Druckerei schon die Annoncen vor. Der *Tattler* wird nämlich in Chicago gedruckt.«

»Daß bloß die Redaktion des *Tattler* davon nicht Wind bekommt«, warnte Graham.

»In der Druckerei denken sie, Chester wäre ein Makler, der möglichst früh an die Wohnungsannoncen herankommen will. Der Vorarbeiter verkauft ihm die Druckfahnen unter der

Hand, und entsprechend wird er auch dafür sorgen, daß niemand etwas davon erfährt. Aber jetzt mal angenommen, wir finden heraus, wie Lecter seinem ›glühenden Verehrer‹ antworten sollte, und es gelingt uns anhand dessen, dem Mörder eine falsche Botschaft zu übermitteln – was wollen wir ihm dann überhaupt übermitteln? Wie sollen wir von dieser Möglichkeit Gebrauch machen?«

»Das Naheliegendste wäre, ihn zu einem toten Briefkasten zu locken«, schlug Graham vor. »Ihn mit etwas ködern, das er unbedingt sehen sollte. Zum Beispiel ›wichtiges Beweismaterial‹, von dem Lecter aus den Gesprächen mit mir weiß. Irgendein Fehler, der ihm unterlaufen ist und auf den wir nun warten, daß er ihn wiederholt.«

»Er müßte ganz schön dumm sein, darauf hereinzufallen.«

»Allerdings. Aber weißt du, was der beste Köder wäre?«

»Nein.«

»Der beste Köder wäre eindeutig Lecter.«

»Und wie stellst du dir das vor?«

Graham verharrte erst eine Weile in nachdenklichem Schweigen. »Die Sache wäre ganz schön haarig. Lecter müßte in den Hochsicherheitstrakt einer VA-Nervenheilanstalt verlegt werden, wo er der Verantwortung des FBI unterstellt wäre, da Chilton in Chesapeake sich für so etwas bestimmt unter keinen Umständen hergeben würde. Und dann müßten wir einen geglückten Ausbruch Lecters aus der Anstalt fingieren.«

»Gütiger Gott.«

»Dann lassen wir der Zahnschwuchtel in der ersten Ausgabe des *Tattler* nach dem großen ›Ausbruch‹ eine Nachricht zukommen, in der ihn Lecter um ein Treffen bittet.«

»Warum um alles in der Welt sollte irgend jemand sich mit Lecter treffen wollen? Ich meine, selbst die Zahnschwuchtel?«

»Um ihn zu töten, Jack.« Graham stand auf. Es gab in Crawfords Büro kein Fenster, aus dem er beim Sprechen hätte schauen können. Also blieb er statt dessen vor einem Plakat mit den zehn ›am meisten gesuchten Personen‹ stehen, Crawfords einzigem Wandschmuck. »Auf diese Weise könnte ihn sich die Zahnschwuchtel einverleiben, ihn absorbieren und auf diese Weise mehr werden, als er ist.«

»Du klingst diesbezüglich ja ganz schön überzeugt.«

»Mag sein. Allerdings bin ich mir meiner Sache keineswegs so sicher, wie es scheinen mag. Zumindest hat er in dem Brief geschrieben: ›Ich habe etwas, was ich Ihnen nur zu gern zeigen würde. Eines Tages vielleicht, wenn die Umstände es zulassen.‹ Möglicherweise war dieses Angebot vollkommen ernst gemeint. Jedenfalls glaube ich nicht, daß es sich dabei nur um eine Höflichkeitsfloskel handelt.«

»Was er Lecter wohl so gerne zeigen möchte? An den Opfern fehlte doch nichts, wenn man einmal von etwas Haut und Haaren absieht, die er sich... wie hat Bloom es doch gleich wieder ausgedrückt?«

»Einverleibt hat«, kam ihm Graham zu Hilfe. »Zu deutsch: Er hat sie vermutlich verschlungen. Wer weiß, was er Lecter zeigen wollte? Tremont, kannst du dich noch an Tremonts Kostüme in Spokane erinnern? Noch als er bereits an die Tragbahre geschnallt war, hat er die umstehenden Polizisten mit seinem Kinn auf seine Kostüme aufmerksam zu machen versucht. Aber ich bin mir natürlich keineswegs sicher, ob Lecter die Zahnschwuchtel wirklich anlocken könnte, Jack. Ich will damit nur sagen, daß ich das für die plausibelste Möglichkeit halte.«

»Stell dir mal vor, es dränge an die Öffentlichkeit, daß Lecter sich auf freiem Fuß befindet – nicht auszudenken. Die Presse würde uns bei lebendigem Leib in Stücke reißen. Mag sein, daß es unsere letzte Chance ist, aber gerade deshalb sollten wir sie uns vielleicht auch bis zum Schluß aufsparen, falls alle Stricke reißen.«

»Vermutlich würde er sich nicht an einen toten Briefkasten heranwagen, aber er könnte doch neugierig genug sein, diesen toten Briefkasten zu *beobachten*, um zu sehen, ob Lecter ihm nicht doch eine Falle gestellt hat. Dazu wäre es nötig, daß er die vereinbarte Stelle von einem ein gutes Stück entfernten Beobachtungsposten unbemerkt einsehen könnte. Wir könnten also für den toten Briefkasten eine Stelle aussuchen, die nur von wenigen Punkten aus sicherer Entfernung eingesehen werden kann, und diese Stellen dann von unseren Leuten rund um die Uhr beobachten lassen.« Dieser Vorschlag klang selbst in Grahams eigenen Ohren nicht sonderlich überzeugend, als er ihn vorbrachte.

»Das Secret Service hätte eine Stelle, die für so was in Frage käme und von der sie selbst nie Gebrauch gemacht haben. Sie würden sie uns sicher überlassen. Aber wenn wir nicht schon heute eine Annonce aufgeben, dauert es bis nächsten Montag, bevor wir die nächste wieder aufgeben können. Die heutige Ausgabe geht Punkt fünf Uhr in Druck. Unsere Leute in Chicago haben also noch eine Stunde und fünfzehn Minuten Zeit, um Lecters Annonce zu finden – falls er überhaupt eine aufgegeben hat.«

»Was ist eigentlich mit dem Brief, den Lecter an die Anzeigenredaktion des *Tattler* geschickt haben muß? Ich meine, er muß den Anzeigentext doch schriftlich durchgegeben haben. Ließe sich das Problem auf diesem Weg nicht rascher und einfacher klären?«

»Auch diesbezüglich haben unsere Leute in Chicago schon vorgefühlt«, erwiderte Crawford. »Die Post bleibt im Büro des Leiters der Anzeigenredaktion. Dort verkaufen sie die Adressen an Postvertriebsnetze weiter, die aus der Einsamkeit der Leute, die Kontaktanzeigen aufgeben, Kapital schlagen, indem sie ihnen, angefangen von Potenzmitteln über Kurse gegen Erröten bis zu ›wunderschönen Asiatinnen‹, irgendwelchen Unsinn andrehen.

Wir könnten natürlich an die staatsbürgerlichen Instinkte des Leiters der Anzeigenredaktion appellieren, damit er uns die Anzeigenbestellungen einsehen läßt, ohne das Ganze gleich an die große Glocke zu hängen. Aber im Augenblick möchte ich noch nicht riskieren, daß der *Tattler* am Ende doch Wind davon bekommt und alles zunichte macht. Wir bräuchten auf jeden Fall einen Haussuchungsbefehl, um einfach antanzen und uns die Post vornehmen zu können. Aber das will ich mir erst noch mal überlegen.«

»Falls unsere Leute in Chicago nicht fündig werden, könnten wir trotzdem noch eine Anzeige reinsetzen«, schlug Graham vor. »Und falls wir uns bezüglich des *Tattler* getäuscht haben sollten, hätten wir zumindest nichts zu verlieren.«

»Und wenn wir uns bezüglich des *Tattler nicht* getäuscht haben und eine Annonce aufgeben, die eindeutig von den in dem Brief genannten Bedingungen abweicht – ich meine, wenn er das Gefühl bekommt, mit der Annonce ist etwas faul – dann können wir doch gleich einpacken. Ich habe dich ja noch gar nicht gefragt, wie es in Birmingham war. Irgend etwas Brauchbares?«

»In Birmingham haben sie den Fall endgültig abgeschlossen. Das Haus ist von Grund auf renoviert worden und wird bereits zum Verkauf angeboten. Die Einrichtung und der sonstige Besitz der Familie befindet sich in einem Möbellager. Ich habe mir den ganzen Krempel in aller Gründlichkeit angesehen. Die Leute, mit denen ich gesprochen habe, kannten die Jacobis nicht sehr gut. Das einzige, was mehrere der befragten Personen zur Sprache brachten, war die Zuneigung der Jacobis füreinander. Sie müssen wohl ständig Händchen gehalten haben. Und jetzt ist nichts mehr von ihnen übrig außer fünf Paletten Hausrat in einem Lagerhaus. Ich wünschte, ich hätte –«

»Spar dir deine guten Wünsche; zumindest arbeitest du jetzt an dem Fall.«

»Und was ist mit dem chinesischen Zeichen, das er in die Rinde des Asts geritzt hat?«

»Du meinst dieses ›den Nagel auf den Kopf getroffen‹? Also ich kann damit leider absolut nichts anfangen.« Crawford schüttelte ratlos den Kopf. »Genausowenig wie mit dem Roten Drachen. Beverly Katz spielt selbst Ma-Jongg, und sie ist bestimmt nicht auf den Kopf gefallen. Trotzdem kann sie sich keinen Reim aus dem Ganzen machen. Anhand seines Haares wissen wir jedenfalls, daß er kein Chinese ist.«

»Er hat den Zweig mit einem Bolzenschneider abgezwickt. Ich begreife nicht recht –« In diesem Augenblick klingelte Crawfords Telefon. Er sprach kurz hinein.

»Im Labor sind sie jetzt mit dem Brief fertig, Will. Gehen wir doch zu Zeller rauf. Sein Büro ist größer und nicht so grau.«

Auf dem Flur gesellte sich Lloyd Bowman, trotz der Hitze trocken wie altes Pergament, zu ihnen. Der fächelte mit beiden Händen noch feuchte Fotos trocken und hatte sich eine Mappe mit Datafax-Bögen unter den Arm geklemmt. »Jack, ich habe um Viertel nach vier einen Termin bei Gericht«, fächelte er sich den Gang hinunter. »Es geht um diesen Fälscher Nilton Eskew und seine Flamme Nan. Die würde dir aus dem Handgelenk einen Bundesschatzbrief aufs Papier zeichnen. Die beiden haben mir nun schon zwei Jahre mit ihren Reiseschecks, die sie mit einem Farbkopierer hergestellt haben, das Leben schwer gemacht. Jedenfalls will ich mir die beiden Vögel keinesfalls mehr durch die Lappen gehen lassen. Glauben Sie, wir sind bis dahin fertig, oder soll ich lieber schon mal den Staatsanwalt verständigen, daß ich etwas später komme?«

»Keine Sorge«, beruhigte ihn Graham. »Bis dahin sind wir längst fertig. Da wären wir ja schon.«

Von der Couch in Zellers Büro lächelte Graham Beverly Katz entgegen und machte damit die grimmige Miene von Jimmy Price wett, der neben ihr saß.

Der Leiter der Abteilung für Wissenschaftliche Analysen, Brian Zeller, wirkte auffallend jung für sein verantwortungsvolles Amt; sein Haaransatz war jedoch bereits deutlich im Rückzug begriffen, und er trug eine dicke Brille. In dem Regal hinter Zellers Schreibtisch sah Graham verschiedene wichtige Werke der gerichtsmedizinischen Literatur stehen.

»Soviel ich weiß, haben wir uns doch schon mal im GWU gesehen, Will«, begrüßte Zeller Graham. »Die anderen Herrschaften kennen Sie vermutlich?... Gut.«

Crawford ließ sich mit über der Brust verschränkten Armen auf einer Ecke von Zellers Schreibtisch nieder. »Hat irgend jemand mit einer kleinen Sensation aufzuwarten?... Nun gut, war ja auch nicht anders zu erwarten. Haben Sie etwas bemerkt, was darauf hindeutet, daß der Brief *nicht* von unserem Freund stammt?«

»Nein«, meldete sich Bowman zu Wort. »Vor ein paar Minuten habe ich gerade noch mit Chicago telefoniert, um ihnen ein paar Zahlen durchzugeben, die sich in der Rückseite des Papiers eingedrückt hatten. Sechs-sechs-sechs. Ich werde Ihnen das ausführlicher erläutern, wenn wir zu diesem Punkt kommen. Mittlerweile liegen uns aus Chicago über zweihundert Kontaktanzeigen vor.« Er reichte Graham einen Packen Datafax-Kopien. »Ich habe sie alle gelesen. Es handelt sich dabei um den üblichen Kram – Heiratsangebote, Heimkehrappelle an jugendliche Ausreißer und dergleichen mehr. Ich weiß nicht recht, wie wir die spezielle Annonce erkennen sollten, falls es sie tatsächlich gibt.«

Crawford schüttelte den Kopf. »Das weiß ich auch nicht. Aber vielleicht sollen wir uns erst mal mit den verschiedenen physischen Spuren befassen. Jimmy Price hat alles in seiner Macht Stehende versucht, aber leider kann er mit keinem Fingerabdruck aufwarten. Wie sieht es bei Ihnen aus, Bev?«

»Ich habe ein Barthaar. Schuppenzahl und Durchmesser stimmen mit ähnlichen Proben von Hannibal Lecter überein. Das trifft auch auf die Farbe zu. Sie unterscheidet sich eindeutig von den verschiedenen Proben aus Birmingham und Atlanta. Drei blaue Körnchen und ein paar dunkle Flecken fallen in Brians Metier.« Sie warf Brian Zeller einen kurzen Blick zu.

»Bei den Körnchen handelt es sich um Spuren von ganz gewöhnlichem Scheuerpulver«, erklärte Zeller. »Vermutlich stammen sie von den Händen des Raumpflegers. Ich konnte auch ein paar winzige Partikel getrocknetes Blut feststellen, die jedoch zu klein waren, um daraus Rückschlüsse auf die Blutgruppe ziehen zu können.«

»Da wäre noch die Perforation an den beiden Enden des Toilettenpapiers«, schaltete sich Beverly Katz wieder ein. »Falls wir die Rolle im Besitz eines Verdächtigen finden sollten und dieser keine weiteren Stücke davon abgerissen hat, könnten wir mit Sicherheit feststellen, daß das Stück, auf das der Brief geschrieben wurde, von der betreffenden Rolle stammt. Deshalb würde ich empfehlen, eine entsprechende Benachrichtigung an alle Polizeidienststellen hinausgehen zu lassen, damit die Beamten im Falle einer Verhaftung auf diese Klopapierrolle achten.«

Crawford nickte. »Bowman?«

»Sharon aus meinem Büro hat sich auf die Suche nach dieser speziellen Sorte Toilettenpapier gemacht. Es handelt sich dabei um einen besonders leicht löslichen Papiertyp, wie er vor allem auf Segelbooten und in Wohnwagen Verwendung findet. Eine Strukturuntersuchung ergab, daß es sich um Toilettenpapier der Firma Wedeker in Minneapolis handelt, das in ganz Amerika im Handel ist.«

Auf einem Gestell vor dem Fenster brachte Bowman nun seine Fotos an. Gemessen an seiner zierlichen Gestalt war seine Stimme ungewöhnlich tief und voll, und seine Fliege bewegte sich beim Sprechen leicht mit. »Nun zur Handschrift: Wir haben es hier mit einem Rechtshänder zu tun, der mit der linken Hand in einfachen Druckbuchstaben geschrieben hat. Sie können sicher selbst die unsichere Strichführung und die unterschiedliche Buchstabengröße erkennen.

Die Proportionen lassen darauf schließen, daß der Schreiber möglicherweise an Astigmatismus leidet.

»Bei der Tinte scheint es sich auf beiden Teilen des Briefes um dasselbe Kugelschreiberminen-Königsblau zu handeln – wenn man sie bei normalem Licht betrachtet; doch unter Vorschaltung bestimmter Filter lassen sich geringfügige Unterschiede erkennen. Der Schreiber hat zwei verschiedene Kugelschreiber benutzt, wobei er sie irgendwo im fehlenden Teil des Briefs ausgetauscht haben muß. Man kann deutlich sehen, wo der erste schwächer zu werden begonnen hat. Offensichtlich wurde der erste Kugelschreiber nicht oft verwendet – sehen Sie den Fleck am Beginn des ersten Buchstabens? Er könnte mit der Spitze nach unten und vielleicht sogar mit herausstehender Spitze in einem Stiftehalter oder in einer Dose oder etwas Ähnlichem gestanden haben, was auf eine Schreibtischumgebung schließen ließe. Außerdem wurde der Brief auf einer relativ weichen Unterlage geschrieben, bei der es sich um eine Schreibtischunterlage hätte handeln können. Auf einer solchen könnten noch Eindrücke zurückgeblieben sein, falls es zu einer Festnahme kommen sollte. Deshalb möchte ich Beverlys Rundschreiben auch noch einen Hinweis auf die Schreibtischunterlage hinzufügen.«

Bowman blätterte zu einem Foto von der Rückseite des Briefs weiter. Die extreme Vergrößerung ließ das Papier ungewöhnlich unregelmäßig erscheinen. Es war von schattigen Eindrücken zerfurcht. »Beim Schreiben des unteren Teils, einschließlich des später herausgerissenen Stücks, hat er das Papier gefaltet. Auf dieser starken Vergrößerung, die bei extrem schräg einfallendem Licht aufgenommen wurde, lassen sich ein paar Abdrücke erkennen. Zum Beispiel ein ›666 un‹. Vielleicht war das die Stelle, wo der Kugelschreiber langsam nachließ, so daß er stärker aufdrücken oder das Ganze sogar überschreiben mußte. Ich habe die Eindrücke erst auf sehr kontrastreichen Vergrößerungen entdeckt. Bisher ist die Zahlenkombination 666 jedoch noch in keiner Anzeige aufgetaucht.

»Der Satzbau ist grammatikalisch korrekt, der Stil knapp und prägnant. Die Faltung läßt darauf schließen, daß der Brief in einem Kuvert mit Standardformat befördert wurde. Bei diesen beiden dunklen Flecken handelt es sich um Drukkerschwärzeabfärbungen. Möglicherweise war der Brief im Umschlag zur besseren Tarnung zwischen irgendeine harmlos wirkende Drucksache gelegt.

»Tja, das wär's dann auch schon«, erklärte Bowman abschließend. »Falls Sie nicht noch irgendwelche Fragen haben, Jack, würde ich mich schon gern mal verabschieden – Sie wissen ja, mein Gerichtstermin. Ich werde mich noch mal bei Ihnen melden, sobald ich fertig bin.«

»Tunken Sie den beiden die Köpfe mal ordentlich ein«, verabschiedete ihn Crawford.

Graham machte sich daraufhin über die Kontaktanzeigen aus dem *Tattler* her. (›Attraktive Sie mit Superfigur, 52 Jahre jung, sucht christlichen Löwen und Nichtraucher zwischen

40 und 70. Keine Kinder bitte. Künstliches Glied kein Hinderungsgrund. Nur ernstgemeinte Zuschriften.‹)

Voll in der ungestillten Sehnsucht und der Einsamkeit der Annoncen aufgehend, bemerkte Graham erst gar nicht, daß die anderen Teilnehmer an der Besprechung bereits aufbrachen, bis Beverly Katz ihn ansprach.

»Entschuldige, Beverly, aber ich habe einfach nicht gehört, was du gesagt hast.« Graham schaute in ihre strahlenden Augen und ihr gut gealtertes Gesicht auf.

»Ich habe nur gesagt: Schön, dich wieder mal zu sehen, Will. Gut siehst du aus.«

»Danke, Beverly.«

»Saul besucht gerade einen Kochkurs, und ich muß sagen, er hat bereits einiges gelernt. Komm doch mal bei uns vorbei, wenn sich hier der Sturm etwas gelegt hat; er ist dankbar für jedes Versuchsobjekt, an dem er seine neuen Kochkünste ausprobieren kann.«

»Gerne, Beverly.«

Zeller ging in sein Labor, so daß nur noch Crawford und Graham übrig waren, um einen besorgten Blick auf die Uhr zu werfen.

»In vierzig Minuten geht der *Tattler* in Druck«, sagte Crawford. »Ich glaube, ich riskiere es. Sollen sie sich jetzt auch die Post vornehmen? Was denkst du?«

»Dir wird wohl gar nichts anderes übrig bleiben.«

Crawford rief über Zellers Apparat in Chicago an, um sich dann wieder Graham zuzuwenden. »Will, wir müssen unbedingt eine Ersatzannonce parat haben, falls die in Chicago fündig werden.«

»Gut, ich werde mir was ausdenken.«

»Dann regle ich inzwischen das mit dem toten Briefkasten.« Crawford rief den Secret Service an und führte ein längeres Gespräch. Graham machte sich noch immer eifrig Notizen, als er schließlich einhängte.

»Na wunderbar, dieser tote Briefkasten kann sich wirklich sehen lassen«, erklärte Crawford schließlich. »Es handelt sich dabei um außen angebrachte Postfächer einer Feuerlöscheinheit in Annapolis. Das ist durchaus Lecter-Territorium. Die Zahnschwuchtel wird sicher darauf achten, daß es sich auch um einen Ort handelt, der Lecter geläufig sein kann. Alphabetische Fächer. Die Feuerwehrleute brauchen nur vorzufahren, um in den Fächern nach ihrer Post und ihren Auftragszuteilungen zu sehen. Unser Mann kann sie von einem Park auf der anderen Straßenseite hervorragend beobachten. Die Leute vom Secret Service meinen jedenfalls, das Ganze sähe recht überzeugend aus. Sie wollten dort mal einem Geldfälscher eine Falle stellen, aber dann erwies sich das doch als überflüssig. Hier ist die Adresse. Und wie steht's mit der Nachricht?«

»Wir müssen ihm gleich zwei Nachrichten übermitteln. In der ersten warnen wir ihn, daß die Polizei ihm bereits auf die Schliche zu kommen droht und er sich keinesfalls in falscher Sicherheit wiegen soll. Er hätte in Atlanta einen groben Fehler gemacht, und sollte er sich noch einmal zu so etwas hinreißen lassen, wäre sein Schicksal besiegelt. Außerdem soll er davon unterrichtet werden, daß Lecter ›geheime Informationen‹ an ihn abgeschickt hat, die ich Lecter über unsere Ermittlungen gezeigt habe und die Auskunft darüber geben, wie dicht wir ihm bereits auf der Spur sind und welche Anhaltspunkte wir haben. Diese Nachricht weist die Zahnschwuchtel mit den Worten ›Ihre Unterschrift‹ auf eine zweite Annonce hin.

»Die zweite Anzeige beginnt dann mit ›ein glühender Verehrer...‹ und enthält die Adresse des toten Briefkastens. Wir müssen es auf jeden Fall so machen, da die Warnung in der ersten Annonce trotz der verschlüsselten Ausdrucksweise durchaus ein paar Verrückte auf den Plan rufen könnte. Deshalb müssen wir verhindern, daß sie die Adresse herausfinden und uns eventuell noch alles verpatzen, indem sie dort auftauchen.«

»Gut. Sehr gut sogar. Sollen wir in meinem Büro warten, bis es soweit ist?«

»Ich möchte lieber vorher noch einiges erledigen. Ich muß unbedingt Brian Zeller sprechen.«

»Wie du meinst. Ich kann dich dort ja notfalls in kürzester Zeit erreichen.«

Graham fand den Sektionschef in der Serologie.

»Brian, könnten Sie mir vielleicht ein paar Dinge zeigen?«

»Selbstverständlich. Was denn?«

»Die Blutproben, anhand deren Sie die Blutgruppe der Zahnschwuchtel ermittelt haben.«

Zeller sah Graham durch die Leselinsen seiner bifokalen Brille an. »War Ihnen irgend etwas in meinem Bericht unklar?«

»Nein.«

»War irgend etwas daran nicht in Ordnung?«

»Nein.«

»War irgend etwas daran *unvollständig?*« Zeller artikulierte das letzte Wort, als kaute er auf einer wenig schmackhaften Speise herum.

»An Ihrem Bericht war nicht das geringste auszusetzen. Daran liegt es nicht. Ich hätte das Beweismaterial nur einfach gern mal in den Händen gehalten.«

»Ach so, aber sicher. Das läßt sich machen.« Zeller war fest davon überzeugt, daß alle Außendienstler den abergläubischen Vorstellungen passionierter Jäger frönten. Doch kam er Grahams Bitte bereitwillig nach. »Wenn Sie mir bitte folgen würden.«

Während Graham neben ihm an den langen Reihen von aufwendigen Apparaturen entlangging, sprach er Zeller auf die gerichtsmedizinischen Werke an, die er in seinem Bücherregal bemerkt hatte. »Wie ich gesehen habe, lesen Sie Tedeschi.«

»Ja«, nickte Zeller. »Wie Sie sicher wissen, befassen wir uns hier ja nicht mit Gerichtsmedizin, aber in dem Tedeschi stehen eine Menge nützlicher Informationen. Graham, Will Graham. Sie haben doch die bekannte Standardmonographie verfaßt, die sich mit der Bestimmung des Todeszeitpunkts anhand von Insektenaktivität befaßt, oder nicht? Sie sind doch dieser Graham, wenn ich nicht täusche?«

»Jawohl, das habe ich geschrieben.« Und nach einer kurzen Pause. »Allerdings ist dieses Thema im Tedeschi von Mant und Nuorteva besser behandelt.«

Zeller war überrascht, seinen Gedanken ausgesprochen zu hören. »Nun ja, das Bildmaterial und die Tabellen sind zumindest etwas ausführlicher. Nichts für ungut.«

»Kein Grund, sich zu entschuldigen. Mir ist sehr wohl bewußt, daß die beiden besser sind. Das habe ich ihnen auch bereits in aller Deutlichkeit zu verstehen gegeben.«

Zeller nahm ein paar Ampullen und Objektträger aus einem Schrank und einem Kühlschrank und legte alles auf einen Arbeitstisch. »Falls Sie irgendwelche Fragen haben – ich bin dort, wo Sie mich gefunden haben. Der Lichtschalter für das Mikroskop befindet sich hier an der Seite.«

Doch Graham war nicht an dem Mikroskop interessiert. Er stellte Zellers Untersuchungsergebnisse nicht im geringsten in Frage. Er wußte selbst noch nicht, was er eigentlich wollte. Er hob die Ampullen und Objektträger gegen das Licht. Ebenso verfuhr er mit zwei Zellophantaschen, von denen eine zwei in Birmingham gefundene blonde Haare enthielt, eine zweite drei Haare, die auf Mrs. Leeds' Leiche entdeckt worden waren.

Auf dem Tisch vor Graham befanden sich Speichel und Haar und Sperma, doch dort, wo er sich ein Abbild, ein Gesicht, einfach irgend etwas vorzustellen versuchte, das die gegenstandslose Beunruhigung in ihm hätte konkretisieren können, war nichts als leere Luft.

In diesem Augenblick ertönte aus einem in die Decke eingebauten Lautsprecher eine Frauenstimme. »Mr. Graham, Mr. Will Graham, bitte in Mr. Crawfords Büro. Dringend.«

Dort saß Sarah, Kopfhörer übergestülpt, an der Schreibmaschine. Crawford linste ihr über die Schulter.

»In Chicago haben sie inzwischen einen Anzeigenauftrag mit der Zahlenkombination 666 entdeckt«, gab Crawford Graham zu verstehen, ohne den Blick von Sarahs Schreibmaschine abzuwenden. »Sie geben sie gerade an Sarah durch. Ein Teil davon soll wie ein Code aussehen.«

Die Zeilen ratterten aus Sarahs Schreibmaschine.

Geschätzter Pilger,

Sie lassen mir zuviel der Ehre zukommen...

»Das ist es. Das muß es sein«, platzte Graham heraus. »Lecter hat ihn im Lauf unserer Unterhaltung einmal als Pilger bezeichnet.«

Sie sind bewunderungswürdig...

»Allmächtiger«, stieß Crawford zwischen den Zähnen hervor.

Ich bringe 100 Gebete für Ihre Sicherheit dar.
Finden Sie Trost in Johannes 6:22, 8:16, 9:1; Lukas 1:7, 3:1; Galater 6:11, 15:2; Apostelgeschichte 3:3; Geheime Offenbarung 18:7; Jonas 6:8...

Beim Abtippen der Bibelstellen kam Sarah merklich langsamer voran, da sie jede Zahlenangabe sofort wiederholte, um jeglichen Mißverständnissen vorzubeugen. Als sie schließlich fertig war, nahmen die Bibelstellen ein Viertel einer Schreibmaschinenseite ein. Unterzeichnet war das Ganze mit ›Gott segne Sie, 666.‹

»Das wär's«, erklärte Sarah.

Nun nahm Crawford den Hörer des Telefons ab und übernahm das Gespräch mit dem Mann in Chicago. »Tag, Chester, wie sind Sie mit dem Leiter der Anzeigenabteilung klargekommen?... Nein, das war schon richtig so... Ein ziemlich unangenehmer Zeitgenosse also? Na ja, bleiben Sie noch einen Moment dran. Ich melde mich gleich noch mal.«

»Ein Code«, bemerkte Graham.

»Ja, das muß es wohl sein. Wir haben zweiundzwanzig Minuten Zeit, eine andere Nachricht in die Zeitung zu setzen, wenn es uns gelingt, ihn zu knacken. Der zuständige Mann in der Druckerei will zehn Minuten vorher Bescheid wissen und außerdem dreihundert Dollar, damit er die Anzeige noch in dieser Ausgabe unterbringt. Bowman ist in seinem Büro; bei Gericht haben sie gerade eine kurze Pause eingelegt. Falls du dir die Sache mal mit ihm vornimmst, werde ich mit der Chiffrierabteilung der CIA in Langley sprechen. Sarah, geben Sie sofort ein Telex mit dem Anzeigentext an die Chiffrierabteilung der CIA raus. Ich sage denen schon mal telefonisch Bescheid, was es damit auf sich hat.«

Bowman legte den Anzeigentext auf seinen Schreibtisch und richtete ihn exakt nach den Kanten seiner Schreibunterlage aus. Und dann war er erst einmal, wie es Graham schien, endlos lange damit beschäftigt, seine randlose Brille zu putzen.

Bowman stand im Ruf, ein verdammt schneller Arbeiter zu sein.

»Wir haben zwanzig Minuten Zeit«, erklärte ihm Graham.

»Ich verstehe. Haben Sie schon mit Langley gesprochen?«

»Das übernimmt Crawford.«

Bowman las den Text mehrere Male durch, betrachtete ihn auf den Kopf gestellt und seitlich und fuhr mit dem Zeigefinger an seinem Rand entlang. Dann nahm er eine Bibel aus seinem Bücherregal. Fünf Minuten lang war dann nichts mehr zu hören als er Atem der beiden Männer und das Rascheln von Dünndruckpapier.

»Nein«, schüttelte er schließlich den Kopf. »Wir werden es nicht rechtzeitig schaffen. Nutzen Sie die verbleibende Zeit lieber für etwas anderes.«

Graham reckte ihm seine leeren Handflächen entgegen.

Darauf schwenkte Bowman auf seinem Drehstuhl herum, nahm seine Brille ab und sah Graham an. Er hatte auf beiden Seiten seiner Nase einen roten Fleck. »Sind Sie einigermaßen sicher, daß Ihr Freund nur vermittels dieses Briefes Kontakt mit Lecter aufnehmen konnte?«

»Ja.«

»Demnach muß es sich um einen relativ simplen Code handeln. Zumal sie sich ja nur gegen ahnungslose Leser der Anzeige abzusichern gehabt hätten. Den perforierten Stellen des Toilettenpapiers nach zu schließen, hat Lecter nur ein etwa acht Zentimeter langes Stück aus dem Brief herausgerissen. Das ist nicht gerade viel Platz für ausführlichere Anweisungen. Jedenfalls handelt es sich bei den Ziffern nicht um den gängigen Klopfcode, wie er in den Gefängnissen weithin verbreitet ist. Deshalb tippe ich auf einen Buchcode.«

Crawford betrat das Büro. »Ein Buchcode?«

»Sieht zumindest ganz so aus. Bei der ersten Zahl, den ›100 Gebeten‹, könnte es sich um eine Seitenzahl handeln. Die Ziffernpaare der Bibelstellen könnten Zeile und Buchstabe kennzeichnen. Die Frage ist nur: aus welchem Buch?«

»Wieso nicht die Bibel?« warf Crawford ein.

»Nein, die Bibel sicher nicht, obwohl ich das auch selbst erst in Erwägung gezogen habe. Davon hat mich jedoch Galater 6:11 rasch abgebracht. ›Seht, welch langen Brief ich von eigener Hand an euch geschrieben habe.‹ Das klingt zwar durchaus treffend, wenn er nicht als nächstes Galater 15:2 angegeben hätte. Nun hat der Galaterbrief allerdings nur sechs Kapitel. Das gleiche gilt für Jonas 6:8; dieses Buch hat nur vier Kapitel. Eine Bibel hat er also mit Sicherheit nicht benutzt.«

»Vielleicht ist der Buchtitel im unverschlüsselten Teil von Lecters Nachricht enthalten«, machte Crawford geltend.

Bowman schüttelte den Kopf. »Das glaube ich nicht.«

»Dann hat den Buchtitel also bereits die Zahnschwuchtel in ihrem Brief an Lecter genannt«, warf Graham ein.

»So scheint es zumindest«, nickte Bowman. »Könnte man Lecter diesbezüglich nicht etwas auf den Zahn fühlen? In einer Nervenheilanstalt sind doch Psychopharmaka –«

»Sie haben ihm vor drei Jahren schon mal Natriumamytal gegeben, als sie herauszufinden versuchten, wo er einen Princeton-Studenten vergraben hatte«, fiel ihm Graham ins Wort. »Allerdings hat er sie damit ganz schön baden gehen lassen. Außerdem erführe er dadurch, daß wir über den Brief Bescheid wissen, und die Verbindung zur Zahnschwuchtel wäre wieder abgerissen. Falls jedoch die Zahnschwuchtel den Buchtitel bestimmt hat, muß es sich dabei um ein Buch handeln, von dem er wußte, daß es Lecter in seiner Zelle haben würde.«

»Chilton hat uns bereits versichert, daß er in der in Frage kommenden Zeit kein Buch aus der Bibliothek angefordert hatte«, warf Crawford ergänzend ein.

»Was haben darüber denn die Zeitungen geschrieben, Jack? Ich meine, über Lecters Lektüre.«

»Daß er Bücher über medizinische und psychologische Themen liest – und Kochbücher.«

»Demnach könnte es sich um ein Standardwerk auf einem dieser Gebiete handeln – ein gängiger Titel, von dem die Zahnschwuchtel annehmen konnte, daß Lecter ihn bestimmt in seiner Zelle haben würde«, gab Bowman zu bedenken. »Wir brauchen eine Aufstellung der Bücher, die Lecter in seiner Zelle hat. Haben Sie so eine Liste?«

»Nein.« Graham starrte auf seine Schuhe. »Ich könnte Chilton bitten... Halt. Rankin und Willingham haben doch erst seine Zelle fotografiert, bevor sie sie durchsucht haben, um dann alles wieder an seinen Platz zurückstellen zu können.«

»Dann bitten Sie sie doch, sich mit den Fotos von den Büchern mit mir zu treffen«, erklärte Bowman, während er bereits damit beschäftigt war, ein paar Dinge von seinem Schreibtisch in seinen Aktenkoffer zu packen.

»Wo?«

»In der Kongreßbibliothek.«

Crawford rief ein letztes Mal in der Chiffrierabteilung der CIA an, wo man die Zahlenkombinationen unverzüglich einem Dechiffriercomputer eingegeben hatte, der jedoch bisher noch keinen passenden Code hatte ermitteln können. Die Dechiffrierspezialisten in Langley waren jedenfalls mit Bowman einer Meinung, daß es sich aller Wahrscheinlichkeit nach um einen Buchcode handelte.

Crawford sah auf seine Uhr. »Wir haben jetzt die Wahl zwischen drei Möglichkeiten, Will, und wir müssen uns jetzt auf der Stelle für eine davon entscheiden. Wir können Lecters Annonce einfach herausnehmen, ohne sie durch eine eigene zu ersetzen. Wir können an ihrer Stelle eine Klartextanzeige aufgeben, in der wir die Zahnschwuchtel auf den toten

Briefkasten aufmerksam machen. Oder wir können Lecters Annonce wie gehabt zur Veröffentlichung freigeben.«

»Bist du sicher, daß wir Lecters Annonce überhaupt noch herausnehmen lassen können?«

»Chester meint, für fünfhundert Dollar ließe sich sein Mann in der Druckerei dazu breitschlagen.«

»Ich würde nur äußerst ungern eine Klartextanzeige reinsetzen, Jack. Danach würde Lecter mit ziemlicher Sicherheit nichts mehr von seinem ›glühenden Verehrer‹ hören.«

»Sicher. Andrerseits hätte ich aber auch kein gutes Gefühl dabei, Lecters Anzeige veröffentlichen zu lassen, ohne zu wissen, was sie nun eigentlich besagt«, hielt Crawford dem entgegen. »Was könnte Lecter ihm denn mitteilen, was er nicht bereits selbst weiß? Falls er herausgefunden haben sollte, daß wir einen partiellen Daumenabdruck von ihm haben, ohne jedoch seine Fingerabdrücke in unseren Karteien gespeichert zu haben, bräuchte er nur seinen Daumen etwas abzuschaben und sich seine Zähne ziehen zu lassen, um uns vor Gericht mit einem breiten zahnlückigen Grinsen tüchtig auszulachen.«

»In dem Dossier, das wir für Lecter zusammengestellt haben, stand nichts von dem Daumenabdruck. Wir lassen Lecters Annonce besser drinnen. Zumindest wird sie die Zahnschwuchtel ermutigen, sich wieder mit ihm in Verbindung zu setzen.«

»Und wenn er ihn darin zu etwas anderem ermuntert, als nur wieder einen Brief zu schreiben?«

»Dann wird uns das Ganze noch einige Zeit schwer im Magen liegen«, entgegnete Graham. »Aber wir haben keine andere Wahl.«

Fünfzehn Minuten später setzten sich in der Druckerei in Chicago die Rotationsmaschinen mit dem *Tattler* in Bewegung, und bis sie ihre volle Laufgeschwindigkeit erreicht hatten, stieg in der weiten Halle von dem Vibrieren und Dröhnen der schweren Maschinen der Staub auf. Der FBI-Agent, der inmitten des Geruchs von Druckerschwärze und frisch bedrucktem Papier wartete, nahm eine der ersten Ausgaben vom Stapel.

Die Schlagzeilen lauteten unter anderem ›Kopftransplantation!‹ und ›Astronomen erhaschen Blick auf Gott!‹

Der FBI-Mann vergewisserte sich, daß Lecters Annonce innerhalb der Kontaktanzeigen an ihrem Platz war, und steckte die Zeitung dann in einen Expreßumschlag nach Washington. Er sollte diese Zeitung einige Jahre später anläßlich eines Besuchs des FBI-Museums mit seinen Kindern noch einmal zu Gesicht bekommen und sich bei dieser Gelegenheit dann an seinen Daumenabdruck auf der ersten Seite erinnern, mit dem er die noch frische Druckerschwärze verschmiert hatte.

15. Kapitel

In der Stunde vor Morgengrauen erwachte Crawford aus tiefem Schlaf. Im Schlafzimmer war es noch dunkel, und er spürte seiner Frau ausladendes Becken an seinem Gesäß. Ihm wurde erst klar, warum er eigentlich aufgewacht war, als das Telefon ein zweites Mal klingelte. Seine Hand fand den Hörer, ohne erst lange danach tasten zu müssen.

»Jack, hier spricht Lloyd Bowman. Ich habe den Code geknackt. Und ich dachte, Sie würden den Inhalt der Nachricht unverzüglich wissen wollen.«

»Dann schießen Sie schon mal los, Lloyd.« Crawfords Zehen tappten nach seinen Pantoffeln.

»Die Nachricht lautet wie folgt: *Graham Zuhause Marathon. Florida. Rette dich. Alle umbringen.*«

»Gütiger Gott. Wir dürfen keine Zeit verlieren.«

»Allerdings.«

Crawford stürzte in sein Arbeitszimmer, ohne sich die Zeit zu nehmen, in seinen Morgenmantel zu schlüpfen. Er telefonierte zweimal mit Florida, einmal mit dem Flughafen und rief schließlich Graham in seinem Hotel an.

»Will, Bowman hat eben den Code geknackt.«

»Und was ist dabei herausgekommen?«

»Sag' ich dir gleich. Jetzt hör mir erst mal gut zu. Du brauchst dir keine Sorgen zu machen. Ich habe bereits alles Nötige geregelt, so daß du beruhigt am Apparat bleiben kannst.«

»Mach's doch nicht so spannend.«

»Deine Privatadresse. Lecter hat diesem Irren deine Adresse in Marathon gegeben. *Bitte, bleib dran, Will.* Der zuständige Distriktsheriff hat bereits zwei Wagen nach Sugarloaf rausgeschickt. Außerdem ist eine Küstenbarkasse des Zolls dorthin unterwegs. Die Zahnschwuchtel kann in der kurzen Zeit noch nichts unternommen haben. Warte doch. Du kannst effektiver vorgehen, wenn du dir von mir helfen läßt. Hör also erst mal gut zu.

Die Hilfssheriffs werden Molly nicht unnötig beunruhigen. Sie werden mit ihren Wagen lediglich die Zufahrt zum Haus absperren. Zwei Hilfssheriffs werden aus einem Versteck das Haus beobachten. Du kannst Molly ja anrufen, wenn sie aufwacht. Ich komme dich in einer halben Stunde abholen.«

»Da werde ich nicht mehr hier sein.«

»Die nächste Maschine nach Florida geht erst um acht. Es wird vernünftiger sein, sie hierher zu bringen. Sie können im Haus meines Bruders in Chesapeake unterkommen. Ich habe bereits einen ausgezeichneten Plan, Will. Warte also erst mal ab und hör ihn dir in Ruhe an. Falls du etwas daran auszusetzen hast, setze ich dich persönlich in das nächste Flugzeug.«

»Ich brauche ein paar Dinge aus dem Waffenlager.«

»Das werden wir erledigen, sobald ich dich abholen komme.«

Molly und Willy waren unter den ersten Passagieren, die auf dem National Airport von Washington die Maschine verließen. Sie lächelte nicht, als sie Graham in der Menge der Wartenden entdeckte, sondern wandte sich statt dessen Willy zu, um etwas zu ihm zu sagen, während sie vor dem Strom aus Florida zurückkehrender Urlauber hergingen.

Sie sah Graham erst von oben bis unten prüfend an, bevor sie einen letzten Schritt auf ihn zutrat und ihm einen Kuß auf die Wange drückte. Ihre sonnengebräunten Finger fühlten sich kühl an auf seiner Haut.

Graham merkte, daß ihn der Junge beobachtete. Und als er sich ihm dann zuwandte, schüttelte er ihm die Hand mit weit von sich gestrecktem Arm.

Auf dem Weg zum Wagen machte Graham einen Witz über das Gewicht von Mollys Koffer.

»Dann laß ihn doch mich tragen«, maulte Willy.

Ein brauner Chevrolet mit einer Maryland-Nummer hängte sich an sie, als sie losfuhren.

Graham nahm die Brücke in Arlington und zeigte Molly und Willy die Lincoln- und Jeffersondenkmäler sowie das Washington Monument, bevor sie in Richtung Osten nach Chesapeake Bay weiterfuhren. Zehn Meilen außerhalb Washingtons rückte auf dem rechten Fahrstreifen der braune Chevrolet neben ihnen auf. Sein Fahrer schaute mit vor dem Mund gehaltener Hand zu ihnen herüber, und dann ertönte in ihrem Wagen plötzlich aus dem Nichts eine blecherne Stimme.

»Fox Edward, alles klar. Gute Reise noch.«

Graham holte das versteckte Mikrofon unter dem Armaturenbrett hervor. »Roger, Bobby. Und besten Dank.«

Der Chevrolet fiel wieder zurück und setzte dann zum Wenden an.

»Er hat sich nur vergewissert, daß uns niemand von der Presse oder sonst jemand folgt«, erklärte Graham dazu.

»Ach so«, sagte Molly nur.

Es war inzwischen später Nachmittag. Sie hielten an einem Restaurant am Straßenrand, wo sie Krabben aßen. Willy ging das Hummerbecken ansehen.

»Mir tut das alles schrecklich leid, Molly«, begann Graham darauf. »Ich weiß gar nicht, wie ich das je wieder gutmachen soll.«

»Ist er nun hinter dir her?«

»Bisher besteht noch kein Grund zu dieser Annahme,

wenn man davon absieht, daß Lecter ihm genau das vorgeschlagen hat beziehungsweise ihn regelrecht dazu gedrängt hat.«

»Ein ganz schön unangenehmes, beklemmendes Gefühl.«

»Ich weiß. Du und Willy – im Haus von Crawfords Bruder habt ihr nichts zu befürchten. Kein Mensch, außer Crawford und mir, weiß, daß ihr dort seid.«

»Komm mir bloß nicht mit diesem Crawford.«

»Es ist ein schönes Haus. Du wirst sehen.«

Sie holte tief Luft, und als sie sie wieder entweichen ließ, schien damit auch ihr Ärger zu verfliegen und sie nur noch ruhig, aber müde zurückzulassen. Sie bedachte Graham mit einem schiefen Lächeln. »Ich kann dir sagen, eine Weile war ich ganz schön sauer. Müssen wir uns dort mit irgendwelchen Crawfords arrangieren?«

»Nein.« Er schob den Brotkorb beiseite, um ihre Hand zu ergreifen. »Wie weit ist Willy im Bilde?«

»Er weiß ziemlich genau Bescheid. Er hat bei den Eltern seines Freundes Tommy irgend so ein Revolverblatt rumliegen sehen. Tommy hat Willy sogar extra drauf aufmerksam gemacht. In der Zeitung stand einiges über dich, im wesentlichen offensichtlich ziemlich verquerer Unsinn. Über Hobbs, diese Anstalt, in die du nachher eingeliefert wurdest, über Lecter – die ganze Chose eben. Willy war danach ziemlich durcheinander. Ich habe ihn gefragt, ob er darüber sprechen wollte. Aber er wollte nur wissen, ob ich von Anfang an Bescheid gewußt hätte. Ich habe ihm geantwortet, ja, du hättest mir vor unserer Heirat alles erzählt. Und dann habe ich ihn gefragt, ob ich ihm alles erzählen sollte, wie es wirklich war, worauf er gemeint hat, er wollte es lieber von dir selbst hören.«

»Nicht übel. Der Junge hat wirklich Format. Was war das denn für eine Zeitung, der *Tattler?*«

»Ich weiß es nicht, aber ich nehme an.«

»Besten Dank, Freddy.« Eine Welle heftiger Wut auf Freddy Lounds hob Graham von seinem Stuhl. Er ging auf die Toilette und wusch sich mit kaltem Wasser das Gesicht.

Sarah schickte sich eben zum Gehen an und verabschiedete sich von Crawford, als das Telefon klingelte. Sie legte ihre Handtasche und den Schirm noch einmal beiseite, um den Hörer abzunehmen.

»Special Agent Crawfords Büro... Nein, Mr. Graham ist nicht hier, aber wenn Sie... Einen Augenblick bitte; selbstverständlich werde ich das... Ja, er wird morgen nachmittag hier sein, aber lassen Sie mich doch...«

Ihr Tonfall ließ Crawford hinter seinem Schreibtisch hervorkommen.

Sarah hielt den Hörer, als wäre er eben in ihrer Hand gestorben. »Er hat sich nach Will erkundigt und gesagt, er würde morgen nachmittag noch einmal anrufen. Ich habe ihn hinzuhalten versucht.«

»Wer war das?«

»Er hat nur gesagt: ›Richten Sie Graham aus, Pilger hätte angerufen!‹ So hat Dr. Lecter doch –«

»– die Zahnschwuchtel genannt«, sprach Crawford den Satz für sie zu Ende.

Während Molly und Willy ihre Sachen auspackten, fuhr Graham Lebensmittel einkaufen. Als er mit den entsprechenden Vorräten zurückkam und gegenüber dem Haus parkte, blieb er erst noch ein paar Minuten im Wagen sitzen, ohne das Lenkrad loszulassen. Es tat ihm furchtbar leid, daß Molly seinetwegen gezwungen war, ihr Heim, das sie so sehr liebte, zu verlassen, um in einer völlig fremden Umgebung zu leben.

Crawford hatte sich wirklich Mühe gegeben. Das war kein bedrückend neutrales Rückzugshaus des FBI mit vom Schweiß unzähliger nervöser Handflächen ausgebleichten Sessellehnen. Statt dessen handelte es sich um ein frisch gekalktes Cottage mit Geißblattbüschen neben der Eingangstreppe. Das gemütliche Häuschen war das Produkt liebevoller Pflege und unverkennbaren Ordnungssinns. Der Garten, der sich dahinter anschloß, fiel sanft zur Chesapeake Bay ab, und auf das Wasser führte ein hölzerner Steg hinaus.

Hinter den Vorhängen flimmerte bläulichgrünes Fernseherlicht. Molly und Willy sahen sich ein Baseballspiel an, wußte Graham.

Willys Vater war Baseballprofi gewesen und nicht der schlechtesten einer. Er und Molly hatten sich im Schulbus kennengelernt und im College geheiratet.

Er wurde in den engeren Kreis der ersten Mannschaft der Cardinals aufgenommen und schaffte schließlich auch den Sprung in die Mannschaft, in der er sich von Anfang an hervorragend bewährte. Doch dann bekam er plötzlich diese Schluckbeschwerden. Sie versuchten zwar alles herauszuschneiden, aber es bildeten sich weiter Metastasen, die sich immer mehr ausbreiteten. Fünf Monate später war er tot. Willy war damals sechs.

Willy ließ sich nach wie vor kein Baseballspiel entgehen. Molly sah dagegen nur Baseball, wenn sie sich Sorgen machte.

Graham hatte keinen Schlüssel. Er klopfte.

»Ich mach' schon auf.« Willys Stimme.

»Warte.« Mollys Gesicht zwischen den Vorhängen. »Gut.«

Willy öffnete die Tür. In seiner Faust hielt er eine Fischkeule.

Graham spürte ein leichtes Ziehen in seinen Augenhöhlen. Der Junge mußte sie in seinem Koffer mitgebracht haben.

Molly nahm ihm die Einkaufstüten ab. »Möchtest du eine Tasse Kaffee? Es ist auch Gin im Haus, aber nicht unbedingt deine Lieblingsmarke.«

Als sie in der Küche verschwunden war, bat Willy Graham, mit ihm nach draußen zu kommen.

Von der Veranda an der Rückseite des Cottage konnten sie die Lichter der in der Bucht vor Anker liegenden Boote sehen.

»Gibt es irgend etwas, was ich besser wissen sollte, Will, damit ich auch wirklich auf Mom aufpassen kann?«

»Ihr seid hier beide in Sicherheit, Willy. Kannst du dich noch an den Wagen erinnern, der uns vom Flughafen ein

Stück begleitet hat, um zu sehen, ob uns auch niemand gefolgt ist? Niemand wird herausfinden, wo du dich mit deiner Mutter aufhältst.«

»Dieser Irre will dich doch umbringen, oder nicht?«

»Das wissen wir nicht mit Sicherheit. Mir war nur nicht recht wohl in meiner Haut bei dem Gedanken, daß er inzwischen weiß, wo wir wohnen.«

»Wirst du ihn töten?«

Graham schloß für einen Moment die Augen. »Nein. Meine Aufgabe besteht nur darin, ihn zu finden. Dann werden sie ihn in eine Nervenheilanstalt stecken, um ihn zu behandeln und daran zu hindern, weitere Menschen umzubringen.«

»Tommys Mutter hatte zu Hause diese Zeitung rumliegen, Will. Dort stand, daß du in Minnesota einen Mann umgebracht und dann einige Zeit in einer Nervenheilanstalt verbracht hast. Das habe ich gar nicht gewußt. Stimmt das denn?«

»Ja.«

»Eigentlich wollte ich erst Mom fragen, aber dann dachte ich, es wäre doch besser, gleich dich zu fragen.«

»Ich finde es schön, daß du mich das so direkt fragst, Willy. Aber das war nicht einfach eine Nervenheilanstalt, sondern eine Klinik, in der sie auch normale Krankheiten behandeln.« Dieser Unterschied schien irgendwie von Bedeutung zu sein. »Ich lag in der psychiatrischen Abteilung. Es beunruhigt dich wohl etwas, feststellen zu müssen, daß ich in psychiatrischer Behandlung war – wohl weil ich mit deiner Mutter verheiratet bin.«

»Ich habe meinem Dad versprochen, gut auf sie aufzupassen. Und das werde ich auch.«

Graham hatte das Gefühl, Willy auf keinen Fall zuwenig erzählen zu dürfen. Aber auch nicht zuviel.

In der Küche ging das Licht aus. Er konnte Mollys Umrisse ganz schwach in der Fliegengittertür erkennen und wurde sich dabei der Bedeutung ihres Urteils bewußt. Sich mit Willy zu befassen bedeutete, sich in die intimsten Bereiche ihres Herzens vorzuwagen.

Da Willy nun eindeutig nicht mehr wußte, was er als nächstes fragen sollte, übernahm das Graham für ihn.

»In die Klinik wurde ich nach der Geschichte mit Hobbs eingeliefert.«

»Hast du ihn erschossen?«

»Ja.«

»Wie ist das passiert?«

»Um es gleich von Anfang an klarzustellen – Garrett Hobbs war geistesgestört. Er machte sich über Studentinnen her und... brachte sie um.«

»Wie?«

»Mit einem Messer. Ich fand in den Kleidern eines der ermordeten Mädchen ein stoffumwickeltes Stück Draht – wie von einer Rohrspirale. Vielleicht kannst du dich noch erinnern, wie wir neulich die Dusche im Garten repariert haben?

Ich nahm mir also alle Klempner, Installateure und ähnliche Leute vor. Das war ganz schön mühsam. Bei einer Baufirma stieß ich dann auf ein Kündigungsschreiben von Hobbs. Ich sah den Brief und fand ihn – na ja, irgendwie eigenartig. Er arbeitete nicht mehr, so daß ich ihn bei sich zu Hause aufsuchen mußte.

Zusammen mit einem uniformierten Polizeibeamten stieg ich die Treppe des Wohnblocks hoch, in dem Hobbs wohnte. Hobbs muß uns wohl kommen gesehen haben. Ich wollte eben die letzten Stufen zu dem Stockwerk hochsteigen, in dem seine Wohnung lag, als er seine Frau durch die Wohnungstür stieß, so daß sie tot die Treppe hinunterfiel.«

»Hat er sie umgebracht?«

»Ja. Deshalb habe ich den Polizisten gebeten, zu unserer Unterstützung ein Sondereinsatzkommando anzufordern. Doch dann konnte ich plötzlich in der Wohnung ein Kind schreien hören. Ich hätte natürlich lieber gewartet, aber ich konnte nicht.«

»Du bist in die Wohnung rein?«

»Ja. Hobbs hatte seine Tochter von hinten gepackt und traktierte sie mit einem Messer. Daraufhin habe ich ihn erschossen.«

»Ist das Mädchen gestorben?«

»Nein.«

»Ist sie wieder ganz gesund geworden?«

»Es hat zwar einige Zeit gedauert, aber ja, inzwischen ist sie wieder ganz in Ordnung.«

Das mußte Willy erst einmal stumm verdauen. Von einem vor Anker liegenden Segelboot drang leise Musik übers Wasser herüber.

Zwar konnte Graham für Willy gewisse Dinge auslassen, aber dadurch ließ sich nicht vermeiden, daß er sie sich selbst um so deutlicher wieder vergegenwärtigte.

Er hatte zum Beispiel die Sache mit Mrs. Hobbs ausgelassen, die sich, von unzähligen Stichwunden übersät, auf dem Treppenabsatz sterbend an ihn geklammert hatte. Und als er dann sah, daß sie tot war, und die Entsetzenschreie aus der Wohnung gellen hörte, mußte er erst die glitschig roten Finger von sich lösen, bevor er sich mehrmals mit voller Wucht gegen die Wohnungstür werfen konnte und diese endlich nachgab. Wie er dann mit schrecklich schmerzender Schulter Hobbs vor sich hatte, der von hinten seine Tochter umklammert hielt und dem sich verzweifelt wehrenden Mädchen die Kehle durchzuschneiden versuchte. Sie trat wie wild um sich und preßte mit aller Kraft ihr Kinn nach unten, und dann hatte er mit seiner 38er losgeballert, daß die Fetzen flogen, aber Hobbs stach immer noch auf das Mädchen ein und wollte einfach nicht zu Boden gehen. Und dann endlich saß Hobbs schluchzend auf dem Boden, neben sich das entsetzlich röchelnde Mädchen. Hobbs hatte ihr zwar die Luftröhre durchgeschnitten, aber noch nicht die Halsschlagader. Das Mädchen starrte ihn mit weit aufgerissenen, glasigen Augen an, während der Vater auf dem Boden hockte und »Siehst du? Siehst du?« schluchzte, bis er tot zur Seite sackte.

Seitdem hatte Graham seinen Glauben an 38er verloren.

»Weißt du, Willy, diese Geschichte mit Hobbs hat mir schwer zu schaffen gemacht. Das Ganze wollte mir einfach nicht aus dem Kopf gehen, und ich habe diese schrecklichen Ereignisse in meiner Erinnerung immer wieder von neuem durchlebt. Das wurde schließlich so schlimm, daß ich an nichts anderes mehr denken konnte. Ich zermarterte mir den Kopf, wie ich es besser hätte machen können. Und an irgendeinem Punkt habe ich dann aufgehört, überhaupt noch etwas zu fühlen. Ich konnte nichts mehr essen, und ich sprach mit keinem Menschen mehr. Ich war fürchterlich depressiv. Als mir daraufhin ein Arzt geraten hat, in eine Klinik zu gehen, habe ich das getan. Nach einer Weile begann ich, über das Ganze hinwegzukommen. Hobbs' Tochter kam mich besuchen. Sie war inzwischen wieder gesund, und wir führten lange Gespräche. Schließlich hatte ich das Gefühl, die Sache einigermaßen verdaut zu haben, so daß ich meinen Dienst wieder aufnehmen konnte.«

»Ist es so schlimm, jemanden umzubringen, selbst wenn man dazu gezwungen ist?«

»Es gibt wohl kaum etwas Schlimmeres auf der Welt, Willy.«

»Ich geh' mal schnell in die Küche. Möchtest du was zu trinken? Ein Coke vielleicht?« Willy tat Graham solche Gefallen gern, aber er ließ es immer so erscheinen, als würde er das mehr nebenbei mit etwas anderem, was er sowieso tun wollte, erledigen.

»Ja gern, ein Coke.«

»Ich schau mal nach, ob Mom auch nach draußen kommen und sich die Lichter ansehen will.«

Spät am Abend saßen Graham und Molly auf der hinteren Veranda. Es regnete leicht, und die Lichter der Boote waren im Dunst von matten Höfen umgeben. Die kühle Brise, die vom Wasser heraufwehte, verursachte ihnen eine leichte Gänsehaut.

»Könnte doch sein, daß wir länger hier bleiben müssen, oder nicht?« fragte Molly.

»Ich hoffe es zwar nicht, aber es ist durchaus möglich.«

»Evelyn hat gesagt, sie könnte diese Woche und die ersten vier Tage der nächsten den Laden für mich übernehmen. Aber wenn die Vertreter kommen, muß ich mindestens ein, zwei Tage nach Marathon zurück. Ich könnte ja bei Evelyn und Sam wohnen. Außerdem würde ich gern auf die Messe in Atlanta gehen. Ich muß auf jeden Fall die Einkäufe für den Herbst erledigen.«

»Weiß Evelyn, wo du jetzt bist?«

»Ich habe ihr nur gesagt, daß ich nach Washington fliege.«

»Gut.«

»Ganz schön, auf dieser Erde etwas auf Dauer zu besitzen, findest du nicht auch? Erst ist es schwer zu bekommen, und dann ist es genausoschwer zu behalten. Ein verdammt schlüpfriger Planet.«

»Verteufelt glitschig.«

»Aber wir werden doch wieder nach Sugarloaf zurückkehren?«

»Sicher werden wir das.«

»Überstürze bitte nichts und laß dich zu nichts Unüberlegtem hinreißen. Versprichst du mir das?«

»Ja.«

»Mußt du schon früh zurück?«

Er hatte kurz zuvor eine halbe Stunde mit Crawford telefoniert.

»Kurz vor dem Mittagessen. Falls du wirklich nach Marathon zurückwillst, müssen wir morgen früh erst noch verschiedene Dinge regeln. Willy kann ja währenddessen angeln gehen.«

»Er mußte dich wohl wegen dieser Geschichte fragen.«

»Das kann ich ihm keineswegs verdenken.«

»Dieser verfluchte Reporter – wie heißt er doch gleich wieder?«

»Lounds. Freddy Lounds.«

»Ich kann mir gut vorstellen, wie du diesen Kerl hassen mußt. Es tut mir leid, daß ich dich auch noch damit belasten mußte. Gehen wir jetzt lieber mal schlafen; ich werde dir den Rücken noch ein bißchen massieren.«

In Graham stieg kurzer Ärger auf. Er hatte sich vor einem Elfjährigen rechtfertigen müssen. Doch der Junge hatte es in Ordnung gefunden, daß er bereits die Vorhölle einer Gummizelle durchwandert hatte. Doch jetzt würde sie ihm den Rücken massieren. Gehen wir zu Bett – mit Willy ist alles in Ordnung.

Wenn du dich starkem Streß ausgesetzt fühlst, versuche, wenn möglich, den Mund zu halten.

»Falls du ein Weilchen ungestört nachdenken möchtest, lasse ich dich jetzt alleine«, schlug Molly vor.

Doch er wollte jetzt nicht nachdenken. Alles, nur das nicht. »Du reibst mir den Rücken, und ich reib' dir die Vorderseite«, erwiderte er darauf.

»Dann mach schon mal.«

Der Wind trieb den Nieselregen auf die Bucht hinaus, und noch um neun Uhr morgens stieg dichter Dunst vom Boden auf. Die Zielscheiben auf dem Polizeischießstand schienen sich in der dampfenden Luft zu bewegen.

Durch sein Fernglas vergewisserte sich der Schießstandwart, daß der Mann und die Frau im hinteren Ende des Schießstands die Sicherheitsvorschriften beachteten.

In den Papieren des Justizministeriums, die ihm der Mann vorgelegt hatte, als er um eine Benutzungsgenehmigung für den Schießstand bat, war er als ›Ermittler‹ ausgewiesen gewesen. Das konnte alles und nichts bedeuten. Der Schießstandwart sah es nicht gern, wenn jemand anderer als ein staatlich geprüfter Lehrer einen Anfänger im Umgang mit einer Faustfeuerwaffe unterwies.

Dennoch mußte er zugeben, daß der FBI-Mann sein Handwerk verstand.

Sie benutzten zwar nur einen 22er Revolver, aber er brachte der Frau das Feuern aus der Weaver-Position bei, bei der man den linken Fuß leicht vorsetzte und die Waffe unter isometrischer Spannung in beiden Armen mit beiden Händen umfaßte. Sie feuerte auf die Silhouettenschießscheiben, die sieben Meter von ihr entfernt waren. Immer wieder brachte sie die Waffe aus dem äußeren Fach ihrer Umhängetasche in Anschlag. Sie übten so lange, bis der Schießstandwart des Zusehens müde wurde.

Eine plötzliche Veränderung des Krachens der Schüsse ließ den Mann wieder zu seinem Fernglas greifen. Sie hatten inzwischen Ohrenschützer aufgesetzt, und die Frau übte nun an einem kurzen, gedrungenen Revolver. Der Schießstandwart erkannte das leichte Ploppen der Schießstandmunition.

Er konnte die Waffe in ihren ausgestreckten Händen deutlich sehen; sie weckte sein Interesse. Er schlenderte auf die beiden zu und blieb ein paar Meter hinter ihnen stehen.

Er hätte den Revolver gern näher in Augenschein genommen, aber das war nicht der richtige Zeitpunkt, die beiden zu unterbrechen. Er sah ihn sich genau an, als sie die leeren Patronenhülsen entfernte und die Waffe mit einem Schnellader nachlud.

Eigenartiges Ding für einen FBI-Mann. Es war eine Bulldog .44 Special, kurz und häßlich mit ihrem extrem großen Kaliber. Die Waffe war von Mag Na Port erheblich modifiziert worden. Der Lauf war in der Nähe der Mündung mit Schlitzen versehen, um den Rückstoß zu verringern; der Hahn war gestutzt und der Griff verändert worden. Er nahm auch an, daß die Waffe für die Verwendung eines Schnelladers geschröpft war. Mit diesem Ding war jedenfalls nicht zu spaßen, wenn es mit der Munition geladen war, die der FBI-Mann in petto hatte. Er hätte gern gewußt, wie die Frau damit zurechtkommen würde.

Die neben ihnen aufgereihte Munition war nicht minder interessant. Erst kam eine Schachtel mit leichter Schießstandmunition, dann die reguläre Dienstmunition und schließlich etwas, wovon der Schießstandwart zwar schon viel gehört und gelesen, aber kaum etwas gesehen hatte. Eine Packung von Glaser-Sicherheitsgeschossen, die wie Bleistiftstummel aussahen. Hinter jeder Spitze war ein Kupfergehäuse angebracht, das in flüssiges Teflon gebetteten Zwölferschrot enthielt.

Dieses leichte Geschoß erreichte eine extrem hohe Geschwindigkeit und gab nach seinem Eindringen in das Ziel den Schrot frei. Geschah dies in Fleisch, waren die Folgen verheerend. Der Schießstandwart hatte sogar genaue Zahlen im Kopf. Bislang waren lediglich neunzig solcher Glasergeschosse auf Menschen abgefeuert worden. In allen neunzig Fällen waren die Angeschossenen unmittelbar zum Stillstand gebracht worden. Und in neunundachtzig Fällen war der sofortige Tod eingetreten. Ein Mann hatte zur Überraschung der Ärzte überlebt. Die Glasergeschosse brachten noch einen weiteren Sicherheitsvorteil mit sich: Sie verursachten keine Querschläger; außerdem konnten sie keine Wand durchschlagen und eine Person töten, die sich dahinter aufhielt.

Der Mann war sehr zärtlich zu der Frau und brachte ihr alles sehr behutsam und liebevoll bei; trotzdem haftete ihm auch etwas Trauriges an.

Die Frau hatte sich inzwischen zur regulären Dienstmunition hochgedient, und der Schießstandwart nahm voller Zufriedenheit zur Kenntnis, daß sie mit dem Rückstoß hervorragend zurechtkam; sie behielt beide Augen offen und zuckte nicht zusammen. Zwar brauchte sie noch immer vier Sekunden, bis sie die Waffe aus ihrer Umhängetasche hatte und den ersten Schuß abfeuerte, aber dafür hatte sie dreimal in den innersten Ring getroffen. Für eine Anfängerin keineswegs schlecht. Sie hatte offensichtlich Talent.

Er war bereits einige Zeit wieder im Kontrollraum, als er das höllische Krachen der Glasers hörte.

Sie feuerte alle fünf Patronen ab. Das entsprach keineswegs der FBI-Standardprozedur.

Der Schießstandwart fragte sich, wen sie wohl durch die schwarze Silhouette der Zielscheibe personifiziert sahen, daß sie fünf Glaser brauchten, den Betreffenden zu töten.

Graham betrat den Kontrollraum, um die Ohrenschützer zurückzugeben. Seine Schülerin blieb draußen mit gesenktem Kopf, die Ellbogen auf die Oberschenkel gestützt, auf einer Bank sitzen.

Der Schießstandwart fand, daß der FBI-Mann allen Grund hatte, zufrieden mit ihr zu sein, und sagte ihm das auch. Für nur einen Tag hatte sie enorme Fortschritte gemacht. Graham dankte ihm abwesend. Sein Gesichtsausdrück stürzte den Schießstandwart in sichtliche Verwirrung. In seinen Augen wirkte er wie ein Mann, der sich eben einen unwiederbringlichen Verlust hatte eingestehen müssen.

16. Kapitel

Der Anrufer, der sich ›Pilger‹ genannt hatte, hatte Sarah gesagt, er würde am nächsten Nachmittag vielleicht noch einmal anrufen. Im FBI-Hauptquartier hatte man nun gewisse Vorbereitungen getroffen, diesen Anruf entgegenzunehmen.

Wer war dieser mysteriöse ›Pilger‹? Jedenfalls nicht Lecter – dessen hatte Crawford sich vergewissert. War der Pilger die Zahnschwuchtel? Durchaus möglich, fand Crawford.

Die Schreibtische und Telefone aus Crawfords Büro waren über Nacht in einen größeren Raum auf der anderen Seite des Flurs geräumt worden.

Graham stand in der offenen Tür einer schalldichten Kabine. Hinter ihm stand Crawfords Telefon. Sarah hatte es extra geputzt. Da ihr Schreibtisch und der daneben mit einem Stimmfrequenzspektrographen, Tonbandgeräten und sonstigen Apparaturen vollgestellt waren und Beverly Katz ihren Platz einnahm, brauchte Sarah einfach eine Beschäftigung.

Auf der großen Uhr an der Wand war es zehn Minuten vor zwölf Uhr mittags.

Neben Graham stand Dr. Alan Bloom und Crawford. Sie hatten alle drei, Hände in den Hosentaschen, dieselbe abwartende Haltung eingenommen.

Ein Techniker, der Beverly Katz gegenübersaß, trommelte nervös mit den Fingern auf die Schreibtischplatte, bis ihn ein Stirnrunzeln Crawfords verstummen ließ.

Auf Crawfords Schreibtisch standen zwei neue Telefone; eines davon war an eine offene Leitung zur elektronischen

Schaltzentrale der Telefongesellschaft Bell System angeschlossen, und das andere war direkt mit der FBI-Kommunikationszentrale verbunden.

»Wie lange brauchen Sie, um festzustellen, woher ein Anruf kommt?« wollte Dr. Bloom wissen.

»Mit den neuen Relais geht das wesentlich schneller, als die meisten Leute denken«, erklärte ihm Crawford. »Vielleicht eine Minute, wenn er über eine rein elektronische Schaltung reinkommt. Wenn wir uns allerdings erst langsam an den speziellen Anschluß rantasten müssen, dauert es etwas länger.«

Crawford hob seine Stimme, um sich an alle im Raum Anwesenden zu wenden. »Falls er überhaupt anruft, wird er uns sicher nicht viel Zeit lassen. Wir müssen also so schnell wie möglich arbeiten. Sollen wir das Ganze noch mal proben, Will?«

»Sicher. Dr. Bloom, ich hätte Sie nachher noch gern ein paar Dinge gefragt.«

Bloom war erst nach den anderen eingetroffen. Er sollte später noch in Quantico am Institut für Verhaltensforschung einen Vortrag halten. Bloom konnte den Korditgeruch in Grahams Kleidern riechen.

»Also gut«, ging Graham das Ganze noch einmal durch. »Das Telefon klingelt. Die Verbindung wird daraufhin sofort hergestellt, und in der Schaltzentrale machen sie sich unverzüglich daran, den Anruf aufzuspüren, aber wir blenden ihm nach wie vor das Klingelzeichen ein, damit er nicht merkt, daß die Verbindung bereits hergestellt ist. Damit gewinnen wir schon einmal einen Vorsprung von zwanzig Sekunden.« Er deutete auf den Techniker. »Nach dem vierten Läuten blenden Sie das Klingelzeichen aus, verstanden?«

Der Techniker nickte. »Nach dem vierten Läuten.«

»Dann nimmt Beverly den Hörer ab. Ihre Stimme klingt anders als die Sarahs, die er gestern gehört hat. Kein Erkennen in ihrem Tonfall. Beverly klingt eher genervt. Er fragt nach mir. Bev sagt: ›Ich stelle Sie zu ihm durch.‹ Ist das klar, Bev?« Graham dachte, es wäre besser, den genauen Wortlaut lieber nicht zu proben, da sonst das Ganze möglicherweise zu einstudiert klang.

»Also gut, für uns ist die Leitung also offen, während er warten muß, bis er mit mir verbunden ist. Ich glaube, er wird länger warten, daß er verbunden wird, als er sprechen wird.«

»Wollen Sie ihm auch bestimmt keine Wartemusik einspielen?« warf der Techniker ein.

»Bloß nicht«, erklärte Crawford kategorisch.

»Wir lassen ihn etwa zwanzig Sekunden warten, bis sich Beverly noch einmal in die Leitung schaltet, um ihm zu sagen: ›Mr. Graham kommt gerade an seinen Apparat. Ich verbinde Sie jetzt.‹ Dann nehme ich ab.« Graham wandte sich nun Dr. Bloom zu. »Wie würden Sie sich ihm gegenüber verhalten, Doktor?«

»Er wird erwarten, daß Sie ihm nicht recht glauben werden, daß er auch wirklich der ist, für den er sich ausgibt. Begegnen Sie ihm also mit höflicher Skepsis. Ich würde ihn nachdrücklich darauf hinweisen, daß es einen gewaltigen Unterschied macht, ob es sich nun um den Anruf eines Psychopathen handelt, der sich lediglich wichtig machen will, oder ob tatsächlich *er* am Apparat ist. Die Wichtigmacher sind ganz einfach daran zu erkennen, da es ihnen an der Fähigkeit mangelt zu verstehen, was eigentlich passiert ist – erzählen Sie ihm etwas in der Art.

Versuchen Sie, ihn dazu zu bringen, Ihnen irgendwie zu beweisen, daß er tatsächlich der Mann ist, den wir suchen.« Dr. Bloom sah zu Boden und massierte sich dabei den Nakken.

»Sie wissen nicht, was er will. Vielleicht sucht er Verständnis, vielleicht stilisiert er Sie auch zu seinem großen Gegenspieler hoch und will sich vor Ihnen aufspielen – wir werden ja sehen. Versuchen Sie herauszufinden, wonach ihm der Sinn steht, und dann schieben Sie ihm nach und nach das unter, worauf er es abgesehen hat. Ich wäre an Ihrer Stelle jedenfalls sehr vorsichtig damit, ihn aufzufordern, sich doch von uns helfen zu lassen, es sei denn, Sie spüren ganz deutlich, daß es ihm darum geht.

Falls er paranoid ist, werden Sie das ja schnell merken. In diesem Fall würde ich auf seinen Argwohn und sein Mißtrauen zu sprechen kommen. Vielleicht kommt er darüber sogar ins Schwafeln, so daß er gar nicht merkt, wie lange er bereits gesprochen hat. Mehr kann ich Ihnen dazu leider nicht sagen.« Bloom legte Graham seine Hand auf die Schulter und fügte etwas leiser noch hinzu. »Jedenfalls wird das keine harmlose Plauderei werden; vielleicht gelingt es Ihnen sogar, ihn durch dieses Gespräch zur Umkehr zu bewegen. Tun Sie also ganz ungeachtet dessen, was ich eben gesagt habe, am besten das, was Sie für richtig halten.«

Und dann Warten. Eine halbe Stunde drückenden Schweigens war genug.

»Ob er nun anruft oder nicht«, begann Crawford zu sprechen. »Wir müssen trotzdem zu einer Entscheidung gelangen, wie wir im weiteren vorgehen wollen. Sollen wir die Sache mit dem toten Briefkasten ausprobieren?«

»Ich sehe zumindest im Moment keine bessere Möglichkeit«, erklärte Graham.

»Damit hätten wir schon mal zwei Köder für ihn. Wir könnten ihm vor deinem Haus auf den Keys und an der geheimen Übergabestelle auflauern.«

Das Telefon klingelte.

Der Techniker schaltete das Klingelzeichen dazwischen, während in der Schaltzentrale bereits die Herkunft des Anrufs ermittelt wurde. Nach dem vierten Läuten schaltete der Techniker das Klingelzeichen aus, und Beverly nahm ab. Sarah hörte mit.

»Special Agent Crawfords Büro.«

Sarah schüttelte den Kopf. Sie kannte den Anrufer, einen von Crawfords Freunden aus der Abteilung Alkohol, Nikotin und Feuerwaffen. Beverly wimmelte ihn kurzerhand ab und stoppte die Überprüfung des Anrufs. Jeder im FBI-Hauptquartier wußte, daß die Leitung auf jeden Fall frei bleiben mußte.

Darauf ging Crawford noch einmal die Einzelheiten der Aktion mit dem toten Briefkasten durch. Die Anwesenden waren gleichzeitig gelangweilt und angespannt. Nach einer Weile kam Lloyd Bowman vorbei, um zu demonstrieren, wie er anhand der Bibelstellen und Seite 100 der Taschenbuchausgabe von *Freude am Kochen* Lecters chiffrierte Nachricht entschlüsselt hatte. Sarah reichte in Pappbechern Kaffee herum.

Das Telefon klingelte.

Neuerlich dieselbe Prozedur. Nach dem vierten Läuten nahm Beverly ab.

»Special Agent Crawfords Büro.«

Sarah nickte mehrmals mit dem Kopf. Sehr nachdrücklich.

Graham betrat die Kabine und schloß die Tür hinter sich. Er konnte sehen, wie sich Beverlys Lippen bewegten. Sie drückte auf den Durchstellknopf und sah auf den Sekundenzeiger der Wanduhr.

Graham konnte sich in dem auf Hochglanz polierten Hörer gespiegelt sehen – zwei verzerrte Visagen in Hör- und Sprechmuschel. Er roch das Kordit vom Schießstand, das sich in seinem Hemd festgesetzt hatte. *Häng nicht auf. Häng um Gottes willen nicht auf.* Vierzig Sekunden waren verstrichen. Das Telefon bewegte sich leicht auf seiner Unterlage, als es klingelte. *Laß es läuten. Noch einmal.* Fünfundvierzig Sekunden. *Jetzt.*

»Hier spricht Will Graham. Womit kann ich Ihnen dienen?«

Leises Gelächter. Eine gedämpfte Stimme: »Das werden Sie gleich sehen.«

»Wer ist bitte am Apparat?«

»Hat Ihnen das Ihre Sekretärin nicht gesagt?«

»Nein, aber Sie hat mich aus einer Besprechung geholt, Sir, weshalb ich Sie bitten möchte –«

»Falls Sie mir sagen wollen, Sie möchten nicht mit Mr. Pilger sprechen, hänge ich auf der Stelle ein. Ja oder nein?«

»Wenn es sich um ein Problem handelt, bei dem ich Ihnen in irgendeiner Weise behilflich sein kann, selbstverständlich gern, Mr. Pilger. Worum dreht es sich denn?«

»Derjenige, der ein Problem hat, dürften eher Sie sein, Mr. Graham.«

»Bedaure, aber ich fürchte, Sie nicht recht zu verstehen.«

Der Sekundenanzeiger stand kurz davor, eine Minute voll zu machen.

»Sie waren in letzter Zeit ziemlich beschäftigt, nicht wahr?« fuhr der Anrufer fort.

»Jedenfalls beschäftigt genug, um meine Zeit nicht länger mit Ihnen zu vergeuden, falls Sie nicht allmählich zur Sache kommen.«

»Tja, wir sind sozusagen gemeinsam in eine Sache verwikkelt, in Atlanta und Birmingham.«

»Wissen Sie etwas darüber?«

Leises Gelächter. »Ob ich darüber etwas weiß? Haben Sie Interesse an Mr. Pilger? Ja oder nein. Ich hänge auf der Stelle auf, falls Sie lügen.«

Graham konnte durch das Glas der Kabinentür Crawford sehen. Er hatte in jeder Hand einen Telefonhörer.

»Aber sicher. Allerdings bekomme ich, wie Sie sicher verstehen werden, eine Menge Anrufe in dieser Angelegenheit, wobei alle von Leuten kommen, die behaupten, etwas über diesen Fall zu wissen.« Eine Minute.

Crawford legte einen Hörer auf die Gabel und kritzelte etwas auf ein Stück Papier. »Sie würden sich wundern, wie viele Personen von sich behaupten, die Tat begangen zu haben«, fuhr Graham fort. »Aber man braucht nur ein paar Minuten mit ihnen zu sprechen, um zu wissen, daß es ihnen sogar an der Fähigkeit fehlt, auch nur zu verstehen, worum es in dieser Sache eigentlich geht. Wie ist das mit Ihnen?«

Sarah hielt ein Blatt Papier gegen die Scheibe der Kabinentür. Darauf stand: »Telefonzelle in Chicago. Polizei bereits unterwegs.«

»Wissen Sie was?« schlug die gedämpfte Stimme vor. »Sie erzählen mir etwas über Mr. Pilger, und dann sage ich Ihnen vielleicht, ob Sie recht haben oder nicht.«

»Stellen wir doch erst mal klar, über wen wir eigentlich sprechen«, forderte Graham.

»Wir sprechen über Mr. Pilger.«

»Woher soll ich wissen, daß Mr. Pilger etwas getan hat, das mich interessieren könnte. Ist das denn der Fall?«

»Sagen wir mal, ja.«

»Sind Sie Mr. Pilger?«

»Ich glaube nicht, daß ich Ihnen das sagen werde.«

»Sind Sie sein Freund?«

»So könnte man es vielleicht nennen.«

»Na gut, dann beweisen Sie mir das doch. Sagen Sie mir etwas, dem ich entnehmen kann, daß Sie ihn wirklich gut kennen.«

»Erst Sie. Erst will ich was von Ihnen hören.« Ein nervöses Kichern. »Sobald Sie was Falsches sagen, hänge ich auf.«

»Also gut. Mr. Pilger ist Rechtshänder.«

»Das dürfte nicht allzu schwer zu raten gewesen sein. Schließlich sind das die meisten Menschen.«

»Mr. Pilger wird mißverstanden.«

»Keine Allgemeinplätze bitte.«

»Mr. Pilger ist körperlich ziemlich kräftig.«

»Ja, das könnte man sagen.«

Graham sah auf die Uhr. Eine Minute und eine halbe. Crawford nickte ihm aufmunternd zu.

Sag ihm nichts, daß ihn veranlassen könnte, es sich anders zu überlegen.

»Mr. Pilger ist von weißer Hautfarbe und etwa eins achtzig groß. Sie haben mir bisher ja noch gar nichts über ihn gesagt. Woher soll ich also wissen, daß Sie ihn überhaupt kennen.«

»Möchten Sie das Gespräch abbrechen?«

»Nein, aber Sie haben doch diesen Handel vorgeschlagen. Ich bin lediglich auf Ihre Bedingungen eingegangen.«

»Glauben Sie, daß Mr. Pilger verrückt ist?«

Bloom schüttelte den Kopf.

»Ich halte niemanden, der so geschickt vorgeht, wie er das getan hat, für verrückt. Er ist meiner Meinung nach nur anders. Allerdings bin ich mir sicher, daß ihn eine Menge

Leute für verrückt halten, und der Grund dafür ist, daß er der Öffentlichkeit bis jetzt noch keine Gelegenheit geboten hat, ihn besser verstehen zu können.«

»Beschreiben Sie ganz genau, was er mit Mrs. Leeds getan hat. Dann sage ich Ihnen vielleicht, ob Sie recht haben oder nicht.«

»Das möchte ich lieber nicht.«

»Auf Wiedersehen.«

Grahams Herz machte einen Sprung, aber er konnte noch immer am anderen Ende der Leitung leisen Atem hören.

»Dazu möchte ich mich erst äußern, wenn ich weiß –«

Graham hörte, wie die Tür dieser Telefonzelle in Chicago aufflog und der Hörer scheppernd gegen das Gehäuse schlug. Dann drangen nur noch fernes Stimmengewirr und dumpfes Gepoche durch den an der Schur hin und her schwingenden Hörer. Alle im Büro hörten über die Lautsprecheranlage mit.

»Stehen bleiben. Keine Bewegung. Und jetzt verschränken Sie Ihre Finger im Nacken und kommen schön langsam rückwärts aus der Zelle. Schön langsam. Legen Sie jetzt die Hände gegen die Tür und spreizen Sie die Beine.«

Unendliche Erleichterung durchflutete Graham.

»Ich bin nicht bewaffnet, Stan. Sie finden meinen Ausweis in meiner Brusttasche. Nicht, das kitzelt.«

Eine verdutzte Stimme laut am Telefon. »Mit wem spreche ich bitte?«

»Will Graham, FBI.«

»Hier spricht Sergeant Stanley Riddle, von der Chicagoer Polizei.« Sein Tonfall wurde zunehmend gereizter. »Könnten Sie mir vielleicht erklären, was dieser ganze Zirkus soll?«

»Das hätte ich eigentlich gern von Ihnen gehört. Haben Sie nicht eben einen Mann festgenommen?«

»Allerdings. Freddy Lounds, den Reporter. Ich kenne den Mann schon seit zehn Jahren... Hier ist Ihr Notizbuch, Freddy... Haben Sie irgendwelche Anklagepunkte gegen ihn vorzubringen?«

Grahams Gesicht war inzwischen totenbleich. Das Crawfords erstrahlte dafür in um so dunklerem Rot. Dr. Bloom starrte auf die sich unbeirrt weiterdrehenden Tonbandspulen.

»Können Sie mich hören?«

»Ja, ich erhebe Anklage«, stieß Graham mit erstickter Stimme hervor. »Wegen Rechtsbehinderung. Nehmen Sie den Kerl bitte mit und führen Sie ihn dem Staatsanwalt vor.«

Plötzlich war Lounds am Apparat. Nachdem er die Wattebäusche aus seinen Backen entfernt hatte, sprach er nun rasch und klar verständlich.

»Will, hören Sie –«

»Das können Sie gleich alles dem Staatsanwalt erklären. Geben Sie mir sofort noch einmal Sergeant Riddle.«

»Ich weiß etwas –«

»*Geben Sie mir Riddle.*«

An diesem Punkt schaltete sich Crawfords Stimme in das Gespräch ein. »Lassen Sie mich das regeln, Will.«

Graham knallte den Hörer mit solcher Wucht auf die Gabel zurück, daß alle in unmittelbarer Nähe des Telefonlautsprechers unwillkürlich zusammenzuckten. Er kam aus der Kabine und verließ den Raum, ohne einen der Anwesenden eines Blickes zu würdigen.

»Lounds, wissen Sie eigentlich, was Sie da angerichtet haben«, legte Crawford nun los.

»Sie wollen diesen Irren doch fassen, oder nicht? Ich kann Ihnen dabei helfen. Lassen Sie mich also erst mal in Ruhe zu Ende sprechen.« Lounds beeilte sich sichtlich, Crawfords Einwänden zuvorzukommen. »Sie haben mir doch eben selbst gezeigt, wie dringend Sie auf die Unterstützung des *Tattler* angewiesen sind. Vorher war ich mir dessen nicht so sicher – aber jetzt schon. Diese Annonce hat doch mit dem Zahnschwuchtel-Fall zu tun, oder hätten Sie sich sonst etwa solche Mühe gemacht festzustellen, woher dieser Anruf kam? Wie gesagt, der *Tattler* steht Ihnen zu Diensten. Allzeit bereit.«

»Wie haben Sie das herausbekommen?«

»Der Leiter der Anzeigenredaktion ist zu mir gekommen.

Ihr Büro in Chicago hätte da so einen Kleiderschrank vorbeigeschickt, um sich die Annoncen anzuschauen. Ihr Mann hat sich fünf Briefe mit Anzeigenaufträgen aushändigen lassen – wegen angeblichen ›Postbetrugs‹. Von wegen Postbetrug. Der Leiter der Anzeigenredaktion hat die Briefe samt Umschlägen kopiert, bevor er sie Ihrem Mann ausgehändigt hat.

Ich sah mir die Briefe alle an, wobei mir selbstverständlich klar war, daß ihn nur einer davon wirklich interessierte. Die anderen hat er sich einfach aus Tarnzwecken geben lassen. Ich brauchte allerdings eine Weile, bis ich mir einen Reim auf das Ganze machen konnte. Der Umschlag brachte mich schließlich auf des Rätsels Lösung. Er war mit einem Frankierstempel des Chesapeake State Hospital abgestempelt. Und dort war ich doch erst kürzlich, auf der Fährte Ihres tollkühnen Freundes, wie Sie wissen. Um was anderes hätte es sich demnach also drehen können?

Dennoch wollte ich mir Gewißheit verschaffen. Deshalb habe ich gestern angerufen, um zu sehen, ob Sie auf ›Mr. Pilger‹ anspringen würden. Und das haben Sie ja, weiß Gott, getan.«

»Wissen Sie eigentlich, was Sie da für eine Riesendummheit gemacht haben, Freddy.«

»Sie sind auf den *Tattler* angewiesen, und ich könnte Ihnen in dieser Hinsicht sehr entgegenkommen. Zum Beispiel, was die Anzeigen, gewisse redaktionelle Maßnahmen oder die Überprüfung der eingehenden Post betrifft – was Sie wollen. Sagen Sie mir Ihre Wünsche – ich kann sehr diskret sein. Jawohl, das kann ich sehr wohl. Beziehen Sie mich mit ein, Crawford.«

»Es gibt nichts, worin wir Sie mit einbeziehen könnten.«

»Na gut, dann macht es vermutlich ja auch nichts aus, wenn in der nächsten Ausgabe sechs Anzeigen erscheinen, alle für ›Mr. Pilger‹ bestimmt und wie gehabt unterzeichnet.«

»Wenn Sie unbedingt wollen, daß ich Ihnen mit einer einstweiligen Verfügung und einer Anzeige wegen Rechtsbehinderung komme – bitte.«

»Darüber hinaus könnte etwas von der ganzen Sache an

die übrigen Zeitungen des Landes durchsickern.« Lounds wußte, daß seine Worte auf Band aufgezeichnet wurden. Aber das schien ihn nicht im geringsten zu stören. »Ich schwöre Ihnen, Crawford: Ich werde es tun. Ich mache Ihnen einen Strich durch die Rechnung, wenn Sie mich nicht in die Ermittlungen mit einbeziehen.«

»Fügen Sie dem, was ich eben gesagt habe, noch bundesweite Verbreitung einer sicherheitsgefährdenden Information hinzu.«

»Lassen Sie mich Ihnen *helfen*, Jack. Ich bin dazu sehr wohl in der Lage. Glauben Sie mir.«

»Fahren Sie lieber schon mal schön brav mit Sergeant Riddle aufs Revier, Freddy. Aber vorher geben Sie mir Riddle bitte noch mal.«

Freddy Lounds' Lincoln Versailles roch nach Haarwasser und Aftershave, ungewaschenen Socken und Zigarren, so daß der Sergeant voller Erleichterung ausstieg, als sie vor der Wache hielten.

Lounds kannte den Revierkommandanten und viele der Streifenpolizisten. Der Captain ließ Lounds Kaffee bringen und rief in der Staatsanwaltschaft an, um ›diese unangenehme Geschichte möglichst rasch zu klären‹.

Kein FBI-Marshal kam Lounds holen. Der erhielt statt dessen eine halbe Stunde später im Büro das Captains einen Anruf von Crawford, worauf er sich wieder auf freiem Fuß befand. Der Captain begleitete ihn persönlich zu seinem Wagen.

Lounds war ziemlich aufgedreht und fuhr auf dem Heimweg zu seinem Apartment, von dem man einen herrlichen Blick auf den Lake Michigan hatte, schnell und hektisch. Es gab verschiedene Dinge, die er von dieser Story erwartete und von denen er wußte, daß er sie auch bekommen würde. Eines davon war Geld, wobei ihm hiervon am meisten das Taschenbuch einbringen würde. Sechsunddreißig Stunden nach der endgültigen Festnahme würde in den Regalen der Buchhandlungen und Zeitungskioske ein Taschenbuch aufliegen, in dem der Fall bis ins kleinste Detail aufgerollt wurde. Und dazu kam natürlich noch der exklusive Sensationsbericht in der Tagespresse. Es würde ihm große Genugtuung bereiten zu sehen, wie die seriösen Blätter – die *Chicago Tribune*, die *Los Angeles Times*, die geheiligte *Washington Post* und die über allem stehende *New York Times* – in ihren Reportagen über den Fall auf seine Berichte – mitsamt seinem groß herausgestellten Namen und Foto – würden zurückgreifen müssen.

Und dann konnten die Korrespondenten der großen Wochenzeitschriften, die auf ihn herabsahen und sich nicht dazu herablassen wollten, einen mit ihm zu trinken, hinter ihm herhecheln, ob er vielleicht auch für sie ein paar Brocken abfallen ließ.

In ihren Augen war Lounds ein Paria, da er einem anderen Glauben anhing. Wäre er einfach unfähig gewesen, ein Trittbrettfahrer ohne andere Möglichkeiten, hätten ihm die altgedienten Hasen von der seriösen Presse vielleicht verzeihen können, daß er für den *Tattler* arbeitete, wie man eben auch einem debilen Dorftroffel einiges durchgehen ließ. Aber Lounds war gut. Er hatte alle Eigenschaften eines guten Reporters – Intelligenz, Courage und einen guten Blick. Außerdem verfügte er über erhebliche Energien und unerschöpfliche Geduld.

Gegen ihn sprach die Tatsache, daß er ein nicht gerade sehr angenehmer Zeitgenosse war, der ständig und überall auf ungute Weise aneckte und zudem nicht in der Lage schien, seine Person aus seinen Stories herauszuhalten.

Lounds war von dem unstillbaren Verlangen erfüllt, Anerkennung zu finden, was häufig fälschlicherweise als Egozentrik bezeichnet wird. Lounds war ein häßliches, kleines Kerlchen mit schiefen Zähnen und Rattenaugen.

Nachdem er sich zehn Jahre mit seriösem Journalismus Erfahrung erworben und seine Sporen verdient hatte, war ihm klar geworden, daß er nie ins Weiße Haus geschickt werden würde. Ihm wurde bewußt, daß seine Vorgesetzten ihn aussaugen würden, bis er sich nur noch mit immer mehr Alkohol über Wasser halten könnte und bestenfalls dazu taugen würde, irgendeinen Sackgassenschreibtisch zu besetzen, bevor ihm eine Leberzirrhose oder ein Schlafzimmerbrand endgültig den Garaus machten.

Alle wollten sie die Informationen, die er zu beschaffen verstand, aber niemand wollte Freddy. Sie zahlten ihm Spitzengehälter, die jedoch trotzdem nicht sehr hoch waren, wenn man sich damit Frauen kaufen mußte. Sie klopften ihm die Schultern und versicherten ihm, er hätte wirklich Courage, aber gleichzeitig weigerten sie sich, ihm auf seinen Namen einen Parkplatz vor der Redaktion zu reservieren.

Eines Abends im Jahr 1969, als er gerade in der Redaktion einen Artikel für die Veröffentlichung überarbeitete, hatte Freddy eine Art Damaskuserlebnis.

Neben ihm saß Fred Larkin und nahm übers Telefon einen Bericht eines Kollegen entgegen. Das waren die Aufgaben, mit denen sich bei der Zeitung, für die Freddy arbeitete, die alten ausgedienten Hasen ihr Gnadenbrot verdienen mußten. Fred Larkin war fünfundfünfzig, aber er sah aus wie siebzig. Er hatte Austernaugen und ging jede halbe Stunde an seinen Spind, um sich einen kräftigen Schluck zu genehmigen. Freddy konnte seine Fahne bis zu der Stelle riechen, wo er saß.

Larkin stand auf und schlurfte auf die Tür zum Büro der Nachrichtenredakteurin zu, um sie in heiserem Flüsterton um einen Gefallen zu bitten. Freddy hörte gewohnheitsmäßig anderer Leute Gespräche mit.

Larkin ersuchte die Frau, ihm aus dem Automaten in der Damentoilette eine Monatsbinde zu besorgen, die er für seinen blutenden Hintern brauchte.

Freddy hörte zu tippen auf. Er nahm den Artikel aus der Maschine, spannte ein frisches Blatt ein und schrieb seine Kündigung.

Eine Woche später arbeitete er für den *Tattler*.

Er begann dort als Krebsredakteur mit einem Gehalt, das etwa doppelt so hoch war wie sein voriges. Der Chefredakteur und der Herausgeber waren von seinem Engagement sichtlich beeindruckt.

Beim *Tattler* konnte man es sich leisten, Freddy ein gutes Gehalt zu zahlen, da sich Krebs für das Blatt als eine höchst lukrative Angelegenheit erwies.

Einer von fünf Amerikanern stirbt daran. Die Angehörigen der Sterbenden, nach endlosem Hoffen und Beten nach jedem sich bietenden Strohhalm greifend, gierten geradezu nach neuen Erfolgsmeldungen in der Krebsbekämpfung, handelte es sich dabei um Handauflegen, kalte Wickel oder Bananenpudding.

Marktanalysen ergaben, daß eine kühne ›Neues-Heilmittel-gegen-Krebs‹- oder ›Krebs-Wunderdroge‹-Schlagzeile, die Supermarkt-Verkaufsziffern einer jeden *Tattler*-Ausgabe um 22,3 Prozent steigen ließen. Eine sechsprozentige Einbuße war in diesem Zusammenhang zu verzeichnen, wenn der zu der Schlagzeile gehörende nichtssagende Bericht ebenfalls auf der ersten Seite abgedruckt wurde, so daß ihn der Kunde bereits überfliegen konnte, während er mit seinem Einkaufswagen an der Kasse des Supermarkts wartete.

Marktforscher hatten entdeckt, daß es sich als wesentlich verkaufsförderlicher erwies, die große Schlagzeile – möglichst in Farbe – auf die Titelseite zu setzen, den dazugehörigen Bericht aber irgendwo im Innern des Blattes abzudrukken, wo er sich nicht so leicht lesen ließ, während man mit seinem Einkaufswagen an der Kasse auf seine Abfertigung wartete.

Der Standardartikel zu diesem Thema begann mit fünf Absätzen in optimistischem Zehn Punkt-Schrifttyp, um über ein paar Zeilen in Acht-Punkt schließlich auf Sechs-Punkt zusammenzuschrumpfen, bevor darauf hingewiesen wurde, daß das ›Wundermittel‹ noch nicht erhältlich war oder erst im Tierversuch getestet wurde.

Freddy verdiente seinen Lebensunterhalt nun damit, solche Artikel zu liefern und damit die Auflage des *Tattler* in die Höhe zu treiben.

Dazu kam noch, daß die Hersteller aller möglichen Wundermedaillons und Heiltücher hervorragend zahlten, um ihre Anzeigen in unmittelbarer Nähe der wöchentlichen Krebs-Sensationsmeldungen unterbringen zu können.

Zahlreiche Leser schrieben mit der Bitte um weitere Informationen an die Redaktion. Auch sie entpuppten sich als eine zusätzliche Einnahmequelle, indem man ihre Adressen an einen Radio-›Evangelisten‹ verkaufte, einen himmelschreienden Ganoven, der diese Leute dann mit der Bitte um Spenden anschrieb, und dies in Umschlägen mit dem Aufdruck ›Jemand, den Sie lieben, wird sterben, wenn Sie nicht...‹

Freddy Lounds war gut für den *Tattler*, und umgekehrt war der *Tattler* gut zu ihm. Nachdem er nun bereits seit elf Jahren bei der Zeitung war, verdiente er immerhin jährlich zweiundsiebzigtausend Dollar. Er schrieb mehr oder weniger über Themen, die ihn gerade interessierten, und machte sich mit dem Geld ein schönes Leben. Er lebte so gut, wie er eben gut zu leben verstand.

Wie die Dinge standen, glaubte er, seine Vorschußforderungen für die Taschenbuchausgabe durchaus noch etwas in die Höhe schrauben zu können, und auch die Filmindustrie hatte bereits ein gewisses Interesse angemeldet. Er hatte gehört, daß Hollywood für fiese, aufdringliche Kerle mit Geld genau der richtige Ort war.

Freddy war bester Stimmung. Er fuhr ziemlich rasant in die Tiefgarage im Keller des Hauses, in dem seine Wohnung lag, und steuerte seinen Lincoln mit beherztem Reifenquietschen auf seine Stellfläche. Hier war sein Name in dreißig Zentimeter hohen Buchstaben an die Wand gepinselt, um seinen Parkplatz zu kennzeichnen. Mr. Frederick Lounds.

Wendy war bereits hier; ihr Datsun stand gleich nebendran. Sehr gut. Er hoffte, sie mit nach Washington nehmen zu können, damit den Plattfüßlern dort mal ordentlich die Augen rausfielen. Er pfiff vergnügt vor sich hin, als er im Lift nach oben fuhr.

Wendy packte für ihn. Sie hatte ein Leben lang aus Koffern gelebt und verstand sich auf dieses Geschäft.

In ihren Jeans und dem Flanellhemd, das braune Haar zu einem Pferdeschwanz zusammengebunden, hätte sie bis auf ihre Blässe und ihre Figur irgendein Mädchen vom Land sein können. Wendys Figur war mehr oder weniger eine Karikatur des Inbegriffs aller pubertären Fantasien.

Sie sah Lounds aus Augen an, in denen sich schon seit Jahren keine Verwunderung mehr gespiegelt hatte. Ihr entging keineswegs, daß er leicht zitterte.

»Du arbeitest zu viel, Roscoe.« Sie nannte ihn Roscoe, und aus irgendeinem unerfindlichen Grund mochte er das sogar. »Welche Maschine nimmst du denn – die um sechs?« Sie brachte ihm etwas zu trinken und nahm ihren geschuppten Overall sowie den Perückenkoffer vom Bett, damit er sich niederlegen konnte. »Ich kann dich zum Flughafen bringen. Vor sechs muß ich nicht im Club sein.«

›Wendy City‹, war ihre eigene Oben-ohne-Bar, und sie brauchte nun nicht mehr selbst zu tanzen. Den Pachtvertrag hatte Lounds als Partner unterzeichnet.

»Du klangst ja wie Moroco Mole, als du mich vorhin angerufen hast«, sagte sie.

»Wie wer?«

»Du weißt schon, aus dieser Fernsehsendung am Samstagmorgen; er ist wirklich ganz mysteriös und hilft Secret Squirrel immer aus der Patsche. Wir haben das angesehen, als du Grippe hattest... Du hast heute wohl einen Riesentreffer gelandet, wie du aussiehst. Du scheinst zumindest verdammt zufrieden mit dir selbst.«

»Das kann man wohl sagen. Ich habe heute einiges riskiert, Schatz, aber es hat sich rentiert. So eine Chance wird sich mir so schnell nicht wieder bieten.«

»Du hast noch Zeit für ein kleines Nickerchen, bevor du losmußt. Ruh dich ein wenig aus, sonst bringst du dich noch selbst unter die Erde.«

Lounds steckte sich eine Zigarette an. Eine andere lag noch brennend im Aschenbecher.

»Weißt du was?« fuhr sie fort. »Ich möchte wetten, daß du schlafen kannst, wenn du jetzt erst mal schön dein Glas austrinkst und mir in Ruhe erzählst, was passiert ist.«

Lounds Gesicht, wie eine Faust gegen ihren Hals gepreßt, entspannte sich schließlich und gewann ebenso plötzlich an Beweglichkeit, wie eine Faust zur Hand wird. Sein Zittern ließ nach und hörte schließlich ganz auf. Und dann erzählte er ihr alles, indem er es in die fleischige Spalte zwischen ihren künstlich vergrößerten Brüsten flüsterte. Sie zeichnete inzwischen mit der Fingerspitze gemächliche Achten auf seinen Nacken.

»Das hast du aber wirklich klug eingefädelt, Roscoe«, bemerkte sie schließlich anerkennend. »Schlaf jetzt noch ein bißchen. Ich wecke dich, wenn wir los müssen. Es wird alles gut gehen – alles. Und dann werden wir uns wieder mal ein paar richtig schöne Tage machen.«

Sie flüsterten sich gegenseitig die Orte zu, an denen sie Urlaub machen würden, bis er einschlief.

17. Kapitel

Dr. Alan Bloom und Jack Crawford saßen auf zwei Klappstühlen, dem einzigen Mobiliar, das noch in Crawfords Büro übrig geblieben war.

»Im Schrank ist niemand, Doktor.«

Dr. Bloom studierte Crawfords affenartiges Gesicht und fragte sich, was nun wohl kommen würde. Hinter Crawfords Genörgle und seinen Alka-Seltzers war sich der Psychiater sehr wohl der Intelligenz von der alles durchdringenden Schärfe eines Röntgenapparates bewußt.

»Wo ist Will hin?«

»Er dürfte erst mal eine Weile durch die Gegend laufen, um seine Wut abzureagieren«, erwiderte Crawford. »Er haßt Lounds wie die Pest.«

»Haben Sie eigentlich befürchtet, auf Will verzichten zu

müssen, nachdem Lecter der Zahnschwuchtel seine Privatadresse mitgeteilt hat? Dachten Sie, er würde zu seiner Familie zurückkehren?«

»Einen Augenblick schon. Das Ganze ist ihm ziemlich an die Nieren gegangen.«

»Verständlicherweise«, warf Dr. Bloom ein.

»Doch dann wurde mir klar – er kann gar nicht nach Hause zurück. Er nicht, Molly nicht und Willy nicht. Bis die Zahnschwuchtel nicht aus dem Verkehr gezogen ist, gibt es für die drei kein Zuhause mehr.«

»Kennen Sie Molly?«

»Ja, eine wunderbare Frau. Ich finde sie ausgesprochen sympathisch, auch wenn sie mich sicher nur zu gern in sämtlichen Feuern der Hölle schmoren sähe. Aus diesem Grund gehe ich ihr im Augenblick lieber aus dem Weg.«

»Glaubt sie denn, Sie würden Will benutzen?«

Crawford sah Dr. Bloom scharf an. »Es gibt da verschiedene Dinge, über die ich mit ihm sprechen muß. Allerdings hätte ich dazu gern auch Ihre Meinung gehört. Wann müssen Sie in Quantico sein?«

»Erst Dienstagmorgen. Ich habe meine Vorlesung etwas verschieben lassen.« Dr. Bloom war Gastdozent am Institut für Verhaltensforschung der FBI-Akademie.

»Graham mag Sie«, fuhr Crawford fort. »Er weiß, daß Sie ihm nicht mit irgendwelchen psychologischen Tricks kommen.« Blooms Bemerkung von kurz vorher, in der er darauf angespielt hatte, Crawford könnte Graham benutzen, hatte einen wunden Punkt in Crawford getroffen.

»So etwas würde ich nie tun«, erklärte Dr. Bloom. »Ich bin ihm gegenüber so ehrlich und offen, als wäre er ein Patient von mir.«

»Genau.«

»Nein, ich möchte sein Freund sein, und ich hege dabei keinerlei Hintergedanken. Mein Fach bringt es mit sich, daß ich meine Mitmenschen sehr scharf beobachte. Trotzdem habe ich jedoch Ihre Bitte abgeschlagen, für Sie, Jack, eine Persönlichkeitsstudie über ihn anzufertigen.«

»Diese Studie wollte Petersen einen Stock höher. Nicht ich.«

»Aber Sie waren derjenige, der mich daraufhin angesprochen hat. Wie dem auch sei – sollte ich Graham je zum Gegenstand einer wissenschaftlichen Untersuchung machen, würde ich dies in einer so abstrakten Form tun, daß kein Mensch ihn dahinter erkennen könnte. Sollte ich wirklich je etwas über ihn veröffentlichen, dann nur posthum.«

»Meinen Sie damit, nach Ihrem Tod oder nach dem Grahams?«

Dr. Bloom gab keine Antwort.

»Eines ist mir aufgefallen, was ich Sie schon länger mal fragen wollte: Sie halten sich doch nie mit Graham allein in einem Raum auf. Sie stellen das zwar immer sehr geschickt an, so daß es eigentlich gar nicht auffällt, aber trotzdem vermeiden Sie es, ihm unter vier Augen zu begegnen. Was ist der Grund dafür? Halten Sie ihn für medial veranlagt?«

»Nein. Er ist ein *Eidetiker*, das heißt, er hat ein außergewöhnliches visuelles Gedächtnis. Aber ich halte ihn nicht für ein Medium. Er wollte sich ja auch nicht von Duke testen lassen – wobei das freilich nichts zu besagen hat. Er läßt sich nicht gern herumkommandieren. Aber das trifft auf mich genauso zu.«

»Aber –«

»Will möchte diese Angelegenheit als eine rein intellektuelle Übung betrachten, was es im Rahmen einer etwas abstrakten forensischen Definition ja auch ist. Und er ist nun einmal sehr gut darin, obwohl ich glaube, daß es sicher auch andere Männer gibt, die ebenso gut sind wie er.«

»Aber nicht viele«, warf Crawford ein.

»Darüber hinaus verfügt er über die Gabe hochgradigen Einfühlungvermögens«, fuhr Dr. Bloom fort. »Er kann problemlos ihren oder meinen Standpunkt einnehmen – und darüber hinaus auch noch eine ganze Reihe anderer Standpunkte, die ihn jedoch mit ziemlicher Abscheu und Besorgnis erfüllen dürften. Das ist eine Gabe, Jack, mit der es sich weiß Gott nicht sehr gut leben läßt. Jedenfalls handelt es sich bei dieser Art von Begabung um eine höchst zweischneidige Angelegenheit.«

»Warum vermeiden Sie es, allein mit ihm zu sein?«

»Weil ich durchaus ein berufliches Interesse an ihm habe, dessen er sich jedoch sehr rasch bewußt würde. Er läßt sich wirklich nicht sehr leicht täuschen.«

»Vermutlich würde er doch nur die Rolläden runterlassen, wenn er Sie beim Spionieren ertappen würde.«

»Nicht gerade eine sehr erfreuliche Analogie, aber dennoch durchaus zutreffend. Finden Sie nicht, daß Sie es mir inzwischen genügend heimgezahlt haben, Jack, damit wir nun endlich zur Sache kommen können? Machen wir's kurz. Ich fühle mich nicht sehr gut.«

»Etwa eine psychosomatische Reaktion«, stichelte Crawford weiter.

»Wenn Sie's genau wissen wollen, Jack; es ist meine Gallenblase. Also, was wollen Sie?«

»Ich habe ein Medium, über das ich mit der Zahnschwuchtel sprechen kann.«

»Sie meinen den *Tattler?*«

»Ja. Halten Sie es für möglich, ihn auf eine selbstzerstörerische Bahn zu lenken, indem wir in einer bestimmten Richtung auf ihn einwirken?«

»Sie meinen, ihn zum Selbstmord drängen?«

»Zum Beispiel.«

»Das bezweifle ich. Bei gewissen psychischen Störungen wäre so etwas unter Umständen möglich, aber in diesem Fall möchte ich das bezweifeln. Wenn dieser Mann selbstzerstörerische Tendenzen aufwiese, ginge er nicht so extrem vorsichtig vor. Er wäre dann nicht so sehr darum bemüht, nicht entdeckt zu werden. Handelte es sich bei ihm um einen Fall von klassischer Schizophrenie, könnte man ihn sicher dahingehend beeinflussen, daß er sich schließlich selbst verraten und entlarven würde. Man könnte ihn unter Umständen auch dazu bringen, sich selbst etwas anzutun, wobei ich Ihnen dabei allerdings nicht behilflich wäre.« Selbstmord war Blooms Todfeind.

»Das kann ich mir gut denken«, nickte Crawford. »Könnten wir ihn irgendwie in Rage bringen?«

»Weshalb wollen Sie das wissen? Und zu welchem Zweck?«

»Lassen Sie es mich doch mal so ausdrücken: Könnten wir ihn irgendwie in Rage bringen und seine Wut auf ein ganz bestimmtes Ziel lenken?«

»Sie wissen doch sehr gut, daß er längst auf Graham als seinen Gegenspieler fixiert ist. Machen Sie mir also nichts vor. Sie haben demnach bereits beschlossen, Graham als Lockvogel zu benutzen, ist es nicht so?«

»Ich glaube, mir bleibt gar keine andere Wahl. Entweder das, oder es gibt am fünfundzwanzigsten wieder ein schreckliches Massaker. Sie müssen mir helfen.«

»Ich bin mir nicht ganz sicher, ob Sie sich eigentlich bewußt sind, was Sie da verlangen.«

»Ich will Ihren Rat – nicht mehr und nicht weniger.«

»Ich meinte damit nicht von mir«, korrigierte ihn Bloom. »Sondern was Sie von Graham verlangen. Mißverstehen Sie mich bitte nicht – und normalerweise würde ich so etwas auch nie sagen –, aber Sie sollten sich zumindest über folgendes im klaren sein: Was halten Sie für einen von Wills stärksten Antrieben?«

Crawford schüttelte den Kopf.

»Die Angst, Jack. Dieser Mann hat mit einem enormen Angstpotential zu kämpfen.«

»Weil er damals so schwer verwundet wurde?«

»Nein, nicht nur deswegen. Mit einer stark ausgeprägten Vorstellungskraft ist unweigerlich auch große Angst verbunden; das ist der Preis – oder sollte ich besser sagen: die Strafe – für diese Gabe.«

Crawford starrte auf seine grobschlächtigen Hände hinab, die er über seinem Bauch verschränkt hatte, und errötete. Es war ihm peinlich, darüber zu sprechen. »Natürlich, es ist genau das, worüber man kein Wort verliert, weil man ja zu den großen, überlegenen Mackern gehören will, denen nichts so leicht etwas anhaben kann. Aber Sie brauchen sich keine Sorgen zu machen, mir zu erzählen, daß er Angst hat. Ich gelange deshalb keineswegs zu der Überzeugung, daß er seiner Aufgabe deshalb nicht gewachsen wäre. So blöd bin ich beileibe nicht, Doktor.«

»Das habe ich auch nie gedacht, Jack.«

»Ich würde ihn auch keinesfalls in dem Maße exponieren, wenn ich nicht überzeugt wäre, ihm den bestmöglichen Schutz zukommen lassen zu können. Also gut, wenn ich das Ganze nicht mindestens achtzig Prozent abgesichert glaubte: Und Will ist ja auch nicht gerade ohne. Nicht unbedingt der Beste, aber trotzdem verdammt schnell. Würden Sie uns helfen, die Zahnschwuchtel aus ihrem Versteck hervorzulokken, Doktor? Immerhin hat er bereits eine Menge Unschuldige auf dem Gewissen.«

»Nur, wenn Graham sich über das volle Ausmaß der Risiken bewußt ist, die er damit eingeht, und sie dann freiwillig auf sich nimmt. Und ich möchte seine Zustimmung aus seinem eigenen Mund hören.«

»In dieser Hinsicht halte ich es wie Sie, Doktor. Ich mache Will nie etwas vor.«

Crawford fand Graham in dem kleinen Arbeitsraum neben Zellers Labor, das er für sich angefordert hatte, um dort die Fotos und die privaten Dokumente der Opfer unterzubringen.

Crawford wartete, bis Graham das *Bulletin für Exekutivorgane*, das er bei seinem Eintreten studiert hatte, beiseite legte.

»Ich wollte dir nur sagen, was wir für den fünfundzwanzigsten zu erwarten haben.« Er hätte Graham nicht extra darauf aufmerksam machen müssen, daß der nächste Vollmond auf den fünfundzwanzigsten fiel.

»Wenn er neuerlich zuschlagen wird?«

»Ja, falls wir am fünfundzwanzigsten in Schwierigkeiten kommen.«

»Nicht falls – wenn.«

»Bisher hat er beide Male an einem Samstagabend zugeschlagen. In Birmingham am achtundzwanzigsten Juni; der

Vollmond fiel damals genau auf diesen Tag. In Atlanta hat er bereits einen Abend vor Vollmond am sechsundzwanzigsten Juli zugeschlagen, ebenfalls einem Samstagabend. Diesen Monat fällt der Vollmond auf einen Montag, den fünfundzwanzigsten August. Da er offensichtlich eine ausgesprochene Vorliebe fürs Wochenenende hat, halten wir uns also schon von Freitag an bereit.«

»Bereit? Wir sollen *bereit* sein?«

»Ganz richtig. Du weißt doch, wie es in den Lehrbüchern steht – die ideale Methode, in einem Mordfall zu ermitteln.«

»Nur sieht so etwas in der Praxis normalerweise etwas anders aus«, entgegnete Graham. »Oder kannst du mir vielleicht einen Fall nennen, in dem sich diese wunderschöne Theorie auch nur annähernd in die Praxis hätte umsetzen lassen?«

»Eigentlich nicht. Du hast selbstverständlich recht. Trotzdem wäre es großartig, mal auf diese Weise vorgehen zu können: Man schickt nur einen Mann rein – einen einzigen. Damit er sich den Tatort in Ruhe ansehen kann. Er steht über Funk mit der Zentrale in Verbindung und gibt einfach alle seine spontanen Eindrücke durch. Er hat den Tatort ganz für sich allein, und das, solange er will. Nur dieser eine Mann... nur du.«

Eine lange Pause.

»Worauf willst du hinaus;«

»Ab Freitagabend, dem zweiundzwanzigsten, steht für uns auf dem Luftwaffenstützpunkt Andrews eine Grumman Gulfstream bereit. Ich habe mir die Maschine von der Abteilung für Inneres ausgeliehen. Sie wird mit einem leistungsfähigen Labor bestückt sein. Und wir stehen ständig in Bereitschaft – ich, du, Zeller, Jimmy Price, ein Fotograf und zwei Leute, die die Verhöre übernehmen. Sobald der Anruf reinkommt, können wir starten. Ganz gleich, wo er diesmal im Südosten zuschlägt, wir sind spätestens in einer Stunde und fünfzehn Minuten an Ort und Stelle.«

»Und was ist mit der lokalen Polizei? Die lassen sich auf

so was bestimmt nicht ein. Die würden doch nie so lange warten.«

»Wir lassen Rundschreiben an alle Polizeidienststellen und Sheriffbüros rausgehen – an jede einzelne. Und darin fordern wir sie auf, an die Einsatzleiter und die diensthabenden Beamten entsprechende Anweisungen zu erteilen.«

Graham schüttelte den Kopf. »Daran glaubst du doch nicht im Ernst. So lange würden die nie warten. Das könnten sie doch gar nicht.«

»Hör doch erst mal, was wir von ihnen verlangen – so viel ist das gar nicht. Wir ersuchen sie lediglich, daß, sobald die entsprechende Meldung eingegangen ist, sich die Beamten, die als erste am Tatort eintreffen, dort erst mal umsehen. Auch das medizinische Personal hat Zutritt zum Schauplatz der Tat, um sich zu vergewissern, daß niemand überlebt hat. Dann kommen sie aber gleich wieder nach draußen. Straßensperren, Verhöre oder was auch sonst sie danach machen wollen, ist ihnen vollkommen freigestellt. Nur der *Tatort* wird hermetisch abgeriegelt, bis wir eintreffen. Wir fahren vor, und du gehst rein. Du hast Funk dabei und gibst uns nach draußen durch, was dir so durch den Kopf geht. Wenn dir nicht danach ist, brauchst du auch nichts zu sagen. Laß dir Zeit, soviel du willst. Dann kommen wir nach.«

»Darauf läßt die zuständige Polizeidienststelle sich doch nie ein.«

»Natürlich nicht. Sie werden selbstverständlich ein paar Detektive ihrer Mordkommission reinschicken. Aber ganz ohne Wirkung wird unser Gesuch auch nicht bleiben. Sie werden auf jeden Fall im Haus etwas leiser treten, so daß du dann alles noch frisch und unberührt vorfindest.«

Frisch und unberührt. Graham ließ seinen Kopf auf die Stuhllehne zurücksinken und starrte an die Decke.

»Selbstverständlich«, fuhr Crawford fort, »sind es bis zu diesem Wochenende noch dreizehn Tage.«

»Also weißt du, Jack.«

»Wieso? Was soll sein?« spielte Crawford den Unschuldigen.

»Du willst mich also tatsächlich ans Messer liefern?«

»Ich fürchte, ich verstehe nicht recht, was du damit meinst.«

»Das tust du sehr wohl. Du hast also tatsächlich beschlossen, mich als Lockvogel zu benutzen, da du nicht weißt, was du sonst tun solltest. Bevor du mich also daraufhin ansprichst, malst du mir erst mal in den schauerlichsten Farbtönen aus, wie schlimm es das nächste Mal werden wird. Psychologisch verdammt gerissen – zumindest für einen Trottel wie mich. Was dachtest du wohl, daß ich darauf geantwortet hätte, wenn du mich geradeheraus gefragt hättest? Hast du etwa Angst, ich könnte seit der Geschichte mit Lecter nicht mehr den genügenden Mumm für so etwas haben?«

»Nein.«

»Und wenn es so wäre, könnte ich es dir nicht mal zum Vorwurf machen. Wir kennen schließlich beide einige Leute, denen es so ergangen ist. Es gefällt mir keineswegs, von nun an in einer kugelsicheren Weste durch die Gegend zu laufen. Aber was bleibt mir schließlich schon anderes übrig. Wir können nicht mehr nach Hause, solange dieser Kerl sich nicht hinter Schloß und Riegel befindet.«

»Ich habe nie daran gezweifelt, daß du dich dazu bereit erklären würdest.«

Graham spürte, daß das ehrlich gemeint war. »Demnach ist es also noch etwas anderes?«

Crawford sagte nichts.

»Nicht Molly. *Kommt überhaupt nicht in Frage.*«

»Will, ich bitte dich. Um so etwas würde nicht einmal *ich* dich bitten.«

Graham starrte ihn einen Augenblick lang an. »Verdammt noch mal, Jack, dann hast du also beschlossen, Freddy Lounds mit einzubeziehen. Du und diese Ratte, ihr seid euch also einig geworden.«

Stirnrunzelnd starrte Crawford auf einen Punkt auf seiner Krawatte. Schließlich sah er Graham an. »Du weißt selbst am besten, daß das die beste Möglichkeit ist, ihn zu ködern.

Die Zahnschwuchtel wird den *Tattler* sorgfältig studieren. Was können wir denn sonst tun?«

»Muß es denn unbedingt Lounds sein?«

»Er hat nun mal beim *Tattler* einiges zu sagen.«

»Demnach werde ich also im *Tattler* kräftig gegen die Zahnschwuchtel vom Leder ziehen, um ihn ordentlich gegen mich aufzubringen. Du hältst das also für besser als die Sache mit dem toten Briefkasten? Spar dir deine Antwort – ich weiß, daß es so ist. Hast du schon mit Bloom darüber gesprochen?«

»Nur flüchtig. Wir werden uns beide erst noch ausführlich mit ihm unterhalten müssen – und mit Lounds. Die Sache mit dem toten Briefkasten werden wir übrigens gleichzeitig auch noch durchzuziehen versuchen.«

»Und wie hast du dir das vorgestellt? Ich denke, wir müssen ihn doch wohl ziemlich nahe an mich heranlassen, zumal ich mir nicht vorstellen kann, daß er mich aus dem Hinterhalt abzuknallen versuchen wird. Er könnte mir zwar durchaus ein Schnippchen schlagen, aber ich glaube eigentlich nicht, daß er sich dabei eines Gewehrs mit Zielfernrohr bedienen wird.«

»Wir werden auf allen höher gelegenen Punkten Scharfschützen postieren.«

Sie dachten beide dasselbe. Eine kugelsichere Weste würde Graham gegen die Neun-Millimeter-Automatik der Zahnschwuchtel und gegen sein Messer schützen, solange er sich nicht seinen Kopf vornahm. Den zu schützen gab es keine Möglichkeit, falls ein Gewehrschütze aus einem Versteck das Feuer auf ihn eröffnete.

»Mit Lounds kannst du doch reden. Mich braucht ihr dazu nicht unbedingt.«

»Er muß ein Interview mit dir machen, Will«, sagte Crawford sanft. »Und er braucht ein paar Fotos von dir.«

Bloom hatte Crawford bereits gewarnt, daß er hinsichtlich dieses Punkts wohl mit einigen Schwierigkeiten zu rechnen haben würde.

18. Kapitel

Als es schließlich soweit war, sollte Graham sowohl Bloom wie Crawford überraschen. Er schien durchaus bereitwillig, Lounds zu treffen, und mit Ausnahme der kalten blauen Augen war sein Gesichtsausdruck sogar freundlich.

Die Tatsache, daß ihre Besprechung im FBI-Hauptquartier stattfand, wirkte sich durchaus positiv auf Lounds' Auftreten aus. Er konnte sogar höflich und zurückhaltend sein, wenn es die Situation erforderte, und er machte seine Fotos rasch und unaufdringlich.

Nur einmal schaltete Graham auf stur; er weigerte sich strikt, Lounds in Mrs. Leeds' Tagebuch oder sonstige private Korrespondenz der Familie Einblick zu gewähren.

Als schließlich das Interview begann, antwortete er auf Lounds' Fragen in neutralem, aber höflichem Ton. Beide Männer zogen dabei ihre in vorheriger Absprache mit Dr. Bloom angefertigten Notizen zu Rate. Entsprechend häufig wurden sowohl Fragen wie Antworten neu formuliert.

Für Alan Bloom war es schwierig gewesen, seine Strategie auf Provokation hin auszurichten. Deshalb begnügte er sich damit, lediglich seine Theorien über die Persönlichkeitsstruktur der Zahnschwuchtel zu äußern. Die anderen lauschten seinen Ausführungen wie Karateschüler einer Anatomievorlesung.

Dr. Bloom wies darauf hin, daß die Taten der Zahnschwuchtel und sein Brief auf extrem stark ausgeprägte Wahnvorstellungen schließen ließen, durch die ein unerträglicher Minderwertigkeitskomplex kompensiert werden sollte. Die Tatsache, daß er sämtliche Spiegel am Tatort zerschlagen hatte, sprach eindeutig dafür, daß dieser Minderwertigkeitskomplex mit seinem Aussehen zusammenhing.

Die Erbitterung des Mörders über seinen Spitznamen ›Zahnschwuchtel‹ schien Dr. Bloom in den homosexuellen Konnotationen des Wortes ›Schwuchtel‹ begründet. Bloom ging deshalb von einer unterschwelligen homosexuellen Konfliktsituation aus, von einer schrecklichen Angst, selbst homosexuell zu sein. Bestärkt sah Dr. Bloom sich in dieser Annahme durch einen seltsamen Sachverhalt, der im Haus der Familie Leeds beobachtet worden war: Faltspuren und verdeckte Blutflecken deuteten darauf hin, daß der Täter Charles Leeds nach seinem Tod eine Unterhose angezogen hatte. Dr. Bloom vertrat die Ansicht, daß dies geschehen war, um sein mangelndes Interesse an Leeds hervorzustreichen.

Dann kam der Psychiater auf die nachhaltige Verknüpfung von aggressiven und sexuellen Triebstukturen zu sprechen, die bei Sadisten schon in frühen Jahren auftreten.

Die brutalen Attacken, die vor allem gegen die Frauen gerichtet waren und im Beisein ihrer Familien vollzogen wurden, stellten eindeutig ein Aufbegehren gegen eine Mutterfigur dar. Im Raum auf und ab schreitend und halb zu sich selbst sprechend, bezeichnete Bloom den Mörder als ›das Kind eines Alptraums‹. Angesichts des unverkennbaren Mitgefühls in seinem Tonfall senkten sich Crawfords Lider.

In dem Interview mit Lounds machte Graham Aussagen, zu denen sich kein FBI-Agent hätte hinreißen lassen und die keine seriöse Zeitung abgedruckt hätte.

Er äußerte Vermutungen, daß die Zahnschwuchtel häßlich und Personen beiderlei Geschlechts gegenüber impotent war; außerdem behauptete er fälschlich, der Mörder hätte sich an seinen männlichen Opfern sexuell vergangen. Graham erklärte, die Zahnschwuchtel wäre sicher die Witzfigur seines Bekanntenkreises und der Sproß eines inzestuösen Elternhauses.

Besondere Betonung legte er auf die Feststellung, daß die Zahnschwuchtel offensichtlich nicht annähernd so intelligent war wie Hannibal Lecter. Außerdem erklärte er sich bereit, dem *Tattler* weitere Erkenntnisse und Beobachtungen über den Mörder unverzüglich mitzuteilen. Obwohl sich die meisten seiner Kollegen gegen ein solches Vorgehen aussprachen, erklärte Graham des weiteren, könnte der *Tattler* doch darauf zählen, ständig auf dem laufenden gehalten zu werden, solange er, Graham, die Ermittlungen leitete.

Lounds machte eine Menge Fotos.

Die Schlüsselaufnahme entstand in Grahams ›Washingtoner Versteck‹, einer Mietwohnung, in der er zu ›wohnen beabsichtigte, bis er der Zahnschwuchtel das Handwerk gelegt hatte‹. Dies war der einzige Ort, an dem er ›Ruhe und Erholung‹ finden konnte inmitten der ›hektischen Atmosphäre‹ der auf Hochtouren laufenden Ermittlungen.

Das Foto zeigte Graham im Bademantel bei der nächtlichen Arbeit an seinem Schreibtisch. Er war in den Anblick der grotesken ›Vorstellung eines Polizeizeichners von der Schwuchtel‹ vertieft.

Hinter ihm war ein Segment der flutlichterhellten Kuppel des Capitols zu erkennen. Und vor allem füllte die linke untere Ecke des Fensters – verschwommen, aber durchaus noch lesbar – die Leuchtreklame des Motels auf der gegenüberliegenden Straßenseite aus.

Wenn er wollte, hätte die Zahnschwuchtel die Wohnung also problemlos finden können.

Im FBI-Hauptquartier wurde Graham vor einem Masse-Spektrometer fotografiert. Dieses Instrument stand zwar in keinerlei Zusammenhang mit den in diesem Fall angestellten Ermittlungen, aber Lounds fand, daß es sehr eindrucksvoll aussah.

Graham erklärte sich sogar einverstanden, sich während des Interviews gemeinsam mit Lounds fotografieren zu lassen. Die Aufnahme wurde vor den endlosen Waffengestellen in der Abteilung für Feuerwaffen gemacht. Lounds hielt eine Neun-Millimeter-Automatik in der Hand, wie sie auch der Mörder verwendet hatte. Graham deutete auf den selbstgebauten Schalldämpfer, der mit einem Stück von einer Fernsehantennenstütze gebastelt war. Zu Dr. Blooms Überraschung legte Graham sogar kameradschaftlich eine Hand auf Lounds' Schulter, bevor Crawford auf den Auslöser drückte.

Das Interview und die Fotos erschienen in der nächsten

Ausgabe des *Tattler*, die am darauffolgenden Tag, einem Montag, dem 11. August, herauskam. Sobald er das vollständige Material hatte, flog Lounds damit nach Chicago. Er sagte, er wollte die Drucklegung selbst überwachen. Außerdem traf er mit Crawford die nötigen Vereinbarungen, um sich Dienstagnachmittag, fünf Blocks von der Falle entfernt, mit ihm zu treffen.

Von Dienstag an, sobald der *Tattler* herauskam, sollten dem Killer zwei Fallen gestellt werden.

Graham sollte sich jeden Abend in ›seine vorübergehende Unterkunft‹ begeben, die auf einem der Fotos im *Tattler* zu sehen war.

Außerdem lud eine chiffrierte Annonce unter Vermischtes die Zahnschwuchtel ein, zu besagtem toten Briefkasten in Annapolis zu kommen, der rund um die Uhr observiert wurde. Falls er bezüglich des toten Briefkastens Verdacht schöpfen sollte, wurde er vielleicht in der Überzeugung bestärkt, daß sich die Bemühungen, ihn in eine Falle zu locken, auf diesen konzentrierten. Graham würde sich ihm daher als ein um so schmackhafterer Köder darstellen, dachte man beim FBI.

Die zuständigen Stellen in Florida ließen darüber hinaus Grahams Haus auf Sugarloaf Key rund um die Uhr überwachen.

Dennoch war diese Regelung nicht ganz nach dem Geschmack der Jäger – immerhin wurden für die zwei Observierungen einige Leute benötigt, die nun nicht mehr für andere dringende Aufgaben zur Verfügung standen, und Grahams nächtliche Lockvogelfunktion schränkte seinen Aktionsradius ganz erheblich ein.

Obwohl Crawford sich sagen mußte, daß dies eindeutig der geschickteste Zug war, der ihm augenblicklich zu Gebote stand, widersprach die damit verbundene Passivität doch aufs nachhaltigste seinem Naturell. Er konnte sich des Eindrucks nicht erwehren, als gäben sie sich im Dunkel der Neumondnächte nur irgenwelchen kindischen Spielereien hin, während die Frist bis zum nächsten Vollmond zusehends rascher verstrich.

Sonntag und Montag vergingen in einem seltsam verschobenen Zeitrhythmus. Die Minuten schleppten sich endlos dahin, während die Stunden wie im Flug vergingen.

Spurgen, der an der FBI-Akademie Observierungsmethoden lehrte, fuhr Montagnachmittag gemeinsam mit Graham und Crawford um den Block, in dem Grahams ›geheimer Rückzugsort‹ lag.

»Gegen neunzehn Uhr fünfzehn läßt der Passantenstrom merklich nach«, erklärte Spurgen. »Um diese Zeit sind die meisten beim Abendessen.« Der FBI-Ausbilder sah mit seinem drahtigen, durchtrainierten Körper und seiner weit in den Nacken zurückgeschobenen Baseballmütze wie ein Infielder aus. »Geben Sie uns morgen abend über Funk Bescheid, wenn sie den Bahnübergang überquert haben. Es könnte nicht schaden, wenn Sie es bis acht Uhr dreißig, spätestens acht Uhr vierzig schaffen könnten.«

Er hielt auf dem Parkplatz des Wohnblocks. »Die Lage ist nicht gerade ideal, aber es könnte auch schlimmer sein. Sie werden morgen abend hier parken. Sie werden Ihren Wagen dann jeden Abend woanders abstellen, aber immer auf dieser Seite. Bis zum Hauseingang sind es zirka siebzig Meter. Gehen wir die Strecke mal ab.«

Spurgen, klein und o-beinig, ging vor Graham und Crawford her.

Er hält nach Stellen Ausschau, wo er mich am besten überfallen könnte, dachte Graham.

»Hier wird es vermutlich passieren«, erklärte der Ausbilder, »falls überhaupt etwas passiert. Sehen Sie, die direkte Verbindung von Ihrem Wagen zum Eingang, der natürliche Weg, führt über die Mitte des Parkplatzes. Er wird sich Ihnen also über ein Stück freien Asphalt nähern müssen. Wie gut hören Sie?«

»Ziemlich gut«, entgegnete Graham. »Und vor allem auf diesem Parkplatz.«

Spurgen hielt in Grahams Gesicht nach irgendeiner Regung Ausschau, ohne jedoch eine solche zu entdecken.

»Wir werden die Wattzahl der Straßenbeleuchtung etwas reduzieren, um es einem Scharfschützen nicht ganz so einfach zu machen.« Sie waren inzwischen in der Mitte der freien Fläche stehen geblieben.

»Davon sind Ihre Leute aber ebenso betroffen«, gab Crawford zu bedenken.

»Zwei von unseren Männern sind mit Startron-Nachtsichtgeräten ausgerüstet«, erwiderte Spurgen. »Will, Sie werde ich bitten müssen, ihre Jacketts mit Clearspray einzusprühen. Und noch etwas: Ganz gleich, wie heiß es auch sein mag, Sie werden natürlich ständig eine kugelsichere Weste tragen müssen. Das ist doch richtig?«

»Ja.«

»Welches Fabrikat?«

»Eine Kevlar – so ist es doch, Jack? – Second Chance.«

»Eine Second Chance«, nickte Crawford.

»Aller Wahrscheinlichkeit nach wird er sich Ihnen von hinten zu nähern versuchen«, fuhr Spurgen fort. »Oder er kommt Ihnen entgegen, um sich schnell umzudrehen und auf Sie zu schießen, sobald er an Ihnen vorbei ist. Sieben seiner Opfer hat dieser Kerl mit Kopfschüssen getötet, nicht wahr? Offensichtlich hat er eine ausgeprägte Vorliebe für diese Methode. Demnach wird er auch bei Ihnen auf den Kopf zielen, wenn Sie ihm hierfür die nötige Zeit lassen. *Also lassen Sie ihm nicht so viel Zeit.* Ich werde Sie gleich noch auf verschiedenes in der Eingangshalle und in Ihrer Wohnung aufmerksam machen, und dann sollten wir am besten zum Schießstand rausfahren. Paßt das in Ihren Zeitplan?«

»Es paßt in seinen Zeitplan«, antwortete Crawford für Graham.

Auf dem Schießstand war Spurgen in seinem Element. Er riet Graham, unter den Ohrenschützern noch zusätzlich Ohrenstöpsel zu tragen, und ließ die Schießscheiben aus allen Richtungen hochschnellen. Zu seiner Erleichterung stellte er fest, daß Graham nicht mit einer vorschriftsmäßigen 38er bewaffnet war, wenn er sich auch wegen des Mündungsblitzes aus dem perforierten Lauf Sorgen machte. Nachdem sie zwei

Stunden lang hart gearbeitet hatten, bestand Spurgen darauf, sich Grahams 44er auf mögliche Abnutzungserscheinungen anzusehen.

Graham duschte und schlüpfte in frische Kleider, um den Pulverdampf loszuwerden, bevor er zu seinem letzten gemeinsamen Abend mit Molly und Willy nach Chesapeake Bay hinausfuhr.

Nach dem Abendessen fuhr er mit seiner Frau und seinem Stiefsohn noch einkaufen; sein besonderes Augenmerk galt dabei der Auswahl von ein paar Melonen. Er vergewisserte sich, daß sie auch genügend Lebensmittel einkauften. In den Zeitschriftenregalen an der Kasse stand noch immer der alte *Tattler*, und Graham hoffte, daß Molly die neue Ausgabe, die am nächsten Morgen herauskam, nicht zu Gesicht bekommen würde. Er wollte ihr nicht erzählen, was sie nun vorhatten.

Als sie ihn fragte, was er während der nächsten Woche zu Abend essen wollte, sagte er ihr, daß er zurück nach Birmingham müßte. Es war das erste Mal, daß er sie wirklich belog, und er kam sich dabei so schmierig vor wie ein abgegriffener alter Geldschein.

Er beobachtete sie, wie sie den Einkaufswagen an den Regalen entlangschob – Molly, seine hübsche Baseballehefrau, die ständig auf der Hut vor Knoten in der Brust war, in seinem und Willys Fall darauf bestand, daß sie sich vierteljährlich gründlich ärztlich untersuchen ließen, und die so tapfer gegen ihre Angst vor der Dunkelheit ankämpfte; und die sich über all dem das hart erkämpfte Wissen erworben hatte, daß jede Stunde kostbar war. Sie verstand es, jeden neuen Tag als ein Geschenk anzunehmen. Sie wußte den Augenblick zu schätzen. Und sie hatte diese Kunst auch Graham gelehrt.

Ein Kanon von Pachelbel durchströmte den sonnenüberfluteten Raum, in dem sie einander näher kamen; und eine Freude stieg zwischen ihnen auf, zu gewaltig, um ihr Dauer zu verleihen, und selbst in diesem perfekten Augenblick flackerte wie der Schatten eines Flußadlers die Angst über ihn hinweg: Das ist zu schön, um von langer Dauer sein zu können.

Während Molly sich zwischen den Regalen mit Lebensmitteln auf und ab bewegte, wechselte sie ihre Handtasche ungewöhnlich häufig von einer Schulter auf die andere – als wöge die Schußwaffe darin mehr als ihre sechshundert Gramm.

Graham hätte sich ganz schön geärgert, wenn er sich hätte anhören müssen, was er den Melonen vormurmelte: »Ich werde schon dafür sorgen, daß dieses Schwein in einen Plastiksack gesteckt wird. Das möchte ich doch mal sehen.«

Auf unterschiedliche Weise mit Lügen, Schußwaffen und Einkäufen beladen, bildeten die drei einen kleinen, ernsten Trupp.

Molly hatte längst Lunte gerochen. Sie und Graham sprachen nicht mehr, nachdem das Licht aus war. Molly träumte von schweren, irren Schritten, die immer tiefer in ein Haus mit ständig sich verändernden Räumen eindrangen.

19. Kapitel

Auf dem Lambert International Airport von St. Louis gibt es einen Zeitungsstand, der die meisten größeren Zeitungen aus den Vereinigten Staaten führt. Sie werden dort aus den großen Städten des Landes wie New York, Washington, Chicago und Los Angeles eingeflogen, so daß sie noch am Tag ihres Erscheinens auch in St. Louis erhältlich sind.

Wie die meisten Zeitungsstände dieser Art gehörte auch dieser einer Kette an und war daher verpflichtet, neben den seriösen Zeitungen auch allen möglichen Schund zu führen.

Und so wurde Montagabend um zweiundzwanzig Uhr mit der Abendmaschine aus Chicago nicht nur die *Tribune* geliefert, sondern auch ein schwerer Packen mit *Tattlers*, der in der Mitte noch warm war.

Der Nachtschichtverkäufer des Zeitungsstands kauerte vor seinen Regalen und ordnete die in Unordnung geratenen Zeitschriften ein. Dabei hätte er weiß Gott wichtigere Dinge zu tun gehabt. Aber die Kollegen von der Tagesschicht waren sich dafür wohl zu schade.

In diesem Moment rückten ein Paar schwarzer Stiefel mit Reißverschlüssen in sein Gesichtsfeld. Ein Kunde, der in den Regalen stöbern wollte. Nein, die Stiefelspitzen zeigten auf ihn. Jemand wollte etwas von ihm. Der Zeitungsverkäufer wollte erst noch die *Tribunes* im Regal unterbringen, doch die beharrliche Aufmerksamkeit, mit der er dabei beobachtet wurde, verursachte ihm ein leichtes Prickeln im Hinterkopf.

Zeitungsstände auf einem Flughafen hatten keinen festen Kundenstamm. Er hatte es also nicht nötig, zuvorkommend zu sein. »Was wollen Sie?« fragte er, ohne sich die Mühe zu machen aufzusehen.

»Einen *Tattler*.«

»Da müssen Sie warten, bis ich den Packen aufreiße.«

Die Stiefel rührten sich nicht von der Stelle. Sie waren eindeutig zu nahe.

»Haben Sie nicht gehört? Ich habe gesagt, Sie müssen warten, bis ich den Packen aufreiße. Sie sehen doch, daß ich hier zu tun habe.«

Eine Hand und ein kurzes Aufblitzen von hellem Stahl, und die Schnur, mit der der Packen Zeitungen neben ihm verschnürt war, sank unter einem leisen Ploppen an den Seiten herab. Ein Dollar klirrte vor dem Verkäufer auf den Steinboden. Eine saubere Ausgabe des *Tattler*, aus der Mitte des Packens gerissen, ließ die obenauf liegenden Zeitungen zu Boden rutschen.

Der Verkäufer stand auf. Blut stieg ihm in die Wangen. Der Mann hatte sich bereits mit der Zeitung unter dem Arm zum Gehen gewandt.

»Hey. Hey, Sie da.«

Der Mann drehte sich zu ihm um. »Meinen Sie mich?«

»Ja, Sie. Ich hab' Ihnen doch gesagt –«

»Was haben Sie mir gesagt?« Er kam zurück und blieb eindeutig zu dicht vor dem Verkäufer stehen. »Was haben Sie mir gesagt?«

In der Regel vermag ein grober Verkäufer seine Kunden

ziemlich einzuschüchtern. Aber der Ruhe, die dieser Zeitungskäufer an den Tag legte, haftete etwas Beängstigendes an.

Der Verkäufer senkte den Blick zu Boden. »Sie kriegen noch fünfundzwanzig Cents zurück.«

Dolarhyde kehrte ihm wortlos den Rücken zu und verließ den Laden. Selbst eine halbe Stunde später hatte sich die Aufregung des Verkäufers noch nicht ganz gelegt. *Ja, dieser Kerl war auch letzte Woche schon hier. Wenn der sich noch mal hier blicken läßt, dann soll er mich mal kennenlernen. Für Klugscheißer wie den habe ich was unter der Ladenkasse parat.*

Dolarhyde sah sich den *Tattler* nicht gleich auf dem Flughafen an. Lecters Nachricht von letztem Donnerstag hatte etwas gemischte Gefühle in ihm geweckt. Selbstverständlich hatte Dr. Lecter recht damit gehabt, daß er großartig war; das zu lesen, hatte ihm enorme Befriedigung verschafft. Er *war* großartig. Allerdings verspürte er ob der Angst Lecters vor diesem FBI-Mann leise, aber unverhohlene Verachtung. Der Doktor verstand auch nicht viel mehr als die breite Masse.

Dennoch brannte er darauf zu erfahren, ob ihm Lecter eine weitere Nachricht hatte zukommen lassen. Aber er würde erst nach Hause fahren, bevor er sich dessen vergewisserte. Dolarhyde war stolz auf seine Selbstbeherrschung.

Während der Fahrt dachte er über den Zeitungsverkäufer nach.

Es hatte Zeiten gegeben, zu denen er sich entschuldigt hätte, ihn gestört zu haben, um dann den Zeitungsstand nie wieder aufzusuchen. Jahrelang hatte er sich jede Unverschämtheit von anderen Leuten gefallen lassen. Damit war jetzt Schluß. Dieser Kerl hätte vielleicht Francis Dolarhyde beleidigen können – dem Drachen hätte er nicht einmal ins Gesicht zu schauen vermocht. Das alles war Teil seines vorbestimmten Werdegangs.

Um Mitternacht brannte die Lampe auf seinem Schreibtisch noch immer. Der Zettel mit der entschlüsselten Nachricht aus dem *Tattler* lag zerknüllt auf dem Boden. Außerdem waren überall Zeitungsseiten verstreut, aus denen Dolarhyde etwas ausgeschnitten hatte. Sein großes Buch stand aufgeschlagen unter dem Farbdruck des Drachens gegen die Wand gelehnt; der Klebstoff, mit dem er die Zeitungsausschnitte aus dem *Tattler* eingeklebt hatte, war noch nicht getrocknet. Unter den Zeitungsausschnitten war eine durchsichtige Plastiktüte befestigt, die noch leer war.

Unter der Tüte stand geschrieben: ›Damit Hat Er Mich Beleidigt.‹

Doch Dolarhyde hatte seinen Schreibtisch bereits verlassen.

Er hockte in dem kühlen Modergeruch von Erde und Schimmel auf der Kellertreppe. Der Strahl seiner Taschenlampe wanderte über mit Decken verhängte Möbel, die verstaubten Rückseiten der großen Spiegel, die ehemals im Haus aufgehängt waren und nun gegen die Wände lehnten, und über die Kiste mit seinem Dynamitvorrat.

Schließlich verharrte der Lichtschein auf einem hohen, verhängten Gegenstand, der unter verschiedenen anderem Gerümpel in der hintersten Kellerecke stand. Spinnweben streiften Dolarhydes Gesicht, als er darauf zuging. Als er die darüber geworfene Decke entfernte, ließ ihn der dadurch aufgewirbelte Staub mehrmals kräftig niesen.

Er blinzelte die Tränen zurück und richtete den Lichtkegel der Taschenlampe auf den alten Eichenholzrollstuhl, den er aufgedeckt hatte. Er war eines von drei ähnlichen Gefährten im Keller, massiv gebaut, sorgfältig gearbeitet und mit hoher Rückenlehne. Die Rollstühle waren seiner Großmutter in den vierziger Jahren für das Altersheim zur Verfügung gestellt worden, das sie damals geführt hatte.

Die Räder quietschten erbärmlich, als Dolarhyde den Stuhl zur Kellertür schob. Trotz seines Gewichts trug ihn Dolarhyde problemlos die Treppe hinauf. In der Küche ölte er erst einmal die Räder. Die kleinen Vorderräder quietschten auch dann noch, aber die hinteren hatten gute Lager und drehten sich ganz leicht, wenn er sie mit dem Finger in Bewegung setzte.

Durch das tröstliche Summen der Räder wurde seine verzehrende Wut zunehmend gelindert. Während er nun die Räder drehte, fiel Dolarhyde in ihr leises Summen ein.

20. Kapitel

Als Freddy Lounds Dienstagnachmittag die Redaktion des *Tattler* verließ, war er zwar müde, aber dennoch bester Stimmung. Er hatte den Artikel für den *Tattler* während des Flugs nach Chicago geschrieben und dann in die Setzerei gebracht, wo er noch eine halbe Stunde mit dem Layout beschäftigt war.

Danach hatte er sich zurückgezogen und keinerlei Anrufe mehr angenommen, um ungestört an seinem Taschenbuch arbeiten zu können. Er hatte mit so etwas Erfahrung und entsprechend bereits fünfzigtausend Worte solider Hintergrundinformationen vorliegen.

Sobald die Zahnschwuchtel gefaßt wurde, würde er einen großangelegten Bericht über die Festnahme herausbringen, in den sich dieses Material nahtlos einfügen lassen würde. Außerdem hatte er veranlaßt, daß ihm drei der fähigeren Reporter des *Tattler* zur Verfügung standen, sobald es soweit war. Wenige Stunden nach der Festnahme würden sie also die noch fehlenden Hintergrundinformationen zusammentragen können, ganz gleich, wo die Zahnschwuchtel zu Hause war.

Sein Agent hatte bereits Summen genannt, die sich hören lassen konnten. Das Projekt bereits im voraus mit seinem Agenten zu besprechen, stellte einen Bruch der mit Crawford getroffenen Abmachungen dar. Um das zu vertuschen, würden sämtliche Verträge und jede Korrespondenz mit Datumsangaben nach der Festnahme versehen werden.

Immerhin hatte Crawford Lounds' Drohungen auf Band vorliegen und konnte ihm damit entsprechend die Hölle heiß machen, falls Lounds sich nicht an die Spielregeln hielt.

Darüber hinaus verfügte Lounds durchaus noch über ein letztes Fünkchen Anstand. Wenn er sich auch keinen Illusionen bezüglich seiner Tätigkeit hingab, so stürzte er sich doch mit einem nahezu religiösen Eifer in dieses Projekt.

Er war besessen von der Idee von einem besseren Leben jenseits finanzieller Belange. Unter all dem Schmutz, den er auf sich gehäuft hatte, tief begraben, schwelten nach wie vor seine alten Hoffnungen, die sich nun wieder regten und zu neuem Leben zu erwachen trachteten.

Nachdem er sich vergewissert hatte, daß seine Kameras und Tonbandgeräte bereit waren, fuhr er nach Hause, um noch drei Stunden zu schlafen, bevor er nach Washington flog, um sich in der Nähe der Falle dann mit Crawford zu treffen.

Was bildete der Kerl sich eigentlich ein? Ein schwarzer Kombi war in der Tiefgarage so abgestellt, daß er ein gutes Stück von Lounds' gekennzeichneter Stellfläche in Anspruch nahm. Und dabei stand doch an der Wand in unübersehbaren Lettern ›Mr. Frederick Lounds‹.

Lounds stieß seine Tür heftig auf, so daß sie eine deutlich sichtbare Beule in der Seite des schwarzen Kombi hinterließ. Das sollte diesem rücksichtslosen Kerl eine Lehre sein.

Lounds schloß eben seinen Wagen ab, als hinter ihm die Tür des Kombi aufging. Er kam gerade noch dazu, sich zur Hälfte nach dem Geräusch umzudrehen, als ihn ein harter Gegenstand über dem Ohr traf. Zwar bekam er noch die Hände hoch, aber seine Knie versagten ihm den Dienst. Er spürte einen enormen Druck um den Hals, und dann bekam er keine Luft mehr. Als seine nach Sauerstoff gierenden Lungen wieder Gelegenheit erhielten, sich zu füllen, saugten sie statt dessen jedoch Chloroform ein.

Dolarhyde stellte den Kombi hinter seinem Haus ab, stieg aus und streckte sich. Die ganze Fahrt von Chicago über hatte er gegen einen extrem starken Seitenwind anzukämpfen gehabt; entsprechend verkrampft waren seine Arme. Er sah zum Nachthimmel hoch. In Kürze würde eine starke Konzentration von Perseid-Meteoren am Himmel zu sehen sein – ein Schauspiel, das er sich nicht entgehen lassen wollte.

Geheime Offenbarung: Und sein Schweif zog den dritten Teil der Sterne des Himmels nach sich und schleuderte sie auf die Erde hinab...

In einer anderen Zeit war das sein Wirken gewesen. Er mußte es sehen und sich daran erinnern.

Dolarhyde schloß den Hintereingang auf und machte sich daran, das Haus wie gewohnt von oben bis unten zu durchsuchen. Als er wieder nach draußen kam, hatte er sich einen Nylonstrumpf über den Kopf gestülpt.

Er öffnete die Hecktür des Kombi und brachte eine Rampe daran an. Dann rollte er den Rollstuhl heraus, in dem Lounds saß. Er hatte ihn geknebelt und ihm die Augen verbunden und bis auf die Unterhose entkleidet. Obwohl er nur halb bei Bewußtsein war, sackte er nicht in sich zusammen. Er saß sogar sehr aufrecht in dem Rollstuhl, den Hinterkopf gegen die Rückenlehne gepreßt. Dolarhyde hatte ihn von Kopf bis Fuß mit Epoxykleber an den Rollstuhl geklebt.

Dolarhyde rollte ihn ins Haus und stellte ihn wie zur Strafe mit dem Rücken zum Raum in eine Ecke des Wohnzimmers.

»Ist Ihnen kalt? Möchten Sie eine Decke?«

Dolarhyde entfernte die Heftpflaster über Lounds' Augen und Mund. Lounds gab keine Antwort. Er war von intensivem Chloroformgeruch eingehüllt.

»Ich hole Ihnen eine Decke.« Dolarhyde nahm eine Wolldecke von der Couch und packte Lounds damit bis zum Kinn ein, um ihm dann eine Ammoniakflasche unter die Nase zu halten.

Davon öffneten sich Lounds' Augen auf die noch etwas verschwommenen Linien einer Zimmerecke. Er hustete kurz und begann zu sprechen.

»Ein Unfall? Bin ich schwer verletzt?«

Die Stimme hinter ihm: »Nein, Mr. Lounds. Ihnen fehlt nichts.«

»Mein Rücken schmerzt aber. Und meine Haut. Habe ich Verbrennungen erlitten? Ich hoffe nur, daß ich keine Verbrennungen habe.«

»Verbrennungen? Nein, Verbrennungen haben Sie keine. Ruhen Sie sich erst mal ein Weilchen aus. Ich bin gleich wieder zurück.«

»Ich möchte mich hinlegen. Hören Sie, ich muß unbedingt in der Redaktion anrufen. Mein Gott, ich liege in einem Stützkorsett. Ich habe mir das Rückgrat gebrochen – machen Sie mir bloß nichts vor.«

Statt einer Antwort hörte er nur leise sich entfernende Schritte.

»Was soll ich hier?« Die Frage wurde zunehmend schriller.

Die Antwort kam von weit hinter ihm. »Büßen, Mr. Lounds.«

Der Reporter hörte jemanden eine Treppe hinaufsteigen, gefolgt vom Rauschen einer Dusche. Sein Kopf wurde langsam klarer. Er konnte sich noch erinnern, die Redaktion verlassen zu haben und nach Hause gefahren zu sein. Was dann passiert war, wußte er nicht mehr. Eine Seite seines Kopfs schmerzte heftig, und der Chloroformgeruch verursachte ihm ein heftiges Würgen. Unnachgiebig aufrechtgehalten, fürchtete er, sich übergeben zu müssen und an seinem Erbrochenen zu ersticken. Er riß den Mund weit auf und holte tief Luft. Er konnte sein Herz klopfen hören.

Lounds hoffte, er würde träumen. Er versuchte, seinen Arm von der Lehne zu heben, wobei er den Zug ganz bewußt so lange erhöhte, bis die Schmerzen in seiner Handfläche und an seinem Unterarm so stark wurden, daß sie ihm aus jedem Traum hätten aufwachen lassen. Er schlief also nicht. Sein Verstand arbeitete zusehends schärfer.

Wenn er sich anstrengte, konnte er seine Augen so weit verdrehen, daß er für ein paar Sekunden seinen Arm ins Blickfeld bekam. Und nun sah er auch, wie er an dem Rollstuhl befestigt war. Das war kein Stützverband zum Schutz eines gebrochenen Rückens. Ebensowenig befand er sich in einem Krankenhaus. Jemand hatte ihn gefangen genommen.

Lounds bildete sich ein, über sich Schritte zu hören; aber vielleicht war es auch nur das Klopfen seines Herzens.

Er versuchte nachzudenken. Er gab sich wirklich Mühe. *Schön ruhig bleiben*, redete er sich gut zu. *Und versuche nachzudenken.* Ruhe bewahren und nachdenken.

Die Treppe knarzte, als Dolarhyde wieder nach unten kam.

Lounds spürte sein Gewicht bei jedem seiner Schritte. Und dann stand jemand hinter ihm.

Lounds hatte bereits mehrere Worte hervorgestoßen, bevor er die Lautstärke seiner Stimme im Griff hatte.

»Ich habe Ihr Gesicht nicht gesehen. Ich könnte Sie also nicht identifizieren. Ich weiß nicht, wie Sie aussehen. Der *Tattler* – ich arbeite für den *National Tattler* – würde eine hohe Belohnung für mich zahlen. Eine halbe Million. Vielleicht sogar eine ganze Million. Eine Million Dollar.«

Hinter ihm Schweigen. Dann das Quietschen von den Springfedern des Sofas. Er setzte sich also.

»Was denken Sie jetzt, Mr. Lounds?«

Kümmere dich nicht um die Schmerzen und die Angst und denk nach. Jetzt. Für alle Zeiten. Um Zeit zu gewinnen. Um noch Jahre verleben zu können. Er hat nicht vor, mich umzubringen. Er läßt mich sein Gesicht nicht sehen.

»Was denken Sie jetzt, Mr. Lounds?«

»Ich weiß nicht, was mit mir passiert ist.«

»Wissen Sie denn nicht, wer ich bin, Mr. Lounds?«

»Nein, und ich will es auch gar nicht wissen. Glauben Sie mir.«

»Ihren Aussagen zufolge bin ich ein fieser, perverser sexueller Versager. Eine Bestie, wie Sie selbst gesagt haben. Vermutlich von irgendeinem allzu wohlwollenden Richter aus einer Anstalt auf die Menschheit losgelassen.« Unter anderen Umständen hätte Dolarhyde den Zischlaut /s/ in ›sexuell‹ sicher vermieden. Doch angesichts dieser Zuhörerschaft, der das Lachen bis auf weiteres vergangen sein würde, fühlte er sich frei und ungehemmt. »Jetzt wissen Sie doch Bescheid, oder etwa nicht?«

Nicht lügen. Schnell denken. »Ja.«

»Weshalb verbreiten Sie solche Unwahrheiten, Mr. Lounds? Weshalb behaupten Sie, ich wäre verrückt? Antworten Sie.«

»Wenn ein Mensch... wenn ein Mensch Dinge tut, die die meisten Leute nicht verstehen können, dann nennen sie ihn...«

»Verrückt.«

»Nehmen Sie zum Beispiel nur... die Gebrüder Wright. Die Geschichte ist voll von Fällen –«

»Die Geschichte. Begreifen Sie endlich, was ich tue, Mr. Lounds?«

Begreifen. Da war es. Eine Chance. Nutze sie. »Nein, aber ich glaube, es bestünde eine Möglichkeit zu begreifen, und damit könnten *gleichzeitig auch meine Leser begreifen,* was Sie mit Ihren Taten bezwecken.«

»Fühlen Sie sich privilegiert?«

»Natürlich ist das ein Privileg. Aber, von Mensch zu Mensch, muß ich Ihnen gestehen, daß ich schreckliche Angst habe. Und es ist schwer, sich zu konzentrieren, wenn man Angst hat. Falls Sie tatsächlich eine großartige Idee zu verwirklichen beabsichtigen sollten, müßten Sie mich keineswsegs so einschüchtern, um mich zu beeindrucken.«

»Von Mensch zu Mensch. Von Mensch zu Mensch. Sie verwenden diese Redewendung, um darauf hinzuweisen, daß Sie es ehrlich meinen, Mr. Lounds. Das weiß ich sehr wohl zu schätzen. Aber Sie müssen sehen, ich bin kein Mensch. Ich habe als ein solcher begonnen, aber dank der *Gnade* Gottes und meiner eigenen *Willenskraft* bin ich *anders* und *mehr* als ein bloßer Mensch geworden. Sie sagen, Sie hätten Angst. Glauben Sie, daß Gott hier anwesend ist, Mr. Lounds?«

»Ich weiß nicht.«

»Beten Sie gerade zu Ihm?«

»Manchmal bete ich. Ich muß gestehen, daß ich eigentlich meistens bete, wenn ich Angst habe.«

»Und hilft Ihnen Gott?«

»Das weiß ich nicht. Darüber mache ich mir nachher keine Gedanken mehr. Aber das sollte ich eigentlich.«

»Das sollten Sie. M-hmmmmm. Es gibt so viele Dinge, über die Sie sich Gedanken machen sollten, um sie begreifen zu können. In einer Weile werde ich Ihnen helfen, besser zu verstehen. Doch würden Sie mich jetzt bitte entschuldigen?«

»Selbstverständlich.«

Schritte, die den Raum verließen. Das Schieben und Scheppern einer Küchenschublade. Lounds hatte bereits über zahlreiche in einer Küche begangene Morde berichtet, wo die nötigen Instrumente griffbereit lagen. Derlei Berichterstattung kann einen Küchen plötzlich mit ganz anderen Augen sehen lassen. Das Geräusch von fließendem Wasser.

Lounds gewann den Eindruck, daß es Nacht sein mußte. Crawford und Graham erwarteten ihn. Bestimmt galt er mittlerweile als vermißt. Eine schwere, hohle Traurigkeit mischte sich vorübergehend unter seine Angst.

Dann plötzlich Atemgeräusche hinter ihm, ein aus dem Augenwinkel erhaschtes weißes Aufzucken. Eine Hand, kräftig und blaß. Sie hielt eine Tasse Tee mit Honig. Lounds trank durch einen Strohhalm.

»Ich würde eine Mordsstory bringen«, erklärte Lounds zwischen den einzelnen Schlucken. »Alles, was Sie zu sagen haben. Ich könnte Sie so beschreiben, wie Sie sich sehen. Aber wenn Sie nicht wollen, können wir die Beschreibung natürlich auch rauslassen. Ganz wie Sie wollen.«

»Psssst.« Ein einzelner Finger tippte auf Lounds' Schädelplatte. Das Licht wurde heller. Der Rollstuhl begann sich zu drehen.

»Nein. Ich will Sie nicht sehen.«

»Sie müssen aber, Mr. Lounds. Sie sind schließlich Reporter. Sie sind doch hier, um für Ihre Leser zu schreiben. Wenn ich Sie herumgedreht habe, öffnen Sie die Augen und sehen mich an. Falls Sie Ihre Augen nicht freiwillig öffnen sollten, werde ich Ihnen die Lider an die Stirn heften müssen.«

Ein schmatzendes Geräusch von feuchten Lippen, ein kurzes Klicken, und der Rollstuhl wirbelte herum. Lounds, die

Augen krampfhaft geschlossen, war nun dem Raum zugewandt. Fordernd tippte ein Finger auf seine Brust. Eine Berührung an den Augenlidern. Er schlug sie auf.

In Lounds' Augen, der im Rollstuhl saß, erschien er riesenhaft, wie er in seinem Kimono vor ihm stand. Der Nylonstrumpf, den er sich über den Kopf gestülpt hatte, gab sein Gesicht bis unter die Nase frei. Er kehrte Lounds den Rücken zu und schlüpfte aus dem Kimono. Seine mächtige Rückenmuskulatur bewegte sich leicht über der sorgfältig ausgeführten Tätowierung eines Schwanzes, der sich von seinem Gesäß sein rechtes Bein hinunterschlang.

Dann drehte der Drache ganz langsam seinen Kopf herum und sah Lounds über seine Schulter hinweg an. Als er lächelte, kam seine zerklüftete Mundhöhle zum Vorschein.

»Allmächtiger Herr Jesus«, stieß Lounds mit angehaltenem Atem hervor.

Lounds saß nun in der Mitte des Raums mit Blick auf die Leinwand. Dolarhyde hinter ihm war wieder in seinen Kimono geschlüpft und hatte sich sein Gebiß in den Mund gesteckt, um deutlicher sprechen zu können.

»Möchten Sie wissen, *was ich bin?*«

Lounds versuchte zu nicken, worauf die Rückenlehne an seiner Kopfhaut zerrte. »Mehr als alles andere. Ich hatte nur Angst, Sie zu fragen.«

»Dann sehen Sie.«

Das erste Dia zeigte Blakes Bild von dem großen Menschendrachen mit den ausgebreiteten Flügeln und dem peitschenden Schwanz, wie er über der mit der Sonne bekleideten Frau stand.

»Können Sie jetzt sehen?«

»Ja, ich sehe.«

Rasch zeigte ihm Dolarhyde nun die anderen Dias.

Klick. Mrs. Jacobi am Leben. »Sehen Sie?«

»Ja.«

Klick. Mrs. Leeds am Leben. »Sehen Sie?«

»Ja.«

Klick. Dolarhyde, der Drache, außer Rand und Band, die

Muskeln gespannt mit der Schwanztätowierung darunter, über dem Bett der Jacobis. »Sehen Sie?«

»Ja.«

Klick. Mrs. Jacobi wartend. »Sehen Sie?«

»Ja.«

Klick. Mrs. Jacobi danach. »Sehen Sie?«

»Ja.«

Klick. Der Drache in Aktion. »Sehen Sie?«

»Ja.«

Klick. Mrs. Leeds wartend, ihr Mann tot neben ihr. »Sehen Sie?«

»Ja.«

Klick. Mrs. Leeds danach, blutverschmiert. »Sehen Sie?«

»Ja.«

Klick. Freddy Lounds, ein Foto aus dem *Tattler*. »Sehen Sie?«

»Mein Gott.«

»Sehen Sie?«

»O mein Gott.« Worte wie bei einem weinenden Kind.

»Sehen Sie?«

»Bitte nicht.«

»Was nicht?«

»Nicht mich.«

»Was nicht? Sie sind doch ein Mann, Mr. Lounds. Sind Sie ein Mann?«

»Ja.«

»Finden Sie, daß ich irgendwie andersrum bin?«

»Um Gottes willen, nein.«

»Sind Sie andersrum, Mr. Lounds?«

»Nein.«

»Werden Sie weiter Lügen über mich verbreiten, Mr. Lounds?«

»Nein, nein, bestimmt nicht.«

»Warum haben Sie diese Lügen über mich geschrieben, Mr. Lounds?«

»Die Polizei hat mich dazu aufgefordert. Sie haben mir gesagt, was ich schreiben soll.«

»Sie haben Graham zitiert.«

»Graham war es, der mir diese Lügen gesagt hat. Graham.«

»Werden Sie von nun an immer die Wahrheit schreiben? Über mich. Über meine Arbeit. Über meine Entwicklung. Über meine *Kunst*, Mr. Lounds. Handelt es sich hier um Kunst?«

»Kunst.«

Die Angst in Lounds' Gesicht nahm Dolarhyde alle Hemmungen, so daß er sich keinen Deut mehr um Zisch- und Reibelaute scherte; Verschlußlaute wurden zu seinen mächtigen, von einem feinen Adernetz durchzogenen Schwingen.

»Sie haben behauptet, daß ich, der ich mehr sehe als Sie, geisteskrank bin. Ich, der ich die Welt um so vieles weiter in ihrer Entwicklung vorangetrieben habe als Sie, soll geisteskrank sein. Ich habe mehr riskiert als Sie. Ich habe der Erde mein einzigartiges Siegel wesentlich tiefer eingedrückt, wo es länger Bestand haben wird als Ihr Staub. Im Vergleich zu meinem ist Ihr Leben wie eine Schneckenspur auf einem Stein. Eine dünne, silbern schimmernde Schleimspur über den Lettern der Inschrift meines Denkmals.« Die Worte, die Dolarhyde in sein großes Buch geschrieben hatte, brachen nun aus ihm hervor.

»Ich bin der große Drache, und Sie wollen mich als *geisteskrank* abstempeln? Jeder meiner Schritte wird ebenso begierig verfolgt und aufgezeichnet wie die Bahn eines großen Kometen. Wissen Sie etwas über den großen Kometen von 1054? Natürlich nicht. Ihre Leser folgen Ihren Ausführungen wie ein Kind, das mit seinem Finger die trägen Windungen einer Schneckenspur nachzeichnet, um schließlich wieder zu Ihrem hohlen Kopf und Ihrem Kartoffelgesicht zurückzukehren, wie die Schnecke ihrer eigenen Schleimspur wieder an ihren Ausgangspunkt zurück folgt.

Vor *mir* sind Sie nicht mehr als eine Schnecke in der Sonne. Sie haben das Privileg, Zeuge eines grandiosen Werdegangs zu werden, doch Sie begreifen nichts. Sie sind eine Ameise in der Nachgeburt.

Es liegt in Ihrer Natur, lediglich eines richtig zu machen: Sie zittern, und dies völlig zu Recht, in meinem Angesicht. Doch ist es nicht Furcht, was Sie mir schuldig sind, Lounds, Sie und all diese anderen Ignoranten. *Sie sind mir Ehrfurcht schuldig.*«

Nach dieser Tirade stand Dolarhyde, Daumen und Zeigefinger gegen die Nase gepreßt, noch eine Weile regungslos da, bis er schließlich den Raum verließ.

Er hat die Maske nicht abgenommen, dachte Lounds. *Er hat sie nicht abgenommen. Wenn er ohne sie zurückkommt, bin ich dem Tod geweiht. Mein Gott, ich bin klatschnaß am ganzen Körper.* Er verdrehte die Augen in Richtung Tür und wartete, während er angestrengt auf die Geräusche aus dem hinteren Teil des Hauses lauschte.

Als Dolarhyde zurückkam, trug er noch immer die Maske. Er hatte zwei Thermosflaschen und ein Lunchpaket bei sich. »Für Ihren Nachhauseweg.« Er hielt eine Thermosflasche hoch. »Eis – das werden wir brauchen. Bevor wir losfahren, werden wir aber noch einiges auf Band aufnehmen.«

Er befestigte ein Mikrofon an der Decke über Lounds' Brust. »Sprechen Sie mir jetzt schön nach.«

Nach einer halben Stunde waren sie fertig. »Das wäre alles, Mr. Lounds. Sie haben Ihre Sache sehr gut gemacht.«

»Lassen Sie mich jetzt gehen?«

»Ja. Es gibt jedoch eine Möglichkeit, meinerseits dazu beizutragen, daß Sie mich besser verstehen können und mich nicht vergessen werden.« Dolarhyde wandte sich von ihm ab.

»Ich will Sie ja auch verstehen lernen. Und vor allem sollen Sie wissen, daß ich Ihnen unendlich dankbar dafür bin, daß Sie mich wieder freilassen. Von jetzt an werde ich mich Ihnen gegenüber wirklich ganz fair verhalten. Das wissen Sie doch.«

Dolarhyde konnte nicht antworten. Er hatte sein Gebiß ausgetauscht.

Das Tonbandgerät lief nun wieder.

Er lächelte Lounds an, diesmal mit braunen, fleckigen Zähnen. Dann legte er Lounds seine Hand aufs Herz und beugte sich zärtlich zu ihm hinab, als wollte er ihn küssen. Doch er biß Lounds die Lippen ab und spuckte sie dann auf den Boden.

21. Kapitel

Morgengrauen in Chicago, drückende Luft und graue, tief hängende Wolken.

Ein Sicherheitsbeamter trat aus der Eingangshalle des *Tattler*-Gebäudes und rauchte am Straßenrand eine Zigarette. Er befand sich ganz allein auf der Straße und konnte fast einen ganzen Block weiter in der morgendlichen Stille das Klacken der Ampel hören, wenn sie umschaltete.

Einen halben Block hinter der Ampel, den Blicken des Beamten entzogen, kauerte Francis Dolarhyde im Fond seines Kombi neben Lounds. Er drapierte die Decke so, daß sie eine tiefe Kuhle bildete und Lounds' Kopf darin verschwand.

Lounds hatte entsetzliche Schmerzen. Er wirkte wie betäubt, doch sein Verstand arbeitete mit fieberhafter Schnelligkeit. An gewisse Einzelheiten mußte er sich unbedingt erinnern. Seine Augenbinde stand über der Nase leicht ab, so daß er in dem dadurch entstehenden schmalen Spalt Dolarhydes Finger erkennen konnte, wenn dieser seinen blutverschmierten Knebel überprüfte.

Dolarhyde schlüpfte in einen weißen Sanitäterkittel, legte Lounds eine Thermosflasche in den Schoß und rollte ihn aus dem Kombi. Als er die Sperre für die Räder des Rollstuhls einlegte und sich umdrehte, um die Rampe in den Kombi zurückzuschieben, konnte Lounds unter seiner Augenbinde hervor ein Ende der Stoßstange des Kombi erkennen.

Als er nun herumgedreht wurde, wanderte sein Blickfeld an der Stoßstange entlang... ja! über das Nummernschild. Nur für den Bruchteil einer Sekunde, aber dennoch brannten sich die Ziffern unauslöschlich in Lounds' Gedächtnis ein.

Und dann wurde er in Bewegung gesetzt. Gehsteigränder. Um eine Ecke und über den Rinnstein. Papier raschelte unter den Rädern.

An einer geschützten Stelle zwischen einem Müllcontainer und einem geparkten Lastwagen brachte Dolarhyde den Rollstuhl zum Stehen. Er zog an der Augenbinde. Lounds schloß die Augen. Eine Ammoniakflasche unter seiner Nase.

An seinem Ohr eine leise Stimme.

»Können Sie mich hören? Sie sind fast da.« Die Augenbinde wurde ihm abgenommen. »Blinzeln Sie, wenn Sie mich hören können.«

Dolarhyde öffnete mit Daumen und Zeigefinger Lounds' Auge. Lounds sah direkt in Dolarhydes Gesicht.

»In einem Punkt habe ich Ihnen was vorgemacht.« Dolarhyde tippte gegen die Thermosflasche. »Ich habe Ihre Lippen nicht wirklich auf Eis gelegt.« Er riß Lounds die Decke herunter und öffnete die Thermosflasche.

Lounds bäumte sich am ganzen Körper auf, als er das Benzin roch. Die Haut seiner Unterarme riß von den Lehnen los, so daß der Rollstuhl unter dem Zug zu knarzen begann. Das Benzin fühlte sich kalt an auf seiner Haut, und während die Dämpfe in seine Nase stiegen, wurde er plötzlich wieder auf die Straße hinausgerollt.

»Na, was halten Sie davon, Grahams Haustier zu spielen, Freeeeediiiiieeee?«

Das Schnippen eines Feuerzeugs, fast unmittelbar gefolgt von einem dumpfen ›Wump‹, und dem Rollstuhl wurde ein kräftiger Stoß versetzt, so daß er die leicht abschüssige Straße hinunter auf das *Tattler*-Gebäude zurollte. Und iiik, iiik, iikiikikk gingen die Räder.

Der Kopf des Sicherheitsbeamten zuckte erst herum, als ein gellender Schrei den brennenden Knebel davonfliegen ließ. Und dann sah er das Flammeninferno auf Rädern, durch Schlaglöcher holpernd, auf sich zukommen. Vom Fahrtwind zog der heranrollende Feuerball mächtige Schwingen aus züngelnden Flammen, schwärzlichem Rauch und sprühenden Funken hinter sich her, deren Spiegelungen ruckartig von Schaufenster zu Schaufenster entlang seiner Bahn hüpften.

Schließlich geriet das brennende Gefährt ins Schleudern, krachte gegen einen am Straßenrand abgestellten Wagen und stürzte vor dem Eingang des Gebäudes um. Eines der Räder schien sich nach dem Sturz noch endlos weiterzudrehen, während die Flammen zwischen den blitzenden Speichen hindurchzüngelten und die brennenden Arme sich in einem letzten Aufbäumen des Verbrannten hoben.

Der Sicherheitsbeamte rannte in die Eingangshalle zurück. Er wußte nicht, ob das Ganze vielleicht explodieren würde, ob er sich nicht lieber von den Fenstern fernhalten sollte. Er löste den Feueralarm aus. Was konnte er sonst noch tun? Er riß den Feuerlöscher von der Wand und ging damit vorsichtig wieder nach draußen. Es war noch immer nicht explodiert.

Der Sicherheitsbeamte tastete sich vorsichtig durch den fettigen Qualm, der tief über dem Straßenbelag hing, auf den Rollstuhl zu und besprühte nun endlich Freddy Lounds mit Löschschaum.

22. Kapitel

Es war geplant, daß Graham die überwachte Wohnung in Washington um fünf Uhr fünfundvierzig verlassen sollte, bevor der morgendliche Berufsverkehr einsetzte.

Während er sich rasierte, rief Crawford an.

»Guten Morgen.«

»Na, ich weiß nicht, ob er wirklich so gut ist«, erwiderte Crawford. »Die Zahnschwuchtel hat in Chicago Lounds erwischt.«

»Das darf doch nicht wahr sein.«

»Er ist noch nicht ganz tot und verlangt nach dir. Lange kann er allerdings nicht mehr warten.«

»Ich komme sofort.«

»Triff mich am Flughafen. Flug 245 mit United. Die Maschine startet in vierzig Minuten. Du wirst auf jeden Fall rechtzeitig wieder zurück sein, um den Lockvogel zu spielen, falls sich das dann noch als nötig erweisen sollte.«

Special Agent Chester von der Chicagoer FBI-Stelle holte sie bei wolkenbruchartigem Regen am Flughafen ab. Chicago ist eine Stadt, die an Sirenen gewöhnt ist. Entsprechend widerstrebend teilte sich vor ihnen der Verkehr, als Chester jaulend den Expreßway entlangknüppelte und sein Rotlicht rosa gegen den strömenden Regen anzuckte.

Chester hatte Mühe, die Sirene zu übertönen. »Laut Aussagen der Polizei von Chicago wurde Lounds in seiner Garage überfallen. Leider kann ich nur mit Informationen aus zweiter Hand aufwarten. Wir sind hier nicht sehr beliebt.«

»Wie viel hat er verraten?« wollte Crawford wissen.

»Alles, die Sache mit der Falle, den ganzen Plan.«

»Hat Lounds ihn zu Gesicht bekommen?«

»Ich habe jedenfalls noch nichts von einer Personenbeschreibung gehört. Die Polizei hat ungefähr um sechs Uhr zwanzig ein Rundschreiben wegen einer Autonummer rausgegeben.«

»Haben Sie schon Dr. Bloom verständigt?«

»Ich konnte nur mit seiner Frau sprechen. Dr. Bloom haben sie heute früh die Gallenblase herausgenommen.«

»Großartig«, schnaubte Crawford.

Chester hielt unter dem tropfenden Vordach der Klinik. Er drehte sich auf seinem Sitz herum. »Jack, Will, bevor Sie da raufgehen... Ich habe gehört, daß dieser Irre Lounds wirklich übel zugerichtet hat. Machen Sie sich also auf was gefaßt.«

Graham nickte. Den ganzen Flug nach Chicago über hatte er seine Hoffnung unterdrücken müssen, Lounds möchte sterben, bevor er Gelegenheit fand, mit ihm zu sprechen.

Der Korridor der Abteilung für Verbrennungen war ein Schlauch mit makellosen Fliesen. Ein großgewachsener Arzt mit einem eigenartigen, gleichzeitig jungen und alten Gesicht winkte Graham und Crawford von dem Menschengedränge vor Lounds' Tür fort.

»Mr. Lounds' Verbrennungen sind tödlich«, erklärte der Arzt. »Ich kann nur noch insofern helfen, als ich mir alle erdenkliche Mühe gebe, seine Schmerzen zu lindern. Er hat Flammen eingeatmet, so daß seine Luftröhre und seine Lungen schwere Verbrennungen erlitten haben. Möglicherweise wird er gar nicht mehr zu Bewußtsein kommen. Und in seinem Zustand wäre das nur ein Segen.

Für den Fall, daß er das Bewußtsein jedoch noch einmal erlangen sollte, hat mich die Polizei gebeten, den Schlauch aus seiner Luftröhre zu nehmen, damit er vielleicht noch ein paar Fragen beantworten kann. Ich habe mich bereit erklärt, das zu versuchen – zumindest kurz.

Im Augenblick sind seine Nervenenden durch das Feuer anästhesiert. Er wird schreckliche Schmerzen haben, falls er noch länger am Leben bleiben sollte. Ich habe das bereits der Polizei klargemacht und möchte auch, daß Sie sich dessen bewußt sind: Ich werde jegliche Bemühungen Ihrerseits, ihn zu befragen, ohne Bedenken unterbrechen, um seine Schmerzen zu lindern, sobald er mich darum bittet. Ist das klar?«

»Ja«, nickte Crawford.

Mit einem Nicken zu dem Streifenpolizisten vor der Tür verschränkte der Arzt seine Hände hinter seinem Rücken und stelzte davon wie ein Reiher.

Crawford warf Graham einen kurzen Blick zu. »Alles in Ordnung?«

»Natürlich. Schließlich mache ich so was nicht zum erstenmal.«

Lounds' Kopf war hochgestellt. Von seinem Haar und seinen Ohren war nichts mehr zu sehen, und anstatt der verbrannten Lider waren über seinen blicklosen Augen Kompressen angebracht. Sein Zahnfleisch war von heftig aufgequollenen Blasen übersät.

Die Schwester neben ihm schob ein Gestell mit einem Tropf beiseite, damit Graham näher heranrücken konnte. Lounds roch wie ein Stallbrand.

»Freddy, ich bin's, Will Graham.«

Lounds wölbte seinen Hals vor.

»Das war eine reine Reflexbewegung«, erklärte die Schwester dazu. »Er ist bewußtlos.«

Der Luftschlauch, der seine versengte und angeschwollene Luftröhre offen hielt, zischte leise im Takt der künstlichen Beatmung.

In einer Ecke des Raums saß ein fahler Detektiv mit einem Tonbandgerät und einem Notizblock in seinem Schoß. Graham wurde sich seiner Anwesenheit erst bewußt, als er zu sprechen begann.

»Lounds hat Ihren Namen genannt, bevor sie ihm in der Notaufnahme diesen Luftschlauch reingesteckt haben.«

»Waren Sie dabei?«

»Ich kam erst später dazu. Aber ich habe hier auf Band, was er gesagt hat. Er hat den Feuerwehrleuten, die ihm als erste zu Hilfe gekommen sind, eine Autonummer genannt. Dann hat er das Bewußtsein verloren. Während des Transports hierher war er ständig weg. In der Notaufnahme ist er allerdings wieder für etwa eine Minute zu sich gekommen, nachdem sie ihm eine Spritze in die Brust gegeben haben. Ein paar Reporter vom *Tattler* sind dem Krankenwagen hierher gefolgt. Sie waren dabei. Ich habe eine Kopie ihrer Bandaufnahme.«

»Lassen Sie mal hören.«

Der Detektiv machte sich kurz an seinem Tonbandgerät zu schaffen. »Hören Sie es sich lieber über Kopfhörer an«, riet er Graham dann, sorgsam jeden Ausdruck aus seiner Miene verbannend. Er drückte auf den Startknopf.

Graham hörte Stimmen, das Geräusch von Rollen. »... stellen Sie ihn hierher.« Das Schlagen einer Bahre gegen eine Schwingtür, ein würgendes Husten und schließlich eine krächzende, ohne Lippen artikulierende Stimme.

»*Zahnwuchtel.*«

»Freddy, haben Sie ihn gesehen? Wie hat er ausgesehen, Freddy?«

»*Wendy? Wendy ditte. Grahan hat mir das angehängt. Dieses*

Hwein wußte descheid. Grahan hat mir das angehängt. Hwein hat auf den Hoto seine Hand auh nich gelegt wie auh ein Hündchen. Wendy?«

Ein Geräusch wie ein ablaufendes Waschbecken. Dann die Stimme eines Arztes: »Das genügt. Lassen Sie mich jetzt machen. Gehen Sie aus dem Weg. *Los.*«

Das war alles.

Als sich dann Crawford das Band anhörte, stand Graham über Lounds.

»Wir überprüfen gerade die Autonummer«, erkärte der Detektiv. »Konnten Sie verstehen, was er gesagt hat?«

»Wer ist Wendy?« fragte Crawford.

»Diese Nutte draußen auf dem Flur. Die Blondine mit der ausladenden Oberweite. Sie versucht schon die ganze Zeit, zu ihm vorgelassen zu werden. Sie weiß von nichts.«

»Warum laßt ihr sie nicht rein?« fragte Graham, ohne sich von Lounds abzuwenden.

»Keine Besucher.«

»Der Mann liegt doch im Sterben.«

»Denken Sie, das wüßte ich nicht? Ich hocke hier schon seit sechs Uhr auf meinem fetten Arsch rum – entschuldigen Sie, Schwester.«

»Dann gönnen Sie sich mal eine kleine Pause«, sagte Crawford. »Machen Sie sich auf der Toilette ein bißchen frisch und trinken Sie in der Cafeteria eine Tasse Kaffee. Das wird Ihnen gut tun. Er kann sowieso nichts sagen. Und wenn doch, werden wir es auf Band aufnehmen.«

»Gern, ich kann wirklich eine kleine Verschnaufpause vertragen.«

Als der Detektiv gegangen war, ließ Graham Crawford allein in dem Krankenzimmer zurück. Er trat an die Frau auf dem Flur heran. »Wendy?«

»Ja.«

»Wenn Sie ihn wirklich sehen wollen, können Sie jetzt mit mir reinkommen.«

»Natürlich will ich ihn sehen. Aber vielleicht sollte ich mir vorher die Haare noch etwas richten.«

»Das ist jetzt nicht nötig«, versicherte ihr Graham.

Als der Detektiv zurückkam, machte er keine Anstalten, sie wieder vor die Tür zu setzen.

Wendy, die Inhaberin von Wendy City, hielt Lounds' schwarz verkohlte Klaue und sah ihn unverwandt an. Kurz vor Mittag bewegte er sich einmal kurz.

»Es wird alles wieder gut werden, Roscoe«, flüsterte sie ihm zu. »Du wirst sehen; wir werden uns noch eine schöne Zeit machen.«

Lounds bewegte sich noch einmal kurz und starb.

23. Kapitel

Captain Osborne von der Chicagoer Mordkommission hatte das spitze, graue Gesicht eines steinernen Fuchses. Im ganzen Revier lagen Ausgaben des *Tattler* herum. Eine davon befand sich auf seinem Schreibtisch.

Er forderte Graham und Crawford nicht auf, Platz zu nehmen.

»Sie hatten also mit Lounds hier in Chicago bestimmt nichts vor?«

»Nein, er wollte nach Washington kommen«, erklärte Crawford. »Er hat sich bereits einen Flug reservieren lassen. Das haben Sie doch sicher nachprüfen lassen.«

»Ja, natürlich. Er hat die Redaktion gestern gegen halb zwei verlassen. In der Tiefgarage des Hauses, in dem er wohnt, ist er dann so gegen zehn nach zwei überfallen worden.«

»Irgendwelche Anhaltspunkte aus der Tiefgarage?«

»Seine Schlüssel sind unter seinen Wagen gerutscht. Es gibt dort keinen Garagenwart – sie hatten ursprünglich ein Tor, das sich über Funk öffnen und schließen ließ, aber als es damit dann öfter technische Probleme gab, haben sie die Anlage einfach ausgebaut. Jedenfalls hat niemand etwas bemerkt. Das scheint das Motto des heutigen Tages zu werden.

Wir nehmen uns mittlerweile Lounds' Wagen in aller Gründlichkeit vor.«

»Können wir ihnen dabei irgendwie behilflich sein?«

»Sie können die Untersuchungsberichte haben, sobald sie bei mir eingehen. Sie haben bisher noch kaum was gesagt, Graham. Dabei hatten Sie doch in diesem Zeitungsinterview eine Menge zu erzählen.«

»Was Sie bisher vorzubringen hatten, war ja auch nicht sonderlich aufschlußreich.«

»Sind Sie eigentlich sauer, Captain?« wollte Crawford wissen.

»Ich? Weshalb sollte ich? Wir stellen für Sie fest, von wo ein bestimmter Anruf reingeht und nageln dabei so einen bescheuerten Zeitungsfritzen fest. Dann haben Sie plötzlich nichts gegen den Mann vorzubringen. Statt dessen lassen Sie sich mit ihm auf irgendwelche dubiose Geschäfte ein, was dazu führt, daß er flambiert und geröstet vor dem Eingang des Redaktionsgebäudes rollt. Und jetzt nehmen sich die anderen Blätter seiner an, als wäre er einer der ihren gewesen.

Darüber hinaus haben wir nun also auch in Chicago unseren Zahnschwuchtelmord. Wirklich großartig. ›Zahnschwuchtel in Chicago.‹ Mann, das hat uns gerade noch gefehlt. Bis Mitternacht liegen uns mindestens ein halbes Dutzend Fälle von häuslichen Schießunfällen vor; irgendein Kerl versucht sich spät nachts unbemerkt in die Wohnung zu schleichen, nachdem er ein bißchen zu tief ins Glas geschaut hat, und – peng! – schon brennt ihm seine Alte eine auf den Pelz. Vielleicht hat die Zahnschwuchtel dadurch ja auch Gefallen an Chicago gefunden und beschlossen, sich noch eine Weile hier rumzutreiben und sich ein paar schöne Tage zu machen.«

»Wir haben zwei Möglichkeiten«, erklärte Crawford. »Entweder verursachen wir einen Mordswirbel und ziehen alle möglichen Leute bis hinauf zum Distriktsstaatsanwalt in die Sache hinein, damit uns die – und zwar Ihnen und uns – ordentlich auf die Zehen steigen. Oder wir versuchen, handelseinig zu werden und konzentrieren uns lieber darauf, diesen

Bastard zu fassen. Die Verantwortung für diese Operation lag bei mir, und mir ist sehr wohl klar, daß das Ganze ein Schuß in den Ofen war. Ist hier in Chicago so was noch nie vorgekommen? Ich möchte mich auf keinen Fall mit Ihnen anlegen, Captain. Wir wollen nichts weiter, als diesen Kerl fassen und wieder nach Hause fliegen. Was wollen Sie?«

Osborne schob statt einer Antwort erst einmal verschiedene Gegenstände auf seinem Schreibtisch hin und her – einen Briefbeschwerer, ein gerahmtes Foto eines fuchsgesichtigen Jungen in Musikkapellenuniform. Dann lehnte er sich in seinen Sessel zurück, spitzte die Lippen und ließ leise den Atem entweichen.

»Im Augenblick möchte ich eine Tasse Kaffee. Wie sieht's bei Ihnen aus?«

»Danke, gern«, erwiderte Crawford.

»Ich ebenfalls«, schloß sich Graham an.

Osborne reichte ihnen die Pappbecher und deutete dann auf zwei Stühle.

»Die Zahnschwuchtel muß einen Kombi oder einen kleineren Transporter gehabt haben, um Lounds in dem Rollstuhl transportieren zu können«, begann Graham nach einem Schluck Kaffee.

Osborne nickte. »Das Nummernschild, das Lounds sah, war von einem Kombi einer Fernsehreparaturfirma in Oak Park gestohlen. Er hat also das Nummernschild eines Nutzfahrzeugs entwendet, weil er es selbst für einen Kombi oder etwas Ähnliches brauchte. Er hat die gestohlenen Nummernschilder an dem Wagen der Fernsehreparaturfirma durch andere, ebenfalls gestohlene Nummernschilder ersetzt, damit der Diebstahl nicht so schnell auffiel. Verdammt gerissen, dieser Bursche. Und noch etwas wissen wir: Er muß die Nummernschilder von dem Kombi irgendwann nach halb neun gestern morgen gestohlen haben. Der Fernsehtechniker ist nämlich gestern als erstes gleich tanken gefahren und hat dann mit Kreditkarte bezahlt. Der Tankwart hatte sich für den Beleg die richtige Nummer notiert; demnach müssen die Nummernschilder erst nach diesem Zeitpunkt gestohlen worden sein.«

»Ist niemandem ein Kombi oder Transporter aufgefallen?« fragte Crawford.

»Nein. Der Sicherheitsbeamte vom *Tattler*-Gebäude hat nichts gesehen. Der Kerl wäre der ideale Catch-Schiedsrichter, wie wenig der gesehen hat. Als erstes traf die Feuerwehr am Schauplatz ein. Sie rechneten nur mit einem Brand. Wir lassen augenblicklich alle Nachtschichtarbeiter im Umkreis des *Tattler*-Gebäudes befragen sowie die Anwohner der Gegend, wo der Fernsehtechniker Dienstagmorgen beschäftigt war. Wir können nur hoffen, daß ihn jemand gesehen hat, als er die Nummernschilder geklaut hat.«

»Ich würde gern den Rollstuhl noch mal sehen«, sagte Graham.

»Der steht in unserem Labor. Ich rufe dort gleich mal an, daß Sie ihn sehen wollen.« Osborne dachte kurz nach, bevor er fortfuhr. »Courage hatte dieser Lounds ja schon – das muß man ihm lassen. Sich in dem Zustand, in dem er war, an die Autonummer zu erinnern und sie uns dann auch noch zu sagen. Haben Sie sich angehört, was Lounds in der Klinik gesagt hat?«

Graham nickte.

»Verstehen Sie mich nicht falsch, wenn ich diesen Punkt noch mal zur Sprache bringe, aber ich möchte doch gern wissen, ob wir diesbezüglich beide dasselbe gehört haben. Was hat er Ihrer Meinung nach zu sagen versucht?«

Graham zitierte mit völlig ausdrucksloser Stimme: »›Zahnschwuchtel. Graham hat mir das angehängt. Das Schwein wußte Bescheid. Schwein hat auf dem Foto seine Hand auf mich gelegt wie auf ein Hündchen.‹«

Osborne konnte nicht feststellen, wie Graham dabei zumute war. Er stellte ihm eine weitere Frage.

»Spielte er damit auf das Foto von ihm und Ihnen im *Tattler* an?«

»So muß es wohl gewesen sein.«

»Wie konnte er auf so einen Gedanken kommen?«

»Lounds und ich sind uns in der Vergangenheit des öfteren in die Quere gekommen.«

»Aber auf dem Foto haben Sie Lounds doch ganz freundlich angesehen. Die Zahnschwuchtel bringt erst das Haustier seines Opfers um – ist es das?«

»Genau das ist der Punkt.« Der Steinfuchs war verdammt fix, dachte Graham.

»Zu schade, daß Sie ihn nicht haben observieren lassen.«

Darauf erwiderte Graham nichts. Statt dessen antwortete Crawford: »Zu dem Zeitpunkt, zu dem die Zahnschwuchtel den *Tattler* frühestens zu Gesicht hätte bekommen können, sollte Lounds längst bei uns in Washington sein.«

»Können Sie mit dem, was er gesagt hat, sonst noch etwas anfangen? Irgendwelche Anhaltspunkte, die für uns von Nutzen sein könnten?«

Graham schien von irgendwo weither zu kommen und mußte sich erst noch in Gedanken Osbornes Frage wiederholen, bevor er antwortete: »Wir müssen aus dem, was Lounds gesagt hat, darauf schließen, daß die Zahnschwuchtel den *Tattler* gelesen haben muß, bevor er Lounds gefangengenommen hat, oder nicht?«

»Jawohl.«

»Wenn wir also einmal davon ausgehen, daß dieser Bericht im *Tattler* den Anstoß zu der Tat geliefert hat, heißt das doch gleichzeitig, daß die Zahnschwuchtel ihren Plan in kürzester Zeit in die Tat umgesetzt haben muß. Der *Tattler* kam Montagnacht aus der Druckerei, und unser Freund ist bereits irgendwann am Dienstag, vermutlich sogar schon Dienstagvormittag, in Chicago. Er stiehlt die Nummernschilder und bringt am Dienstagnachmittag Lounds in seine Gewalt. Was hat das also zu bedeuten?«

»Daß er den *Tattler* sehr früh in die Hand bekommen hat oder daß er keinen sehr weiten Weg hatte«, erwiderte Crawford. »Entweder hat er die Zeitung Montagnacht hier in Chicago oder in einer anderen größeren Stadt in die Hand bekommen. Wir dürfen dabei nicht außer acht lassen, daß er sicher bereits mit Spannung auf die nächste Ausgabe des *Tattler* wartete, da er dort wieder eine Nachricht von Lecter zu finden hoffte.«

»Er war demnach also bereits hier, oder er wohnt nur ein paar Fahrstunden von hier entfernt«, fuhr Graham fort. »Er hat Lounds verdammt schnell in seine Gewalt gebracht, wenn man vor allem auch bedenkt, daß er dieses Monstrum von Rollstuhl unmöglich im Flugzeug transportiert haben kann – das alte Ding läßt sich nicht mal zusammenklappen. Und er ist sicher nicht mit dem Flugzeug angekommen, um dann einen Kombi mit den dazugehörigen Nummernschildern zu stehlen und sich dann noch nach einem alten Rollstuhl umzuschauen. Er muß so einen alten Rollstuhl bereits gehabt haben, und ein neuer hätte sich für das, was er vorhatte, nicht geeignet.« Graham war inzwischen aufgestanden und spielte an der Schnur für die Jalousie herum, während er auf die Brandmauer auf der anderen Seite des Lichtschachtes starrte. »Er muß den Rollstuhl bereits gehabt oder zumindest gewußt haben, wie er an ihn herankommen konnte.«

Osborne wollte eben eine Frage stellen, doch ein kurzer Blick von seiten Crawfords gebot ihm Schweigen.

Graham machte mehrere Knoten in die Jalousienschnur. Seine Hände waren unruhig.

»Er hatte den Rollstuhl also schon ...«. half ihm Crawford nach.

»Mhm«, nickte Graham nachdenklich. »Die Entstehung seines Plans muß in irgendeinem Zusammenhang mit diesem Rollstuhl gestanden haben – mit seinem Anblick oder zumindest dem Wissen, daß er irgendwo herumstand. So muß ihm diese Idee gekommen sein, als er sich überlegt hat, wie er es diesen Schandmäulern heimzahlen sollte. Und es muß ja weiß Gott ein Anblick gewesen sein, als Freddy lichterloh brennend die Straße hinuntergerollt ist.«

»Glaubst du, er hat dieses Schauspiel beobachtet?«

»Anzunehmen. Mit Sicherheit spielte es sich vor seinem inneren Auge ab, als er sich überlegte, wie er sich am besten rächen sollte.«

Osborne beobachtete Crawford. Crawford war ein Mann, der mit beiden Beinen auf dem Boden stand. An der Sache mußte also etwas sein, wenn ein Mann wie Crawford sich weiter auf so einen Gedanken einließ.

»Nachdem er also den Rollstuhl besessen und vielleicht sogar ständig vor Augen gehabt haben muß... vielleicht sollten wir sämtliche Alters- und Veteranenheime überprüfen lassen«, schlug Osborne vor.

»Das Ding bot die ideale Möglichkeit, Freddy zu totaler Bewegungsunfähigkeit zu verdammen«, fuhr Graham fort.

»Und das über einen ziemlich langen Zeitraum hinweg«, gab Osborne zu bedenken. »Er war genau fünfzehn Stunden und fünfundzwanzig Minuten verschwunden.«

»Wenn er Freddy nur hätte kaltmachen wollen, hätte er das problemlos in der Garage erledigen können«, sagte Graham. »Er hätte ihn in seinem Wagen verbrennen können. Aber offensichtlich wollte er noch mit Freddy sprechen – oder ihn eine Weile quälen.«

»Entweder hat er das im Fond des Kombi gemacht, oder er hat ihn irgendwohin gebracht«, schaltete sich Crawford ein. »Der Länge der Zeit nach zu schließen, dürfte er ihn irgendwohin gebracht haben.«

»Und zwar an einen sicheren Ort. Falls er ihn gut eingepackt hat, hätte er sicherlich keinerlei Aufsehen erregt, wenn er ihn zum Beispiel in ein Altersheim gebracht hätte«, meinte Osborne.

»Das Problem ist nur, daß er dort keinerlei Lärm hätte machen dürren«, gab Crawford zu bedenken. »Mal angenommen, er hatte den Rollstuhl, und er hatte Zugang zu einem Kombi, und ihm stand ein geschützter Ort zur Verfügung, wo er sich ihn hatte vornehmen können. Klingt das nicht – na ja, wie bei ihm zu Hause?«

Osbornes Telefon klingelte. Er knurrte barsch in den Hörer.

»Was?... Nein, ich will nicht mit dem *Tattler* sprechen... Na, dann will ich aber mal hoffen, Sie kommen mir nicht mit irgenwelchem Blödsinn... Captain Osborne, ja... Um wieviel Uhr? Wer hat den Anruf ursprünglich entgegengenommen – in der Zentrale? Entfernen Sie sie unverzüglich von dort. Und dann wiederholen Sie noch einmal, was er gesagt hat... Ich werde sofort einen meiner Leute hinschikken; er ist in fünf Minuten da.«

Osborne starrte eine Weile gedankenverloren auf das Telefon, nachdem er eingehängt hatte.

»Vor fünf Minuten hat Lounds' Sekretärin einen Anruf bekommen«, begann er schließlich. »Sie schwört, es wäre Lounds' Stimme gewesen. Und er sagte etwas – etwas, das sie nicht recht verstand. ›...die Kraft des großen roten Drachen.‹ Irgend etwas in der Art, meint sie, hat er gesagt.«

24. Kapitel

Dr. Frederick Chilton stand vor Hannibal Lecters Zelle auf dem Flur. Er wurde von drei kräftigen Wärtern begleitet. Einer von ihnen hatte eine Zwangsjacke und Beinfesseln bei sich. Der zweite war mit einer Gassspraydose bewaffnet, und der dritte lud ein Luftgewehr mit einem Betäubungspfeil.

Lecter saß an seinem Tisch. Er war in eine Versicherungstabelle vertieft und machte sich eifrig Notizen. Er hatte die Schritte gehört. Er hatte gehört, wie hinter ihm das Schloß des Luftgewehrs wieder einschnappte. Dennoch sah er nicht von seiner Lektüre auf und gab durch nichts zu erkennen, daß er sich Chiltons Anwesenheit bewußt war.

Chilton hatte ihm die Zeitungen mittags zukommen lassen und ihn dann jedoch bis zum Abend warten lassen, um zu erfahren, wie er dafür bestraft werden sollte, daß er dem Drachen geholfen hatte.

»Dr. Lecter«, sprach ihn Chilton schließlich an.

Lecter drehte sich zu ihm herum. »Guten Abend, Dr. Chilton.« Von den drei Wärtern nahm er keinerlei Notiz. Sein Blick war unverwandt auf Chilton gerichtet.

»Ich bin gekommen, Ihre Bücher abzuholen. Und zwar alle.«

»Aha. Dürfte ich vielleicht erfahren, wie lange Sie sie zu behalten gedenken?«

»Das hängt ganz von Ihnen ab.«

»Ist das Ihre persönliche Entscheidung?«

»Wie Sie wissen, befinde ich über die in dieser Anstalt verhängten Strafmaßnahmen.«

»Aber gewiß. So etwas ist ja schließlich auch nicht Will Grahams Stil.«

»Treten Sie an das Netz, und schlüpfen Sie hier rein, Dr. Lecter. Ich werde Sie darum nicht zweimal ersuchen.«

»Wie Sie wünschen, Dr. Chilton. Ich hoffe, es handelt sich dabei um eine mit Größe neununddreißig; die Siebenunddreißiger sind immer etwas knapp um die Brust.«

Dr. Lecter schlüpfte in die Zwangsjacke, als machte er sich für einen festlichen Abend fein. Ein Wärter griff durch das Gitter und verschloß die Zwangsjacke von hinten.

»Legen Sie ihn aufs Bett«, forderte Chilton die Wärter auf.

Während die Wärter sich dann der Bücher annahmen, putzte Chilton seine Brille, um schließlich mit einem Stift Lecters Aufzeichnungen zu überfliegen.

Lecter beobachtete ihn aus der dunklen Ecke seiner Zelle. Selbst in der Zwangsjacke haftete ihm eine eigenartige Eleganz an.

»Unter dem gelben Ordner«, sagte Lecter ruhig, »werden Sie einen ablehnenden Bescheid der Zeitschrift *Archives* finden. Der Brief geriet versehentlich unter meine Post von *Archives*, und ich habe ihn bedauerlicherweise geöffnet, ohne auf die Adresse zu achten. Tut mir leid.«

Chilton errötete. Er trug einem Wärter auf: »Nehmen Sie mal lieber die Klobrille von Dr. Lecters Toilette ab.«

Chilton sah sich die Versicherungstabelle an. An den oberen Rand hatte Lecter sein Alter geschrieben – einundvierzig. »Und was haben Sie hier?« fragte Chilton.

»Zeit«, antwortete Dr. Lecter.

Sektionschef Brian Zeller brachte die Kurierlieferung und die Rollstuhlräder in die Abteilung für instrumentale Analyse;

dabei legte er ein Tempo vor, das seine Gabardinehose zum Pfeifen brachte.

Die Belegschaft – die Frühschicht war eigentlich längst um – kannte dieses pfeifende Geräusch nur zu gut: Zeller hatte es eilig.

Es hatte genügend Verzögerungen gegeben. Der übermüdete Kurier, dessen Flug von Chicago erst wegen eines Unwetters Verspätung gehabt hatte und dann auch noch nach Philadelphia umgeleitet werden mußte, hatte sich dort einen Leihwagen genommen, um damit zum FBI-Labor in Washington zu fahren.

Das Labor der Polizei von Chicago war zwar sehr gut, aber bestimmte Untersuchungen konnten sie dort nicht vornehmen, da sie nicht über die hierfür erforderlichen Apparaturen verfügten. Und genau das wollte Zeller nun nachholen.

Beim Masse-Spektrometer lieferte er die Farbspuren von Lounds' Wagentür ab.

Die Räder des Rollstuhls mußte sich Beverly Katz von der Abteilung für Haare und Fasern mit den anderen Spezialisten dieser Sektion teilen.

Zellers letzte Station war der enge, heiße Raum, in dem Liza Lake über ihren Gaschromatographen gebeugt stand. Sie untersuchte gerade Aschereste von einem Brandstiftungsfall in Florida und folgte gebannt dem zackigen Kurs der Nadel auf dem Millimeterpapier.

»Ace-Feuerzeugbenzin«, sagte sie, ohne aufzusehen. »Damit hat er den Brand gelegt.« Sie kannte sich inzwischen so gut mit den speziellen Eigentümlichkeiten der einzelnen Sorten aus, daß sie nicht mehr in ihren Tabellen nachzusehen brauchte.

Zeller mußte seinen Blick von Liza Lake losreißen, um sich gleichzeitig strenge Selbstvorwürfe zu machen, weil er während der Arbeit erfreuliche Gefühle hatte aufkommen lassen. Er räusperte sich und hielt zwei Metalldosen hoch.

»Aus Chicago?« fragte Liza.

Zeller nickte.

Sie untersuchte den Zustand der Dosen und den Deckelverschluß. Eine Dose enthielt Aschenreste des Rollstuhls, die andere Verkohltes von Lounds.

»Wie lange waren die Proben in den Dosen?«

»Mindestens sechs Stunden«, antwortete Zeller.

»Na, dann wollen wir mal sehen.«

Sie durchstieß den Deckel mit einer massiven Injektionsnadel und saugte die mit der Asche eingeschlossene Luft ab, um sie direkt in den Gaschromatographen zu leiten. Sie nahm regulierende Feineinstellungen an einer Reihe von Knöpfen vor, während die Nadel des Meßinstruments über die breite Rolle mit Millimeterpapier zuckte.

»Bleifrei...«, murmelte sie nach einer Weile. »Es ist Gasohol, bleifreies Gasohol. Damit habe ich selten zu tun.« Sie blätterte kurz in einem Ordner mit Tabellen. »Im Augenblick kann ich die Marke noch nicht feststellen. Ich werd's gleich mal mit Pentan versuchen und mich dann bei Ihnen melden.«

»Gut«, nickte Zeller. Das Pentan würde die flüssigen Stoffe in den Aschenresten herauslösen, so daß sie im Chromatographen einer Feinanalyse unterzogen werden konnten.

Bis ein Uhr morgens hatte Zeller alles vorliegen, was das eingesandte Material hergab.

Liza Lake war es gelungen, die genaue Marke des Gasohols zu bestimmen. Freddy Lounds war mit ›Servco Supreme‹ verbrannt worden.

Sorgfältiges Ausbürsten der Rollstuhlräderprofile hatte zweierlei Sorten von Teppichfasern zutage gefördert – Wolle und synthetisches Material. Schimmelspuren in den Profilen deuteten außerdem darauf hin, daß der Rollstuhl an einem dunklen, kühlen Ort abgestellt gewesen war.

Die übrigen Resultate waren weniger zufriedenstellend. Bei den Farbspuren handelte es sich nicht um Original-Werkslack. Nach einem Vergleich der Farbspuren im Masse-Spektrometer mit der Tabelle für Wagenlacke erwies sich die Probe als schlagfester Duco-Emaillelack, der im ersten Quartal 1978 in einer Menge von 186000 Gallonen produziert und an verschiedene Lackierereien verkauft worden war.

Zeller hatte gehofft, mit Hilfe der Lackspuren die Wagenmarke und den ungefähren Herstellungszeitpunkt bestimmen zu können.

Er gab die Resultate per Fernschreiber nach Chicago durch.

Die Polizei von Chicago wollte ihre Rollstuhlräder zurück. Wieder verpackt, gaben sie ein unangenehm sperriges Paket ab. Zeller steckte dem Kurier neben seinen Untersuchungsberichten auch noch ein Paket in seine Tasche, das für Graham eingegangen war.

»Ich bin doch hier nicht der Postbote«, knurrte der Kurier, als er sicher war, daß Zeller ihn nicht hören konnte.

Das Justizministerium hat für seine Anwälte und wichtige Gerichtsgutachter unweit des Seventh-District-Gerichtshofs eine Reihe von eigenen kleinen Wohnungen, die diesen während der Verhandlungen zur Verfügung stehen. In einer davon war Graham untergebracht. Crawford hatte sein Apartment gleich gegenüber.

Müde und durchnäßt betrat Graham gegen neun Uhr abends seine Wohnung. Seit dem Frühstück in der Maschine von Washington hatte er nichts mehr gegessen; dennoch bereitete ihm allein der Gedanke an etwas Eßbares Abscheu.

Zumindest war dieser verregnete Mittwoch zu Ende. So einen schlimmen Tag hatte er schon lange nicht mehr gehabt.

Nach Lounds' Tod deutete alles darauf hin, daß er als nächster an der Reihe war; entsprechend war ihm Chester den ganzen Tag nicht von den Fersen gewichen; während er sich in der Tiefgarage umsah und als er im Regen auf dem verkohlten Straßenstück herumstand, wo Lounds verbrannt war. Im Blitzlichtgewitter der Presseleute hatte er sein ›tiefes Bedauern über den tragischen Verlust seines Freundes Freddy Lounds‹ zum Ausdruck gebracht.

Er würde auch dem Begräbnis beiwohnen, zusammen mit einer Reihe von FBI-Agenten und Detektiven. Der Grund hierfür war, daß der Mörder sich möglicherweise den Anblick des trauernden Graham nicht entgehen lassen würde.

Eigentlich verspürte Graham nichts, was er hätte benennen können, wenn man einmal von kalter Übelkeit und einem gelegentlichen Aufwallen krankhafter Erleichterung absah, nicht an Lounds' Stelle verbrannt zu sein.

Es schien Graham, als hätte er in den vierzig Jahren seines Lebens absolut nichts gelernt – er war nur müde geworden.

Er machte sich einen großen Martini, den er beim Auskleiden trank. Nach dem Duschen genehmigte er sich einen zweiten, während er im Fernsehen die Nachrichten ansah.

(»Eine FBI-Falle, um die Zahnschwuchtel zu fangen, erwies sich als Schuß in den Ofen und führte zum Tod eines Reporters. Wir melden uns anschließend mit näheren Einzelheiten zu dem Fall.«)

Bevor die Nachrichtensendung zu Ende war, wurde der Mörder bereits mit seinem neuen Namen ›der Drache‹ bezeichnet. Beim *Tattler* hatte man also die entsprechenden Informationen an die Medien weitergeleitet. Graham überraschte das nicht weiter. Schließlich sollte sich die Donnerstagsausgabe gut verkaufen.

Er machte sich einen dritten Martini und rief Molly an.

Sie hatte die Sechs- und die Zehn-Uhr-Nachrichten gesehen und den *Tattler* gelesen. Folglich wußte sie auch, daß Graham den Lockvogel gespielt hatte.

»Das hättest du mir sagen sollen, Will.«

»Schon möglich. Ich hielt es trotzdem für besser, dir nichts davon zu erzählen.«

»Wird er nun versuchen, dich umzubringen?«

»Früher oder später. Im Augenblick dürfte das allerdings nicht ganz einfach für ihn sein, da ich ständig auf Achse bin. Außerdem werde ich rund um die Uhr bewacht,

Molly, was er sehr wohl weiß. Du brauchst dir also keine Sorgen um mich zu machen.«

»Du sprichst etwas schleppend. Hast du etwa deinem Freund im Kühlschrank einen kleinen Besuch abgestattet?«

»Ja, ich hab' mir schon ein paar Martinis genehmigt.«

»Wie fühlst du dich gerade?«

»Ziemlich mies.«

»In den Nachrichten hieß es, der FBI hätte diesem Reporter keinerlei Schutz gewährt.«

»Er sollte eigentlich bei Crawford sein, bis die Zahnschwuchtel den *Tattler* in die Hände hätte bekommen können.«

»In den Nachrichten nennen sie ihn jetzt übrigens den Drachen.«

»Weil er sich selbst so bezeichnet.«

»Will, ich möchte ... ich möchte mit Willy fort von hier.«

»Und wohin?«

»Zu seinen Großeltern. Sie haben ihn schon länger nicht mehr gesehen und würden sich bestimmt freuen, ihn bei sich zu haben.«

»Aha. Hm.«

Die Eltern von Willys Vater hatten in Oregon an der Küste eine Farm.

»Hier fühle ich mich einfach nicht wohl. Ich weiß zwar, daß wir hier eigentlich nichts zu befürchten haben dürften – trotzdem schlafen wir nicht gerade viel. Vielleicht haben mich auch die Schießübungen nervös gemacht. Ich weiß auch nicht.«

»Das tut mir schrecklich leid, Molly.« Wenn ich dir nur sagen könnte, wie leid.

»Du wirst mir sehr fehlen. Und auch Willy.«

Sie war also bereits fest entschlossen.

»Wann willst du los?«

»Morgen früh.«

»Und was ist mit dem Geschäft?«

»Das wird alles Evelyn regeln. Ich werde die Bestellung für die Herbstkollektion unterschreiben, und sie kann dann den Gewinn behalten.«

»Und die Hunde?«

»Ich habe sie gebeten, deswegen bei der Stadtverwaltung anzurufen. Allerdings fürchte ich, daß sie ein paar von ihnen wegschaffen werden. Es tut mir wirklich leid, Will.«

»Molly, ich –«

»Wenn ich irgendein Unheil von dir abwenden könnte, indem ich hier bliebe, würde ich ganz bestimmt bleiben. Aber leider kann ich dir nicht helfen, Will. Zumindest brauchst du dir unseretwegen keine Sorgen mehr zu machen, wenn wir bei Willys Großeltern sind. Ich kann doch nicht für den Rest meines Lebens mit dieser gottverfluchten Pistole herumlaufen, Will.«

»Du kannst ja hin und wieder nach Oakland fahren und dir mit Willy ein Baseballmatch ansehen.« Was rede ich nur für einen Unsinn, aber dieses Schweigen begann sich allmählich einfach zu lange hinzuziehen.

»Na ja, ich werde dich dann anrufen, oder vielleicht ist es besser, wenn du anrufst.«

Graham fühlte etwas in sich reißen. Ihm stockte der Atem.

»Laß mich deine Tickets übers Büro hier reservieren. Oder hast du das bereits selbst gemacht?«

»Ja, aber ich habe einen anderen Namen genannt. Ich dachte, die Presse könnte vielleicht...«

»Gut, sehr gut. Laß mich dafür sorgen, daß dich jemand in die Maschine bringt. Du bräuchtest dann nicht durch die Kontrolle und könntest vollkommen unbemerkt aus Washington verschwinden. Darf ich das wenigstens veranlassen? Bitte. Wann geht deine Maschine?«

»Um neun Uhr vierzig. Flug 118 mit American.«

»Gut, neun Uhr vierzig also... hinter dem Smithsonian. Dort ist ein Parkhaus. Stell den Wagen dort ab. Einer unserer Leute wird dort auf dich warten. Er wird seine Uhr an sein Ohr halten, wenn er aus seinem Wagen steigt. Klar?«

»Ja, in Ordnung.«

»Steigst du eigentlich am O'Hare um? Ich könnte rausfahren und –«

»Nein. Wir steigen in Minneapolis um.«

»Ach, Molly. Vielleicht kann ich ja nach Oregon hochkommen und euch abholen, wenn alles vorüber ist.«

»Das wäre wundervoll.«

Wundervoll.

»Hast du auch genügend Geld?«

»Die Bank überweist mir telegrafisch welches.«

»Wie bitte?«

»Zu der Zweigstelle von Barclay's am Flughafen. Keine Sorge, das geht schon in Ordnung.«

»Du wirst mir sehr fehlen.«

»Du mir auch. Allerdings wird es auch nicht anders sein als jetzt schon. Am Telefon spielt die Entfernung doch letztlich keine Rolle. Willy läßt dich grüßen.«

»Grüß ihn auch schön von mir.«

»Paß gut auf dich auf, Liebling.«

Sie hatte ihn nie zuvor Liebling genannt. Er kümmerte sich jedoch nicht weiter darum. Er kümmerte sich überhaupt nicht um neue Namen – Liebling, Roter Drache.

Der diensthabende Nachtschichtbeamte in Washington erklärte sich sofort bereit, alles Nötige für Mollys Abreise in die Wege zu leiten. Graham preßte sein Gesicht gegen die kühle Fensterscheibe und beobachtete, wie der Regen den schwachen Verkehr unter ihm peitschte und das Grau der Straße in unregelmäßigen Abständen unter den grellen Blitzen aufleuchtete. Sein Gesicht hinterließ Abdrücke von Stirn, Nasenspitze, Lippen und Kinn auf der Scheibe.

Molly war weg.

Der Tag war vorbei, und er hatte nur noch die Nacht vor sich – und eine lippenlose Stimme, die ihm Vorhaltungen machte.

Lounds' Freundin hatte gehalten, was von seiner Hand noch übrig war, bis es mit ihm zu Ende gegangen war.

»Hallo, hier spricht Valerie Leeds. Leider kann ich im Augenblick nicht ans Telefon kommen ...«

»Mir tut es auch leid«, murmelte Graham düster.

Dann schenkte er sich erneut sein Glas voll und setzte sich damit an den Tisch am Fenster, um auf den leeren Stuhl gegenüber von ihm zu stieren. Er starrte so lange auf diese Stelle, bis sie die Umrisse eines Mannes annahm, die von dunklen, flimmernden Partikeln ausgefüllt waren – eine Erscheinung wie ein Schatten auf in der Luft schwebendem Staub. Er versuchte, die schemenhafte Gestalt sich verdichten und die Züge eines Gesichts herausbilden zu lassen. Der Schemen rührte sich nicht und hatte kein Gesicht; aber es starrte ihn, obzwar gesichtslos, mit spürbarem Interesse an.

»Ich weiß, es ist verdammt hart.« Graham war inzwischen so betrunken, daß er deutlich lallte. »Du mußt unbedingt versuchen, damit aufzuhören, bis wir dich gefunden haben. Und wenn du es dir schon nicht verkneifen kannst, verdammte Scheiße, dann reagier dich wenigstens an mir ab. Mir wäre das wenigstens egal. Ich würde mich danach sogar besser fühlen. Inzwischen haben sie sogar Mittel, die dir helfen könnten, damit aufzuhören. Und zwar nicht nur aufzuhören, sondern auch aufhören zu *wollen.* Hilf mir – nur ein bißchen. Molly ist weg, und der gute, alte Freddy ist tot. Jetzt sind nur noch wir beide übrig, Kamerad. Du und ich.« Graham beugte sich vor und streckte seine Hand aus, um die Erscheinung zu berühren. Doch im selben Augenblick war sie verschwunden.

Graham ließ seinen Kopf auf den Tisch niedersinken, seine Wange auf seinen Arm gestützt. Als wieder ein Blitz aufzuckte, konnte er die Abdrücke von Stirn, Nase, Lippen und Kinn an der beschlagenen Scheibe erkennen. Ein bruchstückhaftes Gesicht, durch das die Regentropfen über das Glas krochen. Ein Gesicht ohne Augen, aber voller Regen.

Graham hatte sich wirklich bemüht, den Drachen zu verstehen.

Zuweilen, in dem atmenden Schweigen in den Häusern der Opfer, hatten genau *die* Räume, durch die der Drache sich bewegt hatte, zu ihm zu sprechen versucht.

Manchmal fühlte Graham sich ihm sehr nahe. Er kannte dieses Gefühl von früheren ähnlichen Ermittlungen. Und auch diesmal war es plötzlich da gewesen – der höhnische Eindruck, daß er und der Drache zuweilen dieselben Dinge taten, daß es nicht wenige Parallelen in den alltäglichen Details ihrer beider Leben gab. Irgendwo war der Drache zur gleichen Zeit wie er am Essen oder Duschen oder Schlafen.

Graham versuchte angestrengt, ihn zu sehen. Er versuchte, ihn wahrzunehmen, hinter dem blendenden Blitzen von Objektträgern und Ampullen, zwischen den Zeilen der Polizeiberichte, versuchte, sein Gesicht zu erspähen, hinter den Jalousienschlitzen der Zeitungsartikel. Er gab sich alle nur erdenkliche Mühe.

Um jedoch den Drachen auch nur annähernd begreifen zu können, um das kalte Tropfen in seiner einsamen Dunkelheit hören, die Welt durch seinen blutroten Nebel sehen zu können, hätte Graham einerseits fähig sein müssen, Dinge sehen zu können, die unwiederbringlich seinem Blick entzogen waren, und er hätte in der Lage sein müssen, sich frei und ungehindert in die Vergangenheit zurückbewegen zu können...

25. Kapitel

Springfield, Missouri, 14. Juni 1938.

Erschöpft und von heftigen Wehen geplagt, stieg Marian Dolarhyde Trevane vor dem City Hospital aus einem Taxi. Ein heißer Wind peitschte Staub und Sand gegen ihre Fußgelenke, als sie die Treppe zum Eingang hinaufstieg. Der Koffer, den sie bei sich hatte, sah besser aus als das weite Baumwollkleid, das sie trug, und das gleiche galt auch für die Handtasche, die sie gegen ihren geschwollenen Bauch preßte. Sie hatte genau sechzig Cents in ihrer Handtasche. Und in ihrem Bauch hatte sie Francis Dolarhyde.

An der Aufnahme gab sie ihren Namen mit Betty Johnson an, was nicht stimmte. Sie behauptete außerdem, ihr Mann wäre Musiker, und sie wüßte nicht, wo er sich gerade aufhielt; das allerdings entsprach der Wahrheit.

Sie wiesen sie in den Fürsorgetrakt der Entbindungsstation ein. Sie sah die Patientinnen neben sich nicht an, sondern starrte unverwandt auf die Sohlen der Frauen, die in den Betten auf der anderen Seite des Mittelgangs lagen.

Vier Stunden später wurde sie in den Kreißsaal gebracht, wo Francis Dolarhyde zur Welt kam. Der Geburtshelfer bemerkte, daß er eher aussah ›wie eine plattnasige Fledermaus als wie ein Baby‹ – eine weitere Wahrheit. Er wurde mit zweiseitigen Fissuren in Oberlippe und Gaumen geboren. Seine Nase war platt.

Der Oberarzt hielt es für besser, ihn seiner Mutter nicht gleich zu zeigen. Sie wollten erst abwarten, ob das Kind ohne künstliche Beatmung überleben würde. Sie legten es in ein Bett im hinteren Teil der Säuglingsstation, wo sein Gesicht vom Sichtfenster nicht zu erkennen war. Der Kleine konnte zwar atmen, aber nicht trinken. Wegen seiner Gaumenspalte war er nicht in der Lage zu saugen.

Er schrie zwar am ersten Tag nicht ganz so unablässig wie ein heroinsüchtiges Baby, aber es war trotzdem schlimm genug.

Ein dünnes Rinnsal war bis zum Nachmittag des zweiten Tages alles, was er von sich gab.

Nach dem Schichtwechsel um fünfzehn Uhr fiel ein breiter Schatten auf sein Bettchen. Prince Easter Mize, zwei Zentner schwer, Putzfrau und Hilfskraft in der Entbindungsstation, blieb an seinem Bettchen stehen und betrachtete ihn mit über der Brust verschränkten Armen. In den sechsundzwanzig Jahren, die sie nun schon in der Säuglingsstation arbeitete, hatte sie etwa neununddreißigtausend Neugeborene gesehen. Dieser kleine Wurm würde überleben, wenn er nur Nahrung zu sich nahm.

Prince Easter hatte vom Herrn keine Anweisungen erhalten, diesen Kleinen sterben zu lassen. Sie nahm auch nicht an, daß ein entsprechender Bescheid an die Ärzte ergangen war. Sie nahm einen Gummistöpsel mit einem gekrümmten Glastrinkröhrchen aus ihrer Tasche und drückte ihn in die Öffnung einer Milchflasche. Sie konnte das Baby mit einer Hand halten und seinen Kopf abstützen. Dann hielt sie den Kleinen an ihre Brust, bis er ihren Herzschlag spürte, und steckte ihm schließlich das Trinkröhrchen in den Mund. Er trank etwa fünfzig Gramm und schlief dann ein.

»Mhm«, nickte Prince Easter, legte ihn in sein Bettchen zurück und ging dann ihren Pflichten nach, die darin bestanden, die Kübel mit den gebrauchten Windeln zu leeren.

Am vierten Tag wurde Marian Dolarhyde Trevane in ein Privatzimmer verlegt. In einem Emaillekrug auf dem Waschgestell waren von der vorherigen Benutzerin des Zimmers noch ein Strauß Rosenmalven übrig, die sich erstaunlich gut gehalten hatten.

Marian war ein hübsches Mädchen, zumal inzwischen ihr Gesicht nicht mehr so aufgedunsen war. Sie sah den Arzt aufmerksam an, als er ihr die Hand auf die Schulter legte und zu sprechen begann. Der Seifengeruch seiner Hände stieg in ihre Nase, und sie versank in die Betrachtung der Lachfältchen um seine Augen, als ihr plötzlich bewußt wurde, was er sagte. Darauf schloß sie die Augen und öffnete sie auch nicht, als sie das Baby hereinbrachten.

Schließlich schlug sie die Augen doch auf. Sie schlossen die Tür, als sie zu schreien begann. Sie gaben ihr eine Beruhigungsspritze.

Am fünften Tag verließ sie das Krankenhaus allein. Sie wußte nicht wohin. Nach Hause konnte sie nicht mehr; diesbezüglich hatte sich ihre Mutter unnachgiebig gezeigt.

Marian Dolarhyde Trevane zählte die Schritte zwischen den Telegraphenmasten. Nach jeweils drei Masten setzte sie sich auf ihren Koffer, um auszuruhen. Zumindest hatte sie den Koffer. In jeder Stadt gab es in der Nähe des Busbahnhofs eine Pfandleihe. Das wußte sie von den Reisen mit ihrem Mann.

1938 war Springfield nicht gerade eine Hochburg der plastischen Chirurgie. Man lief dort mit dem Gesicht herum, mit dem man das Licht der Welt erblickt hatte.

Ein Chirurg des City Hospital gab sich dennoch alle nur erdenkliche Mühe mit Francis Dolarhyde, indem er erst mit einer elastischen Spange den vorderen Mundabschnitt zurückschob und dann mit einer Überlappungstechnik, die inzwischen längst passé ist, die Hasenscharte schloß. Der kosmetische Erfolg dieser Operation war nicht gerade umwerfend.

Der Chirurg hatte sich auch die Mühe gemacht, die Fachliteratur zu diesem Problem zu studieren und war aufgrund dessen zu der – übrigens korrekten – Entscheidung gelangt, mit der Schließung der Gaumenspalte des Kleinen zu warten, bis er fünf Jahre alt war. Eine Operation zu einem früheren Zeitpunkt hätte die Ausprägung und das Wachstums seines Gesichts erheblich beeinträchtigt.

Ein Zahnarzt aus der Stadt erklärte sich bereit, einen Obturator anzufertigen, der den Gaumen des Kleinen verschloß, so daß beim Trinken keine Flüssigkeit in seine Nase geriet.

Der Säugling wurde für eineinhalb Jahre in die Kinderkrippe von Springfield eingeliefert und kam dann ins Morgan-Lee-Waisenhaus.

Leiter dieses Waisenhauses war Reverend S. B. ›Buddy‹ Lomax. Bruder Buddy rief all die anderen Jungen und Mädchen zusammen und erklärte ihnen, daß Francis eine Hasenscharte hatte; sie sollten ihn aber auf keinen Fall Hasenscharte nennen.

Bruder Buddy forderte seine Waisen dann auf, für ihn zu beten.

In den Jahren nach seiner Geburt sollte Francis Dolarhydes Mutter lernen, für sich selbst zu sorgen.

Als erstes fand Marian Dolarhyde eine Anstellung als Stenotypistin im Büro eines Wahlkampfleiters der Demokraten von St. Louis. Mit seiner Hilfe gelang es ihr auch, ihre Ehe mit dem verschwundenen Mr. Trevane annullieren zu lassen.

Im Zuge dieser Annullierung wurde mit keinem Wort ein Kind erwähnt.

Zu ihrer Mutter hatte sie keinerlei Kontakt mehr. (»Ich

habe dich doch nicht großgezogen, um mit so einem irischen Taugenichts durch die Weltgeschichte zu gondeln«, hatten Mrs. Dolarhydes Abschiedsworte gelautet, als Marian mit Trevane von zu Hause wegging.)

Einmal rief Marians Ex-Mann sie im Büro an. Nüchtern und scheinheilig versicherte er ihr, auf den rechten Pfad zurückgefunden zu haben, und wollte wissen, ob sie mit dem Kind, das ›kennenzulernen er nie die Freude gehabt hatte‹, einen neuen Anfang mit ihm versuchen wollte. Er klang ziemlich pleite.

Marian erklärte ihm, das Kind wäre tot geboren worden, und hängte auf.

Eines Nachts tauchte er dann betrunken und mit seinem Koffer vor der Pension auf, in der Marian wohnte. Als sie ihm sagte, er solle verschwinden, erklärte er großspurig, es wäre ihre Schuld, daß ihre Ehe gescheitert und das Kind tot geboren worden wäre. Außerdem äußerte er Zweifel, ob das Kind überhaupt von ihm war.

In ihrer Wut warf Marian Dolarhyde nun Michael Trevane an den Kopf, welche Mißgeburt er mit ihr gezeugt hatte, und stellte ihm frei, sich seines Sohnes anzunehmen. Sie vergaß auch nicht, darauf hinzuweisen, daß es in der Familie Trevane zwei Fälle von Hasenscharten gab.

Sie setzte ihn auf die Straße und gab ihm zu verstehen, sie künftig in Frieden zu lassen. Das tat er auch. Doch Jahre später, betrunken und voller Verbitterung über Marians reichen neuen Mann und ihr schönes Leben, rief er Marians Mutter an.

Er erzählte Mrs. Dolarhyde von dem mißgebildeten Kind und behauptete, ihre schlechten Zähne wären der Beweis dafür, daß die Gaumenspalte durch die Dolarhydes vererbt worden wäre.

Eine Woche später kam Michael Trevane in Kansas City unter die Räder einer Trambahn und erlag den dabei erlittenen Verletzungen.

Nachdem Trevane Mrs. Dolarhyde von Marians verleugnetem Sohn erzählt hatte, blieb diese fast die ganze Nacht wach. Großgewachsen und hager, saß Großmutter Dolarhyde in ihrem Schaukelstuhl und starrte ins Feuer. Als die Nacht sich ihrem Ende zuneigte, begann sie langsam, aber energisch zu schaukeln.

Aus dem Obergeschoß des großen Hauses rief eine brüchige Stimme nach ihr. Die Zimmerdecke über Großmutter Dolarhyde begann zu knarzen, als jemand ins Bad schlurfte.

Ein dumpfer Schlag – jemand war gestürzt – und die brüchige Stimme stieß einen Schmerzensschrei aus.

Großmutter Dolarhyde wandte ihren Blick keine Sekunde von dem Feuer im Kamin ab. Sie schaukelte nur schneller hin und her, bis die Rufe nach einer Weile verstummten.

Kurz vor Vollendung seines fünften Lebensjahres bekam Francis Dolarhyde zum erstenmal Besuch im Waisenheim.

Er saß in den schweren Küchendünsten des Speisesaals, als ihn ein älterer Junge holte und in Bruder Buddys Büro brachte.

Die Dame, die ihn dort mit Bruder Buddy erwartete, war groß und hager, Ende vierzig, das Gesicht unter einer dikken Puderschicht, das Haar zu einem strengen Dutt geknotet. Ihr Gesicht war auffallend weiß. Ihr graues Haar sowie ihre Augen und Zähne wiesen eine leicht gelbliche Tönung auf.

Was Francis ganz besonders an ihr auffiel und was er nie vergessen sollte – sie lächelte jedesmal voller Zufriedenheit, wenn sie sein Gesicht sah. So etwas war ihm bis dahin noch nie passiert. Und er sollte auch niemanden mehr kennenlernen, der ähnlich auf seinen Anblick reagierte.

»Das ist deine Großmutter«, erklärte ihm Bruder Buddy.

»Hallo«, begrüßte ihn die Frau.

Bruder Buddy wischte sich mit seiner langen Hand über den Mund. »Sag schön ›Hallo‹. Los, mach schon.«

Francis hatte gelernt, ein paar Worte zu sagen, indem er mit seiner Oberlippe seine Nasenlöcher verschloß. ›Hallo‹ zu sagen, hatte er allerdings noch nicht sehr häufig Gelegenheit gehabt. »Lhho«, war alles, was er herausbrachte.

Doch Großmutter schien nur um so entzückter. »Kannst du auch ›Großmutter‹ sagen?«

»Versuch schön, ›Großmutter‹ zu sagen«, forderte ihn Bruder Buddy auf.

Doch der Verschlußlaut G ließ Francis rasch kapitulieren, so daß er in Tränen ausbrach.

Eine Wespe summte durch den Raum und stieß mehrmals gegen die Decke.

»Das macht nichts«, tröstete ihn die Großmutter. »Dafür kannst du doch sicher deinen Namen sagen. Bestimmt kann ein so großer Junge wie du seinen Namen sagen. Komm, sag ihn mir.«

Der Junge strahlte. Das hatten ihm die größeren Jungen beigebracht. Er war begierig, Großmutter zu zeigen, was er konnte. Er strengte sich mächtig an. »Fotzenfresse«, stieß er mühsam hervor.

Drei Tage später kam Großmutter Dolarhyde ein zweites Mal ins Waisenhaus und nahm Francis mit nach Hause. Sie begann unverzüglich, ihm Sprechunterricht zu erteilen. Dabei konzentrierten sie sich vorerst auf ein einziges Wort: ›Mutter‹.

Zwei Jahre nach der Annullierung ihrer Ehe hatte Marian Dolarhyde Howard Vogt, einen erfolgreichen Anwalt mit guten Beziehungen zu den Demokraten in St. Louis und Kansas City, kennengelernt und geheiratet.

Vogt war Witwer mit drei kleinen Kindern und ein leutseliger, ehrgeiziger Mann, der fünfzehn Jahre älter war als Marian Dolarhyde. Er haßte nichts auf der Welt, außer dem *St. Louis Post-Dispatch*, der ihm anläßlich des Wahlbetrugskandals von 1936 am Zeug geflickt hatte und 1940 den Versuch der Demokraten zunichte machte, das Amt des Gouverneurs zu erobern.

1943 war Vogts Stern wieder im Aufsteigen begriffen. Er wurde als Kandidat für die gesetzgebende Versammlung aufgestellt und war außerdem als möglicher Delegierter für den bevorstehenden Verfassungskongreß im Gespräch.

Marian Vogt war eine treusorgende, attraktive Ehefrau, wofür ihr ihr Mann ein schönes Haus in der Olive Street kaufte, das den passenden Rahmen für zahlreiche gesellschaftliche Empfänge bot.

Francis Dolarhyde hatte gerade eine Woche bei seiner Großmutter gewohnt, als sie mit ihm nach St. Louis fuhr.

Großmutter hatte das Haus ihrer Tochter nie zuvor betreten. Entsprechend kannte sie auch die Bedienstete nicht, die ihr öffnete.

»Ich bin Mrs. Dolarhyde«, stellte sie sich vor und drängte sich an dem Mädchen vorbei ins Haus. An ihrem Rücken stand ihr Unterrock mindestens fünf Zentimeter vor. Sie führte Francis in ein geräumiges Wohnzimmer, wo im Kamin ein wärmendes Feuer brannte.

»Wer ist es, Viola?« ertönte von oben eine Frauenstimme.

Großmutter legte ihre Hand vor Francis' Gesicht. Er konnte den kalten Lederhandschuh riechen. Und dann flüsterte sie ihm zu: »Schau nach Mutter, Francis. Schau nach Mutter. Lauf!«

Er wich vor ihr zurück, schien unter ihrem Blick zusammenzuschrumpfen.

»Schau nach Mutter. Los, lauf jetzt!« Sie packte ihn an den Schultern und führte ihn auf die Treppe zu. Francis stapfte die Stufen hinauf und drehte sich auf dem Absatz nach seiner Großmutter um. Sie deutete mit ihrem Kinn nach oben.

Und weiter stieg Francis die Treppe hinauf, bis er den breiten Flur erreichte und vor der offenen Schlafzimmertür stehen blieb.

Mutter saß an ihrem Schminktisch und begutachtete in einem von zahlreichen Glühbirnen eingefaßten Spiegel ihr Make-up. Sie machte sich für eine Wahlveranstaltung schön; zuviel Rouge war deshalb nicht angebracht. Sie hatte der Tür den Rücken zugekehrt.

»Muhner«, stieß Francis hervor, wie Großmutter ihm beigebracht hatte. Er gab sich große Mühe, das Wort richtig auszusprechen. »Muhner.«

Und dann sah sie ihn im Spiegel. »Wenn du nach Ned suchst, er ist noch nicht zurück von…«

»Muhner.« Er trat in das herzlose Licht.

Marian hörte von unten die Stimme ihrer Mutter Tee verlangen. Ihre Augen weiteten sich, und sie saß vollkommen reglos vor dem Spiegel, ohne sich umzudrehen. Dann knipste sie die Spiegelbeleuchtung aus, so daß sie im Spiegel nicht mehr zu sehen war. In dem dunklen Raum gab sie dann ein kurzes tiefes Stöhnen von sich, das in einem Schluchzen endete. Es hätte ebenso gut ihr wie ihm gelten können.

Danach besuchte Großmutter sämtliche Wahlveranstaltungen mit Francis, um allen, die es hören wollten, zu erklären, wer er war und woher er kam. Sie ließ ihn zu allen ›Hallo‹ sagen, ohne daß sie dieses Wort vorher zu Hause geübt hätten.

Mr. Vogt fehlten achtzehnhundert Stimmen zu seiner Wahl.

26. Kapitel

In Großmutters Haus entpuppte sich Francis Dolarhydes neue Welt als ein Wald aus blau geäderten Beinen.

Großmutter hatte seit drei Jahren ein Altersheim geführt, als Francis zu ihr kam. Seit dem Tod ihres Mannes im Jahr 1936 war sie nicht mehr aus den finanziellen Schwierigkeiten herausgekommen. Da sie zur Dame erzogen worden war, verfügte sie über keine vermarktbaren Fertigkeiten.

Außer dem großen Haus und den Schulden ihres verstorbenen Gatten war ihr nichts geblieben. Zimmer unterzuvermieten, kam nicht in Frage, da das Haus dafür viel zu abgelegen war. Ihr drohte die Räumungsklage.

Als sie dann in der Zeitung von Marians Heirat mit dem wohlhabenden Mr. Vogt las, schien Großmutter das wie ein Fingerzeig Gottes. Sie schrieb mehrere Briefe an Marian und bat sie um Hilfe, ohne je eine Antwort zu erhalten. Wenn sie im Haus der Vogts anrief, teilte ihr ein Dienstmädchen unweigerlich mit, Mrs. Vogt wäre außer Haus.

Schließlich einigte Großmutter Dolarhyde sich zähneknirschend mit der Bezirksverwaltung und nahm bedürftige, alte Menschen bei sich auf. Für jeden von ihnen erhielt sie von der Bezirksverwaltung eine bestimmte Summe und außerdem gelegentliche Zahlungen von Angehörigen, welche die Behörde ausfindig machen konnte. Entsprechend bescheiden waren Großmutters Einkünfte, bis sie die ersten privaten Pflegefälle aus Mittelstandsfamilien bekam.

Während dieser Zeit wurde ihr von seiten Marians keinerlei Unterstützung zuteil, obwohl dies durchaus in Marians Kräften gestanden hätte.

Francis Dolarhyde spielte also auf dem Boden inmitten dieses Waldes aus blaugeäderten Beinen. Er spielte Auto mit Großmutters Ma-Jongg-Steinen, indem er sie zwischen den wie knorrige Wurzeln verknoteten Füßen hin und her schob.

Mrs. Dolarhyde konnte ihre Schützlinge zwar dazu bringen, ihre sauberen Baumwollkittel anzubehalten, aber was die Schuhe betraf, vermochte sie sich nicht durchzusetzen.

Die alten Leute saßen den ganzen Tag im Wohnzimmer und hörten Radio. Mrs. Dolarhyde hatte dort ein kleines Aquarium aufgestellt, damit sie auch etwas zum Schauen hatten. Ein privater Gönner hatte ihr außerdem einen Linoleumbelag für die Parkettböden gestiftet, um den unvermeidlichen Folgen altersbedingter Blasenschwäche besser begegnen zu können.

Wie die Hühner auf der Stange saßen sie auf den Sofas und in ihren Rollstühlen und starrten mit matten Augen auf die Fische oder ins Nichts oder auf etwas, das sie vor vielen Jahren gesehen hatten.

Nie würde Francis das Schlurfen bloßer Füße auf dem Linoleum vergessen, den Geruch von Kartoffeln und Kohl aus der Küche, den Geruch von alten Leuten, ähnlich dem von in der Sonne getrocknetem Einwickelpapier für Fleisch. Und dazu das nie verstummende Radio.

Wenn es irgendwie ging, hielt Francis sich am liebsten in

der Küche auf. Dort war seine einzige Freundin. Die Köchin Queen Mother Bailey stand von klein auf in den Diensten der Familie des verstorbenen Mr. Dolarhyde. Manchmal brachte sie Francis in ihrer Schürzentasche eine Pflaume mit, und sie nannte ihn ›ihren kleinen Possum, immer am Träumen‹. In der Küche fühlte er sich sicher und geborgen. Aber abends ging Queen Mother Bailey immer nach Hause...

Dezember 1943

Der fünfjährige Francis Dolarhyde lag in seinem Zimmer im Obergeschoß von Großmutters Haus im Bett. Es war stockdunkel, da wegen der befürchteten Luftangriffe der Japaner Verdunklungsvorhänge vorgezogen waren. ›Japaner‹ konnte Francis nicht sagen. Er mußte dringend auf die Toilette, aber er hatte im Dunkeln Angst, sein Bett zu verlassen.

Er rief nach Großmutter, die im Erdgeschoß schlief.

»Glouma. Glouma.« Er klang wie eine junge Ziege. Er rief so lange, bis er nicht mehr konnte. »Glouma tommen.«

Und dann konnte er nicht mehr länger an sich halten; die warme Flüssigkeit breitete sich über seine Beine und das Laken unter ihm aus, um dann jedoch rasch abzukühlen. Sein Nachthemd klebte an seiner Haut. Er wußte nicht, was er tun sollte. Schließlich holte er tief Luft und drehte sich herum, so daß er die Tür im Auge hatte. Als ihm darauf nichts passierte, schwang er seine Beine aus dem Bett und stand auf. Es war vollkommen dunkel. Das Nachthemd klebte an seinen Beinen, sein Gesicht brannte. Er rannte auf die Tür zu. Die Klinke traf ihn genau über dem linken Auge, so daß er für einen Moment zu Boden ging. Dann sprang er auf und rannte die Treppe hinunter. Seine Finger glitten quietschend über das Geländer. Er öffnete die Tür zu Großmutters Zimmer, kroch durch das Dunkel auf ihr Bett zu und unter die Decke und kuschelte sich eng an ihren warmen Körper.

Jetzt erst schreckte Großmutter aus dem Schlaf hoch. Ihr Rücken versteifte sich an seiner Wange, und aufgebracht zischte sie los: »Scho ein...« Leises Klappern auf dem Nachttisch, als sie nach ihrem Gebiß tastete. Ein kurzes schmatzendes Schnalzen, als sie es in den Mund schob. »So ein ekelhaftes, dreckiges Kind wie dich habe ich doch noch nie gesehen. Los, raus aus meinem Bett!«

Sie knipste die Nachttischlampe an. Bibbernd stand Francis neben dem Bett. Als sie ihm mit dem Daumen über die Stirn wischte, hatte er sich von seiner blutenden Wunde rot gefärbt.

»Hast du etwas kaputt gemacht?«

Er schüttelte den Kopf so heftig, daß ein paar Blutstropfen auf Großmutters Nachthemd fielen.

»Nach oben, in dein Zimmer. Los.«

Das Dunkel war undurchdringlich, als er wieder die Treppe hochstieg. Da Großmutter die Schnüre abgeschnitten hatte, so daß nur sie sie erreichen konnte, war es ihm nicht möglich, das Licht anzuschalten. Er wollte nicht in sein nasses Bett zurück. Lange blieb er deshalb davor stehen und klammerte sich mit den Händen am Fußende fest. Er dachte, sie würde nicht kommen. Die dunkelsten Ecken des Zimmers wußten, daß sie nicht kommen würde.

Aber sie kam. Die Arme voller frischer Laken, riß sie an der kurzen Schnur für die Deckenlampe. Sie wechselte wortlos die Laken.

Als sie damit fertig war, packte sie ihn am Oberarm und zerrte ihn den Flur hinunter ins Bad. Die Lampe war über dem Spiegel angebracht, so daß sie sich auf die Zehenspitzen stellen mußte, um sie anzuknipsen. Sie gab ihm einen nassen, kalten Waschlappen.

»Zieh dein Nachthemd aus und wisch dich damit ab.«

Der Geruch von Heftpflaster und das Schnippen einer Schere. Sie schnitt ein Stück Heftpflaster ab, stellte ihn auf die Klobrille und verarztete die Wunde über seinem Auge.

»So«, sagte sie abschließend und hielt die Schere unter seinem runden Bauch an seinen Unterleib; sie fühlte sich kalt an.

»Schau«, forderte sie ihn auf und drückte seinen Kopf nach vorn, so daß er seinen winzigen Penis über der unteren Klinge der offenen Schere liegen sah. Dann drückte sie die Schere zusammen, bis er ein leichtes Zwicken verspürte.

»Soll ich ihn dir abschneiden?«

Er versuchte, zu ihr aufzuschauen, aber sie drückte seinen Kopf weiter nach unten. Er begann zu schluchzen. Speichel troff auf seinen Bauch.

»Soll ich?«

»Nein, Glouma. Nein, Glouma.«

»Dann hör mir jetzt gut zu: Wenn du noch einmal ins Bett machst, schneide ich ihn dir ab. Hast du verstanden?«

»Jaa, Glouma.«

»Du findest die Toilette auch im Dunkeln. Du brauchst dich nur wie ein braver Junge auf die Schüssel zu setzen. Es ist gar nicht nötig, daß du dich davor stellst. Und jetzt geh wieder ins Bett.«

Um zwei Uhr morgens kam Wind auf. Drückend heiß blies er aus dem Südosten, ließ die Zweige der abgestorbenen Apfelbäume sich aneinander reiben und brachte das Laub der gesunden zum Rascheln. Der Wind trieb warmen Regen gegen die Seite des Hauses, in dem Francis Dolarhyde, zweiundvierzig Jahre alt, schlief.

Er lag auf der Seite und nuckelte an seinem Daumen; sein verschwitztes Haar klebte an seiner Stirn und an seinem Nakken.

Jetzt wacht er auf. Eine Weile lauscht er dem Geräusch seines Atems im Dunkeln und dem kaum vernehmbaren Plinkern seiner blinzelnden Augen. Seine Finger riechen ganz schwach nach Benzin. Seine Blase ist voll.

Auf dem Nachttisch tastet er nach dem Glas mit seinem Gebiß.

Dolarhyde steckt sich immer erst sein Gebiß in den Mund, bevor er aufsteht. Jetzt geht er ins Bad. Er schaltet das Licht nicht an. Er findet die Kloschüssel auch im Dunkeln und setzt sich wie ein braver Junge auf sie nieder.

27. Kapitel

Die Veränderungen an Großmutter begannen sich im Winter 1947 bemerkbar zu machen, als Francis acht war.

Sie nahm die Mahlzeiten nicht mehr mit Francis in ihrem Zimmer zu sich. Statt dessen aßen sie nun im Speisesaal am selben Tisch mit den alten Leuten, die Großmutters Obhut anvertraut waren.

Als junges Mädchen hatte Großmutter gelernt, die charmante Gastgeberin zu spielen, und so holte sie nun ihre alte Silberglocke wieder hervor, polierte sie auf Hochglanz und stellte sie neben ihr Gedeck.

An einer Mittagstafel das Gespräch in Gang zu halten, dafür zu sorgen, daß jeder nachgereicht bekommt, und dabei die Unterhaltung nie erlahmen zu lassen, indem man leichthin auf die Vorzüge der schüchternen und zurückhaltenden Teilnehmer in der Runde hinwies und gleichzeitig die besonderen Stärken der Redegewandteren auf unaufdringliche Weise herausstrich, stellt eine keineswegs einfache Aufgabe dar, wobei sich die hierfür erforderlichen Talente zusehends geringerer Wertschätzung und damit auch Pflege erfreuen.

Und Großmutter hatte sich einst wirklich auf diese Kunst verstanden. Entsprechend trugen ihre Bemühungen ganz wesentlich zur Bereicherung der Tafelfreuden jener zwei oder drei alten Gäste bei, die noch einer zusammenhängenden Konversation mächtig waren.

Francis saß im Stuhl des Gastgebers am anderen Ende der Allee aus nickenden Köpfen, während Großmutter die Erinnerungen all jener zutage förderte, deren Gedächtnis noch verwertbare Schätze barg. So drückte Großmutter reges Interesse an Mrs. Floders Hochzeitsreise nach Kansas City aus, ging mit Mr. Baton mehrere Male die Unannehmlichkeiten des Gelbfiebers durch und lauschte voller Begeisterung den wirren, unverständlichen Gesprächsbeiträgen der restlichen Teilnehmer der Runde.

»Ist das nicht höchst interessant, Francis?« bemerkte sie dann dazu und läutete mit ihrer Glocke nach dem nächsten

Gang. Die Mahlzeiten bestanden aus verschiedenen Gemüse- und Fleischeinerleis, die sie jedoch, sehr zum Mißvergnügen der Küchenhilfe, in mehreren Gängen auftragen ließ.

Pannen bei Tisch wurden einfach totgeschwiegen. Ein Läuten der Glocke und eine entsprechende Handbewegung mitten im Satz genügten, um sich all jener anzunehmen, die etwas verschüttet hatten, auf ihrem Platz eingeschlafen waren oder einfach vergessen hatten, weshalb sie bei Tisch saßen. Großmutter hatte stets so viele Bedienstete angestellt, wie sie sich leisten konnte.

Mit zunehmender Verschlechterung ihres allgemeinen Gesundheitszustandes verlor Großmutter zusehends an Gewicht, so daß sie plötzlich viele Kleider tragen konnte, die sie längst weggepackt hatte. Einige davon waren sehr elegant. Was den Schnitt ihrer Gesichtszüge und ihre Frisur betraf, wies Großmutter auffällige Ähnlichkeit mit dem Porträt von George Washington auf dem Ein-Dollar-Schein auf.

Bis zum Frühjahr hatten ihre Manieren etwas von ihrem anfänglichen Stand eingebüßt. Sie führte inzwischen ein unerbittlich strenges Regiment über die Tischgesellschaft und duldete keine Unterbrechungen, wenn sie von ihrer Mädchenzeit in St. Charles erzählte, wobei sie zur Erbauung Francis' und der anderen höchst persönliche Eindrücke zum besten gab.

1907 war Großmutter als durchaus liebreizende Debütantin in die bessere Gesellschaft von St. Louis eingeführt worden, was natürlich mit einer Reihe von Einladungen zu deren rauschenden Bällen verbunden gewesen war.

Sie erzählte dies jedoch keineswegs nur zum Zeitvertreib, machte sie dabei geltend, sondern damit alle aus ihren Erfahrungen ›lernen‹ könnten. Sie sah währenddessen vor allem Francis an, der unter dem Tisch seine Beine übereinanderschlug.

»Ich wuchs in einer Zeit auf, in der man noch kaum etwas tun konnte, um die kleinen Mißgeschicke der Natur auszubügeln«, erklärte sie in diesem Zusammenhang. »Ich hatte eine zarte Haut und wundervolles Haar und brachte diese

Vorzüge auch entsprechend zur Geltung. Meine schlechten Zähne überspielte ich mit meiner Persönlichkeit und mit meinem Charme – übrigens so erfolgreich, daß sie geradezu zu meinem ›Markenzeichen‹ wurden. Seltsamerweise machte gerade dieser scheinbare Makel das Besondere an mir aus. Jedenfalls hätte ich meine Zähne um nichts in der Welt missen mögen.«

Sie wäre allen Ärzten mit dem größten Mißtrauen begegnet, führte sie danach in aller Ausführlichkeit aus; doch als sich herausstellte, daß sie wegen ihres schlechten Zahnfleischs ihre Zähne verlieren würde, suchte sie einen der renommiertesten Zahnärzte des Mittelwestens auf – einen gewissen Dr. Felix Bertl, der aus der Schweiz stammte. In gewissen Kreisen waren Dr. Bertls ›Schweizer Zähne‹ damals sehr populär, und in seiner Praxis herrschte reger Andrang.

Opernsänger, die aufgrund einer Veränderung ihrer Mundhöhle stimmliche Beeinträchtigungen fürchteten, Schauspieler und andere im Rampenlicht der Öffentlichkeit stehende Persönlichkeiten, scheuten selbst den weiten Weg von San Francisco nicht, um sich von Dr. Bertl behandeln zu lassen.

Dr. Bertl vermochte die ursprünglichen Zähne seiner Patienten genauestens nachzubilden und hatte reiche Erfahrungen mit den verschiedenen Materialien und ihren Auswirkungen auf die Resonanz.

Das neue Gebiß, daß Großmutter sich von Dr. Bertl hatte anfertigen lassen, unterschied sich in nichts von ihren natürlichen Zähnen. Sie trug es wie ehedem mit ungebrochenem Selbstbewußtsein und büßte nichts von ihrem ursprünglichen Charme ein, erklärte sie dazu mit einem spitzen Lächeln.

Falls es daraus etwas zu lernen geben sollte, so erntete Francis die Früchte solcher Belehrung erst viele Jahre später; jedenfalls stand für ihn jeder operative Eingriff außer Frage, solange er die Kosten hierfür nicht selbst zu tragen imstande war.

Francis überstand diese Vorträge während der Mahlzeiten, weil es danach etwas gab, worauf er sich freute.

Jeden Abend kam nämlich Queen Mother Baileys Mann sie in seinem Mauleselgespann abholen, mit dem er sonst Brennholz transportierte. Wenn Großmutter gerade oben im Haus zu tun hatte, durfte Francis mit den beiden das Wegstück bis zur Hauptstraße mitfahren.

Den ganzen Tag wartete er immer nur auf diese abendliche Fahrt, während der er neben Queen Mother auf dem Sitz saß, ihr großer, hagerer Mann stumm und im Dunkel fast unsichtbar, die eisernen Wagenräder laut über den Kies knirschend und das Quietschen und Knarzen der einzelnen Wagenteile übertönend. Die zwei Maultiere, braun und manchmal schlammbespritzt, ihre Mähnen kurz geschoren wie Bürstenborsten, schlugen im Gehen gegen die Fliegen mit ihren Schweifen um sich. Der Geruch von Schweiß und ausgekochtem Baumwollstoff, Kautabak und warmem Maultiergeschirr. Wenn Mr. Bailey gerade frisch gerodet hatte, roch es nach Holzfeuern, und gelegentlich, wenn er seine Büchse mit zur Arbeit genommen hatte, lagen hinten im Wagen ein paar Kaninchen oder Eichhörnchen, die Beine weit von sich gestreckt, als ergriffen sie mit weiten Sätzen die Flucht.

Sie redeten nicht, während sie zur Straße hinunterfuhren; Mr. Bailey sprach nur mit den Maultieren. Das Holpern des Wagens stieß Francis wohlig gegen die Baileys. Wenn sie ihn dann an der Hauptstraße absteigen ließen, versprach er ihnen jeden Abend von neuem, schnurstracks zum Haus zurückzugehen. Doch er blieb immer noch eine Weile stehen und sah der Laterne am Wagen hinterher, wie sie sich langsam entfernte. Er konnte hören, wie sich die beiden dann unterhielten. Manchmal brachte Queen Mother ihren Mann zum Lachen und fiel dann selbst mit ein. Wenn er so im Dunkeln stand, war es ein angenehmes Gefühl, sie zu hören und zu wissen, daß sie nicht über ihn lachten.

Später sollte er diesbezüglich zu einer anderen Auffassung gelangen...

Francis hatte sogar eine Spielkameradin, die ihn manchmal besuchen kommen durfte. Sie war die Tochter eines Pächters, der drei Felder weiter wohnte. Großmutter ließ das Mädchen mit Francis spielen, weil es ihr offensichtlich Vergnügen bereitete, der kleinen Marians Kinderkleider anzuziehen.

Sie war ein rothaariges, träges Kind, das zum Spielen meistens zu müde war.

Eines heißen Juninachmittags, als sie keine Lust mehr hatte, auf dem Hühnerhof mit Strohhalmen nach Ameisenlöwen zu jagen, wollte sie unbedingt Francis' Zipfelchen sehen.

In einer Ecke zwischen dem Hühnerhaus und der niedrigen Hecke, wo sie vom Erdgeschoß des Hauses aus nicht gesehen werden konnten, zeigte er ihn ihr. Als Gegenleistung zeigte sie ihm dann, was sie zu bieten hatte, und stand dabei mit ihrer auf die Knöchel hinabgerutschten Unterwäsche da. Während Francis nun in die Hocke ging, um besser sehen zu können, flatterte ein kopfloses Huhn um die Ecke, das blindlings mit den Flügeln um sich schlug und eine Menge Staub aufwirbelte. Das in seiner Bewegungsfreiheit eingeengte Mädchen hopste unbeholfen zur Seite, als Blut auf ihre Füße und Beine spritzte.

Seine Hose noch auf die Knöchel hinabgerutscht, sprang Francis auf. In diesem Moment kam Queen Mother Bailey auf der Jagd nach dem Huhn um die Ecke geschossen und entdeckte sie.

»Jetzt hör mal gut zu, mein Junge«, erklärte sie daraufhin ruhig. »Du willst also sehen, was was ist. Nun gut, das hast du ja nun gesehen. Du kannst dich also jetzt wieder anderen Dingen zuwenden. Beschäftige dich wieder mit Kindersachen und behalt deine Kleider an. Und jetzt helft mir, diesen Gockel zu fangen.«

Auf der Jagd nach dem fliehenden Hahn verflog die Verlegenheit der beiden Kinder rasch. Aber Großmutter hatte sie von einem Fenster im Obergeschoß beobachtet...

Großmutter wartete, bis Queen Mother Bailey wieder ins Haus kam. Die Kinder verschwanden im Hühnerstall. Großmutter wartete fünf Minuten und schlich ihnen dann nach. Als sie die Tür aufriß, fand sie die beiden jedoch nur beim Federsammeln für einen Indianerkopfputz vor.

Sie schickte das Mädchen nach Hause und führte Francis ins Haus.

Dort gab sie ihm zu verstehen, daß er wieder in Bruder Buddys Waisenheim müßte, nachdem sie ihn bestraft hätte. »Geh schon mal nach oben in dein Zimmer und zieh deine Hose aus. Und dann wartest du, bis ich meine Schere geholt habe.«

Für Francis begannen nun qualvolle Stunden des Wartens. Er lag mit heruntergezogener Hose auf dem Bett, verkrallte sich in die Laken und wartete auf Großmutter mit der Schere. Er wartete, während von unten die Geräusche des Abendessens hochdrangen, und dann hörte er das Knarzen und Quietschen des Wagens und das Hufgetrappel und das Schnauben der Maultiere, als Mr. Bailey Queen Mother abholen kam.

Irgendwann schlief er schließlich ein, um jedoch schon nach kurzer Zeit aus dem Schlaf hochzuschrecken und weiter zu warten. Großmutter sollte nie kommen. Vielleicht hatte sie einfach vergessen.

Er hörte auch während der nun folgenden, wie üblich verlaufenden Tage nicht auf zu warten; und konnte er doch einmal vergessen, kehrte die Erinnerung an seine drohende Strafe nur um so heftiger wieder zurück. Er hörte nie mehr auf zu warten.

Außerdem ging er von nun an Queen Mother Bailey aus dem Weg; er sprach nicht mehr mit ihr und sagte ihr auch den Grund dafür nicht. Fälschlicherweise war er nämlich zu der Ansicht gelangt, sie hätte Großmutter erzählt, was sie auf dem Hühnerhof gesehen hatte. Außerdem war Francis nun fest davon überzeugt, daß das Gelächter, das er hörte, wenn die Laterne des Maultiergespanns langsam in der Nacht verschwand, ihm galt. Es gab keinen Menschen, dem er trauen konnte.

Es war nicht leicht, ruhig liegen zu bleiben und Schlaf zu finden, wenn er daran denken mußte. Es war nicht leicht, in einer so hellen Nacht ruhig liegen zu bleiben.

Francis wußte, daß Großmutter recht hatte. Was er ihr nur angetan hatte. Er hatte ihr solche Schande gemacht. Alle mußten wissen, was er getan hatte – selbst die Leute im fernen St. Charles. Er war nicht wütend auf Großmutter. Ihm war klar, daß er sie sehr, sehr liebte. Er wollte alles wieder gutmachen.

Er stellte sich vor, wie Einbrecher ins Haus eindrangen und er Großmutter vor ihnen beschützte, worauf sie alles zurücknahm, was sie über ihn gesagt hatte. »Du bist also doch kein Kind des Teufels, Francis. Du bist mein guter Junge.«

Er dachte an einen Einbrecher, der in das Haus eindrang, um sein Geschlechtsteil vor Großmutter zu entblößen.

Doch wie sollte Francis sie vor einem Einbrecher schützen? Er war doch viel zu klein und schwach, um es mit einem starken Einbrecher aufnehmen zu können.

Dieses Problem ließ er sich ausführlich durch den Kopf gehen. Da war zum Beispiel Queen Mothers Beil in der Speisekammer, das sie jedesmal mit einem Stück Zeitung sauberwischte, wenn sie ein Huhn damit umgebracht hatte. Um dieses Beil sollte er sich kümmern. Das war seine Sache. Er würde gegen seine Angst vor der Dunkelheit ankämpfen. Wenn er Großmutter wirklich *liebte*, dann hätte er es sein sollen, wovor andere sich im Dunkeln zu fürchten hatten. Wovor der *Einbrecher* sich zu fürchten hatte.

Er kroch die Treppe hinunter und fand das Beil, das an der Wand der Speisekammer von einem Nagel hing. Es strömte einen eigenartigen Geruch aus, ähnlich dem des Spülbekkens in der Küche, wenn dort ein Huhn ausgenommen wurde. Seine Schneide war sehr scharf, und sein Gewicht in seiner Hand strömte etwas Beruhigendes aus.

Er ging mit dem Beil in Großmutters Zimmer, um sich zu vergewissern, daß sich dort auch keine Einbrecher herumtrieben.

Großmutter schlief. Obwohl es in ihrem Zimmer sehr dunkel war, wußte er genau, wo sie lag. Wenn ein Einbrecher im Zimmer gewesen wäre, hätte er ihn genau so atmen hören können, wie er Großmutter atmen hörte. Er hätte genau gewußt, wo sich sein Hals befand – genauso, wie er wußte, wo sich Großmutters Hals befand. Er war genau unterhalb des Atmens.

Wenn ein Einbrecher im Zimmer gewesen wäre, hätte er sich genauso lautlos an ihn herangeschlichen. Er hätte das schwere Beil genauso mit beiden Händen über seinen Kopf gehoben.

Francis trat auf Großmutters Pantoffel neben dem Bett. Das Beil geriet in dem orientierungslosen Dunkel ins Schwanken und schlug metallisch gegen den Schirm von Großmutters Leselampe.

Großmutter drehte sich im Bett herum und gab ein schmatzendes Geräusch von sich. Francis erstarrte. Seine Arme zitterten von der Anstrengung, das Beil hochzuhalten. Großmutter begann zu schnarchen.

Die *Liebe*, die Francis erfüllte, ließ ihn fast zerbersten. Er schlich aus dem Zimmer. Er würde Großmutter beschützen; koste es, was es wolle. Er mußte etwas tun. Mittlerweile hatte er keine Angst mehr vor der Dunkelheit im Haus, aber sie schien ihm den Atem abzuschnüren.

Er trat durch die Hintertür ins Freie, wo er unter dem klaren Nachthimmel, das Gesicht in die Höhe gereckt, stehen blieb und in tiefen, keuchenden Zügen atmete, als könnte er das Licht in seine Lungen saugen. Die winzige Mondscheibe, die sich auf dem Weiß seiner verdrehten Augen verzerrte, nahm zusehends Kreisgestalt an, je mehr seine Augen wieder in ihre normale Position zurückwanderten, um sich schließlich mit dem Rund seiner Pupillen zu decken.

Die *Liebe* in ihm schnürte alles zusammen, und er konnte sie nicht loswerden. Er ging, seine Schritte beschleunigend, auf den Hühnerstall zu. Der Boden fühlte sich unter seinen bloßen Füßen kalt an. Kalt schlug auch das Beil gegen seine Beine, als er zu laufen begann, bevor er zerplatzte...

Noch nie hatte Francis solch alles erfüllenden, köstlichen Frieden verspürt, als er sich unter der Wasserpumpe auf dem Hühnerhof säuberte. Ganz behutsam tastete er sich in diesem Gefühl vor, bis er spürte, daß dieser Frieden endlos war und ihn gänzlich umschloß.

Was Großmutter gütigerweise nicht abgeschnitten hatte, war noch immer wie ein Preis vorhanden, als er sich das Blut von Bauch und Beinen wusch. Sein Verstand war vollkommen klar und ruhig.

Doch was das Nachthemd betraf, mußte er etwas unternehmen. Am besten versteckte er es unter den Säcken in der Räucherkammer.

Großmutter wußte nicht recht, was sie davon halten sollte, als sie das tote Huhn entdeckte. Nach dem Werk eines Fuchses sah das Ganze eigentlich nicht aus.

Einen Monat später fand Queen Mother wieder eines, als sie morgens die Eier einsammelte. Diesmal war dem Huhn der Kopf abgerissen.

Bei Tisch verkündete Großmutter daraufhin, sie wäre der Überzeugung, es handle sich dabei um das Werk ›einer rachsüchtigen Hausangestellten, der sie gekündigt hatte‹. Sie hätte von dem Vorfall den Sheriff in Kenntnis gesetzt.

Francis saß stumm auf seinem Stuhl. In Erinnerung eines Auges, das gegen seine Handfläche geblinzelt hatte, öffnete und schloß er dabei seine Hand. Wenn er im Bett lag, faßte er sich manchmal zwischen die Beine, um sich zu vergewissern, daß es nicht abgeschnitten worden war. Und manchmal, wenn er sich so zwischen die Beine faßte, glaubte er ein Blinzeln zu spüren.

In Großmutter vollzog sich eine sehr rasche Veränderung. Sie wurde zunehmend rechthaberischer, so daß es keine Hausangestellte mehr bei ihr aushielt. Obwohl es ihr vor allem an Haushälterinnen fehlte, kümmerte sie sich nun vorwiegend um die Küche, wo sie, sehr zum Nachteil für die Güte des Essens, Queen Mother Bailey in allem und jedem ihre Anweisungen zu erteilen begann. Queen Mother, die zeit ihres Lebens in den Diensten der Dolarhydes gestanden hatte, war die einzige Hausangestellte, die über einen längeren Zeitraum hinweg im Haus geblieben war.

Mit von der Hitze in der Küche rot angelaufenem Gesicht hastete Großmutter rastlos von einer Aufgabe zur nächsten, wobei sie nicht selten ein Gericht halbfertig stehen ließ, so daß es nicht aufgetragen werden konnte. Sie machte Aufläufe aus Essensresten, während in der Speisekammer das Gemüse verschimmelte.

Gleichzeitig entwickelte sie einen fanatischen Sparfimmel. Bei der Wäsche nahm sie immer weniger Seife und Bleiche, so daß die Laken bald ein schäbiges Grau annahmen.

Allein im November stellte sie hintereinander fünf schwarze Haushälterinnen ein, von denen keine bleiben wollte.

An dem Abend, als die letzte von ihnen ging, war Großmutter außer sich. Laut schimpfend stürmte sie durch das Haus. Als sie auf ihrem Weg auch in die Küche kam, sah sie, daß Queen Mother Bailey einen Teelöffel voll Mehl auf dem Walzbrett übriggelassen hatte, nachdem sie dort Teig ausgerollt hatte.

In dem Dampf und der Hitze der Küche eine halbe Stunde vor Beginn des Abendessens trat Großmutter auf Queen Mother zu und schlug ihr ins Gesicht.

Schockiert ließ Queen Mother den Kochlöffel fallen. Tränen traten ihr in die Augen. Großmutter holte ein zweites Mal zum Schlag aus. Doch eine mächtige rosa Handfläche stieß sie zurück.

»Tun Sie das nicht noch einmal; Sie sind ja völlig außer sich, Mrs. Dolarhyde. Trotzdem, tun Sie das nicht noch einmal.«

Unter heftigsten Beschimpfungen stieß Großmutter darauf mit bloßen Händen einen auf dem Feuer stehenden Suppenkessel um, so daß sein Inhalt sich zischend über den Herd ergoß und zu Boden tropfte. Darauf stürmte sie in ihr Zimmer davon und warf die Tür hinter sich zu. Francis hörte, wie sie dort lauthals fluchte und verschiedene Gegenstände gegen die Wand warf. Sie verließ ihr Zimmer den ganzen Abend nicht mehr.

Queen Mother machte in der Küche sauber und brachte den alten Leuten das Abendessen. Dann packte sie ihre wenigen Sachen in einen Korb und schlüpfte in ihre alte Jacke. Sie suchte nach Francis, konnte ihn aber nirgendwo finden.

Erst als sie bereits neben ihren Mann auf den Wagen gestiegen war, sah sie den Jungen in einer Ecke der Veranda hokken. Er rührte sich nicht von der Stelle, als sie noch einmal schwerfällig herunterkletterte und auf ihn zukam.

»Possum, ich gehe jetzt. Und ich werde nicht mehr zurückkommen. Sironia im Lebensmittelladen wird deine Mama anrufen. Wenn du mich brauchst, bevor deine Mama dich holen kommt, dann lauf einfach zu mir nach Hause.«

Er entzog sich ihrer Berührung, als sie seine Wange streicheln wollte.

Mr. Bailey schnalzte den Maultieren mit der Zunge zu. Francis beobachtete, wie die Laterne am Wagen sich entfernte. Das hatte er auch zuvor oft mit einem traurigen, verlassenen Gefühl getan, seit er wußte, daß Queen Mother ihn verraten hatte. Aber inzwischen war es ihm egal. Er war sogar froh. Eine schwache Petroleumlampe an einem Maultiergespann, die im Dunkel langsam kleiner wurde, bis sie endgültig verschwand. Was war das schon im Vergleich mit dem Mond.

Er fragte sich, wie es wohl gewesen wäre, ein Maultier zu töten.

Marian Dolarhyde Vogt kam nicht, als Queen Mother Bailey sie anrief.

Sie kam erst zwei Wochen später nach einem Anruf des Sheriffs von St. Charles. Sie traf nachmittags in einem Vorkriegs-Packard ein, an dessen Steuer sie selbst saß. Sie trug Handschuhe und einen Hut.

Am Ende der Zufahrt erwartete sie bereits ein Hilfssheriff, der sich durch das offene Fenster beugte.

»Mrs. Vogt, Ihre Mutter hat heute mittag in unserem Büro angerufen, um sich über eine Küchenhilfe zu beschweren, die gestohlen hätte. Als ich dann zu ihr rausfuhr, hat sie nur – entschuldigen Sie – wirres Zeug geredet, und das ganze Haus machte einen äußerst verwahrlosten Eindruck. Der Sheriff hielt es für das beste, erst Sie zu verständigen, wenn Sie verstehen, was ich meine. Wegen Mr. Vogts Stellung und so.«

Marian verstand sehr wohl. Mr. Vogt war inzwischen in St. Louis Beauftragter für den Öffentlichen Dienst und bei seinen Parteifreunden etwas in Ungnade gefallen.

»Meines Wissens hat sonst niemand einen Blick in das Haus geworfen«, fuhr der Hilfssheriff fort.

Marian fand ihre Mutter schlafend vor. Zwei der alten Leute saßen noch immer am Eßtisch und warteten auf das Mittagessen. Eine Frau trieb sich in Unterwäsche auf dem Hinterhof herum.

Marian rief als erstes ihren Mann an. »Wie oft werden solche Heime inspiziert? ... Sie können noch nichts gemerkt haben... Ich weiß nicht, ob sich schon Verwandte beschwert haben; aber ich nehme fast an, daß diese Leute keine Verwandten mehr haben... Nein. Halte du dich da raus. Ich brauche ein paar Neger. Beschaff mir ein paar Neger... und Dr. Waters. Alles weitere erledige ich.«

Zusammen mit einem Sanitäter in weißem Kittel traf fünfundvierzig Minuten später der Arzt ein. Kurz darauf kam auch noch ein Kombi mit Marians Mädchen und fünf weiteren Hausangestellten vorgefahren.

Als Francis von der Schule nach Hause kam, waren gerade Marian, der Doktor und der Sanitäter in Großmutters Zimmer. Francis konnte Großmutter schimpfen hören. Als sie schließlich in einem der Rollstühle für die alten Leute herausgeschoben wurde, war ihr Blick glasig, und an ihrem Arm war ein Stück Watte befestigt. Ohne ihr Gebiß sah ihr Gesicht fremd und eingefallen aus. Auch Marians Arm war verbunden; sie war gebissen worden.

Großmutter fuhr im Wagen des Doktors weg; sie saß zusammen mit dem Sanitäter auf dem Rücksitz. Francis sah ihr hinterher. Er wollte ihr schon zum Abschied nachwinken, ließ aber seine Hand wieder an seiner Seite hinabsinken.

Marians Säuberungstrupp schrubbte und lüftete das Haus gründlich durch, veranstaltete einen Großwaschtag und badete die vernachlässigten Alten. Marian war ihnen dabei behilflich und beaufsichtigte die Zubereitung einer improvisierten Mahlzeit.

Mit Francis sprach sie nur, um ihn nach bestimmten Dingen zu fragen.

Schließlich schickte sie ihre Leute fort und rief die zuständige Behörde an. Mrs. Dolarhyde hätte einen Herzinfarkt erlitten, erklärte sie dort.

Es war bereits dunkel, als ein paar Leute von der Wohlfahrt mit einem Schulbus angefahren kamen, um die alten Heiminsassen abzuholen. Francis dachte, sie würden auch ihn mitnehmen. Aber niemand kümmerte sich um ihn.

Schließlich blieben nur Marian und Francis im Haus zurück. Sie saß am Eßtisch, den Kopf zwischen ihren Händen. Francis ging nach draußen und kletterte auf den Holzapfelbaum.

Schließlich rief Marian nach ihm. Sie hatte einen kleinen Koffer mit seinen Sachen gepackt.

»Du kommst jetzt mit mir«, erklärte sie und schritt auf den Wagen zu. »Steig ein. Und leg deine Füße nicht auf den Sitz.«

Sie fuhren in dem Packard davon und ließen den leeren Rollstuhl auf dem Hof stehen.

Es kam zu keinem Skandal. Die Behörden bedauerten das Ganze, zumal Mrs. Dolarhyde alles in bester Ordnung gehalten hätte. Auf die Vogts fiel kein Makel.

Großmutter wurde in eine private Nervenheilanstalt eingeliefert. Es sollte vierzehn Jahre dauern, bis Francis wieder mit ihr vereint wurde.

»Francis, das sind deine Stiefschwestern und dein Stiefbruder«, sagte seine Mutter. Sie befanden sich in der Bibliothek der Vogts.

Ned Vogt war zwölf, Victoria dreizehn und Margaret neun. Ned und Victoria sahen einander an. Margaret hielt den Blick zu Boden gesenkt.

Francis bekam ein Zimmer am Dienstbotenaufgang. Seit der verheerenden Wahlniederlage von 1944 leisteten sich die Vogts kein Mädchen mehr fürs Obergeschoß.

Francis kam in die Potter-Gerard-Grundschule, die vom Haus der Vogts zu Fuß zu erreichen war und weit von der Privatschule entfernt lag, welche die drei anderen Kinder besuchten.

Während der ersten Tage ignorierten die Vogtkinder Francis, so gut es ging. Doch am Ende der ersten Woche kamen Ned und Victoria den Dienstbotenaufgang hoch, um ihm einen Besuch abzustatten.

Francis hörte sie erst mehrere Minuten vor seiner Tür flüstern, bevor sich der Türknopf zu drehen begann. Als sie feststellen mußten, daß die Tür verriegelt war, klopften sie nicht. Ned sagte nur: »Mach die Tür auf.«

Francis öffnete. Sie würdigten ihn keines weiteren Wortes, während sie im Kleiderschrank seine Sachen durchwühlten. Ned Vogt zog die Schublade der kleinen Kommode heraus und entnahm ihr alle Gegenstände, die er darin fand, mit zwei weit von sich gespreizten Fingern – Geburtstagstaschentücher mit den Initialen F. D., ein Kapodaster für eine Gitarre, ein bunt schimmernder Käfer in einem Tablettenröhrchen, eine Ausgabe von *Baseball Joe in the World Series*, die einmal naß geworden war, und eine Karte mit Genesungswünschen und dem Zusatz: »Von deiner Klassenkameradin Sarah Hughes.«

»Was ist das?« verlangte Ned zu wissen.

»Ein Kapodaster.«

»Für was braucht man so was?«

»Für eine Gitarre.«

»Hast du eine Gitarre?«

»Nein.«

»Wozu hast du das Ding dann?« wollte nun Victoria wissen.

»Es hat meinem Vater gehört.«

»Ich kann dich nicht verstehen. Was hast du gesagt? Sag ihm, er soll's noch mal sagen, Ned.«

»Er hat gesagt, es hat seinem Vater gehört.« Ned schneuzte in eines der Taschentücher und warf es in die Schublade zurück.

»Heute sind sie die Ponys holen gekommen«, sagte Victoria und setzte sich auf das schmale Bett. Ned ließ sich neben ihr nieder, den Rücken gegen die Wand gelehnt, die Füße auf der Steppdecke.

»Keine Ponys mehr«, zischte Ned. »Kein Sommerhaus am See mehr. Und weißt du warum? Los, antworte schon, du mieser, kleiner Knilch.«

»Vater ist in letzter Zeit immer häufiger krank und verdient nicht mehr so viel«, schaltete sich Victoria ein. »Eines Tages wird er gar nicht mehr ins Büro gehen können.«

»Und weißt du, warum er krank ist, du Hosenscheißer?« setzte Ned nach. »Los, red schon. Und zwar deutlich, damit man dich auch verstehen kann.«

»Großmutter hat gesagt, daß er ein Säufer ist. Hast du das nun verstanden?«

»Er ist krank wegen deiner häßlichen Fresse«, konterte Ned.

»Und deshalb haben ihn die Leute auch nicht gewählt«, fügte Victoria hinzu.

»Haut ab hier«, setzte Francis sich zur Wehr. Und als er sich umdrehte, um die Tür zu öffnen, trat Ned ihn in den Rücken. Francis versuchte mit beiden Händen seine Niere zu erreichen, was nur seinen Fingern zugute kommen sollte, als Ned ihn in den Bauch trat.

»Ach, Ned«, stieß Victoria hervor. »Ach, Ned.«

Ned packte Francis an den Ohren und hielt sein Gesicht ganz dicht vor den Spiegel über der Komode.

»Deshalb ist er krank!« Damit rammte Ned Francis' Gesicht gegen den Spiegel. »Deshalb ist er krank!« Peng. »Deshalb ist er krank!« Peng. Der Spiegel war mit Blut und Speichel verschmiert. Dann ließ Ned ihn los, so daß er zu Boden sackte.

Victoria starrte ihn mit weit aufgerissenen Augen an, die Unterlippe zwischen ihre Zähne geklemmt. So ließen sie ihn liegen. Sein Gesicht war naß von Blut und Speichel. Seine Augen tränten vor Schmerz. Aber er weinte nicht.

28. Kapitel

Die ganze Nacht hindurch trommelte in Chicago der Regen auf die Plane über Freddy Lounds' offenem Grab.

Donner zerfetzt Will Grahams pochenden Schädel, als er vom Tisch zu einem Bett schwankt, unter dessen Kopfkissen Träume lauern.

Das alte Haus über St. Charles stemmt sich gegen den Wind und seufzt immer wieder langgezogen gegen das Prasseln des Regens und das Krachen des Donners an.

Die Stufen knarzen im Dunkel. Mr. Dolarhyde steigt sie nach unten, sein Kimono über die Trittkanten streifend, seine Augen noch weit von jüngstem Schlaf.

Sein Haar ist naß und ordentlich gekämmt. Er hat sich die Nägel gefeilt. Er bewegt sich langsam und geschmeidig, als trüge er seine Konzentration wie ein bis zum Rand gefülltes Gefäß vor sich her.

Zwei Filme neben seinem Projektor. Die anderen Spulen türmen sich zum Verbrennen im Abfallkorb. Zwei sind noch übrig, auserwählt unter Dutzenden von Super-Acht-Filmen, die er im Betrieb kopiert und zur näheren Begutachtung mit nach Hause genommen hat.

Eine Schale mit Käse und Obst neben sich, macht Dolarhyde es sich in seinem verstellbaren Sessel bequem, um die zwei Filme anzusehen.

Der erste hat ein Wochenend-Picknick am Jahrestag des 4. Juli zum Inhalt. Eine nette Familie. Drei Kinder. Der stiernakkige Vater greift ungeniert mit seinen Wurstfingern in das Gurkenglas. Und die Mutter.

Den besten Eindruck von ihr erhält man während des

Baseballspiels mit den Nachbarskindern. Sie ist nur etwa fünfzehn Sekunden zu sehen, wie sie, dem Werfer zugewandt, darauf wartet, loszurennen; die Beine weit gespreizt, um in beide Richtungen gleich schnell starten zu können, hat sie den Oberkörper weit vorgebeugt, wobei ihre Brüste unter dem Pullover sanft hin und her schaukeln. Eine ärgerliche Unterbrechung, als ein kleiner Junge zum Schlag ausholt. Dann wieder die Frau, zur Ausgangsposition zurückkehrend. Sie plaziert einen Fuß auf das aufblasbare Kissen, das die Stelle markiert, und bleibt mit seitlich ausgestellter Hüfte stehen, während sich gleichzeitig der Oberschenkelmuskel ihres eingeknickten Beins anspannt.

Immer wieder sieht sich Dolarhyde die Einstellung auf die Frau an. Der Fuß auf dem Kissen, der Unterleib schwenkt zur Seite, und unter den abgeschnittenen Jeans spannt sich der Oberschenkelmuskel.

Das letzte Bild läßt er stehen. Die Frau mit den Kindern. Sie sind müde und verdreckt. Sie legen sich die Arme um die Schultern, und ein Hund schwänzelt zwischen ihren Beinen herum.

Ein fürchterlicher Donnerschlag entlockt dem Kristall in Großmutters riesigem Geschirrschrank ein leises Klimpern. Dolarhyde nimmt eine Birne aus der Schale.

Der zweite Film ist sogar mit einem Titel versehen. Die Worte *Das neue Haus* sind in Pennys auf ein Stück Hemdenkarton ausgelegt; darüber liegen die Trümmer eines Sparschweins. Dann ist der Vater zu sehen, wie er das Schild mit der Aufschrift ›Zu verkaufen‹ aus dem Rasen des Vorgartens zieht. Er hält es hoch und grinst verlegen in die Kamera. Seine Hosentaschen sind nach außen gestülpt.

Eine lange, verwackelte Einstellung auf die Mutter und die drei Kinder auf der Eingangstreppe. Es ist ein schönes Haus. Schnitt auf den Swimming-pool. Ein Kind, klein und mit rosigem Gesicht, patscht um das Sprungbrett und hinterläßt nasse Fußabdrücke auf den Fliesen. Köpfe tauchen aus dem Wasser auf. Ein kleiner Hund, die Ohren angelegt, die Lefzen aus dem Wasser gereckt, das Weiße der Augen hervortretend, paddelt auf die Tochter zu.

Die Mutter hält sich im Wasser an der Leiter fest und schaut zur Kamera hoch. Ihr gelocktes Haar weist den schimmernden Glanz von Pelz auf, ihr Busen schwillt wasserbeperlt über den Ausschnitt ihres Badeanzugs, ihre Beine vollführen, durch das Wasser leicht verzerrt, gemächliche Grätschbewegungen.

Nacht. Eine schlecht belichtete Einstellung über den Swimming-pool auf das erleuchtete Haus, dessen Lichter sich im Wasser spiegeln.

Dann Innenaufnahmen von der herumalbernden Familie. Überall Umzugskisten. Eine alte Truhe, noch nicht auf dem Dachboden verstaut.

Eine kleine Tochter probiert Großmutters Kleider an. Sie hat einen breitkrempigen Hut für ein Gartenfest auf. Der Vater sitzt auf der Couch. Er wirkt leicht beschwipst. Jetzt bedient wohl er die Kamera. Der Bildausschnitt ist etwas schief. Die Mutter steht mit dem Hut vor dem Spiegel.

Die Kinder tollen um sie herum; die Jungen lachen und zupfen an ihren alten Klamotten. Das Mädchen dagegen betrachtet die Mutter aufmerksam, als taxierte sie bereits ihr künftiges Äußeres.

Eine Nahaufnahme. Die Mutter dreht sich herum und wirft sich mit einem strahlenden Lächeln, die Hand dabei in den Nacken gelegt, für die Kamera in Pose. Sie sieht bezaubernd aus. Am Hals trägt sie eine Kamee.

Dolarhyde läßt diese Einstellung stehen. Dann spult er den Film zurück. Immer und immer wieder wendet sie sich vom Spiegel ab und lächelt in die Kamera.

Gedankenversunken greift Dolarhyde nach dem Film mit dem Baseballspiel und wirft ihn in den Abfallkorb.

Dann nimmt er die Filmspule vom Projektor und sieht sich das Etikett mit der Adresse an: *Bob Sherman, Star Route 7, Postfach 603, Tulsa, Oklahoma.*

Auch gar nicht so weit zu fahren.

Dolarhyde wiegt die Filmspule in seiner Hand und legt

dann seine andere darauf, als wollte er ein kleines Lebewesen festhalten, das zu fliehen versuchte. Die Spule scheint wie eine Grille gegen seine Handflächen zu hüpfen.

Dabei fällt ihm wieder die Hektik ein, die überstürzte Hast, die sich im Haus der Leeds breitgemacht hatte, sobald die Lichter angegangen waren. Er hatte sich Mr. Leeds' annehmen müssen, bevor er Gelegenheit gefunden hatte, die Scheinwerfer für die Kamera einzuschalten.

Dieses Mal wollte er dafür sorgen, daß die Sache etwas glatter über die Bühne ging. Es würde herrlich sein, sich zwischen die Schlafenden zu legen, während die Kamera bereits lief, und sich eine Weile an sie zu kuscheln. Und dann würde er im Dunkeln zuschlagen und sich zufrieden und besudelt zwischen ihnen aufsetzen.

Er konnte alles mit Infrarotfilm aufnehmen, und er wußte auch, wo er sich solchen beschaffen konnte.

Der Projektor ist noch an. Dolarhyde sitzt da und hält den Film zwischen seinen Händen, während zu den lang gedehnten Seufzern des Winds andere Bilder über die blendend weiße Leinwand huschen.

In ihm sind keinerlei Rachegefühle – nur *Liebe* und Gedanken an den kommenden *Ruhm*; Herzen, die schwächer werdend schneller schlagen wie in die Stille entfliehende Schritte.

Und er außer sich. Er ist vollkommen außer sich, überströmend vor *Liebe*, während die Shermans sich ihm öffnen.

Die Vergangenheit hat keinerlei Bedeutung für ihn; nur der kommende *Ruhm* zählt. Er denkt nicht einmal an das Haus seiner Mutter zurück. Im Gegenteil, seine bewußten Erinnerungen an diese Zeit sind außergewöhnlich spärlich und verschwommen.

Nachdem Dolarhyde die 20 überschritten hatte, waren die Erinnerungen an das Haus seiner Mutter teilweise sogar ganz aus seinem Gedächtnis verschwunden, hinterließen lediglich eine schwache Spur auf der Oberfläche seines Denkens.

Er wußte, daß er dort nur einen Monat gelebt hatte. Allerdings konnte er sich nicht mehr erinnern, daß er im Alter von neun Jahren ins Heim geschickt worden war, nachdem er Victorias Katze erhängt hatte.

Einige der wenigen Eindrücke, die er behalten hatte, betrafen das Haus selbst, wie er es in winterlichem Dämmerlicht mit seinen warm erhellten Fenstern von der Straße aus gesehen hatte, wenn er auf dem Weg von der Potter-Gerard-Grundschule ins Heim daran vorbeigegangen war.

Er konnte sich an den Geruch der Vogtschen Bibliothek erinnern, ähnlich einem eben geöffneten Flügel; seine Mutter hatte ihn dort zu sich kommen lassen, um ihm seine Sachen fürs Heim zu geben. Nicht erinnern konnte er sich an die Gesichter in den Fenstern des Obergeschosses, als er das Haus verließ und über den vereisten Gehsteig davonging; die praktischen Geschenke hatte er haßerfüllt unter seinen Arm geklemmt. Er eilte heimwärts an einen Ort in seinem Kopf, der ganz anders war als St. Louis.

Im Alter von elf Jahren war seine Fantasie sehr rege und voll entwickelt, und wenn der Ansturm seiner *Liebe* zu heftig wurde, verschaffte er sich Erleichterung. Mit kühlem Blick für die Folgen, lauerte er heimlich allen möglichen Hunden und Katzen auf. Sie waren so zahm, daß es ganz einfach war. Die Behörden brachten die traurigen, kleinen Blutflecken, die in die gestampften Böden zahlreicher Garagen gesickert waren, nie mit ihm in Verbindung.

Mit 42 konnte er sich daran nicht mehr erinnern. Noch dachte er je an die anderen Bewohner des Hauses seiner Mutter zurück – an seine Mutter, seine Stiefschwestern oder seine Stiefbrüder.

Manchmal sah er sie im Schlaf, in den leuchtenden Fragmenten eines Fiebertraums; verändert und unnatürlich groß, Gesichter und Körper in bunten Papageienfarben, hatten sie sich in der Haltung von Gottesanbeterinnen um sein Bett versammelt. Wenn er sich dennoch hin und wieder, wenn auch selten, bewußt mit seiner Vergangenheit beschäftigte, standen ihm durchaus genügend positive Erinnerungen zu Gebote. Zum Beispiel an seinen Wehrdienst.

Als er mit 17 ertappt wurde, wie er durch das Fenster in das Haus einer alleinstehenden Frau einzudringen versuchte, ohne daß die dahinter stehende Absicht je an den Tag gelegt worden wäre, stellte man ihn vor die Wahl, sich entweder vor Gericht zu verantworten oder zum Militär zu gehen. Er entschied sich für die Army.

Nach der Grundausbildung absolvierte er eine Spezialausbildung für Filmentwicklungstechnik, worauf er nach San Antonio versetzt wurde, wo er im Brooke Army Hospital für die Herstellung von Lehrfilmen des medizinischen Corps zuständig war.

Die Chirurgen an dieser Klinik zeigten Interesse an Dolarhyde und beschlossen, bezüglich seines Gesichts etwas zu unternehmen.

Sie entnahmen ihm etwas Knorpelgewebe aus dem Ohr, um damit seiner Nase ein normales Aussehen zu verleihen, und operierten seine Oberlippe mit einer interessanten Abbé-Lappentechnik. Um letzterem Eingriff beizuwohnen, waren zahlreiche Ärzte angereist.

Die Chirurgen waren sehr stolz auf das Ergebnis. Dolarhyde wies jeden Spiegel von sich und sah aus dem Fenster.

Den Unterlagen der Filmbibliothek zufolge, entlieh Dolarhyde zahlreiche Filme, vor allem über schwere Verletzungen, und behielt sie über Nacht.

1958 meldete er sich wieder zum Militärdienst, um bei dieser Gelegenheit Hongkong für sich zu entdecken. In Seoul stationiert, wo er die Filme von den winzigen Aufklärungsflugzeugen entwickelte, die Ende der fünfziger Jahre jenseits des 38. Breitengrads spionierten, verbrachte er seinen Urlaub zweimal in Hongkong. Hongkong und Kowloon hatten 1959 für jeden Geschmack das Passende zu bieten.

1961 wurde Großmutter in fragwürdigem Thorazin-Frieden aus der Anstalt entlassen. Dolarhyde stellte einen Dringlichkeitsantrag auf frühzeitige Freistellung vom Militärdienst, der sowieso bereits zwei Monate später abgelaufen wäre. Seinem Antrag wurde stattgegeben, worauf er unverzüglich nach Hause zurückkehrte, um sich ihrer anzunehmen.

Auch für ihn sollte dies eine seltsam friedvolle Zeit werden. Seine neue Stellung bei Gateway erlaubte es Dolarhyde, eine Haushälterin anzustellen, die sich tagsüber um Großmutter kümmerte. An den Abenden saßen sie dann, ohne sich zu unterhalten, im Wohnzimmer. Das Ticken der alten Standuhr und ihr Stundenschlag waren die einzigen Geräusche, welche die Stille durchbrachen.

Einmal sah er auch seine Mutter wieder; das war anläßlich Großmutters Begräbnis im Jahr 1970. Er schaute mit seinen gelben Augen, die den ihren so auffallend glichen, einfach durch sie hindurch oder an ihr vorbei. Sie hätte eine Fremde sein können.

Sein Äußeres überraschte seine Mutter. Er war auffallend kräftig gebaut und hatte wie sie schönes Haar und einen gepflegten Schnurrbart, von dem sie annahm, daß es sich dabei um ein Stück transplantierter Kopfhaut handelte.

Sie rief ihn daraufhin einmal wöchentlich an. Doch er legte jedesmal wortlos wieder auf.

Neun Jahre lang lebte Dolarhyde nach Großmutters Tod unbehelligt vor sich hin, ohne auch seinerseits einen anderen Menschen zu behelligen. Seine Stirn war von keinerlei Sorgenfalten zerfurcht. Doch er wußte, daß er wartete. Worauf allerdings, wußte er nicht. Schließlich verriet ein scheinbar unbedeutender Vorfall, wie er jedem einmal widerfährt, dem ruhenden Samenkorn in seinem Schädel, daß der Zeitpunkt gekommen war: An einem Nordfenster stehend, um einen Film zu begutachten, wurde er sich plötzlich des Alterns seiner Hände bewußt. Es war, als wären seine Hände, die den Film hielten, plötzlich wie eine Erscheinung vor ihm aufgetaucht, und in dem klaren Licht des Nordfensters konnte er ganz deutlich erkennen, wie seine Haut über den Knochen und Sehnen erschlafft war und seine Hände von unzähligen, winzigen Rauten wie Eidechsenschuppen zerfurcht waren.

Und während er seine Hände nun in dem unbarmherzigen Licht betrachtete, drang plötzlich mit überwältigender Intensität der Geruch von Kohl und gekochten Kartoffeln in seine Nase. Obwohl es warm im Raum war, erschauderte er. An diesem Abend trainierte er härter als gewöhnlich.

An einer Wand von Dolarhydes Trainingsraum im Dachboden des Hauses war neben den Hanteln und der Bank ein wandhoher Spiegel angebracht. Es war der einzige Spiegel im ganzen Haus, in dem er sich unbekümmert bewundern konnte, da er zum Training immer eine Maske trug.

Er betrachtete sich sehr genau, während er seine Muskeln aufpumpte. Mit 40 hätte er problemlos an einem regionalen Bodybuilding-Wettbewerb teilnehmen können. Doch er war noch nicht mit sich zufrieden.

Während besagter Woche stieß er auch auf das Aquarell von Blake. Es packte ihn sofort.

Er sah es in einem großen Farbdruck in der *Time*, wo es zusammen mit einem Bericht über die große Blake-Retrospektive im Tate Museum in London abgebildet war. Das Brooklyn Museum hatte den *Großen Roten Drachen und die mit der Sonne bekleidete Frau* dem Londoner Museum als Leihgabe zur Verfügung gestellt.

Ein Kunstkritiker der *Time* äußerte sich dazu wie folgt: ›Wenige dämonische Darstellungen in der abendländischen Kunst strahlen eine dermaßen alptraumhafte Intensität sexueller Energie aus...‹ Um dies herauszufinden, brauchte Dolarhyde den Begleittext nicht zu lesen.

Tagelang trug er das Foto mit sich herum. Dann, eines Nachts, entschloß er sich, es in der Dunkelkammer abzufotografieren und zu vergrößern: Er war die ganze Zeit heftig aufgewühlt. Er heftete das Foto im Trainingsraum neben dem Spiegel an die Wand und starrte es während des Trainings unablässig an. Schlaf fand er in diesen Tagen erst, nachdem er sich an den Hanteln bis zur Erschöpfung verausgabt und sich dann beim Betrachten seiner medizinischen Lehrfilme auch sexuelle Erleichterung verschafft hatte.

Schon seit dem zarten Alter von neun Jahren wußte er, daß

er im wesentlichen allein war und immer allein bleiben würde – eine Erkenntnis, die sonst eher den Jahrgängen um die 40 eigen ist.

Und er, nachdem er die 40 überschritten hatte, entwickelte nun die lebhafte und blühende Fantasie eines Kindes. Sie trug ihn einen Schritt über das Alleinsein hinaus.

In einem Lebensabschnitt, in dem andere Männer sich zum erstenmal ihrer Isolation bewußt werden, fand Dolarhyde eine Erklärung für die seine: Er war allein, weil er *einzigartig* war. Mit der Inbrunst der Bekehrung stellte er fest, daß er, wenn er sich nur bemühte, wenn er nur seinen wahren, lange genug unterdrückten Trieben folgte, indem er sie als die Inspirationen, die sie tatsächlich waren, pflegte, daß er dann zur Erfüllung seines Seins gelangen könnte.

Auf dem Aquarell ist das Gesicht des Drachens nicht zu erkennen, aber Dolarhyde gelangte mehr und mehr zu der Überzeugung zu wissen, wie es aussah.

Wenn er sich, die Muskeln vom Training aufgepumpt, im Wohnzimmer die medizinischen Filme ansah, steckte er sich Großmutters Gebiß in den Mund. Wegen seines entstellten Zahnfleisches und Gaumens paßte es jedoch nicht annähernd, so daß er jedesmal nach kurzer Zeit einen Krampf im Kiefer bekam.

Daher begann er im stillen an seinen Kiefern zu arbeiten, indem er mit aller Kraft auf einen Gummipflock biß, bis seine Kaumuskeln wie Walnüsse hervortraten.

Im Frühling 1979 hob Francis Dolarhyde einen beträchtlichen Teil seiner Ersparnisse von seinem Sparkonto ab und nahm drei Monate unbezahlten Urlaub. Er flog nach Hongkong. In seinem Reisegepäck befanden sich unter anderem auch die Zähne seiner Großmutter.

Als er danach wieder die Arbeit aufnahm, waren sich die rothaarige Eileen und seine anderen Kollegen einig, daß ihm der Urlaub gut getan hatte. Er wirkte ruhiger und entspannter. Sie bemerkten es auch fast gar nicht, daß er nie mehr die Dusche oder den Umkleideraum für die Angestellten benutzte, zumal er dies auch früher nur selten getan hatte.

Das Gebiß seiner Großmutter lag wieder in dem Glas neben ihrem Bett. Sein eigenes neues hatte er oben in seinem Schreibtisch weggeschlossen.

Wenn Eileen ihn vor seinem Spiegel hätte sehen können, das Gebiß nun endlich passend, die neue Tätowierung im grellen Licht des Trainingsraums deutlich erkennbar, hätte sie bestimmt entsetzt aufgeschrien. Aber nur einmal.

Nun hatte er Zeit, und nun hatte er auch keine Eile mehr. Er hatte unbegrenzt Zeit. Es dauerte noch fünf Monate, bevor er sich für die Jacobis entschied.

Die Jacobis waren die ersten, die ihm bei seinem großen Werk behilflich waren; die ersten, die ihn auf seinem *ruhmreichen Werdegang* begleiten sollten. Die Jacobis waren unvergleichlich; sie waren besser als alles, was er bis dahin erfahren hatte. Bis die Leeds gekommen waren.

Und nun, da er wuchs an Kraft und *Glanz*, würden die Shermans in sein Leben treten und mit ihnen die neue Intimität von Infrarot. Höchst vielversprechend.

29. Kapitel

Um zu bekommen, was er brauchte, mußte Francis Dolarhyde sein eigenes Terrain in der Gateway-Filmentwicklungsanstalt verlassen.

Von den fünf Abteilungen von Gateway war Dolarhyde Leiter der größten; er war für die Entwicklung der Schmalfilme zuständig.

Daneben hatte Gateway Abteilungen, in denen Schmalfilme auf Video überspielt, Luftbildkarten gedruckt und die Filme kleiner Werbefilmgesellschaften entwickelt wurden.

1979 sollte Gateway dann einen dicken Fisch an Land ziehen. Die Firma schloß einen Vertrag mit dem Verteidigungs- und dem Energieministerium, bei dem es um die Entwicklung und Erprobung neuer Emulsionen für die Infrarotaufnahmetechnik ging.

Das Energieministerium interessierte sich für seine Wärmedämmungsstudien für hochempfindliches Infrarotmaterial. Das Verteidigungsministerium benötigte es für die Nachtaufklärung.

Infolgedessen kaufte Gateway Ende 1979 die kleine Firma Baeder Chemical gleich nebenan auf, um in deren Räumlichkeiten das Versuchsprojekt zu starten.

In der Mittagspause ging Dolarhyde also unter einem strahlend blauen Himmel zu Baeder hinüber, wobei er um die spiegelnden Pfützen auf dem Asphalt einen weiten Bogen schlug. Seit Lounds' Tod war er bester Stimmung.

Bei Baeder schienen alle zum Mittagessen gegangen zu sein.

Dolarhyde fand die Tür, nach der er suchte, am Ende eines Labyrinths von Gängen. Das Schild neben der Tür trug folgende Aufschrift: ›Achtung! Hochempfindliches Infrarotmaterial. Keine Lichtquellen. Nicht rauchen. Keine heißen Getränke.‹ Über dem Schild brannte eine rote Warnlampe.

Dolarhyde drückte auf einen Knopf, worauf unverzüglich ein grünes Lämpchen aufleuchtete. Er betrat die Lichtschleuse und klopfte an die Innentür.

»Herein.« Eine Frauenstimme.

Kühle, vollkommene Dunkelheit. Das Gurgeln von Wasser, der vertraute Geruch von D-76 Entwickler und ein Hauch von Parfüm.

»Ich bin Francis Dolarhyde. Ich komme wegen des Trockners.«

»Ach ja, gut. Entschuldigen Sie, daß ich mit vollem Mund spreche. Ich habe eben noch etwas gegessen.«

Er hörte das Rascheln von Papier. Dann wurde es in einen Abfallkorb geworfen.

»Eigentlich wollte Ferguson den Trockner«, fuhr die Stimme aus dem Dunkeln fort. »Er ist momentan gerade in Urlaub, aber ich weiß, wo er hin soll. Haben Sie drüben bei Gateway einen?«

»Ich habe sogar zwei. Einer ist größer. Er hat nicht gesagt, wie viel Platz er hat.« Dolarhyde hatte schon vor Wochen das

Rundschreiben wegen des Problems mit den Trocknern gesehen.

»Ich zeige es Ihnen gleich, wenn Sie sich noch einen Moment gedulden.«

»Danke.«

»Stellen Sie sich mit dem Rücken gegen die Tür.« Ihre Stimme nahm plötzlich den Tonfall einer Lehrerin an, die eine gut eingeübte Lektion herunterspult. »Dann machen Sie drei Schritte nach vorn, bis Sie die Fliesen unter Ihren Füßen spüren. Dort werden Sie links von sich einen Hocker finden.«

Er tat, wie ihm geheißen, und ließ sich auf den Hocker nieder. Er war ihr nun näher und konnte das leise Knistern ihrer Laborschürze hören.

»Schön, daß Sie gekommen sind.« Sie hatte eine klare Stimme, mit einem leicht metallischen Klang. »Sie sind doch der Leiter der Entwicklungsabteilung drüben im Haupttrakt?«

»Mhm.«

»Eben der ›Mr. D.‹, der ordentlich Dampf macht, wenn die Bestellungen falsch eingeordnet werden?«

»Genau der.«

»Ich bin Reba McClane. Hoffentlich gibt es hier bei uns nichts zu beanstanden.«

»Mich betrifft das hier alles nicht mehr. Ich habe nur die Planung der Dunkelkammer geleitet, als wir die Firma gekauft haben. Ich war hier schon über ein halbes Jahr nicht mehr.« Für seine Verhältnisse waren das ungewöhnlich viele Worte; doch im Dunklen hatten er nicht solche Hemmungen.

»Nur noch eine Minute, dann können wir Licht machen. Brauchen Sie ein Bandmaß?«

»Ich habe eines dabei.«

Dolarhyde fand es durchaus reizvoll, sich im Dunkeln mit der Frau zu unterhalten. Er hörte, wie sie in ihrer Handtasche wühlte, gefolgt vom Aufschnappen einer Puderdose.

Mit Bedauern nahm er das Signal des Weckers zur Kenntnis.

»So«, sagte sie. »Jetzt werde ich den ganzen Krempel in das Schwarze Loch packen.«

Er spürte einen kühlen Lufthauch auf seiner Haut und hörte, wie sich eine gummigedämpfte Tür schloß, gefolgt vom Zischen einer Vakuumverriegelung. Ein Lufthauch, durchwebt von einem frischen, weiblichen Duft, als sie an ihm vorbeiging.

Dolarhyde legte seinen Fingerknöchel an seine Oberlippe, setzte seine nachdenkliche Miene auf und wartete, daß das Licht anging.

Und dann sah er sie. Sie stand an der Tür und lächelte ungefähr in die Richtung, in der er saß. Ihre Augen machten kleine, willkürliche Bewegungen hinter den geschlossenen Lidern.

In der Ecke sah Dolarhyde ihren weißen Stock lehnen. Er nahm seine Hand vom Gesicht und lächelte.

»Dürfte ich vielleicht eine von Ihren Pflaumen haben?« fragte er. Auf der Theke, an der sie gesessen hatte, lagen mehrere.

»Natürlich. Sie sind wirklich gut.«

Reba McClane war etwa 30 und hatte ein anziehendes, markantes Gesicht, das Entschlossenheit ausstrahlte. Ihren Nasenrücken zierte eine kleine sternförmige Narbe. Ihr Haar war eine Mischung aus Weizen und Rotgold. Der Pagenschnitt wirkte etwas außer Mode. Gesicht und Hände hatte die Sonne mit reizenden Sommersprossen gesprenkelt. Jedenfalls wirkte sie inmitten der sterilen Atmosphäre der Dunkelkammer wie ein strahlender Herbsttag.

Er konnte sie hemmungslos betrachten. Sein Blick tastete sie ebenso ungehindert ab wie die Luft. Sie hatte keine Möglichkeit, sich gegen zudringliche Blicke zur Wehr zu setzen.

Dolarhyde spürte häufig warme, manchmal sogar stechende Punkte auf seiner Haut, wenn er mit einer Frau sprach. Sie zeigten ihm die Stellen an seinem Körper an, über die, wie er glaubte, die Blicke seiner jeweiligen Gesprächspartnerin gerade glitten. Und selbst wenn eine Frau den Blick abwandte, argwöhnte er, daß sie irgendwo sein Spiegelbild sah. Er achtete immer peinlichst genau auf reflektierende Oberflächen und wußte genauestens über Brechungswinkel Bescheid.

Doch jetzt war seine Haut ganz kühl. Ihre war sommersprossig und sowohl an der Kehle wie an den Innenseiten ihrer Handgelenke von einem leichten Perlmuttschimmer überzogen.

»Ich zeige Ihnen den Raum, wo er ihn haben will«, erklärte sie. »Aber vorher können wir ihn ja noch abmessen.«

Das taten sie.

»Dürfte ich Sie vielleicht noch um einen Gefallen bitten«, fragte Dolarhyde, als sie damit fertig waren.

»Aber natürlich.«

»Ich bräuchte etwas Infrarotfilm, und zwar hochempfindlichen, bis zu etwa eintausend Nanometer.«

»Den müssen Sie aber im Kühlschrank aufbewahren und auch nach der Belichtung kalt lagern.«

»Ich weiß.«

»Wenn Sie mir vielleicht sagen könnten, wie die näheren Bedingungen sind, damit ich Ihnen das passende –«

»Aufnahmeabstand etwa zweieinhalb Meter, mit einem Paar Wratten-Filter über den Lampen.« Das klang zu sehr nach einer Observation. »Für den Zoo«, fügte er deshalb rasch hinzu. »Sie wollen dort verschiedene Nachtlebewesen filmen.«

»Die müssen es aber verdammt dunkel mögen, wenn Sie dafür keinen handelsüblichen Infrarotfilm verwenden können.«

»Mmmm-hmmmmm.«

»Ich bin mir sicher, daß wir etwas Brauchbares für Sie haben. Sie wissen jedoch, daß eine Menge unseres Materials unter die DD-Bestimmungen fällt. Sie müssen uns also schriftlich bestätigen, was Sie an Material von uns erhalten haben.«

»Selbstverständlich.«

»Wann brauchen Sie das Material?«

»So um den zwanzigsten, jedenfalls nicht danach.«

»Ich brauche Ihnen ja wohl nicht extra zu sagen: Je empfindlicher das Material ist, desto schwieriger ist es zu handhaben. Sie werden also Kühltaschen, Trockeneis und den ganzen Kram benötigen. So gegen vier Uhr testen sie ein paar Proben, wenn Sie sich die vielleicht ansehen wollen. Dann können Sie sich ja die zahmste Emulsion aussuchen, die gerade noch für Ihre Zwecke ausreicht.«

»Gut, ich werde kommen.«

Nachdem Dolarhyde gegangen war, zählte Reba McClane ihre Pflaumen. Er hatte eine genommen.

Ein eigenartiger Mensch, dieser Dolarhyde. In seiner Stimme hatte sich keine verlegene Pause des Mitleids oder Mitgefühls bemerkbar gemacht, als sie das Licht eingeschaltet hatte. Vielleicht hatte er bereits gewußt, daß sie blind war. Aber vielleicht, was noch besser wäre, kümmerte es ihn überhaupt nicht.

Das wäre zur Abwechslung mal was Erfreuliches.

30. Kapitel

In Chicago ging gerade Freddy Lounds' Begräbnis über die Bühne. Für die Kosten kam der *National Tattler* auf, der sich ausdrücklich ausbedungen hatte, daß die Trauerfeier schon am Donnerstag, dem Tag nach seinem Tod, abgehalten wurde, damit die Fotos bereits in der Ausgabe des *Tattler*, die am Donnerstagabend erscheinen sollte, abgedruckt werden konnten.

Die Trauerfeier zog sich ziemlich in die Länge, und zwar sowohl in der Aussegnungshalle wie am Grab.

Ein Rundfunkprediger erging sich in endlosen Hinweisen auf die Vergänglichkeit des Menschen. Graham kämpfte mit den Nachwirkungen seines Katers und hatte deshalb Mühe, sich auf die Trauergäste zu konzentrieren.

Der gemietete Chor verdiente sich am offenen Grab unter dem Surren der Winderkameras der *Tattler*-Fotografen seine

Gage redlich. Zwei Fernsehteams hatten ihre Kameras aufgebaut. Polizeifotografen mit Presseausweisen fotografierten die Trauergäste.

Graham entdeckte in der Menge mehrere Kriminalbeamte. Ihre Gesichter waren die einzigen, die ihm bekannt vorkamen.

Und dann war da noch Wendy von Wendy City, Lounds' Freundin. Sie saß neben dem Sarg unter dem Zeltdach. Graham hätte sie fast nicht wiedererkannt. Ihre blonde Perücke war streng nach hinten frisiert, und sie trug ein schwarzes Kostüm.

Während des letzten Lieds stand sie auf, trat zaghaft vor, kniete nieder und legte, die Arme unter dem Blitzlichtgewitter der Fotografen über die üppigen Chrysanthemen ausgebreitet, den Kopf auf den Sarg.

Fast geräuschlos setzte sich die versammelte Gemeinde dann über den schwammigen Rasen in Richtung Friedhofsausgang in Bewegung.

Graham ging hinter Wendy. Durch die Gitterstangen der Friedhofsumzäunung starrten ihnen zahlreiche ungeladene Neugierige entgegen.

»Wie fühlen Sie sich?« sprach Graham Wendy an.

Sie blieben zwischen den Gräbern stehen. Ihre Augen waren trocken, ihr Blick stet.

»Besser als Sie«, erwiderte sie. »Sie haben sich wohl einen angetrunken, wie?«

»Ja. Kümmert sich eigentlich jemand um Sie?«

»Die Polizei hat ein paar Beamte für mich bereitgestellt. Im Club treiben sich ein paar Polizisten in Zivil rum. Dort haben wir im Augenblick ein Bombengeschäft. Mehr Verrückte als sonst.«

»Tut mir leid, daß das alles passiert ist. Sie haben... ich fand es bewundernswert, wie Sie sich im Krankenhaus verhalten haben. Das hat mir sehr imponiert.«

Sie nickte. »Freddy war ein prima Kerl. Er hat es wirklich nicht verdient, so enden zu müssen. Danke auch, daß Sie mich in sein Zimmer gelassen haben.« Nachdenklich blinzelnd, der Lidschatten wie Steinstaub auf ihren Lidern, sah sie kurz in die Ferne, bevor sie sich wieder Graham zuwandte. »Ich habe übrigens vom *Tattler* Geld gekriegt; das haben Sie sich doch sicher schon gedacht, oder? Für ein Interview und diese kleine Einlage am offenen Grab. Ich kann mir nicht vorstellen, daß Freddy etwas dagegen einzuwenden gehabt hätte.«

»Er wäre höchstens sauer gewesen, wenn Sie sich diese Gelegenheit hätten entgehen lassen.«

»Genau das habe ich mir auch gedacht. Das sind zwar alles Wichser, aber sie zahlen gut. Sie haben mich übrigens auch dazu zu überreden versucht, zu sagen, ich dächte, Sie hätten diesen Verrückten ganz bewußt auf Freddy gehetzt – so, wie Sie sich für den *Tattler* mit ihm fotografieren ließen. Aber diesbezüglich habe ich mich strikt geweigert. Falls sie also etwas dergleichen drucken sollten, ist das erstunken und erlogen; ich habe jedenfalls nie etwas in diesem Sinn behauptet.«

Graham schwieg, als sie prüfend sein Gesicht betrachtete.

»Mag ja sein, daß Sie Freddy nicht gerade sonderlich mochten – was soll's auch? Aber wenn Sie das für möglich gehalten hätten, hätten Sie sich doch bestimmt nicht die Gelegenheit entgehen lassen, die Zahnschwuchtel zu fassen, oder nicht?«

»Allerdings, Wendy; ich hätte ihm ohne Zweifel eine Falle zu stellen versucht.«

»Kommen Sie eigentlich irgendwie voran? Man hört zwar alle möglichen Gerüchte kursieren, aber das ist auch schon alles.«

»Ehrlich gestanden, tappen wir noch ziemlich im dunkeln. Wir haben ein paar Details aus dem Labor vorliegen, denen wir nachgehen. Dieser Kerl ist verdammt vorsichtig, und Glück hat er bisher auch immer gehabt.«

»Trifft das denn auch auf Sie zu?«

»Was?«

»Daß Sie Glück haben.«

»Hin und wieder.«

»Freddy hatte nie Glück. Aber diesmal hatte er vor, wirklich mal groß abzusahnen. Er hatte schon ein paar recht lukrative Verträge in der Tasche.«

»Tja, diesmal hätte es auch für ihn klappen können.«

»Wissen Sie was, Graham? Falls Ihnen mal – na, Sie wissen schon – falls Ihnen mal nach einem anständigen Drink zumute ist, bei mir bekommen Sie jederzeit einen.«

»Danke.«

»Aber auf der Straße bleiben Sie lieber nüchtern.«

»Das allerdings.«

Zwei Polizisten bahnten Wendy einen Weg durch die Menge der Schaulustigen vor dem Friedhofstor. Einer in der Menge trug ein T-Shirt mit der Aufschrift ›Die Zahnschwuchtel ist gerade gut für eine Nacht‹. Als er Wendy hinterherpfiff, schlug ihm die Frau neben ihm ins Gesicht.

Ein hünenhafter Polizist zwängte sich neben Wendy in ihren 280ZX, worauf sie losfuhr. Ein zweiter Polizist folgte ihnen in einem Zivilwagen.

An dem heißen Nachmittag roch Chicago wie ein ausgebrannter Feuerwerkskörper.

Graham fühlte sich einsam, und er wußte auch warum; Begräbnisse wecken nicht selten das Bedürfnis nach Sex in uns – sozusagen, um dem Tod ein Schnippchen zu schlagen.

Der Wind fuhr raschelnd durch ein vertrocknetes Grabgesteck zu seinen Füßen. Eine bittere Sekunde lang dachte er an Palmwedel, die sich in einer sanften Seebrise gemächlich wiegten. Er sehnte sich nach Hause, wobei ihm sehr wohl bewußt war, daß er dorthin nicht zurück konnte und durfte, solange der Drache sein Unwesen trieb.

31. Kapitel

Der Vorführraum bei Baeder Chemical war eher klein – fünf Reihen Klappstühle, durch einen Mittelgang getrennt.

Dolarhyde kam etwas zu spät. Mit verschränkten Armen stand er neben der Tür, während die verschiedenen Grau-

und Farbabstufungen, bei verschiedener Beleuchtung und auf unterschiedlichen Infrarotemulsionen aufgenommen, vorgeführt wurden.

Dandridge, der junge Mann, der für die Vorführung zuständig war, fühlte sich durch Dolarhydes Anwesenheit leicht verunsichert. Dolarhydes fachliche Kompetenz war unbestritten. Er war ein anerkannter Dunkelkammerexperte von der Muttergesellschaft nebenan und stand in dem Ruf, ein Perfektionist zu sein.

Dandridge hatte ihn aufgrund des kleinlichen Konkurrenzkampfs, der im Gange war, nachdem Gateway Baeder Chemical aufgekauft hatte, seit Monaten nicht mehr zu Rate gezogen.

»Reba, könnten Sie uns bitte die Entwicklungsdaten für Muster... acht nennen«, sagte Dandridge.

Ein Schreibbrett in ihrem Schoß, saß Reba McClane am Ende einer Stuhlreihe. Ihre Finger huschten im Halbdunkel des Vorführraums über das Schreibbrett, während sie mit deutlicher Stimme die einzelnen Schritte des Entwicklungsvorgangs skizzierte – verwendete Chemikalien, Temperatur und Zeitdauer sowie Lagerbedingungen vor und nach der Belichtung.

Infrarotfilm muß in vollkommener Dunkelheit verarbeitet werden. Sämtliche Dunkelkammerarbeiten hatte sie vorgenommen und dabei im Dunkeln mit Hilfe eines Tastcodes die einzelnen Proben eingeordnet sowie genauestens über die jeweiligen Verarbeitungsprozesse Buch geführt. Ihre Eignung für diese Aufgabe stand völlig außer Zweifel.

Die Vorführung erstreckte sich etwas in den Feierabend hinein.

Reba McClane blieb sitzen, während die anderen sich zum Gehen anschickten. Dolarhyde näherte sich ihr vorsichtig. Solange noch andere im Raum waren, sprach er sie aus gewissem Abstand an. Er wollte nicht, daß sie sich beobachtet fühlte.

»Ich dachte schon, Sie hätten es nicht mehr geschafft«, sagte sie.

»Wir hatten einen Maschinenschaden. Deshalb habe ich mich verspätet.«

Im hellen Schein der Deckenbeleuchtung konnte er, als er über ihr stand, ihre saubere Kopfhaut am Scheitel durch ihr Haar schimmern sehen.

»Haben Sie die 1000C-Probe gesehen?«

»Ja, habe ich.«

»Die anderen fanden, daß sie ganz passabel war. Jedenfalls ist dieses Material wesentlich einfacher zu handhaben als die 1200er Serie. Glauben Sie, es wird Ihren Anforderungen genügen?«

»Auf jeden Fall.«

Sie hatte ihre Handtasche dabei und einen leichten Regenmantel. Dolarhyde wich zur Seite aus, als sie mit ihrem Blindenstock den Mittelgang herunterkam. Sie schien keine Hilfe zu erwarten. Er bot ihr keine an.

Dandridge steckte noch einmal den Kopf zur Tür herein.

»Reba, entschuldigen Sie, aber Marcia hat es furchtbar eilig. Glauben Sie, Sie kommen auch so zurecht?«

Ihre Wangen verfärbten sich leicht. »Danke, Danny, ich komme auch so zurecht.«

»Ich hätte Sie sonst schon nach Hause gebracht, Reba, aber ich bin selbst schon etwas spät dran. Wenn es Ihnen nichts ausmacht, Mr. Dolarhyde, könnten Sie vielleicht –«

»Danny, ich komme schon nach Hause.« Sie hielt ihren Ärger zurück. Da ihr die Nuancen des Mienenspiels versagt waren, blieb ihr Gesicht ruhig und entspannt. Ihre Gesichtsfarbe hatte sie jedoch nicht so gut im Griff.

Während Dolarhyde sie nun mit seinen kalten, gelblichen Augen beobachtete, konnte er ihren Ärger nur zu gut verstehen; ihm war vollkommen klar, daß Dandridges laues Mitgefühl sich für Reba wie Speichel an ihrer Wange anfühlen mußte.

»Ich bringe Sie nach Hause«, erklärte er sich ziemlich spät bereit.

»Das ist nicht nötig, aber trotzdem vielen Dank.« Sie hatte mit diesem Angebot seinerseits gerechnet und wäre auch durchaus gewillt gewesen, es anzunehmen. Aber es war nicht ihre Art, jemanden dazu zu zwingen, ihr zu helfen. Dieser Idiot Dandridge mußte alles versauen; jetzt würde sie den Bus nehmen müssen. Sie hatte das Geld für die Karte, sie kannte den Weg, und außerdem konnte sie überallhin, wo es ihr paßte.

Sie blieb so lange in der Damentoilette, bis alle anderen das Gebäude verlassen hatten. Der Türsteher ließ sie hinaus.

Sie folgte der Kante eines Trennstreifens, der quer über den Parkplatz verlief, zur Bushaltestelle. Ihren Regenmantel über die Schultern geworfen, ertastete sie sich mit dem Stock den Weg und achtete dabei sorgsam auf das leise Radschen, wenn die Spitze des Stocks durch eine Pfütze glitt.

Dolarhyde beobachtete sie von seinem Kombi aus. Seine Gefühle waren ihm nicht recht geheuer; bei Tageslicht betrachtet, schienen sie ihm regelrecht gefährlich.

Einen Augenblick lang brachen die Windschutzscheiben, die Pfützen und die schimmernden Karosserien die Strahlen der tiefstehenden Sonne und ließen eine Schere aufblitzen.

Doch ihr weißer Stock strahlte etwas Tröstliches aus. Er fegte das Licht von den Scheren, fegte überhaupt die Scheren fort, und gleichzeitig kehrte wieder Ruhe in ihm ein, je stärker er sich wieder ihrer Harmlosigkeit bewußt wurde. Er ließ den Motor an.

Reba hörte den Wagen hinter sich. Jetzt fuhr er ganz langsam neben ihr her.

»Nett, daß Sie mich mitnehmen wollten.«

Sie nickte lächelnd und tippelte weiter über den Parkplatz.

»Steigen Sie doch ein. Ich bringe Sie nach Hause.«

»Danke, aber ich fahre immer mit dem Bus.«

»Dandridge ist ein Trottel. Kommen Sie schon mit.« *Was sagte man in so einer Situation schon?* »Sie würden mir eine Freude machen.«

Sie blieb stehen. Sie hörte ihn aussteigen.

Da sie nicht wußten, was sie sonst hätten tun sollen, packten sie die meisten Leute am Oberarm. Blinde lassen sich jedoch nicht gern durch einen energischen Zugriff auf ihren

Trizeps aus dem Gleichgewicht bringen. Für sie ist das nicht minder unangenehm, als zum Wiegen auf eine wacklige Waage steigen zu müssen. Und wie jeder andere auch ließen sie sich nicht gern gängeln.

Er berührte sie nicht, so daß sie nach einer Weile vorschlug: »Es ist besser, wenn ich Sie am Arm nehme.«

Sie hatte einige Erfahrung mit Unterarmen, aber der Dolarhydes stellte doch eine Überraschung für ihre Finger dar. Er war so hart wie der Pfosten eines Treppengeländers aus Eiche.

Sie konnte nicht ahnen, welche Überwindung es ihn kostete, sich von ihr berühren zu lassen.

Der Kombi schien ziemlich hoch und geräumig zu sein. Umgeben von Resonanzen und Echos, so ganz anders als in einem normalen Personenwagen, hielt sie sich an den Rändern des Schalensitzes fest, bis Dolarhyde ihr den Sicherheitsgurt anlegte. Der Gurt drückte auf eine ihrer Brüste. Sie verrutschte ihn, so daß er zwischen ihnen zu liegen kam.

Während der Fahrt sprachen sie kaum. Wenn er an einer roten Ampel warten mußte, konnte er sie in Ruhe betrachten.

Sie wohnte in einer Doppelhaushälfte in einer ruhigen Seitenstraße unweit der Washington University.

»Wollen Sie noch auf einen Drink mit reinkommen?« lud sie ihn ein.

Dolarhyde hatte in seinem bisherigen Leben noch kein Dutzend Privatwohnungen betreten. Während der letzten zehn Jahre hatte er ganze vier betreten: seine eigene, ganz kurz die von Eileen, die der Leeds' und die der Jacobis. Anderer Leute Behausungen stellten für ihn etwas höchst Exotisches dar.

Reba spürte, wie der Kombi leicht ins Schaukeln geriet, als er ausstieg. Die Tür an ihrer Seite öffnete sich. Das Führerhaus befand sich ziemlich weit über dem Boden, wurde ihr beim Aussteigen bewußt. Sie stieß leicht gegen ihn. Es war, als streifte sie einen Baum. Er war wesentlich schwerer und kompakter, als sie aufgrund seiner Stimme und seiner Schritte vermutet hätte. Kräftig und doch leichtfüßig. Sie hatte mal in Denver einen Spieler der Broncos kennengelernt, der sich bereit erklärt hatte, für eine United Way-Kampagne mit ein paar blinden Kindern in einem Werbespot aufzutreten...

Kaum hatte sie die Haustür hinter sich geschlossen, stellte Reba McClane ihren Stock in die Ecke. Sie bewegte sich plötzlich ganz frei und ungehindert, stellte Musik an und hängte ihren Mantel auf.

Dolarhyde mußte sich nachdrücklich ins Gedächtnis zurückrufen, daß sie blind war. In der Wohnung eines anderen Menschen zu sein, übte einen seltsamen Reiz auf ihn aus.

»Wie wär's mit einem Gin Tonic?« bot sie ihm an.

»Nur Tonic wäre mit lieber.«

»Möchten Sie vielleicht lieber einen Saft?«

»Nein, Tonic ist schon in Ordnung.«

»Sie trinken wohl nicht?«

»Nein.«

»Kommen Sie doch mit in dic Küche.« Sie öffnete den Kühlschrank. »Möchten Sie vielleicht –« Ihre Hände nahmen eine kurze Bestandsaufnahme vor, »– ein Stück Kuchen? Ich könnte Ihnen einen Nußkuchen anbieten; sehr lecker.«

»Danke, gern.«

Sie nahm ein ganzes Stück Kuchen aus dem Kühlschrank und legte es auf die Arbeitsplatte neben der Spüle.

Ihre Hände direkt nach unten zeigend, spreizte sie die Finger am Rand des Kuchens entlang, bis ihre Mittelfinger an seinem Rand die Neun- und Drei-Uhr-Position von Uhrzeigern einnahmen. Dann legte sie ihre Daumenspitzen aneinander und senkte sie auf den Kuchen hinab, bis sie diesen genau in seinem Mittelpunkt berührten. Diese Stelle kennzeichnete sie mit einem Zahnstocher.

Dolarhyde versuchte, eine Unterhaltung zu beginnen, damit sie sich seiner eindringlichen Blicke nicht bewußt wurde. »Wie lange arbeiten Sie schon bei Baeder?« Ein Satz mit immerhin nur einem S.

»Drei Monate. Wußten Sie das nicht?«

»Sie teilen mir nur das Nötigste mit.«

Sie mußte grinsen. »Vermutlich sind Sie bei der Konzeption der Dunkelkammern ein paar Leuten auf die Zehen gestiegen. Die Techniker jedenfalls halten deswegen große Stücke auf Sie. Die Installationen funktionieren, und vor allem gibt es ausreichend Anschlüsse. Ganze 22 und überall dort, wo man sie haben will.«

Sie legte den Mittelfinger ihrer linken Hand auf den Zahnstocher und ihren Daumen auf den Rand der Dose, um ihm dann ein Stück Kuchen herauszuschneiden. Dabei führte sie das Messer mit ihrem linken Zeigefinger.

Er beobachtete, wie sie das blitzende Messer handhabte. Ein eigenartiges Gefühl, eine Frau so lange von vorne ansehen zu können, wie er wollte. Wie oft kann man in Gegenwart eines anderen Menschen schon dort hinsehen, wo man eigentlich hinsehen wollte?

Nachdem sie sich einen kräftigen Gin Tonic eingeschenkt hatte, gingen sie ins Wohnzimmer. Ihre Hand glitt über eine Stehlampe und knipste sie an, als sie keine Wärme von ihr ausstrahlen spürte.

Dolarhyde hatte den Kuchen in drei Bissen verzehrt und saß steif auf der Couch; sein glatt zurückgekämmtes Haar schimmerte im Schein der Lampe; seine mächtigen Pranken ruhten auf seinen Knien.

Sie ließ ihren Kopf auf die Sessellehne zurücksinken und legte ihre Füße auf einen Hocker. »Wann werden denn diese Nachtaufnahmen im Zoo gemacht?«

»Wahrscheinlich nächste Woche.« Dolarhyde war froh, daß er im Zoo angerufen und ihnen den Infrarotfilm angeboten hatte. Vielleicht überprüfte Dandridge das Ganze.

»Der Zoo ist wirklich fantastisch. Ich bin mit meiner Schwester und meiner Nichte hingegangen, als sie mir beim Umzug geholfen haben. Sie haben dort diesen Kontaktbereich, wo ich ein Lama in den Arm genommen habe. Es hat sich ja wunderbar wuschelig angefühlt, aber das *Aroma*, kann ich Ihnen sagen ... Ich bildete mir danach ständig ein, von einem Lama verfolgt zu werden, bis ich endlich meine Bluse wechseln konnte.«

Das begann ja zu einem richtigen Gespräch auszuarten. Nun mußte er etwas sagen oder sich verabschieden. »Wie sind Sie denn zu Baeder gekommen?«

»Die Stellenangebote hingen im Reiker Institute in Denver, wo ich vorher gearbeitet habe, am Schwarzen Brett. Eine Kollegin hat mich darauf aufmerksam gemacht. Bei den Einstellungen hatte Baeder übrigens eine Reihe von Bedingungen zu erfüllen, um diesen Auftrag vom Verteidigungsministerium zu bekommen. Und so haben sie es tatsächlich geschafft, mit ihren acht Neueinstellungen sechs Frauen, zwei Schwarze, zwei Chicanos, einen Asiaten, einen Spastiker und mich abzudecken. Das ging natürlich nur, da jeder von uns in mindestens zwei dieser Kategorien fiel.«

»Aber Sie haben sich doch für Baeder bisher durchaus von Nutzen erwiesen.«

»Das trifft auch auf die anderen zu. Baeder sieht schon zu, daß sie auf ihre Kosten kommen.«

»Und was haben Sie davor gemacht?« Er war leicht ins Schwitzen geraten. Solche Unterhaltungen strengten ihn immer ziemlich an. Aber es tat gut, sie anzusehen. Sie hatte schöne Beine. Sie hatte sie sich sogar rasiert. Entlang seiner Arme breitete sich ein Gefühl für das Gewicht ihrer Beine – im erschlafften Zustand – aus.

»Nach meinem Schulabschluß habe ich im Reiker Institute in Denver zehn Jahre lang frisch erblindete Leute unterrichtet. Die Stellung bei Baeder ist mein erster Job draußen.«

»Wie draußen?«

»Na, eben draußen in der Welt. Bei Reiker habe ich wie auf einer kleinen Insel mitten im Ozean gelebt. Ich meine, wir haben Blinde dafür ausgebildet, in der Welt der Sehenden zu leben, ohne daß wir uns selbst in sie hinausgewagt hätten. Ich verkehrte fast ausschließlich unter meinesgleichen, so daß ich schließlich das Bedürfnis bekam, mich auch mal in die große, weite Welt hinauszuwagen. Eigentlich hatte ich geplant, mich auf Sprachtherapie für sprach- und hörbehinderte Kinder zu verlegen. Eines Tages werde ich das, glaube ich, auch noch machen.« Sie leerte ihr Glas. »Da fällt mir gerade ein: Ich habe ja noch einen Mrs. Paul's Krabbencocktail zu Hause. Schmeckt teuflisch gut. Wieso muß ich Ihnen auch gleich als erstes die Nachspeise anbieten. Möchten Sie mal versuchen?«

»M-hmmmmm.«

»Kochen Sie?«

»M-hmmmmm.«

Auf ihrer Stirn bildete sich eine leichte Falte. Sie verschwand in die Küche. »Eine Tasse Kaffee?« rief sie von dort.

»Ah-ah.«

Sie erzählte etwas von Lebensmittelpreisen, worauf sie keine Antwort erhielt. Als sie wieder ins Wohnzimmer zurückkam, setzte sie sich, die Ellbogen auf die Knie gestützt, in ihren Sessel.

»Vielleicht sollten wir zu allererst mal eines klarstellen, bevor wir weitersprechen, ja?«

Schweigen.

»Sie haben schon eine ganze Weile nichts mehr gesagt. Genauer: Sie haben nichts mehr gesagt, seit ich auf die Sprachtherapie zu sprechen gekommen bin.« Ihr Tonfall war freundlich, aber bestimmt. Kein falsches Mitleid schwang in ihr mit. »Ich kann Sie problemlos verstehen, da Sie hervorragend artikulieren und weil ich zuhöre. Die meisten Leute schenken einem gar keine Beachtung. Ständig fragen sie mich: *Was, was?* Wenn Sie nicht sprechen wollen – bitte, das ist Ihre Sache. Aber ich hoffe doch sehr, daß Sie mit mir sprechen wollen. Sie können es nämlich, und außerdem interessiert mich, was Sie zu sagen haben.«

»M-hmmm, in Ordnung«, erwiderte Dolarhyde leise. Ganz eindeutig war ihr diese kleine Ansprache sehr wichtig gewesen. Lud sie ihn damit etwa zu sich und dem chinesischen Spastiker in ihren Zwei-Kategorien-Club ein? Er fragte sich, in welche zweite Kategorie er wohl noch gefallen wäre.

Was sie als nächstes sagte, versetzte ihn in Erstaunen.

»Dürfte ich mal Ihr Gesicht berühren? Ich hätte gern gewußt, ob Sie lächeln oder die Stirn in Falten ziehen.« Und etwas gezwungen fügte sie hinzu: »Ich möchte einfach wissen, ob ich nun lieber den Mund halten soll oder nicht.«

Sie hob ihre Hand und wartete.

Wie würde sie wohl mit abgebissenen Fingern noch über die Runden kommen, überlegte Dolarhyde. Selbst mit seinem Alltagsgebiß hätte das für ihn kaum ein größeres Problem dargestellt, als ein Baguette durchzubeißen. Falls er sich mit den Absätzen am Boden abstützte, sein Körpergewicht gegen die Couch zurückstemmte und beide Hände um ihr Handgelenk legte, hätte sie sich ihm unmöglich noch rechtzeitig entziehen können. Mampf, mampf, mampf, mampf – den Daumen konnte er ihr ja lassen. Zum Kuchenabmessen.

Er ergriff ihre schön geformte, aber ziemlich verschrammte Hand mit Daumen und Zeigefinger, um sie im Licht zu drehen und zu wenden. Neben ein paar frischen Verletzungen wies sie eine Vielzahl kleiner Narben auf. Bei einer noch nicht lange verheilten Verletzung auf dem Handrücken hätte es sich um eine Verbrennung handeln können.

Nicht weit genug von Zuhause entfernt. Zu früh in seinem Werdegang. Außerdem würde er sie dann nicht mehr ansehen können.

Nachdem sie diese ungeheuerliche Bitte an ihn gerichtet hatte, konnte sie nichts Näheres über seine Person wissen. Offensichtlich war ihr kein Klatsch über ihn zu Ohren gekommen.

»Glauben Sie mir einfach, wenn ich Ihnen versichere, daß ich lächle«, bot er ihr an. Das S gelang ihm jetzt ganz gut. Und es stimmte tatsächlich, daß er eine Art Lächeln aufgesetzt hatte, das sein schönes Alltagsgebiß zum Vorschein kommen ließ.

Er hielt ihr Handgelenk über ihrem Schoß und ließ es dann los. Ihre Hand sank auf ihren Oberschenkel nieder, worauf ihre Finger wie ein abgewandter Blick über den Stoff ihrer Hose tasteten.

»Ich glaube, der Kaffee ist fertig«, sagte sie.

»Ich muß jetzt wieder los.« Er mußte weg von hier und nach Hause, um sich von dieser Erfahrung zu erholen.

Sie nickte. »Falls ich Ihnen zu nahe getreten sein sollte, so stand das nicht in meiner Absicht.«

»Keineswegs.«

Sie blieb sitzen und lauschte auf das Einschnappen des Türschlosses, als er ging.

Dann machte sich Reba McClane einen weiteren Gin Tonic. Sie legte eine Segovia-Platte auf und machte es sich auf der Couch bequem, wo sie noch die warme Vertiefung spüren konnte, die Dolarhyde im Sitzpolster zurückgelassen hatte. Auch in der Luft hatte er seine Spuren hinterlassen – Schuhcreme, ein neuer Ledergürtel, ein gutes Rasierwasser.

Welch ein extrem zurückgezogener Mensch. Sie hatte im Betrieb kaum einmal über ihn tuscheln gehört; sie konnte sich nur erinnern, daß Dandridge zu einem seiner Speichellecker einmal von diesem ›Hurensohn Dolarhyde‹ gesprochen hatte.

Für Reba war ihre Intimsphäre etwas sehr Wichtiges. Als sie als Kind erblindet war und hatte lernen müssen, mit dieser Behinderung zurechtzukommen, hatte sie überhaupt keine Intimsphäre gehabt.

Nun konnte sie in der Öffentlichkeit nie sicher sein, daß niemand sie anstarrte. Daß Francis Dolarhyde ihre Intimsphäre respektierte, war ihr durchaus positiv aufgefallen. Außerdem hatte sie von ihm kein Fünkchen Mitleid ausgehen gespürt, was ihr wichtig war.

Der Gin tat ihr gut.

Die Gitarrenmusik kam ihr plötzlich arg hektisch vor. Deshalb legte sie ihre Walgesänge auf.

Drei harte Monate in einer neuen Umgebung. Mit dem nahenden Winter vor Augen, würde es sicher nicht einfach werden, im Schnee die Randsteine entlang des Gehsteigs zu ertasten. Doch Reba McClane, langbeinig und tapfer, duldete kein Selbstmitleid. Das würde sie erst gar nicht einreißen lassen. Sie war sich sehr wohl der starken Ader Krüppelwut tief in ihrem Innern bewußt, die sie sich, wenn sie sich ihrer schon nicht entledigen konnte, wenigstens für ihre Zwecke zunutze machen wollte; sie war gerade recht, ihren Drang nach Unabhängigkeit zu nähren und ihre Entschlossenheit zu stärken, jedem Tag von neuem das Beste für sich abzuringen.

Auf ihre Weise war sie sogar ganz schön abgebrüht. Jeder Glaube an irgendeine Art natürlicher Gerechtigkeit war in ihren Augen nichts weiter als Augenwischerei. Was auch immer sie tun würde, sie würde genau wie alle anderen enden – flach auf dem Rücken liegend, einen Schlauch in der Nase und sich fragend: »Ist das alles?«

Sie wußte, daß sie nie wieder würde sehen können, aber es gab andere Dinge, die sie noch erreichen konnte. Dinge, an denen sie ihre Freude haben würde. Sie hatte Befriedigung daraus gewonnen, ihren Schülern zu helfen, und dieses Gefühl der Bestätigung war eigenartigerweise noch zusätzlich durch das Wissen intensiviert worden, daß sie dafür, ihnen geholfen zu haben, weder belohnt noch bestraft werden würde.

Bei ihren Bekanntschaften reagierte sie ganz besonders empfindlich auf alle jene, die sie von sich abhängig zu machen und dann entsprechend zu gängeln versuchten. Von dieser Sorte hatte sie schon einige kennengelernt, zumal sie solche Menschen aufgrund ihrer Behinderung geradezu anzog. Doch sah sie in ihnen völlig zu recht den Feind.

Was speziell Männerbekanntschaften betraf, wußte Reba durchaus, daß viele Männer sie attraktiv fanden – weiß Gott genug von ihnen hatten sie verstohlen mit dem Handrücken abzutatschen versucht, wenn sie sie am Oberarm gepackt hatten.

Reba mochte Sex sehr gern, aber schon vor Jahren hatte sie etwas sehr Grundlegendes über Männer lernen müssen: Die meisten von ihnen hatten schreckliche Angst, sich etwas aufzubürden – eine Angst, die in ihrem Fall noch verstärkt in Erscheinung trat.

Sie hatte keine Lust auf einen Mann, der sich in ihr Bett stahl und danach wieder davonschlich wie ein Hühnerdieb.

An diesem Abend wollte Ralph Mandy sie abholen, um mit ihr auszugehen. Er betete immer eine besonders hasenfüßige Leier herunter, wie schwer er vom Leben gezeichnet und deshalb unfähig zur Liebe wäre. Der übervorsichtige Ralph erzählte ihr das eine Spur zu oft, als daß sie nicht auf der Hut gewesen wäre. Ralph war zwar durchaus amüsant, aber an einer festen Beziehung mit ihm war sie nicht interessiert.

Doch wollte sie Ralph jetzt nicht sehen. Ihr war nicht danach, sich mit ihm zu unterhalten und zwischendurch immer wieder die Bemerkungen aufzuschnappen, welche die Leute an den Tischen um sie herum fallen ließen.

Es wäre einfach wundervoll gewesen, von jemandem begehrt zu werden, der den Mut hatte, seinen Hut zu nehmen oder zu bleiben, je nachdem wie ihm gerade zumute war, und der ihr das gleiche zugestand. Jemand, der sich nicht ständig *Sorgen* um sie machte.

Francis Dolarhyde – scheu und zurückhaltend, mit der Statur eines Footballprofis und sehr direkt.

Sie hatte noch nie eine Hasenscharte gesehen oder berührt und verband keine visuellen Assoziationen mit diesem Wort. Sie fragte sich, ob Dolarhyde wohl dachte, sie könnte ihn deshalb problemlos verstehen, weil ›Blinde so viel besser hören, als wir dazu imstande sind‹. Das war ein weit verbreiteter Irrglaube. Vielleicht hätte sie ihm erklären sollen, daß das nicht stimmte und daß Blinde lediglich mehr darauf achteten, was sie hörten.

Überhaupt waren so viele irrige Auffassungen über Blinde in Umlauf. Sie fragte sich, ob auch Dolarhyde der gängigen Auffassung war, daß Blinde ›geistig minderbemittelter‹ waren als die meisten ihrer Mitmenschen und durch ihre Behinderung gleichzeitig aber auch in gewisser Weise bessere Menschen. Sie konnte sich ein Grinsen nicht verkneifen. Auch letzteres entsprach nicht den Tatsachen.

32. Kapitel

Die Polizei von Chicago betrieb ihre Ermittlungen unter enormem Druck von seiten der Medien; in den Abendnachrichten wurde ein regelrechter ›Countdown‹ bis zum nächsten Vollmond veranstaltet. Bis dahin waren es noch elf Tage.

Die Familien von Chicago lebten in ständig wachsender Angst.

Gleichzeitig erfreuten sich die Horrorfilme in den Autokinos, die sonst spätestens nach einer Woche wieder vom Programm abgesetzt worden wären, regen Zulaufs. Die Faszination des Grauens. Der gerissene Unternehmer, der vor kurzem ›Zahnschwuchtel‹-T-Shirts auf den Markt geworfen hatte, brachte nun solche mit dem Aufdruck ›Der rote Drache ist gerade gut für eine Nacht‹ heraus. Beide Versionen fanden etwa gleich starken Absatz.

Jack Crawford mußte nach Lounds' Begräbnis mit anderen hohen Polizeibeamten an einer Pressekonferenz teilnehmen. Er hatte von höchster Stelle Order erhalten, die Beteiligung des FBI deutlicher sichtbar zu machen; er machte sie jedoch nicht deutlicher hörbar, da er nämlich nichts sagte.

Wenn mit starkem personellem Aufwand betriebene Ermittlungen wenige Anhaltspunkte vorliegen haben, anhand deren sich die Beamten orientieren können, neigen sie notgedrungen dazu, sich selbst auf die Füße zu treten, indem sie immer und immer wieder dasselbe Areal abgrasen, bis schließlich auch die letzten Spuren verwischt sind. Sie nehmen dann die Gestalt einer Null ein oder einer Schlange, die sich selbst in den Schwanz beißt.

Wohin Graham sich auch wendete, überall stieß er auf Kriminalbeamte, Kameras, hektisch durcheinanderströmende uniformierte Polizisten und das unaufhörliche Knacken und Rauschen von Funkgeräten. Er brauchte dringend Ruhe.

Crawford, noch etwas zerknittert von der Pressekonferenz, fand Graham bei Einbruch der Dämmerung in der Stille eines unbenutzten Geschworenenraums in der Etage über der Staatsanwaltschaft.

Tief hing die Deckenlampe auf den mit grünem Filz ausgelegten Tisch herab, auf dem Graham seine Unterlagen und Fotos ausgebreitet hatte. Er hatte Jacke und Krawatte abgelegt, saß zusammengesunken in einem Stuhl und starrte unverwandt auf zwei Fotos. Das eine war ein gerahmtes Foto der Familie Leeds, und an ein Schreibbrett geklemmt, das gegen eine Karaffe gelehnt war, stand daneben eine Aufnahme von den Jacobis.

Die Fotos erinnerten Crawford an den zusammenklappbaren Hausaltar eines Stierkämpfers, der sich in jedem Hotelzimmer im Handumdrehen aufstellen ließ. Ein Foto von Lounds fehlte. Er argwöhnte, daß Graham sich über den Fall Lounds bisher überhaupt keine Gedanken gemacht hatte. Doch er wollte nicht auch noch mit Graham Streit.

»Sieht ja aus wie in einem Billardsalon hier drinnen«, bemerkte Crawford leichthin.

»Hast du's ihnen ordentlich gezeigt?« Graham wirkte blaß, aber nüchtern. Seine rechte Faust spannte sich um ein Glas Orangensaft.

»Mein Gott.« Crawford sank stöhnend auf einen Stuhl nieder. »Versuch mal einer in dieser Hektik einen klaren Gedanken zu fassen; genauso gut kannst du versuchen, in einem fahrenden Zug beim Pinkeln die Kloschüssel zu treffen.«

»Irgendwas Neues?«

»Der Polizeipräsident ist über einer Frage in Schweiß ausgebrochen und hat sich bei laufender Kamera am Sack gekratzt. Schau dir die Abendnachrichten an, wenn du's nicht glaubst.«

»Möchtest du ein Glas Orangensaft?«

»Genauso gern würde ich jetzt eine Rolle Stacheldraht verschlucken.«

»Na gut, bleibt eben mehr für mich.« Grahams Gesicht wirkte angespannt. In seinen Augen machte sich ein verdächtiger Glanz bemerkbar. »Was ist mit dem Benzin?«

»Wenn wir Liza Lake nicht hätten. Im Großraum Chicago gibt es 41 Tankstellen, die Servco Supreme führen. Captain Osbornes Leute haben sie sich bereits vorgenommen; sie ziehen Erkundigungen über alle Besitzer von Kombis und Lastwagen ein, die in letzter Zeit einen Behälter mit dem Zeug gekauft haben. Bisher haben wir noch keine Spur, aber sie haben noch nicht alle Angestellten der einzelnen Schichten durch. Servco hat noch 166 weitere Tankstellen auf über acht Bundesstaaten verstreut. Wir haben bereits die jeweils zuständigen örtlichen Behörden um ihre Unterstützung gebeten. Das wird allerdings eine Weile dauern. Wenn Gott uns wohlgesonnen ist, hat der Kerl mit Kreditkarte bezahlt. Darin sähe ich zumindest eine geringe Chance für uns.«

»Nicht, wenn er den Trick kennt, wie man mit einem Schlauch einem Behälter Flüssigkeit entnimmt.«

»Ich habe den Polizeipräsidenten gebeten, keinerlei Andeutungen zu machen, die Zahnschwuchtel könnte in diesem Gebiet wohnen. Die Leute sind schon genügend verunsichert. Und wenn er den Mund nicht gehalten hätte, hätte sich das hier heute abend, wenn die ganzen Besoffenen zu Hause eingetrudelt wären, wie Korea während einer Großoffensive angehört.«

»Glaubst du immer noch, daß er irgendwo in der Nähe ist?«

»Du denn nicht? Das liegt doch auf der Hand, Will.« Crawford griff nach Lounds' Obduktionsbefund und ging ihn mit seiner Lesebrille durch.

»Die Wunde an seinem Kopf war älter als die Mundverletzungen. Sie wurde ihm etwa fünf bis acht Stunden vorher zugefügt. Die Mundverletzungen dagegen waren nur ein paar Stunden alt, als sie Lounds ins Krankenhaus eingeliefert haben. Sie waren zwar auch verbrannt, aber sie konnten den Zeitpunkt, zu dem sie ihm beigebracht wurden, an der Innenseite feststellen. Sie haben auch Chloroformspuren in seiner Mundhöhle entdeckt. Glaubst du, er war bewußtlos, als die Zahnschwuchtel ihn gebissen hat?«

»Nein. Sicher wollte er, daß Freddy dabei wach war.«

»Das habe ich mir auch gedacht. Also gut, erst schlägt er ihn bewußtlos – das war in der Tiefgarage. Dann muß er ihn mit Chloroform zum Schweigen bringen, bis er ihn an einen

Ort gebracht hat, wo er wieder Lärm machen kann. Dann bringt er ihn hierher zurück und zündet ihn, Stunden nachdem er ihn gebissen hat, im Rollstuhl an.«

»Das könnte er alles im Fond des Kombi getan haben; er hätte dazu nur zu einer abgelegenen Stelle rausfahren müssen«, warf Graham ein.

Crawford massierte sich mit den Fingerspitzen die Nasenflügel und verlieh dadurch seiner Stimme einen Megaphonklang. »Dabei läßt du die Rollstuhlräder außer acht. Bev hat daran zweierlei verschiedene Teppichfussel festgestellt – Wolle und Synthetik. Das synthetische Material stammt möglicherweise aus dem Kombi, aber hast du schon mal einen Kombi gesehen, der mit einem Wollteppich ausgelegt war? Wie viele Wollteppiche hast du schon in einer Mietwohnung gesehen? Sicher nicht gerade viele. Der Wollteppich deutet auf ein Haus hin, Will. Und der Schmutz und der Schimmel stammen von einem dunklen Ort, an dem der Rollstuhl abgestellt war. Ein Keller mit gestampftem Boden zum Beispiel.«

»Möglich.«

»Sieh dir das mal an.« Crawford zog einen Straßenatlas aus seinem Aktenkoffer. In die Karte für Entfernungen und Fahrzeiten innerhalb der Vereinigten Staaten hatte er einen roten Kreis eingezeichnet. »Freddy war etwas mehr als fünfzehn Stunden verschwunden, und seine Verletzungen wurden ihm innerhalb dieses Zeitraums beigebracht. Daraus ziehe ich eine Reihe von Rückschlüssen. Von solchen Annahmen gehe ich zwar höchst ungern aus, aber angesichts... worüber lachst du?«

»Ich mußte nur daran denken, wie du in Quantico diese Außendienstpraktika abgehalten hast und dir ein Lehrgangsteilnehmer gesagt hat, er ginge mal von einer *Annahme* aus.«

»Daran kann ich mich nicht mehr erinnern. Jedenfalls –«

»Du hast ihn dann vor versammelter Mannschaft zusammengestaucht, Annahmen hätten in der polizeilichen Ermittlungstätigkeit nichts zu suchen.«

»Mag ja sein, aber jetzt hör mir doch endlich mal zu. Gehen

wir mal davon aus, er hatte es mit dem üblichen Verkehr von Chicago zu tun, als er mit Lounds aus der Stadt fuhr. Dann müssen wir noch ein paar Stunden berücksichtigen, während deren er sich an besagtem abgeschiedenen Ort mit Lounds beschäftigt hat, und schließlich die Zeit, um wieder in die Stadt zurückzufahren. Er kann sich also kaum mehr als sechs Stunden Fahrtzeit von Chicago entfernt haben. Das Gebiet innerhalb des Kreises, den ich auf der Karte eingezeichnet habe, wäre also in maximal sechs Stunden Fahrtzeit zu erreichen. Da man auf einigen Straßen rascher vorankommt als auf anderen, ist das in Frage kommende Gebiet eher von einer Wellenlinie umrissen.«

»Vielleicht ist er einfach hier geblieben.«

»Mag sein, aber zumindest könnte er sich auf keinen Fall weiter von Chicago entfernt haben.«

»Demnach hast du das in Frage kommende Gebiet also auf Chicago eingegrenzt, beziehungsweise auf eine Fläche, die unter anderem auch Milwaukee, Madison, Dubuque, Peoria, St. Louis, Indianapolis, Cincinnati, Toledo und Detroit einschließt, um nur mal ein paar Städte zu nennen.«

»Wir wissen sogar mehr als das, da er sich sehr früh einen *Tattler* besorgt haben muß. Vermutlich schon Montagabend.«

»Das hätte er doch in Chicago tun können.«

»Ich weiß, aber sobald man mal Chicago aus dem Spiel läßt, gibt es nicht mehr allzu viele Orte, an denen man schon am Montagabend den *Tattler* bekommt. Das hier ist eine Liste der Vertriebsabteilung des *Tattler* – sie enthält all die Stellen innerhalb des Kreises, an die der *Tattler* per Auslieferungsfahrzeug oder Flugzeug schon am Montagabend verschickt wird. Demnach blieben nur noch Milwaukee, St. Louis, Cincinnati, Indianapolis und Detroit übrig. Dabei handelt es sich um etwa neunzig Flughafenbuchhandlungen und sonstige Zeitungsstände, die rund um die Uhr geöffnet haben, nicht eingerechnet die in Chicago. Ich lasse sie durch unsere Außendienststellen überprüfen. Vielleicht kann sich ja ein Zeitungsverkäufer an einen seltsamen Kunden am Montagabend erinnern.«

»Vielleicht. Jedenfalls kein schlechter Schachzug, Jack.«

Ganz eindeutig war Graham jedoch in Gedanken ganz woanders.

Wäre Graham ein gewöhnlicher Ermittlungsbeamter gewesen, hätte ihm Crawford mit Sicherheit mit einer Lebensstellung auf den Aleuten gedroht. Statt dessen sagte er jedoch: »Mein Bruder hat heute nachmittag angerufen. Molly ist ausgezogen.«

»Ich weiß.«

»Sie hat wohl einen sicheren Ort gefunden?«

Für Graham stand außer Zweifel, daß Crawford bestens informiert war, wohin Molly geflogen war.

»Sie ist zu Willys Großeltern.«

»Die werden sich bestimmt freuen, den Jungen wieder mal zu sehen.« Crawford ließ sich Zeit.

Graham enthielt sich jedes weiteren Kommentars.

»Es ist doch hoffentlich nichts?«

»Siehst du denn nicht, daß ich arbeite, Jack. Nein, es ist alles in Ordnung. Sie ist dort draußen nur allmählich etwas nervös geworden.«

Graham zog ein mit Schnur umwickeltes Päckchen unter einem Stapel Begräbnisfotos hervor und machte sich an der Verschnürung zu schaffen.

»Was ist das?«

»Das ist von Byron Metcalf, dem Anwalt der Jacobis. Brian Zeller hat es an mich weitergeleitet. Keine Sorge, damit ist alles in Ordnung.«

»Einen Moment bitte; laß es mich mal kurz ansehen.« Crawford wendete das Päckchen in seinen behaarten Händen, bis er auf Stempel und Unterschrift von S. F. ›Semper Fidelis‹ Aynesworth gestoßen war, dem Leiter der Sprengstoffabteilung des FBI, der damit bestätigte, daß man die Sendung fluoroskopiert hatte.

»Vergiß nie, darauf zu achten. Nie.«

»Tue ich doch, Jack.«

»Hat dir das Chester überbracht?«

»Ja.«

»Hat er dir den Stempel gezeigt, bevor er es dir ausgehändigt hat?«

»Er hat sich selbst vergewissert und dann mich darauf aufmerksam gemacht.«

Graham schnitt die Schnur durch. »Es enthält Kopien der gesamten Nachlaßunterlagen der Jacobis. Ich habe Metcalf gebeten, sie mir zuzuschicken – damit wir sie mit den Papieren der Leeds' vergleichen können, sobald wir sie vorliegen haben.«

»Wir haben für so was doch einen Anwalt.«

»Ich sehe mir das lieber selber an, Jack. Ich weiß doch nichts über die Jacobis. Sie waren gerade frisch zugezogen. Ich bin erst einen Monat danach in Birmingham gewesen, als das Haus längst renoviert und ihr Besitz im Möbellager untergebracht war. Für die Leeds habe ich allmählich ein Gefühl bekommen, was ich von den Jacobis nicht behaupten könnte. Ich muß mehr über sie wissen. Ich möchte mit ein paar Leuten in Detroit sprechen, die sie gekannt haben; außerdem möchte ich noch einmal ein paar Tage in Birmingham verbringen.«

»Ich brauche dich aber hier.«

»Jetzt hör mir mal gut zu, Jack. Lounds hat er einfach kaltgemacht. Wir haben ihn gegen Lounds aufgebracht. Die einzige Verbindung, die zu Lounds bestand, war eine, die *wir* hergestellt haben. Im Fall Lounds liegen ein paar brauchbare Indizien vor; um die kann sich auch die Polizei kümmern. Lounds war nur ein kleines Ärgernis für ihn, während die Leeds und die Jacobis etwas darstellen, das er *dringend braucht*. Wir müssen herausfinden, worin der gemeinsame Nenner, das Verbindungsglied zwischen den beiden Familien besteht. Wenn wir ihn je fassen werden, dann einzig und allein auf diesem Weg.«

»Na gut, du hast hier also den Nachlaß der Jacobis vorliegen«, erklärte Crawford achselzuckend. »Und was erwartest du dir davon? Wonach hältst du Ausschau?«

»Nach allem möglichem, Jack. Im Augenblick befasse ich mich mit möglichen medizinischen Zusammenhängen.«

Graham zog ein Vermögenssteuerformular aus dem Packen Unterlagen. »Lounds saß in einem Rollstuhl. Eindeutig ein medizinischer Zusammenhang. Valerie Leeds wurde sechs Wochen vor ihrem Tod wegen eines Knotens in der Brust operiert – kannst du dich noch an ihr Tagebuch erinnern? Neuerlich ein medizinischer Sachverhalt. Ich habe mich deshalb schon gefragt, ob sich vielleicht auch Mrs. Jacobi einer Operation unterziehen mußte.«

»Meines Wissens stand in ihrem Obduktionsbefund nichts von einem chirurgischen Eingriff irgendwelcher Art.«

»Ich weiß, aber vielleicht handelte es sich dabei um etwas, das nicht vermerkt wurde. Sie waren ja erst kurz zuvor von Detroit nach Birmingham umgezogen. Vielleicht ist auf diese Weise ein Detail verlorengegangen. Falls sie sich also doch operieren lassen haben sollte, müßte sich unter den Unterlagen eine Rechnung oder ein Schreiben von der Versicherung befinden.«

»Denkst du dabei etwa an einen häufig die Stelle wechselnden Arzt oder Krankenpfleger? Jemand, der an beiden Orten gearbeitet hat – in Atlanta und in Birmingham oder Detroit?«

»Wenn man einige Zeit in einer psychiatrischen Klinik verbracht hat, bekommt man unweigerlich die nötige Erfahrung in solchen Dingen. Ich halte es jedenfalls keineswegs für ausgeschlossen, daß ein ehemaliger Anstaltsinsasse sich nach seiner Entlassung als Pfleger oder Wärter bewirbt und auch eine Stelle bekommt«, erklärte Graham.

»Möchtest du etwas zu essen?«

»Ich warte lieber noch ein bißchen. Nach dem Essen bin ich immer so träge.«

Als Crawford ging, sah er sich in der Düsternis der Türöffnung noch einmal nach Graham um. Er kümmerte sich nicht um das, was er sah. Die niedrig hängende Beleuchtung vertiefte noch die Furchen in Grahams Gesicht, als er, unter den Blicken der Opfer von den Fotos, die vor ihm liegenden Unterlagen studierte. In dem Raum roch es nach Verzweiflung.

Wäre es besser für den Fall, Graham wieder im Außendienst einzusetzen? Crawford konnte es sich nicht leisten, ihn sich hier für nichts und wieder nichts verausgaben zu lassen.

Crawfords vorzüglicher Instinkt für administrative Entscheidungen war in keiner Weise durch Mitgefühl getrübt; er sagte ihm, Graham in Ruhe zu lassen.

33. Kapitel

Bis zehn Uhr abends hatte Dolarhyde bis zur Erschöpfung mit den Hanteln trainiert, seine Filme angesehen und sich selbst Befriedigung zu verschaffen versucht. Dennoch war er noch von einer unstillbaren Unruhe erfüllt.

Heftige Erregung plinkerte wie ein kaltes Medaillon gegen seine Brust, wenn er an Reba McClane dachte. Er hätte nicht an Reba McClane denken sollen.

In seinem Fernsehsessel ausgestreckt, sein Oberkörper vom Training gerötet und aufgepumpt, sah er sich im Fernsehen die Nachrichten an, um sich über den Stand der polizeilichen Ermittlungen im Fall Freddy Lounds zu informieren.

Eine Einstellung vom Begräbnis zeigte Graham, der inmitten des Geseires des Chors neben dem Sarg stand. Graham war eher zierlich. Ihm das Rückgrat zu brechen, würde kein Problem darstellen. Das war besser, als ihn umzubringen. Lieber brach er ihm das Rückgrat und drehte es sicherheitshalber noch einmal herum. Dann konnten sie ihn ja zu den Ermittlungen für den nächsten Fall im Rollstuhl ankarren.

Es bestand kein Grund zur Eile. Sollte Graham seine Angst ruhig auskosten.

Dolarhyde fühlte sich nun ständig von einem ruhigen, aber steten Gefühl der Macht durchströmt.

Anläßlich einer Pressekonferenz haute die Polizei von Chicago zwar kräftig aufs Blech. Doch der Tenor hinter ihren Bekundungen, wie sehr sie sich anstrengten, besagte doch nur: keine Fortschritte im Fall Freddy Lounds. Unter den, hinter einer Phalanx von Mikrofonen verschanzten Polizeisprechern befand sich auch Jack Crawford, den Dolarhyde von einem Foto im *Tattler* kannte.

Ein Sprecher des *Tattler* – er war von zwei Leibwächtern flankiert – erklärte: »Dieser ebenso brutale wie sinnlose Akt wird die Stimme des *Tattler* nur noch lauter ertönen lassen.«

Dolarhyde schnaubte verächtlich. Schon möglich. Freddy hatte er mit Sicherheit das Maul gestopft.

Die Presse nannte ihn inzwischen ›den Drachen‹. Seine Taten waren, ›was die Polizei *bis dahin* als die 'Zahnschwuchtelmorde' bezeichnet hatte‹.

Wenn das kein Fortschritt war.

Dann folgten nur noch lokale Nachrichten. Irgendein naseweiser Lümmel berichtete aus dem Zoo. Ganz offensichtlich schickten sie den Kerl überallhin, nur um ihn in der Redaktion loszuwerden.

Dolarhyde hatte bereits die Hand nach der Fernbedienung ausgestreckt, als er auf dem Bildschirm einen Mann erscheinen sah, mit dem er erst vor wenigen Stunden telefoniert hatte – Zoodirektor Dr. Frank Warfield, der sich über Dolarhydes Angebot, das neue Infrarotmaterial zu testen, höchst erfreut gezeigt hatte.

Dr. Warfield und ein Zahnarzt behandelten gerade einen Tiger mit einem abgebrochenen Zahn. Dolarhyde hätte gern den Tiger gesehen, aber der Reporter stand im Weg. Endlich trat er zur Seite.

In seinem Fernsehsessel weit zurückgelehnt, so daß sein Blick über seinen mächtigen Brustkorb hinweg auf den Bildschirm fiel, sah Dolarhyde den riesigen Tiger bewußtlos auf einem massiven Operationstisch liegen.

Sie arbeiteten gerade an dem abgebrochenen Zahnstumpf, um ihm dann in einigen Tagen eine Krone zu verpassen, berichtete der Dämlack.

Dolarhyde sah genau zu, wie die beiden Männer ruhig an dem bedrohlichen Gebiß inmitten des furchterregend gestreiften Gesichts des Tigers arbeiteten.

»Darf ich Ihr Gesicht berühren?« hatte Reba McClane ihn gebeten.

Er wollte Reba McClane etwas sagen. Wenn sie nur die leiseste Ahnung gehabt hätte, was sie da fast getan hätte. Wenn sie nur einen Funken seiner Glorie hätte spüren können. Doch das und gleichzeitig am Leben bleiben, war unmöglich. Aber sie mußte am Leben bleiben; schließlich war er mit ihr gesehen worden. Und außerdem lebte sie in zu großer Nähe seines Zuhauses.

Er hatte seine Gefühle Lecter mitzuteilen versucht. Doch Lecter hatte ihn hintergangen.

Trotzdem war er immer noch bereit, seine Gefühle mit jemand anderem zu teilen. Er hätte sie gern ein wenig mit ihr geteilt, und zwar auf eine Weise, daß sie am Leben bleiben konnte.

34. Kapitel

»*Ich* weiß, daß es sich dabei um eine politische Angelegenheit handelt, und *du* weißt, daß es so ist, und außerdem läuft es sowieso ziemlich genau auf das hinaus, was du machst, Will.« Crawford und Graham gingen am späten Nachmittag die State Street Mall hinunter auf das FBI-Gebäude zu. »Tu einfach, was du sowieso tust; schreib die Parallelen raus – den Rest erledige dann ich.«

Die Polizei von Chicago hatte die FBI-Abteilung für Verhaltensforschung um ein detailliertes Persönlichkeitsprofil der Opfer gebeten. Ein Sprecher der Polizei ließ verlauten, man wolle aufgrund dessen während der Zeit des Vollmonds gezielt zusätzliche Polizeipatrouillen einsetzen.

»Die wollen sich damit nur selbst absichern«, schnaubte Crawford. »Die Opfer waren lauter wohlhabende Leute; entsprechend werden sie den Polizeischutz in den Vierteln der Reichen verstärken. Dabei ist ihnen natürlich klar, daß das einiges Gerede geben wird – die einzelnen Revierleiter beschweren sich ja schon ständig wegen der erhöhten Personalbelastungen, seit Freddy das Zeitliche gesegnet hat. Falls sie jetzt die Wohngegenden des gehobenen Mittelstands patrouillieren lassen und unser Freund in der South Side zuschlägt, dann steh Gott den Stadtvätern bei. Aber zumindest können sie dann die ganze Schuld auf die Blödmänner vom FBI abwälzen. Ich kann sie jetzt schon hören: ›Sie haben uns dazu geraten. Sie haben gesagt, *so* sollen wir es machen.‹«

»Ich halte die Wahrscheinlichkeit, daß er in Chicago zuschlägt, keinesfalls für größer als die, daß er in irgendeiner x-beliebigen anderen Stadt wieder morden wird«, erwiderte Graham. »Schließlich besteht keinerlei Grund zu dieser Annahme. Das Ganze ist doch nur eine Schikane. Warum kann Bloom dieses Profil nicht erstellen? Er arbeitete doch ständig mit der Verhaltensforschungsabteilung zusammen.«

»Sie wollen dieses blöde Gutachten nicht von Bloom, sondern von uns. Bloom die Schuld in die Schuhe zu schieben, würde ihnen doch nichts nützen. Außerdem liegt er immer noch im Krankenhaus. Ich habe Anweisungen, dieses Profil zu erstellen. Irgend jemand auf dem Hill hat wohl mit jemandem vom Justizministerium telefoniert. Also Anweisung von höchster Stelle. Kann ich auf dich zählen?«

»Gut, ich mache es. Das ist ja sowieso nichts anderes als das, was ich schon die ganze Zeit tue.«

»Ganz richtig«, nickte Crawford. »Mach also einfach damit weiter.«

»Ich würde lieber wieder nach Birmingham fahren.«

»Nein, laß mich jetzt bitte nicht allein.«

Der letzte Rest des Freitags tauchte den westlichen Horizont in glühendes Rot. – Noch zehn Tage.

35. Kapitel

»Würden Sie mir jetzt vielleicht einmal erzählen, was für eine Art ›Ausflug‹ das werden soll?« fragte Reba McClane am Samstagmorgen, nachdem sie bereits zehn Minuten wortlos in Dolarhydes Kombi unterwegs waren. Sie hoffte, es würde ein Picknick werden.

Der Wagen hielt an. Sie hörte Dolarhyde das Seitenfenster herunterkurbeln.

»Dolarhyde«, sagte er. »Dr. Warfield hat meinen Namen auf die Liste setzen lassen.«

»Geht in Ordnung, Sir. Würden Sie das bitte unter Ihren Scheibenwischer klemmen, wenn Sie das Fahrzeug verlassen?«

Sie fuhren langsam weiter. Reba spürte, daß die Straße eine leichte Biegung machte. Die Brise trug seltsame und sehr intensive Gerüche an ihre Nase. Ein Elefant trompetete los.

»Der Zoo«, sagte sie. »Toll.« Ein Picknick wäre ihr lieber gewesen. Aber ein Zoobesuch war auch nicht schlecht. »Wer ist Dr. Warfield?«

»Der Direktor des Zoos.«

»Ein Freund von Ihnen?«

»Nein. Wir haben dem Zoo lediglich mit dem Infrarotmaterial einen Gefallen erwiesen. Und dafür zeigen sie sich nun erkenntlich.«

»Wie?«

»Sie werden den Tiger berühren dürfen.«

»Na, ich weiß nicht.«

»Haben Sie schon mal einen Tiger gesehen?«

Sie war froh, daß er ihr diese Frage zu stellen wagte. »Nein. Ich habe nur mal einen Puma gesehen, als ich klein war. Was anderes hatten sie im Zoo von Red Deer nicht. Aber vielleicht erklären Sie mir diese Geschichte mit dem Tiger lieber doch etwas genauer.«

»Sie behandeln einen abgebrochenen Zahn des Tigers. Und dazu müssen sie ihn... betäuben. Wenn Sie wollen, können Sie ihn berühren.«

»Werden viele Leute da sein, die darauf warten, auch an die Reihe zu kommen?«

»Nein. Außer Warfield, mir und ein paar Helfern wird niemand zugegen sein. Und die Leute vom Fernsehen kommen erst dazu, nachdem wir gegangen sind. Haben Sie Lust?«

In seiner Frage schwang eine eigenartige Dringlichkeit mit.

»Aber ja doch, natürlich! Vielen Dank... also das nenne ich eine Überraschung.«

Der Kombi hielt.

»Äh, woher soll ich wissen, daß er wirklich ganz betäubt ist?«

»Kitzeln Sie ihn einfach. Und wenn er lacht, dann laufen Sie lieber, was das Zeug hält.«

Der Boden des Behandlungsraums fühlte sich unter Rebas Sohlen wie Linoleum an. Der Raum war kühl und hallte sehr stark. Von einer Stelle strahlte Wärme aus.

Das rhythmische Schlurfen mehrerer schwer beladener Fußpaare, und dann führte Dolarhyde sie zur Seite, bis Reba den gegabelten Druck einer Ecke spürte.

Er war jetzt im Raum; sie konnte es riechen.

Eine Stimme.

»So, jetzt hoch. Vorsichtig. Und jetzt runter. Können wir die Schlaufe drunterlassen, Dr. Warfield?«

»Ja, wickeln Sie das Kissen in eines der grünen Handtücher und legen Sie es ihm unter den Kopf. Ich werde Sie von John holen lassen, sobald wir fertig sind.«

Schritte, die sich aus dem Raum entfernten.

Reba wartete, daß Dolarhyde ihr etwas erklärte. Doch das tat er nicht.

»Er ist jetzt hier drinnen«, sagte sie deshalb.

»Zehn Männer haben ihn mit Gurten hereingetragen. Er ist ganz schön groß. Drei Meter lang. Dr. Warfield hört sich gerade seinen Herzschlag an. Jetzt schaut er unter ein Augenlid. Ah, jetzt kommt er auf uns zu.«

Ein Körper blockte die Geräusche des Raums etwas ab.

»Dr. Warfield, Reba McClane«, machte Dolarhyde die beiden miteinander bekannt.

Sie streckte ihre Hand aus, worauf sie von einer großen, weichen Männerhand ergriffen wurde.

»Vielen Dank, daß ich das miterleben darf«, erklärte Reba. »Das ist wirklich sehr nett von Ihnen.«

»Im Gegenteil, ich bin Ihnen zu Dank verpflichtet, daß Sie gekommen sind. Eine willkommene Abwechslung. Im übrigen sind wir Ihnen für das Filmmaterial zu größtem Dank verpflichtet.«

Dr. Warfields Stimme war die eines Mannes in mittleren Jahren – tief, kultiviert, schwarz. Virginia, tippte Reba.

»Wir warten, bis seine Atmung und sein Herzschlag kräftig und regelmäßig sind, bevor Dr. Hassler sich an die Arbeit macht. Er ist übrigens dort drüben, um sich seinen Kopfspiegel aufzusetzen. Im Vertrauen gesagt – er braucht das Ding nur, um seinem Toupet Halt zu verleihen. Darf ich Sie mit ihm bekanntmachen? Mr. Dolarhyde?«

»Gehen Sie schon mal voraus.«

Sie streckte ihre Hand nach Dolarhyde aus. Sie näherte sich langsam und behutsam und vollzog die Berührung ganz zart. Seine Handfläche hinterließ Schweiß auf ihren Fingerknöcheln.

Dr. Warfield legte ihre Hand auf seinen Arm, worauf sie sich langsam in Bewegung setzten.

»Er schläft jetzt ganz tief. Wissen Sie im groben über Tiger Bescheid...? Ich kann Ihnen das Tier beschreiben, soweit Sie das wünschen.« Unsicher, wie er sich ausdrücken sollte, blieb Warfield stehen.

»Ich kann mich an Bilder in verschiedenen Büchern erinnern, die ich als Kind gesehen habe. Und einmal habe ich in einem Zoo einen Puma gesehen.«

»Dieser Tiger ist eine Art Superpuma«, erklärte Dr. Warfield darauf. »Er hat einen umfangreicheren Brustkorb, einen massiveren Kopf und einen insgesamt kräftigeren Körperbau. Es handelt sich dabei um einen vier Jahre alten, männlichen bengalischen Königstiger. Er ist etwa drei Meter lang – von der Schnauze bis zur Schwanzspitze gemessen – und wiegt 815 Kilo. Er liegt unter der hellen Operationsbeleuchtung auf seiner rechten Seite.«

»Ich kann die Wärme der Lampen spüren.«

»Er ist orange und schwarz gestreift, wobei das Orange so grell ist, daß es sich mit der umgebenden Luft zu vermischen scheint.« Plötzlich wurde sich Dr. Warfield bewußt, es könnte vielleicht schmerzhaft für Reba sein, von Farben zu sprechen. Doch ein kurzer Blick in ihr Gesicht belehrte ihn eines besseren.

»Er ist jetzt knapp zwei Meter von Ihnen entfernt. Können Sie ihn riechen?«

»Ja.«

»Vielleicht hat Ihnen Mr. Dolarhyde erzählt, daß irgendein Dummkopf mit dem Spaten eines Gärtners durch die Gitterstäbe nach dem Tiger gestochert hat. Als das Tier danach geschnappt hat, hat es sich am Spatenblatt seinen linken oberen Reißzahn abgebrochen. Können wir, Dr. Hassler?«

»Alles bestens. Allerdings sollten wir lieber noch ein, zwei Minuten warten.«

Warfield stellte Reba dem Zahnarzt vor.

»Ich kann Ihnen sagen, meine Liebe, Sie sind die erste *angenehme* Überraschung, die mir Frank Warfield bereitet hat«, witzelte Hassler. »Wollen Sie das mal befühlen? Es ist ein Goldzahn – genauer, ein goldener Reißzahn.« Er legte ihn in Rebas Hand. »Ganz schön schwer, nicht wahr? Ich habe vor ein paar Tagen einen Abdruck des abgebrochenen Zahnstücks angefertigt, und heute bekommt er diese Krone aufgesetzt. Ich hätte den Zahn natürlich auch weiß machen können, aber so fand ich es irgendwie witziger. Dr. Warfield wird Ihnen sicher bestätigen, daß ich keine Gelegenheit ungenutzt lasse, mich aufzuspielen. Bedauerlicherweise hat er sich nicht breitschlagen lassen, wenigstens eine Reklametafel am Käfig anzubringen.«

Sie befühlte mit ihren zerschrammten, aber sehr empfindlichen Fingern den gekrümmten, spitz zulaufenden Gegenstand. »Hervorragend gearbeitet!« Ganz in der Nähe hörte sie langsames, tiefes Atmen.

»Da werden die Kinder was zu sehen bekommen, wenn er gähnt«, fuhr Hassler fort. »Und ich kann mir nicht vorstellen, daß dadurch irgendwelche Diebe in Versuchung kommen werden. Aber jetzt wird's erst wirklich interessant. Sie haben doch nicht etwa Angst? Ihr muskulöser Begleiter läßt uns keine Sekunde aus den Augen. Er hat Sie doch nicht etwa gegen Ihren Willen dazu überredet?«

»Nein, nein, keineswegs.«

»Wir stehen gerade hinter seinem Rücken«, schaltete sich Dr. Warfield wieder ein. »Der Tiger schläft etwa einen knappen Meter von Ihnen entfernt auf einem hüfthohen Operationstisch. Wissen Sie was: Ich plaziere jetzt Ihre linke Hand – Sie sind doch Rechtshänderin, oder? – ich lege also Ihre linke Hand auf den Rand des Tischs, und Sie können sich dann mit Ihrer rechten weiter vortasten. Lassen Sie sich ruhig Zeit. Ich bleibe direkt an Ihrer Seite.«

»Genau wie ich«, fügte Dr. Hassler hinzu. Den beiden machte das Ganze offensichtlich Spaß. Unter den heißen Lampen der Deckenbeleuchtung roch ihr Haar wie frisches Sägemehl in der Sonne.

Reba konnte die Hitze auf ihrem Scheitel spüren. Sie brachte ihre Kopfhaut zum Prickeln. Sie roch ihr warmes Haar, Warfields Seife, Alkohol und Desinfektionsmittel – und die Katze. Für einen Augenblick stockte ihr der Atem, doch gleich darauf hatte sie sich wieder gefaßt.

Sie ergriff die Tischkante und streckte dann behutsam ihre andere Hand aus, bis ihre Finger Fellspitzen ertasteten; sie waren warm von der Beleuchtung. Ihre Finger durchdrangen eine kühlere Schicht, bis ihr plötzlich eine intensive, beständige Wärme von innen entgegenstrahlte. Sie legte ihre Hand nun flach auf das dichte Fell und bewegte sie vorsichtig darüber hinweg, so daß sie das Fell – mit und gegen den Strich – über ihre Handfläche streifen spürte; und dann glitt ihre Hand tiefer über die mächtigen Rippenbögen, die sich langsam hoben und senkten.

Sie griff so in das Fell, daß Fellhaare sich zwischen ihren Fingern hindurchzwängten. Angesichts der Gegenwart des Tigers verfärbte sich ihr Gesicht rosa und sie verfiel in das für Blinde charakteristische übertriebene Mienenspiel, das sie sich ansonsten mühsam abgewöhnt hatte.

Warfield und Hassler bemerkten, wie Reba sich selbst vergaß, und freuten sich darüber. Sie sahen sie durch eine schlierige Fensterscheibe, ein Sichtfenster neuer Eindrücke, gegen das sie ihr Gesicht preßte.

Als Dolarhyde sie aus dem Hintergrund beobachtete, erzitterten die gewaltigen Muskeln in seinem breiten Rücken leicht. Ein Tropfen Schweiß kullerte über seine Rippen.

»Ja, und so richtig ans Eingemachte geht es erst auf der anderen Seite«, ertönte dicht an Rebas Ohr Dr. Warfields Stimme.

Während er sie um den Tisch herumführte, folgte Rebas Hand der Linie des Schwanzes des Tigers.

Dolarhydes Brust schnürte sich unwillkürlich einen Augenblick zusammen, als ihre Finger über die Hoden glitten. Sie hielt sie kurz in ihrer hohlen Hand und nahm dann ihre Wanderung wieder auf.

Warfield hob eine der mächtigen Tatzen und legte sie in ihre Hand. Sie befühlte die Rauhheit der Ballen und nahm ganz schwach den Geruch des Käfigbodens wahr. Warfield drückte gegen einen Ballen, um die Kralle hervortreten zu lassen. Die gewaltigen, geschmeidigen Schultermuskeln füllten ihre Hände.

Sie ertastete die Ohren des Tigers, die Breite seines Kopfs und ganz vorsichtig, unter der Führung des Tierarzts, die rauhe Zunge. Heißer Atem strich über den Flaum ihrer Unterarme.

Zum Schluß steckte ihr Dr. Warfield das Stethoskop in die Ohren. Ihre Hände auf dem rhythmisch sich hebenden und senkenden Brustkorb, das Gesicht nach oben gewandt, war sie vom hellen Donner des Tigerherzens erfüllt.

Auf der Heimfahrt hatte sich über Reba McClanes leicht gerötetes Gesicht ein fast verzückter Ausdruck gelegt. Einmal wandte sie sich Dolarhyde zu und sagte langsam: »Danke... vielen, vielen Dank. Wenn es Ihnen nichts ausmacht, könnte ich jetzt einen Martini vertragen.«

»Warten Sie einen Moment«, forderte Dolarhyde sie auf, nachdem er vor dem Haus angehalten hatte.

Sie war froh, daß sie nicht zu ihr gefahren waren. Ihre Wohnung wäre ihr jetzt abgestanden und sicher vorgekommen. »Sie brauchen nicht extra aufzuräumen. Führen Sie mich einfach rein und sagen Sie mir, es wäre aufgeräumt.«

»Nein, warten Sie.«

Er trug die Tüte mit den Einkäufen ins Haus und brachte schnell seine obligatorische Inspektionstour hinter sich. In der Küche blieb er einen Augenblick mit vors Gesicht gehaltenen Händen stehen. Er war sich im unklaren, was er eigentlich tat. Er spürte Gefahr; doch sie ging nicht von der Frau aus. Er konnte nicht die Treppe hinaufschauen. Er mußte etwas tun, ohne zu wissen, wie. Er hätte sie nach Hause zurückbringen sollen.

Bevor er geworden war, was er nun war, hätte er unter keinen Umständen etwas dergleichen gewagt.

Doch nun wurde ihm bewußt, daß er alles tun konnte. Alles. Einfach alles.

Er trat ins Freie in den Sonnenuntergang hinaus, in den langen, bläulichen Schatten des Kombi. Reba McClane stützte sich an seinen Schultern ab, bis ihre Füße den Boden berührten.

Sie spürte das vor ihr aufragende Haus, wurde sich seiner Höhe durch das Echo der zufallenden Tür des Kombi bewußt.

»Vier Schritte über den Rasen. Dann kommt eine Rampe«, erklärte er ihr.

Sie ergriff seinen Arm. Ein Schauder durchbebte ihn. Sauberer Schweiß in Baumwolle.

»Sie haben eine Rampe? Wofür?«

»Hier haben mal alte Leute gewohnt.«

»Aber jetzt nicht mehr.«

»Nein.«

»Fühlt sich kühl und sehr hoch an«, sagte sie im Salon. Museumsluft. Und war das nicht der schwache Duft von Räucherstäbchen? Irgendwo tickte eine Uhr. »Ein großes Haus, oder nicht? Wie viele Zimmer?«

»Vierzehn.«

»Und es ist alt. Die Einrichtung ist alt.« Sie streifte einen gefransten Lampenschirm und betastete ihn kurz mit den Fingern.

Der scheue Mr. Dolarhyde. Es war ihr keineswegs entgangen, daß es ihn sehr erregt hatte, sie mit dem Tiger zu sehen; wie ein Pferd hatte seinen ganzen Körper ein heftiges Zittern durchbebt, als sie beim Verlassen des Operationsraums seinen Arm ergriffen hatte.

Eine äußerst elegante Geste, dieser Besuch im Zoo. Vielleicht auch eine sehr vielsagende, wenn sie sich dessen auch noch nicht sicher war.

»Einen Martini?«

»Lassen Sie mich mitkommen und selbst den Drink machen«, bat sie und schlüpfte aus ihren Schuhen.

Vorsichtig goß sie Wermut in das Glas. Dann einen kräftigen Schuß Gin und zwei Oliven. Sie hatte sich rasch ein paar Orientierungspunkte im Haus gemerkt – die tickende Uhr, das Summen der Klimaanlage im Fenster. Auf dem Küchenboden gab es eine warme Stelle; auf sie war wohl den ganzen Nachmittag Sonnenlicht durch das Fenster gefallen.

Er führte sie zu seinem bequemen Sessel und nahm selbst auf der Couch Platz.

Die Luft war wie aufgeladen. Wie das Phosphoreszieren von Plankton im Meer zeichnete sie jede Bewegung nach. Während sie neben sich ein Beistelltischchen ertastete, auf dem sie ihr Glas abstellte, legte er eine Platte auf.

Dolarhyde schien der Raum mit einem Mal verändert. Sie war der erste freiwillige Besuch, den er je zu Hause empfangen hatte, und nun war der Raum in seinen und ihren Bereich aufgeteilt.

Die Musik, Debussy, erfüllte leise den in die Dämmerung eintauchenden Raum.

Er fragte sie über ihre Zeit in Denver, worauf sie ihm eher abwesend ein wenig erzählte, als wäre sie in Gedanken ganz woanders. Er beschrieb ihr das Haus und den großen, von einer Hecke umgebenen Garten. Es war nicht nötig, viel zu sprechen.

In die Stille hinein, während er die Platte umdrehte, meinte sie: »Dieser herrliche Tiger, das Haus – Sie stecken voller Überraschungen, D. Ich kann mir nicht vorstellen, daß jemand Sie wirklich kennt.«

»Haben Sie sie denn gefragt?«

»Wen?«

»Irgend jemanden.«

»Nein.«

»Woher wissen Sie dann, daß niemand weiß, was in mir steckt?« Er mußte sich so darauf konzentrieren, den Satz ordentlich zu artikulieren, daß seine Frage in völlig neutralem Ton herauskam.

»Oh, neulich haben mich ein paar Frauen von Gateway zu Ihnen in den Kombi steigen sehen. Ich kann Ihnen sagen, die waren vielleicht neugierig. Mit einem Mal leistet auch mir jemand am Getränkeautomaten Gesellschaft.«

»Und was wollten sie von Ihnen wissen?«

»Ach, nur ein paar saftige Details, die sie gleich herumtratschen hätten können. Als sie jedoch merkten, daß diesbezüglich nichts zu holen war, haben sie sich ziemlich schnell wieder verdrückt. Sie haben nur mal ein wenig die Fühler ausgestreckt.«

»Und was haben sie gesagt?«

Sie hatte eigentlich beabsichtigt, die hemmungslose Neugier der Frauen auf sich selbst zu beziehen und ins Komische zu drehen. Aber sein Interesse ging in eine ganz andere Richtung.

»Die werden einfach nicht klug aus Ihnen«, fuhr sie fort. »Jedenfalls finden sie Sie sehr geheimnisvoll und interessant. Ist das etwa nicht schmeichelhaft?«

»Haben sie Ihnen gesagt, wie ich aussehe?«

Er stellte die Frage wie beiläufig und bekam den Ton auch sehr gut hin; trotzdem spürte Reba, was wirklich hinter seiner Frage steckte. Dennoch wich sie ihr nicht im geringsten aus.

»Ich habe sie nicht gefragt, aber es stimmt – sie haben mir gesagt, wie sie finden, daß Sie aussehen. Möchten Sie es hören? Wortwörtlich? Wenn nicht, fragen Sie einfach nicht.«

Sie war sicher, daß er fragen würde.

Keine Antwort.

Plötzlich hatte Reba das Gefühl, völlig allein im Raum zu sein. Die Stelle, wo er gesessen hatte, war mit einem Mal leerer als leer - ein schwarzes Loch, das alles verschluckte und nichts ausstrahlte. Ihr war klar, daß er unmöglich verschwunden sein konnte, ohne daß sie etwas gehört hätte.

»Dann sage ich es Ihnen einfach so«, erklärte sie schließlich. »Ihnen haftet eine Art herber, zurückhaltender Korrektheit an, die ihnen gefällt. Sie sagen, Sie haben einen tollen Körper.« Ganz eindeutig konnte sie es jedoch nicht darauf beruhen lassen. »Sie haben auch gesagt, daß Sie hinsichtlich Ihres Gesichts sehr empfindlich wären, wozu jedoch nicht der geringste Anlaß bestünde. Sie kennen doch sicher diese verrückte Nudel mit den roten Haaren – Eileen heißt sie, glaube ich?«

»Ja, Eileen.«

Endlich eine Reaktion. Sie kam sich vor wie ein Astronom, der ein Lichtsignal von einem unendlich fernen Stern auffing.

Reba war eine hervorragende Stimmenimitatorin. Sie hätte Eileens Sprechweise zum Verwechseln ähnlich wiedergeben können, doch sie hütete sich, in Dolarhydes Gegenwart irgend jemandes Sprechweise nachzumachen. Also zitierte sie Eileen, als läse sie ihre Aussage von einem Blatt Papier ab.

»›Er sieht gar nicht mal so übel aus. Ehrlich gestanden, bin ich schon mit einer ganzen Reihe Männer ausgegangen, die nicht so gut ausgesehen haben. Einmal war ich mit einem Eishockeyspieler aus – ich glaube, er hat für die Blues gespielt –, und der hatte so eine Vertiefung in seiner Oberlippe, wo sein Zahnfleisch irgendwie geschrumpft war. Bei Eishockeyspielern ist das fast an der Tagesordnung. Ich finde – wie soll ich es sagen? – ich finde das irgendwie sehr männlich... *macho*. Mr. D. hat außerdem eine fantastische

Haut – und erst sein Haar...‹ Sind Sie jetzt zufrieden? Ach, und sie hat mich gefragt, ob Sie auch so stark wären, wie Sie aussehen.«

»Und?«

»Ich habe gesagt, das wüßte ich nicht.« Sie trank ihr Glas leer und stand auf. »Wo sind Sie überhaupt, D.?« Sie wußte, wenn er sich zwischen ihr und einem der beiden Stereolautsprecher bewegte. »Aha, hier sind Sie. Wollen Sie wissen, was ich darüber denke?«

Sie fand mit ihren Fingern seinen Mund und küßte ihn, indem sie ihre Lippen leicht auf seine zusammengebissenen Zähne drückte. Sie spürte sofort, daß der Grund für seine Verkrampftheit nicht Widerwille war, sondern Schüchternheit.

Er war perplex.

»Und könntest du mir jetzt vielleicht zeigen, wo das Bad ist?«

Sie ergriff seinen Arm und ging mit ihm den Flur hinunter.

»Zurück finde ich schon alleine.«

Im Bad tupfte sie ihr Haar zurecht und tastete mit ihren Fingern die Ablage über dem Waschbecken nach einer Tube Zahnpasta oder einem Mundwasser ab. Als sie hier nicht fündig wurde, machte sie sich auf die Suche nach einem Medikamenteschränkchen. Als sie es schließlich ertastete, stellte sie fest, daß es über keine Tür verfügte und die einzelnen Regale offen zugänglich waren. Wohlweislich auf der Hut vor einem Rasiermesser, tastete sie seinen Inhalt ab, bis sie auf ein Fläschchen stieß. Sie schraubte die Verschlußkappe ab, um sich zu vergewissern, daß der Inhalt des Fläschchens nach Mundwasser roch, und spülte sich damit den Mund aus.

Als sie in den Salon zurückkehrte, hörte sie ein vertrautes Geräusch – das Surren eines Filmprojektors.

»Ich muß nur noch kurz etwas erledigen – Hausaufgaben sozusagen«, erklärte Dolarhyde und reichte ihr einen frischen Martini.

»Sicher.« Sie wußte nicht recht, was sie davon halten

sollte. »Wenn ich dich von der Arbeit abhalte, gehe ich mal lieber. Könntest du mir bitte ein Taxi rufen?«

»Nein. Ich möchte, daß du hier bleibst. Ich muß mir nur kurz einen Film ansehen. Das wird nicht lange dauern.«

Er wollte sie eben zum Fernsehsessel führen. Sie wußte, wo die Couch stand. Sie steuerte statt dessen darauf zu.

»Hat der Film auch Ton?«

»Nein.«

»Kann ich die Musik weiterlaufen lassen?«

»Mm-hmmm.«

Sie spürte sein Interesse. Er hatte nur Angst, aber er wollte, daß sie blieb. Es bestand doch gar kein Grund für ihn, Angst zu haben. Na gut. Sie setzte sich.

Der Martini war wundervoll kalt und erfrischend.

Als er sich auf das andere Ende der Couch niederließ, brachte sein Gewicht die Eiswürfel in ihrem Glas zum Klirren. Der Projektor spulte noch immer zurück.

»Wenn du nichts dagegen hast, würde ich mich gern ein paar Minuten hinlegen«, sagte sie. »Nein, bleib ruhig sitzen. Ich habe genügend Platz. Aber weck mich, falls ich einschlafen sollte, ja?«

Als sie nun, das Glas auf ihrem Bauch, auf der Couch lag, berührten ihre Haarspitzen gerade noch seine Hand neben seinem Oberschenkel.

Er drückte auf einen Knopf der Fernbedienung, und der Film begann.

Dolarhyde hatte sich unbedingt seinen Leeds- oder Jacobi-Film ansehen wollen, während die Frau sich im selben Raum mit ihm befand. Er wollte seine Blicke zwischen der Leinwand und Reba hin und her wandern lassen. Ihm war jedoch klar, daß sie das nicht überleben würde. Doch die anderen Frauen hatten sie in seinen Kombi steigen sehen. Daran durfte er nicht einmal denken. Die Frauen haben sie in seinen Kombi steigen sehen.

Deshalb würde er sich nun den Film von den Shermans ansehen, der Leute, denen er als nächstes einen Besuch abstatten würde. Er würde sich das Versprechen der ihm bevorstehenden Befriedigung ansehen und es in Rebas Anwesenheit tun, so daß er sie nach Belieben betrachten konnte.

Auf der Leinwand flimmerte gerade, in Pennys geschrieben, *Das neue Haus* durch das Dunkel des Salons, gefolgt von einer langen Einstellung auf Mrs. Sherman und die Kinder. Die Späße im Swimming-pool. Mrs. Sherman hält sich an der Leiter fest und schaut zur Kamera hoch, der Busen schimmernd über den Ausschnitt ihres Badeanzugs schwellend, die blassen Beine im Wasser grätschend.

Dolarhyde war stolz auf seine Selbstbeherrschung. Er würde an diesen Film denken, nicht an den anderen. Aber in Gedanken begann er bereits zu Mrs. Sherman zu sprechen, wie er in Atlanta zu Valerie Leeds gesprochen hatte.

Jetzt siehst du mich, ja

So fühlt es sich an, mich zu sehen, ja

Die Blödeleien mit den alten Klamotten. Mrs. Sherman hat den breitkrempigen Hut aufgesetzt. Sie steht vor dem Spiegel. Dann dreht sie sich mit einem strahlenden Lächeln um und posiert vor der Kamera, eine Hand in den Nacken geworfen. Ihren Hals ziert eine Kamee.

Reba McClane auf der Couch neben ihm bewegt sich leicht. Sie stellt ihr Glas auf den Boden. Dolarhyde spürt ein Gewicht und Wärme auf seinem Oberschenkel. Sie hat ihren Kopf darauf gelegt. Die Haut an ihrem Hals ist blaß, und das von der Leinwand reflektierte Licht spielt darüber.

Er sitzt vollkommen reglos da, bewegt nur seinen Daumen, um den Film anzuhalten und zurückzuspulen. Auf der Leinwand posiert Mrs. Sherman wieder mit dem Hut vor dem Spiegel. Sie wendet sich der Kamera zu und lächelt.

Jetzt siehst du mich, ja

So fühlt es sich an, mich zu sehen, ja

Spürst du mich jetzt? ja

Dolarhyde zittert. Seine Hose schnürt ihn unerbittlich ein. Er spürt Hitze. Er fühlt warmen Atem durch den Stoff. Reba hat eine Entdeckung gemacht.

Krampfartig bedient sein Daumen die Fernbedienung.

Jetzt siehst du mich, ja

So fühlt es sich an, mich zu sehen, ja
Spürst du das? ja
Reba hat den Reißverschluß seiner Hose geöffnet.
Plötzliche Angst durchzuckt ihn; er hat noch nie in Gegenwart einer lebenden Frau eine Erektion gehabt. Er ist der Drache; er braucht keine Angst zu haben.
Behende Finger befreien ihn aus seinem Gefängnis.
Oh.
Spürst du mich jetzt? ja
Spürst du das ja
Und ob du es spürst ich weiß es ja
Dein Herz schlägt ganz laut ja
Er muß seine Hände von Rebas Hals fernhalten. Auf jeden Fall. Die Frauen haben sie zusammen in seinem Wagen gesehen. Seine Hand krallt sich um die Armlehne der Couch. Seine Finger bohren sich durch die Polsterung.
Dein Herz schlägt ganz laut ja
Und jetzt gerät es ins Flattern
Ja es flattert jetzt
Es versucht freizukommen ja
Und jetzt ist es ganz rasend und leicht und rasender und leichter und...
Vorbei.
Ach, vorbei.
Reba legt ihren Kopf auf seinen Schenkel und dreht ihm ihre schimmernde Wange zu. Ihre Hand gleitet unter sein Hemd und bleibt auf seiner Brust liegen.
»Hoffentlich habe ich dich nicht zu sehr überfahren«, flüsterte sie.
Doch es war der Klang ihrer lebendigen Stimme, der ihm nun wirklich einen Schrecken einjagte, und er verspürte das unstillbare Verlangen, sich zu vergewissern, ob ihr Herz noch schlug. Und es schlug noch. Sie hielt seine Hand behutsam an ihrer Brust fest.
»Na so was, du hast wohl noch lange nicht genug, wie?«
Eine lebendige Frau. Wie außergewöhnlich. Von gewaltiger Kraft durchströmt, seiner eigenen oder der des Drachen,

hob er sie problemlos von der Couch hoch. Sie wog rein gar nichts; sie war wesentlich leichter zu tragen, da ihr Körper nicht erschlafft war. Nicht nach oben. Auf keinen Fall nach oben. Schnell. Irgendwohin. Schnell. Großmutters Bett, die Steppdecke aus Satin anschmiegsam unter ihren Körper.

»Warte, ich zieh sie aus. Oh, jetzt ist sie zerrissen. Macht nichts. Komm jetzt. Oh, mein Gott, du Süßer, ist das schöööön. Komm bitte nicht auf mich rauf. Laß mich auf dich, laß mich machen.«

Zusammen mit Reba, seiner einzigen lebenden Frau, in dieser einen Seifenblase aus Zeit eingeschlossen, hatte er zum erstenmal das Gefühl, daß alles gut war: Es war sein Leben, das er freigab; sich selbst, jenseits aller Sterblichkeit, ergoß er in ihre gestirnte Dunkelheit, fort von diesem Schmerzensplaneten, indem er sich über harmonische Distanzen hinweg unsäglichem Frieden und dem Versprechen der Ruhe entgegenkatapultierte.

Neben ihr im Dunkel liegend, legte er seine Hand auf sie und drückte sie sanft zusammen, um den Weg zurück zu versiegeln. Und als sie schließlich eingeschlafen war, lauschte Dolarhyde, verdammter Mörder von elf Menschen, immer und immer wieder dem Pochen ihres Herzens.

Bilder. Sonderbare Perlen, die durch das geborgene Dunkel flogen. Eine Pistole, die er auf den Mond abgefeuert hatte. Ein riesiges Feuerwerk, das er in Hongkong gesehen und dessen Bezeichnung gelautet hatte: ›Der Drache sät seine Perlen.‹

Der Drache.

Er fühlte sich wie betäubt, zweigeteilt. Und die ganze lange Nacht hindurch lauschte er neben ihr ängstlich auf das Geräusch seiner eigenen Schritte, wie er in seinem Kimono die Treppe herunterkam.

Einmal wachte sie auf und tastete verschlafen über den Nachttisch, bis sie das Glas entdeckte. Doch klapperte nur Großmutters Gebiß darin, als sie es hochhob.

Dolarhyde brachte ihr Wasser. Sie schlang im Dunkeln ihren Arm um ihn. Als sie wieder eingeschlafen war, nahm er ihre Hand von seiner großen Tätowierung und legte sie auf sein Gesicht.

Bis zum Morgengrauen war auch er in tiefen Schlaf gesunken.

Als Reba McClane gegen neun Uhr aufwachte, hörte sie seinen ruhigen Atem. Träge streckte sie sich in dem großen Bett. Er rührte sich nicht. Sie rief sich den Grundriß des Hauses ins Gedächtnis zurück, die Anordnung der verschiedenen Teppiche und Fußböden, die Richtung, aus der das Ticken der Uhr ertönte. Als sie sich anhand dieser Details orientiert hatte, stand sie leise auf und fand das Bad.

Nachdem sie lange und ausgiebig geduscht hatte, schlief er immer noch. Ihre zerrissene Unterwäsche lag auf dem Boden. Sie ertastete sie mit den Füßen und stopfte sie in ihre Handtasche. Sie schlüpfte in ihr Baumwollkleid, griff nach ihrem Stock und ging nach draußen.

Er hatte ihr erzählt, der Garten wäre groß und eben, von wild wuchernden Hecken eingegrenzt; dennoch bewegte sie sich zuerst mit äußerster Vorsicht.

Die Sonne war warm, und es wehte eine angenehme kühlende Morgenbrise. Sie stand im Garten und ließ den Wind die Samen der Holundersträucher durch ihre Hände wehen. Die Brise drang bis in die geheimsten Spalten und Vertiefungen ihres Körpers vor, und sie fühlte sich dadurch nach der langen Dusche noch frischer. Sie hob dem Wind die Arme entgegen, so daß er kühlend unter ihre Brüste und Arme und zwischen ihre Beine strich. Bienen summten an ihr vorüber. Sie hatte keine Angst vor ihnen, und sie ließen sie in Frieden.

Als Dolarhyde erwachte, überfiel ihn momentane Verwirrung, daß er sich nicht oben in seinem Zimmer befand. Seine gelblichen Augen weiteten sich, als ihm alles wieder einfiel. Ein eulenhaftes Herumdrehen seines Kopfes auf die andere Seite des Betts. Leer.

Streifte sie etwa durch das Haus? Was mochte sie dabei entdecken? Oder war während der Nacht etwas passiert?

Etwas, das es zu vertuschen gegolten hätte. Man würde ihn verdächtigen. Er würde möglicherweise fliehen müssen.

Er schaute ins Bad, in die Küche. Nach unten in den Keller, wo sein anderer Rollstuhl stand. Ins Obergeschoß. Er wollte nicht nach oben gehen. Aber er mußte nachsehen. Seine Tätowierung geriet in Bewegung, als er die Treppe hinaufstieg. Der Drache funkelte ihm von dem Bild in seinem Schlafzimmer entgegen. Er konnte nicht mit dem Drachen in dem Zimmer bleiben.

Schließlich entdeckte er sie von einem der Fenster im Obergeschoß im Garten.

»FRANCIS.« Er wußte, daß die Stimme aus seinem Zimmer kam. Er wußte, daß es die Stimme des Drachen war. Diese neuartige Zweisamkeit mit dem Drachen verwirrte ihn. Er hatte sie zum erstenmal gespürt, als er seine Hand auf Rebas Herz gelegt hatte.

Bis dahin hatte der Drache noch nie zu ihm gesprochen. Es war beängstigend.

»FRANCIS, KOMM HIERHER.«

Er versuchte seine Ohren vor der nach ihm rufenden Stimme zu verschließen, die auch noch nach ihm rief, als er die Treppe hinuntereilte.

Was konnte sie entdeckt haben? In dem Glas auf dem Nachttisch hatte Großmutters Gebiß geklappert; aber er hatte es entfernt, als er ihr Wasser gebracht hatte. Und sehen konnte sie nichts.

Freddys Band. Es befand sich im Kassettenrecorder im Salon. Er sah nach. Die Kassette war an den Anfang zurückgespult. Er konnte sich nicht mehr erinnern, ob er sie zurückgespult hatte, nachdem er sie übers Telefon dem *Tattler* vorgespielt hatte.

Sie durfte nicht ins Haus zurückkommen. Er wußte nicht, was im Haus noch passieren würde. Möglicherweise würde sie eine böse Überraschung erleben. Vielleicht kam der Drache nach unten. Ihm war nur zu deutlich bewußt, wie leicht sie sich zerfetzen lassen würde.

Die Frauen hatten sie zusammen in seinem Kombi gesehen. Warfield würde sich an sie beide erinnern. Hastig zog er sich an.

Reba McClane spürte die kühle Schranke des Schattens eines Baumstamms und dann wieder die wärmende Sonne, als sie weiter durch den Garten schritt. Aufgrund der Sonnenhitze und des Summens der Klimaanlage im Fenster wußte sie immer, wo sie sich befand. Die Orientierung, die in ihrem Leben eine entscheidende Rolle spielte, fiel ihr hier ganz leicht. Sie drehte und wendete sich und streifte mit den Händen über Büsche und hoch aufgeschossene Blumen.

Als eine Wolke sich vor die Sonne schob, blieb sie stehen, da sie plötzlich nicht mehr feststellen konnte, in welche Richtung sie gewandt war. Sie horchte auf das Geräusch der Klimaanlage. Sie war ausgeschaltet. Nach einem Moment des Unbehagens klatschte sie in die Hände und hörte gleich darauf das tröstliche Echo vom Haus zurückhallen. Reba ließ ihr Uhrglas hochschnappen und tastete den Zeigerstand ab. Sie würde D. bald wecken müssen, damit er sie nach Hause brachte.

Sie hörte die Fliegengittertür zuschlagen.

»Guten Morgen«, sagte sie.

Schlüsselklimpernd kam er über den Rasen auf sie zu.

Er näherte sich ihr ganz behutsam, als vermöchte allein der Luftzug seines Nahens sie zu Boden zu reißen. Doch er sah, daß sie keine Angst vor ihm hatte.

Sie schien weder beschämt noch verlegen über das, was sie in der Nacht getan hatten. Und sie schien auch nicht wütend. Sie rannte nicht vor ihm davon noch überschüttete sie ihn mit Beschimpfungen. Er fragte sich, ob der Grund hierfür war, daß sie sein Geschlechtsteil nicht gesehen hatte.

Reba schlang die Arme um ihn und drückte ihre Wange an seinen mächtigen Brustkorb. Sein Herz schlug sehr rasch.

Er schaffte es, ihr einen guten Morgen zu wünschen.

»Es war einfach wundervoll, D.«

Tatsächlich? Was erwiderte man darauf am besten? »Prima. Ich fand es auch schön.« *Das schien zumindest ganz in Ordnung. Aber er mußte jetzt zusehen, daß er sie los wurde.*

»Leider muß ich langsam nach Hause«, erklärte sie. »Meine Schwester holt mich zum Mittagessen ab. Wenn du willst, kannst du auch mitkommen.«

»Ich muß in den Betrieb«, wandelte er die Ausrede, die er sich zurechtgelegt hatte, etwas ab.

»Ich hole nur noch schnell meine Handtasche.«

Kommt nicht in Frage. »Das kann ich doch machen.«

Fast blind für seine wahren Gefühle und noch weniger imstande, sie auszudrücken, als eine Narbe zu erröten vermochte, hatte Dolarhyde keine Ahnung, was ihm mit Reba McClane passiert war – oder warum. Er war durcheinander, von dem neuartigen Angstgefühl gepeinigt, in zwei Teile gespalten zu sein.

Sie bedrohte ihn, und doch bedrohte sie ihn wiederum auch nicht.

Da waren zum Beispiel ihre erregend lebendigen Bewegungen der Hingabe in Großmutters Bett gewesen.

In vielen Fällen war Dolarhyde sich erst im klaren, was er fühlte, wenn er zur Tat schritt. Was er Reba McClane gegenüber fühlte, wußte er nicht.

Zu gewissen Aufschlüssen hinsichtlich dessen verhalf ihm jedoch ein ärgerlicher Zwischenfall, der sich ereignete, während er sie nach Hause brachte.

Kurz hinter der Lincoln Boulevard-Abzweigung vom Interstate 70 fuhr Dolarhyde zum Tanken an eine Servco Supreme-Tankstelle.

Der Tankwart war ein kräftig gebauter, stumpfsinniger Kerl mit einer starken Weinfahne. Als Dolarhyde ihn bat, nach dem Öl zu sehen, verzog er das Gesicht.

Wie sich herausstellte, mußte er einen Liter Öl nachfüllen. Er rammte die Ausgußtülle in die Öldose und steckte sie in den Einfüllstutzen.

Dolarhyde stieg aus, um zu zahlen.

Der Tankwart putzte inzwischen mit wahrer Begeisterung die Windschutzscheibe, und zwar vor allem auf der Beifahrerseite. Er konnte sie gar nicht sauber genug bekommen.

Reba McClane saß mit verschränkten Beinen in dem hohen

Schalensitz. Ihr Rock war über ihre Knie hochgerutscht. Der weiße Stock lag zwischen ihrem und Dolarhydes Sitz.

Der Tankwart machte sich nun an der anderen Hälfte der Windschutzscheibe zu schaffen und linste dabei Reba unter den Rock.

Dolarhyde sah kurz von seiner Brieftasche auf und ertappte ihn dabei. Er griff durch das offene Fenster und schaltete die Scheibenwischer ein, so daß sie dem Tankwart über die Finger fuhren.

»Passen Sie doch auf.« Der Tankwart hatte es plötzlich verdammt eilig, die Öldose aus dem Einfüllstutzen zu nehmen. Er war sich bewußt, daß er ertappt worden war, und grinste verschlagen, bis Dolarhyde auf ihn zukam.

»Scheißkerl.« Das S kam erstaunlich scharf heraus.

»Was haben Sie denn?« Der Tankwart hatte in etwa Dolarhydes Größe und Statur, aber nicht annähernd so viel Muskeln. Dafür, daß er bereits ein Gebiß hatte, war er eigentlich noch sehr jung; außerdem war es sehr ungepflegt.

Sein grünlicher Film widerte Dolarhyde an. »Was ist denn mit deinen Zähnen passiert?« fragte er leise.

»Geht dich das vielleicht was an?«

»Hast du sie dir für deinen Freund ziehen lassen, du mieser Schwanzlutscher?« Dolarhyde war ihm inzwischen gefährlich nahe gekommen.

Ganz ruhig. »Schwein. Idiot. Trottel. Drecksack.«

Mit einer Hand stieß Dolarhyde den Tankwart vor die Brust, so daß dieser rückwärts gegen den Kombi taumelte. Die Öldose und die Ausgußtülle fielen scheppernd zu Boden.

Dolarhyde hob sie auf.

»Du brauchst erst gar nicht versuchen wegzulaufen, weil ich dich sowieso einhole.« Er zog die Ausgußtülle aus der Dose und sah sich ihr spitzes Ende an.

Der Tankwart erbleichte. In Dolarhydes Miene breitete sich etwas aus, das er noch nie zuvor gesehen hatte – nirgendwo.

Einen roten Augenblick lang sah Dolarhyde die Tülle in der

Brust des Tankwarts stecken; sein Herz ergoß sich daraus. Doch dann fiel sein Blick auf Rebas Gesicht hinter der Windschutzscheibe. Sie schüttelte den Kopf und sagte etwas. Gleichzeitig suchte sie nach der Kurbel, um das Fenster zu öffnen.

»Hast du dir schon mal was gebrochen, Scheißkopf?«

Der Tankwart beeilte sich, seinen Kopf zu schütteln. »Das war doch nicht bös gemeint, ehrlich.«

Dolarhyde hielt dem Tankwart die gebogene Metalltülle unter die Nase. Er hielt sie mit beiden Händen, und seine Brustmuskulatur trat weit hervor, als er sie umbog. Dann zog er am Hosenbund des Tankwarts und ließ die verbogene Tülle in seine Hose plumpsen.

»Überleg dir künftig besser, wo du mit deinen Schweinsglotzern hinstierst.« Damit stopfte er dem Tankwart das Geld für Öl und Benzin in die Hemdtasche. »Und jetzt kannst du meinetwegen abhauen«, fügte er hinzu. »Aber vergiß nicht: Ich könnte dich jederzeit einholen.«

36. Kapitel

Das Tonband kam am Samstag in einem kleinen Päckchen, das an Will Graham, c/o FBI-Hauptquartier, Washington, adressiert war. Es war an dem Tag, als Lounds ermordet wurde, in Chicago aufgegeben worden.

Weder auf der Tonbandkassette noch auf dem Verpackungsmaterial konnten das Labor und die Spurensicherung brauchbare Spuren entdecken.

Mit dem Nachmittagskurier ging eine Kopie des Bands wieder nach Chicago zurück, wo es Special Agent Chester am Nachmittag Graham in das Geschworenenzimmer brachte. Der Kassette war eine Nachricht von Lloyd Bowman beigefügt:

Stimmvergleiche haben eindeutig ergeben, daß der

Sprecher Lounds ist. Offensichtlich hat er auf dem Band ihm vorgesprochene Sätze wiederholt. Es handelt sich dabei um eine neue Kassette, die während der letzten drei Monate hergestellt und vorher nicht benutzt wurde. Die Abteilung für Verhaltensforschung befaßt sich noch mit dem Inhalt des Gesagten. Dr. Bloom sollte sich das Band auf jeden Fall anhören, sobald dies sein Gesundheitszustand zuläßt, wobei wir diese Entscheidung Ihnen überlassen wollen.

Ganz eindeutig will Ihnen der Mörder Angst einjagen.

Allerdings wird er das meiner Ansicht nach einmal zu oft versuchen.

Ein sprödes Bekenntnis zur Zuversicht, das Graham jedoch dankbar zur Kenntnis nahm.

Ihm war klar, daß er das Band anhören mußte. Er wartete, bis Chester gegangen war.

Doch wollte er sich nicht damit in dem Geschworenenzimmer eingeschlossen fühlen. Der leere Gerichtssaal schien ihm dafür besser geeignet; hier fiel zumindest etwas Sonnenlicht durch die hohen Fenster. Kurz vorher waren hier die Putzfrauen gewesen, und in der von Sonnenstrahlen durchzogenen Luft schwebten noch flimmernde Staubteilchen.

Das Tonbandgerät war klein und grau. Graham stellte es auf einen Tisch und drückte auf den Wiedergabeknopf.

Die monotone Stimme eines Technikers: »Fallnummer 426238, Beweisstück 814, gekennzeichnet und registriert, eine Tonbandkassette. Hierbei handelt es sich um eine Überspielung.«

Eine plötzliche Veränderung der Klangqualität.

Graham stützte sich mit beiden Händen auf das Geländer vor der Geschworenenbank.

Freddy Lounds klang erschöpft und verängstigt.

»Ich gelange in den Genuß eines großen Privilegs. Ich habe gesehen... ich habe voller Erstaunen... voller Erstaunen und Ehrfurcht... Ehrfurcht... die Kraft des *großen, roten Drachen* gesehen.«

Die ursprüngliche Bandaufnahme war während des Aufnahmeprozesses offensichtlich häufig unterbrochen worden. Das Abspielgerät gab jedes leise Klicken der Stoptaste wieder. Graham sah den Finger auf der Taste vor sich. Einen Drachenfinger.

»Ich habe nur Lügen über Ihn verbreitet. Alles, was ich geschrieben habe, waren nur die Lügen Will Grahams. Er zwang mich, sie zu schreiben. Ich habe ... ich habe mich blasphemisch und lügnerisch über den Drachen geäußert. Dennoch ... hat sich der Drache gnädig gezeigt. Deshalb will ich ihm jetzt dienen. Er ... hat mir geholfen ... Seine Größe zu begreifen, und deshalb werde ich Ihn preisen. An die Presse: Wenn Sie dies abdrucken, schreiben Sie ›Er‹ und ›Ihn‹ auf jeden Fall groß.

Er weiß, daß Sie mich dazu gebracht haben, diese Lügen zu verbreiten, Will Graham. Weil ich gezwungen wurde zu lügen, wird Er mit mir ... gnädiger verfahren als mit Ihnen, Will Graham.

Fassen Sie an Ihren Rücken, Will Graham ... und befühlen Sie die kleinen ... Vorsprünge über Ihrem Becken. Tasten Sie dazwischen nach Ihrer Wirbelsäule ... denn das ist genau die Stelle ... an der Ihnen der Drache das Rückgrat brechen wird.«

Graham nahm seine Hände nicht von dem Geländer. Wäre ja noch schöner, wenn er dieser Aufforderung nachkäme und seinen Rücken abtastete. Kannte der Drache den korrekten Terminus für die Lendenwirbelsäule wirklich nicht, oder griff er ganz bewußt nicht darauf zurück?

»Sie haben ... viel zu befürchten. Von ... von meinen eigenen Lippen werden Sie noch etwas mehr erfahren, was Sie zu fürchten haben.«

Kurzes Schweigen, bevor ein gräßlicher Schrei ertönte. Doch schlimmer noch war der blubbernde, lippenlose Ausruf, der darauf folgte: »Verdanntes Hwein, Sie haden's nir verstrochen.«

Graham klemmte so lange seinen Kopf zwischen seine Knie, bis die flimmernden Lichtpunkte vor seinen Augen aufhörten herumzutanzen. Er öffnete den Mund und atmete tief durch.

Bis er imstande war, sich das Band ein zweites Mal anzuhören, verstrich eine geschlagene Stunde.

Er nahm das Tonbandgerät mit in das Geschworenenzimmer und versuchte sich die Aufnahme dort anzuhören. Zu nahe. Er ließ das Tonbandgerät weiterlaufen und ging in den Gerichtssaal zurück. Er konnte Lounds' Stimme durch die offene Tür hören.

»Ich gelange in den Genuß eines großen Privilegs...«

Graham bemerkte jemand in der offenen Tür des Gerichtssaals. Es war der junge Bote vom Chicagoer FBI-Büro. Graham winkte ihn herein.

»Ein Brief für Sie«, erklärte der Mann. »Mr. Chester hat mir aufgetragen, ihn Ihnen zu bringen. Er hat mir gesagt, Sie ausdrücklich darauf hinzuweisen, daß er vom Leiter der Posteingangsstelle fluoroskopiert worden ist.«

Der Mann zog den Brief aus seiner Brusttasche. Ein dunkelvioletter Umschlag. Graham hoffte, er möge von Molly sein.

»Er ist abgestempelt, sehen Sie?«

»Danke.«

»Außerdem ist heute Zahltag.« Der Bote händigte Graham einen Scheck aus.

Auf dem Band stieß Freddy Lounds gerade seinen entsetzlichen Schrei aus.

Der junge Mann zuckte zusammen.

»Tut mir leid«, tröstete ihn Graham.

»Wie Sie das nur aushalten«, erklärte der junge Mann mitfühlend.

»Sie können jetzt ruhig wieder gehen«, entließ ihn Graham.

Dann ließ er sich langsam auf einer Geschworenenbank nieder, um den Brief zu lesen. Er sehnte sich immer mehr nach Trost und Zuspruch. Der Brief war von Dr. Hannibal Lecter.

Lieber Will,
zuerst meinen herzlichen Glückwunsch zu der eleganten Art, wie Sie sich Freddy Lounds' entledigt haben. Sie dürfen meiner uneingeschränkten Bewunderung gewiß sein. Was Sie doch für ein gerissener Bursche sind!

Mr. Lounds hat mich zwar oft genug mit seinem ignoranten Geschwätz beleidigt, aber bezüglich eines Punktes hat er mir doch eine wichtige Information zukommen lassen – ich spiele damit auf Ihre Einlieferung in eine Nervenheilanstalt an. Mein unfähiger Anwalt hätte das vor Gericht zur Sprache bringen sollen, aber vergessen wir das.

Wissen Sie, Will, Sie machen sich einfach zu viele Gedanken. Es könnte Ihnen wesentlich besser gehen, wenn Sie etwas entspannter an die Dinge herangingen.

Wir schaffen uns unsere Persönlichkeit nicht, Will; sie wird uns mit unserer Lunge, unserer Bauchspeicheldrüse und allem anderen bereits in die Wiege gelegt. Weshalb also dagegen ankämpfen?

Ich möchte Ihnen helfen, Will, und ich werde damit anfangen, indem ich Sie folgendes frage: Als Sie damals so deprimiert waren, nachdem Sie Mr. Garrett Jacob Hobbs erschossen hatten, war es doch nicht die *Tat*, die Sie so bedrückt hat, oder? Haben Sie sich denn in Wirklichkeit nicht deshalb so schlecht gefühlt, *weil es ein so wundervolles Gefühl war, ihn zu töten?*

Lassen Sie sich das mal durch den Kopf gehen, aber machen Sie sich deswegen nicht gleich zu viele Sorgen. Weshalb sollte es kein gutes Gefühl gewesen sein? Für Gott muß es doch auch ein herrliches Gefühl sein – Er tut das doch die ganze Zeit; und sind wir nicht nach Seinem Bild und Gleichnis geschaffen?

Vielleicht haben auch Sie gestern in der Zeitung gelesen, daß Gott Mittwochabend in Texas ein Kirchendach auf 34 Seiner Gläubigen hat fallen lassen – und das gerade, als sie Ihm mit einem Kirchenlied huldigten. Können Sie sich nicht vorstellen, daß das ein fantastisches Gefühl gewesen sein muß?

Vierunddreißig. Finden Sie nicht, daß er Ihnen angesichts dessen Hobbs durchaus gönnen konnte.

Letzte Woche hat er bei einem Flugzeugabsturz 160 Filipinos bekommen – weshalb sollte er Ihnen da nicht den lausigen Hobbs lassen. Er wird Ihnen doch nicht wegen eines lausigen Mordes böse sein. Oder auch wegen zweier, wie das inzwischen der Fall ist. Keine Sorge, das ist schon in Ordnung.

Sie brauchen nur regelmäßig die Zeitung zu lesen, dann werden Sie schon merken, daß Ihnen Gott immer um einiges voraus ist.

Mit den besten Grüßen,

Dr. Hannibal Lecter

Graham hatte absolute Gewißheit, daß Lecter sich bezüglich Hobbs von Grund auf täuschte, aber für den Bruchteil einer Sekunde hatte er sich doch gefragt, ob er im Fall von Freddy Lounds nicht doch bis zu einem gewissen Grad recht hatte. Der feindliche Teil in Graham pflichtete jeder solchen Anschuldigung bei.

Er hatte auf dem Foto im *Tattler* deshalb seine Hand auf Freddy Lounds' Schulter gelegt, um deutlich zu machen, daß er Freddy Lounds tatsächlich diese Beleidigung des Drachen anvertraut hatte. Oder hatte er damit Freddy doch in Gefahr bringen wollen, wenn auch nur ein ganz klein wenig?

Doch die Gewißheit, daß er sich wissentlich auf keinen Fall eine Gelegenheit entgehen hätte lassen, den Drachen möglicherweise zu fassen, sprach ihn von diesem Vorwurf frei.

»Ich habe euch langsam gründlich satt, ihr verrückten Dreckskerle«, sprach Graham laut in die Leere des Gerichtssaals hinaus.

Er mußte eine Pause einlegen. Als er Molly im Haus von Willys Großeltern anzurufen versuchte, ging niemand ans Telefon. »Vermutlich sind sie wieder in ihrem verdammten Campingbus unterwegs«, murmelte er frustriert.

Als er schließlich einen Kaffee trinken ging, tat er dies zum Teil auch, um sich selbst zu bestätigen, daß er sich nicht in dem Geschworenenzimmer verkroch.

Im Schaufenster eines Juweliergeschäfts fiel ihm ein herrlich gearbeitetes, altes Goldarmband auf. Es kostete ihn fast seinen ganzen Gehaltsscheck. Er ließ es verpacken und für den Postversand frankieren. Doch erst nachdem er sich vergewissert hatte, daß niemand ihm zum Briefkasten gefolgt war, adressierte er das Päckchen an Molly in Oregon. Graham wurde jedoch dabei, im Gegensatz zu Molly, nicht bewußt, daß er Geschenke vor allem dann machte, wenn er wütend war.

Er wollte nicht in den Geschworenenraum und an die Arbeit zurück; doch blieb ihm keine andere Wahl. Der Gedanke an Valerie Leeds verhalf ihm wieder zu neuer Energie.

Tut mir leid, aber ich kann im Augenblick nicht ans Telefon, hatte Valerie Leeds gesagt.

Er wünschte sich, sie kennengelernt zu haben. Er wünschte sich... welch ein sinnloser, kindischer Wunsch.

Graham war müde, gereizt und erschöpft, und dies in einer Weise, die ihn in die Denkstruktur seiner frühesten Kindheit zurückholte, indem die ersten Maßeinheiten, die er gelernt hatte, sich darauf beschränkt hatten, daß die Himmelsrichtung ›Norden‹ durch den Highway 61 und ›eins achtzig‹ durch die Körpergröße seines Vaters bestimmt waren.

Er zwang sich, endlich das Persönlichkeitsprofil der Mordopfer anhand der zahlreichen Polizeiberichte und seiner eigenen Beobachtungen bis ins kleinste Detail niederzuschreiben.

Wohlstand. Das war eine Gemeinsamkeit. Beide Familien waren wohlhabend gewesen. Nur komisch, daß Valerie Leeds an ihren Strumpfhosen gespart hatte.

Graham überlegte, ob sie wohl aus armen Verhältnissen gestammt hatte. Fast glaubte er sich in dieser Annahme bestätigt; ihre Kinder waren fast etwas zu sehr herausgeputzt und verwöhnt gewesen.

Auch Graham war das Kind armer Eltern gewesen; er war

seinem Vater von den Werften in Biloxi und Greenville zu den Booten am Erie-See gefolgt. Immer der Neue in der Schule, immer der Fremde. Er hegte einen nur halb begrabenen Groll gegen die Reichen.

Valerie Leeds könnte durchaus ein Kind armer Eltern gewesen sein. Er war versucht, sich seinen Film von ihr noch einmal anzusehen. Er hätte das im Gerichtssaal problemlos tun können. Nein. Die Leeds waren nicht sein eigentliches Problem. Die Leeds kannte er inzwischen ganz gut. Aber über die Jacobis wußte er noch kaum etwas.

Sein Mangel an intimerer Kenntnis der Jacobis quälte ihn. Der Brand in Detroit hatte alle Erinnerungen vernichtet – Fotoalben, vermutlich auch die Tagebücher.

Deshalb versuchte Graham sich anhand der Dinge, die sie sich gewünscht, die sie gekauft und benutzt hatten, ein Bild von ihnen zu machen. Das war alles, was er hatte.

Die Nachlaßakte der Jacobis war fast zehn Zentimeter dick und bestand größtenteils aus Besitzaufstellungen – ein nach dem Umzug nach Birmingham von Grund auf neuer Haushalt. *Schau sich mal einer diesen ganzen Mist an.* Es war alles versichert und, wie es die Versicherungsgesellschaften forderten, fein säuberlich mit Gerätenummer aufgeführt. Man kann sich eben darauf verlassen, daß sich ein Mann, dem mal der gesamte Besitz verbrannt ist, das nächste Mal entsprechend versichern wird.

Anstatt von Xerokopien der Versicherungsangaben hatte ihm der Nachlaßverwalter Byron Metcalf nur Durchschläge geschickt, die sich schwer lesen ließen.

Jacobi hatte ein Wasserskiboot gehabt; Leeds hatte ein Wasserskiboot gehabt. Jacobi hatte ein Motorrad gehabt, Leeds eine Geländemaschine. Graham befeuchtete seinen Daumen und blätterte weiter.

Der vierte auf der zweiten Seite aufgeführte Gegenstand war ein Chinon Pacific-Filmprojektor.

Graham stutzte. Wie hatte er den nur übersehen können? Er hatte sich doch den Inhalt jeder Kiste in dem Lagerhaus in Birmingham genauestens vorgenommen und auf alles geachtet, das ihm tiefere Einblicke in das Wesen der Jacobis hätte gewähren können.

Wo war der Projektor? Er konnte diese Versicherungserklärung mit der Liste vergleichen, die Byron Metcalf in seiner Funktion als Nachlaßverwalter aufgestellt hatte, als von ihm die Lagerung des Jacobi-Besitzes überwacht wurde. Diese Liste war vom Inspizienten des Lagerhauses gegengezeichnet worden.

Es dauerte fünfzehn Minuten, die Liste der gelagerten Gegenstände durchzugehen. Kein Projektor, keine Kamera, kein Film.

Graham ließ sich in seinen Stuhl zurücksinken und starrte die Jacobis an, die ihm aus dem vor ihm aufgestellten Foto entgegenlächelten.

Was zum Teufel habt ihr damit angestellt?

Wurde er gestohlen?

Hatte ihn der Mörder gestohlen?

Falls der Mörder ihn gestohlen hatte, hatte er ihn verkauft?

Vielleicht brachte ihn der gestohlene Projektor auf eine heiße Spur.

Graham war plötzlich nicht mehr müde. Er wollte wissen, ob sonst noch etwas fehlte. Über eine Stunde lang verglich er die Versicherungsaufstellungen mit der Lagerhausinventurliste. Dort war alles verzeichnet, mit Ausnahme zweier kleiner, wertvoller Gegenstände. Sie hätten eigentlich in dem Verzeichnis der Wertgegenstände stehen müssen, die Byron Metcalf in einem Bankschließfach in Birmingham verwahrt und die er in einem separaten Verzeichnis aufgeführt hatte. Bis auf zwei waren dort auch alle Wertgegenstände aufgeführt.

›Kristallschale, 10 auf 8 cm, mit Deckel aus Sterlingsilber‹ stand zwar in der Versicherungsaufstellung, aber nicht im Schließfachverzeichnis. Und ein ›Bilderrahmen aus Sterlingsilber, 23 auf 28 cm, mit getriebenen Ranken und Blüten‹ fehlte ebenfalls im Schließfach.

Gestohlen? Verlegt? Es handelte sich dabei um kleine Gegenstände, die sich leicht verstecken ließen. In der Regel wird gestohlenes Silber unverzüglich eingeschmolzen. Seine

Spur würde sich also schwerlich zurückverfolgen lassen. Dagegen waren Filmprojektoren mit einer Gerätenummer versehen, anhand deren sie eindeutig identifizierbar waren.

War der Mörder der Dieb?

Während Graham nun auf sein fleckiges Foto der Jacobis starrte, spürte er den belebenden Energiestoß eines neu hergestellten Zusammenhangs. Doch wenn er dann die Antwort als Ganzes betrachtete, erschien sie ihm schäbig, enttäuschend und unbedeutend.

Es gab im Geschworenenzimmer ein Telefon. Graham rief die Mordkommission in Birmingham an und verlangte den Leiter der Spätschicht.

»Wie ich sehe, haben Sie im Fall Jacobi ein Tagebuch der Ein- und Ausgänge geführt, nachdem das Haus plombiert wurde.«

»Einen Augenblick«, erklärte der Schichtleiter. »Ich lasse gleich mal jemanden nachsehen.«

Graham wußte, daß ein solches Verzeichnis existierte. Es zeugte von gewissenhaftem Vorgehen, jede Person zu registrieren, die den Schauplatz eines Mordes betrat oder verließ, und er hatte zufrieden zur Kenntnis genommen, daß man sich in Birmingham hierfür die Mühe gemacht hatte. Graham wartete fünf Minuten, bis endlich wieder ein Polizist an den Apparat kam.

»Sie interessieren sich also für die Ein- und Ausgänge. Was genau wollen Sie wissen?«

»Niles Jacobi, der Sohn der Ermordeten – steht er auf der Liste?«

»Mmm-hmmmm, jawoll. Am zwoten Juli, 19 Uhr. Er hatte Erlaubnis, ein paar persönliche Dinge abzuholen.«

»Haben Sie in Ihrer Liste vielleicht auch stehen, ob er einen Koffer oder etwas ähnliches bei sich hatte?«

»Nee, leider nicht.«

Byron Metcalfs Stimme klang heiser und etwas außer Atem, als er sich meldete. Graham fragte sich, was er wohl gerade gemacht hatte.

»Hoffentlich habe ich Sie nicht gestört.«

»Was kann ich für Sie tun, Will?«

»Könnten Sie mir vielleicht mit Niles Jacobi etwas weiterhelfen?«

»Was hat der Bursche denn jetzt schon wieder ausgefressen?«

»Ich vermute, daß er aus dem Haus der Jacobis ein paar Dinge mitgehen hat lassen – nach deren Ermordung.«

»Aha.«

»In Ihrem Verzeichnis über den Inhalt des Schließfachs fehlt zum Beispiel ein silberner Bilderrahmen. Als ich in Birmingham war, habe ich mir aus Niles' Zimmer im Internat ein loses Foto der Familie mitgenommen. Es befand sich mal in einem Rahmen – man kann nämlich noch seinen Abdruck am Rand des Fotos erkennen.«

»Dieser kleine Mistfink. Ich habe ihm die Erlaubnis erteilt, sich seine Sachen und ein paar Bücher, die er brauchte, aus dem Haus zu holen«, schimpfte Metcalf.

»Niles hat eben kostspielige Freundschaften. Was mich jedoch mehr interessiert, sind ein Filmprojektor und eine Filmkamera, die ebenfalls fehlen. Ich hätte gern gewußt, ob er sie gestohlen hat. Vielleicht hat er das, vielleicht aber auch nicht, was hieße, daß sie möglicherweise der Mörder entwendet hat. In diesem Fall müßten wir unverzüglich an sämtliche Pfandleihen die Gerätenummer durchgeben. Außerdem müßten wir sie auf die landesweite Dringlichkeitsliste gestohlener Gegenstände setzen. Der Rahmen ist inzwischen vermutlich sowieso längst eingeschmolzen.«

»Dieses Bürschchen soll mich mal kennenlernen.«

»Und noch etwas – falls tatsächlich Niles den Projektor gestohlen hat, hat er die Filme möglicherweise behalten. Die hätten sich schließlich nicht zu Geld machen lassen. Ich brauche diese Filme. Ich muß sie mir unbedingt ansehen. Falls Sie ihm also gleich die Tür einrennen, wird er nur alles abstreiten und die Filme verschwinden lassen, falls er sie noch haben sollte.«

»Gut«, versicherte ihm Metcalf. »Sein Rechtsanspruch auf seinen Wagen fiel an den Gesamtbesitz zurück, weshalb ich als Nachlaßverwalter auch ohne Durchsuchungsbefehl Zutritt dazu habe. Und was sein Zimmer betrifft, bin ich mit einem Richter befreundet, der mir diesbezüglich bestimmt unter die Arme greifen wird. Sobald ich Näheres weiß, hören Sie wieder von mir.«

Graham wandte sich wieder seiner Arbeit zu.

Wohlstand. Er würde auf jeden Fall die Wohlhabenheit der Opfer in dem von der Polizei angeforderten Persönlichkeitsprofil hervorheben.

Graham fragte sich, ob Mrs. Leeds und Mrs. Jacobi wohl auch in Tenniskleidung einkaufen gegangen waren. In manchen Wohngegenden galt das als besonders schick. In anderen Wohngegenden wäre es jedoch sehr dumm gewesen, weil es in doppelter Hinsicht provozierte – es hätte den Klassenhaß geschürt und zugleich sexuell herausfordernd gewirkt.

Graham stellte sich die Frauen vor, wie sie in ihren kurzen Tennisröckchen über knackig braunen Schenkeln ihre Einkaufswagen zwischen den Regalen entlangschoben, die kleinen Bälle auf ihren Frottesocken aufmunternd zwinkernd – und wie sie dabei an dem grobschlächtigen Mann mit den Barrakudaaugen vorbeischlenderten, der sich gerade eine Büchse Corned Beef kaufte, um sie dann in seinem Wagen zum Mittagessen zu verzehren.

Wie viele Familien gab es, die drei Kinder hatten und ein Haustier, und die nur durch ein lächerliches Türschloß vor dem Drachen geschützt waren, während sie schliefen?

Wenn Graham sich potentielle Opfer vorstellte, sah er intelligente, erfolgreiche Menschen in schönen Häusern vor sich.

Doch die nächste Person, die dem Drachen gegenüberzutreten hatte, hatte weder Kinder noch ein Haustier, und ihrem Haus mangelte es an jeder Eleganz. Die nächste Person, die dem Drachen begegnen sollte, war Francis Dolarhyde.

37. Kapitel

Das dumpfe Aufprallen der Gewichte auf dem Dachgeschoßboden hallte durch das ganze Haus.

Dolarhyde trainierte mit einer nie gekannten Verbissenheit. Auch war er anders gekleidet als sonst; seine Tätowierung war unter einer weiten Trainingshose verborgen. Das dazugehörige Oberteil hing über dem *Großen roten Drachen und der mit der Sonne bekleideten Frau.* Der Kimono hing wie die abgestreifte Haut einer Schlange an der Wand. Er verdeckte den Spiegel.

Dolarhyde trug keine Maske.

Hoch. Einhundertfünfundzwanzig Kilo in einem Schwung vom Boden bis zu seiner Brust. Und jetzt über seinen Kopf.

»AN WEN DENKST DU?«

Vor Schrecken über die Stimme geriet er unter dem gewaltigen Gewicht der Hantel ins Wanken, ließ sie fast fallen. Runter. Die Scheiben setzten mit einem dumpfen Krachen auf dem Boden auf.

Seine mächtigen Arme an den Seiten herabhängend, drehte er sich herum und starrte in die Richtung, aus der die Stimme ertönt war.

»AN WEN DENKST DU?«

Die Stimme schien unter der Trainingsanzugjacke hervorzukommen, doch ihre Eindringlichkeit und Lautstärke schnürten ihm die Kehle zusammen.

»AN WEN DENKST DU?«

Er wußte, wer zu ihm sprach, und er hatte Angst. Von Anfang an waren er und der Drache eins gewesen. Er war das im Werden Begriffene und der Drache sein höheres Selbst. Ihre Körper, Stimmen, Willen waren eins.

Nicht so jetzt. Nicht seit der Begegnung mit Reba. Du darfst nicht an Reba denken.

»WER KOMMT NUR IN FRAGE?«

»Mrs.... erhman – Sherman.« Dolarhyde hatte Mühe, den Namen auszusprechen.

»SPRICH DEUTLICHER. ICH KANN DICH NICHT VERSTEHEN. AN WEN DENKST DU?«

Mit entschlossener Miene wandte Dolarhyde sich einer Hantelmaschine zu. Hoch. Über seinen Kopf. Und noch einmal.

»Mrs.... erhman naß im Wasser.«

»DU DENKST AN DEINE KLEINE FREUNDIN, NICHT WAHR? DU WILLST DOCH, DASS SIE DEINE KLEINE FREUNDIN IST, ODER NICHT?«

Die Hantel schlug mit dumpfem Knall auf den Boden.

»Ich chabe keine leine Fleundin.« Die Angst raubte ihm die Sprache. Er mußte mit der Oberlippe seine Nasenlöcher schließen.

»EINE SAUDUMME LÜGE.« Die Stimme des Drachen war deutlich und klar. Er hatte keinerlei Schwierigkeiten mit dem /s/. »DU VERNACHLÄSSIGST DAS WERDEN. BEREITE DICH AUF DIE SHERMANS VOR. WUCHTE DIE HANTEL HOCH.«

Dolarhydes Hände legten sich um den Griff der Hantel, und er strengte nun seinen Verstand ebenso sehr an wie seinen Körper. Verzweifelt versuchte er, an die Shermans zu denken. Er zwang sich, an Mrs. Shermans Gewicht in seinen Armen zu denken. Mrs. Sherman war als nächste dran. Keine andere als Mrs. Sherman. Im Dunkeln kämpfte er mit Mr. Sherman. Er drückte ihn so lange aufs Bett nieder, bis der Blutverlust sein Herz wie einen gefangenen Vogel erzittern ließ. Es war das einzige Herz, das er hörte. Rebas Herz hörte er nicht. Er hörte es einfach nicht.

Die Angst zehrte an seiner Kraft. Er brachte die Hantel nur bis zu seinen Oberschenkeln hoch, schaffte es nicht, sie umzusetzen und in Brusthöhe hochzuwuchten. Er dachte an die Shermans, wie sie mit weit aufgerissenen Augen um ihn herumsaßen, während er dem Drachen Genüge leistete. Es fühlte sich nicht gut an. Ihn erfüllte ein Gefühl der Leere, der Hohlheit. Die Hantel krachte zu Boden.

»UNMÖGLICH.«

Mrs....«

»NICHT EINMAL ›MRS. SHERMAN‹ KANNST DU SAGEN. DU HATTEST NIE DIE ABSICHT, DIE SHERMANS AUFZUSUCHEN. DU DENKST NUR AN REBA MCCLANE. DU WILLST, DASS SIE DEINE KLEINE FREUNDIN WIRD, ODER ETWA NICHT? DU MÖCHTEST MIT IHR ›BEFREUNDET‹ SEIN.«

»Nein.«

»LÜGNER!«

»Nuh füh eim Weilchen.«

»NUR FÜR EIN WEILCHEN? WER WOLLTE SCHON MIT DIR BEFREUNDET SEIN, DU MIESE HASENSCHARTE? KOMM HER. ICH ZEIGE DIR, WAS DU BIST.«

Dolarhyde rührte sich nicht vom Fleck.

»NOCH NIE HABE ICH EIN SO ABSTOSSENDES UND SCHMUTZIGES KIND GESEHEN WIE DICH. KOMM HER.«

Er bewegte sich auf die Stimme zu.

»NIMM DIE JACKE RUNTER.«

Er tat, wie ihm geheißen.

»SIEH MICH AN.«

Der Drache starrte ihn von der Wand herunter böse an.

»NIMM DEN KIMONO WEG. SCHAU IN DEN SPIEGEL.«

Er schaute. Er war unfähig, sein Gesicht von dem sengenden Licht abzuwenden. Speichel troff aus seinen Mundwinkeln.

»SIEH DICH DOCH AN. ICH WERDE DIR EINE ÜBERRASCHUNG FÜR DEINE KLEINE FREUNDIN GEBEN. ZIEH DIESEN FETZEN AUS.«

Dolarhydes Hände bekämpften sich gegenseitig am Bund seiner Trainingshose. Der Stoff riß. Mit seiner rechten Hand riß er sich die Hose vom Leib, während er sie mit seiner linken an sich drückte.

Schließlich entriß seine rechte Hand der zitternden, versagenden linken die Stoffetzen. Er schleuderte sie in eine Ecke des Raums und fiel rücklings auf die Matte, wo er sich wie ein bei lebendigem Leib zerteilter Hummer zusammenkrümmte.

Stöhnend und heftig atmend, schlang er seine Arme um seinen Oberkörper, während seine Tätowierung im unerbittlichen Licht der Deckenbeleuchtung in aller Deutlichkeit sichtbar wurde.

»NOCH NIE HABE ICH EIN SO ABSTOSSENDES UND SCHMUTZIGES KIND GESEHEN WIR DICH. LOS, HOL ES.«

»Ohmuah.«

»HOL ES.«

Er trottete aus dem Raum und kehrte mit dem Drachengebiß zurück.

»NIMM ES IN DIE HAND. SCHLIESS DIE FINGER UND DRÜCK MEIN GEBISS ZUSAMMEN.«

Dolarhydes Brustmuskeln traten weit hervor.

»DU WEISST, WIE DIESE ZÄHNE ZUSCHNAPPEN KÖNNEN. JETZT HALTE SIE UNTER DEINEN BAUCH. STECK IHN ZWISCHEN DIE ZÄHNE.«

»Nein.«

»TU, WAS ICH DIR SAGE... UND JETZT SCHAU.«

Die Zähne begannen langsam zu schmerzen. Speichel und Tränen fielen auf seine Brust.

»Mhitte nift.«

»DU BIST NICHTS ALS ABFALL DEINES WERDENS. DU BIST NICHTS ALS ABFALL, UND ICH WERDE DIR EINEN NAMEN GEBEN. DU BIST FOTZENFRESSE. SPRICH MIR NACH.«

»Ich bin Fotzenfresse.« Er verschloß seine Nasenlöcher mit den Lippen, um antworten zu können.

»BALD WERDE ICH VON DIR GELÄUTERT SEIN«, fuhr der Drache mühelos fort. »IST DAS GUT SO?«

»Gut.«

»WER IST ALS NÄCHSTE DRAN, WENN ES SOWEIT IST?«

»Mrs.... ehrhman...«

Heftiger Schmerz durchzuckte Dolarhyde, Schmerz und schreckliche Angst.

»ICH BEISSE IHN DIR AB.«

»Reba. Reba. Ich werde dir Reba geben.« Seine Sprechweise verbesserte sich bereits wieder.

»GAR NICHTS WIRST DU MIR GEBEN. SIE GEHÖRT MIR BEREITS. ALLE GEHÖREN SIE MIR. REBA MCCLANE UND DIE SHERMANS.«

»Reba und dann die Shermans. die Polizei wird es merken. die Polizei wird mir auf die Schliche kommen.«

»ICH HABE FÜR DIESEN TAG BEREITS ALLES VORBEREITET. BEZWEIFELST DU DAS ETWA?«

»Nein.«

»WER BIST DU?«

»Fotzenfresse.«

»DU KANNST JETZT MEIN GEBISS WEGLEGEN. DU JÄMMERLICHE, KLEINE HASENSCHARTE, DU WÄRST IMSTANDE, MIR DEINE KLEINE FREUNDIN VORZUENTHALTEN. ICH WERDE SIE IN STÜCKE REISSEN UND DIR DIE FETZEN IN DEINE HÄSSLICHE VISAGE REIBEN. ICH WERDE DICH AN IHREN DÄRMEN ERHÄNGEN, WENN DU DICH MIR WIDERSETZT. DU WEISST SEHR GUT, DASS ICH DAZU IN DER LAGE BIN. ERHÖHE DAS GEWICHT AUF HUNDERTDREISSIG KILO.«

Dolarhyde brachte die zusätzlichen Scheiben an der Hantel an. Bisher hatte er nie mehr als 115 Kilo geschafft.

»UND JETZT HOCH DAMIT.«

Wenn er nicht so stark wie der Drache war, würde Reba sterben. Das stand für ihn außer Zweifel. Er strengte sich an, bis der Raum sich unter seinen aus den Höhlen tretenden Augen rot verfärbte.

»Ich schaffe es nicht.«

»NEIN, DU SCHAFFST ES NICHT. ABER ICH SCHAFFE ES.«

Dolarhyde umklammerte die Hantel. Die Stange bog sich unter der gewaltigen Last, als er sie in Schulterhöhe hochstemmte. HOCH. Problemlos hob er sie über seinen Kopf. »LEBWOHL, FOTZENFRESSE«, stieß er, stolzer Drache, unter heftigem Zittern hervor.

38. Kapitel

Am Montagmorgen sollte es Francis Dolarhyde nicht zur Arbeit schaffen.

Er brach wie immer rechtzeitig von zu Hause auf. Sein Äußeres war korrekt wie eh und je, und er steuerte den Kombi sicher durch den Morgenverkehr. Als er auf der Brücke über den Missouri der Morgensonne entgegenfuhr, setzte er seine Sonnenbrille auf.

Seine Styropor-Kühltasche quietschte unbehaglich, wenn sie im Fahren hin und wieder gegen den Beifahrersitz stieß. Er beugte sich zu ihr hinüber und stellte sie auf den Boden. Dabei fiel ihm ein, daß er noch Trockeneis besorgen mußte und den Film...

Als er nun den Missouri-Kanal überquerte, bewegte sich das Wasser unter ihm hindurch. Während er die weißen Schaumkronen des dahinströmenden Flusses beobachtete, hatte er plötzlich den Eindruck, als stünde das Wasser still und als glitte die Brücke über den Strom. Damit befiel ihn ein seltsames, beängstigendes Gefühl der Orientierungslosigkeit. Unwillkürlich nahm er den Fuß vom Gaspedal.

Der Kombi rollte auf der Überholspur langsam aus und blieb schließlich stehen. Hinter ihm staute sich der Verkehr. Immer mehr Hupen wurden laut. Doch er hörte nichts davon.

Er saß nur da, glitt ganz langsam in nördlicher Richtung über den stehenden Strom und starrte in die Morgensonne. Tränen sickerten unter seiner Sonnenbrille hervor und fielen heiß auf seine Unterarme.

Jemand klopfte gegen das Seitenfenster. Ein Autofahrer, das Gesicht frühmorgendlich blaß und vom Schlaf verquollen, war aus seinem Wagen gestiegen. Der Mann brüllte etwas durch das Fenster.

Dolarhyde sah den tobenden Autofahrer an. Vom anderen Ende der Brücke näherten sich zuckende Blaulichter. Er wußte, daß er weiterfahren sollte. Also forderte er seinen Körper auf, aufs Gaspedal zu steigen, was er auch tat. Der

Mann am Fenster sprang zurück, um eine Füße in Sicherheit zu bringen.

In der Nähe der Auffahrt zur U. S. 270 fuhr Dolarhyde auf den Parkplatz eines großen Motels, auf dem auch ein Schulbus stand. Gegen das Rückfenster war der Trichter einer Tuba gelehnt.

Dolarhyde fragte sich, ob er mit den jungen Leuten in den Bus steigen sollte.

Nein, das war es nicht. Er schaute sich nach dem Packard seiner Mutter um.

»Steig ein. Leg deine Füße nicht auf den Sitz«, sagte seine Mutter.

Aber das war es auch nicht.

Er befand sich auf dem Parkplatz eines Motels im Westen von St. Louis, und er wollte in der Lage sein zu wählen. Doch es ging nicht.

In sechs Tagen, falls er so lange warten konnte, würde er Reba McClane töten. Unvermutet stieß er durch seine Nase einen schrillen Laut aus.

Vielleicht ließ sich der Drache darauf ein, daß er sich erst der Shermans annahm und dann noch bis zum nächsten Vollmond wartete.

Nein, das war ausgeschlossen.

Reba McClane wußte nichts über den Drachen. Sie dachte, sie hätte Francis Dolarhyde vor sich. Sie wollte ihren Körper auf Francis Dolarhyde setzen. Sie hatte Francis Dolarhyde in Großmutters Bett schlüpfen lassen.

»Es war einfach wundervoll, D.« hatte Reba McClane im Garten gesagt.

Vielleicht mochte sie Francis Dolarhyde. Welche verdammenswürdige Verirrung für eine Frau, solche Gefühle zu hegen. Ihm war klar, daß er sie deswegen hätte verabscheuen müssen, wenn es nicht mit einem so beglückenden Gefühl verbunden gewesen wäre.

Reba McClane war schuldig, Francis Dolarhyde zu mögen. Eindeutig schuldig.

Wäre der Drache nicht gewesen, wäre nicht die aus seinem

Werden erwachsende Stärke gewesen, er hätte sie nie mit in sein Haus nehmen können. Er wäre nicht imstande gewesen, mit ihr zu schlafen. Oder doch?

»O mein Gott, du Süßer, ist das schööööön.«

Ja, das hatte sie gesagt. Sie hatte ›Süßer‹ zu ihm gesagt.

Ein paar Frühstücksgäste kamen aus dem Motel und gingen an Dolarhydes Kombi vorüber. Ihre müßigen Blicke tippelten mit zahllosen winzigen Beinchen über ihn hinweg.

Er mußte nachdenken. Er konnte nicht nach Hause. Er nahm sich ein Zimmer, rief im Betrieb an und meldete sich krank. Sein Zimmer war schlicht und ruhig. Den einzigen Wandschmuck bildeten schlechte Flußdampferdrucke. Nichts funkelte ihm drohend von den Wänden entgegen.

Dolarhyde legte sich aufs Bett. Die Decke war mit leuchtenden Flecken übersät. Alle paar Minuten mußte er aufstehen und urinieren. Erst fror er, dann brach ihm der Schweiß aus. Eine Stunde verstrich.

Er wollte Reba McClane dem Drachen nicht überlassen. Er dachte darüber nach, was der Drache ihm antun würde, falls er sich ihm widersetzte.

Starke Angst bricht in einzelnen Wellen herein, denen der Körper nicht sehr lange standzuhalten vermag. Nur in der drückenden Ruhe zwischen den einzelnen Wellen konnte Dolarhyde einen klaren Gedanken fassen.

Wie würde er darum herumkommen, sie dem Drachen auszuliefern? Beharrlich drängte sich seinem Bewußtsein immer wieder ein Ausweg auf. Er stand auf.

Laut hallte im gekachelten Bad das Klicken des Lichtschalters wider. Dolarhyde betrachtete die Duschvorhangstange, ein massives, drei Zentimeter dickes Rohr, das an den beiden gegenüberliegenden Wänden des Bads befestigt war. Er nahm den Duschvorhang ab und hängte ihn über den Spiegel.

Er packte nun mit einer Hand die Stange und machte einen einarmigen Klimmzug; stabil genug war sie. Und das war auch sein Gürtel. Er konnte sich dazu zwingen, es zu tun. *Davor* hatte er keine Angst.

Er befestigte den Gürtel an der Stange. Das Ende mit der Schnalle verknotete zu einer Schlinge. Der dicke Gürtel schwang nicht hin und her; vielmehr hing die Schlinge steif und reglos herab.

Er setzte sich auf die Kloschüssel und sah dazu hoch. Springen konnte er nicht, aber er würde es trotzdem schaffen. Er würde seine Hände so lange unten behalten, bis er zu schwach war, seine Arme zu heben.

Aber wie konnte er Gewißheit haben, daß sein Tod auch den Drachen betraf, nachdem der Drache und er nun zwei waren? Vielleicht war das nicht der Fall. Wie konnte er Gewißheit haben, daß der Drache sie dann verschonen würde?

Es konnte Tage dauern, bevor sie seine Leiche fanden. Sie würde sich fragen, wo er steckte. Würde sie in der Zwischenzeit zu seinem Haus hinausfahren und es nach ihm abtasten? Würde sie dabei nach oben gehen und nach ihm tasten und dabei eine Überraschung erleben?

Der große, rote Drache würde sie die Treppe hinunterspeien.

Sollte er sie anrufen und warnen? Doch was hätte sie, selbst vorgewarnt, gegen ihn unternehmen können? Nichts. Sie konnte nur hoffen, daß der Tod möglichst rasch eintrat, daß er in seiner Raserei bald fest genug zubiß.

Im Obergeschoß von Dolarhydes Haus wartete der Drache in Bildern, die er mit eigenen Händen gerahmt hatte. Der Drache lauerte in zahllosen Kunstbänden und Zeitschriften, jedesmal von neuem geboren, sobald ein Fotograf... was tat?

Dolarhyde konnte ganz deutlich die Stimme des Drachen hören, wie er Reba verflucht hatte. Er würde sie erst verfluchen, bevor er zubiß. Er würde auch Dolarhyde verfluchen – ihr sagen, daß er ein Nichts war.

»Tu's nicht. Tu's nicht«, sagte Dolarhyde zu den hallenden Fliesen des Bads. Er lauschte seiner Stimme, der Stimme von Francis Dolarhyde, der Stimme, die Reba McClane problemlos verstehen konnte, seiner Stimme. Sein ganzes Leben lang hatte er sich ihrer geschämt, hatte mit ihr bittere und böse Dinge zu anderen gesagt.

Nie jedoch hatte er die Stimme von Francis Dolarhyde ihn verfluchen gehört.

»Tu's nicht.«

Die Stimme, die er jetzt hörte, hatte ihn nie, kein einziges Mal verflucht. Sie hatte nur die Beschimpfungen des Drachen wiederholt. Allein die Erinnerung daran trieb ihm die Schamröte ins Gesicht.

Er fand, daß er als Mann eigentlich nie viel hergemacht hatte. Doch bei näherem Nachdenken wurde ihm bewußt, daß er sich eigentlich nie die Mühe gemacht hatte, das herauszufinden, und nun spürte er mit einem Mal seine Neugier geweckt.

Immerhin hielt er inzwischen ein Fähnchen des Triumphs in Händen, das ihm Reba McClane überreicht hatte. Und es flüsterte ihm ein, daß in einem Badezimmer zu sterben kein ruhmreiches Ende war.

Doch was hätte er sonst tun können? Welche andere Möglichkeit hätte sich ihm geboten?

Es gab solch eine Möglichkeit, und als er sich ihrer bewußt wurde, stand für ihn gleichzeitig außer Frage, daß sie einer Blasphemie gleichgekommen wäre. Dennoch war es eine Möglichkeit.

Er schritt in seinem Zimmer auf und ab, seine Bahn nach wenigen Schritten durch ein Bett, eine Tür oder eine Wand gestoppt. Er übte im Gehen sprechen. Wenn er zwischen den einzelnen Sätzen tief durchatmete und sich Zeit ließ, konnte er sogar ziemlich deutlich artikulieren.

Zwischen den Anfällen von Angst konnte er sogar hervorragend sprechen. Doch jetzt überkam es ihn gerade wieder ganz schlimm, so schlimm, daß er sich sogar übergeben mußte. Doch danach würde wieder eine Phase der Ruhe kommen. Geduldig wartete er darauf, und als sie eintrat, stürzte er ans Telefon und wählte eine Nummer in Brooklyn.

Eine Schulblaskapelle bestieg den Bus auf dem Parkplatz. Die Jugendlichen sahen Dolarhyde kommen. Er mußte zwischen ihnen hindurch, um zu seinem Kombi zu kommen.

Ein dicker, rundgesichtiger Junge in Spielmannszuguniform legte die Stirn in Falten, blies seinen Brustkorb auf und beugte seinen Bizeps, kaum war Dolarhyde an ihm vorbeigeschossen. Zwei Mädchen kicherten. Gleichzeitig furzte die Tuba aus dem offenen Busfenster Dolarhyde hinterher, doch er hörte es ebensowenig wie das laute Gelächter hinter ihm.

Zwanzig Minuten später hielt er 300 Meter vor Großmutters Haus an der Einfahrt an.

Er wischte sich das Gesicht und atmete drei- oder viermal tief durch. In der linken Hand hielt er den Hausschlüssel, seine rechte krallte sich um das Lenkrad.

Ein hohes klagendes Geräusch drang durch seine Nase. Und noch einmal, lauter. Lauter, immer lauter. Jetzt.

Kies spritzte unter den Hinterrädern davon, als der Kombi davonschoß und das Haus, in der Windschutzscheibe größer und größer werdend, näherzuckte. Schleudernd kam der Kombi vor dem Haus zum Stehen; Dolarhyde sprang heraus und rannte los.

Im Haus stürmte er, nicht nach links und rechts schauend, die Kellertreppe hinunter und machte sich, immer wieder nach seinem Schlüsselbund schauend, an der durch ein Vorhängeschloß gesicherten Truhe im Keller zu schaffen.

Der Truhenschlüssel war oben. Er ließ sich keine Zeit zum Nachdenken. Ein hoher Summton drang durch seine Nase, und er gab sich alle Mühe, durch seine Lautstärke jedes Denken auszulöschen und jegliche Stimmen zu übertönen, während er die Treppe hinaufstürmte.

Mittlerweile am Sekretär, in der Schublade nach dem Schlüssel wühlend, keinen Blick auf das Bild des Drachen am Fußende des Betts werfend.

»WAS TUST DU DA?«

Wo waren die Schlüssel? Wo waren nur die Schlüssel?

»WAS TUST DU DA? HALT. NOCH NIE HABE ICH EIN SO ABSTOSSENDES UND SCHMUTZIGES KIND WIE DICH GESEHEN. HALT.«

Seine wühlenden Hände erlahmten.

»SCHAU... SCHAU MICH AN.«

Er klammerte sich am Rand des Sekretärs fest, um sich nicht nach der Wand umzudrehen. Schmerzhaft verdrehte er die Augen, als sich sein Kopf gegen seinen Willen herumdrehte.

»WAS TUST DU DA?«

»Nichts.«

Das Telefon klingelte, Telefon klingelte, Telefon klingelte. Den Rücken dem Bild zugewandt, nahm er ab.

»Hallo, D., wie geht's dir?« Reba McClanes Stimme.

Er räusperte sich. »Ganz gut.« Kaum ein Flüstern.

»Ich habe dich schon in der Firma anzurufen versucht. In deinem Büro hat man mir gesagt, du wärst krank. Was hast du denn? Du klingst ja fürchterlich.«

»Sprich mit mir.«

»Natürlich spreche ich mit dir. Weswegen glaubst du wohl, hätte ich sonst angerufen. Was hast du denn?«

»Grippe«, stieß er mühsam hervor.

»Warst du schon beim Arzt?... Hallo, bist du noch da? Ich habe gefragt, ob du schon beim Arzt warst?«

»Sprich bitte etwas lauter.« Er wühlte in der Schublade, ging dann zur nächsten über.

»Ist ein Defekt in der Leitung? D., du solltest jedenfalls mit Grippe nicht allein zu Hause herumliegen.«

»SAG IHR, SIE SOLL HEUTE ABEND VORBEIKOMMEN UND SICH UM DICH KÜMMERN.«

Fast hätte es Dolarhyde noch geschafft, rechtzeitig seine Hand auf die Sprechmuschel zu legen.

»Du lieber Himmel, was war das denn eben? Hast du Besuch?«

»Nein, ich habe aus Versehen am Radio am falschen Knopf gedreht.«

»Wie sieht's aus, D.? Soll ich dir jemanden rausschicken? Besonders begeistert klingst du jedenfalls nicht. Ich werde selbst vorbeikommen. Marcia wird mich in der Mittagspause rausfahren.«

»Nein.« Die Schlüssel lagen unter einem Gürtel in der Schublade. Endlich. Er zog sich mit dem Telefon auf den Flur hinaus zurück. »Es geht mir schon wieder besser. Ich melde mich demnächst bei dir.« Das /s/ brachte ihn um ein Haar zum Scheitern. Er stürzte die Treppe hinunter. Das Telefonkabel riß aus der Wand, und der Apparat polterte hinter ihm die Treppe hinunter.

Ein erboster Schrei. »KOMM SOFORT ZURÜCK, FOTZENFRESSE.«

Runter in den Keller. Neben dem Behälter mit Dynamit befand sich in der Truhe ein kleiner Koffer mit Bargeld, Kreditkarten und Führerscheinen, die auf verschiedene Namen ausgestellt waren, einer Pistole, einem Messer und einem Totschläger.

Er packte den Koffer und rannte damit die Treppe zum Erdgeschoß hoch. Eilig stürzte er an der Treppe zum Obergeschoß vorbei, fest entschlossen, einem Kampf mit dem Drachen nicht auszuweichen, falls dieser nach unten kommen sollte. Draußen sprang er in den Kombi und fuhr, heftig schleudernd und den Kies der Zufahrt aufwirbelnd, davon.

Auf dem Highway verlangsamte er seine Fahrt und hielt schließlich sogar auf dem Seitenstreifen, um gelbe Galle hochzuwürgen. Ein Teil seiner Angst verflog.

Während er zum Flughafen fuhr, hielt er sich an die Geschwindigkeitsbeschränkungen und blinkte beim Abbiegen immer rechtzeitig.

39. Kapitel

Vor einem Wohnblock am Eastern Parkway, zwei Blocks vom Brooklyn Museum entfernt, stieg Dolarhyde aus dem Taxi und zahlte. Den Rest des Weges legte er zu Fuß zurück. Jogger, auf dem Weg zum Prospect Park, überholten ihn.

Von der Verkehrsinsel unweit der IRT-U-Bahnstation hatte er einen guten Blick auf das neoklassizistische Gebäude. Er hatte das Brooklyn Museum nie zuvor gesehen, auch wenn er den Museumskatalog sorgfältig studiert hatte – er hatte ihn sich zuschicken lassen, als er ›Brooklyn Museum‹ zum erstenmal in winzigen Lettern unter dem Foto vom *Großen, roten Drachen und der mit der Sonne bekleideten Frau* gesehen hatte.

Über den Eingang waren die Namen der großen Denker von Konfuzius bis Demosthenes in den Stein gemeißelt. Es war ein imposantes Bauwerk, umgeben von einem botanischen Garten. Mit Sicherheit eine würdige Heimstatt für den Drachen.

Eine U-Bahn rumpelte unter ihm vorbei und kitzelte ihn an den Sohlen. Abgestandene Luft puffte aus den Lüftungsschächten und vermengte sich mit dem Geruch des Färbemittels in seinem Schnurrbart.

In einer Stunde würde das Museum bereits geschlossen. Er überquerte die Straße und trat durch das mächtige Eingangsportal. An der Garderobe gab er seinen Koffer ab.

»Ist die Garderobe morgen geöffnet?« erkundigte er sich.

»Das Museum ist morgen geschlossen«, erklärte die Garderobenfrau und wandte sich bereits wieder von ihm ab.

»Die Leute, die morgen ins Museum kommen – benutzen sie die Garderobe?«

»Nein, das Museum ist geschlossen; die Garderobe ist geschlossen.«

Sehr gut. »Danke.«

»Keine Ursache.«

Dolarhyde streifte zwischen den riesigen Glasvitrinen in der Ozeanischen Abteilung und im Saal der Amerikas im Erdgeschoß umher – Keramik aus den Anden, primitive Abschlagwaffen, Artefakte und beeindruckende Masken von den Indianern der Nordwestküste.

Nun blieben ihm nur noch vierzig Minuten, bevor das Museum schloß. Die Zeit reichte nicht aus, um sich noch ausführlicher mit den Ausstellungsstücken im Erdgeschoß zu befassen. Er wußte, wo sich die Ausgänge und die Lifte befanden.

Er fuhr in den fünften Stock hoch. Er konnte spüren, daß er dem Drachen nun näher war, aber es bestand kein Grund zur

Sorge; er würde nicht plötzlich um eine Ecke biegen und sich ihm unvermutet entgegenstellen.

Der Drache war der Öffentlichkeit nicht zugänglich; nach seiner Rückkehr aus der Londoner Tate Gallery war das empfindliche Aquarell in einem dunklen Schrank weggeschlossen worden.

Am Telefon hatte Dolarhyde in Erfahrung gebracht, daß *Der große, rote Drache und die mit der Sonne bekleidete Frau* nur selten ausgestellt wurde. Zu häufiger Lichteinfall hätte die Farben des fast 200 Jahre alten Aquarells verblassen lassen.

Dolarhyde blieb vor Albert Bierstadts Gemälde *Ein Unwetter in den Rocky Mountains – Mr. Rosalie 1866* stehen. Von hier konnte er die verschlossene Tür zum Restaurationsatelier und zum Magazin sehen, wo sich das Aquarell befand. Keine Kopie, kein Foto, sondern der Drache selbst. Hierher würde er morgen zum verabredeten Termin kommen.

Er ging an den Wänden des fünften Stocks entlang, ohne auch nur eines der Gemälde zu beachten. Ihn interessierten nur die verschiedenen Zugänge. Er fand heraus, wo die Notausgänge und die Tür zum Treppenhaus sich befanden und prägte sich die Lage der Lifte ein.

Die Museumswärter waren höfliche Männer in mittleren Jahren mit dicken Gummisohlen unter ihren Schuhen, vom jahrelangen Herumstehen alle merklich in sich zusammengesunken. Keiner war bewaffnet, fiel Dolarhyde auf; nur ein einziger Wärter in der Eingangshalle trug eine Schußwaffe. Vielleicht handelte es sich bei ihm um einen den Dienst schwänzenden Polizisten.

Dann kam über die Lautsprecheranlage die Aufforderung, das Museum zu verlassen.

Wenig später stand Dolarhyde vor dem Eingang unter der allegorischen Figur von Brooklyn und beobachtete die Museumsbesucher, die aus dem Innern in den milden Sommerabend herausströmten.

Ein paar Jogger auf dem Weg in den Park trabten auf der Stelle, während sie warteten, bis eine Gruppe Passanten den Zebrastreifen zur U-Bahnstation überquert hatten.

Dolarhyde verbrachte noch ein paar Minuten im Botanischen Garten und winkte dann nach einem Taxi. Er nannte dem Fahrer die Adresse eines Ladens, den er im Branchenfernsprechbuch entdeckt hatte.

40. Kapitel

Montagabend, neun Uhr, stellte Graham vor der Tür seines Chikagoer Apartments seinen Aktenkoffer auf den Boden, um in seiner Hosentasche nach dem Schlüssel zu suchen.

Er hatte einen langen und anstrengenden Tag in Detroit hinter sich, wo er mit zahlreichen Klinikangestellten gesprochen und die Personalverzeichnisse des Krankenhauses durchgesehen hatte, in dem Mrs. Jacobi ehrenamtlich gearbeitet hatte, bevor die Familie nach Birmingham gezogen war. Er hielt nach einem Mann Ausschau, der häufig die Stellungen wechselte und möglicherweise sowohl in Detroit wie in Atlanta oder auch in Birmingham und Atlanta gearbeitet hatte; jemand, der Zugang zu einem Kombi und einem Rollstuhl hatte und der Mrs. Jacobi und Mrs. Leeds vielleicht im Krankenhaus gesehen haben könnte, bevor er in ihre Häuser eingedrungen war.

Crawford war von Anfang an der Ansicht gewesen, der Ausflug nach Detroit wäre reine Zeitverschwendung, ohne Graham jedoch davon abzubringen, es zu versuchen. Crawford hatte recht behalten. Dieser verdammte Crawford. Er hatte zu oft recht.

Graham konnte das Telefon läuten hören. Der Schlüssel hatte sich an der Naht seiner Hosentasche verheddert. Als er ihn heftig losriß, zog er einen langen Faden hinter sich her. Wechselgeld kullerte an seinem Hosenbein hinunter und fiel scheppernd auf den Boden.

»Verdammt noch mal.«

Auf halbem Weg durch den Wohnraum hörte das Telefon auf zu läuten. Vielleicht war es Molly gewesen.

Er rief sie in Oregon an.

Willys Großvater meldete sich; er sprach mit vollem Mund. In Oregon waren sie gerade beim Abendessen.

»Könnten Sie Molly bitte ausrichten, sie soll mich zurückrufen, wenn Sie mit dem Essen fertig sind«, ersuchte ihn Graham.

Er stand mit einschamponiertem Kopf unter der Dusche, als das Telefon wieder klingelte. Er spülte sich das Haar aus und stürzte triefend ans Telefon. »Hallo, mein Spatz.«

»Na, Sie sind mir vielleicht einer. Hier spricht Byron Metcalf aus Birmingham.«

»Oh, Entschuldigung.«

»Ich habe sowohl gute wie schlechte Nachrichten für Sie. Was Niles Jacobi betrifft, hatten Sie recht. Die fehlenden Gegenstände hat er entwendet. Natürlich hat er sie längst zu Geld gemacht, aber ich habe ihm etwas mit dem Hasch gedroht, das ich in seinem Zimmer entdeckt hatte, worauf er mir schön brav alles gestanden hat. Das waren die schlechten Nachrichten, da Sie doch bestimmt gehofft hatten, die Zahnschwuchtel hätte den Kram gestohlen und verhökert.«

»Doch jetzt zu den guten Nachrichten: Es existieren noch zwei Filme. Zwar habe ich sie vorläufig noch nicht, aber Niles behauptet, sie befänden sich unter dem Sitz seines Wagens. Die wollen Sie doch immer noch haben, oder?«

»Und ob, selbstverständlich.«

»Im Augenblick benutzt allerdings sein Busenfreund Randy den Wagen. Wir haben ihn bisher noch nicht aufspüren können, aber lange kann es nicht mehr dauern. Soll ich den Film gleich mit der ersten Maschine nach Chicago schikken und Sie verständigen, wenn es so weit ist?«

»Das wäre wirklich nett von Ihnen. Sehr gut, Byron, ich bin Ihnen wirklich sehr zu Dank verpflichtet.«

»Aber ich bitte Sie, Will; keine Ursache.«

Gerade als Graham im Einschlafen begriffen war, rief Molly an. Nachdem sie sich gegenseitig versichert hatten, daß es ihnen gut ging, schien es nichts mehr zu sagen zu geben.

Willy genoß den Aufenthalt in Oregon sehr, sagte Molly. Sie ließ ihn Graham eine gute Nacht wünschen.

Doch hatte Willy wesentlich mehr zu sagen als nur gute Nacht; er hatte Graham eine aufregende Neuigkeit mitzuteilen: Opa hatte ihm ein Pony gekauft.

Davon hatte Molly nichts erwähnt.

41. Kapitel

An Dienstagen ist das Brooklyn Museum zwar für die breite Öffentlichkeit geschlossen, aber Wissenschaftler und Kunststudenten haben Zutritt zu seinen Räumlichkeiten.

Für ernsthafte Wissenschaftler stellt das Museum eine äußerst entgegenkommende Einrichtung dar. Die Museumsangestellten verfügen über fundierte Kenntnisse, mit denen sie Interessenten jederzeit zur Verfügung stehen; in diesem Zusammenhang wird Forschern an Dienstagen in der Regel gestattet, nach vorheriger terminlicher Absprache auch Ausstellungsstücke zu begutachten, die der Öffentlichkeit nicht zugänglich sind.

Kurz nach 14 Uhr kam Francis Dolarhyde, seine wissenschaftlichen Unterlagen unterm Arm, die Treppe der IRT-U-Bahnstation hoch. Er hatte ein Notizbuch, einen Katalog der Tate Gallery und eine Biographie von William Blake bei sich.

Unter seinem Hemd hatte er eine flache 9-mm-Pistole, einen Totschläger aus Leder und sein rasiermesserscharfes Küchenmesser verborgen. Die Waffen wurden von einem Gummiband gegen seinen flachen Bauch gepreßt, so daß sich sein Jackett noch mühelos darüber zuknöpfen ließ. In seiner Jackentasche steckte eine Plastiktüte, die ein in Chloroform getauchtes Stück Stoff enthielt.

In seiner Hand hielt er einen neuen Gitarrenkoffer.

Unweit des U-Bahnausgangs in der Mitte des Eastern Parkway stehen drei Telefonzellen. In einer davon war der

Hörer herausgerissen; von den anderen beiden Apparaten funktionierte einer.

Dolarhyde steckte mehrere Vierteldollar-Stücke in den Schlitz und wählte eine Nummer.

»Hallo«, meldete sich kurz darauf Rebas Stimme.

Er konnte im Hintergrund die typischen Dunkelkammergeräusche hören.

»Hallo, Reba«, begrüßte er sie.

»Hey, D. Wie geht's dir?«

Da er auf beiden Seiten von dichtem Verkehr umgeben war, hatte er Probleme, sie zu verstehen. »Ganz gut.«

»Klingt ja, als ob du aus einer Zelle anrufst. Ich dachte, du lägst krank zu Hause.«

»Ich hätte später noch gern mit dir gesprochen.«

»Gut. Ruf einfach später noch mal an, ja?«

»Ich muß dich... unbedingt sehen.«

»Ich fände es schön, wenn du mich besuchen kommen könntest, aber heute abend kann ich nicht. Ich muß arbeiten. Wirst du auch bestimmt noch mal anrufen?«

»Ja, wenn nichts...«

»Wie bitte?«

»Ich rufe dich auf jeden Fall an.«

»Ich möchte, daß du bald kommst, D.«

»Ja. Wiedersehen... Reba.«

Na gut. Angst tröpfelte von seinem Brustbein auf den Bauch hinab. Er drückte dagegen und überquerte die Straße.

An Dienstagen ist der einzige Zutritt zum Brooklyn Museum eine einfache Tür am äußersten rechten Rand des Baus. Dolarhyde trat hinter vier Kunststudenten ein. Die Studenten lehnten ihre Beutel und Rucksäcke gegen die Wand und zückten ihre Studentenausweise. Der Wärter hinter dem Schreibtisch sah sie sich kurz an.

Dann trat er auf Dolarhyde zu.

»Haben Sie einen Termin?«

»Ja«, nickte Dolarhyde. »Mit Miß Harper im Restaurationsatelier.«

»Wenn Sie sich bitte ins Gästebuch eintragen würden.« Der Wärter reichte ihm einen Stift.

Doch Dolarhyde hatte bereits seinen eigenen Kugelschreiber parat. Er unterschrieb mit ›Paul Crane‹.

Der Wärter trat an ein Telefon und wählte eine kurze Nummer. Dolarhyde kehrte dem Schreibtisch den Rücken zu und studierte Robert Blums *Erntefest* über dem Eingang, während der Wärter sich seine Anmeldung bestätigen ließ. Aus dem Augenwinkel bemerkte Dolarhyde einen weiteren Sicherheitsbeamten. Ja, das war der Kerl mit der Schußwaffe.

»Neben dem Verkaufsstand im hinteren Teil der Eingangshalle ist gleich neben den Liften eine Bank«, erklärte ihm der Wärter am Eingang. »Warten Sie dort. Miß Harper kommt sofort nach unten, um Sie abzuholen.« Er reichte Dolarhyde ein weißes Abzeichen mit rosa Aufschrift.

»Kann ich solange meine Gitarre hier stehen lassen?«

»Ich werde auf sie aufpassen.«

Das Museum wirkte sehr verändert, wenn die Beleuchtung nicht eingeschaltet war. Zwischen den mächtigen Glasvitrinen herrschte geheimnisvolles Zwielicht.

Dolarhyde wartete drei Minuten lang auf der Bank, bis Miß Harper schließlich aus dem Lift stieg.

»Mr. Crane? Ich bin Paula Harper.«

Sie war jünger, als sie am Telefon geklungen hatte, als er sie von St. Louis angerufen hatte – eine intelligent wirkende junge Frau, auf eine strenge Art hübsch. Sie trug ihre Bluse und ihren Rock wie eine Uniform.

»Sie haben wegen des Blake-Aquarells angerufen«, fuhr sie fort. »Wenn Sie bitte nach oben mitkommen würden, zeige ich es ihnen. Am besten nehmen wir den Lift für die Belegschaft. Wenn Sie mir bitte folgen würden.«

Sie führte ihn an dem dunklen Verkaufsstand vorbei und durch einen kleinen Raum, in dem primitive Waffen ausgestellt waren. Dolarhyde sah sich mit raschen Blicken nach allen Seiten um, um nicht die Orientierung zu verlieren. Von der Ecke des Amerika-Saals ging ein schmaler Korridor ab, der zum Belegschaftslift führte.

Miß Harper drückte auf den Rufknopf. Sie umschlang ihre Ellbogen und wartete. Ihre klaren, blauen Augen fielen kurz auf das weiß-rosa Abzeichen an Dolarhydes Rockaufschlag.

»Das ist ja ein Passierschein für den sechsten Stock, was er Ihnen da gegeben hat«, erklärte sie. »Aber das macht nichts. Im fünften Stock sind heute sowieso keine Wärter. Womit befassen Sie sich eigentlich in Ihrer Arbeit genauer?«

Dolarhyde hatte die Unterhaltung bis dahin mit Lächeln und Nicken geführt. »Ich arbeite über Butts«, erklärte er nun jedoch.

»Über William Butts?«

Er nickte.

»Ich habe nie viel über ihn gelesen. Eigentlich findet man ihn immer nur in Fußnoten als Mäzen Blakes aufgeführt. Ist er denn interessant?«

»Ich stehe erst am Anfang meiner Arbeit. Ich werde noch nach England fliegen müssen.«

»Soviel ich weiß, haben sie in der National Gallery zwei Aquarelle, die Blake für Butts gemalt hat. Haben Sie die schon gesehen?«

»Nein.«

»Kündigen Sie denen Ihren Besuch lieber schon mal rechtzeitig an.«

Er nickte. Der Lift kam.

Fünfter Stock. Er verspürte ein leichtes Kribbeln, aber er hatte Blut in seinen Armen und Beinen. Bald würde es nur noch ja oder nein heißen. Jedenfalls würde er sich nicht von ihnen ergreifen lassen, falls etwas schief ging.

Sie führte ihn einen Korridor hinunter, an dessen Wänden Porträts berühmter Amerikaner hingen. Am Tag zuvor war er nicht auf diesem Weg gekommen. Aber er wußte, wo er sich befand. Alles in Ordnung.

Doch in dem Korridor wartete etwas auf ihn, und als sein Blick darauf fiel, erstarrte er mitten in der Bewegung.

Paula Harper merkte, daß er nicht mehr folgte, und drehte sich nach ihm um.

Wie erstarrt stand er vor einer Nische in der Wand mit den Porträts.

Sie trat auf ihn zu und sah nun, worauf er wie gebannt starrte. »Das ist ein Gilbert-Porträt von George Washington«, sagte sie.

Nein, das war es nicht.

»Ein ähnliches Porträt kennen Sie vielleicht von der Ein-Dollar-Note. Man nennt es auch Lansdowne-Porträt, weil Stuart es zum Dank für seine Unterstützung der amerikanischen Revolution für den Marquis von Landsdowne gemalt hatte... Was haben Sie denn, Mr. Crane?«

Dolarhyde war totenblaß. Das war wesentlich schlimmer als alle Dollarscheine, die er je zu Gesicht bekommen hatte. Mit seinen schwerlidrigen Augen und dem schlechten Gebiß starrte ihm Washington aus dem Rahmen entgegen. Er sah haargenau wie Großmutter aus. Dolarhyde kam sich vor wie ein kleiner Junge mit einem Gummimesser.

»Mr. Crane, fehlt Ihnen auch nichts?«

Antworte, oder es war alles umsonst. Reiß dich zusammen. *O mein Gott, du Süßer, ist das schöööön.* DU BIST DER ABSTOSSENDSTE... Nein.

Sag etwas.

»Ich nehme Kobalt«, brachte er schließlich hervor.

»Möchten Sie sich vielleicht kurz setzen und ausruhen?« Er strömte tatsächlich einen schwachen medizinischen Geruch aus.

»Nein, gehen Sie ruhig schon voraus. Ich komme gleich nach.«

Du wirst mir nichts abschneiden, Großmutter. Ich würde dich bedenkenlos umbringen, wenn du nicht sowieso schon tot wärst. Schon tot. Schon tot. Großmutter war schon tot! Tot jetzt, tot für immer. O mein Gott, du Süßer, ist das schöööön.

Der andere war jedoch nicht tot, war Dolarhyde nur zu deutlich bewußt.

Er folgte Miß Harper durch Dickichte der Angst hindurch den Korridor hinunter.

Durch eine Doppeltür betraten sie das Restaurationsatelier und das Magazin. Dolarhyde sah sich rasch um. Es war ein länglicher, friedvoller Raum, hell erleuchtet und voller Drehgestelle mit verhängten Bildern. Entlang einer Wand waren mehrere Büroinseln abgeteilt. Die Tür des hintersten Büros stand offen; er hörte aus ihr das Geräusch einer Schreibmaschine dringen.

Außer Paula Harper war niemand zu sehen.

Sie führte ihn an einen thekenhohen Arbeitstisch und brachte ihm einen Hocker.

»Warten Sie hier. Ich bringe Ihnen das Aquarell gleich.«

Sie verschwand hinter den Drehgestellen.

Dolarhyde öffnete einen Knopf seines Hemdes über dem Bauch.

Miß Harper kam zurück. Sie trug einen flachen, schwarzen Behälter von der Größe einer Aktenmappe. Dort drinnen war es. Woher nahm sie nur die Kraft, das Bild zu tragen? Er hatte es sich nie flach vorgestellt. Obwohl in den Katalogen die Maße mit 44 auf 34 Zentimeter angegeben waren, hatte er dem keinerlei Beachtung geschenkt. Er hatte sich das Bild riesengroß vorgestellt. Aber es war ganz klein. Es war ganz klein, und es war *hier* in diesem friedvollen Raum. Nie war ihm bis dahin bewußt geworden, wieviel Kraft der Drache aus dem alten Haus inmitten des großen Gartens gewann.

Miß Harper sagte etwas. »... müssen es in diesen Behälter aufbewahren, damit die Farben vor Lichteinfall geschützt sind. Sie würden sonst verblassen. Deshalb wird das Bild auch nicht zu häufig ausgestellt.«

Sie legte den Behälter auf den Tisch und öffnete den Verschluß. Ein Geräusch an der Doppeltür. »Entschuldigen Sie, aber ich muß Julio schnell an der Tür helfen.« Sie verschloß den Behälter wieder und eilte damit auf die Glastür zu, hinter der ein Mann mit einem Wägelchen wartete. Sie hielt ihm die Tür auf, so daß er es in den Raum rollen konnte.

»Alles klar hier?«

»Ja, danke, Julio.«

Der Mann ging wieder.

Zurück kam Miß Harper mit dem Lichtschutzbehälter.

»Entschuldigen Sie, Mr. Crane. Julio muß heute verschiedene Rahmen säubern.« Sie öffnete den Behälter und entnahm ihm eine Mappe aus weißem Karton. »Sie werden sicher verstehen, daß wir Ihnen nicht gestatten können, das Bild zu berühren. Ich halte es Ihnen hin – so lautet die Vorschrift. In Ordnung?«

Dolarhyde nickte. Er war unfähig zu sprechen.

Sie klappte die Mappe auf und entfernte die Plastikabdeckung.

Da war es. *Der große, rote Drache und die mit der Sonne bekleidete Frau* – der menschliche Drache, drohend aufgerichtet über der zu seinen Füßen liegenden Frau, die sich in einer Windung seines mächtigen Schwanzes verfangen hatte.

Mochte es auch nicht sehr groß sein, so strömte es dennoch eine enorme Kraft und Wirkung aus. Atemberaubend. Selbst die besten Reproduktionen vermochten den einzelnen Details und Farbnuancen nicht gerecht zu werden.

Dolarhyde sah es ganz deutlich, erfaßte alles in einem einzigen Augenblick – Blakes Handschrift an den Rändern, zwei braune Flecken am rechten Rand des Papiers. Er war wie gebannt. Das war zuviel für ihn... die Farben waren um so vieles intensiver.

Schau auf die Frau, die sich im Schwanz des Drachen verfangen hat. Schau.

Er bemerkte, daß ihr Haar genau die Farbe von Reba McClanes Haar hatte. Er sah, daß er gut fünf Meter vom Ausgang entfernt war. Er hielt die Stimmen zurück.

Ich hoffe, ich bin Ihnen damit nicht zu nahe getreten, sagte Reba McClane.

»Wie es scheint, hat Blake neben Aquarellfarben auch Kreide verwendet«, sagte Paula Harper. Sie hatte sich so postiert, daß sie genau sehen konnte, was er tat. Ihr Blick wich keinen Moment von dem Bild.

Dolarhyde Hand fuhr unter sein Hemd.

Irgendwo klingelte ein Telefon. Das Tippen verstummte. Eine Frau streckte ihren Kopf durch die Türöffnung der hintersten Büroinsel.

»Paula für dich. Deine Mutter.«

Miß Harper drehte nicht den Kopf herum. Sie ließ das Bild und Dolarhyde keinen Moment aus den Augen.

»Sag ihr doch bitte, daß ich gleich zurückrufe«, rief sie.

Die Frau verschwand wieder. Kurz darauf ratterte die Schreibmaschine wieder los.

Dolarhyde konnte sich nicht mehr länger zurückhalten. Jetzt galt es, aufs Ganze zu gehen.

Doch der Drache kam ihm zuvor. »NOCH NIE HABE ICH –«

»Was?« Miß Harpers Augen weiteten sich.

»– eine so große Ratte gesehen!« sprach Dolarhyde den Satz zu Ende und deutete auf einen Bilderrahmen. »Da, sie ist diesen Rahmen hochgeklettert!«

Miß Harper wirbelte herum. »Wo?«

Der Totschläger glitt unter seinem Hemd hervor. Mehr mit dem Handgelenk als mit seinem Arm versetzte er ihr einen Schlag auf den Hinterkopf. Während sie zusammensackte, hatte Dolarhyde bereits eine Handvoll ihrer Bluse gepackt und den chloroformgetränkten Fetzen übers Gesicht gestülpt. Sie gab ein kurzes, hohen Geräusch, nicht sonderlich laut, von sich und erschlaffte.

Er legte sie zwischen dem Tisch und dem Gestell mit den Bildern auf den Boden, griff nach dem Behälter mit dem Aquarell und kauerte neben ihr nieder. Röchelnder, heiserer Atem und das Klingeln eines Telefons.

Die Frau kam aus dem hintersten Büro.

»Paula?« Sie sah sich suchend um. »Es ist noch mal deine Mutter«, rief sie. »Sie muß dich unbedingt jetzt gleich sprechen.«

Sie näherte sich dem Tisch. »Ich kann mich ja währenddessen um deinen Besucher kümmern, wenn du …« Und dann erblickte sie die beiden. Das Haar wirr ins Gesicht gefallen, lag Paula Harper auf dem Boden, und über ihr kauerte, eine

Pistole in der Hand, Francis Dolarhyde und stopfte sich gerade den letzten Rest des Aquarells in den Mund. Und dann richtete er sich kauend auf und stürzte los. Auf sie zu.

Sie rannte in ihr Büro und warf die Tür hinter sich zu. In ihrer Aufregung stieß sie das Telefon zu Boden, als sie nach dem Hörer griff. Auf allen vieren kroch sie nun darauf zu und wollte eben eine Nummer wählen, als hinter ihr die Tür aufflog. Von dem Schlag gegen ihren Hinterkopf explodierte die Wählscheibe vor ihr in grellen Farben. Scheppernd fiel der Hörer zu Boden.

Im Belegschaftslift ließ Dolarhyde die der Reihe nach aufleuchtenden Nummern der einzelnen Stockwerke keine Sekunde aus den Augen; durch seine Bücher neugierigen Blikken entzogen, preßte er die Pistole flach gegen seinen Bauch.

Erdgeschoß.

Hinaus in die verlassenen Ausstellungsräume. Er schritt rasch aus, und seine Laufschuhe zwitscherten über den Steinfußboden. Einmal bog er falsch ab, so daß er an den Walmasken und der großen Maske von Sisuit vorbeikam und wertvolle Sekunden verlor. Als nächstes hastete er zwischen den Haida-Totempfählen hindurch. Er hatte die Orientierung verloren. Doch dann entdeckte er zu seiner Linken die primitiven Abschlagwaffen. Nun wußte er wieder, wo er sich befand.

Er spähte vorsichtig um die Ecke zur Eingangshalle.

Der Wärter am Eingang, der ihm das weiß-rosa Abzeichen ausgehändigt hatte, stand etwa zehn Meter von seinem Schreibtisch vor dem Schwarzen Brett.

Der bewaffnete Sicherheitsbeamte stand näher am Ausgang. Sein Holster knarrte leise, als er sich bückte, um einen Schmutzfleck auf seiner Schuhspitze wegzupolieren.

Falls sie sich zur Wehr setzen, legst du erst ihn um. Dolarhyde steckte seine Pistole in seinen Hosenbund und knöpfte die Jacke darüber zu. Er durchquerte die Eingangshalle und nahm sein Abzeichen ab.

Der Wärter vor dem Schwarzen Brett drehte sich um, als er Schritte hörte.

»Danke«, sagte Dolarhyde. Er hielt das Abzeichen hoch, damit es der Wärter sehen konnte, und ließ es dann auf den Schreibtisch plumpsen.

Der Wärter nickte. »Würden Sie es bitte durch den Schlitz dort stecken?«

In diesem Augenblick klingelte das Telefon.

Es war gar nicht so einfach, das Abzeichen von der glatten Glasplatte des Schreibtischs aufzunehmen.

Das Telefon klingelte ein zweites Mal. Beeil dich.

Dolarhyde bekam das Abzeichen zu fassen und steckte es durch den Schlitz. Dann griff er nach seinem Gitarrenkoffer.

Der Wärter trat ans Telefon.

Im Freien wandte Dolarhyde sich rasch dem Botanischen Garten zu; hätte er hinter sich eilige Schritte gehört, hätte er unverzüglich das Feuer eröffnet.

Im Botanischen Garten wandte Dolarhyde sich nach links und duckte sich in den schmalen Zwischenraum zwischen einem Schuppen und einer Hecke. Dann öffnete er den Gitarrenkasten und leerte einen Tennisschläger, einen Tennisball, ein Handtuch, eine zusammengefaltete Einkaufstüte und eine große Selleriestaude auf den Boden.

Die Knöpfe flogen in allen Richtungen davon, als er sich in einem Handgriff Jacke und Hemd vom Leib riß und aus seiner Hose schlüpfte, so daß darunter ein Brooklyn-College-T-Shirt und eine Trainingshose zum Vorschein kamen. Dann stopfte er seine Bücher, seine Kleider und seine Waffen in die Einkaufstüte, aus der oben der Sellerie herausragte. Nachdem er den Handgriff und die Verschlüsse des Gitarrenkoffers sorgfältig abgewischt hatte, schob er ihn unter die Hekke.

Ein Handtuch um den Hals geschlungen, trabte er in Richtung Prospect Park durch den Botanischen Garten und erreichte den Empire Boulevard. Während er hinter ein paar Joggern über den Zebrastreifen in den Park lief, rauschte bereits der erste Streifenwagen vorbei. Die Jogger schenkten ihm ebenso wenig Beachtung wie Dolarhyde.

Während er nun mit seiner Einkaufstüte, den Tennisschläger unter den Arm geklemmt, durch den Park schlenderte und dabei einen Tennisball vor sich aufhüpfen ließ, wirkte er wie ein Mann, der gerade vom abendlichen Ausgleichssport kam und unterwegs noch ein paar Dinge fürs Abendessen eingekauft hatte.

Er zwang sich, langsamer zu gehen; mit vollem Magen sollte er nicht laufen. Er konnte nun selbst seine Gangart bestimmen.

Er konnte alles bestimmen.

42. Kapitel

Erdnüsse knabbernd, saß Crawford in der hinteren Geschworenenbank, während Graham die Jalousien der Gerichtssaalfenster herunterließ.

»Ich gehe fest davon aus, daß du das Profil heute nachmittag fertig hast«, mümmelte Crawford. »Du hast gesagt: Dienstag; und heute haben wir Dienstag.«

»Du bekommst dein Profil schon noch; aber erst möchte ich mir noch diese Filme ansehen.«

Graham öffnete die Eilzustellung von Byron Metcalf und leerte den Inhalt des Kuverts auf den Tisch – zwei verstaubte Spulen Super-Acht-Film, jede in einer kleinen Plastiktüte.

»Erstattet Metcalf eigentlich Anzeige gegen Niles Jacobi?«

»Nicht wegen des Diebstahls, zumal er ja sowieso alles erben wird – er und Jacobis Bruder. Vielleicht wegen des Haschisch. Die Staatsanwaltschaft von Birmingham würde dem guten Niles jedenfalls ganz gern am Zeug flicken.«

»Na gut«, brummte Crawford.

Die Leinwand kam von der Gerichtssaaldecke herunter; sie war so angebracht, daß sie sich genau gegenüber der Geschworenenbank befand und den Geschworenen im Verlauf eines Prozesses jederzeit beweiskräftiges Filmmaterial vorgeführt werden konnte.

Graham legte den ersten Film in den Projektor ein.

»Was die Überprüfung der Zeitungsstände betrifft, an denen die Zahnschwuchtel so rasch einen *Tattler* hätte bekommen können, liegen mir inzwischen mehrere Berichte aus Chicago vor sowie jeweils einer aus Cincinnati und Detroit«, erklärte Crawford. »Damit hätten wir also gleich eine ganze Reihe von Spinnern, die es ausfindig zu machen gilt.«

Graham ließ den Film anlaufen. Eine Angelpartie.

Die Jacobi-Kinder saßen mit simplen Bambusangelruten und Schwimmern am Ufer eines Teichs.

Graham gab sich Mühe, sie sich nicht in ihren kleinen Särgen unter der Erde vorzustellen. Er versuchte, sie nur beim Angeln zu sehen.

Plötzlich begann der Schwimmer des Mädchens zu zukken, um kurz darauf unter der Wasseroberfläche zu verschwinden. Ein Fisch hatte angebissen.

Crawford raschelte mit seiner Erdnußtüte. »In Indianapolis stellen sie sich ziemlich an, was die Überprüfung der Zeitungsstände und der Servco-Supreme-Tankstellen betrifft.«

»Willst du die Filme nun ansehen, oder nicht?« fuhr ihn Graham unwirsch an.

Darauf schwieg Crawford, bis der zwei Minuten lange Streifen zu Ende war. »Großartig«, brummte er dann. »Sie hat einen Barsch gefangen. Doch jetzt zu unserem Profil –«

»Jack, du warst in Birmingham, gleich nachdem es passiert ist«, fiel ihm Graham ungeduldig ins Wort. »Ich war erst einen Monat später dort. Du hast ihr Haus gesehen, solange es noch ihres war – ich nicht. Es war bereits ausgeräumt und von Grund auf renoviert, als ich nach Birmingham kam. Jetzt laß mich also um Himmels willen noch in Ruhe diese Leute ansehen. Dann werde ich dieses blöde Profil schon fertigschreiben.«

Er spielte den zweiten Film ab.

Eine Geburtstagsfeier flimmerte über die Leinwand im Gerichtssaal. Die Jacobis saßen um einen Eßtisch. Sie sangen.

Graham las von ihren Lippen ab: »Haaappy Birth-day to you.«

Der elfjährige Donald Jacobi sah in die Kamera. Er saß am

Ende des Tischs und hatte den Geburtstagskuchen vor sich stehen. Die Kerzen spiegelten sich in seiner Brille.

Neben ihm stand sein Bruder und seine Schwester und beobachteten ihn beim Ausblasen der Kerzen.

Graham rutschte auf seinem Sitz herum.

Mrs. Jacobi – ihr dunkles Haar fiel nach vorn – beugte sich vor, um die Katze vom Tisch zu scheuchen.

Dann überreichte Mrs. Jacobi ihrem Sohn einen großen Umschlag, an dem ein langes Band befestigt war. Donald Jacobi öffnete den Umschlag und entnahm ihm eine große Glückwunschkarte. Er sah in die Kamera hoch und drehte die Karte herum. Darauf stand: »Alles Gute zum Geburtstag – folge dem Band.«

Unter heftigem Wackeln folgte die Kamera der kleinen Prozession in die Küche. Eine Tür, mit einem Haken verriegelt. Die Kellertreppe hinunter, Donald als erster, gefolgt von den anderen, immer dem Band nach. Das Ende des Bands war am Lenker eines Zehngang-Rennrades befestigt.

Graham wunderte sich, weshalb sie ihm das Rad nicht im Freien überreicht hatten.

Ein abrupter Schnitt auf die nächste Szene sollte seine Frage beantworten. Eine Einstellung auf den Garten, der nach einem heftigen Regenguß unter Wasser stand. Das Haus sah ziemlich verändert aus. Makler Geehan hatte es in einer anderen Farbe streichen lassen, bevor er es nach dem Mord zum Verkauf anbot. Die äußere Kellertür ging auf, und Mr. Jacobi trug das Rad in den Garten. Dies war das erste Mal, daß er im Film zu sehen war. Ein Windstoß zerzauste sein sorgfältig über eine kahle Stelle gekämmtes Haar. Feierlich stellte er das Fahrrad ab.

Der Film endete mit Donalds vorsichtiger erster Probefahrt.

»Wirklich verdammt schade um diese Leute«, bemerkte Crawford. »Aber das ist ja keine sonderlich neue Erkenntnis.«

Graham war im Begriff, sich den Geburtstagsfilm noch einmal anzusehen.

Kopfschüttelnd holte Crawford ein paar Unterlagen aus seinem Aktenkoffer und begann sie im Licht einer kleinen Taschenlampe zu studieren.

Auf der Leinwand brachte Mr. Jacobi gerade das Fahrrad aus dem Keller. Die Tür fiel hinter ihm zu. Von einem Haken im Türrahmen hing ein offenes Vorhängeschloß.

Graham hielt den Film an.

»Da. Deshalb hatte er den Bolzenschneider dabei, Jack – um das Vorhängeschloß zu knacken und über den Keller ins Haus zu kommen. Aber warum ist er dann doch nicht durch den Keller eingedrungen?«

Crawford knipste seine Taschenlampe aus und schaute über den Rand seiner Lesebrille hinweg auf die Leinwand. »Was ist?«

»Ich weiß, daß er einen Bolzenschneider bei sich hatte – er hat damit einen Zweig gekappt, der ihm im Weg war, als er von seinem Versteck in der Baumkrone das Haus beobachtet hat. Warum hat er sich damit nicht über den Kellereingang Zutritt zum Haus verschafft?«

»Weil das nicht ging?« Mit einem Krokodilslächeln auf den Lippen wartete Crawford ab. Er liebte es, andere sich in ihren Mutmaßungen verheddern zu sehen.

»Hat er es zumindest versucht? Hat er Spuren am Schloß hinterlassen? Ich habe diese Tür außerdem nie gesehen. Als ich in Birmingham war, hat Geehan sie längst ersetzen lassen.«

Crawford kostete seinen Triumph voll aus. »Du *nimmst an,* daß Geehan das veranlaßt hat. Aber es war nicht Geehan. Die Stahltür hat bereits Jacobi anbringen lassen, bevor sie ermordet wurden. Nicht umsonst hat er vorher in Detroit gewohnt; ihm war bestimmt viel an der Sicherheit seines Hauses gelegen.«

»Wann hat Jacobi die Tür auswechseln lassen?«

»Das weiß ich nicht. Offensichtlich jedenfalls nach dem Geburtstag des Jungen – wann war der doch gleich wieder? Das steht sicher im Obduktionsbericht, falls du ihn zur Hand hast.«

»Sein Geburtstag war am 14. April, einem Montag.« Graham starrte, das Kinn in seine Handfläche gestützt, auf die Leinwand. »Ich möchte wissen, wann Jacobi die Tür hat auswechseln lassen.«

Crawfors Kopfhaut kräuselte sich. Doch sie glättete sich rasch wieder, sobald ihm die dahinter stehende Absicht bewußt wurde. »Demnach müßte die Zahnschwuchtel das Haus der Jacobis also bereits ausgekundschaftet haben, als noch die alte Kellertür mit dem Vorhängeschloß existierte?«

»Er hatte doch einen Bolzenschneider bei sich, oder nicht? Und wozu braucht man bei einem Einbruch einen Bolzenschneider? Um Vorhängeschlösser, Ketten oder Gitterstangen zu knacken. Aber es gab im Haus der Jacobis doch keine Fenstergitter oder mit einer Kette gesicherte Tore, oder?«

»Nein.«

»Demnach rechnete er also mit einem Vorhängeschloß. Ein Bolzenschneider ist nicht zur ziemlich schwer, sondern auch relativ unhandlich. Er war bei Tageslicht unterwegs, und er hatte von der Stelle, wo er seinen Wagen abgestellt hatte, bis zum Jacobi-Haus ziemlich weit zu gehen. Dabei war ihm sicher bewußt, daß er möglicherweise verdammt schnell den Rückzug würde antreten müssen, falls irgend etwas schief ging. Er hätte also den Bolzenschneider bestimmt nicht mitgeschleppt, wenn er nicht gewußt hätte, daß er ihn brauchen würde. Er wollte damit das Vorhängeschloß an der Kellertür knacken.«

»Du nimmst also an, daß er das Terrain ausgekundschaftet hat, bevor Jacobi die hat Tür auswechseln lassen. Und dann taucht er auf, um sie umzubringen, wartet im Wald –«

»Diese Seite des Hauses kann man doch vom Wald nicht sehen.«

Crawford nickte. »Er wartet also im Wald. Die Jacobis legen sich schlafen, er rückt mit dem Bolzenschneider an und steht vor der neuen Stahltür mit der Sicherheitsverriegelung.«

»Angenommen, er steht also vor der neuen Stahltür. Er hat alles sorgfältig geplant, und nun das.« Graham warf die

Hände hoch. »Er ist stinksauer, frustriert; er will unbedingt ins Haus. Also stemmt er kurzerhand die Tür vom Garten auf, was allerdings einigen Lärm verursacht. Jedenfalls hat er sich auf nicht sehr elegante Weise Zutritt zum Haus verschafft; er weckte dadurch Jacobi und mußte ihn auf der Treppe abknallen. Das ist eigentlich nicht sein Stil. Solche Unachtsamkeiten unterlaufen ihm sonst nicht. Er geht normalerweise mit größter Umsicht vor und hinterläßt keine Spuren. Zum Haus der Leeds' hat er sich doch auf höchst raffinierte Art und Weise Zutritt verschafft.«

»Na gut«, gestand Crawford ein. »Falls wir also in Erfahrung bringen können, wann Jacobi die Tür hat auswechseln lassen, könnten wir möglicherweise bestimmen, wann er das Haus ausgekundschaftet haben muß. Zumindest den spätest möglichen Zeitpunkt. Das zu wissen, könnte jedenfalls nicht schaden. Wir sollten uns noch einmal bei den Leihwagenfirmen erkundigen und diesmal vielleicht auch besondere Betonung auf geliehene Kombis oder Wohnmobile legen. Ich werde diesbezüglich gleich mal mit unserer Außenstelle in Birmingham sprechen.«

Crawford hatte seine Bitte wohl mit einiger Dringlichkeit geäußert, da bereits keine vierzig Minuten später ein FBI-Agent aus Birmingham mit Makler Geehan im Schlepptau zu einem Zimmermann hochbrüllte, der im Dachstuhl eines neu gebauten Hauses arbeitete. Die Auskünfte des Zimmermanns wurden unverzüglich nach Chicago weitergeleitet.

»In der letzten Aprilwoche«, sagte Crawford, als er den Hörer auflegte. »So früh haben sie die Tür also schon ausgetauscht. Mein Gott, das wäre ja zwei Monate bevor die Jacobis umgebracht wurden. Weshalb sollte er das Haus schon zwei Monate vorher ausgekundschaftet haben?«

»Keine Ahnung, aber eines kann ich dir versprechen: Er hat Mrs. Jacobi oder auch die ganze Familie gesehen, bevor er das Haus unter die Lupe genommen hat. Wenn er ihnen nicht schon von Detroit gefolgt ist, hat er Mrs. Jacobi irgendwann zwischen dem zehnten April, als die Jacobis nach Birmingham umzogen, und Ende April entdeckt, als die Tür ausgetauscht wurde. Er muß also während dieses Zeitraums in Birmingham gewesen sein. Wird das unsere Außendienststelle in Birmingham in ihre Ermittlungen einbeziehen?«

»Jawohl«, nickte Crawford. »Und auch die Polizei. Aber kannst du mir vielleicht eines sagen: Woher konnte er wissen, daß es eine Tür vom Keller ins Haus selbst gab? Davon konnte er doch keinesfalls ausgehen – zumindest nicht im Süden.«

»Demnach muß er das Haus auch von innen gesehen haben.«

»Hat dein Freund Metcalf eigentlich auch die Bankauszüge der Jacobis?«

»Müßte er zumindest.«

»Laß uns mal überprüfen, ob sie irgendwelche Rechnungen enthalten, die darauf hindeuten, daß sie zwischen dem zehnten April und dem Ende des Monats Handwerker im Haus hatten. Wir haben das zwar für die letzten Wochen vor dem Mord überprüfen lassen, aber vielleicht eben doch nicht weit genug zurück. Das gleiche gilt übrigens auch für die Leeds.«

»Wir sind doch immer davon ausgegangen, daß er das Leeds-Haus von innen gesehen haben muß«, murmelte Graham nachdenklich. »Jedenfalls könnte er von außen unmöglich die Glasscheibe in der Küchentür gesehen haben. Die Veranda hätte ihm auf jeden Fall die Sicht versperrt. Aber er hatte einen Glasschneider dabei. Allerdings hatten die Leeds während der drei Monate vor dem Mord keine Handwerker im Haus.«

»Falls er das Terrain bereits so früh sondiert hat, haben wir unsere Nachforschungen vielleicht zeitlich nicht weit genug zurück angestellt. Aber das läßt sich ja nachholen. Im Fall der Leeds' – er hat doch zwei Tage bevor er sie umgebracht hat, in der Durchfahrt hinter dem Haus die Stromzähler abgelesen – vielleicht hat er sie bei dieser Gelegenheit ins Haus gehen sehen. Unter Umständen konnte er durch die offene Verandatür einen Blick auf die Tür zur Küche mit der Glasscheibe erhaschen.«

»Nein. Die Türen liegen nämlich nicht in einer Linie – kannst du dich nicht mehr erinnern? Einen Moment.«

Graham legte den Leeds-Film in den Projektor ein.

Der Bobtail der Leeds' spitzte die Ohren und rannte auf die Küchentür zu. Valerie Leeds und die Kinder kamen mit den Einkäufen herein. Durch die Küchentür war nichts zu sehen als die Verandaverkleidung.

»Gut, du willst also Byron Metcalf auf die Bankauszüge vom April ansetzen? Ob ein Handwerker im Haus war oder ob sie von einem Vertreter irgend etwas aufgeschwätzt bekommen haben? Halt, das werde ich erledigen, während du endlich das Profil fertigstellst. Gibst du mir mal eben Metcalfs Nummer?«

Graham ging ganz in der Betrachtung des Leeds-Films auf. Abwesend nannte er Crawford drei Telefonnummern, unter denen Metcalf zu erreichen war.

Er ließ die Filme ein weiteres Mal durchlaufen, während Crawford im Geschworenenzimmer telefonierte.

Erst den Film von den Leeds.

Da war der Hund der Leeds. Obwohl er kein Halsband um hatte und es in der Nachbarschaft mehrere Hunde gab, hatte der Drache gewußt, welcher den Leeds gehörte.

Jetzt kam Valerie Leeds. Ihr Anblick berührte Graham auf eigenartige Weise. Jetzt war hinter ihr die Tür zu sehen, in all ihrer Verletzlichkeit infolge der großen Glasscheibe. Ihre Kinder spielten auf der Leinwand, die von der Decke des Gerichtssaals hing.

Den Jacobis hatte Graham sich nie so nahe gefühlt wie den Leeds. Der Film wühlte ihn außerordentlich auf. Es beunruhigte ihn, daß er an die Jacobis immer nur in Form von Kreidemarkierungen auf dem blutüberströmten Fußboden gedacht hatte.

Jetzt erschienen die Jacobi-Kinder auf der Leinwand, um das Kopfende des Eßtischs aufgereiht, in ihren Gesichtern der Widerschein der Kerzen auf dem Geburtstagskuchen.

Einen Augenblick lang zuckte vor Grahams geistigen Auge das Bild des Wachsfleckens auf dem Nachttisch der Jacobis auf, die Blutflecken in der Schlafzimmerecke der Leeds'. Irgend etwas...

Crawford kam zurück. »Metcalf läßt dich fragen –«

»Sei still!«

Crawford war keineswegs beleidigt. Er blieb vollkommen reglos stehen und kniff erwartungsvoll seine kleinen, grauen Augen zusammen.

Der Film lief weiter. Die von der Leinwand reflektierten Lichter und Schatten spielten über Grahams Gesicht.

Jetzt kam die Katze der Jacobis. Der Drache hatte gewußt, daß sie den Jacobis gehörte.

Dann die Innentür zum Keller.

Dann die äußere Kellertür mit dem Vorhängeschloß. Der Drache hatte einen Bolzenschneider mitgebracht.

Der Film war zu Ende. Er löste sich von der Spule und schnalzte im Drehen immer wieder gegen die Seite des Projektors.

Alles, was der Drache hatte wissen müssen, war auf den beiden Filmen zu sehen.

Sie waren nicht öffentlich vorgeführt worden; es gab keinen Filmclub, kein Filmfestival...

Graham sah auf die vertraute grüne Schachtel, in der den Leeds der Film zugeschickt worden war. Ihre Adresse stand darauf – und die der Gateway-Filmentwicklungsanstalt, St. Louis, Mo. 63102.

Graham rief sich ›St. Louis‹ ins Gedächtnis zurück, wie er sich jede beliebige Telefonnummer, die er je gesehen hatte, ins Gedächtnis hätte zurückrufen können. Was war gleich wieder mit St. Louis gewesen? Es war einer der wenigen Orte, wo der *Tattler* schon am Montagabend, also am Tag der Drucklegung, erhältlich war – an dem Tag, bevor Lounds entführt wurde.

»Herr im Himmel«, stöhnte Graham. »Ist das noch zu fassen?«

Er preßte die Hände seitlich an seinen Kopf, als wollte er den Gedanken am Entweichen hindern.

»Hast du Metcalf noch am Apparat?«

Crawford reichte ihm den Hörer.

»Byron, hier spricht Graham. Hören Sie, diese Filme der Jacobis, die Sie mir zugeschickt haben – waren sie zufällig in irgendwelchen Behältern? ... Natürlich, ich weiß, daß Sie sie mitgeschickt hätten. Da wäre noch ein Punkt, in dem ich dringend auf Ihre Hilfe angewiesen wäre. Haben Sie gerade die Bankauszüge der Jacobis zur Hand? Gut, ich möchte wissen, wo sie ihre Schmalfilme entwickeln ließen. Möglicherweise hat sie ein Fotogeschäft für sie eingeschickt. Falls unter den Kontoauszügen irgendwelche Zahlungen an Drogerien oder Fotogeschäfte sind, läßt sich das herausfinden. Es ist sehr dringend, Byron. Ich werde Ihnen alles näher erklären, sobald sich eine Gelegenheit dazu findet. Der Birminghamer FBI wird sich um die Läden kümmern. Sobald Sie also etwas finden, geben Sie es erst an unsere dortige Außenstelle durch, dann an uns. Würden Sie das tun? Großartig. Was? *Nein*, ich werde Sie *nicht* mit meinem Spatz bekanntmachen.«

In Birmingham überprüften FBI-Agenten vier Fotogeschäfte, bevor sie den Laden ausfindig machten, in dem die Jacobis ihre Filme hatten entwickeln lassen. Der Geschäftsführer erklärte, alle Schmalfilme würden ohne Ausnahme an dieselbe Entwicklungsanstalt eingeschickt.

Crawford hatte sich die Filme zwölfmal angesehen, bevor endlich der Anruf aus Birmingham kam. Er notierte sich die Adresse.

Er streckte Graham eigenartig förmlich die Hand entgegen, als er sagte: »Es ist Gateway.«

43. Kapitel

Crawford löste gerade in einem Plastikbecher ein Alka-Seltzer auf, als über das Lautsprechersystem der 727 die Stimme einer Stewardeß ertönte.

»Mr. Crawford möchte sich bitte zu erkennen geben.«

Als er ihr von seinem Platz am Mittelgang zuwinkte, kam

sie auf ihn zu. »Mr. Crawford, würden Sie bitte in das Cockpit kommen?«

Vier Minuten später kam Crawford wieder zurück und ließ sich neben Graham in seinen Sitz sinken.

»Die Zahnschwuchtel war heute in New York.«

Graham zuckte zusammen, und seine Zähne gaben ein klapperndes Geräusch von sich.

»Nein, nicht was du denkst. Er hat nur im Brooklyn Museum zwei Frauen bewußtlos geschlagen und dann – jetzt kommt's – ein Aquarell *aufgegessen.*«

»Er hat es gegessen?«

»Ja, gegessen. Sobald sie herausgefunden hatten, welches Bild er verschluckt hat, hat sich unverzüglich die Sonderabteilung für Kunstdiebstähle eingeschaltet. Sie haben zwei partielle Fingerabdrücke von dem Plastikabzeichen, das er im Museum bekam; sie haben sie vor kurzem an Price weitergeleitet. Als Price sie sich dann vergrößert angesehen hat, hat er es gleich ordentlich läuten gehört. Zwar war mit ihrer Hilfe keine Identifizierung möglich, aber es war derselbe Daumenabdruck wie auf dem Augapfel des einen Leeds-Jungen.«

»In New York«, murmelte Graham.

»Das hat rein gar nichts zu bedeuten, daß er heute in New York war. Er könnte trotzdem bei Gateway arbeiten. Und falls dem so ist, müßte er heute Urlaub genommen haben. Das macht es uns sogar wesentlich einfacher.«

»Was für ein Bild hat er denn gegessen?«

»Ein Aquarell mit dem Titel *Der große, rote Drache und die mit der Sonne bekleidete Frau*. Es ist von William Blake, habe ich mir sagen lassen.«

»Und was ist mit den Frauen?«

»Er scheint wirklich gut mit einem Totschläger umgehen zu können. Die jüngere von beiden wurde nur zur Untersuchung ins Krankenhaus gebracht, und die ältere mußte mit vier Stichen genäht werden; sie hat eine leichte Gehirnerschütterung.«

»Konnten sie den Täter beschreiben?«

»Ja, die jüngere. Still, sehr kräftig gebaut, dunkler Schnurrbart und dunkles Haar – eine Perücke, nehme ich an. Diese Auffassung hat übrigens auch der Sicherheitsbeamte am Eingang geäußert. Was die ältere Frau betrifft, hätte er auch in einem Bärenfell rumlaufen können – so wenig hat sie von ihm gesehen.«

»Aber er hat niemanden umgebracht.«

»Seltsamerweise nein«, bemerkte Crawford nachdenklich. »Dabei wäre es für ihn vorteilhafter gewesen, sie beide ein für allemal zum Schweigen zu bringen – auf diese Weise hätte er sich seines Vorsprungs sicherer sein können, und er hätte keine Zeugen hinterlassen, die eine Personenbeschreibung von ihm hätten abgeben können. Die Abteilung für Verhaltensforschung hat deswegen gleich Bloom im Krankenhaus angerufen. Und weißt du, was er gesagt hat? Bloom meint, daß er vielleicht damit aufzuhören versucht.«

44. Kapitel

Dolarhyde hörte unter einem leichten Ächzen die Landeklappen nach unten schwenken, und langsam tauchten die Lichter von St. Louis unter der schwarzen Silhouette der Tragfläche in sein Blickfeld. Unter seinen Füßen senkte sich das Fahrwerk in den unter dem Flugzeugrumpf vorbeischießenden Luftstrom hinab und arretierte mit einem vernehmbaren Klacken.

Um die Steifheit aus seinem kräftigen Nacken zu vertreiben, rollte er den Kopf auf den Schultern.

Heimkommen.

Er war ein enormes Risiko eingegangen, und der Lohn dafür war, daß er nun über die Macht verfügte, selbst zu entscheiden. Zum Beispiel konnte er sich dafür entscheiden, Reba McClane am Leben zu lassen. Er konnte sie behalten, um jemanden zum Reden zu haben, und er konnte sie wegen ihrer erregenden, aber harmlosen Beweglichkeit in seinem Bett behalten.

Von seinem Haus hatte er nun nichts mehr zu befürchten. Er hatte den Drachen in seinem Bauch. Wenn er wollte, konnte er sein Haus betreten, die Kopie des Drachen von der Wand reißen und sie in seiner Faust zu einem harmlosen Papierknäuel zerknüllen.

Er brauchte sich keine Sorgen mehr zu machen, daß er Liebe für Reba verspürte. Falls er wirklich so etwas wie Liebe für sie verspürte, konnte er die Shermans dem Drachen überlassen, um sich dann unbelastet Reba zuwenden zu können und sie gut zu behandeln.

Dolarhyde rief sie gleich vom Flughafen in ihrer Wohnung an. Sie war noch nicht zu Hause. Er versuchte es in der Firma. Dort war belegt. Er dachte an Reba, wie sie sich, den Regenmantel über die Schultern geworfen, mit ihrem Stock ganz allein den Weg zur Bushaltestelle ertastete.

In dem schwachen Abendverkehr schaffte er es in weniger als 15 Minuten zur Entwicklungsanstalt.

Als er sie an der Bushaltestelle nicht sah, parkte er vor dem Eingang zu den Dunkelkammern. Er wollte ihr sagen, daß er auf sie warten würde, bis sie Feierabend hatte, um sie dann nach Hause zu fahren. Er war sehr stolz auf seine neue Fähigkeit, selbst zu entscheiden. Er konnte es gar nicht erwarten, davon Gebrauch zu machen.

Während er wartete, konnte er noch verschiedene Dinge in seinem Büro erledigen.

In der Entwicklungsanstalt brannten nur noch wenige Lichter.

Rebas Dunkelkammer war bereits abgeschlossen. Über der Tür brannte weder ein rotes noch ein grünes Licht. Der Raum war nicht besetzt. Er drückte auf den Klingelknopf. Keine Reaktion.

Vielleicht hatte sie ihm in seinem Büro eine Nachricht hinterlassen.

Er hörte Schritte auf dem Gang.

Dandridge, einer der Abteilungsleiter von Baeder, eilte, ohne aufzusehen, mit einem dicken Bündel von Personalakten unter dem Arm durch den Dunkelkammertrakt.

Dolarhydes Stirn legte sich in Falten.

Dandridge hatte bereits halb den Parkplatz hinter Baeder überquert und strebte auf das Gateway-Gebäude zu, als Dolarhyde hinter ihm durch die Tür ins Freie trat.

Auf dem Parkplatz standen zwei Lieferwagen und ein halbes Dutzend Pkws. Dieser Buick gehörte doch Fisk, dem Personalchef von Gateway. Was machten die denn um diese Zeit noch hier?

Bei Gateway hatten sie doch keine Nachtschicht. Der größte Teil des Gebäudes lag im Dunkeln. Dolarhyde orientierte sich lediglich mit Hilfe der roten Notausganganzeigen, als er zu seinem Büro ging. Hinter der Milchglasscheibe der Tür zur Personalabteilung brannte Licht. Dolarhyde konnte auch Stimmen hören; er erkannte die von Dandridge und Fisk.

Plötzlich nahten die Schritte einer Frau. Fisks Sekretärin bog vor Dolarhyde um die Ecke in den Gang. Sie hatte sich ein Tuch um ihre Lockenwickler gebunden und trug mehrere Ordner aus der Buchhaltung in den Armen. Sie hatte es eilig. Da sie beide Hände für den schweren Stapel Ordner benötigte, stieß sie mit der Zehenspitze gegen die Tür von Fisks Büro.

Will Graham öffnete ihr.

Dolarhyde blieb wie angewurzelt in dem dunklen Flur stehen. Seine Pistole war im Kombi.

Die Tür zur Personalabteilung schloß sich wieder.

Dolarhyde rannte los; seine Laufschuhe machten auf dem glatten Boden fast kein Geräusch. Am Ausgang drückte er sein Gesicht dicht an die Glasscheibe und spähte auf den Parkplatz hinaus. Er nahm unter der Flutlichtbeleuchtung eine Bewegung wahr. Ein Mann. Er machte sich im Schein einer Taschenlampe am Rückspiegel eines der Lieferwagen zu schaffen. Er untersuchte ihn nach Fingerabdrücken.

Plötzlich hörte Dolarhyde irgendwo hinter sich Schritte auf einem der Korridore des Gebäudes. Schnell weg von der Tür. Er hastete die Kellertreppe hinunter in den Heizraum im hinteren Teil des Gebäudes.

Wenn er auf eine Werkbank kletterte, konnte er sich durch die hohen Fenster, die sich auf Bodenniveau befanden und hinter ein paar Büschen verborgen waren, ins Freie zwängen. Er schwang sich über den unteren Fensterrand und landete auf allen vieren auf der Erde hinter den Sträuchern.

Auf dieser Seite des Gebäudes war alles still. Er richtete sich auf und schlenderte mit einer Hand in der Hosentasche gelassen über die Straße. Er lief, wenn der Gehsteig im Dunkeln lag, und ging, wenn ein Wagen vorüberfuhr, und schlug so einen weiten Bogen um Gateway und Baeder Chemical.

Sein Kombi stand hinter Baeder am Straßenrand. In seiner unmittelbaren Umgebung gab es keine Möglichkeit mehr, sich zu verstecken. Also gut. Er sprintete über die Straße und sprang ins Führerhaus, wo er sofort nach seinem Koffer griff.

Aus dem vollen Magazin ließ er eine Patrone in die Kammer schnalzen und legte die Pistole unter einem T-Shirt aufs Armaturenbrett.

Dann fuhr er langsam los – bloß nicht an der roten Ampel zum Stehen kommen –, bog vorsichtig um die Ecke und ordnete sich in den spärlichen Verkehr ein.

Er mußte nun jeden Schritt sorgfältig überlegen. Doch es fiel ihm unsäglich schwer, einen klaren Gedanken zu fassen.

Die Filme. Graham mußte irgendwie von den Filmen wissen. Graham wußte, *wo* er zu suchen hatte. Aber er wußte noch nicht, *wen*. Wenn er das gewußt hätte, hätte er sich nicht die Akten der Personalabteilung zeigen lassen müssen. Doch wozu auch noch die Unterlagen aus der Buchhaltung? Wegen der Urlaubstage. Wer hatte an den Tagen, als der Drache zuschlug, Urlaub genommen. Aber halt, das waren immer Samstage gewesen, wenn man von Lounds absah. Er würde also nachsehen, wer jeweils vor diesen Samstagen Urlaub genommen hatte. Wenn er sich davon nur mal nicht zuviel versprach; die Hauptbuchhaltung war keineswegs über die einzelnen Urlaubstage im Bilde, die sich Angestellte nahmen.

Während Dolarhyde langsam den Lindberg Boulevard hinunterfuhr, zählte er mit seiner freien Hand, während er in Gedanken die einzelnen Punkte abhakte.

Sie suchten nach Fingerabdrücken. Allerdings hatte er nirgendwo Fingerabdrücke hinterlassen – mit Ausnahme vielleicht des Plastikabzeichens im Brooklyn Museum. Allerdings hatte er auch dabei darauf geachtet, es möglichst nur an den Kanten zu berühren.

Aber sie mußten einen Fingerabdruck haben. Weshalb hätten sie sonst nach Fingerabdrücken suchen sollen, wenn sie nicht bereits einen hatten, mit dem sie Vergleiche anstellen konnten?

Jedenfalls hatten sie den Lieferwagen eindeutig nach Fingerabdrücken untersucht. Er hatte keine Zeit, sich zu vergewissern, ob sie das auch mit den Personenwagen taten.

Der Kombi. Er hatte ein Fahrzeug benutzt, in dem er Lounds im Rollstuhl hatte transportieren können – deshalb interessierten sie sich für den Lieferwagen. Vielleicht hatte in Chicago jemand den Kombi gesehen. Jedenfalls gab es bei Gateway eine Menge Kombis, private sowie Firmenfahrzeuge.

Nein, Graham wußte nur, daß er einen Kombi haben mußte. Graham wußte das, weil er es einfach wußte. Graham wußte Bescheid. Er wußte Bescheid. Dieser Dreckskerl war ein Monster.

Sie würden jedem Angestellten bei Gateway und Baeder Fingerabdrücke abnehmen. Wenn sie ihn nicht schon heute abend entdeckten, dann morgen. Er würde sein Leben lang auf der Flucht sein, und sein *Gesicht* würde an jedem Schwarzen Brett jedes Postamtes und jeder Polizeiwache hängen. Sie waren ihm auf der Spur. Plötzlich ließen sie ihn jämmerlich und klein erscheinen.

»Reba«, stieß er laut hervor. Doch Reba konnte ihm jetzt auch nicht mehr helfen. Sie waren ihm schon ganz dicht auf den Fersen, und er war nichts weiter als eine miese, kleine Hasenschar--

»TUT ES DIR NUN ENDLICH DOCH LEID, DASS DU MICH HINTERGANGEN HAST?«

Tief aus seinem Innern, wo sich das zerfetzte Aquarell in seinen Eingeweiden zersetzte, ertönte die mächtige Stimme des Drachen.

»Das habe ich nicht. Ich wollte mich lediglich selbst entscheiden. Du hast mich beschimpft und –«

»GIB MIR, WAS ICH WILL, UND ICH WERDE DICH RETTEN.«

»Nein, ich ergreife die Flucht.«

»GIB MIR, WAS ICH WILL, UND DU WIRST GRAHAMS RÜCKGRAT BRECHEN HÖREN.«

»Nein.«

»SIEH DOCH, WAS DU HEUTE GETAN HAST. DAS WAR DOCH WUNDERVOLL. WIR SIND UNS JETZT SO NAHE WIE NIE ZUVOR. WIR KÖNNEN WIEDER EINS SEIN. SPÜRST DU MICH IN DIR? DU SPÜRST MICH DOCH, ODER NICHT?«

»Ja.«

»UND DU WEISST AUCH, DASS ICH DICH RETTEN KANN. DU WEISST, DASS SIE DICH AN EINEN ORT BRINGEN WERDEN, DER NOCH SCHLIMMER IST ALS DAS HEIM VON BRUDER BUDDY. GIB MIR, WAS ICH WILL, UND DU WIRST FREI SEIN.«

»Nein.«

»SIE WERDEN DICH TÖTEN. DU WIRST DICH AUF DEM BODEN WÄLZEN.«

»Nein.«

»WENN DU TOT BIST, WIRD SIE ANDERE KERLE FIKKEN, SIE WIRD –»

»Nein! Halt endlich den Mund!«

»SIE WIRD ANDERE KERLE FICKEN – KERLE, DIE BESSER AUSSEHEN; SIE WIRD IHRE –«

»Hör auf! Halt den Mund!«

»FAHR LANGSAMER, UND ICH WERDE STILL SEIN.«

Dolarhydes Fuß ging vom Gas zurück.

»SO IST ES GUT. GIB MIR, WAS ICH WILL, UND ES

WIRD NICHT SO WEIT KOMMEN. GIB ES MIR; DANN WERDE ICH DICH IMMER ENTSCHEIDEN LASSEN. UND DU WIRST AUCH RICHTIG SPRECHEN KÖNNEN. ICH MÖCHTE, DASS DU RICHTIG SPRECHEN KANNST. FAHR LANGSAMER. SO IST ES GUT. SIEHST DU DIE TANKSTELLE DORT VORNE? HALTE DORT ERST MAL AN, DAMIT ICH MICH IN RUHE MIT DIR UNTERHALTEN KANN...

45. Kapitel

Graham trat aus den Büros der Personalabteilung und gönnte seinen Augen auf dem schwach erleuchteten Flur einen Moment Ruhe. Er war nervös, unruhig. Das alles dauerte ihm zu lange.

Crawford ging die 380 Angestellten von Gateway und Baeder so schnell durch, wie das nur irgendwie möglich war – auf so etwas verstand er sich nämlich ganz hervorragend –, aber die Zeit verstrich trotzdem, und es würde immer schwieriger werden, das Ganze geheim zu halten.

Crawford hatte die Zahl seiner Helfer bei Gateway auf ein Minimum beschränkt. (»Wir wollen ihn finden, nicht scheu machen«, hatte Crawford ihnen eingeschärft. »Falls wir ihn schon heute abend ausfindig machen können, können wir ihn möglicherweise außerhalb des Betriebs festnehmen – vielleicht in seiner Wohnung oder sonst irgendwo.«)

Die Polizei von St. Louis hatte ihm ebenfalls ihre Unterstützung zugesichert. Lieutenant Fogel von der Mordkommission St. Louis und ein Sergeant kamen unauffällig in einem Zivilwagen vorgefahren und brachten einen Datafax mit.

An das Gateway-Telefonnetz angeschlossen, gab der Datafax binnen weniger Minuten die Personalliste an die Identifizierungsabteilungen des FBI in Washington sowie an die Kfz-Zulassungsstellen von Missouri durch.

In Washington würden die Namen mit den einzelnen Fingerabdruckdateien verglichen werden. Der schnelleren Bearbeitung wegen wurden Namen von Baeder-Angestellten, die bereits einer gründlichen Sicherheitsüberprüfung unterzogen worden waren, vorläufig ausgeklammert.

Die Kfz-Zulassungsstelle würde die Besitzer von Kombis unter den Personen auf der Liste ermitteln.

Von Gateway wurden nur vier Personen zu den Untersuchungen herangezogen: Fisk, der Personalchef; Fisks Sekretärin; Dandridge von Baeder Chemical; und der Hauptbuchhalter von Gateway.

Kein Telefon wurde benutzt, um diese vier zu dem nächtlichen Treffen in den Betrieb zu bitten. Mehrere FBI-Agenten sprachen persönlich bei den Betreffenden zu Hause vor, um ihnen ihr Anliegen zu unterbreiten. (»Seht sie euch genau an, bevor ihr ihnen sagt, wozu ihr sie braucht«, hatte Crawford ihnen eingeschärft. »Und laßt sie danach auf keinen Fall mehr telefonieren. Solche Neuigkeiten verbreiten sich nämlich schneller, als man denkt.«)

Sie hatten eigentlich auf eine rasche Identifizierung anhand des Gebisses gehofft. Doch keiner der vier Gateway-Angestellten erkannte es wieder.

Graham starrte den langen Korridor hinunter, der nur von den roten Notausganglämpchen schwach erleuchtet war. Sie waren auf der richtigen Spur.

Was konnten sie an diesem Abend sonst noch tun?

Crawford hatte darum gebeten, daß die Frau aus dem Brooklyn Museum – Miß Harper – nach St. Louis geflogen würde, sobald ihr Zustand dies erlaubte. Vermutlich würde das am darauffolgenden Morgen der Fall sein. Die Polizei von St. Louis verfügte über einen hervorragend getarnten Observationskombi, von dem aus sie die Firmenangestellten beim Betreten der Betriebsgebäude beobachten konnte.

Falls sie in dieser Nacht nicht fündig werden sollten, würden alle Spuren ihrer Ermittlungen gründlichst vertuscht werden, bevor am nächsten Morgen die ersten Angestellten zur Arbeit erschienen. Graham gab sich keinen Illusionen hin – sie würden von Glück reden können, wenn ihnen ein ganzer Tag blieb, bevor sich im Betrieb die Kunde von ihren Untersuchungen verbreitete. Der Drache war bestimmt auf der Hut. Und sobald er etwas Verdächtiges bemerkte, würde er sicher sofort fliehen.

46. Kapitel

Ein spätes Abendessen mit Ralph Mandy war ihr als genau das Richtige erschienen. Reba McClane war sich im klaren darüber, daß sie es ihm früher oder später auf jeden Fall sagen mußte, und zudem war sie jemand, der nicht viel davon hielt, dringend anliegende Angelegenheiten auf die lange Bank zu schieben.

Im übrigen war sie auch bereits fest davon überzeugt, daß Ralph schon ahnte, worauf das Ganze hinauslief, als sie im Restaurant darauf bestand, selbst zu bezahlen.

Als er sie dann in seinem Wagen nach Hause brachte, erzählte sie es ihm; daß es eigentlich nichts mit seiner Person zu tun hätte, daß sie die gemeinsame Zeit mit ihm durchaus genossen hätte und weiter mit ihm befreundet bleiben wollte, aber daß sie nun eben jemand Neuen kennengelernt hätte.

Mochte er auch etwas verletzt wirken, so wußte sie doch, daß er gleichzeitig auch erleichtert war. Jedenfalls fand sie, daß er das Ganze recht passabel aufnahm.

An der Wohnungstür bat er sie nicht, noch mit hineinkommen zu dürfen. Er ersuchte sie lediglich um einen Abschiedskuß – eine Bitte, die sie ihm gern gewährte. Er öffnete ihr die Tür und gab ihr die Schlüssel. Dann wartete er, bis sie nach drinnen gegangen war und die Tür abgeschlossen hatte.

Als er sich daraufhin umdrehte, schoß ihn Dolarhyde einmal in den Hals und zweimal in die Brust. Ein dreimaliges kurzes Ploppen aus der schallgedämpften Pistole. Ein Motorroller machte mehr Krach.

Mühelos hob Dolarhyde Mandys Körper vom Boden auf, um ihn zu einer Stelle zwischen den Büschen vor dem Haus zu tragen und dort liegen zu lassen.

Der Anblick Rebas, wie sie Mandy geküßt hatte, hatte Dolarhyde tief getroffen. Doch dann wich der Schmerz auf ewig von ihm.

Er sah noch immer aus wie Francis Dolarhyde und klang auch ganz wie er – der Drache war ein vorzüglicher Schauspieler; er spielte Dolarhydes Rolle vollkommen überzeugend.

Reba wusch sich gerade das Gesicht, als sie die Türglocke hörte. Es klingelte viermal, bevor sie die Tür erreichte. Sie tastete nach der Kette, ohne sie jedoch abzunehmen.

»Wer ist da?«

»Francis Dolarhyde.«

Sie öffnete einen Spaltbreit die Tür, immer noch durch die Kette gesichert. »Sag's bitte noch mal.«

»Dolarhyde. Ich bin's.«

Sie wußte, daß er es war. Sie entfernte die Kette.

Reba mochte keine Überraschungen. »Ich dachte, du hättest gesagt, daß du mich anrufen wolltest, D.«

»Das hatte ich auch vor. Aber es ist furchtbar dringend.« Damit trat er ein und drückte ihr gleichzeitig das chloroformgetränkte Tuch gegen Mund und Nase.

Auf der Straße war niemand zu sehen. In den meisten Häusern brannte kein Licht mehr. Er trug sie zum Kombi. Ralph Mandys Füße ragten ein Stück unter den Büschen hervor. Doch Dolarhyde kümmerte sich nicht mehr um ihn.

Irgendwann während der Fahrt kam sie wieder zu sich. Sie lag neben ihm, ihre Wange auf dem staubigen Teppich des Kombi, das Pfeifen des Getriebes laut in ihren Ohren.

Sie versuchte ihre Hand an ihr Gesicht zu führen. Die Bewegung quetschte ihren Busen ein. Ihre Unterarme waren aneinandergebunden.

Sie befühlte sie mit ihrem Gesicht. Sie waren von den Ellbogen bis zu den Handgelenken mit etwas umwickelt, das sich wie weiche Stoffstreifen anfühlte. Ihre Beine waren von den Knien bis zu den Fußgelenken auf dieselbe Weise gefesselt. Außerdem war etwas über ihrem Mund.

Was... was...? D. war an der Tür erschienen und dann...

Sie konnte sich noch erinnern, ihr Gesicht abgewandt zu haben; doch er war so unwahrscheinlich stark gewesen. Gütiger Gott... was sollte das nur...? D. stand an der Tür, und dann würgte sie an etwas Kühlem, und sie versuchte ihr Gesicht wegzudrehen, aber um ihren Kopf legte sich ein stählerner Griff.

Jetzt befand sie sich in D.s Kombi. Sie erkannte die Resonanzen wieder. Der Kombi fuhr. Angst wallte in ihr auf. Ihr Instinkt sagte ihr, sich ruhig zu verhalten, aber die Dämpfe von Chloroform und Benzin in ihrer Kehle ließen sie gegen den Knebel anwürgen.

D.s Stimme. »Wir sind gleich da.«

Sie spürte, wie der Wagen eine scharfe Biegung vollzog, und dann hörte sie Kies unter den Reifen knirschen. Kleine Steine prasselten gegen die Innenseite der Kotflügel.

Er war verrückt. Das war's: Verrückt.

›Verrückt‹ ist ein furchteinflößendes Wort.

Was war nur los mit ihm? Ralph Mandy. Er mußte ihn vor dem Haus gesehen haben. Das hatte ihn durchdrehen lassen.

Mein Gott, was sollte das nur geben. Im Reiker Institute hatte sie einmal ein Mann zu schlagen versucht. Sie hatte sich lediglich ganz still verhalten, und da er ebenfalls blind war, hatte er sie nicht finden können. Der hier konnte allerdings verdammt gut sehen. Sie mußte sich auf alles gefaßt machen.

Reiß dich zusammen. Du mußt irgendwie mit ihm sprechen. Mein Gott, sonst bringt er dich noch um, ohne dir diesen blöden Knebel abgenommen zu haben. O mein Gott, er könnte dich umbringen, weil er einfach nicht mehr in der Lage ist, zu verstehen, was du sagst.

Sei bereit. Sei auf alles gefaßt und sag nicht erst lange ›Wie bitte?‹ Mach ihm unverzüglich klar, daß du das Ganze zu vergessen bereit bist, daß er von dir nicht das geringste zu befürchten hat. Du wirst nichts sagen. Verhalte dich so lange wie möglich völlig still. Und wenn das nicht geht, warte zumindest so lange, bis du seine Augen finden kannst.

Der Kombi hielt an. Er geriet leicht ins Schaukeln, als Dolarhyde ausstieg. Die Seitentür glitt auf. Der Geruch von Gras und heißen Reifen lag in der Luft. Grillen. Er stieg in den Kombi.

Gegen ihren Willen quiekte sie gegen den Knebel an und drehte ihr Gesicht von ihm ab, als er sie berührte.

Sanftes Tätscheln auf der Schulter hielt sie nicht davon ab, sich unter seinem Zugriff zu winden. Dazu bedurfte es schließlich eines kräftigen Schlags in ihr Gesicht.

Sie versuchte, gegen den Knebel anzusprechen. Sie wurde hochgehoben, davongetragen. Hohl hallten seine Schritte von der Rampe wider. Sie wußte nun genau, wo sie sich befanden. In seinem Haus. Doch wo in seinem Haus? Von rechts ertönte das Ticken der Uhr. Teppich, dann Fußboden. Das Schlafzimmer, in dem sie miteinander geschlafen hatten. Sie sank in seinen Armen nach unten, spürte schließlich das Bett unter sich.

Sie versuchte trotz des Knebels zu sprechen. Er verließ den Raum. Dann hörte sie vor dem Haus Geräusche. Die Tür des Kombi schlug zu. Er kam wieder zurück. Stellte etwas auf den Boden – Blechkanister.

Es roch nach Benzin.

»Reba.« D.s Stimme – zweifellos – aber so beängstigend ruhig. So beängstigend ruhig und fremd. »Reba, ich weiß nicht recht, was ich ... dir sagen soll. Es war so schön mit dir, und du weißt nicht, was ich für dich getan habe. Aber ich habe mich getäuscht, Reba. Du hast mich schwach und verletzlich gemacht und mir dann weh getan.«

Sie versuchte gegen den Knebel anzusprechen.

»Wirst du auch brav sein, wenn ich dir die Fesseln abnehme und dich aufsetzen lasse? Versuch nicht wegzulaufen. Ich könnte dich jederzeit wieder fangen. Wirst du also schön brav sein?«

Sie verdrehte ihren Kopf krampfhaft zu einem Nicken.

Die Berührung von kaltem Stahl an ihrer Haut, gefolgt vom Wispern eines Messers durch Stoff, und ihre Arme waren frei. Jetzt ihre Beine. Ihre Wangen waren an der Stelle feucht, an der er ihr zuletzt den Knebel abnahm.

Vorsichtig und ganz langsam setzte sie sich im Bett auf. Versuch dein Bestes.

»D.«, begann sie. »Ich konnte doch nicht wissen, daß dir so viel an mir liegt. Ich finde es wundervoll, daß es so ist, aber damit hast du mir doch einen ganz schönen Schrecken eingejagt.«

Keine Antwort. Doch sie wußte, daß er ganz in ihrer Nähe war.

»War es dieser dumme Junge Ralph Mandy, D., der dich so aufgebracht hat? Hast du ihn vor dem Haus gesehen? Das war es doch, nicht wahr? Ich habe ihm doch nur gesagt, daß ich ihn von nun an nicht mehr sehen wollte. Weil ich in Zukunft nur noch dich sehen will. Ich werde mich mit Ralph nie wieder treffen.«

»Ralph ist tot«, sagte Dolarhyde. »Ich glaube nicht, daß er gern gestorben ist.«

Das fantasiert er nur so. Mein Gott, wie ich hoffe, daß er sich das nur einbildet. »Ich habe dir nie im Leben weh getan, D. Das stand nie in meiner Absicht. Laß uns doch einfach nur gute Freunde sein und miteinander ins Bett gehen und uns ganz lieb haben. Aber vergessen wir doch diesen ganzen Unsinn.«

»Sei still«, gebot er ihr vollkommen ruhig. »Jetzt werde ich dir etwas sagen. Das Wichtigste, was du je zu hören bekommen wirst. So wichtig wie die Bergpredigt – oder die Zehn Gebote –, wenn du verstehst, was ich meine.«

»Ja, D. Ich –«

»Du sollst still sein, habe ich gesagt. Reba, in Birmingham und Atlanta haben sich bemerkenswerte Dinge zugetragen. Weißt du, wovon ich spreche?«

Sie schüttelte den Kopf.

»Es kam ständig in den Nachrichten. Zwei Personengruppen wurden verändert. Leeds. Und Jacobi. Die Polizei denkt, sie wären ermordet worden. Weißt du jetzt, was ich meine?«

Sie wollte eben wieder den Kopf schütteln. Doch dann fiel es ihr plötzlich ein, und sie nickte – sehr langsam.

»Weißt du, wie sie das Wesen nennen, das diese Menschen heimgesucht hat? Jetzt darfst du sprechen.«

»Die Zahn –«

Eine Hand packte ihr Gesicht und würgte den Laut ab.

»Denk noch einmal gut nach, und dann antworte richtig.«

»Irgendwas mit Drachen. Drache... roter Drache.«

Er war ganz dicht über ihr. Sie konnte seinen Atem auf ihrem Gesicht spüren.

»ICH BIN DER DRACHE.«

Vor der Lautstärke und dem furchteinflößenden Timbre der Stimme unwillkürlich zurückzuckend, schlug sie mit den Kopf gegen das Kopfteil des Betts.

»Der Drache will dich, Reba. Er hat dich schon immer gewollt. Ich wollte dich Ihm nicht überlassen. Ich habe heute etwas getan, damit Er dich nicht haben konnte. Aber das war falsch von mir.«

Das war nun D. Mit D. konnte sie sprechen. »Bitte, bitte laß ihn mich nicht haben. So etwas würdest du doch nie tun. Bitte, tu's nicht. Ich gehöre doch *dir*. Behalte mich bei dir. Du magst mich doch; das weiß ich ganz sicher.«

»Ich weiß noch nicht, wie ich mich entscheiden soll. Vielleicht komme ich nicht umhin, dich Ihm zu überlassen. Ich weiß es nicht. Erst einmal werde ich mich vergewissern, ob du auch wirklich das tun wirst, was ich dir sage. Wirst du das? Kann ich mich auf dich verlassen?«

»Ich werde es versuchen. Ich werde mir alle nur erdenkliche Mühe geben. Aber mach mir nicht zuviel Angst, sonst kann ich es nicht.«

»Steh auf, Reba. Stell dich neben das Bett. Weißt du, wo du dich im Raum befindest?«

Sie nickte.

»Du weißt doch auch, wo du dich im Haus befindest? Du bist doch im Haus herumgegangen, während ich geschlafen habe, oder nicht?«

»Während du geschlafen hast?«

»Stell dich nicht dümmer, als du bist. Als wir gemeinsam die Nacht hier verbracht haben. Du bist doch durchs Haus gegangen, nicht wahr? Bist du auf irgend etwas Ungewöhnliches gestoßen? Hast du es an dich genommen und jemand anderem gezeigt? Hast du das getan, Reba?«

»Ich bin nur nach draußen gegangen. Du hast noch geschlafen, und ich bin nach draußen in den Garten gegangen. Ehrenwort.«

»Dann weißt du also auch, wo die Eingangstür ist?«

Sie nickte.

»Reba, fühl mal an meiner Brust. Heb ganz langsam deine Hände.«

Sollte sie nach seinen Augen zu stoßen versuchen?

Mit Daumen und Zeigefinger drückte er ganz leicht gegen ihren Kehlkopf. »Laß lieber bleiben, was du gerade überlegst. Oder ich drücke zu. Befühl nur meine Brust. Unterhalb meines Halses. Spürst du den Schlüssel an der Kette? Streife ihn mir über den Kopf. Vorsichtig... so ist es recht. Und jetzt werde ich sehen, ob ich dir trauen kann. Geh zur Eingangstür, schließ sie ab und bring mir den Schlüssel zurück. Geh jetzt. Ich warte hier auf dich. Versuche lieber nicht wegzulaufen. Ich hätte dich sofort eingeholt.«

Sie hielt den Schlüssel in ihrer Hand; die Kette schlug leicht gegen ihren Oberschenkel. In ihren Schuhen fiel es ihr schwerer, sich zurechtzufinden; aber sie behielt sie trotzdem an. Das Ticken der Uhr war eine große Hilfe.

Teppich, Fußboden, Teppich. Das wuchtige Sofa. Nach rechts jetzt.

Was soll ich tun? Das Spiel mitspielen oder zu fliehen versuchen? Sind die anderen auch erst auf ihn eingegangen? Sie atmete so schwer, daß sie sich leicht benommen fühlte. Sie mußte jetzt klaren Kopf bewahren. Sie mußte sich voll konzentrieren.

Es hängt davon ab, ob die Tür offen ist. Versuche herauszufinden, wo er ist.

»Gehe ich richtig?« Sie wußte, daß sie auf dem richtigen Weg war.

»Noch etwa fünf Schritte.« Die Stimme kam aus dem Schlafzimmer.

Sie spürte einen Luftzug auf ihrem Gesicht. Die Tür stand halb offen. Sie zwängte ihren Körper in den Türspalt und steckte den Schlüssel unter dem Türgriff ins Schloß. Von außen.

Jetzt. Sie schlüpfte endgültig ins Freie, drückte die Tür zu und drehte den Schlüssel herum. Ohne Stock die Rampe hinunter. Und dann rannte sie los; gleichzeitig versuchte sie sich zu erinnern, wo der Kombi stand. Sie rannte einfach drauf los – sie stieß gegen etwas, einen Busch vielleicht, und dann ein Aufschrei. Verzweifelte Schreie. »Hilfe. Hilfe. Hilfe, Hilfe.« Plötzlich spürte sie Kies unter ihren Sohlen. In der Ferne die Hupe eines Lastwagens. Dort mußte der Highway sein. Sie lief eine Weile, fiel dann in einen raschen Gang, dann wieder Laufschritt – so schnell sie konnte; und immer wieder korrigierte sie ihre Richtung, wenn sie statt Kies plötzlich Rasen unter ihren Füßen spürte.

Und dann Schritte hinter ihr; rasch und energisch stürmten sie über den Kies der Einfahrt auf sie zu. Sie blieb stehen, hob eine Handvoll Kiesel vom Boden auf und wartete, bis er nahe genug war, um sie nach ihm zu schleudern. Sie hörte die Steine gegen seine massige Gestalt prasseln.

Ein Stoß gegen die Schulter wirbelte sie herum. Ein muskulöser Arm unter ihrem Kinn, um ihren Hals, und dann drückte er unerbittlich zu, bis das Blut in ihren Ohren sauste. Sie trat nach hinten, traf ein Schienbein, während es zugleich zunehmend stiller und stiller wurde.

47. Kapitel

Nach zwei Stunden war die Liste der weißen, männlichen Angestellten zwischen zwanzig und fünfzig, die einen Kombi besaßen, vollständig; sie umfaßte 26 Namen.

Anhand der Führerscheinangaben konnte die Zulassungsstelle auch mit der Haarfarbe der Betreffenden aufwarten, wobei man sich jedoch darauf nicht zu sehr verlassen wollte, da nicht auszuschließen war, daß der Drache eine Perücke trug.

Miß Tillman, Fisks Sekretärin, fertigte Kopien der Liste an und verteilte sie.

Lieutenant Fogel ging gerade die Namenaufstellung durch, als sein Piepser losging.

Daraufhin rief Fogel unverzüglich die Zentrale an. Nachdem er kurz gesprochen hatte, legte er die Hand auf die Sprechmuschel. »Mr. Crawford... Jack, ein gewisser Ralph Mandy, 38 Jahre, weiß, wurde vor wenigen Minuten in University City erschossen aufgefunden – er lag im Vorgarten eines Hauses, in dem eine gewisse Reba McClane wohnt. Laut Aussagen der Nachbarn arbeitete sie bei Baeder. Die Haustür ist nicht abgeschlossen, aber sie ist nicht zu Hause.«

»Dandridge!« rief Crawford. »Reba McClane, was wissen Sie über sie?«

»Sie arbeitet in der Dunkelkammer. Sie ist blind und stammt irgendwo aus Colorado –«

»Kennen Sie Ralph Mandy?«

»Mandy?« fragte Dandridge. »Randy Mandy?«

»*Ralph* Mandy. Arbeitet er hier?«

Er stand nicht auf der Personalliste.

»Vielleicht ein Zufall«, meinte Fogel.

»Vielleicht«, brummte Crawford.

»Hoffentlich ist Reba nichts zugestoßen«, bemerkte Miß Tillman ängstlich.

»Kennen Sie sie?« wandte Graham sich ihr zu.

»Ich habe mich ein paarmal mit ihr unterhalten.«

»Und wissen Sie etwas über Mandy?«

»Keine Ahnung. Der einzige Mann, mit dem ich sie je gesehen habe, ist Mr. Dolarhyde. Ich habe sie mal in seinen Kombi steigen sehen.«

»Mr. Dolarhyde hat einen Kombi, Miß Tillman? Wissen Sie, welche Farbe Mr. Dolarhydes Kombi hat?«

»Lassen Sie mich mal überlegen – dunkelbraun oder vielleicht auch schwarz.«

»Wo arbeitet Mr. Dolarhyde?« fragte Crawford weiter.

»Er ist für die Überwachung der entwickelten Filme zuständig«, schaltete sich Fisk ein.

»Wo ist sein Büro?«

»Ein Stück weiter den Flur runter.«

Crawford wollte eben etwas zu Graham sagen, doch er rannte bereits los.

Mr. Dolarhydes Büro war abgeschlossen. Doch dieses Problem ließ sich mit dem Zweitschlüssel des Hausmeisters umgehen.

Graham streckte seinen Arm durch den Türspalt und knipste das Licht an. Er blieb reglos in der Türöffnung stehen, während seine Blicke durch den Raum wanderten. Dort herrschte auffallende Ordnung. Nirgendwo waren persönliche Gegenstände zu sehen. Im Bücherregal standen nur Fachbücher.

Die Schreibtischlampe stand links vom Stuhl; demnach war er Rechtshänder.

Sie brauchten möglichst schnell einen linken Daumenabdruck von einem Rechtshänder.

»Nehmen wir uns ein Schreibbrett vor«, schlug Crawford vor, der hinter Graham auf dem Flur stand. »Auf der Klammer müßten ein paar linke Daumenabdrücke zu finden sein.«

Sie waren gerade dabei, die Schubladen zu durchsuchen, als Grahams Blick auf dem Terminkalender haften blieb. Er blätterte darin auf Samstag, den 28. Juni, zurück, den Tag, an dem die Jacobis ermordet worden waren.

Der Donnerstag und der Freitag vor besagtem Wochenende wiesen keinerlei Eintragungen auf.

Er blätterte wieder zur letzten Juliwoche vor. Auch in diesem Fall keine Eintragung für Donnerstag und Freitag. Eine Notiz für Mittwoch lautete: »Am 552 3:45–6:15.«

Graham notierte sich die Eintragung. »Ich möchte sofort wissen, wohin dieser Flug geht.«

»Laß mich das machen, damit du hier weitersuchen kannst«, erbot sich Crawford. Er trat an einen Wandapparat auf der anderen Seite des Gangs.

Graham betrachtete gerade eine Dose mit Gebißhaftpulver, die in der untersten Schublade lag, als Crawford durch die offene Tür rief.

»Der Flug geht nach Atlanta, Will. Los, knöpfen wir uns den Burschen vor.«

48. Kapitel

Kaltes Wasser in Rebas Gesicht; es floß in ihr Haar. Benommen. Etwas Hartes unter sich, schräg nach unten geneigt. Sie drehte den Kopf herum. Holz unter sich. Ein kaltes, nasses Handtuch fuhr über ihr Gesicht.

»Alles wieder in Ordnung, Reba?« Dolarhydes ruhige Stimme.

Sie schrak vor ihrem Klang zurück. »Ah-ah.«

»Tief durchatmen.«

Eine Minute verstrich.

»Glaubst du, du kannst aufstehen? Versuch jetzt, aufzustehen.«

Wenn er seinen Arm um sie legte, konnte sie stehen. Ihr Magen begehrte heftig auf. Er wartete, bis er sich wieder beruhigt hatte.

»Jetzt die Rampe hoch. Weißt du, wo du bist?«

Sie nickte.

»So ist es schön. Und jetzt geh ins Schlafzimmer; du weißt den Weg.«

Sie stolperte und sank auf die Knie nieder; ihr Kopf sackte nach vorn. Er zog sie an den Armen hoch und führte sie ins Schlafzimmer.

»Setz dich in diesen Stuhl.«

Sie setzte sich.

»JETZT GIB SIE MIR.«

Sie versuchte aufzustehen; kräftige Hände auf ihren Schultern hielten sie zurück.

»Bleib ruhig sitzen, sonst kann ich Ihn nicht von dir fernhalten«, erklärte ihr Dolarhyde.

Erst jetzt kam sie vollends wieder zu sich. Doch am liebsten wäre sie gleich wieder in den früheren Dämmerzustand zurückverfallen.

»Bitte, versuch es«, flehte sie.

»Reba, für mich ist jetzt alles aus.«

Er machte sich in ihrer Nähe an irgend etwas zu schaffen. Der Benzingeruch war plötzlich sehr intensiv.

»Streck deine Hände aus. Befühl das mal. Nicht danach greifen, nur fühlen.«

Sie ertastete etwas wie Nasenlöcher aus Stahl, innen sehr glatt. Die Mündung einer Schußwaffe.

»Das ist eine Schrotflinte, Reba. Eine Magnum vom Kaliber zwölf. Weißt du, wozu sie imstande ist?«

Sie nickte.

»Nimm jetzt deine Hand wieder runter.« Der kalte Lauf kam in der Vertiefung unter ihrem Kehlkopf zu ruhen.

»Reba, ich hätte dir so gern vertraut. Ich wollte dir vertrauen.«

Er klang, als weinte er.

»Es war so schön mit dir.«

Er weinte tatsächlich.

»Auch für mich war es sehr schön mit dir, D. Bitte tu mir jetzt nichts.«

»Für mich ist alles aus. Ich darf dich Ihm auf keinen Fall in die Hände fallen lassen. Weißt du, was Er mit dir tun würde?«

Er heulte inzwischen regelrecht los.

»Weißt du, was Er mit dir anstellen würde? Er würde dich tot beißen. Du kommst also besser mit mir.«

Sie hörte das Geräusch eines Zündholzes, Schwefelgeruch drang in ihre Nase, und dann vernahm sie ein abruptes, dumpfes Zischen. Im Raum wurde es plötzlich merklich heißer. Rauch. Feuer. Genau davor hatte sie am meisten Angst. Vor dem Feuer. Alles, nur das nicht. Sie hoffte, der erste Schuß würde sie sofort töten. Bereit, jeden Augenblick loszustürzen, spannten sich ihre Beinmuskeln.

Schluchzen.

»Ach Reba, ich kann es nicht mitansehen, wie du verbrennst.«

Der Lauf der Flinte löste sich von ihrem Hals.

Beide Schüsse lösten sich gleichzeitig, als sie aufsprang.

Die Ohren wie taub, dachte sie erst, er hätte sie erschossen, sie wäre tot, bis sie das dumpfe Aufschlagen auf dem Boden mehr spürte als hörte.

Der Rauch kam näher, untermalt vom Knistern der Flammen. Feuer. Das Feuer riß sie aus ihrer Betäubung. Sie spürte bereits die Hitze an ihren Armen und in ihrem Gesicht. Bloß raus hier. Sie trat auf Beine, taumelte würgend und keuchend gegen das Fußende des Betts.

Duck dich unter dem Rauch hindurch, hatte sie gelernt. Und laß dir Zeit, sonst stößt du dir nur den Kopf an und verlierst das Bewußtsein.

Sie war eingeschlossen. Eingesperrt. Geduckt gehend, die Finger über den Boden tastend, fand sie die Beine – nein, das andere Ende; sie ertastete Haar, einen behaarten Lappen, legte ihre Hand in etwas Weiches unter dem Haar. Nichts als breiige Masse, scharfe Knochensplitter und darin ein loses Auge.

Der Schlüssel um seinen Hals ... schnell. Beide Hände an der Kette, Beine unter ihr, ein kräftiger Ruck. Die Kette riß, so daß sie rückwärts stürzte, um sich sofort wieder hochzurappeln. Verwirrt drehte sie sich herum. Verzweifelt versuchte sie sich tastend zu orientieren, mit ihren tauben Ohren etwas anderes zu hören als das Knistern der Flammen. Die Seite des Betts ... welche Seite? Sie stolperte über die Leiche, versuchte zu lauschen.

BONG, BONG, das Schlagen der Uhr. BONG, BONG. Hier die Tür. Unter dem Griff. Nicht fallen lassen. Dreh den Schlüssel herum. Und dann die Tür auf. Luft. Die Rampe runter. Luft. Sie sank auf den Rasen nieder, richtete sich mühsam auf alle viere auf, kroch weiter.

Sie erhob sich kniend und klatschte in die Hände, um das Echo vom Haus aufzufangen und dann weiter von ihm fortzukriechen. Sie atmete tief durch, bis sie aufstehen konnte.

Schließlich ging sie los, fiel in Laufschritt, bis sie gegen etwas stieß, fing sich und lief weiter die Auffahrt hinunter.

49. Kapitel

Francis Dolarhydes Haus ausfindig zu machen, erwies sich als nicht gerade einfach. Die in den Firmenunterlagen aufgeführte Adresse war ein Postfach in St. Charles.

Selbst im Sheriff-Büro von St. Charles mußten sie sich erst eine Verteilernetzkarte beim Elektrizitätswerk ansehen, um ganz sicher zu gehen.

Eine Delegation des Sheriffs erwartete das Sondereinsatzkommando aus St. Louis auf der anderen Seite des Flusses, worauf der kleine Konvoi auf dem State Highway 94 weiter in Richtung Norden fuhr. Ein Hilfssheriff neben Graham im Wagen an der Spitze zeigte ihnen den Weg. Crawford beugte sich vom Hintersitz nach vorn; er nuckelte an etwas zwischen seinen Zähnen, während er angespannt durch die Windschutzscheibe starrte. Am nördlichen Stadtrand von St. Charles herrschte kaum Verkehr – ein Pick-up voller Kinder, ein Greyhound-Bus, ein Abschleppfahrzeug.

Bereits kurz hinter St. Charles sahen sie den Lichtschein am Horizont.

»Dort ist es!« Der Hilfssheriff deutete durch die Windschutzscheibe. »Das muß es sein.«

Graham trat aufs Gas. Der Lichtschein nahm an Intensität und Umfang zu, während sie den Highway entlangbrausten.

Crawford schnippte mit den Fingern nach dem Mikrofon.

»An alle Einheiten – was da vorne brennt, ist sein Haus. Von nun an ist also äußerste Vorsicht geboten. Vielleicht kommt er uns entgegen. Sheriff, legen Sie doch hier gleich eine Straßensperre an.«

Eine dicke, funkensprühende Rauchwolke wölbte sich nach Südosten über die umliegenden Felder und nun auch über sie.

»Hier«, sagte der Hilfssheriff. »Biegen Sie in diesen Kiesweg ab.«

Und dann erblickten sie die Frau, deren Silhouette sich schwarz gegen das Feuer abhob, sahen, wie sie die Polizeiwagen nahen hörte und ihre Arme hochwarf.

Gleichzeitig loderten die Flammen nun bereits durch das Dach und die Fensteröffnungen; die brennenden Deckenbalken und Fensterrahmen beschrieben träge, züngelnde Bögen in den klaren Nachthimmel, und der in Flammen aufgehende Kombi kippte plötzlich zur Seite, während im nächsten Augenblick auch schon das orange Filigran der brennenden Bäume abrupt ausgeblasen und verdunkelt wurde. Der Boden erzitterte, als die Druckwelle der Explosion die Polizeifahrzeuge zum Schaukeln brachte.

Die Frau lag mit dem Gesicht nach unten auf dem Weg. Crawford, Graham und die Hilfssheriffs waren indessen aus den Wagen gesprungen und stürzten unter dem auf sie herabprasselnden Feuerregen auf sie zu. Ein paar von ihnen eilten mit gezogenen Waffen weiter auf das Haus zu.

Crawford nahm Reba einem Hilfssheriff ab, der ihr mit der flachen Hand die Funken aus dem Haar klopfte.

Er hielt sie an den Armen, das Gesicht ganz dicht an ihrem, das im Schein der Flammen rot erglühte.

»Francis Dolarhyde.« Er schüttelte sie sanft. »Francis Dolarhyde, wo ist er?«

»Da drinnen.« Sie hob ihre rußgeschwärzte Hand in Richtung Hitze, um sie gleich wieder fallen zu lassen. »Er ist tot.«

»Wissen Sie das ganz sicher?« Crawford starrte in ihre blicklosen Augen.

»Ich war bei ihm.«

»Bitte, erzählen Sie.«

»Er hat sich mitten ins Gesicht geschossen. Ich habe meine Hand daraufgelegt. Er hat das Haus in Brand gesteckt. Und dann hat er sich erschossen. Ich habe meine Hand daraufgelegt. Er lag auf dem Boden. Ich habe meine Hand in die Wunde gelegt – kann ich mich setzen?«

»Selbstverständlich.« Crawford half ihr auf den Rücksitz

des Polizeiautos. Dann legte er seinen Arm um sie und ließ sie sich an seinem Hals ausweinen.

Graham stand indessen auf der Zufahrt und starrte in die Flammen, bis sein gerötetes Gesicht von der Hitze zu schmerzen begann.

Der Wind, der über die Szenerie hinwegstrich, peitschte Rauchfetzen über den Mond.

50. Kapitel

Am Morgen danach wehte ein warmer, feuchter Wind. Er blies zerstreute Wolkenfetzen über die rußgeschwärzten Schornsteine, wo einst Dolarhydes Haus gestanden hatte. Dünner Rauch lag über den umliegenden Wiesen und Feldern.

Vereinzelte Regentropfen fielen auf die verkohlten Überreste des alten Holzhauses und zerstoben in winzigen Explosionen zu Dampf und Asche.

Im Garten stand ein Löschwagen, dessen Blaulicht unablässig zuckend um sich kreiste.

S. F. Aynesworth, Leiter der Sparte Sprengstoff, FBI, stand mit Graham auf der dem Wind zugewandten Seite der Brandstelle und goß sich aus einer Thermoskanne Kaffee ein.

Aynesworth zuckte unwillkürlich zusammen, als der Hauptmann der Ortsfeuerwehr mit einem Rechen in der Asche wühlte.

»Gott sei Dank ist es da drinnen noch zu heiß für ihn«, murmelte Aynesworth aus dem Mundwinkel. Er war den lokalen Behörden mit ausgesuchter Höflichkeit begegnet. Doch Graham gegenüber machte er keinen Hehl daraus, was er wirklich dachte. »Ich werde mich jetzt wohl da mal reinwagen müssen. Hier wird es demnächst aussehen wie auf einem Hühnerhof, sobald die Herren Sheriffs und Gendarmen gefrühstückt und ihr Morgengeschäft verrichtet haben. Sie werden gleich anrücken, um uns zu helfen.«

Ehe Aynesworths geliebter Bombenkombi nicht aus Washington eingetroffen war, mußte er mit dem vorliebnehmen, was er im Flugzeug hatte mitbringen können. Er nahm einen abgenutzten Seesack aus dem Kofferraum eines Streifenwagens und holte seine Nomex-Unterwäsche sowie seine Asbeststiefel und den feuerfesten Overall heraus.

»Wie hat es ausgesehen, als das Ganze in die Luft ging, Will?«

»Ein extrem starker Lichtblitz, der sofort wieder schwächer wurde. Und dann sah es an der Basis dunkler aus. Es flog eine Menge Zeug in die Luft – Fensterrahmen, ganze Stücke vom Dach; und dann waren da noch größere Teile, die seitwärts davonschossen und im Garten niedergingen. Dann kam die Druckwelle und der darauffolgende Luftzug. Er blies erst nach außen und wurde dann wieder zurückgesaugt. Fast hat es so gewirkt, als würde der Luftzug das Feuer ausblasen.«

»Hat es stark gebrannt, als sich die Explosion ereignete?«

»Ja, die Flammen drangen durch das Dach und durch das Fenster in beiden Stockwerken nach draußen. Sogar die Bäume brannten.«

Aynesworth ließ zwei Feuerwehrmänner zu sich kommen, die mit einem Schlauch bereitstanden; ein dritter Feuerwehrmann in einem Asbestanzug sicherte ihn mit einer Winde und einer Stahltrosse, falls Aynesworth im Haus etwas auf den Kopf fiel.

Aynesworth räumte als erstes die inzwischen unter freiem Himmel liegende Kellertreppe frei und begab sich in das Durcheinander aus verkohlten Balken. Er konnte immer nur wenige Minuten bleiben. Insgesamt drang er achtmal in die Überreste des Hauses vor.

Der einzige Lohn für seine Mühen war ein flaches Stück zerfetzten Metalls, das ihn jedoch durchaus zufriedenzustellen schien.

Schweißüberströmt und mit hochrotem Kopf schlüpfte er aus seinem Asbestanzug und setzte sich auf das Trittbrett des Löschfahrzeugs. Er bat einen Feuerwehrmann um seinen Regenmantel und warf ihn sich über die Schultern.

Dann legte er das Metallstück auf den Boden und blies den Aschefilm fort, mit dem es überzogen war.

»Dynamit«, wandte er sich Graham zu. »Hier, sehen Sie das Farnmuster im Metall? Dieses Zeug ist genau von der Sorte, wie man es in einer Truhe oder einem Werkzeugschrank aufbewahrt. Das war es höchstwahrscheinlich. Dynamit in einem Werkzeugschrank. Allerdings ist es nicht im Keller explodiert. Sieht eher nach dem Erdgeschoß aus. Sehen Sie, wo dieser Baum dort drüben gekappt ist, wo ihn diese marmorne Tischplatte getroffen hat? Seitlich rausgeblasen. Das Dynamit war in etwas aufbewahrt, das die Flammen eine Weile davon abgehalten hat.«

»Und wie sieht's mit möglichen Überresten aus?«

»Viel ist bestimmt nicht von ihm übrig geblieben, aber ganz in Luft hat sich noch niemand aufgelöst. Wir werden einiges zu tun haben. Aber wir werden schon was von ihm finden. Ich werde ihn Ihnen in einem kleinen Beutel überreichen.«

Nachdem man ihr im DePaul Hospital eine Beruhigungsspritze gegeben hatte, war Reba McClane kurz nach Tagesanbruch eingeschlafen. Sie bestand darauf, daß die Polizistin an ihrem Bett sitzen blieb. Jedesmal, wenn sie im Lauf des Vormittags vorübergehend aufwachte, tastete sie nach der Hand der Frau.

Als sie um ein Frühstück bat, brachte es ihr Graham.

Wie sollte er vorgehen? Manchmal fiel es ihnen leichter, wenn man sich ganz distanzierte und unpersönlich verhielt. Im Fall Reba McClanes hielt er das jedoch nicht für angebracht.

Er sagte ihr, wer er war.

»Kennen Sie ihn?« fragte sie die Polizistin.

Graham zeigte der Polizistin seinen Ausweis. Doch das erwies sich als überflüssig.

»Ich weiß, daß er vom FBI ist, Miß McClane.«

Darauf erzählte Reba ihm alles, was sie mit Francis Dolarhyde erlebt hatte. Ihre Kehle war wund, weshalb sie häufig in ihrer Erzählung innehielt, um etwas zerstoßenes Eis zu lutschen.

Graham stellte ihr auch eine Reihe von unangenehmen Fragen, die sie ihm jedoch ohne Zögern beantwortete. Nur einmal winkte sie ihn hastig nach draußen, während ihr die Polizistin eine Schale vorhielt, in die sie ihr Frühstück übergab.

Ihr Gesicht war blasser, aber zugleich gründlich gesäubert und straffer, als Graham den Raum wieder betrat.

Nachdem er ihr seine letzten abschließenden Fragen gestellt hatte, klappte er sein Notizbuch zu.

»Ich würde gern noch einmal vorbeikommen«, erklärte er. »Aber keine Angst: Ich werde Sie dieser Prozedur nicht noch einmal unterziehen. Nur um Ihnen guten Tag zu sagen und zu sehen, wie es Ihnen geht.«

»Was sollte das schon groß ändern – bei jemandem wie mir?«

Zum erstenmal bemerkte Graham Tränen in ihren Augen, und ihm wurde bewußt, in welchem Umfang die ganze Geschichte an ihr nagte.

»Würden Sie uns bitte einen Moment allein lassen?« wandte Graham sich darauf an die Polizistin und ergriff Rebas Hand.

»Gewiß hat mit Dolarhyde eine ganze Menge nicht gestimmt, aber auf Sie trifft das in keiner Weise zu. Sie haben doch selbst gesagt, daß er sehr aufmerksam und liebenswürdig zu Ihnen war. Und denken Sie nicht, ich würde Ihnen das nicht glauben. Ihnen ist es gelungen, die guten Seiten seines Wesens zum Vorschein zu bringen. Nicht umsonst konnte er sie zum Schluß nicht umbringen beziehungsweise sterben sehen. Leute, die sich ausführlicher mit so etwas befassen, sind der Ansicht, daß er mit dem Morden aufzuhören versucht hat. Warum? Weil Sie ihm durch Ihre Zuneigung plötzlich auch andere Seiten seines Wesens gezeigt haben. Dadurch haben Sie vermutlich sogar einigen Menschen das Leben gerettet. Sie haben sich keineswegs auf ein menschliches

Ungeheuer eingelassen. Sie haben sich auf einen Mann eingelassen, dem ein Ungeheuer im Nacken saß. Sie sind vollkommen in Ordnung, meine Liebe. Und alles, was Sie in dieser Hinsicht Gegenteiliges denken sollten, ist kompletter Unsinn. Halten Sie sich das immer vor Augen. Ich werde Sie in ein paar Tagen noch einmal besuchen kommen. Wenn man wie ich ständig mit Polizisten zu tun hat, ist man um jede Abwechslung froh – hier sollten Sie übrigens etwas wegen Ihres Haars unternehmen.«

Sie schüttelte den Kopf und winkte ihn zur Tür. Vielleicht grinste sie dabei sogar ein wenig, wenn Graham sich auch nicht ganz sicher war.

Als Graham vom FBI-Büro St. Louis Molly anzurufen versuchte, meldete sich Willys Großvater.

»Es ist Will Graham, Mama«, posaunte er in den Raum hinaus, und dann in den Hörer: »Guten Tag, Mr. Graham.«

Willys Großeltern nannten ihn immer Mr. Graham.

»Mama hat erzählt, daß er sich selbst umgebracht hat. Sie hat gerade im Fernsehen Donahue angesehen, als sie die Meldung einblendeten. Das nenne ich Glück. Hat Ihnen wohl eine Menge Unannehmlichkeiten erspart – und uns Steuerzahlern eine Menge Unkosten. War der Kerl übrigens tatsächlich ein Weißer?«

»Jawohl, Sir. Sogar blond. Er sah aus wie ein Skandinavier.«

Willys Großeltern stammten aus Skandinavien.

»Könnte ich nun vielleicht mit Molly sprechen?«

»Kehren Sie jetzt wieder nach Florida zurück?«

»Demnächst. Ist Molly da?«

»Mama, er möchte Molly sprechen. Sie ist gerade im Bad, Mr. Graham. Und mein Enkel frühstückt eben zum zweitenmal an diesem Morgen. Vom Reiten in der frischen Luft wird man eben hungrig. Sie sollten den Bengel mal essen sehen. Ich könnte wetten, daß er mindestens fünf Kilo zugenommen hat, seit er hier ist. Da kommt sie schon.«

»Hallo.«

»Hallo, Süße.«
»Gute Nachrichten, hm?«
»Sieht ganz so aus.«
»Ich war draußen im Garten. Mamamma kam gleich aus dem Haus gestürzt, als sie im Fernsehen die Meldung hörte. Wann bist du ihm auf die Schliche gekommen?«
»Gestern nacht?«
»Warum hast du mich nicht sofort angerufen?«
»Ich dachte, Mamamma schläft vielleicht.«
»Keineswegs. Sie hat sich die Johnny-Carson-Show angesehen. Will, ich kann dir gar nicht sagen, wie froh ich bin, daß du ihn nicht festnehmen mußtest.«
»Ich werde noch eine Weile hier bleiben müssen.«
»Vier oder fünf Tage?«
»Ich weiß noch nicht. Vielleicht auch kürzer. Ich möchte dich unbedingt sehen.«
»Ich kann es auch nicht mehr erwarten, dich wiederzusehen, wenn du alles hinter dich gebracht hast.«
»Heute haben wir Mittwoch. Bis Freitag müßte ich eigentlich –«
»Will, Mamamma hat alle von Willys Onkeln und Tanten eingeladen; sie kommen nächste Woche eigens aus Seattle –«
»Was interessiert mich Mamamma – überhaupt, was soll dieses blöde ›Mamamma‹ eigentlich?«
»Als Willy noch ganz klein war, konnte er noch nicht richtig –«
»Komm mit mir nach Hause.«
»Will, ich habe doch auf dich gewartet. Aber sie bekommen Willy so selten zu sehen, und ein paar Tage mehr –«
»Komm einfach allein. Laß Willy doch da; deine Ex-Schwiegermutter kann ihn dann ja nächste Woche ins Flugzeug setzen. Weißt du was? Laß uns in New Orleans Zwischenstation machen. Es gibt dort ein Lokal –«
»Das geht nicht so einfach. Ich habe – allerdings nur halbtags – in diesem Jeans-Shop in der Stadt gearbeitet; ich kann dort jetzt unmöglich von einem Tag auf den anderen aufhören.«

»Was ist denn, Molly?«

»Nichts. Was sollte denn sein? Ich bin nur ziemlich geknickt, Will. Du weißt doch, daß ich auch hierher kam, als Willys Vater starb.« Sie sagte immer ›Willys Vater‹, als handelte es sich dabei um eine Institution. »Wir waren alle zusammen – und das hat mir sehr geholfen, mich wieder zu fangen, ruhiger zu werden. Ich habe mich auch jetzt wieder im Griff, und ich –«

»Mit einem kleinen Unterschied: Ich bin nicht tot.«

»Sei doch nicht so.«

»Wie soll ich nicht sein?«

»Du bist verrückt.«

Für einen Moment schloß Graham die Augen.

»Hallo? Bist du noch dran?«

»Molly, ich bin nicht verrückt. Mach, was du willst. Ich rufe dich wieder an, sobald ich hier klarer sehe.«

»Du könntest doch auch hierher kommen.«

»Ich glaube nicht, daß das eine sehr gute Idee wäre.«

»Wieso nicht? Im Haus ist genügend Platz. Mamamma könnte –«

»Sie mögen mich nicht, und du weißt auch, warum, Molly. Jedesmal, wenn sie mich sehen, erinnere ich sie.«

»Das ist nicht fair, Will, und wahr ist es auch nicht.«

Graham war sehr müde.

»Na gut. Sie reden nichts als Scheiße, und sie gehen mir fürchterlich auf die Nerven – findest du das besser?«

»So etwas darfst du nicht sagen.«

»Die interessiert doch nur der Junge. Vielleicht mögen sie sogar auch dich – doch, vermutlich schon – das heißt, falls sie sich darüber jemals Gedanken gemacht haben. Aber im Grunde genommen interessiert sie nur der Junge, und dich nehmen sie eben in Kauf. Von mir wollen sie jedenfalls nicht das geringste wissen, und ich könnte nicht behaupten, daß mir das etwas ausmacht. Ich möchte, daß du bei mir bist. In Florida. Und auch Willy, sobald er sein Pony über hat.«

»Du wirst dich sicher gleich besser fühlen, wenn du erst mal ordentlich geschlafen hast.«

»Das bezweifle ich. Hör zu, ich ruf dich wieder an, sobald ich hier Genaueres weiß.«

»Gut.« Damit hängte sie auf.

»*Verdammte* Scheiße«, fluchte Graham los. »*Verdammte* Scheiße.«

Crawford steckte den Kopf zur Tür herein. »Habe ich dich hier eben ›verdammte Scheiße‹ sagen gehört?«

»Allerdings.«

»Na, dann ärgere dich mal nicht länger. Aynesworth hat eben von dort draußen angerufen. Er hat etwas für dich. Er meinte, wir sollten sofort rauskommen; die Herren von den örtlichen Dienststellen pfuschen ihm wohl ganz kräftig rein.«

51. Kapitel

Aynesworth füllte gerade Ascheproben in eine Reihe von Blechdosen ab, als Graham und Crawford vor den verkohlten Überresten von Dolarhydes Haus aus dem Wagen stiegen.

Er war überall mit Ruß verschmiert, und unter seinem rechten Ohr hatte sich eine deutlich sichtbare Brandblase gebildet. Special Agent Janowitz von der Sprengstoffabteilung machte sich unten im Keller zu schaffen.

Ein zappliger Fettkloß von einem Mann stand neben einem in der Auffahrt geparkten Oldsmobile. Er fing Graham und Crawford ab, als sie den Vorplatz überquerten.

»Sind Sie Crawford?«

»Ja.«

»Ich bin Robert L. Dulaney. Ich bin der amtliche Leichenbeschauer in diesem Bezirk.« Er zeigte ihnen seine Visitenkarte. Darauf stand: »Wählen Sie Robert L. Dulaney.«

Crawford wartete.

»Ihr Mann hier hat gewisses Beweismaterial, das er eigentlich mir hätte aushändigen sollen. Er läßt mich nun schon eine geschlagene Stunde warten.«

»Ich bedaure selbstverständlich zutiefst, wenn Ihnen daraus irgendwelche Unannehmlichkeiten erwachsen sein sollten, Mr. Dulaney, aber er hat sich dabei nur an meine Anweisungen gehalten. Warum setzen Sie sich nicht einfach erst mal in Ihren Wagen; ich werde das dann schon klären.«

Als Crawford und Graham daraufhin weiter auf das Haus zuschritten, schickte Dulaney sich an, ihnen zu folgen.

Crawford drehte sich um. »Wenn Sie mich bitte entschuldigen würden, Mr. Dulaney. Setzen Sie sich in Ihren Wagen.«

Aynesworths Zähne blitzten weiß aus seinem rußgeschwärzten Gesicht hervor, als er wegen dieser Szene herzhaft grinsen mußte. Er hatte schon den ganzen Vormittag Asche gesiebt.

»Als Sektionschef ist es mir eine große Freude –«

»Sich ein bißchen aufzuspielen, wie wir alle wissen«, sprach Janowitz den Satz für ihn zu Ende, während er gerade dem verkohlten Durcheinander des Kellers entstieg.

»Niedrige Chargen wie Sie haben gefälligst den Mund zu halten, Janowitz. Holen Sie lieber die Beweisstücke, die diese beiden Herren vielleicht interessieren dürften.« Damit warf er Janowitz die Wagenschlüssel zu.

Janowitz holte eine längliche Pappschachtel aus dem Kofferraum eines FBI-Wagens; sie enthielt eine Flinte, deren Kolben größtenteils verbrannt und deren Zwillingslauf von der Hitze stark verzogen war. Eine zweite, kleinere Schachtel enthielt eine schwarz verfärbte Automatik.

»Die Pistole hat die Hitze besser überstanden«, erklärte Aynesworth dazu. »Vielleicht können die von der ballistischen Abteilung sogar was damit anfangen. Was ist denn, Janowitz? So machen Sie doch endlich.«

Aynesworth nahm drei Gefrierbeutel von ihm entgegen. »Für Sie, Graham.« Für einen Moment verflog Aynesworth humorvoller Gesichtsausdruck. Hierbei handelte es sich um ein uraltes Ritual, wie es unter Jägern seit Menschengedenken üblich war, so als würde Grahams Stirn feierlich mit Blut beschmiert.

»Das haben Sie wirklich verdammt gut hingekriegt.« Damit reichte Aynesworth die drei Beutel Graham.

Ein Beutel enthielt ein 13 Zentimeter langes Stück eines verkohlten menschlichen Oberschenkelknochens sowie eine Hüftgelenkskugel. Der zweite enthielt eine Armbanduhr, der dritte das Gebiß.

Die Gaumenplatte war schwarz verkohlt und gesprungen; außerdem fehlte die Hälfte. Aber die vorhandene Hälfte wies den unverkennbaren seitlichen Schneidezahn auf.

Graham hatte den Eindruck, daß er etwas sagen sollte. »Danke. Vielen, herzlichen Dank.«

Ihm wurde kurz schummrig, und dann breitete sich ein Gefühl unendlicher Erleichterung in seinem ganzen Körper aus.

»...ein Museumsstück«, hörte er Aynesworth plötzlich wieder sagen. »Wir werden es wohl diesem Heini dort drüben überlassen müssen, oder nicht, Jack?«

»Ja. Aber in St. Louis haben sie ein paar Profis, die von derlei Dingen wirklich was verstehen. Die werden gleich vorbeikommen und ein paar gute Abdrücke davon anfertigen. Und die können wir dann behalten.«

Crawford und die anderen gesellten sich zu dem dicken Leichenbeschauer neben seinem Wagen.

Graham war nun allein und ungestört mit dem Haus. Er lauschte dem Geräusch des Winds in den Schornsteinen. Er hoffte, Bloom würde sich diesen Ort ansehen, sobald es ihm wieder besser ging. Vermutlich würde er sich diese Gelegenheit tatsächlich nicht entgehen lassen.

Graham wollte mehr über Dolarhyde wissen. Vor allem wollte er wissen, was sich hier zugetragen hatte, was den Drachen zu dem hatte werden lassen, was er geworden war. Aber fürs erste hatte er genug.

Eine Spottdrossel ließ sich auf einem Kamin nieder und trällerte los.

Graham pfiff zurück.

Nun konnte er wieder nach Hause.

52. Kapitel

Graham lächelte, als er spürte, wie ihn die gewaltige Schubkraft des Jets himmelwärts und fort von St. Louis katapultierte, wie die Maschine dann quer über die Bahn der Sonne nach Süden schwenkte und endlich in Richtung Osten auf Heimatkurs ging.

Molly und Willy würden ihn bereits erwarten.

»Vergeuden wir jetzt doch nicht die Zeit mit langen Diskussionen, wem was leid zu tun hat«, hatte sie am Telefon kurz und bündig erklärt. »Ich hole dich in Marathon ab, ja?«

Zu gegebener Zeit hoffte er, sich an die wenigen guten Momente erinnern zu können – an die Befriedigung, Menschen bei der Arbeit zu beobachten, die mit ganzem Herzen bei der Sache waren. Er nahm sogar an, daß man das überall finden konnte, solange man nur genug über das Bescheid wußte, was man beobachtete.

Es wäre etwas überheblich gewesen, Lloyd Bowman und Beverly Katz zu danken, weshalb er ihnen am Telefon nur versicherte, es wäre ihm ein Vergnügen gewesen, wieder mit ihnen gearbeitet zu haben.

Eines jedoch machte ihm etwas Sorgen, und zwar das Gefühl, das er gehabt hatte, als Crawford in Chicago vom Telefon aufgesehen und ihm zugerufen hatte: »Es ist Gateway.«

Möglicherweise hatte er nie einen intensiveren und wilderen Triumph verspürt als in diesem Augenblick. Es war etwas beunruhigend zu wissen, daß das der schönste Augenblick in seinem Leben gewesen war – *als er in diesem tristen und stickigen Geschworenenzimmer in Chicago bereits alles gewußt hatte, bevor er es wirklich hatte wissen können.*

Er erzählte Lloyd Bowman nicht, was das für ein Gefühl gewesen war; aber das war auch gar nicht weiter nötig.

»Wissen Sie eigentlich, daß Pythagoras den Musen hundert Ochsen geopfert hat, als feststand, daß sein berühmter Lehrsatz unverrückbar gültig war«, sagte Bowman. »Es gibt einfach nichts Schöneres, oder nicht? Sie brauchen dazu nichts zu sagen, Will – es hält länger vor, wenn man es nicht zerredet.«

Je näher er Florida und Molly kam, desto ruhiger wurde Graham. In Miami mußte er über das Rollfeld zu der *Aunt Lula* gehen, einer alten DC-3, die nach Marathon weiterflog.

Er mochte DC-3s. An diesem Tag mochte er alles.

Die *Aunt Lula* war gebaut worden, als Graham fünf Jahre alt war, und ihre Tragflächen waren von einem nicht mehr zu entfernenden Ölfilm überzogen, der vom Fahrtwind von den Motoren über sie verteilt wurde. Graham hatte uneingeschränktes Vertrauen in die alte Kiste. Er eilte auf sie zu, als wäre sie eben in einer Dschungellichtung niedergegangen, um ihn zu retten.

Die Lichter von Islamorada tauchten unter ihm auf, als die Maschine über die Insel hinwegschwenkte. Auf der Atlantikseite konnte Graham die Schaumkronen auf den Wellenkämmen ausmachen. Wenige Minuten später setzten sie zum Landeanflug auf Marathon an.

Es war wie das erste Mal, als er nach Marathon gekommen war. Auch damals war er an Bord der *Aunt Lula* gesessen, und noch oft war er danach in der Dämmerung zum Flugplatz hinausgefahren, um die alte DC-3, die Landeklappen heruntergelassen, Flammen aus ihren Auspüffen züngelnd und die Passagiere in der Geborgenheit hinter den erleuchteten Fenstern sitzend, gemächlich zur Landung ansetzen zu sehen.

Auch die Starts waren schön anzusehen. Doch wenn das alte Flugzeug dann seine riesige Kehre nach Norden abgeschlossen hatte, blieb er ausnahmslos mit einem traurigen und leeren Gefühl zurück, während die Luft noch immer von dem tränentreibend stechenden Geruch zahlloser Abschiede erfüllt war. Deshalb hatte er sich angewöhnt, sich nur die Landungen und die damit verbundenen Begrüßungen anzusehen.

Das war vor Molly gewesen.

Mit einem letzten Ächzen kam die Maschine auf dem Rollfeld zum Stillstand. Graham sah Molly und Willy hinter der Umzäunung im Schein der Flutlichtbeleuchtung stehen.

Willy hatte sich breitbeinig vor ihr aufgepflanzt. So würde er verharren, bis Graham auf sie zutrat. Erst dann würde er neben ihnen hertrotten und mit seiner Aufmerksamkeit bedenken, was ihn gerade interessierte. Das mochte Graham an ihm.

Molly war genauso groß wie Graham – einen Meter sechsundsiebzig. Ein Kuß auf gleicher Höhe in der Öffentlichkeit war mit einem seltsamen Reiz verbunden – vielleicht, weil solche Küsse auf gleicher Höhe sonst eigentlich nur im Bett ausgetauscht wurden.

Willy erbot sich, Grahams Koffer zu tragen. Doch Graham gab ihm statt dessen seinen Kleidersack.

Während der Fahrt nach Sugarloaf – Molly fuhr – stellte Graham sich anhand der vertrauten Details, welche die Scheinwerfer aus dem Dunkel schnitten, die restliche Umgebung vor.

Als er vor dem Haus die Tür öffnete, konnte er das Meer hören.

Willy trug den Kleidersack auf dem Kopf, als er ins Haus ging, so daß sein unteres Ende gegen die Rückseite seiner Oberschenkel schlug.

Abwesend, die Moskitos von seinem Gesicht fortfächelnd, stand Graham vor dem Haus.

Molly legte ihm sanft die Hand an die Wange. »Komm lieber ins Haus, bevor dich noch die Moskitos auffressen.«

Er nickte. Seine Augen waren feucht.

Sie wartete noch einen Moment, um schließlich den Kopf einzuziehen und mit zuckenden Augenbrauen zu ihm aufzuschauen. »Einen Tanqueray-Martini, ein saftiges Steak, zärtliche Umarmungen und so weiter. Wenn Sie mir bitte folgen würden... und zum Nachtisch die Stromrechnung, die Wasserrechnung und ausgedehnte Unterhaltungen mit meinem Sohn«, fügte sie aus dem Mundwinkel hinzu.

53. Kapitel

Graham und Molly wünschten sich nichts sehnlicher, als daß zwischen ihnen alles weiter so sein würde, wie es bisher gewesen war.

Doch als sie merkten, daß dem nicht so war, lebte dieses unausgesprochene Wissen wie ein ungebetener Besuch mit ihnen im Haus. Die gegenseitigen Liebesbeteuerungen, die sie sowohl im Dunkeln wie am Tag auszutauschen bemüht waren, wurden einer Brechung unterzogen, die sie irgendwie das Ziel verfehlen ließ.

Nie hatte er Molly schöner und begehrenswerter gefunden. Aus schmerzlicher Distanz bewunderte er ihre natürliche Anmut um so mehr.

Sie gab sich Mühe, liebevoll zu ihm zu sein; doch sie war in Oregon gewesen und hatte die Toten wieder zu neuem Leben erweckt.

Willy spürte das sehr wohl und verhielt sich Graham gegenüber entsprechend kühl und vor allem aufreizend höflich.

Als ein Brief von Crawford kam, brachte Molly ihn ihm ohne Kommentar mit der übrigen Post.

Unter anderem enthielt der Brief ein Foto der Familie Sherman, bei dem es sich um einen Abzug von einem Schmalfilm handelte. Nicht alles war verbrannt, wie Crawford in dem beigefügten Brief schrieb. Als die Polizei die Umgebung des Hauses absuchte, war neben verschiedenen anderen Gegenständen, welche die Explosion aus dem Einzugsbereich des Feuers fortgeschleudert hatte, auch dieses Foto gefunden worden.

»Vermutlich wären diese Leute die nächsten auf seiner Liste gewesen«, schrieb Crawford dazu. »Doch jetzt haben sie nichts mehr zu befürchten. Ich dachte, das könnte dich unter Umständen interessieren.«

Graham zeigte den Brief Molly.

»Siehst du? Deswegen«, sagte er. »Deswegen war es die Sache wert.«

»Ich weiß«, nickte sie. »Du brauchst nicht zu denken, ich verstünde das nicht.«

Die Blaufische zogen unter dem Mond dahin. Molly packte Sachen für Picknicks, sie angelten und sie machten Lagerfeuer, aber genießen konnten sie es doch nicht.

Großvater und Mamamma schickten Willy ein Foto von seinem Pony, das er in seinem Zimmer an die Wand hängte.

Der fünfte Tag zu Hause war der letzte, bevor Graham und Molly in Marathon wieder zu arbeiten anfangen mußten. Sie angelten in der Brandung; sie hatten eine Stelle einen halben Kilometer den sanft geschwungenen Strand hinunter aufgesucht, wo sie früher schon öfter Erfolg gehabt hatten.

Graham hatte beschlossen, mit ihnen beiden gemeinsam zu sprechen.

Die Expedition nahm keinen guten Anfang. Demonstrativ schlug Willy die Angelrute ab, die Graham für ihn fertiggemacht hatte, und entschied sich statt dessen für die neue Angel, die ihm sein Großvater zum Abschied geschenkt hatte.

Drei Stunden angelten sie schweigend in der Brandung. Graham setzte mehrfach zum Sprechen an, aber irgendwie schien ihm der Augenblick nicht richtig gewählt.

Er hatte es satt, nicht gemocht zu werden.

Mit Sandflöhen als Köder fing Graham vier Snapper. Willy fing nichts. Dennoch warf er seine große Rapala-Rute mit den drei Dreifachhaken, die ihm sein Großvater geschenkt hatte, unverzagt aus. Er angelte zu hektisch, warf die Angel immer wieder von neuem aus, holte die Leine zu rasch ein, bis ihm schließlich das T-Shirt am Körper klebte und er einen hochroten Kopf bekam.

Graham watete ins Wasser, schaufelte eine Handvoll Sand aus dem Schaum einer rücklaufenden Welle und holte daraus zwei Sandflöhe heraus, deren Beine aus ihren Muschelgehäusen zappelten.

»Versuch's doch mal damit.« Er hielt Willy einen Sandfloh entgegen.

»Ich nehme lieber die Rapala. Wußtest du übrigens, daß sie meinem Vater gehört hat?«

»Nein.« Graham warf Molly einen kurzen Blick zu.

Sie hatte ihre Arme um die Knie geschlungen und beobachtete einen Fregattvogel, der in der Ferne hoch am Himmel seine Kreise zog.

Schließlich stand sie auf und streifte sich den Sand ab. »Ich geh mal ein paar Sandwiches machen.«

Nachdem Molly weg war, war Graham versucht, mit dem Jungen allein zu sprechen. Nein. Willy würde genau das fühlen, was seine Mutter fühlte. Er würde warten und mit ihnen beiden sprechen, sobald Molly wieder zurückkam. Diesmal würde er es nicht mehr hinausschieben.

Sie war nicht lange weg, und sie kam ohne die Sandwiches zurück; sie schritt ziemlich rasch über den festen Sand am Rand der Brandungslinie auf sie zu.

»Jack Crawford hat angerufen. Ich habe ihm gesagt, du würdest zurückrufen, aber er meinte, es wäre dringend.« Dabei studierte sie einen Fingernagel. »Beeil dich besser.«

Leicht errötend, steckte Graham seine Angelrute in den Sand und stapfte auf die Dünen zu. Dieser Weg war schneller als der am Strand entlang, wenn man nichts dabeihatte, das sich in den Büschen verheddern konnte.

Er hörte ein tiefes, surrendes Geräusch und, auf der Hut vor einer Klapperschlange, achtete sorgsam auf den Boden vor ihm, als er sich durch das Gebüsch zwängte.

Plötzlich sah er Stiefel unter dem Laubwerk, das Aufblitzen einer Linse und ein abruptes Hochzucken von Khaki.

Und im nächsten Moment starrte er in die gelben Augen von Francis Dolarhyde, während gleichzeitig panische Angst in ihm aufwallte.

Das Klicken eines Pistolenschlosses und eine Automatik kam zum Vorschein; Graham trat danach, als das Mündungsloch in der Sonne fahlgelb erblühte, und die Pistole flog ins Gebüsch. Graham stürzte auf den Rücken – er verspürte plötzlich einen stechenden Schmerz in der linken Brusthälfte – und rutschte kopfvoran die Düne hinunter.

Dolarhyde machte einen gewaltigen Satz und landete mit beiden Füßen auf Grahams Bauch; inzwischen hatte er auch das Messer gezogen und würdigte den schrillen Aufschrei, der vom Wasser heraufdrang, nicht eines Blickes. Er drückte Graham mit beiden Knien in den Sand, hob das Messer hoch in die Luft und stieß es ächzend nach unten. Die Klinge verfehlte ganz knapp Grahams Augen und drang tief in seine Wange ein.

Dolarhyde rutschte nach vorn und legte sein ganzes Gewicht auf den Messergriff, um es Graham durch den Kopf zu drücken.

Die Angelrute gab ein pfeifendes Geräusch von sich, als Molly damit nach Dolarhydes Gesicht hieb. Die mächtigen Haken der Repala drangen tief in seine Wange ein, und die Spule gab quietschend Leine aus, als sie zu einem neuerlichen Schlag ausholte.

Er stöhnte laut auf und faßte sich an sein Gesicht, als sie zuschlug, und diesmal bohrten sich die Dreifachhaken auch in seine Hand. Eine Hand frei, die andere an seine Wange geheftet, zog er das Messer heraus und stürzte auf sie los.

Graham rollte sich auf die Seite, richtete sich erst auf alle viere und schließlich ganz auf, um dann mit verdrehten Augen, heftig an seinem eigenen Blut würgend, von Dolarhyde wegzulaufen, bis er zusammenbrach.

Molly rannte hinter Willy her auf die Dünen zu. Dolarhyde, an der Angelleine zerrend, stürzte ihnen hinterher. Die Leine verhedderte sich in einem Strauch und brachte Dolarhyde unter einem lauten Schmerzensschrei zum Stehen, bevor er auf die Idee kam, sie mit seinem Messer zu kappen.

»Lauf, Junge, lauf, Junge, lauf! Schau dich nicht um«, stieß Molly völlig außer Atem hervor. Sie hatte lange Beine und drängte den Jungen vor sich her, während das laute Rascheln und Knacken in den Büschen hinter ihr immer näher rückte.

Sie hatten hundert Meter Vorsprung, als sie die Dünen hinter sich ließen, siebzig, als sie das Haus erreichten. Sie hastete stolpernd die Treppe hinauf, riß Wills Schrank auf.

»Bleib hier.« Das galt Willy.

Und dann wieder nach unten, um ihm entgegenzutreten. Runter in die Küche. Hektisch fummelte sie noch an der Schußwaffe herum.

Sie vergaß die korrekte Stellung, und sie vergaß das Visier, aber sie hatte die Pistole mit ihren beiden Händen gut im Griff, als die Tür nach innen aufflog. Sie verpaßte ihm ein häßliches Loch durch seinen Oberschenkel – »Muhner!« –, und sie schoß ihn mitten ins Gesicht, als er an der Tür zu Boden sank, und sie schoß ihn noch einmal ins Gesicht, als er auf dem Boden saß, und dann stürzte sie auf ihn zu, um ihn zwei weitere Male ins Gesicht zu schießen, während er, alle viere von sich gestreckt, an der Wand zu Boden rutschte. Sein Haar hatte inzwischen Feuer gefangen.

Willy riß ein Laken in Streifen und machte sich auf die Suche nach Will. Er hatte fürchterlich weiche Knie und fiel mehrmals hin, als er den Platz vor dem Haus überquerte.

Die Wagen des Sheriffs und die Krankenwagen kamen bereits, bevor Molly überhaupt daran denken konnte, sie zu verständigen. Sie stand gerade unter der Dusche, als sie mit vorgehaltenen Pistolen ins Haus schlichen. Sie schrubbte wie eine Besessene an den von Blut und Knochensplittern herrührenden Flecken in ihrem Gesicht und in ihrem Haar, und sie war nicht fähig zu antworten, als ein Hilfssheriff durch den Duschvorhang mit ihr zu sprechen versuchte.

Schließlich griff einer der Hilfssheriffs nach dem vom Tisch baumelnden Telefonhörer, um mit Crawford in Washington zu sprechen, der die Schüsse gehört und daraufhin sofort den Sheriff verständigt hatte.

»Ich weiß es nicht. Sie bringen ihn gerade«, sagte der Hilfssheriff. Er sah aus dem Fenster, als Graham auf einer Trage zum Krankenwagen geschafft wurde. »Es sieht nicht gut aus, wenn Sie mich fragen.«

54. Kapitel

An der Wand über dem Fußende des Betts hing eine Uhr, deren Ziffern groß genug waren, daß er sie trotz der Medikamente und der Schmerzen lesen konnte.

Als Will Graham schließlich sein rechtes Auge öffnen konnte und die Uhr sah, wußte er, wo er war – auf der Intensivstation. Auf die Uhr zu sehen, half ihm. Die Bewegung der Zeiger verhalf ihm zu der Gewißheit, daß dies vorüberging, vorübergehen würde.

Dazu war es ja auch da.

Die Zeiger standen auf vier Uhr. Er hatte keine Ahnung, welches vier Uhr, und es war ihm auch egal, solange sich nur die Zeiger bewegten. Er dämmerte wieder ein.

Als er das Auge neuerlich aufschlug, stand die Uhr auf acht.

Jemand war neben ihm. Vorsichtig verdrehte er sein Auge. Es war Molly; sie sah aus dem Fenster. Sie war auffallend mager. Er versuchte zu sprechen, aber als er seinen Unterkiefer bewegte, breitete sich in seiner linken Kopfhälfte ein unerträglicher Schmerz aus. Sein Kopf und seine Brust pulsten nicht gleichzeitig, sondern in Synkopen versetzt. Als sie den Raum verließ, gab er ein Geräusch von sich.

Hinter dem Fenster war es hell, als sie an ihm zogen und zerrten und Dinge mit ihm anstellten, so daß die Schläuche in seinem Hals spürbar wurden.

Gelbes Licht, als er Crawfords Gesicht über sich sah.

Graham schaffte sogar ein Zwinkern. Als Crawford grinste, entdeckte Graham einen Spinatrest zwischen seinen Zähnen.

Komisch. Crawford mochte doch kein Gemüse.

Graham machte auf dem Laken unter seiner Hand Schreibbewegungen.

Darauf schob ihm Crawford seinen Notizblock unter und steckte ihm einen Stift zwischen die Finger.

»Willy okay«, schrieb er als erstes.

»Ja, es geht ihm gut«, antwortete Crawford. »Und Molly

ebenfalls. Sie ist die ganze Zeit hier gewesen, während du geschlafen hast. Dolarhyde ist tot. Will, ich versichere dir: Er ist tot. Ich habe ihm selbst die Fingerabdrücke abgenommen und sie von Price vergleichen lassen. Es steht völlig außer Frage. Er ist tot.«

Graham zeichnete ein Fragezeichen auf das Papier.

»Dazu werden wir noch kommen. Ich bin in der Nähe, und wenn du dich besser fühlst, werde ich dir alles erzählen. Im Augenblick darf ich nur fünf Minuten mit dir sprechen.«

»Jetzt«, schrieb Graham.

»Hat der Doktor schon mit dir gesprochen? Nein? Was dich betrifft, wird alles wieder gut werden. Deine Augen sind lediglich von einer tiefen Stichwunde im Gesicht zugeschwollen. Keine Sorge, sie haben das glänzend hingekriegt, aber es wird eben seine Zeit dauern. Außerdem mußten sie dir die Milz rausnehmen. Aber wer braucht schon eine Milz. Price hat seine 41 in Burma gelassen.«

Eine Krankenschwester klopfte gegen die Glastür.

»Ich muß jetzt gehen. Die lassen sich hier durch nichts beeindrucken – keine großkotzigen Briefköpfe, keine Beglaubigungsschreiben, nichts. Die werfen einen einfach raus, wenn die Zeit um ist. Bis später.«

Molly befand sich im Warteraum der Intensivstation, wo ihr eine Menge ängstlicher und übermüdeter Leute Gesellschaft leisteten.

Crawford trat auf sie zu. »Molly …«

»Hallo, Jack. *Sie* sehen ja wirklich blendend aus. Wollen Sie sich nicht für eine Gesichtstransplantation zur Verfügung stellen?«

»Molly, ich bitte Sie.«

»Haben Sie ihn sich angesehen?«

»Ja.«

»Ich dachte, erst, ich könnte ihn nicht ansehen, aber dann habe ich es doch gemacht.«

»Sie kriegen ihn schon wieder hin, haben die Ärzte gesagt. Er wird wieder werden. Möchten Sie, daß jemand bei Ihnen bleibt, Molly? Ich habe Phyllis mitgebracht. Sie –«

»Nein. Tun sie bitte nichts mehr für mich.«

Nach einem Papiertaschentuch fummelnd, wandte sie sich ab. Als sie die Handtasche öffnete, fiel sein Blick auf den Brief – teures, violettes Briefpapier, das er schon einmal gesehen hatte.

Obwohl Crawford das folgende äußerst unangenehm war, führte kein Weg daran vorbei.

»Molly.«

»Was ist?«

»Will hat einen Brief bekommen.«

»Ja.«

»Hat Ihnen den die Schwester gegeben?«

»Ja, sie hat ihn mir gegeben. Sie bewahren auch die Blumen von seinen *Freunden* aus Washington auf.«

»Dürfte ich den Brief mal sehen?«

»Ich werde ihn Will geben, wenn ihm danach ist.«

»Bitte, lassen Sie mich den Brief sehen.«

»Warum?«

»Weil er nichts von... dieser speziellen Person zu hören braucht.«

Mit seinem Gesichtsausdruck stimmte etwas nicht, denn sie senkte ihren Blick auf den Brief und ließ ihn mitsamt der Handtasche fallen. Ein Lippenstift rollte über den Boden.

Crawford bückte sich, um Mollys Sachen aufzuheben, da hörte er das rasche Tippeln von Absätzen, als sie aus dem Raum eilte und ihre Handtasche zurückließ.

Er gab die Handtasche der Stationsschwester.

Crawford wußte, daß es für Lecter nahezu unmöglich war, das zu bekommen, was er hierfür benötigt hätte; trotzdem wollte er im Falle Lecters keine Risiken eingehen.

Er bat einen Assistenzarzt, den Brief in der Röntgenabteilung zu fluoroskopieren. Dann schlitzte Crawford den Umschlag mit einem Taschenmesser an allen vier Kanten auf und untersuchte seine Innenseiten sowie seinen Inhalt auf irgendwelche Flecken oder Staubspuren – immerhin hatten sie im Chesapeake Hospital Lauge zum Putzen, und eine Apotheke gab es dort auch.

Endlich zufrieden, las er:

Lieber Will,
Da wären wir also, Sie und ich, und vegetieren in unseren Pflegeanstalten dahin. Sie haben Ihre Schmerzen, und ich bin ohne meine Bücher – dafür hat unser hochgebildeter Dr. Chilton schon zu sorgen gewußt.

Wir leben in einer rohen und ungebildeten Zeit – oder etwa nicht, Will? – weder unverbildet primitiv noch weise. Halbherzige Maßnahmen sind ihr Fluch. Jede halbwegs vernünftige Gesellschaftsform würde mich entweder töten oder mir Bücher zur Verfügung stellen.

Ich wünsche Ihnen eine baldige Genesung und hoffe, Sie werden nachher nicht allzu häßlich aussehen.
Ich denke oft an Sie.

Hannibal Lecter

Der Arzt sah auf seine Uhr. »Brauchen Sie mich noch?«

»Nein«, entgegnete Crawford. »Wo haben Sie hier den Verbrennungsofen?«

Als Crawford vier Stunden später zur nächsten Besuchszeit in die Klinik zurückkam, war Molly weder im Wartezimmer noch in der Intensivstation.

Graham war wach. Unverzüglich zeichnete er ein Fragezeichen aufs Papier. »D. wie gestorben?« schrieb er darunter.

Crawford erzählte es ihm. Graham lag währenddessen eine ganze Minute vollkommen reglos da. Dann schrieb er: ›Wie davongekommen?‹

»Gut«, begann Crawford. »In St. Louis. Dolarhyde muß nach Reba McClane gesucht haben. Er kam in die Entwicklungsanstalt, während wir dort waren, und hat uns gesehen. Auf dem offenen Fenster eines Heizungsraums wurden seine Fingerabdrücke entdeckt – erfahren haben wir das erst gestern.«

Graham tippte auf den Notizblock. ›Leiche?‹

»Wir glauben, daß es ein gewisser Arnold Lang war – er gilt als vermißt. Sein Wagen wurde in Memphis entdeckt. Er wird gerade nach Fingerabdrücken untersucht. Sie wollen mir in Kürze Bescheid geben. Doch laß mich dir alles schön der Reihe nach erzählen.

Dolarhyde wußte jedenfalls, daß wir da waren. Er hat sich aus der Entwicklungsanstalt davongestohlen und ist zu einer Servco-Supreme-Tankstelle an der U. S. 270 gefahren, wo Arnold Lang gearbeitet hat.

Reba McClane hat ausgesagt, Dolarhyde hätte am Samstag zuvor mit einem Tankwart Streit gehabt. Wir nehmen an, daß es sich dabei um Lang handelte.

Er hat Lang umgebracht und seine Leiche zu sich nach Hause geschafft. Dann ist er zu Reba McClane gefahren. Sie hat Ralph Mandy an der Tür zum Abschied geküßt. Daraufhin hat Dolarhyde Mandy erschossen und in den Büschen liegen gelassen.«

Die Schwester kam herein.

»Verdammt noch mal, hier handelt es sich doch um eine dringende polizeiliche Angelegenheit«, schimpfte Crawford, als sie ihn am Jackenärmel zur Tür hinauszog. »Er hat Reba McClane mit Chloroform betäubt und ebenfalls in sein Haus geschafft, wo bereits die Leiche wartete«, sprach Crawford hastig weiter, während er bereits auf dem Flur vor der Intensivstation stand.

Um den Rest zu erfahren, mußte Graham vier Stunden warten.

»Dann hat er ihr alles mögliche erzählt, ob er sie nun umbringen sollte oder nicht«, fuhr Crawford gleich beim Eintreten in seinen Ausführungen fort.

»Eines muß man ihm ja lassen: Diese Geschichte mit dem Schlüssel, den er sich um den Hals gehängt hatte, war wirklich verdammt raffiniert; auf diese Weise hat er dafür gesorgt, daß sie auf jeden Fall die Leiche ertasten würde. Damit sie uns erzählen konnte, sie hätte ganz bestimmt eine Leiche befühlt. Wie dem auch sei – er jammert ihr also vor: Ich kann dich nicht verbrennen sehen, und pustet Lang mit der Schrotflinte halb den Kopf weg.

Lang war für diesen Zweck wie geschaffen. Zähne hatte

er keine mehr, und vielleicht wußte Dolarhyde, daß der Oberkiefer einem Feuer in den meisten Fällen widersteht – wer weiß, was er alles wußte? Jedenfalls hatte Lang sowieso keinen Oberkiefer mehr, nachdem Dolarhyde mit ihm fertig war. Er hat Langs Leiche in den Kopf geschossen, und dann muß er wohl einen Sessel haben umkippen lassen, um das dumpfe Aufprallgeräusch des zu Boden stürzenden Körpers zu simulieren. Vorher hatte er noch den Zimmerschlüssel um Langs Hals gehängt.

Reba tastete nun also auf der verzweifelten Suche nach dem Schlüssel alles ab. Dolarhyde beobachtet sie aus sicherer Entfernung. Von dem Flintenknall kann sie eine Weile so gut wie nichts hören – mit Sicherheit nicht die leisen Geräusche, die er macht.

Er hat zwar ein Feuer gelegt, aber noch kein Benzin ausgegossen. Aber er hat das Benzin bereit. Reba schafft es, das Haus zu verlassen. Wenn sie in ihrer Panik gegen eine Wand gerannt wäre oder sonst irgendwie nicht aus dem Haus hätte fliehen können, hätte er sie vermutlich mit dem Totschläger bewußtlos geschlagen und ins Freie geschleppt. Sie hätte dann nicht mehr gewußt, wie sie aus dem Haus gekommen war. Aber sie mußte aus dem Haus kommen, damit der Plan funktionierte. So was Blödes, hier kommt schon wieder diese Schwester.«

Graham schrieb hastig. ›Wie Fahrzeug?‹

»Er hat wirklich an alles gedacht«, fuhr Crawford fort. »Ihm war klar, daß er den Kombi vor dem Haus zurücklassen mußte. Allerdings konnte er nicht mit zwei Fahrzeugen zu sich rausfahren, während er gleichzeitig ein Fluchtfahrzeug brauchte.

Und jetzt hör dir mal an, wie er dieses Problem gelöst hat. Er ließ *Lang* erst noch den Kombi an den Abschleppwagen der Tankstelle hängen, bevor er ihn umgebracht hat. Dann hat er die Tankstelle abgesperrt und seinen Kombi nach Hause geschleppt. Er hat den Abschleppwagen auf einem Feldweg hinter dem Haus abgestellt und ist mit dem Kombi losgefahren, um Reba zu holen. Als sie es schließlich wohlbehalten aus dem Haus geschafft hatte, packte er sein Dynamit aus, goß rings um die Brandstelle Benzin aus und machte sich durch den Hinterausgang aus dem Staub. Dann fuhr er den Abschleppwagen zur Tankstelle zurück, stellte ihn dort ab und fuhr mit Langs Wagen davon. Damit hinterließ er keinerlei Spuren.

Mich hat das Ganze fast an den Rand des Wahnsinns getrieben, bis wir schließlich herausgefunden haben, wie er vorgegangen ist. Und ich bin mir absolut sicher, daß er es so gemacht hat, weil wir auf der Abschleppstange seine Fingerabdrücke gefunden haben.

Vermutlich sind wir ihm sogar unterwegs begegnet, als wir zu dem brennenden Haus rausgefahren sind... Jawohl, Schwester, ich komme. Ist ja schon gut, Schwester.«

Graham wollte Crawford noch etwas fragen, aber es war schon zu spät.

Die nächste fünfminütige Besuchszeit nahm Molly in Anspruch.

Graham schrieb ›Ich liebe dich‹ auf Crawfords Block.

Sie nickte und hielt seine Hand.

Eine Minute später schrieb er: ›Willy okay?‹

Sie nickte.

›Hier?‹

Sie sah zu rasch von seinem Block zu ihm auf. Dann machte sie einen Kußmund und deutete auf die nahende Schwester.

Er zerrte an ihrem Daumen.

›*Wo?*‹ ließ er nicht locker. Er hatte das Wort zweimal unterstrichen.

»In Oregon«, erwiderte sie.

Vier Stunden später war schließlich ein letztes Mal wieder Crawford an der Reihe.

Graham hatte seine Frage bereits fertig. ›Gebiß?‹

»Das gehört seiner Großmutter«, antwortete Crawford. »Das Gebiß, das wir im Haus gefunden haben, gehörte seiner Großmutter. Die Polizei von St. Louis hat einen gewissen Ned Vogt ausfindig gemacht – Dolarhydes Mutter war Vogts

Stiefmutter. Vogt hat als kleiner Junge die alte Mrs. Dolarhyde gesehen und ihre Zähne seitdem nicht mehr vergessen.

Deswegen habe ich dich angerufen, als du Dolarhyde in die Hände gelaufen bist. Ich hatte eben den Anruf vom Smithsonian Institute erhalten. Sie hatten das Gebiß schließlich doch von den Behörden von Missouri zur Verfügung gestellt bekommen, um es einfach aus Interesse selbst noch einmal zu untersuchen. Dabei stellten sie fest, daß die Platte nicht, wie heute üblich, aus Acryl gefertigt war, sondern aus Vulkanit. Und Vulkanit-Gaumenplatten macht seit fünfunddreißig Jahren kein Mensch mehr.

Dolarhyde hatte sich ein identisches Gebiß aus Acryl anfertigen lassen, das ihm paßte. Dieses neue Gebiß wurde an seiner Leiche gefunden. Auch das haben sie sich im Smithsonian unter die Lupe genommen; ihren Aussagen nach deuten gewisse Eigenheiten der Fertigung darauf hin, daß das Gebiß in China hergestellt wurde. Das alte war Schweizer Ursprungs.

Er hatte einen Schlüssel einstecken, für ein Schließfach in Miami. Dort hatte er ein riesiges Buch aufbewahrt. Eine Art Tagebuch – das hättest du mal sehen sollen. Wenn du willst, bringe ich es dir mal mit.

Hör zu, Will, ich muß jetzt wieder zurück nach Washington. Wenn es irgendwie geht, komme ich übers Wochenende wieder hier runter. Glaubst du, du packst es?«

Graham zeichnete erst ein Fragezeichen, um es dann jedoch durchzustreichen und statt dessen ›sicher‹ zu schreiben.

Nachdem Crawford gegangen war, kam die Schwester. Sie gab ihm etwas Demerol in seine intravenöse Kanüle, worauf die Uhr vor seinen Augen verschwamm. Außerdem konnte er plötzlich nicht mehr mit dem Sekundenzeiger Schritt halten.

Er fragte sich, ob Demerol auch Auswirkungen auf die Emotionen hatte. Mit seinem Gesicht würde er Molly noch eine Weile halten können – jedenfalls so lange, bis sie es endgültig wieder zurechtgeflickt hatten. Allerdings wäre das ziemlich unwürdig gewesen. Für was sollte er sie überhaupt halten? Er dämmerte allmählich ein und hoffte nur noch, daß er nicht träumen würde.

Er trieb zwischen Erinnerung und Traum dahin, was gar nicht so schlimm war. Er träumte weder von Dolarhyde noch daß ihn Molly verließ. Statt dessen verlor er sich in einem Mittelding aus Traum und Erinnerung, das seinen Besuch in Shiloh zum Gegenstand hatte, unterbrochen nur von Lichtern, die in sein Gesicht schienen, und vom Japsen und Zischen der Blutdruckmanschette...

Es war Frühling. Kurz zuvor hatte er Garrett Jacob Hobbs erschossen. Und nun war Graham in Shiloh.

An einem milden Apriltag ging er über die Straße zum Bloody Pond. Frisches Gras, noch hellgrün, wuchs auf der Böschung zum Ufer hinunter. Das klare Wasser war über das Gras gestiegen, das jedoch unter der Wasseroberfläche noch deutlich sichtbar war, und es schien, als wäre der ganze Grund des Teichs von frischem grünem Gras bewachsen.

Graham wußte, was sich hier im April 1862 zugetragen hatte.

Als er sich ins Gras setzte, spürte er den feuchten Boden durch seine Hose dringen.

Ein Touristenauto fuhr auf der Straße vorbei, und kaum war es wieder verschwunden, bemerkte Graham, wie sich auf dem Asphalt etwas bewegte. Der Wagen hatte eine Hühnerschlange überfahren und ihr Rückgrat zerquetscht, so daß sich das Reptil mitten auf der Straße in endlosen Achten unablässig um sich selbst schlängelte, wobei manchmal sein schwarzer Rücken, manchmal sein fahler Bauch zum Vorschein kam.

Obwohl Graham unter der warmen Frühlingssonne leicht schwitzte, jagte ihm die ehrfurchtgebietende Atmosphäre des Ortes einen kalten Schauer über den Rücken. Ihm war schwindlig.

Die Schlange wand sich weiter um sich selbst. Er stand über ihr, um sie schließlich an ihrem glatten, trockenen

Ende hochzuheben und sie in einer langen, fließenden Bewegung wie eine Peitsche schnalzen zu lassen.

Ihr Gehirn wurde in den Teich geschnellt. Eine Brasse schnappte danach.

Er hatte Shiloh für verwunschen gehalten, die Schönheit des Ortes düster und unheilvoll wie die von Lilien.

Doch als er nun zwischen Erinnerungen und narkotisiertem Schlaf hin und her trieb, wurde ihm bewußt, daß Shiloh nichts Unheilvolles anhaftete; dieser Ort war vielmehr vollkommen neutral. Shiloh mit seiner schönen Landschaft würde alles über sich ergehen lassen. Die unverzeihliche Schönheit des Ortes unterstrich die Gleichgültigkeit der Natur, der Grünen Maschine. Der Liebreiz von Shiloh spottete jedem menschlichen Leid.

Er wachte auf und starrte auf die unbeseelte Uhr. Dennoch konnte er nicht aufhören zu denken:

Die Grüne Maschine kennt keine Gnade; Gnade ist etwas, das wir schaffen und aus den Teilen herstellen, die über unser im wesentlichen reptiles Gehirn hinausgewachsen sind.

So etwas wie Mord existiert nicht. Nur wir schaffen so etwas wie Mord, und nur uns bedeutet es etwas.

Graham war sich nur zu deutlich bewußt, daß er über all die Grundvoraussetzungen verfügte, die zum Mord – und vielleicht auch zur Gnade – erforderlich waren.

Jedenfalls wußte er über Mord unbehaglich gut Bescheid.

Er fragte sich, ob in dem großen Körper der Menschheit, in dem universalen Bewußtsein aller Menschen mit ihrem Bemühen um Zivilisiertheit, diese bösen Triebe, die wir in uns unter Kontrolle halten, sowie das dunkle instinktive Wissen um diese Triebe nicht genauso funktionierten wie das geschwächte Virus, gegen das der Körper seine Abwehrstoffe bildet.

Er fragte sich, ob nicht alte, schreckliche Triebe das Virus waren, dem wir den Pockenimpfstoff zu verdanken haben.

Ja, er hatte sich getäuscht, was Shiloh betraf. Shiloh war nicht verwunschen – verwunschen waren die Menschen.

Shiloh kannte kein Gut und Böse.

Und ich verlegte mich darauf, Weisheit und Wissen zu erkennen, Torheit und Narrheit.
Ich mußte erkennen: Auch dies ist ein Jagen nach Wind!

PREDIGER